KATHERINE WEBB

O Legado

Tradução de
MARILENE TOMBINI

1ª edição

EDITORA RECORD
RIO DE JANEIRO • SÃO PAULO
2014

CIP-BRASIL. CATALOGAÇÃO NA FONTE
SINDICATO NACIONAL DOS EDITORES DE LIVROS, RJ

W381L

Webb, Katherine, 1977-
O legado / Katherine Webb; tradução de Marilene Tombini. – 1ª ed. – Rio de Janeiro: Record, 2014.

Tradução de: The legacy
ISBN 978-85-01-09726-2

1. Ficção inglesa. I. Tombini, Marilene. II. Título.

14-09042

CDD: 823
CDU: 821.111-3

TÍTULO ORIGINAL INGLÊS:
The legacy

Publicado originalmente por Orion, Londres.

Texto revisado segundo o novo Acordo Ortográfico da Língua Portuguesa.

Impresso no Brasil

ISBN 978-85-01-09726-2

Aos meus pais

Prólogo

1905

Aos poucos, Caroline voltou a si. O torpor dentro de sua cabeça cedeu, e ela tomou consciência de uma infinidade de pensamentos que disparavam como pássaros engaiolados, rápidos demais para que fossem capturados. Desequilibrada, pôs-se de pé. A criança ainda estava ali, na cama. Um arrepio de medo lhe subiu pela espinha. Parte dela esperava que não fosse assim; que, de algum modo, o bebê tivesse desaparecido ou, melhor ainda, que nunca tivesse existido. Ele se arrastara até o outro lado da cama, rastejando com dificuldade na colcha escorregadia que agarrava com punhos fortes. Movia-se como quem nadasse lentamente pela extensão da seda verde. Tornara-se grande e forte. Em outro lugar, em outra vida, teria sido um guerreiro. Seus cabelos eram negros como a noite. O bebê lançou um olhar para a cama e então se virou para observar Caroline. Emitiu um som, algo como *dá*; e, embora aquilo não fizesse sentido, Caroline percebeu que era uma pergunta. Seus olhos ficaram marejados de lágrimas e suas pernas ameaçaram se dobrar de novo. Ele era real; estava ali, em seu quarto de Storton Manor, e agora era forte o suficiente para questioná-la.

Sua vergonha era uma nuvem que a impedia de enxergar. Era como fumaça no ar — obscurecia tudo, impossibilitando-a de pensar. Ela não sabia o que fazer. Longos minutos se passaram até que teve a impressão de ouvir passos no corredor, do outro lado da porta. Seu coração disparou. A única coisa que lhe veio à mente, então, foi que o bebê não podia ficar ali — não na sua cama, no seu quarto, no solar. Simplesmente *não podia*; e nenhum dos criados, nem mesmo seu marido, podia saber que ele estivera ali um dia. Talvez a criadagem já o tivesse descoberto, visto ou ouvido alguma coisa enquanto ela estava caída no chão, inconsciente.

Só lhe restava rezar para que isso não tivesse acontecido. Ela não sabia quanto tempo ficara com a cabeça atordoada pelo terror e pelo pesar, mas não fora o suficiente para que a criança se entediasse em sua exploração pela cama, então não devia ter sido tanto assim. Ainda havia tempo para agir, e ela não tinha escolha.

Enxugando o rosto, Caroline contornou a cama e pegou o menino no colo, envergonhada demais para olhá-lo nos olhos, que também eram pretos, ela sabia. Tão pretos e impenetráveis quanto manchas de tinta. Ele estava bem mais pesado do que ela se lembrava. Deitou-o e tirou todas as roupas dele, inclusive a fralda, apesar de elas serem feitas grosseiramente para evitar que deixassem vestígios comprometedores. Jogou-as na lareira, onde soltaram fumaça e se consumiram nas brasas do fogo matutino. Olhou então em volta, sentindo-se perdida por algum tempo, até que seus olhos se iluminaram com a fronha bordada na cabeceira da cama. Era um bordado fino de flores amarelas que lembravam fitas. O linho era liso e grosso. Caroline despiu o travesseiro e enfiou o bebê, que se debatia, na fronha. Ela fez isso com ternura, as mãos cientes de seu amor pela criança, mesmo que mentalmente não pudesse abarcá-lo. Não usou a fronha, entretanto, para enrolá-lo, mas transformou-a num saco. Levou dentro dele o bebê para fora dali, como um caçador furtivo carregaria coelhos. Lágrimas corriam pelo rosto, surgindo tortuosas de seu âmago, mas ela não podia recuar, não podia se permitir amá-lo de novo.

Lá fora chovia muito. Caroline cruzou o gramado com as costas doloridas e o couro cabeludo arrepiado, sentindo os olhos da casa sobre si. Ao se encontrar segura, sob as árvores, fora de vista, ela tomou fôlego; os nós dos dedos brancos seguravam a fronha. Lá dentro, a criança se mexia irrequieta, resmungando, mas sem chorar. A chuva escorria pelos cabelos dela e gotejava pelo queixo. *Mas nunca me deixará limpa*, disse a si mesma num desespero silencioso. Ela sabia que havia um açude natural na extremidade do terreno, onde a propriedade encontrava as colinas que desciam pelo córrego da aldeia. O açude era profundo, sombrio e de águas paradas, que estavam escuras num dia nublado como aquele, fosco com a chuva, pronto para ocultar qualquer segredo que lhe fosse lançado. Ao pensar nisso, ela prendeu a respiração e sentiu frio. *Não, não posso*, confessou em silêncio. *Não posso.* Já tirara tanto dele.

Caroline seguiu andando, não na direção do açude, mas distanciando-se da casa, rezando para que outra opção se apresentasse. Quando isso aconteceu, cambaleou de alívio. Havia um carroção coberto, estacionado na clareira onde o bosque encontrava a estrada. Um pônei preto e branco estava amarrado ao lado, com as ancas curvadas por causa do mau tempo, e uma fumaça fina subia pela chaminé de metal no teto. *Funileiros nômades*, ela pensou, com uma chama de esperança no coração. Eles o encontrariam, o acolheriam e iriam embora com ele. Ela nunca mais precisaria vê-lo, nunca mais o encararia, mas ele seria cuidado, teria uma vida.

Agora, o bebê começou a chorar enquanto a chuva molhava a fronha e atingia sua pele. Apressando-se, Caroline pendurou o saco no ombro e abriu caminho entre as árvores até o outro lado da clareira, mais longe ainda da casa, de modo que o rastro não apontasse para essa direção. Pareceria, ela esperava, que alguém vindo do sul abandonara a criança. Ela a deixou entre as raízes emaranhadas de uma grande faia, onde estava mais seco, e recuou, enquanto seus berros ficavam cada vez mais altos e insistentes. *Peguem o menino e partam*, implorou em silêncio.

Aos tropeços, com o máximo de silêncio e rapidez, ela voltou para o bosque, e os gritos do bebê a seguiram por algum tempo até não serem mais audíveis. Quando isso aconteceu, seus passos hesitaram. Caroline ficou imóvel, hesitante, dividida entre continuar em frente e voltar. *Nunca mais o ouvirei*, disse a si mesma, mas, afinal, não havia alívio nisso. Não podia ser de nenhum outro modo. No entanto, um frio se espalhou por seu coração, sólido e lancinante como gelo, pois ela sabia que não haveria como se livrar do que tinha feito, não haveria como esquecer. Aquilo ficou dentro dela como uma doença corrosiva e, assim como não havia volta, ela também já não tinha certeza de que conseguiria prosseguir. Sua mão tocou na altura do diafragma, onde ela sabia que uma criança estava aninhada. Deixou que sentisse seu calor, como que para provar que ainda estava viva, e que iria amá-la. Depois, andou lentamente de volta para casa, onde se daria conta, tarde demais, de que mesmo tendo despido cuidadosamente o bebê, ela o deixara para ser encontrado na fina fronha bordada. Enterrou a cabeça no travesseiro despido e tentou varrer o menino da memória.

Tudo está muito calmo!
Tão calmo que perturba,
Inquietando a meditação
Com seu estranho,
Extremo silêncio.

Samuel Taylor Coleridge,
Frost at Midnight [Geada à meia-noite]

1

Pelo menos é inverno. Nós vínhamos aqui somente no verão, por isso o lugar não parece bem o mesmo. Não é tão aflitivamente familiar, nem tão opressor. Storton Manor, o solar soturno e volumoso, da cor do céu baixo de hoje. Uma construção vitoriana neogótica, com os pinázios de suas janelas incrustados na pedra e entalhes de madeira descascada em verde-limo. Redemoinhos de folhas mortas contra as paredes, e o musgo se espalhando por trás delas, chegando até os peitoris do andar térreo. Respiro tranquilamente ao sair do carro. Até agora, foi um inverno bem inglês. Úmido e lamacento. A distância, as sebes parecem contusões roxas. Em desafio ao lugar, em desafio à sua austeridade e ao peso de sua memória, coloquei bijuterias de cores vibrantes hoje. Agora me sinto ridícula, uma palhaça.

Pelo para-brisa do meu velho Golf branco, posso ver as mãos de Beth no colo e as pontas ralas de seus longos cabelos trançados. Algumas mechas brancas se entremeiam por eles, e parece cedo, cedo demais. Ela estava com muita vontade de chegar aqui, mas agora está sentada feito uma estátua. As mãos claras e magras frouxamente cruzadas no colo — passiva, esperando. Nossos cabelos eram tão claros quando éramos pequenas. Era o louro-claro dos anjos, de jovens vikings; uma pureza de cor que foi sumindo com a idade até esse castanho pouco inspirador. Agora, para reanimá-los, costumo tingi-los. Atualmente, parecemos cada vez menos irmãs. Lembro-me de Beth e Dinny com as cabeças unidas, conspirando, sussurrando: os cabelos dele tão escuros e os dela, tão claros. Na época, eu ficava louca de ciúmes. Agora, a imagem que guardo é de suas cabeças como yin e yang. Eles eram unha e carne.

As janelas da casa mostram os reflexos escuros das árvores nuas que a circundam. Essas árvores parecem mais altas agora e estão muito próximas da casa. Precisam ser podadas. Estou pensando nas coisas por fazer, nas coisas a melhorar? Estou cogitando a possibilidade de morar aqui? A casa é nossa agora, todos os doze quartos, os tetos elevados, a grande escadaria, os cômodos do porão onde as lajes se tornaram lisas pelo arrastar de pés servis. É tudo nosso, mas somente se morarmos aqui. É o que Meredith sempre quis. Meredith, nossa avó, com seu rancor e suas mãos de punhos ossudos. Ela queria que nossa mãe se mudasse com todos nós, há anos, para vê-la morrer. Nossa mãe se recusou, foi devidamente deserdada, e nós continuamos nossas felizes vidas e suburbanas em Reading. Se não nos mudarmos para cá, o solar será vendido, e o dinheiro, enviado à caridade, uma vez que, perversamente, ao morrer, Meredith tornou-se filantropa. Portanto, agora a casa nos pertence, mas apenas por algum tempo, pois não creio que possamos aguentar viver aqui.

Há um motivo para isso. Se eu tentar encará-lo, ele some como vapor. Apenas um nome vem à tona: Henry. O menino que desapareceu, que simplesmente não estava mais ali. O que acho agora, olhando para cima, para os galhos estonteantes, é que *eu sei*. Eu sei por que não podemos morar aqui, por que chega a ser notável que tenhamos vindo. *Eu sei*. Sei por que Beth nem sairá do carro agora. Pergunto-me se devo persuadi-la a sair, do mesmo modo como é preciso persuadi-la a comer. Nem uma plantinha sequer cresce entre onde estamos e a casa — a sombra é muito grande. Ou talvez o solo seja venenoso. Cheira a terra e podridão, a fungos aveludados. *Húmus*, vem a palavra das aulas de ciências de anos atrás. Um milhão de boquinhas de insetos mordendo, trabalhando, digerindo o solo. Então, um momento de quietude. Silêncio do motor, silêncio nas árvores, na casa e em todos os espaços entre eles. Volto apressada para dentro do carro.

Beth olha fixamente para as próprias mãos. Acho que ela nem levantou a cabeça ainda, nem olhou para a casa. De repente, fico em dúvida se foi certo trazê-la aqui. De repente, temo ter esperado demais, e esse medo me dá um aperto no estômago. Os tendões em seu pescoço parecem cordas, e ela está dobrada, numa posição tão angular que parece ser feita de cantos e pontas. Tão magra nos últimos tempos, com uma aparência tão frágil. Ainda é minha irmã, mas está diferente. Há algo dentro dela que eu desconheço, que não consigo penetrar. Ela fez coisas que não compreendo e teve pensamentos que sequer imagino. Seus olhos, fixos nos joelhos, estão vidrados e arregalados. Maxwell me disse, anteontem, por telefone, que quer que ela seja hospitalizada novamente, o que me deixou furiosa. Mas a verdade é que ajo de maneira diferente com ela agora, por mais que tente o contrário, e uma parte de mim a odeia por causa disso. Ela é minha irmã mais velha. Devia ser mais forte que eu. Dou uma esfregadinha em seu braço, abrindo um sorriso luminoso.

— Vamos entrar? — convido. — Eu bem que tomaria um bom trago.

Minha voz soa alta num lugar tão fechado. Imagino os decantadores de cristal de Meredith alinhados na sala de estar. Quando criança, eu entrava ali furtivamente, espiava os líquidos misteriosos, observava a luz passando por eles, tirava as tampas para cheirar ilicitamente. Agora que ela está morta, parece um pouco grotesco beber seu uísque. Essa solicitude é meu modo de mostrar a Beth que sei que ela não quer estar aqui outra vez. Mas então, respirando fundo, ela deixa o carro e vai a passos largos até a casa, como que dirigida. Corro apressada atrás dela.

Lá dentro, a casa realmente parece menor, como as coisas da infância sempre parecem, mas ainda assim é muito grande. O apartamento que divido em Londres pareceu enorme quando me mudei, porque havia cômodos demais para não precisar assistir à TV espiando através da roupa que secava. Agora, diante da extensão do corredor que ecoa, sinto uma vontade ridícula de dar saltos mortais. Ficamos ali paradas, hesitantes, e largamos as malas no pé da escadaria. Esta é a primeira vez que chegamos aqui sozinhas, sem nossos pais, e é tão estranho que andamos em círculos, como ovelhas. Nossos papéis acabam se definindo por hábito, pela memória e costume. Aqui, nesta casa, somos crianças. Mas preciso dar leveza a isso, pois posso ver Beth vacilante, com um olhar histérico se formando em seu rosto.

— Ponha a chaleira no fogo. Vou encontrar alguma bebida e vamos tomar um café batizado.

— Erica, não é nem hora do almoço.

— E daí? Não estamos de férias? — Ah, mas não estamos. De jeito algum. Não sei como isso se chama, mas não são férias. Beth sacode a cabeça.

— Só vou tomar um chá — responde ela, indo para a cozinha. Suas costas são estreitas, os ombros, pontudos, pronunciando-se pelo tecido da blusa. Eu os noto com súbita inquietude. Apenas dez dias desde a última vez que a vi, mas ela está visivelmente mais magra agora. Tenho vontade de espremê-la, de fazer com que fique bem.

A casa é fria e úmida, então aperto botões num antigo painel e ouço as coisas se mexendo, longos canos reclamando, água fervendo. Na sala de estar, há cinzas malcheirosas na lareira; na cesta de papel, ainda há lenços e um miolo de maçã apodrecendo docemente. Invadir a vida de Meredith desse jeito me deixa inquieta, até um pouco enjoada. Como se eu pudesse me virar e ver seu reflexo no espelho — uma careta ácida, os cabelos falsamente dourados. Dou uma parada na janela e olho o jardim invernal lá fora; uma confusão de plantas com caules compridos, caídos, sem poda. São estes os odores de que me lembro dos verões passados aqui: óleo bronzeador de coco; rabada no almoço, não importando o quanto o clima estivesse quente; doces e pesadas nuvens de roseiras e alfazemas em volta do pátio; o cheiro forte de carne dos gordos labradores de Meredith, ofegando bafos quentes de exaustão nas minhas canelas. Tão diferente agora. Isso poderia ter sido há séculos; poderia ter acontecido a outra pessoa. Algumas gotas de chuva escorrem pela vidraça, e sinto como se tudo e todos estivessem a um século de distância. Aqui, Beth e eu estamos verdadeiramente sozinhas. Nesta casa novamente, em nossa conspiração de silêncio, após todo esse tempo em que nada foi solucionado, em que Beth foi se isolando, um pedaço de cada vez, e eu fui me esquivando e evadindo de tudo.

Em primeiro lugar, precisamos nos organizar, separar todos os pertences, as coisas que se acumularam pelos cantos. Esta casa tem tantos quartos, tanta mobília, tantas gavetas, armários e esconderijos. Acho que eu deveria estar triste de pensar nela sendo vendida, rompendo a linhagem familiar que, ao longo de todos esses anos, culmina em mim e em Beth. Mas não estou. Talvez porque, por direito, tudo deveria ter ido para Henry. Foi ali que tudo se rompeu. Observo Beth por um tempo, tirando lenços de renda de uma gaveta e empilhando-os no joelho. Ela retira um por um, estudando os padrões, seguindo os fios com as pontas dos dedos. A pilha em seu joelho não está tão arrumada quanto a da gaveta. Não há sentido no que ela está fazendo. É uma dessas coisas que ela faz e não consigo entender.

— Vou dar uma caminhada — anuncio, erguendo-me com joelhos rijos, contendo a irritação. Beth dá um pulo, como se tivesse se esquecido de que eu estava ali.

— Vai aonde?

— Vou dar uma caminhada, acabei de dizer. Preciso de ar fresco.

— Bem, não demore — diz Beth. Ela faz isso às vezes; fala comigo como se eu fosse uma criança voluntariosa, como se eu pudesse fugir. Suspiro.

— Não. Vinte minutos. Esticar as pernas. — Acho que ela sabe aonde eu vou.

Sigo meus pés. O gramado está irregular e malcuidado, um mar revolto de capim marrom que inunda meus pés. No passado era tudo tão bem-cuidado, tão lindo. Estive pensando em como as coisas deve ter perdido o controle desde a morte de Meredith, mas isso é ridículo. Faz um mês que ela morreu, e o jardim apresenta vários sinais de negligência. Tudo leva a crer que fomos nós que a negligenciamos. Não faço ideia de como ela se arranjava antes de morrer — *se* é que se arranjava. Ela simplesmente ficava lá, no fundo da minha mente. Papai e mamãe vinham vê-la quase todos os anos. Beth e eu não aparecíamos havia muito tempo. Mas acho que nossa ausência era compreendida; nunca foi muito confrontada. Nunca nos importunaram para vir. Talvez ela tivesse gostado que viéssemos, talvez não. Com Meredith, era difícil saber. Ela não era uma avó amorosa, não era sequer maternal. Nossa bisavó, Caroline, também morava aqui enquanto nossa mãe crescia. Outra fonte de desconforto. Meredith morreu de repente, de um derrame. Num dia, sem idade, uma mulher sempre idosa na minha lembrança; no outro, não mais. Eu a vi pela última vez na festa de bodas de prata dos meus pais; não aqui, mas num hotel superaquecido com tapetes de pelúcia. Ela se sentava feito uma rainha à mesa e lançava um olhar frio pelo salão, com aquela boca enrugada e o olhar penetrante.

Eis o açude. Onde sempre esteve, mas parece tão diferente em cores invernais. Ele fica num canto de um vasto campo de pasto. O campo se alonga para o leste, e o bosque, para o oeste. O bosque lançava uma luz verde, malhada, em sua superfície; uma cor fria, proveniente dos galhos onde os pássaros se agitavam e cantavam. Eles estão nus agora, apinhados de gralhas espalhafatosas, que tagarelam, fazendo um grande alarido. O açude era irresistível nos dias quentes de julho; mas, com o céu assim pardacento, ele parece plano, como uma poça rasa. Quando éramos crianças, ele foi cercado, mas com alguns fios de arame farpado que não eram páreo para jovens determinadas. As panturrilhas arranhadas e os cabelos presos valiam a pena. Com sol, a água era de um azul vítreo. O açude parecia fundo, mas Dinny dizia que era ainda mais e que a água enganava os olhos. Eu não acreditava até o dia em que ele deu um mergulho, enchendo os pulmões e batendo as pernas para baixo. Fiquei olhando seu corpo marrom, que ondulava e continuava a bater as pernas mesmo quando parecia que deveria ter chegado ao fundo. Veio à tona sem fôlego e me encontrou extasiada, atônita.

O açude alimenta o córrego que corre pela vila de Barrow Storton, na encosta desse vasto planalto onde fica o solar. Está tão impresso em minha memória que parece dominar minha infância. Posso ver Beth andando pela margem na primeira vez que nadei nele. Ela ia de um lado para o outro, nervosa porque as margens eram íngremes. Se eu me afogasse, seria culpa dela; era a mais velha. Mergulhei repetidas vezes, tentando chegar ao fundo como Dinny, mas sem nunca ter sucesso, e ouvindo as ameaças que Beth gritava cada vez que eu aparecia na superfície. Eu era como uma rolha de cortiça. Boiava com as pernas gordas e a barriga redonda. Antes de me deixar chegar perto da casa, ela me fazia correr em volta do jardim para me secar e ficar aquecida, e não pálida e batendo os dentes, o que a faria ter que dar explicações.

Atrás de mim, entrevê-se a casa a distância por entre as árvores nuas. Isso é algo que eu nunca tinha notado antes. Não é possível enxergar pelo meio das árvores no verão. Fico preocupada por saber que Beth está lá dentro, sozinha, observando e me esperando, mas ainda não quero voltar. Continuo a caminhar e pulo o portão que dá para o campo. Depois deste, e de mais outro, chega-se a uma descida, nas colinas de Wiltshire, marcadas aqui e ali pela pré-história, por reservatórios e alvos para tiro. No horizonte, fica o túmulo que dá nome à vila, um monte de terra sobre uma sepultura da Idade do Bronze para um rei cujo nome e fama se perderam de qualquer lembrança: um monte baixo e estreito, com o comprimento aproximado de dois carros aberto numa das extremidades. No verão, esse rei jaz sob a cevada silvestre, as flores luminosas da tasneira e dos miosótis, escutando a pândega infindável das cotovias. Mas agora está mais para grama seca, cardos mortos, uma embalagem vazia de salgadinhos.

Paro no túmulo e olho para a vila lá embaixo, recuperando o fôlego após a subida. Não há muito movimento: algumas colunas de fumaça das chaminés aqui e ali e alguns poucos residentes bem agasalhados levando seus cães à caixa postal. Desta colina solitária, parece o centro do universo. *Este vilarejo populoso!* Coleridge me vem à cabeça. Tenho trabalhado os *conversation poems* com meu grupo escolar. Tento fazer com que leiam bem devagar para sentirem as palavras, absorverem as imagens, mas eles apenas passam os olhos e tagarelam feito macacos.

O ar está cortante aqui, passando por mim como uma onda fria. Não sinto mais os dedos dos pés porque meus sapatos estão encharcados. Há uns dez ou vinte pares de galochas na casa, eu sei. Lá no porão, arrumadas em fileiras com teias de aranha em volta. Ai, aquela vez terrível em que não sacudi a galocha antes de pôr o pé despido lá dentro e senti cócega por causa de outro usuário. Estou sem prática para viver no interior; mal-equipada para as irregularidades do terreno, para o chão que não foi cuidadosamente preparado para minha melhor conveniência. No entanto, quando me perguntam, eu digo que me criei aqui. Aqueles primeiros verões, tão longos e nítidos em minha mente, surgindo como ilhas num mar de rotina escolar e fins de semana úmidos, enevoados e uniformes demais para serem lembrados.

Na entrada do túmulo, o vento solta um gemido grave. Dou um salto à frente e assusto uma garota lá dentro. Ela se endireita com um suspiro e bate a cabeça no teto baixo, agachando-se de novo e protegendo a cabeça com as duas mãos.

— Droga! Desculpe! Não tive a intenção de saltar sobre você desse jeito... Não sabia que havia alguém aqui. — Sorrio. A luz pálida da entrada a ilumina, revelando seus cachos dourados amarrados com um lenço azul-turquesa, um rosto jovem e um corpo estranhamente disforme, vestido com uma saia longa de gaze de seda e crochê. Ela me olha com olhos semicerrados, e devo aparecer em silhueta para ela, um volume escuro contra o céu lá fora. — Você está bem? — Ela não responde. Buquês minúsculos e luminosos foram enfiados nas rachaduras da parede diante dela, os caules cuidadosamente amarrados com uma fita. Era isso que ela fazia ali, tão quieta? Rezava num santuário meio imaginado, meio emprestado? Ela me vê olhando para suas oferendas e se levanta, franze as sobrancelhas e passa por mim sem dar uma palavra. Percebo que sua ausência de formas é, na verdade, uma abundância delas — o peso da gravidez. Muito bonita, muito jovem, a barriga distendida. Ao sair da tumba, olho para baixo no trajeto da vila, mas ela não está lá. Está andando no sentido contrário — na direção de onde eu vim, rumo às matas próximas ao solar. Ela anda a passos largos, os braços balançando.

Nessa primeira noite, Beth e eu jantamos no gabinete. Pode parecer uma escolha estranha, mas é o único cômodo com TV. Comemos uma massa sobre banquetas apoiadas nos joelhos, com o noticiário noturno como companhia, pois a conversa fiada parece nos ter abandonado, e a conversa importante por enquanto ainda parece importante demais. Não estamos prontas. Não tenho certeza se um dia estaremos, mas há coisas que quero perguntar à minha irmã. Vou aguardar, vou me certificar de fazer as perguntas do modo certo. Espero que, ao fazer isso, eu a faça se sentir melhor. Que a verdade a liberte. Beth pega cada pedacinho em torno da tigela antes de ingerir a comida. Levanta o garfo várias vezes antes de enfiá-lo na boca. Alguns desses bocados nunca chegam lá — ela os empurra para o lado e escolhe uma alternativa. Vejo tudo isso com o canto do olho, assim como vejo seu corpo faminto. As figuras da TV brilham escuras em seus olhos.

— Você acha que é uma boa ideia trazer o Eddie para cá no Natal? pergunta ela de repente.

— É claro. Por que não seria? Vamos ficar algum tempo para ajeitar as coisas, então podemos muito bem ficar para o Natal. Juntos. — Dou de ombros. — Afinal, espaço é o que não falta.

— Não, quero dizer... trazer uma criança para cá. Para este... lugar.

— Beth, é apenas uma casa. Ele vai amar. Ele não sabe... Bem. Para ele vai ser uma festa, tenho certeza... tantos esconderijos e frestas a explorar.

— Mas é meio grande e vazia, não é? Um pouco solitária, talvez? Ele pode ficar deprimido.

— Bem, você pode dizer para ele trazer um amigo. Por que não faz isso? Ligue para ele amanhã... Não para ficar durante as férias todas de fim de ano, é claro. Mas alguns pais que precisam trabalhar ficariam felizes com alguns dias livres antes que seus monstrinhos reapareçam, não acha?

— Humm. — Beth revira os olhos. — Acho que nenhuma das mães daquela escola faz algo tão comum como trabalhar para viver.

— Só as da ralé como você?

— Só as da ralé como eu — concorda ela, com a fisionomia impassível.

— Irônico, na verdade, pois é você quem está por cima da carne-seca. Sangue azul, praticamente.

— Até parece. Você também.

— Não. Acho que a nobreza pulou uma geração ao chegar a mim. — Sorrio. Meredith me disse isso uma vez, quando eu tinha 10 anos. *Sua irmã tem o porte dos Calcott, Erica. Temo que você seja totalmente seu pai.* Não me importei na hora e não me importo agora. Na época, eu não tinha certeza do significado de *porte*. Achei que ela estivesse se referindo ao meu cabelo, que eu tinha cortado bem curto graças a um incidente com chiclete. Quando ela se virou, eu mostrei a língua, e mamãe sacudiu o dedo para mim.

Beth também rejeita o atributo. Discutiu com Maxwell, o pai de Eddie, para que permitisse que o filho fosse à escola primária na vila, que era pequena e simpática e tinha um jardim natural num canto do pátio: ovos de sapo, restos secos de libélulas; prímulas na primavera, e depois, amores-perfeitos. Mas Maxwell ganhou a parada quando chegou ao ensino fundamental. Talvez tenha sido melhor assim. Agora, Eddie fica interno durante todo o período escolar. Beth dispõe de semanas e mais semanas para se preparar, para jogar uma chispa no sorriso.

— Nós preencheremos o espaço — garanto a ela. — Enfeitaremos as salas. Vou descolar um rádio. Não vai ser como... — Mas não termino a frase. Não tenho certeza do que iria dizer. No canto, o pequeno televisor dá um arroto irritado de estática que nos causa um sobressalto.

Quase meia-noite, e Beth e eu vamos para nossos quartos. Os mesmos de sempre, onde encontramos as mesmas colchas, macias e desbotadas. A princípio, isso me pareceu irreal. Mas, afinal, por que trocar as colchas de quartos que nunca eram usados? Acho que Beth ainda não adormeceu também. O silêncio na casa soa como uma campainha. O colchão afunda onde eu sento, as molas perderam a elasticidade. A cama tem uma cabeceira escura de carvalho, e há uma aquarela na parede, tão desbotada agora. Barcos num ancoradouro, apesar de eu nunca ter ouvido dizer que Meredith conhecera a costa. Estendo a mão para trás da cabeceira, os dedos tateando os apoios verticais até achá-la. Quebradiça agora, e cheia de pó. A fita que eu amarrei — uma fita de plástico vermelha de um enfeite num presente de aniversário. Eu a amarrei aqui quando tinha 8 anos, como se soubesse de um segredo, um segredo que seria só meu. Eu poderia pensar nisso quando voltássemos à escola. Imaginá-la fora de vista, intocada quando o quarto fosse limpo, no ir e vir das pessoas. Ali estava algo que eu sempre saberia; uma relíquia minha que eu sempre poderia encontrar.

Uma leve batida, e Beth aparece na porta. Os cabelos estão destrançados, caídos em torno do rosto, o que a deixa mais jovem. Às vezes ela é tão bonita que me dá uma dor no peito que comprime minhas costelas. A luz fraca da lâmpada de cabeceira faz sombras em suas faces, sob os olhos, mostrando a curva do seu lábio superior.

— Tudo bem com você? Não consigo dormir — sussurra, como se houvesse mais alguém na casa que pudesse ser acordado.

— Estou bem, Beth. Só estou sem sono.

— Ah. — Ela fica na porta, hesitante. — É tão estranho estar aqui. — Não é uma pergunta. Eu espero. — Eu me sinto como... eu me sinto um pouco como a Alice de *Através do espelho*. Entende o que quero dizer? É tudo muito familiar e ao mesmo tempo estranho. Como se fosse de frente para trás. Por que você acha que ela nos deixou a casa?

— Não faço ideia. Para atingir a mamãe e o Tio Clifford, acho. É o tipo de coisa que Meredith faria — suspiro. Ainda assim, Beth hesita, tão bonita, tão menina. Nesse instante, é como se o tempo não tivesse passado, como se nada tivesse mudado. Ela poderia ter 12 anos outra vez, e eu, 8, e ela poderia estar se curvando para me acordar, para que eu não me atrasasse para o café da manhã.

— Acho que ela fez isso para nos punir — diz ela baixinho, parecendo aflita.

— Não, Beth. Nós não fizemos nada de errado — digo com firmeza.

— Não? Naquele verão. Não. Acho que não. — Ela pisca os olhos para mim agora, rapidamente, intrigada; tenho a impressão de que está tentando ver alguma coisa, alguma verdade sobre mim. — Boa noite, Rick — sussurra, usando um familiar diminutivo masculino para o meu nome, e desaparece.

Lembro-me de tantas coisas daquele verão. O último em que estava tudo certo, o verão de 1986. Da tristeza de Beth com o fim do Wham! Do calor que me deixou cheia de bolhas no peito, e da coceira que provocavam, e de quando estouravam sob minhas unhas e me davam nojo. Lembro-me do coelho morto no bosque que eu ia ver quase todos os dias, estarrecida e atenta à sua lenta deterioração, da forma como ele parecia respirar, até cutucá-lo com uma vara para constatar que estava morto e perceber que o movimento era provocado pelos vermes gulosos em disputa lá dentro. Lembro-me de assistir, na minúscula TV de Meredith, a Sarah Ferguson se casando com o Príncipe Andrew, no dia 23 de julho, com aquele vestido enorme me matando de inveja.

Lembro-me de fazer uma coreografia para o sucesso da Diana Ross, "Chain Reaction"; de furtar um dos boás de Meredith para minha fantasia, de tropeçar e pisar nele, provocando uma chuva de penas; de escondê-lo numa gaveta distante com um medo enorme na boca do estômago, apavorada demais para confessar. Lembro-me dos repórteres e policiais se encarando dos dois lados dos portões de ferro de Storton Manor. Os policiais tinham os braços cruzados, pareciam entediados e com calor em seus uniformes. Os repórteres andavam lentamente de um lado para outro e mexiam em seus equipamentos, falavam para câmeras e para gravadores de áudio, esperando por notícias. Lembro-me dos olhos de Beth cravados em mim enquanto um policial falava comigo sobre Henry, perguntando-me onde tínhamos brincado, o que tínhamos feito. Seu hálito cheirava a bala de menta depois que o açúcar acaba e só sobra o gosto ácido. Eu disse a ele, acho, e me senti mal; e os olhos de Beth estavam irritados e arregalados.

Apesar desses pensamentos, acabo pegando no sono com facilidade, depois de ter superado o toque frio dos lençóis e a escuridão pouco familiar do quarto. E tem o cheiro, não desagradável, mas em tudo impregnado. O modo como as casas das outras pessoas recendem a seus ocupantes — a combinação do sabonete que usam, do desodorante e dos cabelos quando precisam ser lavados; seu perfume, sua pele; a comida que cozinham. Apesar do inverno, esse cheiro está em todos os cômodos, evocativo e inquietante. Acordo uma vez; tenho a impressão de ouvir Beth andando pela casa. E depois sonho com o açude, onde estou nadando e tentando mergulhar, precisando buscar algo no fundo, mas sem conseguir chegar lá. O choque frio da água, a pressão nos meus pulmões, o medo terrível do que os meus dedos vão encontrar no fundo.

A partida

1902

Ficarei firme, lembrou Caroline a si mesma, determinada, enquanto observava sua tia Bathilda através de dissimuladas pestanas baixas. A mulher mais velha limpou o prato com eficiência metódica antes de falar outra vez:

— Temo que esteja cometendo um grave erro, minha querida. — Mas havia um lampejo nos olhos de sua tia que não parecia nada temeroso. Na verdade, era mais virtuoso, implicando uma satisfação, como se, apesar de todos os protestos em contrário, ela se sentisse vitoriosa. Caroline analisava o próprio prato, onde a gordura viera à superfície do molho e esfriara formando uma crosta nada apetitosa.

— A senhora já disse isso antes, tia Bathilda. — Ela falou com voz baixa e respeitosa, mas ainda assim sua tia lhe lançou um olhar feroz.

— Eu me repito, filha, porque você parece não me ouvir — reclamou.

O calor incendiou as faces de Caroline. Ela ajeitou a posição dos talheres, sentiu o peso liso da prata sob os dedos e endireitou levemente a coluna, que estava amarrada num zigue-zague rígido e doía.

— E pare de se mexer — acrescentou Bathilda.

O salão de jantar no La Fiorentina era excessivamente iluminado, fechado por janelas que tinham ficado opacas com os vapores da comida quente e das exalações. Uma luz amarela fustigava a partir dos vidros joias e metais polidos em que era refletida. O inverno tinha sido longo e rigoroso, e agora, bem quando a primavera parecia pronta a florescer com uma semana provocante de pássaros cantando e uma névoa alaranjada e verde nas árvores do parque, um longo período de chuvas frias tinha se instalado em Nova York.

Caroline captou seu reflexo nos diversos espelhos dispostos no salão, cada movimento seu ampliado. Intranquila com tal exame minucioso, ela corou ainda mais.

— Eu escuto a senhora, tia. *Sempre* a escutei.

— Segundo me consta, você me escutava no passado porque era obrigada. Agora, acha que já tem idade suficiente e me desconsidera completamente. Na decisão mais importante de sua vida, nesta encruzilhada vital, você me ignora. Bem, só fico contente que o pobre do meu querido irmão não esteja vivo para ver como eu fracassei com sua filha única. — Bathilda soltou um suspiro de mártir.

— A senhora não fracassou, tia — murmurou Caroline, relutante.

Um garçom tirou os pratos vazios, trouxe-lhes o carrinho de doces e um vinho suave para substituir o tinto. Bathilda deu um gole, os lábios deixando uma mancha gordurosa na borda dourada da taça, e então escolheu uma bomba de creme; cortou um pedaço grande e abriu bem a boca para acomodá-lo. A carne enfarinhada do queixo se dobrou sobre a gola de renda. Caroline a observava com desgosto e sentiu a garganta se contrair.

— A senhora nunca me fez sentir querida — sussurrou Caroline, tão baixinho que as palavras se perderam sob o aglomerado de vozes, dos sons de gente comendo e bebendo, da mastigação e deglutição. O aroma de carne assada e sopas ao curry permeava o ar.

— Não resmungue, Caroline. — Bathilda acabou a bomba e limpou o creme dos cantos da boca. *Não por muito tempo. Não por muito mais tempo*, Caroline disse a si mesma. Sua tia era uma fortaleza, pensou com raiva. Baluarte de bons modos e riqueza em um interior geralmente preenchido com comidas pesadas e xerez. Com certeza não havia um coração ali, nenhum amor, nenhum carinho. Caroline sentiu um arroubo de desafio.

— O Sr. Massey é um bom homem, de família honrada — começou a dizer, adotando um tom de raciocínio calmo.

— A moral de um homem é irrelevante. Corin Massey a transformará numa mula de carga qualquer. Não vai fazer você feliz — interrompeu Bathilda. — Como poderia? Está *abaixo* de você, em fortuna e modos... em todas as posições da vida.

— A senhora mal o conhece! — disse Caroline em voz alta. Bathilda lhe lançou um olhar de censura.

— Deixe-me lembrá-la de que você, também, *mal o conhece*. Você pode ter 18 anos agora, pode ser independente de mim, mas será que não conquistei respeito por criá-la? Por mantê-la e ensiná-la...

— A senhora me manteve com o dinheiro que meus pais deixaram. A senhora cumpriu seu dever — disse Caroline com um toque de amargura.

— Não me interrompa, Caroline. Nós temos um bom nome e ele teria lhe prestado um bom serviço aqui em Nova York. Ainda assim você escolhe se casar com um... *agricultor.* E se mudar para longe de tudo e todos que conhece para ir morar no meio do nada. Eu realmente fracassei, isso está claro. Não consegui incutir respeito, bom senso e adequação em você, apesar de todos os esforços.

— Mas não conheço ninguém por aqui, tia. Não de fato. Só conheço a senhora — disse Caroline, com tristeza. — E Corin não é um agricultor. É um fazendeiro criador de gado, muito bem-sucedido. O negócio dele...

— O *negócio* dele? O *negócio* dele devia ter sido ficar no meio do mato em vez de ter vindo até aqui para caçar mocinhas impressionáveis.

— Eu tenho dinheiro suficiente. — Caroline ergueu o queixo, desafiadoramente. — Não seremos pobres.

— Ainda não, não tem. Ainda faltam dois anos. Veremos o quanto vai gostar de viver da renda de um fazendeiro até lá. E vamos ver quanto tempo a sua fortuna vai durar depois que ele puser as mãos nela e encontrar o caminho das mesas de jogo!

— Não diga isso. Ele é um bom homem. E me ama e... e eu o amo — declarou Caroline, inflexível. Ele a amava. Ela deixou esse pensamento inundá-la e não pôde deixar de sorrir.

Quando Corin pediu a mão de Caroline, ele disse que a havia amado desde o primeiro instante em que a vira, num baile um mês antes — o baile dos Montgomery, que marcara o início da Quaresma. Desde que debutou, Caroline invejava a alegria que as outras moças pareciam sentir com essas funções. Elas dançavam, riam e conversavam com desenvoltura. Quando era forçada a entrar no salão com Bathilda, Caroline sempre se achava em desvantagem, sempre com medo de falar e de a tia corrigi-la ou repreendê-la. Corin mudara tudo isso.

Caroline escolheu seu vestido castanho de seda e as esmeraldas de sua mãe para o baile dos Montgomery. O colar era frio e pesado em volta de seu pescoço, e contornava o decote com um brilho dourado e um cintilar profundo que fazia a luz faiscar em seus olhos cinzentos.

— A senhorita parece uma imperatriz — disse Sara, admirada, enquanto escovava os cabelos louros de Caroline. Depois os prendeu num coque alto e apoiou um pé no banco para amarrar os cordões do espartilho. A cintura de Caroline era motivo de inveja para as colegas, e Sara sempre se esmerava para apertá-la o máximo possível. — Nenhum homem no salão conseguirá resistir à senhorita.

— Você acha? — perguntou Caroline, sem fôlego. Com seus cabelos escuros e seu sorriso pronto, Sara era a coisa mais próxima que Caroline tinha de uma verdadeira amiga. — O que eu temo é que eles não consigam resistir à minha tia — suspirou. Bathilda já tinha espantado mais de um pretendente adequado, homens jovens que ela julgou indignos.

— Sua tia tem altas expectativas para a senhorita, só isso. É claro que ela se importa muito com o homem com quem a senhorita vai se casar. — Sara acalmou-a.

— Nesse ritmo, vou acabar não me casando com ninguém e vou ficar aqui para sempre escutando a decepção dela comigo!

— Bobagem! O rapaz certo virá e conquistará sua tia, se isso for necessário para ter a senhorita. Olhe bem para si. Tenho certeza de que eles ficarão deslumbrados. — Sara sorriu. Caroline encontrou os olhos dela no espelho. Estendeu a mão sobre o ombro e segurou os dedos da moça, apertando-os em busca de encorajamento. — Vamos lá. Vai ficar tudo bem — garantiu Sara, dirigindo-se à penteadeira para pegar o pó de arroz e o ruge.

Caroline, em cada centímetro a garota de sociedade recatada, imaculada, desceu a larga escadaria para a incandescência do salão de baile dos Montgomery. O ambiente estava iluminado por pedras preciosas e sorrisos; impregnado pela fragrância do vinho e das perfumadas pomadas capilares. Os mexericos e sorrisos ondulavam pelo salão, passando como um telefone sem fio, alternando-se entre simpáticos, engraçados e maldosos. Caroline entreouviu elogios a seu vestido, sua tia sendo ridicularizada, suas joias recebendo admiração, e observou olhares francos lançados sobre ela e comentários feitos em voz baixa por trás de dedos delicados e piteiras de tartaruga. Ela falava pouco, apenas o suficiente para ser educada, e este, pelo menos, era um traço que sua tia sempre aprovara. Sorriu e aplaudiu com os outros quando

Harold Montgomery fez sua performance: a confusa cascata de uma grande garrafa de champanhe numa pirâmide de taças. Sempre espirrava e derramava, molhando as bordas que então manchavam as luvas das damas.

O salão estava abafado e quente. Ereta, Caroline bebericava o vinho ácido que deixava sua cabeça leve e sentia o suor surgindo embaixo dos braços. O fogo ardia em todas as lareiras, e a luz se derramava de centenas de velas elétricas nos lustres, tão clara que ela podia ver o pigmento vermelho dos lábios de Bathilda se infiltrando nos vincos em torno da boca. Foi então que Corin apareceu na frente delas, e ela mal ouviu a apresentação de Charlie Montgomery, pois foi capturada pelo olhar franco e a cordialidade do recém-chegado; e quando ela corou, ele também ficou vermelho além de gaguejar as primeiras palavras que lhe dirigiu.

"Olá, como vai?", como se fossem companheiros de carteado se encontrando para uma partida de uíste. Ele agarrou a mão dela em sua luva bordada para apertá-la, deu-se conta do erro e deixou-a cair abruptamente, frouxa sobre as saias. Com isso, ela corou ainda mais e não ousou olhar para Bathilda, que lançava o mais severo dos olhares para o jovem.

— Desculpe, senhorita... eu, hã... por favor, me perdoe — murmurou, curvando a cabeça para elas e sumindo entre a multidão.

— Que jovem *extraordinário*! — exclamou Bathilda sarcasticamente. — De onde você o desenterrou, Charlie? — Os cabelos pretos de Charlie Montgomery eram tão lustrosos quanto um impermeável e refletiram a luz quando ele se virou.

— Ah, não ligue para o Corin. Ele só perdeu a prática com tudo isto. Trata-se de um primo distante. O pessoal dele mora aqui em Nova York, mas faz anos que ele vive no Oeste, em Oklahoma. Veio para o funeral do pai — explicou Charlie.

— Que *extraordinário*! — repetiu Bathilda. — Nunca pensei que alguém tivesse que *praticar* seus modos. — Diante disso, Charlie deu um vago sorriso. Caroline lançou um olhar para a tia e percebeu como ela desconhecia o quanto não era apreciada.

— O que aconteceu ao pai dele? — perguntou a Charlie, surpresa consigo mesma.

— Ele estava em um dos trens que colidiram no túnel do Central Park mês passado. Foi uma verdadeira tragédia — disse Charlie, fazendo uma cara desapontada. — Dezessete mortos, pelo que foi noticiado, e quase quarenta feridos.

— Que terrível! — lamentou Caroline. Charlie assentiu, concordando.

— Os trens devem ser movidos a eletricidade, e os sinais devem ser automatizados. Assim elimina-se a chance de condutores sonolentos provocarem tais tragédias — declarou ele.

— Mas de que modo um sinal pode funcionar sem alguém que o opere? — perguntou Caroline, mas Bathilda soltou um leve suspiro, como se estivesse entediada, e Charlie Montgomery se desculpou e saiu.

Caroline procurou pelos cabelos cor de bronze do estranho e se flagrou com pena dele, por seu luto e pelos modos atrapalhados diante dos olhos implacáveis e impiedosos de Bathilda. A enorme dor de perder familiares próximos era algo com que ela estava apta a se solidarizar. Absorta, bebericava o vinho, já morno em sua mão e que deixava sua garganta ardida. Sentiu as esmeraldas pressionarem seu peito e o tecido úmido do vestido contra as coxas, como se a pele tivesse subitamente desejado ser tocada. Quando Corin apareceu ao seu lado um minuto depois e a convidou para dançar, ela aceitou sem palavras, com um espantado aceno de cabeça, o coração na garganta lhe impedindo de falar. Bathilda lançou um olhar furioso para ele, que nem sequer o percebeu, fazendo-a exclamar:

— Ora, *realmente*!

Eles dançaram uma valsa lenta, e Caroline, que se perguntara por que Corin tinha escolhido aquela música, e tão tardiamente, logo adivinhou o motivo em seus passos inseguros e no modo hesitante com que a segurava. Incerta, ela sorriu para ele, e a princípio eles não conversaram. Depois, ele disse:

— É preciso que me desculpe, Srta. Fitzpatrick. Por antes e por... Temo que não seja muito bom dançarino. Faz algum tempo que não tenho a sorte de frequentar uma festa como esta, nem de dançar com alguém tão... hã... — Ele hesitou, e ela sorriu, baixando o olhar como fora ensinada, mas sem conseguir desviá-lo por muito tempo. Podia sentir o calor da mão dele em sua cintura, como se não houvesse nada entre a sua pele e a dele. De repente, ela se sentiu nua, totalmente desconcertada, mas excitada também. O rosto dele era bem bronzeado, e o sol tinha se demorado sobre os pelos de suas sobrancelhas e do bigode, tingindo-os com uma cor quente. Os cabelos estavam penteados, mas sem brilhantina, e uma mecha rebelde caía agora em sua testa, quase fazendo-a estender a mão para arrumá-la para trás. Ele a observava com olhos castanho-claros, e ela achou que via um tipo de felicidade assustada ali.

Quando a dança acabou e ele pegou a mão dela, conduzindo-a para fora da pista, a luva raspou na pele áspera da palma de sua mão. Num impulso, ela a virou, segurando-a na sua, e a analisou, empurrando o polegar até os calos na raiz de cada dedo, comparando a largura deles com a de seus próprios dedos. Sua mão parecia a de uma criança comparada à de Corin. Ela inspirou e abriu os lábios para dizer isso antes de perceber o quanto seria inapropriado. Sentiu-se realmente infantil e notou que ele respirava profundamente.

— Sente-se bem, Sr. Massey?

— Sim... estou bem, obrigado. Está um pouco abafado aqui, não é?

— Vamos até a janela, onde o ar está mais fresco — sugeriu ela, segurando-o pelos braços para conduzi-lo em meio ao aglomerado de pessoas. O ar estava realmente sufocante, pesado de suor e respiração, denso com a fumaça, a música e as vozes.

— Obrigado — disse Corin. As longas janelas estavam fechadas ao frio mortal da noite de fevereiro, mas ele irradiava da vidraça mesmo assim, proporcionando uma área de frescor onde o superaquecimento encontrava alívio. — Não estou acostumado a ver tanta gente sob o mesmo teto e ao mesmo tempo. É engraçado como uma pessoa pode se desacostumar completamente dessas coisas e com tanta rapidez. — Ele encolheu um ombro de modo informal demais para o traje que vestia.

— Nunca saí de Nova York — falou Caroline, sem pensar. — Ou melhor, apenas para a casa de veraneio da minha família na praia... O que eu quero dizer... — Mas ela não sabia bem o que queria dizer. Que ele lhe parecia estranho, uma figura quase mítica, por ter se afastado tanto da civilização, por ter escolhido viver numa terra indomada.

— Não gostaria de viajar, Srta. Fitzpatrick? — perguntou ele, e ela começou a entender que algo havia se iniciado entre eles. Uma negociação de algum tipo, uma sondagem.

— Aqui está você, minha querida. — Bathilda se precipitou contra eles. Parecia ter conseguido farejar tal negociação a distância. — Venha comigo, quero apresentá-la à Lady Clemence.

Caroline não teve escolha e se deixou levar, mas olhou para trás, levantando a mão numa ligeira saudação.

— Não seja ridícula, menina! — Bathilda interrompeu seus pensamentos e a trouxe de volta ao presente, à mesa de almoço no La Fiorentina. — Você está agindo como uma colegial cega de amor! Eu também li o *romance* do Sr. Wister, e está claro que ele encheu sua cabeça com ideias românticas. Não consigo encontrar outra razão para você ter escolhido se casar com um caubói. Mas saiba que *O virginiano* é uma obra de ficção e não tem a menor relação com a realidade. Será que você não leu também sobre os perigos, o vazio e as dificuldades das terras fronteiriças?

— Não é mais assim. Corin me contou tudo a esse respeito. Ele diz que a terra é tão linda que se pode ver a mão de Deus em cada folha de capim... — Diante disso, Bathilda bufou, de modo nada elegante. — E o próprio Sr. Wister reconhece que a terra selvagem que ele descreveu já não existe. Woodward é uma cidade progressista, diz Corin...

— Woodward? Quem foi que já ouviu falar de *Woodward*? Em que estado é isso?

— Eu... não sei — confessou Caroline, comprimindo os lábios, ressentida.

— Não fica em estado nenhum, é por isso que você não sabe. Em nenhum estado da União. É uma terra fora do mapa, cheia de selvagens e homens rudes de todos os tipos. Ora, ouvi dizer que não se encontram damas a oeste da cidade de Dodge... apenas *mulheres* do pior tipo. Nenhuma dama! Você não consegue imaginar o tipo de lugar *ímpio* que deve ser? — O tórax de Bathilda se inchava no confinamento de seu vestido bordô. Ela estava corada até a raiz dos cabelos cor de aço, presos num coque bufante. Estava exasperada, percebeu Caroline, incrédula. Bathilda estava realmente *exasperada*.

— É claro que há damas! Tenho certeza de que esses relatos são exagerados — argumentou Caroline.

— Não vejo como você pode ter tanta certeza se não sabe de nada. Como pode saber qualquer coisa, Caroline? Você não passa de uma criança! Ele diria qualquer coisa para conseguir uma esposa tão fina e rica. E você acredita em cada palavra! Vai abandonar sua casa, sua família e todas as suas perspectivas aqui. Para viver onde não terá um nome, nem sociedade, nem conforto.

— Eu terei conforto — insistiu Caroline.

Uma semana após o baile, Corin levou Caroline à pista de patinação no lago do Central Park, acompanhados por Charlie Montgomery e sua irmã Diana, que, diplomaticamente, mantiveram boa distância. Era fim de fevereiro, e o céu estava com uma estranha luminosidade amarelada contrastando com os flocos de neve que caíam espiralados, parecendo negros a princípio e clareando com as árvores nuas ao fundo, antes de atingirem o chão.

— Quando eu era criança, sempre tive um pouco de medo de patinar aqui. Ficava esperando a hora em que fosse cair no gelo rachado — disse Corin com um sorriso, dando pequenos passos cuidadosos, mais parecendo andar que patinar.

— Não precisava se preocupar, Sr. Massey. Eles drenam a maior parte da água no início do inverno para garantir que o lago fique todo congelado. — Caroline sorriu. O frio era de rachar, deixando as faces coradas e a exalação suspensa no ar em nuvens brancas. Caroline enfiou as mãos enluvadas nos bolsos do casacão e patinou num grande círculo suave em torno de Corin.

— A senhorita é muito boa nisso. Muito melhor que eu!

— Minha mãe sempre me trazia aqui quando eu era pequena. Mas faz algum tempo que não patino. Bathilda não gosta.

— Onde está sua mãe agora? — perguntou Corin, girando os braços de modo desajeitado para se equilibrar. A neve tinha se acumulado na aba de seu chapéu, dando-lhe uma aparência festiva.

— Meus pais morreram. Faz oito anos — respondeu Caroline, parando de patinar na frente de Corin, que também parou. — Houve uma explosão numa fábrica quando eles iam para casa à tarde. Uma parede desmoronou e... a carruagem deles ficou soterrada — contou em voz baixa. Corin estendeu as mãos como que para abraçá-la, mas deixou-as cair de novo.

— Que trágico infortúnio. Sinto muito — disse.

— Charlie me contou sobre seu pai, e eu também sinto muito — replicou Caroline, imaginando se ele tinha percebido a semelhança, como ela, no modo claustrofóbico, como num pesadelo, com que ambos haviam perdido os familiares. Ela olhou para baixo, para os patins. Dentro deles, seus dedos estavam ficando dormentes. — Venha, Sr. Massey. Vamos em frente, senão grudamos no gelo! — sugeriu, estendendo a mão para ele, que a pegou, sorrindo, e em seguida fez uma careta ao ser rebocado, oscilando feito um garotinho.

Os dois foram tomar um chocolate quente no pavilhão quando a pista de gelo ficou tão lotada de patinadores que um progresso estável era quase impossível. Da mesa ao lado da janela, ficaram observando os garotos que disparavam de forma imprudente entre os adultos. Caroline percebeu que não estava sentindo o clima de inverno como normalmente o sentia. Ficar perto de Corin talvez fosse suficiente para aquecê-la; parecia fazer seu sangue correr mais rápido.

— Seus olhos são extraordinários, Srta. Fitzpatrick — elogiou Corin, sorrindo timidamente. — Com o reflexo do gelo, eles brilham como moedas de prata!

Caroline não sabia como reagir. Não estava acostumada a elogios e então olhou para baixo, para sua xícara, constrangida.

— Bathilda diz que tenho olhos frios. Ela lamenta que eu não tenha herdado o tom de azul dos olhos do meu pai — disse, mexendo lentamente o chocolate.

Mas Corin estendeu um dedo e levantou o queixo dela, fazendo-a sentir seu toque como uma descarga elétrica.

— Sua tia está muito enganada — declarou ele.

Apenas três semanas depois, quando o gelo começava a derreter nos parques, e o céu lavado assumiu um azul mais intenso, ele fez a proposta de casamento. Foi visitá-la numa terça-feira à tarde, sabendo que a encontraria sozinha, pois era hábito da tia jogar *bridge* com Lady Atwell nesse dia. Quando Sara o conduziu à sala, o rosto de Caroline ficou corado, e a garganta, seca. Ao se levantar para cumprimentá-lo, suas pernas estavam bambas, incapazes de colaborar. Uma poderosa mistura de alegria e terror parecia desfazê-la sempre que o via, tornando-se cada vez mais forte. As palavras sumiram de sua mente, e, ao fechar a porta, Sara deu um sorriso lacônico e entusiasmado para sua patroa.

— Que gentileza a sua vir me visitar — conseguiu articular Caroline, enfim; a voz trêmula como suas mãos. — Espero que esteja tudo bem.

Em vez de responder, Corin ficou girando o chapéu nas mãos, começou a falar e parou, enganchou um dedo no colarinho e o puxou como que para afrouxá-lo. Caroline cruzou as mãos para acalmá-las e aguardou, observando-o, espantada.

— Não quer... não quer se sentar? — acabou oferecendo. Corin olhou para ela e finalmente pareceu tomar uma resolução

— Não, não vou sentar — declarou, assombrando Caroline com a rispidez de seu tom. Eles ficaram se olhando por um longo momento, num impasse, e então Corin cruzou a sala com duas passadas largas, segurou o rosto de Caroline e a beijou. A pressão de sua boca foi tão chocante que ela não fez qualquer movimento para interrompê-lo ou para se afastar, como sabia que devia fazer. A maciez inesperada de seus lábios e seu calor a impressionaram. Ela não conseguia respirar, e uma tontura a confundia, ao mesmo tempo que começava a sentir uma singular dor ardida no estômago.

— Senhor... Sr. Massey... — gaguejou quando ele se afastou, ainda segurando seu rosto e examinando-a com uma premência silenciosa.

— Caroline... venha embora comigo. Case-se comigo — disse ele. Caroline mal conseguiu encontrar as palavras para responder.

— Quer dizer que o senhor... que o senhor me ama? — perguntou ela, enfim. Sua pulsação saltava, em pânico, enquanto esperava pela resposta, pelas palavras que tanto queria ouvir.

— A senhorita não sabe? Não consegue ver? — perguntou ele, incrédulo. — Eu a amei desde o momento em que a conheci. Desde o primeiro instante — murmurou ele. Caroline fechou os olhos, arrebatada de alívio. — Você está sorrindo — observou Corin, passando os dedos na face dela. — Isso significa que vai se casar comigo ou que está rindo de mim? — Ele sorriu, ansioso, e Caroline pegou sua mão e a pressionou no rosto.

— Parece que vou me casar, Sr. Massey. Significa que... não quero nada mais além de me casar com o senhor — respondeu num sopro.

— Eu vou fazê-la muito feliz — prometeu ele, beijando-a de novo.

Bathilda se recusou a anunciar o noivado entre sua sobrinha e Corin Massey. Recusou-se a ajudá-la com o enxoval, a comprar as roupas e arrumar os baús para a viagem. Em vez disso, observou-a dobrando caprichosamente os novos trajes feitos sob medida, as saias pontiagudas e as blusas bordadas.

— Suponho que você se considere emancipada para agir de modo tão desastroso. A própria Garota Gibson,* certamente — observou ela. Caroline não retrucou, embora a flecha quase tenha atingido o alvo. A jovem envolveu as joias num envelope de veludo azul e o enfiou na valise. Mais tarde, procurou por Bathilda na espaçosa casa onde moravam em Gramercy Park, encontrando-a sentada sob um raio de sol primaveril, tão luminoso que a deixava muitos anos mais jovem. Novamente, Caroline pediu que seu noivado fosse anunciado. Ela queria que tudo se realizasse de modo adequado, oficial, como devia ser, mas seu pedido caiu em ouvidos moucos.

— Nem deveria ser celebrado — falou Bathilda rispidamente. — Minha única satisfação é que não estarei aqui para ter de responder às perguntas que serão feitas. Voltarei para Londres, onde ficarei com uma prima do meu querido e falecido marido, uma dama com quem sempre compartilhei grande afeto e consideração. Já não há nada que me prenda a Nova York.

— A senhora vai voltar para Londres? Mas... quando? — perguntou Caroline, mais dócil. Infelizmente, ela se deu conta de que apesar das desavenças, tia Bathilda representava sua única família, seu único lar.

— No mês que vem, quando o clima estiver mais ameno.

**Gibson Girl* é uma criação do cartunista Charles Dana Gibson no início do século XX, que personificava o ideal feminino da mulher americana da época. (*N. da T.*)

— Entendo — sussurrou Caroline, apertando os dedos cruzados. Bathilda tirou os olhos do livro que lia ostensivamente, o olhar mesclado com algo quase agressivo. — Então suponho que não nos veremos muito daqui para frente.

— Realmente não, minha querida. Mas esse seria o caso, mesmo se eu ficasse em Nova York. Você estará muito além da distância que eu poderia viajar confortavelmente. Eu lhe darei meu endereço em Londres, e, é claro, você deve me escrever. E me atrevo a dizer que deverá encontrar companhia que baste na fazenda. Haverá outras esposas de fazendeiros nas redondezas, tenho certeza — disse ela, dando um leve sorriso e retornando ao livro. A gola de renda de Caroline pareceu sufocá-la. Ela teve um súbito estremecimento de medo e ficou sem saber se corria para Bathilda ou para longe dela.

— A senhora nunca demonstrou amor por mim — murmurou, a voz amedrontada e contida. — Não sei por que fica tão surpresa que eu vá atrás dele. — Depois, saiu do cômodo, antes que Bathilda pudesse zombar desse sentimento.

Então Caroline se casou sem que ninguém a entregasse ao noivo e nenhum familiar que a representasse. Ela escolheu um vestido translúcido de musselina branca, com uma pala ampla de renda e babados engomados no pescoço e nos punhos. Os cabelos foram presos no alto da cabeça com pentes de marfim, e sua única joia foram os brincos com pingente de pérola. Ela não usou maquiagem e, ao dar uma última olhada no espelho, viu o semblante pálido. Apesar de não estar quente, levou o leque de seda da mãe pendurado no punho, dedilhando-o nervosamente ao ir para a igrejinha do Upper East Side, próxima ao lugar onde Corin morara quando criança. Sara, a criada, sentou-se sozinha do lado da noiva; e, ao entrar na igreja, Caroline teve imensa vontade de ver seus pais lá. Corin usava um terno e gravata emprestados, os cabelos estavam bem-penteados para trás; as faces, recém-barbeadas; e a pele, macia e levemente arranhada. Enquanto ela vinha pela nave, ele remexia o colarinho, mas então encontrou o olhar ansioso dela e sorriu, ficando imóvel como se nada mais importasse. A mãe dele e dois irmãos mais velhos estavam presentes, solenes, assistindo ao casal fazer os votos diante do pastor. A Sra. Massey ainda vestia luto e, apesar de receber bem a nora, seu pesar era muito recente para que se sentisse realmente feliz. Fazia outro dia chuvoso, e a igreja estava silenciosa e escura, cheirando a umidade e cera de velas. Caroline não se importou. Seu mundo havia se contraído para não incluir nada além do homem à sua frente, o homem que tomava sua mão, o homem que a olhava de modo tão possessivo e falava com tanta convicção ao fazer suas promessas. Com as mãos unidas diante de Deus, Caroline sentiu uma onda irresistível de entusiasmo. Não conseguiu se conter e derramou uma torrente de lágrimas de felicidade. Corin aparou-as com a ponta dos dedos, dissipando-as com beijos. Enfim, ao lado dele, ela daria início a sua vida real.

Mas, para consternação de sua nova esposa, Corin fez as malas e se preparou para deixar Nova York no dia seguinte.

— Teremos nossa noite de núpcias na *nossa* casa, na casa que construí para nós; não aqui, num lugar que ainda sofre pelo meu pai. Vim para um funeral e não imaginava encontrar uma esposa — disse ele, sorrindo e beijando-lhe as mãos. — Preciso ajeitar algumas coisas, deixar a casa pronta para a sua chegada. Quero que seja perfeito.

— Será perfeito, Corin — garantiu ela, ainda desacostumada a se dirigir a qualquer homem pelo primeiro nome. Os beijos dele ardiam em sua pele, dificultando sua respiração. — Por favor, deixe-me ir com você agora.

— Dê-me um mês, só isso, minha querida. Siga-me em quatro semanas a partir de hoje, e tudo estará pronto. Você terá tempo de se despedir de todos os seus amigos, e eu terei tempo de me gabar com os meus que me casei com a moça mais linda de todo o país — disse ele, e então ela concordou, mesmo que o céu parecesse mais escuro com sua partida.

Ela visitou algumas de suas antigas amigas de escola para se despedir, mas, na maioria das vezes, encontrou-as ocupadas ou fora de casa. Finalmente, acabou entendendo que era *persona non grata* e então passou as quatro semanas seguintes em casa, sofrendo com o silêncio desconfortável entre ela e a tia, fazendo e desfazendo a bagagem, escrevendo uma carta após outra para Corin e olhando pela janela para uma paisagem agora dominada pelo recém-construído Edifício Fuller — uma criatura gigantesca em forma de cunha que se elevava a quase

90 metros do solo. Caroline nunca imaginara que o homem pudesse fazer uma construção tão alta. Olhando para aquilo, ela se sentiu diminuída, e as primeiras dúvidas assaltaram a sua mente. Sem a presença de Corin, quase parecia que ele nunca estivera lá, que ela tinha sonhado com todos os acontecimentos. Girando a aliança no dedo, franziu o cenho, lutando para afastar tais pensamentos. Mas o que poderia ser tão terrível para que ele não pudesse levá-la junto imediatamente? O que ele tinha a ocultar? Arrependimento pelo casamento apressado? Sara sentiu que ela estava aflita.

— Não falta muito agora, senhorita — disse ela ao lhe trazer o chá.

— Sara... pode ficar um instante?

— É claro, senhorita.

— Você acha... você acha que vai dar certo? Em Oklahoma? — perguntou Caroline, baixinho.

— É claro, senhorita! Quer dizer... Não sei com certeza, sem nunca ter estado lá. Mas o Sr. Massey vai cuidar bem da senhorita, disso eu sei. Ele não a levaria a nenhum lugar em que a senhorita não desejasse estar, tenho certeza — garantiu-lhe Sara.

— Bathilda diz que vou ter de trabalhar. Isto é, até que eu herde meu dinheiro... Serei mulher de fazendeiro — disse ela.

— Isso ocorrerá, de fato, mas dificilmente será o trabalho comum.

— O trabalho é muito duro? Manter a casa e tudo o mais? Você faz tão bem, Sara... É muito difícil? — perguntou ela, tentando ocultar a ansiedade. Sara a olhou com uma estranha mistura de diversão, pena e ressentimento.

— Pode ser um pouco duro, senhorita — respondeu, de um modo um tanto direto. — Mas a senhorita será a dona da casa! Terá liberdade de fazer as coisas como melhor entender, e tenho certeza de que terá ajuda. Ah, não se preocupe! Talvez leve algum tempo para se acostumar a um tipo de vida tão diferente da que teve, mas será feliz, tenho certeza.

— É, vou ser, não é? — Caroline sorriu.

— O Sr. Massey a *ama*. E a senhorita o ama... Como poderia não ser feliz?

— Eu realmente o amo — disse Caroline, inspirando fundo e apertando a mão de Sara. — Eu realmente o amo.

— E eu fico *tão* feliz pela senhorita — declarou Sara, a voz comovida, com lágrimas surgindo em seus olhos.

— Oh, por favor, Sara, não! Como eu gostaria que você fosse comigo!

— Eu também gostaria — respondeu Sara baixinho, enxugando os olhos com a bainha do avental.

Quando uma carta de Corin finalmente chegou, com palavras de amor e incentivo, implorando que ela tivesse paciência por um pouco mais de tempo, Caroline a leu e releu umas vinte vezes por dia, até saber cada palavra de cor, e se sentiu estimulada. Ao fim das quatro semanas, ela se despediu de Bathilda com um beijo em sua face rosada e tentou ver alguma marca de arrependimento na fisionomia da tia. Porém, apenas Sara foi com ela à estação, chorando de modo inconsolável ao lado da jovem patroa, enquanto os cavalos baios trotavam elegantemente pelas ruas e avenidas movimentadas.

— Não sei como será sem a senhorita. Não sei nem se vou gostar de Londres! — A moça choramingava, e Caroline pegou sua mão, apertando os dedos cruzados com os dela, muito emocionada para conseguir falar. Apenas ao se confrontar com a locomotiva, que cuspia vapor e fuligem com grande vigor, enchendo seu nariz com o calor do ferro e das cinzas, foi que ela finalmente sentiu que encontrara outra coisa no mundo tão animada quanto ela por fazer essa viagem. Assim que o trem partiu, fechou os olhos e, com a tossida solene e espalhafatosa do vapor, sua antiga vida acabou, e a nova teve início.

2

O irmão de minha mãe, meu tio Clifford, e a mulher dele, Mary, querem o antigo armário de roupa de cama, a mesa redonda Queen Anne do gabinete e a coleção de miniaturas que fica na mesa de vidro ao pé da escadaria. Não sei se foi isso que Meredith quis dizer ao mencionar que seus filhos podiam pegar uma *lembrança*, mas realmente não me importo. Até me atrevo a dizer que mais algumas coisas vão acabar no caminhão de mudança do tio Clifford no fim da semana. Se Meredith ficaria ultrajada, eu não ficarei. É um solar, mas não se trata de Chatsworth.* Não há peças de museu, exceto por uns dois quadros, talvez. Apenas uma casa grande e velha, cheia de coisas grandes e velhas; valiosa, talvez, mas também desprezada. Nossa mãe só pediu as fotografias de família que eu conseguir encontrar. Eu a amo por sua decência e seu coração.

Espero que Clifford envie homens suficientes. O armário é enorme. Ele ocupa uma das paredes do quarto das crianças: quilômetros de mogno francês com minaretes e cornijas, um pequeno templo para goma e naftalina. Atrás, uma escadinha de abrir range e oscila sob meus pés. Eu tiro pilhas grandes de roupa de cama das prateleiras e as jogo no chão. Como são planas e pesadas, seu pouso sacode os quadros. O pó voa, irritando meu nariz, e Beth aparece no vão da porta, correndo para saber que estrago estou fazendo. São gerações de lençóis, usados o bastante para serem substituídos, mas não tanto para serem jogados fora. Havia décadas que algumas dessas pilhas não eram perturbadas. Lembro-me da governanta de Meredith, ofegante, subindo as escadas com os braços carregados; suas faces vermelhas e encarquilhadas e as mãos largas e feias.

---

*Chatsworth House é uma grande casa campestre, localizada a cerca de 6 quilômetros de Bakewell, em Derbyshire, Inglaterra. O solar contém uma coleção única de inestimáveis pinturas e mobílias, com obras de pintores anteriores a 1800, de esculturas neoclássicas, entre outros artefatos. (*N. da T.*)

Depois de esvaziar o armário, não sei bem o que fazer com a enorme pilha de roupa de cama. Suponho que possa ir para uma obra de caridade. Mas não estou em condições de empacotar tudo isso, carregar até o carro e levar aos poucos até Devizes. Empilho tudo de novo junto à parede e, ao fazer isso, meus olhos reparam numa padronagem, um salpico de cor clara em toda aquela alvura. Flores amarelas. Três fronhas com florzinhas amarelas e caules verdes, bordadas em fio de seda em cada canto. Passo o polegar pelos pontos esmerados, sentindo como os anos de uso amaciaram o tecido. Reconheço algo, guardado no fundo da mente, mas não consigo lembrar o que é. Será que as vi antes? As flores são irregulares, não consigo lhes dar um nome. E são apenas três. Todos os outros conjuntos têm quatro fronhas, menos esse. Devolvo-as à pilha e jogo mais lençóis em cima. Descubro que estou com o cenho franzido e relaxo a testa.

Clifford e Mary são os pais de Henry. Eram os pais de Henry. Estavam em Saint-Tropez quando ele desapareceu, e a mídia, injustamente, fez o maior alarde a respeito. Como se eles o tivessem deixado com estranhos, como se o tivessem deixado sozinho em casa. Nossos pais também faziam isso. Quase todos os anos, vínhamos para cá passar todo o período de férias, e mamãe e papai viajavam sem nós por duas ou até três semanas. Iam à Itália para longas caminhadas; ao Caribe, velejar. Eu gostava de ficar sem eles e também temia por isso. Gostava porque Meredith nunca nos controlava muito, nunca saía para nos buscar depois de horas sem aparecermos. Nós nos sentíamos livres, andávamos pelas redondezas sem limites. Mas temíamos porque dentro de casa estávamos sob a autoridade absoluta dela. Tínhamos que ficar com ela, jantar com ela, responder às suas perguntas, inventar mentiras. Nunca me ocorria que eu não gostava de Meredith ou que ela fosse desagradável. Eu era pequena demais para pensar desse modo. Mas quando mamãe voltava, eu voava para seus braços, me agarrando com mãos pegajosas em suas saias.

Na ausência de nossos pais, Beth ficava ainda mais perto de mim. Se ela fosse andando na frente, era sempre com uma das mãos levemente para trás, os dedos longos esticados, esperando que eu os segurasse. E se eu não o fizesse, ela parava e olhava para trás, certificando-se de que eu a seguia. Uma vez, Dinny construiu uma casa na árvore para ela, numa faia alta na outra extremidade do bosque. Ficamos dias sem vê-lo, e ele havia nos proibido de espiá-lo. O tempo andava instável, o vento ondulando a superfície do açude, muito frio para nadar. Nós brincávamos de nos arrumar para festas num quarto desocupado; construíamos castelos com vasos vazios na estufa; fizemos até um esconderijo no centro oco do teixo podado em forma de globo que ficava no gramado. Depois o sol voltou, e vimos Dinny acenar do canto do jardim. Beth sorria para mim com os olhos iluminados.

— Está pronta — anunciou ele quando o alcançamos.

— O que é? — perguntei. — Vamos... conte!

— Uma surpresa — foi só o que disse, sorrindo timidamente para Beth. Nós o seguimos por entre as árvores, e eu contava a ele sobre nossa toca no teixo quando a vi e fiquei muda. Uma das maiores faias, com um tronco liso e prateado em que a casca se enrugava e onde os galhos se bifurcavam, como a dobra interna do cotovelo ou as costas do joelho. Eu já tinha visto Dinny subir nela antes, com uns poucos movimentos rítmicos, e depois se sentar bem lá em cima, entre as folhas verde-claras. Agora, lá onde a árvore começava a se expandir, Dinny tinha colocado uma plataforma de tábuas robustas. As paredes eram feitas de antigos sacos de fertilizantes azul-claros pregados a uma moldura de madeira, que o vento inflava para dentro e para fora como velas de barco. O caminho para essa fortaleza era marcado por laçadas de corda e pedaços de madeira pregados à árvore, formando uma escada irregular. No silêncio que perdurava, eu ouvia o sopro sedutor da brisa e o farfalhar vivaz das paredes da casa.

— O que acharam? — perguntou Dinny, cruzando os braços e apertando os olhos para nós.

— É genial! A melhor de todas as casas de árvore! — exclamei, pulando de um pé para outro.

— Adorei. Você construiu tudo sozinho? — perguntou Beth, olhando para cima, ainda sorrindo para a casa azul. Dinny fez que sim.

— Vamos subir para ver... É ainda melhor por dentro — disse ele, indo para o pé da árvore e segurando a primeira alça.

— Venha, Beth! — repreendi-a quando ela hesitou.

— Está bem! — respondeu sorrindo. — Você primeiro, Erica. Eu dou um impulso para você subir até o primeiro galho.

— A gente devia dar um nome a ela, Dinny! — falei, levantando a saia e enfiando as pontas nos calções.

— Que tal torre de vigia? Ou ninho do corvo? — disse ele. Minha irmã e eu concordamos; seria "O ninho do corvo". Beth me ergueu até o primeiro galho, minhas sandálias raspando o musgo ressecado, mas não consegui alcançar a próxima laçada. Meus dedos se dobravam no degrau que Dinny havia pregado na árvore, tão próximo, mas afastado demais para eu poder me segurar. Dinny se juntou a mim no primeiro galho, deixou que eu pisasse em seu joelho dobrado até que eu alcançasse o próximo degrau, mas dali minha perna não se esticava até ele.

— Desça, Erica — chamou Beth, enfim, quando eu já estava vermelha, aborrecida, e à beira das lágrimas.

— Não! Eu quero subir! — protestei, mas ela abanou a cabeça.

— Você é muito pequena! Desça! — insistiu ela. Dinny tirou o joelho, pulou da árvore e eu não tive escolha senão obedecer. Deslizei até o chão e olhei num silêncio mal-humorado para minhas pernas idiotas, curtas demais. Eu tinha arranhado o joelho, mas estava muito desanimada para dar atenção à minhoca de sangue grudento que corria pela minha canela.

— Beth, então? Você vai subir? — perguntou Dinny, e eu desfaleci por dentro por ser deixada de fora, por perder a maravilhosa casa da árvore. Mas Beth abanou a cabeça.

— Não, se Erica não pode — respondeu ela. Olhei para Dinny, mas desvici o olhar rapidamente, constrangida com a decepção que vi nos olhos dele, seu sorriso sumindo. Ele se encostou à árvore e cruzou os braços, defensivo. Beth hesitou por um tempo, como se incapaz de escolher as palavras. Depois ela estendeu a mão de novo. — Venha, Rick. Precisamos limpar sua perna.

Dois dias depois, Dinny veio nos buscar de novo, e dessa vez o tronco da faia estava pontilhado de degraus e laçadas de corda. Beth sorriu tranquilamente para Dinny, e eu voei para o pé da escadaria improvisada, olhando para a casa flutuante ao começar a subir.

— Vá devagar! — dizia Beth, preocupada, mastigando a ponta dos dedos quando eu resvalei. Ela me seguiu, fazendo uma cara séria de concentração, tomando cuidado de não olhar para baixo. Uma cortina solta de sacos marcava a porta. Dentro, Dinny havia colocado sacos plásticos cheios de palha, uma mesa feita com caixotes, um ramo de canabrás dentro de uma garrafa de leite, um baralho de cartas e uns gibis. Era simplesmente o melhor lugar que eu já tinha conhecido. Nós pintamos uma tabuleta para pôr no pé da escadaria. *O ninho do corvo. Invasores serão perseguidos.* Lembro que mamãe riu ao ler. Nós passávamos horas lá em cima, à deriva em nuvens verdes sussurrantes com pedaços de céu brilhante acima, fazendo piqueniques, longe de Meredith e Henry. Eu temia que Henry estragasse tudo quando viesse para ficar. Temia que fosse invadir nosso lugar mágico, debochar dele, torná-lo menos magnífico. Mas por um feliz acaso — aliás, felicíssimo — Henry tinha medo de altura.

Na minha cabeça, ele sempre é maior e mais velho que eu. Tinha 11 anos quando eu tinha 7. Na época, parecia uma diferença enorme. Ele era um *menino grande*. Era ruidoso e autoritário. Dizia que eu devia fazer o que ele mandava. Henry adulava Meredith, que sempre preferira os meninos. Nas raras ocasiões em que ela andava pelo bosque, ele a acompanhava, e mais de uma vez a ajudou a criar uma intriga detestável. Henry: um pescoço carnudo sem queixo; cabelos castanho-escuros; olhos azul-claros que ele estreitava, enfeando-os; pele branca que ficava com o nariz vermelho no verão. Uma dessas crianças, percebo agora, que é um adulto em miniatura, em vez de uma criança, para quem se olha e, de imediato, se vê como vai se parecer quando crescer. Suas feições já estavam mapeadas; cresceriam, mas sem se desenvolver. Estava na cara quem ele era: um antipático, é óbvio. Mas isso é injusto. Afinal, ele nunca teve a chance de provar que eu estava errada.

Eddie ainda tem cara de criança, e eu adoro isso. Uma fisionomia indefinível de menino, nariz pontudo, cabelo escovinha, os joelhos protuberantes nas pernas finas em seus shorts do uniforme. Meu sobrinho. Ele abraça Beth na plataforma, um pouco encabulado, pois alguns dos colegas de escola estão no trem atrás dele, batendo na janela, apontando o dedo. Espero por eles junto ao carro, as mãos enrugadas de frio, e sorrio quando se aproximam.

— Ei, Eddie, garotão! Eddinho! Eddius Maximus! — Eu o chamo, apertando-o num abraço e tirando-o do chão.

— Tia Rick, agora é só Ed — protesta ele, meio exasperado.

— Claro. Desculpe. E você não pode me chamar de *Tia*... fica parecendo que eu tenho 100 anos! Ponha sua mochila lá atrás e vamos embora — digo, resistindo à vontade de implicar com ele. Agora ele está com 11 anos, a idade que Henry sempre terá, e já é velho o bastante para se aborrecer com as brincadeiras. — Como foi a viagem de trem?

— Bem chata. Menos quando o Absolom trancou o Marcus no banheiro. Ele gritou à beça... Foi bem engraçado — conta Eddie. Ele cheira a escola, e o odor começa a encher o carro, forte e avinagrado. Meias sujas, lascas de lápis apontado, lama, tinta, sanduíches mofados.

— Muito engraçado mesmo! Duas semanas atrás, fui chamada pela diretora porque ele tinha trancado a professora de artes na sala de aula. Puseram uma fileira de armários na frente da porta! — diz Beth, com a voz alta e nítida, me deixando sobressaltada.

— Não foi ideia *minha*, mãe!

— Mesmo assim, você ajudou — contrapõe Beth. — Imagine se houvesse um incêndio ou coisa parecida. Ela ficou lá por horas!

— Bem... então eles não deviam ter proibido os celulares, não é? — falou Eddie, sorrindo. Meus olhos cruzam com os dele no retrovisor, e dou uma piscada.

— Edward Calcott Walker, estou estarrecida — digo, de brincadeira. Beth me lança um olhar furioso. Preciso me lembrar de não conspirar com Eddie contra ela, nem por uma coisa mínima. Não podemos ficar unidos contra Beth, nem por um segundo. Ela já se ressente com minha ajuda.

— Este carro é novo?

— Novinho. O velho Fusca finalmente morreu nas minhas mãos. Ed, espere só para ver a casa. É um monstro! — Mas ao chegarmos, na expectativa, olho para ele, que acena, ergue as sobrancelhas e não parece impressionado. Então imagino que o solar deve ser do tamanho de uma ala apenas de sua escola; talvez menor que as casas dos amigos dele.

— Ah, querido, que bom que temos outro feriado escolar — diz Beth, pegando a mochila que Eddie segurava. Ele sorri de esguelha para ela, um pouco desconcertado. Vai acabar mais alto que ela, já alcança seu ombro.

Dou um giro pela propriedade com Eddie enquanto Beth se acomoda com o boletim dele nas mãos. Levo-o até o monte do túmulo, contorno o bosque sombrio e chego ao açude. Ele achou uma vara comprida e a chicoteia, decapitando ervas daninhas e urtigas mortas. Hoje está mais quente, mas úmido. Um leve chuvisco na brisa e os galhos nus batendo acima das nossas cabeças.

— Por que chamam isto de açude? Não é simplesmente um poço? — pergunta ele, estalando a vara na beira, acocorado nas flexíveis pernas ossudas. A superfície está ondulada. Os bolsos de seus jeans estão abaulados de tesouros furtados. Ele parece um pássaro desse jeito, mas são tudo coisas de que ninguém sentirá falta. Velhos alfinetes de fralda, sementes de castanhas, cacos de porcelana azul e branca achados no chão.

— É aqui que o córrego se inicia. O açude foi cavado há muito tempo, como uma espécie de reservatório. Não é um poço natural.

— Dá para nadar nele?

— A gente costumava nadar. Dinny, sua mãe e eu. Acho que sua mãe nunca chegou a entrar totalmente. Era sempre muito frio.

— Os pais do Jamie têm um lago incrível para nadar... É uma piscina, só que sem cloro e azulejos e tudo isso. Tem plantas e tudo, mas é limpo.

— Deve ser o máximo. Mas não nesta época do ano, não é?

— É, acho que não. Quem é Dinny?

— Dinny... era um amigo nosso. Brincávamos com ele quando vínhamos para cá na infância. A família dele morava aqui por perto. Então... — Deixo a frase morrer. Por que falar sobre Dinny faz eu me sentir tão conspícua? Dinny. Com suas mãos quadradas tão habilidosas. Os olhos escuros sorrindo por baixo da franja, e o cabelo, um emaranhado, onde uma vez eu enfiei margaridas enquanto ele dormia, meus dedos trêmulos com uma alegria contida pela audácia; ficar tão perto dele e tocá-lo. — Ele era um verdadeiro aventureiro. Teve um ano em que ele construiu uma casa na árvore fabulosa...

— A gente pode ver? Ainda está lá? — pergunta ele.

— Podemos ir ver, se você quiser — digo. Eddie sorri e dá uma corridinha na frente, mirando uma árvore nova e atacando-a com um golpe. Os dentes adultos de Eddie ainda não se acomodaram bem. Parecem disputar espaço em sua boca. Há espaços livres e dois dentes que se acavalam. Em breve estarão presos num aparelho.

— Do que foi mesmo que eu ouvi os garotos chamando você do trem? — questiono.

Ele faz uma careta.

— Vaso de flor — admite, lastimando.

— Por que *diabos*...?

— Bem, é meio constrangedor... Preciso contar?

— Precisa, sim. Nada de segredos entre nós — afirmo sorrindo. Eddie suspira.

— A Srta. Wilton deixa um vasinho na escrivaninha dela. Não sei bem o que é. Minha mãe também tem essas... flores roxas com folhas peludas.

— Parece que são violetas-africanas.

— Que seja. Bem, ela nos deixou lá de castigo na hora do almoço, e eu disse que estava com tanta fome que comeria qualquer coisa, então o Ben apostou uma nota de 5 que eu não comeria a planta dela. Então...

— Então você comeu? — Levanto uma sobrancelha, cruzando os braços enquanto andamos. Eddie dá de ombros, mas não consegue ocultar a satisfação.

— Não o troço *todo*. Só as flores.

— *Eddie!*

— Não conte para minha mãe! — Ele dá uma risada, correndo outra vez. — Qual era o seu apelido na escola? — grita ele para mim.

— Não tinha. Apenas Rick. Eu era sempre a mais nova. Dinny me chamava de "Filhotinho" às vezes.

Eddie e eu somos mais chegados que muitas tias e sobrinhos. Fiquei com ele por dois meses enquanto Beth se recuperava, enquanto *obtinha ajuda*. Foi uma época tensa, uma época de seguir adiante, fingindo, sendo normal e sem fazer estardalhaços. Não tínhamos grandes conversas. Não despíamos nossas almas nem derramávamos nossos corações.

Eddie era muito criança, e eu sou muito impaciente. Porém, compartilhamos uma época muito complicada, de concentração de tristeza, raiva e confusão. Abalados, seguimos em frente, os dois nos sentindo assim; e é isso que nos aproxima... a experiência conjunta dessa época. Seu pai, Maxwell, e eu tínhamos discussões abafadas por trás de portas fechadas, sem querer que Eddie o ouvisse chamando sua mãe de *inútil*.

As sobras da casa da árvore se resumem a alguns restos de tábuas escuras e esverdeadas de aparência viscosa, como os ossos apodrecidos de um naufrágio.

— Bem, acho que ela já teve melhores dias — asseguro com tristeza.

— Dá para reconstruir. Eu ajudo, se você quiser — retruca Eddie para me animar.

Sorrio.

— Podemos tentar, apesar de ser uma coisa mais apropriada para o verão. Acho que está meio frio e sujo lá em cima agora.

— Por que vocês pararam de vir para cá? De visitar a bisa? — Coitadinho do Eddie. Uma pergunta inocente para aliviar o momento. Mas que pergunta ele foi fazer.

— Ah... sei lá. Foi só... que passamos a viajar mais com nossos pais quando crescemos. Nem me lembro direito.

— Mas você sempre diz que a gente nunca esquece as coisas importantes que acontecem quando somos crianças. Foi isso que você me disse quando eu ganhei o prêmio de oratória e atuação. — Ao falar aquilo, eu pretendia que fosse uma coisa positiva. Mas ele ganhou o prêmio quando estava comigo, naqueles dois meses, e o que nós dois pensamos, ao mesmo tempo, era que ele sempre se lembraria de chegar em casa da escola e encontrar Beth daquele jeito. Eu vi o pensamento passar pela fisionomia dele, fechei os olhos, querendo poder puxar minhas palavras de volta pelo ar.

— Bem, isso só mostra que não deve ter sido uma coisa muito importante, não é? — digo com leveza. — Vamos... temos muito mais para ver.

Voltamos em direção à casa, entrando na estufa quando começa a chover. Dali, mal nos molhando, vamos de um galpão para outro, atravessamos os velhos estábulos até a cocheira, que está congestionada de sucata e suja de excrementos de pássaros. Acima, contamos os ninhos de andorinhas, presos às vigas como fungos. Eddie encontra uma machadinha com a lâmina enferrujada.

— Que legal! — sussurra ele, brandindo-a em arco. Seguro o punho dele e testo o fio da machadinha com o polegar.

— Tenha muito cuidado com isso — aviso, fixando os olhos nos dele. — E não a leve para dentro de casa.

— Tudo bem — diz ele, girando-a de novo, sorrindo com o zunir do ar sendo cortado.

Lá fora fica mais escuro, e a chuva cai com mais força. Um córrego de água lamacenta passa borbulhando pela porta da cocheira.

— Vamos entrar? Sua mãe deve estar querendo saber onde nos metemos.

— Ela devia sair e ver a casa da árvore, ver se conseguimos reconstruir. Você acha que ela faria isso?

— Não sei, Ed. Sabe como ela logo fica com frio quando o tempo está desse jeito — respondo. Não há nada entre o âmago dela e o frio do inverno. Nem carne, nem músculo, nem pele.

Beth está novamente fazendo *mince pies** quando chegamos ruidosamente à cozinha. Esta estica a massa, corta, recheia, assa, embrulha-a. Começou ontem, preparando-se para a chegada de Eddie, e não mostra sinais de que vá parar. A mesa da cozinha está cheia de farinha, restos de massa e potes vazios de recheio. O cheiro é celestial. Corada, Beth se vira do forno com outra leva, despejando as forminhas na mesa arranhada de trabalho. Ela encheu todas as latas de biscoitos. No antigo congelador da adega, há vários sacos. Pego duas, dou uma para Eddie. O recheio me queima a língua.

— Estão maravilhosas, Beth — digo, querendo cumprimentá-la. Ela me dá um sorriso, que se alarga quando olha para o filho. Vai até ele e beija sua face, deixando impressões digitais farinhentas nas suas mangas.

— Parabéns, querido. Todos os professores parecem muito satisfeitos com você — começa ela. Pego o boletim que está na mesa, sopro a

---

**Mince pies* — São tortinhas recheadas com uma mistura de frutas secas, açúcar, temperos e conhaque, parte tradicional da ceia natalina da Grã-Bretanha. No passado, eram recheadas de carne. (*N. da T.*)

farinha de cima e dou uma folheada. — Com a possível exceção da Srta. Wilton... — especifica. Aquela da violeta africana.

— Ela dá aula de quê? — pergunto a ele, que se contorce de leve.

— Francês — murmura Eddie, com a boca cheia.

— Ela diz que você não está se esforçando o bastante. E que, quando se esforça, prova que poderia estar se saindo muito melhor — continua Beth, segurando os ombros de Eddie para não deixá-lo escapar. Ele os encolhe de modo ambíguo. — Além de... três castigos nesse semestre. O que é tudo isso?

— É só que francês é muito *chato* — declara ele. — E a Srta. Wilton é *muito* rígida! Na verdade, é injusta! Um desses castigos foi porque o Ben jogou uma bola de papel em mim! Nem foi culpa minha!

— Bem, apenas tente prestar mais atenção, ok? Francês é realmente importante. É sim! — insiste ela enquanto Eddie revira os olhos. — Quando eu for rica e me aposentar no sul da França, como é que você vai se virar se não souber falar o idioma?

— Gritando e apontando? — Ele se aventura. Beth comprime os lábios com severidade, mas depois dá uma risada, um som rico, intenso, que eu raramente ouço. Ela não consegue se segurar, não com Eddie.
— Posso comer outra tortinha? — pede ele, sentindo a vitória.

— Pode, sim. Depois vá tomar um banho... Você está imundo! — Eddie pega duas tortinhas e dispara porta afora.

— Leve sua mochila junto! — grita Beth.

— Não tenho mãos! — grita Eddie de volta.

— Não tem é vontade — minha irmã diz para mim, sorrindo lastimosa.

Mais tarde, assistimos a um filme; Beth enroscada com Eddie no sofá com uma enorme tigela de pipoca equilibrada entre eles. Ao olhar para ela, percebo que mal segue o filme. Ela vira o queixo, descansa-o sobre a cabeça de Eddie, fecha os olhos, contente, e eu sinto alguns dos nós dentro de mim se soltarem, escorregando para o calor do fogo na lareira. Assim, o fim de semana passa com rapidez — uma ida ao cinema em Devizes, dever de casa na mesa da cozinha, *mince pies*; Eddie lá fora na cocheira ou saqueando os estábulos desertos, brandindo sua machadinha. Beth está serena, embora um tanto distraída. Deixa de fazer as tortinhas quando a farinha acaba e fica parada por um instante prolongado, observando o filho pela janela com um sorriso leve e distante.

— Talvez eu o leve à França no verão — conta ela, sem desviar a atenção lá de fora enquanto eu lhe passo uma xícara de chá.

— Acho que ele iria adorar — digo.

— Talvez ao Dordogne. Ou ao Vale Perdido. Podíamos nadar no rio. — Adoro ouvi-la fazendo planos. Planos futuros. Adoro saber que está com o pensamento tão à frente. Coloco o queixo em seu ombro por um instante, sigo seu olhar para o jardim.

— Eu disse que ele iria se divertir aqui — comento. — O Natal será ótimo. — Os cabelos dela têm um leve cheiro de hortelã, e eu os solto sobre seus ombros, passando a mão para ajeitá-los sobre o blusão.

No domingo à tarde, Maxwell chega para buscar o filho. Eu chamo Beth com um grito ao abrir a porta para ele e, como ela não aparece, eu mostro o andar térreo a Maxwell e lhe ofereço um café. Ele se divorciou dela há cinco anos, quando a depressão parecia piorar. Ela emagreceu demais, e ele simplesmente disse que não conseguia enfrentar a situação e que não iria criar seu filho assim. Então ele a deixou e logo se casou novamente, dessa vez com uma mulher baixa, cheinha, de aparência saudável, chamada Diane: dentes brancos, cashmere, unhas perfeitas. Descomplicado. Sempre achei que a depressão de Beth foi bem conveniente para Maxwell. Mas ele não é de todo mau. Conheceu-a numa boa fase, só isso, quando minha irmã era graciosa e tinha uma beleza discreta. Na época, ela era como um cisne, como um lírio. Maxwell acabou se tornando um amigo das horas boas. Agora sua capa de chuva cinza está pingando no chão, mas a chuva não estraga o verniz de riqueza em seu cabelo, nos sapatos, na pele.

— Uma casa e tanto — diz ele, tomando um gole do café escaldante e fazendo um som alto que não me agrada.

— É, acho que é mesmo — concordo, encostando-me ao forno e cruzando os braços. Eu achava difícil ser afetuosa com Maxwell quando ele era meu cunhado. Agora, acho quase impossível.

— Precisa de uma boa reforma, é claro, mas tem um enorme potencial — declara. Ele fez sua fortuna com imóveis, e, com um pouco de maldade, imagino como está se virando com a atual crise de crédito. Enorme potencial. Ele disse isso sobre o chalé que Beth comprou perto de Esher depois do divórcio. Ele vê tudo com olhos de construtor, mas Beth preservou as portas de madeira inchada e as lareiras que só sugam a fumaça quando as janelas estão abertas. Ela gosta do chalé assim, meio fora de forma. — Já decidiram o que vão fazer com ela?

— Não, ainda não. Ainda nem falamos sobre isso — respondo. Um lampejo de irritação cruza sua fisionomia. Ele nunca gostou que a modéstia interferisse no bom senso.

— Bem, este legado poderia fazer de vocês duas mulheres muito ricas...

— Mas teríamos que ficar aqui. Morar aqui. Acho que nenhuma de nós quer isso.

— Mas vocês não precisariam ocupar a casa toda. Já pensou em transformá-la em um prédio de apartamentos? Seria necessário um bom planejamento, é claro, mas isso não seria problema. Vocês poderiam ficar com um apartamento e alugar o restante. Levantariam a maior grana e ainda manteriam o acordo do testamento.

— Isso custaria milhares e milhares... — abano a cabeça. — Além disso, estamos numa recessão, lembra? Achei que o mercado imobiliário estivesse parado.

— Podemos estar numa recessão agora, mas em dois, três anos? A longo prazo, as pessoas sempre vão precisar de lugares para morar. — Maxwell ergue a cabeça, pensativo. — Vocês precisariam de investidores. Eu poderia ajudar nisso. Eu mesmo posso me interessar... — Eu o vejo olhando em volta com interesse renovado, como se estivesse desenhando plantas baixas, medindo. Isso me dá um espasmo de aversão.

— Obrigada. Vou comentar com a Beth. — Meu tom é decisivo. Maxwell me lança um olhar severo, mas não diz nada por um tempo. Fixa os olhos numa pintura de frutas na parede em frente, depois pigarreia de leve, e então eu sei o que ele vai perguntar.

— E como vai a Beth?

— Bem. — Dou de ombros, propositadamente vaga. Novamente, a irritação se acende em suas feições, fazendo sua testa se preguear como uma carranca.

— Vamos lá, Erica. Quando eu a vi semana passada, estava muito magra outra vez. Ela está comendo? Ou tem se comportado daquele jeito estranho de novo?

Tento não pensar nas *mince pies*, nas centenas de *mince pies*.

— Não que eu tenha notado — minto. É a maior mentira. Ela está piorando de novo e, apesar de eu não saber exatamente por que, sei que isso começou quando Meredith morreu. Quando, ao morrer, ela trouxe este lugar de volta às nossas vidas.

— Então, onde é que ela está?

— Não faço ideia. Provavelmente no banheiro. — Dou de ombros.

— Fique de olho nela — murmura ele. — Não quero que Eddie passe o Natal aqui se ela for ter um de seus ataques. Não é justo com ele.

— Ela não vai ter nenhum *ataque*. A menos que você tente afastá-la do Eddie — falo rispidamente.

— Não é o caso de afastar Eddie dela. Trata-se de fazer o que é melhor para o meu filho e...

— O melhor para ele é passar algum tempo com a mãe. E tê-lo por perto a ajuda tanto. Ela sempre fica bem melhor...

— Não deveria depender do Edward deixar a mãe melhor!

— Não foi o que eu quis dizer!

— Só concordei que Edward viesse para cá porque você estaria aqui para ficar de olho nas coisas, Erica. Beth já demonstrou o quanto pode ser imprevisível, instável. Enfiar a cabeça na areia não vai ajudar, sabe.

— Acho que conheço minha irmã, Maxwell, e ela *não* é instável...

— Veja, eu sei que você quer apenas ficar ao lado dela, Erica, e isso é admirável. Mas não se trata de um jogo. Vê-la em seu pior estado é algo que pode afetar Edward pelo resto da vida, e não estou preparado para deixar que isso aconteça! Não outra vez.

— Fale baixo, pelo amor de Deus!

— Olhe, eu só quero...

— Eu sei o que você quer, Maxwell, mas é impossível mudar o fato de que Beth é a mãe do Eddie. As pessoas não são perfeitas, Beth não é perfeita. Mas ela é uma grande mãe e adora o filho, e se você conseguisse se concentrar nisso, para variar, em vez de ficar vigiando, esperando e gritando *guarda única!* cada vez que ela fica um pouco para baixo...

— *Um pouco para baixo* é uma meia verdade, não é, Erica? — diz ele, e só posso lhe lançar um olhar raivoso, pois ele tem razão. Na pausa, ouvimos um ruído do lado de fora da sala e trocamos um olhar acusatório. Eddie está no vestíbulo, balançando a mochila de modo desajeitado, da esquerda para a direita, torcendo os punhos magricelos.

— Edward! — chama Maxwell, abrindo um sorriso largo e atravessando a sala para dar um abraço rápido no filho.

Levo um bom tempo para encontrar Beth. A casa está escura hoje, como o mundo lá fora. Um típico domingo de meados do inverno, quando o sol mal pareceu nascer e agora já está se pondo novamente. Vou de porta em porta, abrindo-as, olhando dentro, sentindo o cheiro de mofo dos cômodos há muito fechados. Poucas horas atrás, tomamos o café da manhã, todos sentados na mesa comprida da cozinha. Beth estava animada e luminosa. Ela fez chocolate quente e aqueceu croissants. Animada e luminosa demais, percebo agora. Eu não a vi sair. Acendo e apago as luzes no percurso, mas uma porção de lâmpadas está queimada. Enfim, eu a encontro, sentada no parapeito da janela num dos quartos do andar de cima. De lá ela pode ver o carro prateado na entrada, rajado pela chuva na vidraça suja.

— Maxwell está aqui — informo, sem necessidade. Beth me ignora. Ela pega o lábio superior com dois dedos, empurra-os contra os dentes e dá uma mordida. — O Eddie está indo embora, Beth. Você precisa descer para se despedir. Venha. E o Maxwell quer falar com você.

— Não quero falar com ele. Não quero vê-lo. Não quero que o Eddie vá embora.

— Eu sei. Mas é só por algum tempo. E você não pode deixar que ele vá sem se despedir. — Ela vira a cabeça e olha para mim. Parece tão cansada. Tão cansada e triste. — Por favor, Beth. Eles estão esperando... precisamos descer.

Beth toma fôlego e se desenrola da posição em que estava no parapeito da janela, um movimento lento, deliberado, como se estivesse debaixo d'água.

— Encontrei ela! — Meu anúncio animado é alto demais. — Este lugar é tão grande que a gente se perde! — Beth e Maxwell me ignoram, mas Eddie dá um sorriso incerto. Como eu queria que Beth fingisse melhor às vezes. Demonstraria que está dando conta do recado. Tenho vontade de sacudi-la por não dar ao Maxwell uma melhor impressão. Ela fica diante dele com os braços cruzados, perdida dentro de um cardigã disforme. Não lutou quando ele partiu. Eles se separaram amigavelmente. Esta foi a palavra que as duas famílias alardearam. *Amigável.* Agora Beth não está nada amigável, parada, com o semblante soturno e o olhar ferido. Eles não se tocam.

— Que bom vê-la, Beth. Você está bem — mente Maxwell.

— Você também.

— Olhe, será que você se importa se a gente deixar o Eddie aqui no sábado em vez de sexta? É que na sexta à noite a Melissa vai cantar no coral de Natal e gostaríamos de ir juntos, não é, Eddie? — Eddie encolhe um ombro e faz que sim ao mesmo tempo. O coitadinho podia dar aulas de diplomacia. Beth contrai a boca e os maxilares ficam tensos. Como ela odeia qualquer menção à nova família de Maxwell, qualquer segundo a mais que Eddie passa com eles. Mas o pedido é razoável, e ela se esforça para também ser.

— É claro. Não tem problema — diz.

— Ótimo — responde Maxwell sorrindo, um rápido sorriso de executivo. Há uma pausa silenciosa, apenas o barulho da mochila de Eddie, balançando para frente e para trás. — Vocês têm muitos planos para a semana? — pergunta Maxwell.

— Nada de mais... Separar o entulho acumulado, preparar para o Natal — digo com leveza. Beth nada acrescenta a esse assunto.

— Certo, então. Vamos indo, Ed? — Maxwell conduz o filho à porta. — Vemos vocês no sábado. Aproveitem a semana, vocês duas.

— Espere! Eddie... — Beth se apressa até o menino e lhe dá um abraço apertado demais. Iria com ele, se pudesse. Acompanhando-o de perto, não deixando que a esquecesse, que amasse Diane e Melissa demais. Quando a porta se fecha atrás deles, eu me viro para Beth, mas ela não encontra meu olhar.

— Seria bom se você não ficasse tão quieta na frente de Maxwell! — disparo. — Será que não dá para você ser mais... — Não termino de falar, confusa. Beth joga os braços para cima.

— Não, não dá! Eu sei que ele quer tirar o Eddie de mim. Não posso fingir que não sei ou que não me importo! — grita ela.

— Eu sei, eu sei — acalmo-a. Ela enfia as mãos nos cabelos desgrenhados. — Logo, logo o Eddie vai estar de volta — acrescento. — Você sabe o quanto ele gosta de ficar com você. Ele simplesmente adora você, Beth, e nada que Maxwell faça vai mudar isso.

Eu a seguro pelos ombros com carinho, tentando extrair um sorriso. Ela suspira, cruzando os braços.

— Eu sei. Eu só... vou tomar um banho — diz, e me dá as costas.

Sem Eddie, a casa fica apenas grande e vazia novamente. Num consenso silencioso, paramos de separar os pertences de Meredith por enquanto. A tarefa é imensa e parece inútil. As coisas deste lugar estão aqui há tanto tempo que se corroeram no próprio espaço. Seria impossível retirar tudo agora. Eles terão que usar força, talvez uma escavadeira — talvez algo como uma caçamba dentada engolindo pilhas de tecidos, tapetes, papel, madeira e pó. Trabalho duro, como tentar fazer bolinhas num melão verde. Será um ato de violência terrível. Todos os pequenos vestígios de tantas vidas.

— Eu nunca tinha pensado no que acontece com as coisas de uma pessoa quando ela morre — comento enquanto jantamos. A despensa estava cheia de latas de sopa quando chegamos, mas já estão quase no fim. Em breve, terei que me aventurar até a vila.

— Como assim?

— Ora... é a primeira vez que conheço alguém que morreu, só isso. Nunca tinha precisado lidar com as consequências...

— Lidar com as consequências? Assim parece que morrer é um ato de egoísmo. É o que você pensa? — A voz de Beth está grave e intensa. Agora que Eddie se foi, ela mudou muito.

— Não! É claro que não. Não foi isso que eu quis dizer. Só estava pensando que é o tipo de coisa em que não se pensa até acontecer... Como quem vai separar tudo e para onde irão as coisas. Ou seja, o que vai acontecer com as camisolas de Meredith? Com as meias? Com a comida na despensa? — Estou me esforçando, era para ser uma conversa irrelevante.

— O que importa, Erica? — rebate Beth rispidamente.

Eu paro de falar, parto um pedaço de pão e o esmigalho entre os dedos.

— Não importa — digo. Às vezes me sinto muito solitária com Beth. Eu nunca me sentia assim quando éramos mais jovens. Nunca nos hostilizamos muito, nem discutimos. Talvez a diferença de idade entre nós fosse grande o bastante. Talvez porque tínhamos um inimigo em comum. Nem mesmo quando ficamos dois dias inteiros trancadas em casa, dois longos dias ensolarados, nos viramos uma contra a outra. Aquilo foi coisa de Henry e Meredith. Ela nos proibiu de brincar com Dinny desde o começo, nos disse para não falar com ninguém da família dele nem chegar perto deles, depois de termos anunciado inocentemente nossa nova amizade na hora do chá.

Nós o conhecemos no açude, onde ele nadava. O dia estava agradável, mas não quente. Era início do verão, eu acho; a paisagem, ainda fresca e verde. Soprava uma brisa fria, então nós estremecemos ao vê-lo, molhado. Suas roupas estavam empilhadas na margem. Todas. Beth pegou a minha mão, mas não saímos correndo. De imediato ficamos fascinadas. De imediato quisemos conhecê-lo — um garoto magro, moreno, nu, com os cabelos molhados grudados no pescoço, nadando e mergulhando, sozinho. Que idade eu tinha? Não tenho certeza. Talvez 4 ou 5, não mais que isso.

— Quem são vocês? — perguntou ele, nadando para mais perto. Eu me aproximei ainda mais de Beth, apertando a mão dela.

— Aquela é a casa da nossa avó — explicou Beth, apontando para o solar. Dinny deu umas braçadas, aproximando-se um pouco mais.

— Mas quem são vocês? — ele sorriu, dentes e olhos brilhando.

— Beth, ele está sem roupa! — sussurrei, alarmada.

— Shh! — Beth me fez calar, mas foi um som engraçado, animado por uma risadinha.

— Beth, então. E você? — Dinny olhou para mim. Levantei um pouco o queixo.

— Eu sou a Erica — anunciei com toda a compostura que consegui reunir. Bem na hora, um *Jack Russel Terrier* marrom e branco saiu correndo do bosque e saltou em cima de nós, latindo alegremente e abanando o rabo.

— Eu sou Nathan Dinsdale, e este é o Arthur. — Ele meneou a cabeça para o cachorro. Depois disso eu o teria seguido a qualquer lugar. Eu queria muito ter um animal de estimação, não o peixinho dourado que era o único para o qual tínhamos espaço em casa. Fiquei tão ocupada brincando com o cachorro que não lembro como Dinny saiu do açude sem que Beth o visse nu. Desconfio que ele não saiu.

Nós continuamos a nos encontrar com ele, é claro, apesar da proibição de Meredith, e geralmente conseguíamos manter segredo, escapulindo de Henry antes de descer até o acampamento onde Dinny vivia com a família, nos limites da propriedade. De todo modo, Henry geralmente os evitava. Não queria desobedecer a Meredith e absorvia seu desprezo pelos nômades, deixando que o sentimento dela se tornasse seu próprio ódio. Na vez que ela nos deixou trancadas, nossos pais tinham ido passar o fim de semana fora. Fomos à vila com Dinny para comprar doces e Coca-Cola na loja. Eu me virei e vi Henry. Ele se escondeu atrás da cabine telefônica, mas não foi rápido o bastante, e eu tive uma sensação arrepiante na nuca por todo o caminho de volta. Dinny se despediu e foi andando pelo meio das árvores, a uma boa distância da casa.

Meredith nos esperava na varanda; Henry não estava à vista. Mas eu sabia como ela sabia. Ela nos agarrou pelos braços, as unhas cravadas, curvada, o rosto lívido perto dos nossos.

— Se vocês brincam com cachorros, vão ficar com pulgas — disse ela, as palavras cortantes. Fomos puxadas lá para cima, obrigadas a tomar um banho tão quente que nossa pele ficou vermelha. Eu chorava sem parar, mas Beth ficou quieta, furiosa.

Depois, quando eu estava na cama e me lamuriava, Beth me instruiu em voz baixa.

— Ela quer nos punir deixando a gente presa em casa, então devemos mostrar que não nos importamos. Entendeu, Erica? Por favor, não chore! — sussurrou ela, afagando meus cabelos com dedos que tremiam de raiva. Assenti, acho, mas estava chateada demais para prestar atenção no que ela dizia. Ainda era dia claro lá fora. Eu ouvia Henry brincando com um dos cachorros no gramado, ouvia a voz de Clifford, indistinta do outro lado das tábuas do assoalho. Uma grande tarde de agosto, e nós obrigadas a ficar na cama, confinadas durante todo o fim de semana.

Quando nossos pais voltaram, contamos tudo. Papai disse:

— Isso foi demais, Laura. Estou falando sério desta vez. — Eu tive um arroubo de alegria, de amor por ele.

Mamãe garantiu:

— Vou falar com ela.

Na hora do chá, eu as ouvi na cozinha, mamãe e Meredith.

— Ele parece um bom garoto. Bem sensato. Eu realmente não vejo nenhum mal, mãe.

— Não vê nenhum mal? Quer que as crianças comecem a usar esse linguajar terrível de Wiltshire? Quer que elas aprendam a roubar e praguejar? Quer que elas venham para casa piolhentas e degradadas? Se for assim, então, realmente, não pode haver mal algum — retrucou Meredith friamente.

— Minhas filhas *nunca* iriam roubar — disse mamãe com firmeza. — E acho que *degradadas* é um exagero, por favor.

— Eu não acho, Laura. Talvez você tenha se esquecido dos problemas que essa gente tem nos causado ao longo dos anos.

— Como eu poderia esquecer? — suspirou mamãe.

— Bem, as filhas são suas...

— É, são.

— Mas se você quiser que elas vivam sob o meu teto e sob os meus cuidados, então terão que seguir as minhas regras.

Mamãe respirou fundo.

— Se eu souber que elas ficaram trancadas novamente, então elas não virão mais para cá, nem eu e David — afirmou ela calmamente, mas eu pude ouvir a tensão. Quase um tremor. Meredith não retrucou. Ouvi seus passos vindo em minha direção e saí correndo. Com o terreno seguro, entrei para ver minha mãe e a encontrei lavando a louça num profundo silêncio, os olhos brilhantes. Abracei as pernas dela bem apertado. Dali em diante, Meredith não se mostrou menos contrária a brincarmos com Dinny, mas nunca mais nos trancou no quarto. Pelo menos nesse ponto mamãe venceu.

A manhã de segunda-feira está taciturna e úmida. Ao acordar, sinto os dedos dos pés e das mãos gelados, e é assim que eles ficam; e agora, a ponta do nariz também. Não consigo me lembrar de quando senti tanto frio. Em Londres isso não acontece. Tem o calor úmido do metrô, a turbulência quente das lojas e cafés. Mil lugares para se esconder de qualquer queda na temperatura externa. Estou na estufa, no lado sul da casa, olhando para um pequeno gramado cercado de nodosas árvores frutíferas. Quando brincávamos fazendo muito barulho, quando *desafiávamos a paciência* de Meredith, éramos mandadas para lá, para o pequeno gramado, enquanto os adultos ficavam sentados no terraço que dava para oeste, diante de uma mesa branca de ferro, bebendo chá gelado e vodca. Minhas companhias aqui são os restos esqueléticos de uns tomateiros e um sapo, sentado ao lado da torneira que pinga água esverdeada numa faixa verde-clara de lentilha-d'água. Eu havia esquecido da quietude do campo, que me deixa desolada.

Apesar da estação, o cheiro aqui dentro é fecundo, de terra e umidade. Uma das minhas primeiras lembranças de Henry, que devia ter 8 ou 9 anos: no pequeno gramado, quando eu tinha uns 5; um dia quente de agosto durante um daqueles verões que pareciam durar para sempre, o gramado alourado pelo sol, estalando ao ser pisado; as pedras do terraço, quentes demais para pés descalços; os cachorros, muito esgotados para brincar; meu nariz descascando, e sardas nos braços de Beth. Eles montaram uma daquelas enormes piscinas de plástico para nós no pequeno gramado. Era tão grande que havia degraus para subir na lateral, e, lá dentro, o extenso plástico azul já era sedutor mesmo antes de se encher de água. Ela foi montada; uma mangueira atravessada em cima. A água da mangueira vinha diretamente da fonte e era gelada em nossa pele tostada, provocando uma dormência deliciosa. Eu andava inquieta em volta dela, com meu maiô vermelho, louca para que se enchesse rapidamente.

Henry entrou logo, levando grama nos pés, que flutuaram. Pegou a mangueira e a brandia em nossa direção, agora que os adultos tinham se retirado. Ele nos molhava e não nos deixava chegar perto. Lembro o meu desespero para entrar, para molhar os pés, mas do *meu* jeito. Eu não queria que jogassem água em mim. Primeiro os pés, depois o restante, gradativamente. Cada vez que eu me aproximava, ele me borrifava. A água estava na altura dos tornozelos dele, os pés brancos e ondulantes.

Seu corpo também era branco, de aparência mole; os mamilos, um pouco protuberantes, virados para baixo. Depois ele parou e jurou — fez uma promessa — que eu podia entrar, que ele não iria atirar água. Eu o fiz baixar a mangueira antes de entrar cuidadosamente. Um segundo de frio extasiante nos pés, e Henry me agarrou, pôs minha cabeça embaixo do braço e a mangueira bem no meu rosto. A água entrando pelo meu nariz, olhos, gelada, me sufocando. Beth gritava com ele do lado de fora. Eu tossi e chorei até mamãe aparecer.

Como eu queria que Beth saísse da casa. Li em algum lugar que o ar livre é a melhor coisa para a depressão. Uma caminhada revigorante, uma comunhão com a natureza. Como se a depressão fosse como uma indigestão que precisa ser expulsa do sistema. Não tenho certeza de que vá funcionar nesta época do ano, quando o vento pode soprar diretamente em nossa alma, mas deve ser melhor que ficar vagando por aquela casa. Encontro uma cesta e uma tesoura de jardinagem sobre a mesa de trabalho e, com elas, vou para o bosque.

Dou a volta para passar pelo açude. Faço isso quase todos os dias. Parece que não consigo ficar longe dele. Fico parada em sua margem íngreme, chutando pedrinhas. Quando estou ali, me voltam certas alusões a alguma coisa. Essas alusões vêm sempre que estou perto de Storton Manor — retratos fugazes que aparecem com uma imagem, um odor ou um cômodo. Uma fita atada atrás de uma cama. Flores amarelas bordadas numa fronha. Cada passo é um ajudante da memória. Aqui, no açude, há algo de que eu deveria me *lembrar*, algo mais que brincar e nadar, mais que a excitação do proibido. Fecho os olhos e me agacho, abraçando os joelhos. Concentro-me no cheiro da água e do solo, no som das árvores acima da minha cabeça. Ouço um cachorro latir, a distância, talvez na vila. Sem dúvida, há *algo*, algo que estou tentando saber. Estendo dedos às cegas até eles tocarem na superfície. A água parece me morder, tamanho o frio. Eu a imagino engrossando, cristais de gelo tecendo fios endurecidos. Por um segundo, sinto o antigo temor de ser sugada para o fundo. Pois se a água podia vir lá do fundo, do nada, como magia, então, com certeza, as coisas podiam fazer o caminho contrário também. Às vezes eu pensava nisso quando nadava. Uma deliciosa sensação, como nadar no mar e, de repente, pensar nos tubarões.

Na borda da colina, onde as árvores desaparecem, o solo cai formando um buraco redondo e escarpado. Como se uma concha gigante tivesse tirado a terra, deixando a concavidade forrada de pilriteiro, abrunheiro, sabugueiro, tudo interligado por barba-de-velho. A geada se acumula aqui, permanece por mais tempo. Localizo um arbusto de azevinho bem no meio de tudo, suas frutinhas luminosas parecendo joias no emaranhado sem cor, mas não vou longe. Desço, escorregando na relva coberta de ervas rasteiras e, ao chegar no matagal, não consigo encontrar um meio de penetrar. O ar está parado, notavelmente mais frio. Minha respiração gera um vapor que paira na frente do meu rosto quando ando em volta, buscando uma entrada. Nenhuma vista além do aclive, delimitado pela borda onde ele encontra o céu. Uma tentativa de forçar a entrada, e recuo, bastante arranhada.

Volto ao bosque, sem nada na cesta até agora além de umas gavinhas de hera desfolhadas do jardim. Estes bosques não são públicos; não são cuidados ou cruzados por trilhas. Atualmente, as terras de pasto da propriedade estão todas arrendadas ou vendidas a fazendeiros, e me pergunto se algum deles vem até aqui — pegar madeira, criar faisões, caçar coelhos. Não vejo qualquer sinal disso. O solo está sufocado por folhas mortas e sarças, galhos partidos apodrecendo. Coisas que não consigo ver correm em volta com leves sons farfalhantes, sem deixar nenhum outro rastro. Sementes, frutos de faias; em torno de uma árvore, um tapete de pequenas maçãs amarelas em decomposição. Preciso olhar onde piso para não tropeçar, e acima não há passarinhos cantando. Apenas o som baixo da respiração do vento passando pelos galhos nus.

Sem ver por onde estou indo, quase piso numa pessoa agachada. Dou um gritinho de surpresa. Um jovem com longos *dreadlocks* e roupas coloridas que não combinam.

— Desculpe! Oi — exclamo, engasgada. Ele se levanta, muito mais alto que eu, e vejo um grande agrupamento de cogumelos ao lado dos pés dele. Amarelos e feios. Ele os estava analisando, com o nariz praticamente grudado neles. — Acho que não são comestíveis — acrescento, com um sorriso breve. O homem me encara e não diz nada. Ele é magro e tem pernas compridas. Fica parado me olhando, com os braços caídos ao longo do corpo, e sinto um impulso de inquietude me puxando para longe dele. Talvez um instinto, ou algo que falta por trás dos olhos dele, me diz que as coisas não estão como deveriam. Dou um passo atrás e viro à esquerda. Ele dá um passo à direita, para me barrar. Eu me viro para o outro lado e ele me segue. Meu coração bate mais forte. O silêncio dele é inquietante. Ele é ameaçador, mesmo sem fazer qualquer movimento. Exala um cheiro temperado, levemente distinto. Será que está drogado? Eu vou para a esquerda de novo, e ele sorri, um sorriso aberto, exibindo a gengiva.

— Saia do meu caminho agora! — falo rispidamente, tensa. Mas ele dá um passo em minha direção, e tento me afastar, mas meu calcanhar fica preso num emaranhado de vegetação rasteira e eu caio de lado, desajeitada, sentindo as mãos cravadas em espinhos e perdendo o fôlego. As folhas secas voam à minha volta, enchendo o ar com seu cheiro podre. Viro a cabeça, e o homem está se inclinando sobre mim, bloqueando a vista do céu. Luto para desvencilhar o pé do emaranhado, mas meus movimentos são atrapalhados, e só pioro as coisas. Penso em gritar, mas a casa está muito longe e não haveria como Beth me ouvir. Ela não sabe que estou aqui. Ninguém sabe. O pânico me deixa trêmula e dificulta a respiração. Então, mãos pesadas e fortes prendem meus braços.

— Tire as mãos de mim! Fora! — grito, descontrolada.

Ouço uma segunda voz, e as mãos me soltam, deixando-me cair sem cerimônia no chão.

— Harry não é um importuno. Você não teve intenção de importunar, teve Harry? — avisa o recém-chegado, dando um tapinha no ombro do homem alto. Dou uma olhada para cima e vejo os dois. Harry sacode a cabeça, e agora percebo que ele está abatido, preocupado; nem um pouco feroz ou lascivo. — Ele só estava tentando ajudá-la a se levantar — diz o outro homem, com uma leve repreensão. Harry retorna ao seu exame minucioso dos cogumelos amarelos.

— Ele só... Eu só estava... procurando por plantas. Para a casa — digo, ainda desconcertada. — Pensei... bem, não pensei nada — concluo. Meu coração se acalma um pouco e me sinto ridícula. O estranho estende a mão e me põe de pé. — Obrigada — murmuro. Ele tem uma espingarda de ar comprimido pendurada no braço. Eu chuto as plantas emaranhadas no meu pé e examino as mãos machucadas, pontilhadas de sangue. Enxugo-as na traseira do jeans e olho para meu salvador com um leve sorriso encabulado. Ele me observa com uma intensidade inquietante, e então sorri.

— Erica?

— Como você sabe... Desculpe, eu o conheço? — indago.

— Não me reconhece? — pergunta ele. Olho novamente: uma cabeleira escura, presa atrás, na nuca, um peito largo, um nariz levemente curvado, sobrancelhas retas, a boca formando uma linha reta e decidida. Olhos pretos brilhantes. E então o mundo se transforma lentamente, se distorce, as feições se assentam e algo incrivelmente familiar se funde.

— *Dinny?* É você? — falo, emocionada.

— Fazia *muito* tempo que ninguém me chamava de Dinny. Agora é Nathan. — Seu sorriso não está muito confiante. Parece contente, tão curioso quanto eu em encontrar um personagem do passado, mas defensivo, contido. Seus olhos, entretanto, nunca abandonam meu rosto. Seu olhar é como um foco de luz em cada um de meus movimentos.

— Não dá para acreditar que seja mesmo você! Como... como vai? O que está *fazendo* aqui? — Estou impressionada. Nunca me ocorreu que Dinny também tinha crescido, que levasse outra vida, que voltaria a Barrow Storton. — Você está tão *diferente*! — meu rosto arde, como se eu tivesse sido flagrada fazendo algo proibido. Sinto minha pulsação nas pontas dos dedos.

— Mas você continua a mesma, Erica. Eu li no jornal... sobre a morte da Lady Calcott. E isso me fez pensar... neste lugar. Não voltávamos aqui desde a morte do meu pai. Mas de repente me deu vontade de vir...

— Ah, que pena... Sinto muito por seu pai. — O pai de Dinny, Mickey. Eu e Beth o adorávamos. Ele tinha um sorriso largo, mãos enormes, sempre nos dava uma moeda ou uma bala, que puxava de trás da orelha. Mamãe se encontrou com ele uma ou duas vezes. Para dar uma verificada, educadamente, visto que passávamos tanto tempo com eles. E a mãe de Dinny, Maureen, que sempre chamamos de Mo. Mickey e Mo. Sempre que Meredith pudesse ouvir, usávamos um código dizendo que íamos visitar Mickey Mouse.

— Faz oito anos. Ele se foi rapidamente, nem percebeu a morte chegar. Acho que é a melhor forma de partir — diz Dinny com tranquilidade.

— É, acho que sim.

— O que levou Lady Calcott? — Percebo uma leve amargura em seu tom e que ele não me dá condolências pela perda.

— Um AVC. Ela tinha 99 anos, e deve ter ficado muito desapontada.

— Como assim?

— Houve uma longa linhagem de mulheres Calcott centenárias. Minha bisavó chegou aos 102. Meredith estava determinada a viver mais que a rainha. Somos de uma boa estirpe reprodutora — concluo, e instantaneamente me arrependo. Por qualquer menção à estirpe e linhagem familiar.

Há um silêncio pulsante. Tenho tantas coisas a dizer para ele que nem sei por onde começar. Ele rompe o olhar atento e desvia-o para as árvores na direção da casa, deixando cair uma sombra sobre suas feições.

— Olhe, me desculpe se eu gritei com Harry... Ele me assustou, só isso — disse eu, baixinho.

— Não precisa ter medo, ele é inofensivo — garante Dinny. Nós dois olhamos para a figura multicolorida agachada no chão coberto de folhas. Dinny, parado tão perto de mim que daria para tocá-lo. Dinny, real e bem aqui, diante de mim, quando era quase um mito há apenas alguns minutos. Eu quase não acredito.

— Ele é... ele tem algum problema? — pergunto.

— Ele é gentil, amistoso e não gosta de falar. Se isso significa que ele tem um problema, então tem, sim.

— Oh, eu não quis dizer nada. Nada de ruim. — Minha voz está muito aguda. Respiro fundo e expiro.

— E você estava procurando por... azevinho?

— Sim... ou visco. Ou alguma hera com frutinhas. Para decorar a casa. — Sorrio.

— Venha, Harry. Vamos mostrar a Erica a árvore grande de azevinho — diz Dinny. Ele puxa Harry para cima e gentilmente o impele a uma caminhada tranquila.

— Obrigada. — Ainda estou com a respiração acelerada. Dinny ganha a dianteira, e percebo um punhado de esquilos cinzentos amarrados pelas caudas com um cordão, pendurado nas costas dele. Seus olhos pretos estão meio fechados, secando. Nos lados, há marcas escuras.

— E esses esquilos, para que são? — pergunto.

— Jantar — responde Dinny calmamente. Ele se vira, vê o horror passar pela minha fisionomia e dá um meio sorriso. — Acho que os esquilos ainda não chegaram aos cardápios dos restaurantes elegantes de Londres, não é?

— Bem, em alguns deles, talvez. Mas não nos que eu frequento. Como sabe que eu moro em Londres? — Ele se vira de novo, dá uma olhada nas minhas botas finas, nos jeans escuros, no casaco de lã, volumoso e macio, e nas pontas desfiadas da minha franja.

— Chutei — murmura ele.

— Você não gosta de Londres? — pergunto.

— Só estive lá uma vez — diz Dinny. — Mas, de modo geral, não gosto de cidades. Prefiro que meu horizonte se estenda a mais de 10 metros.

— Bem, eu gosto de ter coisas para ver. — Dou de ombros. Dinny não sorri, mas atrasa o passo para andar ao meu lado, em silêncio quase amistoso. Procuro modos de preenchê-lo. Ele não é muito mais alto que eu, tem mais ou menos a mesma altura que Beth. Seus cabelos estão amarrados com uma tira de couro vermelha. Seu jeans está enlameado na bainha; ele usa uma camiseta e um blusão solto de malha. O vento circula por seu pescoço nu, e eu estremeço, mesmo estando abarrotada sob camadas de roupa, enquanto ele nem parece notar o frio. Nós subimos um pouco, meus passos são os mais ruidosos. Os pés deles não parecem encontrar tantos empecilhos quanto os meus.

— Lá — diz Dinny, apontando. Olho adiante e vejo uma árvore escura de azevinho, retorcida e velha. Harry pegou um galho caído, está pressionando os espinhos no polegar e fazendo uma careta, sacudindo a mão e repetindo.

Começo a cortar alguns galhos, os de folhas mais pontiagudas e que estão mais cheios de frutos. Um deles salta, esbarrando no meu rosto e fazendo um leve arranhão embaixo do meu olho, que arde. Dinny olha novamente para mim com uma expressão insondável.

— Como vai sua mãe? Ela veio com você? — pergunto. Quero ouvi-lo falar, quero saber tudo que ele fez desde que nos vimos pela última vez, quero que ele seja real novamente, que ainda seja um amigo. Mas agora me lembro de seus silêncios. Nunca me deixavam desconfortável. Uma criança não se perturba com algo tão inofensivo quanto um silêncio, sendo estranhamente paciente nesse sentido.

— Ela vai bem, obrigado. Não viaja mais conosco. Quando meu pai morreu, ela desistiu... Disse que estava muito velha para isso, mas acho que ela se cansou da estrada. Nunca teria dito ao papai, é claro. Mas, com a morte dele, ela parou de viajar e se juntou com um encanador, o Keith. Eles moram em West Hatch, no caminho daqui.

— Dê lembranças minhas na próxima vez que a vir. — Com isso, ele fica sério, e penso se eu disse alguma coisa errada. Ele tem uma dessas expressões que podem dar uma impressão soturna, e que com o mais leve franzir de cenho fica parecendo zangada. Aos 12 anos, fazia com que parecesse estudioso, analítico. Na época, eu me sentia uma boba, e agora também.

Com minha cesta cheia de azevinho, andamos de volta pelo bosque até a clareira onde eles sempre acampavam. Um espaço grande no limite oeste do arvoredo, cercado por árvores protetoras em três dos lados, com campos abertos a oeste e uma trilha esburacada que leva à estrada. O solo aqui não é bem drenado. Fica empapado à medida que nos aproximamos. No verão é um lugar bastante verde; o capim alto, com hastes acetinadas, o solo firme e seguro abaixo. Harry vem atrás de nós, a atenção vagando de uma coisa para outra.

— E você? Está morando aqui agora? — pergunta Dinny, enfim.

— Ah, não. Não sei. É provável que não. Por enquanto, pelo menos até o Natal. Nós herdamos a casa, Beth e eu... Nossa, isso soou pomposo.

— A Beth está aí? — interrompe Dinny, virando o rosto para mim.

— Está, mas... Sim, está. — Eu ia dizer *mas ela está diferente, mas não sai de casa.* — Você precisa ir lá em casa para vê-la — digo, sabendo que ele não irá.

Há seis veículos no acampamento, mais do que costumava haver. Dois micro-ônibus, dois trailers, um caminhão grande e velho para transporte de cavalos e uma ambulância do exército convertida, que Dinny diz ser sua. Serpentinas de fumaça saem das chaminés, dispersando-se, e círculos de cinzas frias se espalham pelo chão. Harry vai na frente a passos largos e se senta num toco de madeira, pegando alguma coisa do chão e se pondo a trabalhar naquilo com afinco. Ao nos aproximarmos, três cachorros correm ao nosso encontro, latindo com aparente ferocidade. Eu conheço essa rotina. Fico parada, deixo os braços soltos, espero que eles nos alcancem, que me farejem, que vejam que não corro.

— São seus?

— Só dois. O preto e castanho é do meu primo, Patrick. Esse é o Blot. — Dinny afaga as orelhas de um vira-lata de aparência feroz, que mostra os dentes e tem muitas cicatrizes. — E este é o Popeye. — Um cachorro menor, mais gentil, de pelo marrom e olhos bondosos. Popeye lambe os dedos que Dinny lhe oferece.

— Então... hã, você está trabalhando por aqui? O que você faz? — Eu me dou conta da minha postura condescendente, e Dinny dá de ombros. Por um segundo, penso que talvez ele roube, que venda drogas. Mas essas eram as ideias de Meredith, e me envergonho de pensar de igual modo.

— Nada no momento. Durante a maior parte do ano, nós seguimos os trabalhos que aparecem pelo país todo. Trabalhos em fazendas, em bares, festivais. Esta época do ano é bem parada.

— Isso deve ser difícil.

Dinny me dá uma rápida olhada.

— Está tudo bem, Erica — diz ele com suavidade, sem me perguntar o que eu faço. Na curta caminhada até o acampamento, pareço ter utilizado todo o crédito que uma amizade de infância me propiciava.

— Gosto da sua ambulância — comento, em desespero. Ao falar, a porta da ambulância se abre, e uma garota sai, desajeitada, com as mãos ao lado do corpo e se espreguiçando com uma careta. Eu a reconheço de imediato: a garota grávida do túmulo. Mas ela não deve ter mais que 15, 16 anos. Dinny tem a mesma idade de Beth, 35. Olho novamente para a garota e tento lhe dar 18, talvez 19, mas não consigo.

Com os cabelos cacheados, de um louro-claro natural que raramente se vê hoje em dia, ela tem a pele clara e olheiras azuladas. Usa uma blusa de malha listrada, muito justa, que deixa evidente a proximidade do parto. Ao ver-me ao lado de Dinny, a garota vem até nós, de cara fechada. Tento sorrir, fingir que estou à vontade ali, mas ela parece mais feroz que Blot.

— Quem é essa? — quer saber, as mãos nos quadris. Fala com Dinny, não comigo.

— Erica, esta é Honey. Honey, Erica.

— Honey? Prazer em conhecê-la. Desculpe por assustá-la outro dia lá no túmulo — digo num tom animado. Secretamente, apavorada, acho que é meu tom de professora.

Honey olha para mim com olhos inexpressivos, cansados.

— Foi você? Não me assustou. — Um sotaque de Wiltshire em sua fala.

— Não, bem... Não assustar, mas... — Dou de ombros. Ela fica me olhando por um instante prolongado. Um exame muito minucioso de alguém tão jovem. Sinto um alívio palpável quando me abandona e volta a olhar para Dinny.

— A exaustão do fogão não está funcionando bem — avisa ela.

Dinny suspira e se agacha para afagar o pelo de Popeye. Os primeiros pingos de chuva pousam em nossas mãos e rostos.

— Já vou cuidar disso — tranquiliza ele. Honey o observa fixamente e se vira, voltando para dentro sem olhar de novo. Fico momentaneamente emudecida.

— Então... quando é o parto? Deve ser logo — pergunto sem jeito, esperando que ela não ouça lá de dentro.

— Um pouco depois do Natal — responde Dinny, olhando para o lado da clareira.

— Está tão perto! Você deve estar entusiasmado. Ela já está com tudo pronto? Para o hospital?

Dinny abana a cabeça.

— Nada de hospital. Ela diz que quer ter o bebê aqui. — Com isso, ele se levanta e se vira para mim. — Não sei se é uma boa ideia. Você sabe alguma coisa sobre bebês? — Ele parece ansioso.

— Eu? Não, não muito. Eu nunca... Mas atualmente o governo está sempre divulgando os méritos do parto caseiro. Parece que tem a ver com os direitos da mulher. Vocês têm uma boa parteira?

— Nada de parteira, nada de parto *caseiro*. Ela quer ter o bebê lá no bosque.

— No *bosque*? Mas... é dezembro! Ela é maluca?

— Eu sei que é dezembro, Erica. Mas ela tem direito de escolher, como você disse — retruca Dinny, de modo taxativo. Há uma ponta de exasperação ali. — Ela está levando essa ideia de parto natural às últimas consequências.

— Bem, você também tem direito de escolha. O pai também tem seus direitos. O primeiro filho pode demorar, sabe. Beth ficou em trabalho de parto por 36 horas com Eddie...

— Beth teve um bebê?

— Sim, ele já tem 11 anos. Vai passar o Natal aqui, então é provável que você o conheça. É uma criança fantástica.

— Então ela está casada?

— Esteve casada. Não está mais — digo resumidamente. Ele faz perguntas sobre Beth, mas nenhuma sobre mim.

A chuva começa a ficar mais forte. Eu me encolho, enfio as mãos mais no fundo dos bolsos, mas Dinny não parece notar. Penso em me oferecer para falar com Honey, mas, em seguida, lembro seu olhar duro e espero que Dinny não me peça para fazer isso. Então, um meio-termo.

— Bem, se Honey quiser falar com alguém a respeito, talvez possa falar com Beth. A experiência dela pode servir de exemplo para que ela tenha cautela.

— Ela não vai falar com ninguém a respeito disso. Ela é... teimosa — suspira Dinny.

— Deu para notar — murmuro. Não aguentaria outro silêncio. Quero perguntar a ele sobre o Natal. Sobre os nomes para o bebê. Quero perguntar sobre as viagens dele, sua vida, nosso passado. — Bem, preciso voltar. Sair desta chuva. — É tudo que consigo falar. — Adorei ver você de novo, Dinny. Fico contente que esteja de volta. E gostei de conhecer Honey também. Eu... bem, estamos lá na casa, se vocês precisarem de alguma coisa...

— Eu também gostei de ver você, Erica. — Dinny olha para mim com a cabeça inclinada para o lado, mas seus olhos estão preocupados, não contentes.

— Está bem. Então, tchau. — Vou embora do modo mais casual possível.

Não falo de Dinny para Beth quando a encontro assistindo à TV no gabinete. Não tenho certeza do motivo. Acho que haverá uma reação quando eu lhe contar e não sei qual será. De repente, fico agitada. Sinto que já não estamos sozinhas. Consigo sentir a presença de Dinny lá fora, além das árvores. Como uma coisinha no canto do olho. A terceira ponta do nosso triângulo. Desligo a TV e abro as cortinas.

— Vamos. Vamos sair — determino.

— Não quero sair. Ir aonde?

— Fazer compras. Não aguento mais tomar sopa enlatada. Além disso, o Natal já está aí. Mamãe e papai vêm para o almoço, e o que vamos servir ao Eddie no dia de Natal? Os velhos biscoitos da Meredith? — Beth pensa nisso por um instante e depois se levanta rapidamente, pondo as mãos nos quadris.

— Meu Deus, você tem toda a razão!

— Eu sei.

— Precisamos de uma porção de coisas... Peru, linguiça, batatas, chouriço.... — Ela conta os itens nos dedos compridos. Ainda faltam dez dias para o Natal, temos muito tempo. Mas não digo isso. Tiro vantagem da súbita animação e aponto para a porta. — E decorações! — grita ela.

— Vamos. Você pode fazer uma lista no carro.

Devizes está enfeitada para o Natal. Pinheirinhos ladeiam as portas das lojas e dos hotéis na rua principal, enfeitados com luzinhas brancas; uma banda de metais está em atividade e um homem assa castanhas com nuvens de fumaça subindo de seu carrinho. Pergunto-me o que ele faz durante o restante do ano. Somos envolvidas pela obscuridade e pela chuva misturada com a neve, tornando-nos parte da multidão desordenada. Enrolamos o cachecol em volta das orelhas e vamos olhar as vitrines, aquecendo-nos com as luzes amareladas. De volta ao mundo, nós duas, após o isolamento no solar. É uma boa sensação, entusiasmante, e eu sinto saudades de Londres. Dentro de cada loja, Beth cantarola, acompanhando os cânticos natalinos, e eu lhe dou o braço enquanto andamos, segurando-a bem apertado.

Várias horas depois, Beth está em marcha acelerada para o Natal. Compramos oito tipos de queijo, um presunto enorme, linguicinhas, biscoitos — os comestíveis e os que estouram —, um peru, que exige grande esforço para ser levado até o carro, e um bolo, que custou um absurdo. Enfiamos tudo no porta-malas e voltamos para comprar bugigangas cintilantes, cordões de contas, tinta dourada, pingentes de vidro, anjinhos de palha com vestidinhos de musselina. A dois minutos do solar, há uma fazenda onde estão vendendo pinheiros de Natal; paramos na volta e encomendamos um com 4 metros de altura para ser entregue e montado no dia 23 de dezembro.

— Ele pode ficar no vestíbulo, atado ao corrimão com arame — diz Beth, de modo decidido.

Talvez eu não devesse deixá-la gastar quando está atrapalhada como agora. Não ouso reunir todos os recibos, somar tudo. Mas Beth tem dinheiro — a pensão de Maxwell, o dinheiro que ganha com suas traduções. Sem dúvida, mais dinheiro do que eu tenho, mas isso é algo que nunca discutimos. Ela vive com pouco na maior parte do tempo. Poupa, a menos que Eddie precise de alguma coisa. A minha grana é consumida em Londres, para chegar ao trabalho e para sobreviver com o aluguel. Agora temos comida suficiente para dez pessoas, quando seremos apenas cinco, mas Beth parece mais contente, está com a fisionomia menos contraída. Terapia varejista. Mas não é isso — ela gosta de ser capaz de dar. Eu a deixo prendendo guirlandas em cima da lareira, com uma expressão concentrada, e vou pôr a chaleira no fogo, sentindo-me satisfeita e sonolenta.

Há uma mensagem da minha agência no celular sobre um trabalho como substituta numa escola em Ealing, que começa no dia 12 de janeiro. Meu dedo paira sobre o botão de responder, mas estou estranhamente relutante em deixar que a vida real se intrometa. No entanto, é preciso ganhar dinheiro, retornar à vida. Preciso enfiar a literatura em cabeças ocas. A menos que as coisas mudem. A menos que eu fique morando aqui, é claro. Chega de pagar aluguel. Apenas a manutenção, embora seja provável que isso custe mais que meu aluguel atual. Será que valeria a pena por cinco, dez anos? Tentar morar aqui apenas o tempo suficiente para cumprir as condições do legado? Depois poderíamos vendê-la; eu me aposentaria aos 40 anos, uma vez que o preço das propriedades voltasse a subir. Mas e se a vida aqui deixar Beth mal? E se eu ficar sempre com essa sensação de algo se movendo furtivamente atrás de mim? Como eu queria me virar e deparar com isso, decifrá-lo. Eu me lembro de tudo que aconteceu naquele verão, menos o que aconteceu com Henry.

Nós viemos para cá nos dois verões seguintes àquele ano, e nossa mãe nos vigiava de perto. Não para nos proteger ou nos afastar de qualquer perigo, mas para avaliar, ver como iríamos reagir. Não sei se eu estava diferente. Talvez estivesse um pouco mais quieta. E nós ficávamos nos jardins; não queríamos mais nos aventurar para longe. Mamãe nos mantinha afastadas de Meredith, que era imprevisível na época, e, se tivesse seus ataques, começava a praguejar e fazer acusações. Mas Beth foi se encolhendo cada vez mais para dentro de si mesma. Nossa mãe percebeu, falou para nosso pai, que ficou sério. Então paramos de vir.

Lá fora, o sol pinta o horizonte de alaranjado e de um rosado frio. Borrifo a tinta dourada no azevinho, que deixa as folhas escuras polidas. Parece delicioso. O gás me deixa tonta, eufórica. Estou pendurando os galhos no corrimão e nos parapeitos das janelas quando Beth desce, braços cruzados, o rosto marcado pelo sono. Ela vai de um lugar para o outro onde eu pendurei o azevinho, tocando-o de leve, testando a pintura com as pontas dos dedos.

— Gostou? — pergunto, sorrindo. Pus o rádio numa estação de música clássica. Está tocando "Good King Wenceslas". Beth diz que sim e boceja. Eu canto: — *Silly bugger, he fell out; on a red hot cinder!* — Não tenho voz para cantar.

— Você está animada — observa Beth. Ela vem até o parapeito da janela que estou cobrindo de galhos, põe meus cabelos atrás da orelha e toca no arranhão embaixo do meu olho. Tão raros, seus toques. Eu sorrio.

— Bem... — começo. As palavras oscilam na minha boca. Estou tão tentada a dizê-las e, mesmo assim, tão em dúvida se são certas ou erradas.

— Bem o quê?

— Bem, o Dinny está aí.

O amor

1902

A viagem de Nova York até Woodward, em Oklahoma, foi longa, cobrindo uma distância de mais de 3 mil quilômetros. O trem atravessou vários estados, sempre em direção ao Oeste. A princípio, Caroline estava impressionada com a paisagem que via da janela. Ao deixarem para trás as cidades conhecidas do estado de Nova York, os povoados foram escasseando, e os espaços entre eles, aumentando. Por incontáveis quilômetros, o trem foi cercado por matas tão densas e escuras que pareciam pertencer a outra era. Passou por campos de trigo e milho não menos vastos, não menos impressionantes, e por cidades que ficavam cada vez menores, como que comprimidas pelas grandes extensões de terra que as cercavam. Moradias rústicas foram construídas próximo a uma das estações, e as crianças brincavam, correndo ao lado do trem, acenando, pedindo dinheiro. Num sobressalto, Caroline notou que estavam de pés descalços e abanou para elas enquanto o trem pegava velocidade novamente. Ela se virou para ver suas casas frágeis, que se tornavam miniaturas enquanto os campos se escancaravam de ambos os lados Essas terras do Oeste eram realmente indomadas. Os homens viviam nelas, mas ainda não tinham lhes dado forma, não do modo como fora feito com Nova York. Caroline se recostou no assento, observando as colinas roxas a distância com uma pontada de inquietude, sentindo o trem, anteriormente poderoso, como um mero ponto, um inseto rastejando pela superfície infinita do mundo.

Ao trocar de trem pela terceira e última vez, em Dodge City, no Kansas, Caroline estava muito cansada e se sentia suja dentro das roupas. Seu estômago estava quente e vazio, pois a refeição preparada por Sara já acabara havia um dia e meio. Sara não conseguia conceber uma viagem tão longa que meia dúzia de ovos duros, uma maçã e um pastelão de porco não bastassem. Caroline reuniu-se aos outros passageiros para almoçar no El Vacquero, do Hotel Harvey, que ficava ao lado da estação ferroviária de Dodge City. Era um prédio novo em folha, de tijolos expostos, e ela tomou isso como prova da nova riqueza e estabilidade do que até recentemente era terra fronteiriça. Olhou em volta discretamente, curiosa demais para resistir.

A rua de terra lá fora estava abarrotada de gente, pôneis, charretes e carroças, fazendo um ruído abafado bem diferente do que se ouvia numa rua de Nova York. Cavalos encilhados se enfileiravam, amarrados lado a lado, descansando as ancas. O cheiro de estrume do curral próximo era forte e se espalhava pela cidade, misturado a outros odores, de comida e de corpos quentes, das pessoas e dos animais. Confuso, o estômago de Caroline não sabia se roncava ou se ficava encolhido. Os homens passavam com pistolas presas nos quadris, as camisas de colarinho aberto, fazendo com que Caroline olhasse para eles impressionada, como se tivessem saído de lendas. Nervosa, o coração dela batia forte, e a garganta estava seca. Por um instante, quase sentiu falta da presença indomável de Bathilda ao seu lado; sentiu falta de ter a barricada que constituía sua respeitabilidade, atrás da qual poderia se esconder. Envergonhada, endireitou os ombros e releu o cardápio.

O restaurante estava movimentado com muita gente para o almoço, mas uma garota decidida e uniformizada logo a serviu, trazendo-lhe *consommé* com aletria, ovos escaldados e café.

— A senhorita está viajando para longe? — perguntou um homem. Ele estava sentado a duas cadeiras dela e sorriu, inclinando-se em sua direção. Caroline corou, chocada por se dirigirem a ela de modo tão informal. O homem tinha a barba por fazer e as mangas de seu casaco estavam brilhando.

— Para Woodward — respondeu, sem saber se devia se apresentar antes de falar ou mesmo se devia falar com ele.

— Woodward? Bem, não falta muito agora, acho. Se levarmos em consideração a distância que já percorreu... Por seu sotaque, suponho que venha de Nova York, estou enganado? — Ele deu outro sorriso, mais aberto agora. Caroline assentiu ligeiramente e se concentrou nos ovos. — A senhorita está indo visitar a família lá? Em Woodward, quero dizer.

— Meu marido — respondeu Caroline.

— Seu marido! Ora, isso é mesmo uma pena. Ainda assim, teve sorte de que este lugar acabou de abrir, não é? O negócio do Fred Harvey antes era num vagão de carga sobre estacas! Já viu uma coisa dessas lá no leste? — exclamou ele em voz alta, e Caroline tentou sorrir educadamente.

— Ah, deixe a moça em paz, Doon. Não vê que ela quer almoçar? — Este foi outro homem, sentado ao lado do primeiro, com uma cara mal-humorada e vincos fundos ao lado dos olhos. Tinha penteado os cabelos ferozmente para um lado, que ali tinham ficado, fixados por alguma substância. Com as faces em chamas, Caroline mal ousou olhar para ele.

— Desculpe, moça — murmurou o primeiro homem. A jovem comeu com uma pressa inconveniente e voltou ao trem com as mãos enfiadas em seu cachecol de pele de raposa, apesar do calor que fazia.

Depois de Dodge City, os campos eram amplos e pouco interrompidos. Quilômetros e mais quilômetros de pradarias sem destaques deslizavam conforme o trem virava, agora para o sul na linha Santa Fé. Caroline estava sentada relaxadamente, com muita vontade de afrouxar o espartilho. Sentia-se cansada demais para manter a postura de dama e, como encontrava-se sozinha na cabine, encostou a cabeça no vidro enquanto olhava para o céu infinito. O horizonte nunca tinha sido mais amplo, mais plano, mais distante. Aos poucos, a magnífica amplitude começou a lhe dar uma sensação de vertigem. Sua expectativa era de ver montanhas com cumes nevados, campos lavrados da cor de esmeraldas e riachos fluindo. Mas a terra parecia quente e exaurida, assim como ela se sentia. Tirando *O virginiano* da bolsa, ela se imaginou como Molly Wood, destemida, cortando seus laços familiares, e ousada, partindo para uma vida nova numa terra desconhecida. Mas pouco depois, deixou de se sentir como Molly Wood e começou a ficar com medo de novo. Então, pensou no marido esperando por ela em Woodward e, apesar de isso parecer atrasar o movimento do trem e prolongar a viagem interminável, pelo menos a tranquilizou.

O trem chegou a Woodward no fim da tarde, quando o sol começava a se pôr, uma mancha alaranjada atrás do vidro empoeirado. Caroline estava cochilando quando o cobrador passou por sua cabine.

— Woodward! Próxima parada é Woodward! — O berro a despertou, fazendo seu coração se acelerar. Ela pegou suas coisas e se levantou tão rapidamente que a cabeça girou, o que a fez se sentar novamente e respirar fundo. *Corin*, era tudo em que ela conseguia pensar. Vê-lo de novo, depois de tanto tempo! Ansiosa, olhou para a estação quando o trem parou com um guincho, desesperada por vislumbrá-lo. Capturando a própria imagem no vidro, arrumou apressadamente os cabelos, mordeu os lábios para deixá-los vermelhos e beliscou as faces. Não conseguia se acalmar, não conseguia controlar a tremedeira.

Desceu tensa do trem, as saias grudadas nas pernas, os pés inchados e quentes dentro das botas. Olhou de um lado e de outro na plataforma, o coração na boca, mas não viu Corin entre o punhado de gente que saía dos vagões ou aguardava na estação. O trem exalou fumaça com um som cansado e foi se arrastando em direção a um desvio, onde uma torre de água se avultava contra o céu. Um vento morno a cumprimentou, cantando suavemente em seus ouvidos, e os pés esmerilharam a areia da plataforma. Caroline olhou para os lados outra vez e, de repente, se sentiu vazia, solta, como se a próxima lufada de vento pudesse carregá-la. Nervosa, endireitou o chapéu, mas ficou com o sorriso pronto, os olhos à procura. Woodward parecia pequena e lenta. A rua que levava à cidade era larga e sem calçamento, e, em todo o seu comprimento, o vento formara pequenas ondas na areia. Dava para sentir o cheiro do piche no prédio da estação, quente com o sol, e o fedor do gado permeando tudo. Ela olhou para baixo e desenhou uma linha com a ponta do pé na areia granulada.

Depois que a locomotiva se afastou, um novo tipo de quietude se instalou por trás do ruído de uma charrete e do rangido do carrinho, quando o carregador arqueou as costas com o peso da bagagem dela. Onde estava Corin? Dúvidas e temores borbulharam dentro dela — de que ele tinha se arrependido da escolha, de que ela tinha sido abandonada e teria que pegar o próximo trem de volta para Nova York. Caroline se virou, desesperada por vê-lo. O carregador tinha parado com sua bagagem e tentava capturar seu olhar, sem dúvida para perguntar aonde devia levá-la. Mas se Corin não estava ali, ela não fazia ideia. Não sabia se ia, se ficava, o que fazia. Sentindo o sangue lhe fugir do rosto, uma tontura súbita fez seus pensamentos girarem. Por um instante aterrador, achou que iria desmaiar ou cair no choro, ou ambos. Mas tomando um fôlego profundo e trêmulo, Caroline tentou desesperadamente pensar no que fazer, no que dizer ao carregador para ocultar sua atrapalhação.

— Sra. Massey? — Caroline não percebeu de imediato que este era seu nome, pronunciado com fala arrastada. Ela ignorou o homem com o chapéu nas mãos que tinha parado ao seu lado, o corpo curvado numa postura relaxada. Ele parecia ter uns 30 anos, mas tinha o rosto envelhecido pelo sol, que também desbotara o azul de sua camisa de flanela. Os cabelos despenteados eram rajados de ruivo e castanho. — Sra. Massey? — indagou ele novamente, dando um passo em direção a Caroline.

— Ah, sim! Sou eu — exclamou ela, sobressaltada.

— Prazer em conhecê-la, Sra. Massey. Eu sou Derek Hutchinson, mas todo mundo por aqui me chama de Hutch, e me agradaria que a senhora fizesse o mesmo — apresentou-se ele, enfiando o chapéu embaixo do braço e estendendo-lhe a mão, que Caroline apertou, hesitante, apenas com as pontas dos dedos.

— Onde está o Sr. Massey? — perguntou ela.

— Corin se atrasou, madame, e eu sei o quanto ele queria ter vindo, mas houve um problema com ladrões de gado, e ele foi chamado para cuidar do caso... Tenho certeza de que estará de volta quando chegarmos — disse Hutch, vendo o semblante de Caroline despencar. Lágrimas de decepção lhe turvaram a vista, e ela mordeu o lábio inferior para impedi-las. Hutch hesitou, abatido com sua reação.

— Entendo — respondeu ela, quase sem voz, oscilando um pouco, com uma vontade súbita de se sentar. Corin não tinha vindo recebê-la. Apavorada, ela começou a imaginar os motivos que ele poderia ter para evitá-la. Acanhado, Hutch pigarreou e arrastou os pés, sem jeito.

— Eu... hã... eu sei que ele tinha a intenção de vir pessoalmente recebê-la, Sra. Massey, mas, quando é preciso prender ladrões, é dever dos donos de terra ajudarem uns aos outros nessa missão. Eu vim no lugar dele e estou à sua disposição.

— Eles têm obrigação de ir? — perguntou ela, hesitante.

— Ah, sem dúvida. Ele tinha obrigação de ir.

— Você é... o camareiro dele, então? — perguntou ela.

Hutch sorriu e baixou o queixo.

— Bem, não exatamente, Sra. Massey. Não é bem isso. Eu sou o capataz da estância.

— Ah, entendo — disse Caroline, mesmo não sendo verdade. — Bem, acha que chegaremos lá a tempo para o jantar? — perguntou ela, se esforçando para recuperar a compostura.

— Jantar, madame? Amanhã, a senhora quer dizer?

— Amanhã?

— Aqui de Woodward são mais de 50 quilômetros até a estância. Ora, não é tão longe assim, mas longe demais para ir esta noite, eu acho. Tem um quarto esperando a senhora na hospedaria e um bom jantar também. A senhora parece estar precisando de uma boa refeição, se me permite dizer. — Ele mediu sua estrutura miúda e a palidez de sua pele com olhos analíticos.

— Mais de 50 quilômetros? Mas... quanto tempo vai levar?

— Sairemos cedo amanhã e devemos chegar ao meio-dia do segundo dia... Eu não calculava que a senhora fosse trazer tantas caixas e baús, e isso pode deixar a carroça um pouco mais lenta. Mas os cavalos estão descansados e, se o tempo ficar assim agradável, será uma boa viagem — disse Hutch com um sorriso, e Caroline se restabeleceu, encontrando também um sorriso para lhe dar, apesar da exaustão que sentiu só de ouvir falar em mais um dia e meio de viagem. Hutch deu um passo à frente, oferecendo o braço. — Assim está melhor. Venha comigo agora, e iremos acomodá-la. A senhora parece bem cansada, Sra. Massey.

O Hotel Central, na rua principal, era administrado por uma mulher redonda, de cara azeda, que se apresentou como Sra. Jessop. Ela conduziu Caroline a um quarto, que, embora não fosse espaçoso, era limpo, enquanto Hutch supervisionava o transporte de sua bagagem do carrinho da estação para a carroça que os levaria à estância. A Sra. Jessop fez uma cara séria quando Caroline lhe pediu para preparar um banho quente, e ela imediatamente tirou algumas moedas da carteira para adoçar o pedido.

— Tudo bem. Eu bato na sua porta quando estiver pronto — disse a proprietária, olhando-a com uma expressão severa.

O trinco na porta da casa de banho era frágil, e havia um nó na madeira com uma pequena brecha que permitia a visão do corredor lá fora. Caroline ficou de olho enquanto se banhava, apavorada com a possibilidade de ver um olho pousar ali. A banheira não estava muito cheia, mas ainda assim a deixou restaurada. O sangue fluiu para os músculos tensos e as costas doloridas, permitindo que ela enfim descansasse a cabeça, respirando profundamente. O cômodo cheirava a toalhas úmidas e sabonete barato. Os últimos raios da luz cordial da tarde passavam pelas venezianas, e as vozes da rua lá fora chegavam até ela — vozes baixas e melodiosas com sotaques desconhecidos. Depois, ela ouviu a voz alta de um homem, que parecia estar bem abaixo de sua janela:

— Ora, seu desgraçado, filho de uma *puta*! Que *merda* está fazendo aqui? — A pulsação de Caroline acelerou diante de um linguajar tão obsceno, e ela se sentou, agitando a água, esperando ouvir mais palavrões, uma briga ou até o som de tiros. Mas o que ela ouviu em seguida foram boas gargalhadas e batidas de mãos em ombros. Voltando a se afundar na água fresca da banheira, ela se acalmou outra vez.

Depois, secou-se com uma toalha áspera e pôs um vestido branco limpo para o jantar, abstendo-se de joias, pois não queria se sobressair aos outros hóspedes. Sem a ajuda de Sara, sua cintura ficou um pouco menos fina e os cabelos não tão bem-penteados, mas ela se sentiu mais como si mesma ao descer para o jantar. Olhou em volta à procura de Derek Hutchinson e, ao não encontrá-lo, informou-se com a Sra. Jessop.

— Aposto que não o verá novamente hoje — disse a mulher com um sorriso breve, malicioso. — Quando o vi pela última vez, ele estava indo para o Dew Drop.

— Desculpe, indo para onde?

— Para a estalagem Dew Drop, passando a ponte Miliken, junto à estação. Qualquer coisa que ele vá comer, será lá, não aqui. — Com isso, ela deu uma risadinha. — Ele anda cavalgando há meses. Um homem fica faminto. — Diante da completa incompreensão de Caroline, a Sra. Jessop abrandou. — Vá em frente e sente-se, Sra. Massey. Enviarei Dora com seu jantar. — Caroline fez como indicado e comeu sozinha no balcão com a única companhia da garota, Dora, que lhe fazia uma porção de perguntas sobre o leste a cada prato da refeição que trazia. Do outro lado da sala, dois cavalheiros de aparência cansada e expressão aflita discutiam detalhadamente o preço dos grãos.

O dia amanheceu claro, um céu de brigadeiro, e havia um aroma no ar com o qual Caroline não estava acostumada: um cheiro de terra úmida e brotos de sálvia da pradaria que cercava Woodward. Bem diferente do cheiro de tijolos, fumaça e gente da cidade. Ao iniciarem o último trecho da viagem, o sol estava forte. Quando Hutch a ajudou a subir na carroça, Caroline notou um revólver enfiado num coldre afivelado em seus quadris e sentiu um estranho aperto no estômago. Puxou a aba do chapéu para proteger os olhos da claridade, mas ainda assim não conseguiu deixar de apertá-los. Aqui o sol parecia ser mais luminoso do que jamais fora em Nova York. Quando ela comentou isso, Hutch concordou:

— Suponho que sim, madame. Eu nunca estive no leste ou no norte para pensar sobre isso, mas suponho que qualquer lugar com tantos prédios e onde tanta gente vive e morre deve acabar com o ar turvo, assim como os rios. — Uma brisa animada levantou a poeira debaixo das rodas da carroça, e Caroline agitou as mãos para afastá-la. Não demorou para que as dobras de sua saia ficassem cheias de pó. Hutch ficou olhando para ela sem sorrir.

— Quando nos afastarmos da cidade, essa areia vai diminuir, Sra. Massey — disse ele.

Não demorou muito para atravessarem a cidade de Woodward. Seguiram pela rua principal, que era ladeada na maior parte por prédios de madeira e só uma ou duas construções mais permanentes. Havia várias tabernas, vários bancos, uma agência de correios, um grande armazém e um cabaré. Além de um bom movimento de carroças e cavalos, assim como de pessoas indo e vindo. Homens, na maioria. Ao saírem da cidade, Caroline olhou para trás e pôde ver que muitos dos prédios altos tinham frentes falsas, consistindo apenas de um andar acanhado por trás.

— Woodward é só isso? — perguntou, incrédula.

— É, madame. Mais de duas mil almas a chamam de lar atualmente, e o número está sempre crescendo. Desde que as terras de Cheyenne e Arapaho foram abertas para o sul, o pessoal vem chegando, para colonizar e cultivar o solo. Ao verem a pastagem natural sendo arada, alguns dizem que é uma pena. Já eu considero que seja um progresso, mas também fico feliz de dizer que ainda sobra muita terra para o gado.

— Arapaho? O que quer dizer?

— Os Arapaho? São um povo indígena. Eles são do norte, mas o governo os assentou aqui, como a muitos outros... Esta terra que estamos atravessando agora pertencia aos Cherokees até recentemente, apesar de eles viverem mais ao leste. Eles arrendaram as terras aos estancieiros e criadores de gado por anos antes de serem abertas para os colonizadores em 1893.

— Mas é seguro? Para os civilizados morarem onde há índios? — Caroline estava chocada. Hutch a olhou de esguelha e depois encolheu os ombros.

— Eles venderam suas terras e se mudaram para o leste. Imagino que façam tão pouca questão de ter vizinhos brancos quanto alguns brancos fazem de se relacionar com os índios.

— Graças a Deus! — exclamou Caroline. — Eu não seria capaz de dormir à noite sabendo que esse tipo de criatura anda vagando do lado de fora da minha janela! — Ela deu uma risada curta, alta e nervosa, sem notar o olhar pensativo de Hutch, voltado para o campo. Copiando-o, Caroline se fixou no horizonte e sentiu o estômago alvoroçado ao pensar que os selvagens caçavam escalpos bem neste lugar havia pouco tempo. Uma dupla de coelhos se assustou na beira da estrada e disparou para dentro dos arbustos, visíveis apenas pelas pontas pretas das orelhas.

Uns prédios apareceram a distância depois de uns 16 ou 18 quilômetros ao longo da estrada. Caroline ficou contente de vê-los. Cada quilômetro que eles haviam atravessado desde Woodward parecera a ela um salto para mais longe da segurança; um quilômetro mais distante da civilização, mesmo que também fosse um quilômetro mais próximo de Corin. Ela protegeu os olhos para enxergar melhor.

— Aquela é a próxima cidade? — perguntou. Hutch assobiou suavemente para os cavalos, dois animais castanhos com pernas resistentes e traseiros carnudos, fazendo-os parar.

— Não, madame. Aquele é um antigo forte militar. É o Forte Supply. Nós vamos sair da estrada em breve, e então a jornada será menos suave. Sinto muito.

— Forte Supply? Então há uma guarnição lá?

— Não mais. Faz sete ou oito anos que está vazio.

— Mas por que estavam aqui? Para proteger as pessoas dos índios, imagino.

— Bem, essa era uma das razões, sem dúvida. Mas mais que isso, eles estavam encarregados de impedir que os brancos se instalassem nas terras indígenas. Então dá para dizer que eles estavam lá para proteger os índios de gente como eu e a senhora.

— Ah — disse Caroline, murchando um pouco. Ela tinha gostado da ideia de soldados montando guarda tão perto da estância e imediatamente se imaginou dançando uma quadrilha com homens em uniformes impecáveis. Mas, ao se aproximarem, viu que o forte era baixo e mal-acabado, construído, em grande parte, com madeira e barro em vez de tijolos e pedra. As aberturas pretas e vazias das janelas pareciam sinistramente vigilantes, e ela desviou o olhar, estremecendo. — Mas aonde esta estrada vai dar?

— Bem, em nenhum lugar, acho. Vai daqui até o Forte Sill, mas o trecho geralmente é usado por um ou outro, como nós agora, para que a jornada até a cidade não seja tão sacrificante para o esqueleto — explicou Hutch. Caroline olhou para trás, para a estrada vazia. Observou a poeira se acomodando de novo na trilha deixada pela carroça. Ela tinha imaginado a terra virgem, intocada por qualquer mão que não fosse a de Deus. Aqui já havia ruínas fantasmagóricas e uma estrada para lugar nenhum. — Falta pouco para atravessarmos o North Canadian, Sra. Massey, mas não precisa se preocupar. Nesta época do ano, não tem nenhuma dificuldade — acrescentou Hutch. Caroline assentiu e sorriu corajosamente para ele.

O rio era largo mas raso, e a água chegava apenas à metade das rodas da carroça e às barrigas dos cavalos. Quando eles chegaram ao outro lado, Hutch afrouxou as rédeas, e os animais beberam avidamente, espalhando a água, que respingava em seu pelo empoeirado. O cheiro de couro quente penetrou as narinas de Caroline. Tentando enxugar algumas gotas da saia, ela só conseguiu sujá-la ainda mais. Eles pararam para almoçar na outra margem, onde um grupo de algodoeiros enroscava suas raízes até a margem arenosa e criava uma sombra mosqueada no chão. Hutch estendeu uma coberta grossa, e Caroline aceitou sua mão para descer da carroça, sentando-se no chão do melhor modo possível. No entanto, o espartilho não lhe permitia muito conforto, e ela falou pouco enquanto comia uma fatia de presunto, que exigia uma quantidade indelicada de mastigação, e o pão, que se esfarelava em seu colo. Junto com a comida, seus dentes também trituravam grãos de areia. O único som era o sibilar suave da brisa passando pelas folhas das árvores retorcidas, que lançavam sombras prateadas e verdes no chão. Antes de continuarem, Caroline teve algum trabalho até conseguir tirar da bagagem sua sombrinha de seda com babados.

A carroça prosseguiu com mais lentidão pelo campo, indo aos solavancos sobre os nós de raízes, às vezes se retardando em trechos de areal ou no lodo remanescente de algum regato. Ocasionalmente, eles passavam por pequenas habitações, propriedades construídas de forma apressada para dar segurança a uma família, para delimitar uma concessão de terra, para um recomeço. Mas esses terrenos foram se distanciando uns dos outros e ficando cada vez menos frequentes. À medida que a tarde transcorria, Caroline cochilava, oscilando no assento ao lado de Hutch. Cada vez que sua cabeça começava a se inclinar, algum solavanco a despertava outra vez.

— Vamos parar logo para passar a noite, madame. Imagino que a senhora queira uma xícara de café quente e uma boa cama.

— Ah, sim! Estou bem cansada. Já devemos estar bem longe da cidade agora, não é?

— Com a lentidão desta carroça, a distância parece maior. Já fiz esta viagem a cavalo num dia, sem muito esforço. A única coisa necessária é um cavalo de corrida, e seu marido cria alguns dos melhores em Oklahoma.

— Onde vamos passar a noite? Há outros povoados aqui perto?

— Ah, não, madame. Hoje à noite vamos acampar.

— Acampar?

— Isso mesmo. Não fique tão alarmada, Sra. Massey! Sou um homem de honra e discrição — disse ele, dando um sorriso torto diante dos olhos arregalados de perplexidade de Caroline. Ela levou um instante para perceber que Hutch a imaginara escandalizada com a ideia de passar a noite sozinha com ele, apenas os dois. Ela corou e baixou os olhos, só para encontrá-los pousados no cós das calças dele, onde a camisa havia se soltado, revelando um pedacinho de seu abdômen rijo e bronzeado. Caroline engoliu em seco e firmou os olhos no horizonte. Seu primeiro medo, na verdade, era dormir ao relento, desprotegida dos animais, do tempo e de outras selvagerias da natureza.

Antes do pôr do sol, Hutch parou a carroça numa área plana, onde o solo estava mais verde e viçoso. Ajudou Caroline a descer, e ela ficou parada, toda dolorida, sem saber o que fazer. Hutch desengatou a carroça, tirou os freios das bocas dos cavalos e deu um tapa em suas ancas. Com a expressão contente e balançando a cauda, eles trotaram preguiçosamente até uma área próxima e começaram a pastar enormes bocados de capim.

— Mas... os cavalos não vão fugir? — questionou Caroline.

— Não para longe, imagino. De qualquer maneira, virão correndo por um pedaço de pão. — Hutch descarregou uma barraca, que foi logo montada. Estendeu cobertores por cima de peles de búfalo para fazer uma cama e colocou a valise dela lá dentro. — A senhora ficará muito bem-acomodada aí dentro. Tão bem quanto em qualquer hotel de Nova York — disse ele. Caroline olhou para ele, sem saber se estava sendo alvo de deboche, depois sorriu e se sentou dentro da barraca, torcendo o nariz para o cheiro das peles. Mas a cama era funda e macia, e as laterais da barraca balançavam com a brisa, como se ela estivesse respirando suavemente. Caroline sentiu o coração se aquietar e foi dominada por uma doce calma.

Hutch fez uma fogueira e, agachado ao lado, cuidava de uma panela grande e rasa que soltava fumaça. Ele alimentou as chamas com pedaços de uma coisa seca e marrom que Caroline não reconheceu.

— O que está usando como combustível? — perguntou.

— Esterco de vaca — respondeu Hutch, sem dar maiores explicações. Caroline não ousou perguntar. O céu era uma glória estriada de rosa e turquesa, distanciando-se da chama luminosa do Oeste rumo ao aveludado azul-escuro do leste. O rosto de Hutch estava iluminado pelo fogo. — Botei aquela caixa ali para a senhora se sentar — disse ele, gesticulando com um garfo. Caroline se sentou, obedientemente. Na escuridão, além das chamas, um dos cavalos bufou e deu um leve gemido. Depois, um uivo distante, alto e fantasmagórico, ecoou pela planície até onde eles estavam.

— O que foi isso? — exclamou Caroline, apressando-se a ficar de pé outra vez. O sangue se esvaiu de sua cabeça, e ela cambaleou, estendendo um braço que Hutch segurou, aparecendo do seu lado num instante.

— Sente-se, madame. Volte a se sentar — insistiu ele.

— São *lobos*? — gritou ela, incapaz de controlar o tremor da voz.

— Nada mais que lobos da pradaria, só isso. Eles não são maiores que um cão doméstico e não são mais ferozes. Não chegarão perto de nós, eu lhe juro.

— Tem certeza?

— Tanta quanto a certeza de que estou sentado aqui, Sra. Massey — garantiu Hutch. Caroline se enrolou melhor no xale, encolhendo-se de medo, sentada na caixa dura de madeira, cada fibra de seu corpo tensa, em alerta. Hutch pareceu sentir sua inquietude e começou a falar. — Às vezes também são chamados de coiotes. Andam em bandos e disputam restos de ossos aqui e ali. É sobre isso que estão cantando... sobre quem encontrou os melhores ossos para roer. A maior travessura que se atrevem a fazer é roubar galinhas dos sítios, mas só fazem isso quando precisam. Imagino que já aprenderam a não chegar perto demais das pessoas, a menos que queiram levar uma bala no traseiro... — E assim ele continuou a falar, a voz baixa e tranquilizadora, acalmando Caroline. De vez em quando, o canto dos coiotes flutuava sobre o acampamento, prolongado e lamentoso.

— É um som tão solitário — murmurou ela.

Hutch olhou para ela, os olhos perdidos na sombra. Com cuidado, passou-lhe uma xícara de metal.

— Tome um café, madame.

O nascer do sol a despertou com uma luz irresistível brilhando dentro da barraca. Caroline estava sonhando com Bathilda, que a observava percorrendo as escalas do piano para cima e para baixo, exclamando *Punhos! Punhos!*, como costumava fazer. Por um instante, Caroline não se lembrou de onde estava. Cautelosamente, enfiou a cabeça para fora da barraca e ficou aliviada de não ver Hutch. O céu ao leste estava deslumbrante. Caroline nunca havia acordado tão cedo na vida. Levantou-se e espreguiçou-se com as mãos na cintura. Estava com os cabelos despenteados e com o gosto amargo do café da noite anterior na boca. Esfregou os olhos e descobriu areia nas sobrancelhas. Na verdade, no rosto todo e também nas roupas. Havia um filamento de terra dentro de seus punhos e ela podia senti-la no colarinho também, roçando a pele. Cobertores revirados ao lado das brasas frias da fogueira denunciaram o lugar onde o capataz tinha passado a noite.

— Bom dia, Sra. Massey — cumprimentou Hutch, provocando-lhe um sobressalto. Ele estava vindo da extensão verde por trás da carroça estacionada, puxando um cavalo castanho por uma corda em cada uma das mãos. — O que achou de sua primeira noite como tropeira? — sorriu ele. Caroline retribuiu o sorriso, sem entender bem o que ele dizia.

— Bom dia, Sr. Hutchinson. Dormi bem, obrigada.

— Vou levar esses dois para tomarem água no regato e depois vou fazer o café da manhã — disse ele. Caroline assentiu e olhou em volta. — Pus uma lata de água ali, caso a senhora queira se refrescar — acrescentou, sorrindo de novo ao atravessar o acampamento.

O que Caroline realmente necessitava, no entanto, era de instalações sanitárias. Ela ficou meio agitada por algum tempo e depois se deu conta, horrorizada, que precisaria se aliviar no meio dos arbustos, e que a ida ostensiva de Hutch para outra direção provavelmente significava uma garantia de que ele não estaria por perto para testemunhar sua indignidade. Ele colocara um punhado de folhas rasgadas de jornal e uma toalhinha de algodão ao lado da solícita lata de água. Com uma careta horrorizada, Caroline fez o melhor uso possível dessas parcas comodidades. Ao retornar, com grande delicadeza, Hutch não olhou nem perguntou sobre nenhum dos itens que tinha deixado para ela.

Ao meio-dia, o sol estava escaldante, mas o braço de Caroline, que segurava a sombrinha empoeirada, estava pesado de exaustão. Ela desistiu então e a deixou fechada no colo. Olhando para o vasto céu insondável, viu dois pontos escuros distantes, voando em círculos bem acima.

— São águias? — perguntou, apontando para o céu e notando como suas luvas de renda estavam marrons de sujeira. Hutch seguiu seu olhar, apertando os olhos.

— Sinto muito, mas são apenas gaviões. Não há muitas águias aqui na planície. Se a senhora subir as Rockie vai ver pássaros muito lindos. A senhora tem olhos atentos — observou ele. Voltando a olhar para a frente, entre as orelhas dos cavalos, ele começou a cantar baixinho para si mesmo: — *Daisy, Daisy, me dê sua resposta...* — Caroline deixou o olhar vagando pelo horizonte, endireitou-se no assento e apontou outra vez.

— Alguém está vindo — exclamou, animada.

— Bem, não estamos longe da estância agora, madame. Pode ser um dos nossos — assentiu Hutch com um sorriso sutil.

— É o Corin? — perguntou Caroline, as mãos voando para os cabelos despenteados e enfiando as mechas dentro do chapéu. — Acha que é o Sr. Massey?

— Bem — Hutch sorriu de novo, enquanto ela continuava a se arrumar freneticamente. — Não conheço nenhum outro homem que monte uma égua tão preta quanto aquela nessa região, então acho que deve ser mesmo o seu marido, madame.

Caroline ainda estava limpando as saias e beliscando as faces, sem se importar que Hutch testemunhasse seus esforços, quando o cavaleiro se aproximou, e finalmente ela viu Corin pela primeira vez desde que se casara com ele um mês antes. Deixando as mãos caírem no colo recatadamente, ela se sentou ereta, mesmo com o sangue borbulhando por dentro. O cavalo negro percorreu a distância num galope tranquilo, levantando um rastro de poeira, e, quando por fim os alcançou, Corin puxou o lenço do rosto e revelou um sorriso largo. Ele estava tão bronzeado e bonito quanto ela se lembrava.

— Caroline! — gritou ele. — Que bom ver você! — Ele desmontou e foi até ela, que ficou lá parada, sentada no alto da carroça, atônita de medo e expectativa. — Você está bem? Como foi a viagem? — Vendo que ela não respondia, o semblante de Corin murchou um pouco, e uma expressão intrigada lhe veio aos olhos. Isso a deixou envergonhada. Ainda sem palavras e mais aliviada de vê-lo do que jamais teria admitido, Caroline abriu mão de toda adequação e despencou do assento, deixando-se cair em seus braços, que a esperavam. Apenas sua leveza impediu que o casal acabasse deitado na areia do campo. Atrás deles, segurando as rédeas frouxas numa das mãos, Hutch observava com um sorriso lacônico, e, com a cabeça, fez um gesto de autêntica aprovação.

Quando a carroça que trazia a nova esposa de Corin Massey finalmente estacionou diante da casa da estância, havia algumas pessoas reunidas ali. Homens jovens, na maioria, usando roupas surradas e empoeiradas, que mesmo assim pareciam ter se esforçado, penteando os cabelos e enfiando a camisa para dentro das calças. Corin sorriu da apreensão na fisionomia de Caroline quando ela deu outra olhada desesperada para o próprio traje imundo. Os homens fizeram um cumprimento com a cabeça, segurando a aba do chapéu, e murmuraram cumprimentos quando ela desceu da carroça, sorrindo educadamente para eles.

— Quero muito lhe mostrar a estância, Caroline. Estou tão empolgado, louco para lhe mostrar tudo! A menos que você esteja cansada demais da viagem — disse Corin, desmontando.

— Ah, estou tão cansada, Corin! É claro que você precisa me mostrar tudo, mas primeiro preciso me deitar e depois tomar um banho — explicou ela. Corin assentiu prontamente, apesar de parecer desapontado. A casa alta e branca que Caroline tinha imaginado era, em vez disso, uma construção baixa, de madeira, e embora a frente realmente tivesse sido pintada de branco, o vento a cobrira de areia, dando à metade inferior uma aparência suja. Corin seguiu seu olhar.

— Um vento de primavera soprou antes que a tinta secasse — disse ele, encabulado. — Nós pintaremos em cima, não se preocupe. Por sorte, só tivemos tempo de fazer a frente, então não se perdeu muito trabalho! — Caroline espiou o lado da casa e, sim, as laterais continuavam sendo de madeira pura.

— Eu cuido da Quenga. Leve a Sra. Massey para dentro — disse Hutch, pegando as rédeas das mãos de Corin.

— Quenga? — perguntou Caroline, confusa.

— Minha égua — disse Corin com um sorriso, esfregando a testa do cavalo. Caroline não entendia muito de cavalos, mas o animal pareceu franzir o cenho. — A alma mais contrariada e mal-humorada que você vai encontrar nestas terras, com toda certeza.

— Por que fica com ela, se é tão desagradável?

— Ora, ela é a minha égua. — Corin deu de ombros, como se isso nunca lhe tivesse ocorrido.

Lá dentro, as paredes eram nuas, e não havia cortinas nas janelas. A mobília era suficiente, mas estava disposta de qualquer jeito, sem levar em conta os ângulos da sala. Uma espreguiçadeira junto à lareira, com pilhas de revistas de criação de gado e catálogos de sementes ao lado, era a única coisa que parecia estar no lugar certo. Muitas caixas se espalhavam pelo chão. Caroline girou lentamente, olhando para tudo isso e roçando a areia embaixo dos saltos das botas. Ao olhar outra vez para o marido, não conseguiu ocultar seu desânimo. O sorriso de Corin sumiu do rosto.

— Ora, eu não mandei arrumar tudo de propósito, porque não fazia sentido, até que você chegasse e dissesse *como* tudo deve ficar. Agora que chegou, mandaremos arrumar tudo, logo — explicou ele apressadamente. Caroline sorriu, tomando fôlego, sentindo o cheiro forte do carvalho novo. — Foi só que... levou mais tempo do que eu planejava para construir a casa... Desculpe, Caroline.

— Ah, não! Não fique assim! — exclamou ela, angustiada de vê-lo abatido. — Tenho certeza de que vai ficar maravilhosa... Sei exatamente como devemos acabá-la. Você fez *muito* bem. — Ela se virou e encostou a cabeça no peito dele, sentindo seu cheiro com grande prazer. Corin tirou umas mechas de cabelo da testa dela e lhe deu um abraço forte. Seu toque a aqueceu por dentro, dando-lhe uma sensação apertada, como a fome.

— Venha comigo — murmurou ele, conduzindo-a por uma porta no canto da sala para um cômodo menor, dominado por uma grande cama de ferro, coberta com uma fina colcha multicolorida. Caroline passou os dedos por ela, sentindo o cetim e a seda com um toque fresco e liso. — Mandei a cama vir de Nova York — disse Corin. — Chegou pouco antes de você. E a colcha era da minha mãe. Por que não experimenta?

— Oh, não! Eu iria sujá-la. É tão linda, Corin — disse Caroline, entusiasmada.

— Bem, eu também estou sujo e digo que devemos experimentar. — Corin pegou as mãos dela, e depois sua cintura, e então a abraçou.

— Espere! Não! — gritou Caroline com um sorriso, enquanto ele dava um impulso, fazendo-os cair e quicar no colchão.

— Nunca chegamos a ter nossa noite de núpcias — disse ele baixinho. O raio de sol que entrava pela janela iluminou os cabelos dele com uma coroa e deixou seus olhos castanhos na sombra. Caroline estava bem ciente do cheiro rançoso de seu próprio corpo não lavado e da secura de sua boca.

— Não. Mas ainda não é hora de ir para a cama. E eu preciso tomar banho... e alguém pode ver.

— Não estamos mais em Nova York, meu amor. Você não precisa fazer o que a sua tia manda, e nós não precisamos fazer o que a sociedade manda... — Corin pôs a mão espalmada em seu diafragma e Caroline reteve a respiração, rápida e superficial em seu peito. Ele abriu cada botão de sua blusa e a retirou suavemente.

— Mas eu...

— Mas *nada* — murmurou ele. — Vire-se. — Caroline obedeceu, e Corin se atrapalhou um pouco para desatar as tiras do espartilho. Liberta, a golfada de ar que lhe entrou pelos pulmões fez sua cabeça girar, e ela fechou os olhos. Corin a virou para que ela o encarasse e trilhou os contornos do seu corpo com as palmas ásperas que ela percebera quando se conheceram. O marido beijou suavemente as pálpebras da esposa. — Você é tão linda — disse ele suavemente, com a voz grave e embargada. — Olhos prateados como moedas. — Alarmada pela força da paixão que sentiu, Caroline o beijou com toda a vontade. Ela não sabia bem o que esperar, mas com certeza agora Corin tinha direitos sobre seu corpo que ninguém nunca tivera antes. Bathilda dera algumas pistas soturnas da dor que sentiria e dos deveres que deveriam ser cumpridos, mas a pressão da pele de Corin na sua era a sensação mais maravilhosa que já experimentara. A insistência suave de seu toque e a mudança de peso entre as coxas, preenchendo-a com uma sensação fria e quente, quase dolorosa, e tão além de qualquer coisa que ela já sentira, fizeram-na chorar com uma alegria assombrada, sem mais pensar que pudesse haver qualquer inadequação ou alguém no mundo capaz de ouvi-la.

Corin mostrou a estância para a esposa numa charrete, visto que era muito espaço para cobrir a pé e que ela nunca tinha andado a cavalo antes. Ele pareceu surpreso com esse fato, mas depois deu de ombros e disse:

— Não se preocupe, logo você vai aprender.

Mas Caroline não confiava nos animais, com seus dentes feios e sua força bruta, e a ideia de se sentar sobre um não a atraía nem um pouco. Quando Corin a apresentou orgulhosamente para suas éguas reprodutoras e seu garanhão, Apache, Caroline fez um cumprimento com a cabeça, sorriu e se esforçou para diferenciá-los uns dos outros. Para ela, todas aquelas criaturas pareciam iguais. Ele a levou aos vários currais, estábulos, cercados e ao alojamento onde dormiam os peões. Caroline percebeu o quanto seu marido parecia à vontade, sem um traço da incerteza ou do acanhamento que demonstrara na sociedade de Nova York. Eles passaram por uma choupana de dar dó, meio enfiada no solo e coberta com lascas de madeira e palha.

— Esta teria sido nossa casa se você tivesse vindo antes! — disse Corin com um sorriso.

— *Esta*? — ecoou Caroline, horrorizada. Corin fez que sim.

— Esta trincheira foi a primeira habitação que eu tive aqui quando delimitei minha concessão em 1893. Passei dois invernos nela antes de conseguir levantar uma casa. Encontrei uma no campo e a arrastei até aqui. Acredite se quiser!

— Você roubou uma *casa*?

— Não roubei! Não foi isso. Acho que tinha sido construída por alguém que migrou para cá tentando colonizar a terra antes de ser legal. Bem, seja quem for que a construiu, a pessoa tinha ido embora. Só estava lá, sem servir de abrigo para ninguém além de cascavéis. Então eu as espantei, coloquei a casa numa carroça plana e trouxe para cá. Era uma boa casinha, mas com certeza não tinha espaço para uma família. — Ao dizer isso, ele pegou a mão dela e a apertou; Caroline desviou o olhar, encabulada.

— Uma família *grande*? — indagou, hesitante.

— Imagino que quatro ou cinco filhos bastem — respondeu Corin com um sorriso. — O que você acha?

— Quatro ou cinco devem bastar — concordou ela com um sorriso largo.

— Agora, veja. Este é o abrigo para onde trazemos as éguas quando vão dar cria.

— O que é aquilo? — perguntou Caroline, apontando para uma barraca cônica depois do estábulo das éguas.

— Lá é onde mora a família do Joe. Está vendo a casa de taipa ao lado? Joe e a mulher dormem lá, mas o pessoal dele queria uma tenda como sempre tiveram, e então é assim que ainda moram. São um tipo de gente tradicional.

— Por que... a família de Joe mora numa tenda? — perguntou Caroline, perplexa. Corin olhou para ela, tão intrigado quanto a esposa.

— Ora, eles são índios, meu bem. E gostam de morar como sempre moraram, apesar de Joe ser mais progressista. Ele trabalha para mim desde o início, quando eu só podia pagar com roupas e latas de tabaco que valiam 5 centavos. Um dos meus melhores peões...

— Índios? Há *índios* aqui? — O coração de Caroline se acelerou, e ela sentiu uma pontada no estômago. Não teria ficado mais chocada se ele tivesse lhe dito que deixava lobos circularem entre o gado. — Hutch me disse que eles tinham ido embora! — sussurrou ela.

— Bem, a maioria foi mesmo. O restante da gente de Joe está na reserva, a leste daqui, nas terras que vão até as margens do rio Arkansas. Os que ficaram aqui, em Oklahoma, são chefiados pelo cacique Águia Branca. Mas alguns voltaram para o norte alguns anos atrás. O cacique

Urso de Pé os conduziu de volta às terras deles, em Nebraska. Acho que estavam com mais saudades de casa que os outros... — explicou ele, mas Caroline mal ouviu essa breve história da tribo. Ela não conseguia acreditar em seus ouvidos nem em seus olhos. Não conseguia acreditar que bem perto da sua casa acampavam os selvagens, cujas atrocidades havia décadas circulavam no leste em forma de histórias sinistras. Ela ficou congelada de medo. Descontrolada, pegou as rédeas das mãos de Corin, fazendo o cavalo girar de volta para a casa.

— Ei... espere, o que está fazendo? — exclamou Corin, tentando retomar as rédeas das mãos dela enquanto o cavalo sacudia a cabeça em protesto, com o freio estalando nos dentes.

— Quero ir embora! Quero ficar *longe* deles! — gritou Caroline, tremendo da cabeça aos pés. Ela pôs as mãos no rosto, desesperada para se esconder. Corin acalmou o cavalo e depois segurou as mãos dela.

— Olhe aqui! — disse ele, sério, os olhos dentro dos dela. — Ouça-me, Caroline. Eles são boas pessoas. *Pessoas*, como você e eu. Só querem viver, trabalhar e criar suas famílias; e não importa o que você tenha ouvido falar lá no leste, onde eles gostam de pintar os índios como os piores vilões. Eu estou lhe dizendo que eles não querem causar mal a você nem a ninguém. Houve disputas no passado, disputas que, na maioria das vezes, foram provocadas por nós, os brancos, mas, agora, o que todos nós queremos é ter a melhor relação possível. Joe trouxe a família para morar e trabalhar ao nosso lado, e isso exigiu um tipo de coragem que você e eu não conseguimos entender, creio. Você está me escutando, Caroline? — Ela fez que sim, embora mal pudesse dar crédito ao que ele dizia. Lágrimas rolaram pelas suas faces. — Não chore, querida. Nada que você ouviu sobre os índios se aplica ao Joe. Isso eu posso garantir. Venha comigo agora, e eu vou apresentá-la.

— Não — falou, engasgada.

— Sim. Agora eles são seus vizinhos, e Joe é muito meu amigo.

— Não posso! Por favor! — pediu Caroline, soluçando. Corin pegou o lenço e enxugou o rosto dela. Levantou seu queixo e deu um sorriso afetuoso.

— Coitadinha. Por favor, não fique com medo. Vamos lá. Quando você os conhecer, verá que não há motivos para ter medo.

Estalando a língua para o cavalo confuso, Corin o virou outra vez e conduziu a charrete na direção da tenda e da choupana. Cercando as duas residências, havia varais para estender roupa, cordas, ferramentas e arreios, além de uma fogueira acesa do lado de fora. Quando se aproximaram, uma mulher pequena, de cabelos negros feito piche, saiu com uma panela enegrecida para colocá-la sobre as brasas. Ela tinha as costas curvadas, mas seus olhos faiscavam do fundo das rugas que dominavam seu rosto. Ela não disse nada, mas se endireitou e acenou com a cabeça, olhando para Caroline com interesse enquanto Corin saltava da charrete.

— Bom dia, Nuvem Branca. Vim lhe apresentar minha mulher — disse Corin, tocando a aba larga do chapéu em respeito à mulher idosa. As pernas de Caroline estavam instáveis quando Corin a ajudou a descer. Ela engoliu em seco, mas um nó permaneceu em sua garganta, dificultando a respiração. Os pensamentos rodopiavam dentro de sua cabeça como uma nevasca. Um homem saiu da choupana, seguido de uma moça, e outra mulher, de meia-idade e olhar severo, veio da tenda. Ela disse algo incompreensível para Corin, que, para surpresa de Caroline, respondeu.

— Você fala a língua deles? — deixou escapar, e então se recolheu, vendo todos os olhos voltados para ela. Corin sorriu, um tanto encabulado.

— Falo, sim. Caroline, este é Joe, e esta é a mulher dele, Magpie, mais conhecida como Maggie. — Caroline tentou sorrir, mas descobriu que não conseguia sustentar o olhar em nenhum deles por mais de alguns segundos. Ao fazê-lo, viu um homem de pele escura, sério, não alto, mas de peito largo; e uma moça gordinha, com os cabelos belamente trançados com contas coloridas. Os cabelos de Joe também eram compridos, e os dois tinham maçãs do rosto altas, felinas, e uma linha séria nas sobrancelhas. Magpie sorriu e curvou a cabeça, tentando captar o olhar de Caroline.

— Muito prazer em conhecê-la, Sra. Massey — disse ela num inglês perfeito, apesar do sotaque carregado. Caroline ficou boquiaberta.

— Você fala inglês? — sussurrou ela, incrédula. Magpie deu uma risadinha animada.

— Sim, Sra. Massey. Melhor que meu marido, apesar de estar aprendendo há menos tempo! — vangloriou-se. — Fico muito contente que esteja aqui. Há homens demais nesta estância.

Caroline deu uma boa olhada na moça, que usava uma saia e uma blusa simples, com uma manta tecida em cores vivas sobre os ombros. Os pés estavam calçados com sapatilhas macias, de um tipo que Caroline nunca tinha visto antes. O marido, que vestia um colete pesado, cheio de contas, por baixo da camisa, fez um comentário abrupto na própria língua, e Magpie franziu o cenho, respondendo numa frase curta e indignada. Joe não sorriu tão prontamente quanto a mulher e, para Caroline, sua expressão parecia das mais hostis. O negrume de seus olhos a alarmou, e sua boca era uma linha reta e implacável.

— Eu nunca tinha conhecido nenhuma... pessoa Cherokee antes — disse Caroline, um tanto encorajada pela conduta animada de Magpie.

— E continua sem conhecer — falou Joe, pela primeira vez, ironicamente. O sotaque dele era tão gutural que ela levou alguns segundos para entendê-lo. Caroline olhou para Corin.

— Joe e sua família são da tribo Ponca — explicou.

— Mas... Hutch me contou que estas terras eram dos Cherokee...

— E eram. É que... bem, resumindo, há muitas tribos neste país. Afinal, era território indígena antes de ser de Oklahoma. Joe e sua família são um pouco fora do comum, no sentido de que preferiram adotar alguns dos modos de viver dos brancos. A maior parte do povo dele prefere ficar com os seus, nas reservas. O Joe pegou gosto pela criação de gado e nunca mais olhou para trás. Não é mesmo, Joe?

— Peguei gosto foi por derrotar você no carteado, isso sim — disse o homem Ponca, torcendo a boca para um lado, sarcasticamente.

Ao se afastarem da tenda, Caroline franziu a testa.

— Joe parece um nome estranho para um... para um Ponco...

— Ponca. Bem, seu nome verdadeiro, na língua dele, é praticamente impronunciável. Significa Temporal de Areia, ou algo assim. Joe fica bem mais fácil para as pessoas pronunciarem — explicou Corin.

— Ele não demonstra muito respeito por você, considerando que é seu empregado.

Com isso, Corin olhou para Caroline, e uma cara séria nublou seus olhos por um instante.

— Ele tem muito respeito por mim, posso lhe garantir. E foi um respeito que precisei conquistar. As pessoas, como Joe, não nos respeitam porque somos brancos ou porque temos terras ou pagamos seus salários. Eles respeitam a pessoa que demonstra ter integridade, que tem vontade de aprender e que consegue ter respeito por eles. As coisas aqui são um pouco diferentes de Nova York, Caroline. As pessoas precisam ajudar a si mesmas e ajudar umas às outras quando uma enchente, uma geada ou um tornado pode arrasar em um instante tudo o que se tem... — Ele foi diminuindo o tom até silenciar. Um vento morno soprou do campo, cantando pelos raios das rodas da charrete. Ofendida com essa repreensão, Caroline permaneceu num silêncio descontente. — Você logo irá se acostumar, não se preocupe — disse Corin num tom mais leve.

Alguns dias mais tarde, eles fizeram seu piquenique de núpcias. Partiram de charrete quando o sol aparecia a leste no horizonte e seguiram para oeste da estância por cerca de três horas, até um lugar onde a terra fazia curvas voluptuosas em torno do leito de um rio que corria lentamente. Salgueiros prateados inclinavam seus ramos, fazendo sombra na beira da água e tocando-a em alguns pontos, enrugando ali o imenso céu refletido.

— É tão bonito aqui — disse Caroline com um sorriso, enquanto Corin a ajudava a descer do banco da charrete.

— Fico feliz que você goste — respondeu Corin, plantando um beijo na testa dela. — É um dos meus lugares prediletos. Às vezes venho até aqui quando preciso pensar sobre as coisas ou quando estou meio deprimido...

— Por que não veio morar aqui, então? Por que fixou a estância mais ao leste?

— Eu bem queria, mas Geoffrey Buchanan me venceu. A casa dele fica a uns 3 quilômetros daqui, mas esta terra faz parte da concessão dele.

— Ele não vai se importar de estarmos aqui?

— Duvido. Ele é um sujeito tranquilo, mas, o mais importante, ele não vai saber que estamos aqui. — Corin sorriu e Caroline deu uma risada, indo até a margem e mergulhando os dedos na água.

— Quer dizer que você vem sempre aqui? Você fica deprimido?

— Ficava, às vezes, quando cheguei. Não sabia se tinha ficado com a concessão certa, se não tinha ficado longe demais da minha família, se a terra dava para o gado. Mas faz meses que não vinha aqui. — Ele deu de ombros. — Logo ficou bem claro que eu não poderia ter ficado com concessão melhor, nem feito melhores escolhas. Tudo acontece por um motivo, é nisso que acredito, e agora vejo que estou certo.

— Como sabe? — perguntou ela, virando-se para ele, secando os dedos na saia.

— Porque tenho você. Quando meu pai morreu, eu pensei... por algum tempo pensei que devia voltar para Nova York e cuidar da minha mãe. Mas quando fui para lá, logo vi que não poderia ficar. E depois conheci você, que se dispôs a vir comigo... E se alguma coisa boa podia vir com a perda do meu pai, você foi essa coisa boa, Caroline. Você era o que faltava na minha vida — falou ele, com tal clareza e determinação que Caroline se emocionou.

— Você acha mesmo isso? — sussurrou ela, ficando perto dele, sentindo o calor do sol corar a pele. O sol também brilhava forte nos olhos dele, deixando-os da cor de caramelo.

— Eu realmente acho isso — respondeu ele baixinho; e ela ficou na ponta dos pés para beijá-lo.

Eles estenderam os tapetes sob a sombra dos salgueiros, tiraram as coisas da cesta e desengataram a charrete do cavalo, que Corin amarrou numa árvore. Caroline se sentou cuidadosamente sobre as pernas e serviu um copo de limonada para Corin. Ele se recostou ao lado dela, apoiado num cotovelo, e abriu os botões da camisa para deixar o ar fresco entrar. Caroline o observava quase timidamente, ainda desacostumada com a ideia de que ele lhe pertencia, ainda desacostumada com seus modos descontraídos. Até chegar à estância, ela nem sabia que os homens tinham pelos no peito, e agora os examinava, enrolados na pele e úmidos com o calor do corpo.

— Corin? — chamou ela de repente.

— Sim, amor?

— Que idade você tem?

— O quê? Você sabe!

— Na verdade, não! Acabei de me dar conta... Eu não sei quantos anos você tem. Você parece tão mais velho que eu... Não na aparência, quero dizer! Bem, em parte na aparência, mas também de... outros modos — Ela se atrapalhou. Corin sorriu.

— Vou fazer 27 anos — disse ele. — É isso... Ficou apavorada de ter se casado com um velho?

— Vinte e sete anos não é tanto assim. Em poucos meses, eu vou fazer 19. Mas... parece que você já mora aqui há eras. Está tão adaptado como se já estivesse aqui há cinquenta anos!

— Bem, a primeira vez que vim para cá foi com meu pai, numa viagem de negócios, à procura de novos fornecedores de carne. Meu pai negociava carne, eu já lhe contei? Ele vendia para os melhores restaurantes de Nova York e, por um tempo, eu estava destinado a entrar no negócio com ele. Mas assim que cheguei aqui, percebi que estávamos em lados opostos da cadeia de fornecimento, e nunca mais fui embora. Eu só tinha 16 anos quando decidi ficar aqui e aprender a criar os bois que fornecem a carne em vez de apenas comprá-la morta.

— Dezesseis! — ecoou Caroline. — Você não ficou com medo de deixar sua família desse jeito? — questionou ela. Corin pensou por um instante e depois abanou a cabeça.

— Eu nunca tive muito medo de nada. Até convidar você para dançar — disse ele. Caroline corou de alegria, ajeitando as saias.

— Está muito quente, não é? Mesmo aqui na sombra — comentou ela.

— Quer saber qual é a melhor maneira de se refrescar?

— Qual é?

— Nadando! — declarou Corin, ficando de pé e tirando a camisa pela cabeça.

— *Nadando!* Como assim? — perguntou Caroline sorrindo.

— Vou lhe mostrar! — disse ele, deslizando para fora das botas, chutando as calças para um lado e mergulhando no leito do rio, tão nu quanto Adão, num grande alvoroço e esparramando a água. Caroline se levantou e ficou olhando muito impressionada. — Venha, querida! Não tem sensação melhor! — chamou ele.

— Está *maluco*? — gritou. — Não posso nadar aqui!

— Por que não? — perguntou ele, cruzando a extensão do poço com braçadas largas.

— Bem... bem, é... — Ela gesticulou, incrédula. — É lamacento! E ao ar livre... qualquer um poderia ver! E eu não estou com roupa de banho.

— É claro que está! Bem debaixo do seu vestido — sorriu Corin. — E quem vai ver? Não há ninguém em quilômetros... Estamos só eu e você. Venha! Você vai adorar!

Indecisa, Caroline foi até a margem, desatou as botas e hesitou. A luz do sol dançava na superfície da água, e havia peixinhos nas partes mais rasas. O sol batia forte nela, chamuscando o alto de sua cabeça e fazendo as roupas parecerem apertadas e sufocantes. Ela se curvou, tirou as botas e as meias, deixou-as na margem com cuidado e, segurando as saias até os joelhos, entrou até ficar com os tornozelos cobertos. O alívio da água fria em sua pele suada foi sua perdição.

— Oh, meu Deus — suspirou ela.

— Então, isso não a faz se sentir muito melhor? — incentivou Corin, vindo até onde ela estava. A brancura das nádegas dele se destacou, distorcida, sob a superfície, e Caroline deu uma risada.

— Você parece um sapo num balde! — disse ela.

— É mesmo? — perguntou, jogando água nela. Com um gritinho, ela recuou. — Vamos, entre e nade! Eu a desafio!

Caroline se virou para olhar, como se uma plateia pudesse ter aparecido, pronta para ficar sem ar, consternada com sua libertinagem. Depois, abriu o vestido, desatou o espartilho e os pendurou num ramo do salgueiro. Ficou com o camisão, a pele nua dos ombros se arrepiando, sentindo-se totalmente à mostra, depois voltou à margem do poço com os braços envoltos no corpo protetoramente. Parou ali, hipnotizada pela sensação da lama passando pelos dedos dos pés. Nunca sentira nada parecido e levantou a anágua para olhar para baixo, dobrando os pés e sorrindo. Ao erguer o olhar para comentar isso, encontrou Corin observando-a com uma expressão embevecida.

— O que foi? — perguntou ela, alarmada.

— Você. Olhe só para você... Tão corajosa. E tão linda. Nunca vi nada igual — disse ele simplesmente. A água tinha jogado seus cabelos na testa, deixando-o mais jovem, com um jeito moleque.

Caroline só tinha a intenção de andar pela água, mas seu toque e a excitação provocada pelas palavras de Corin a deixaram ousada, e ela entrou até a cintura, a água rodopiando as dobras translúcidas de seu camisão em volta das pernas. Com uma risada nervosa, ela se deitou para trás e ficou boiando. Ao molhar a cabeça, se arrepiou de frio.

— Venha cá me dar um beijo — chamou Corin.

— Sinto muito, senhor, estou muito ocupada nadando — respondeu Caroline, majestosa, afastando-se com uma braçada desajeitada. Num sobressalto, ela se deu conta de que não nadava desde a infância, na casa de veraneio da família.

— Vou ganhar um beijo, nem que precise ir atrás de você — disse Corin. Rindo e chutando as pernas, Caroline tentou escapar, sem muito esforço.

O sol já se punha quando eles chegaram ao alto da última colina e viram as luzes da casa da estância brilhando lá embaixo. A pele de Caroline estava quente, ardendo como se estivesse em carne viva onde o sol a queimara. Era estranho estar com o vestido sem o camisão por baixo, pois a peça estava secando atrás da charrete. Lambendo os lábios, ela sentiu o travo mineral da água do regato. Os dois carregavam o cheiro dessa água na pele e nos cabelos. Eles tinham feito amor na margem do leito do rio, e aquela languidez permanecia em seus músculos, deixando-a relaxada e aquecida. De repente, Caroline não queria chegar em casa. Queria que o dia durasse para sempre, enquanto ela e Corin se amavam repetidamente num lugar escuro, num dia quente, sem nada mais para fazer no mundo. Como se lesse sua mente, Corin puxou as rédeas do cavalo e examinou sua casa por um instante antes de se virar para ela.

— Está pronta para voltar? — perguntou ele.

— Não! — disse Caroline ferozmente. — Como eu queria que todos os dias pudessem ser como hoje. Foi tão perfeito.

— Foi mesmo, meu bem — concordou Corin, pegando a mão dela e a levando aos lábios.

— Prometa que voltaremos lá. Não vou chegar nenhum centímetro mais perto de casa até você prometer.

— Temos que voltar para casa! Está anoitecendo... mas eu prometo que iremos lá de novo. Podemos voltar sempre que quisermos... Voltaremos e teremos muitos outros dias como hoje. Juro — garantiu ele.

Caroline olhou para seu perfil ao crepúsculo azul-índigo, captando um brilho em seus olhos, a ligeira forma de um sorriso. Estendeu a mão e tocou seu rosto.

— Eu te amo — disse ela diretamente.

Com uma sacudida das rédeas, o cavalo começou a descer preguiçosamente em direção à casa de madeira lá embaixo. A cada passo que ele dava, Caroline sentia um vago pressentimento crescendo em seu interior. Virando os olhos para o solo escuro à frente, ela sentiu um medo súbito — apesar da promessa de Corin — de que nenhum dia por vir seria tão doce como este que se findava.

meus olhos
Fingiam estar concentrados no livro,
Cujas palavras dançavam, menos quando
Uma fresta se abria na porta e, dando uma
Olhada furtiva, meu coração disparava,
Pois eu esperava ver o rosto daquele estranho

Samuel Taylor Coleridge, *Geada à meia-noite*

3

Tenho tentado lembrar as coisas boas de Henry. Talvez devamos isso a ele, pois conseguimos crescer, viver nossas vidas, nos apaixonar e desapaixonar. Ele gostava de contar piadas infames, e eu adorava escutar. Beth sempre foi muito gentil, me levava com ela e me ajudava, mas era meio séria, mesmo quando criança. Uma vez eu ri tanto das piadas de Henry que quase fiz xixi nas calças — o medo disso interrompeu as gargalhadas de imediato e me enviou apressadamente ao banheiro com um punho cerrado entre as pernas. *Qual é o sonho de toda cobra? Serpente. Por que o bombeiro não gosta de andar? Porque ele socorre. O que um tijolo falou para o outro? Há um ciumento entre nós. O que é um pontinho roxo no fundo da piscina? Uma ervilha prendendo a respiração. O que acontece quando uma minhoca cruza com um porco-espinho? Vira arame farpado.* Ele podia continuar por horas, e eu pressionava meus dedos contra as faces quando elas doíam.

Eu devia ter uns 7 anos quando ele me contou essas piadas infames certo dia. Era um sábado, pois os restos de um café da manhã ainda se espalhavam na mesa da sala de jantar; estava ensolarado lá fora, mas ainda frio. As portas de vidro que davam para o terraço estavam abertas, deixando entrar um sopro de ar, frio o bastante para arrepiar meus tornozelos. Eu não observava o que Henry fazia enquanto despejava suas piadas. Não estava prestando atenção. Apenas o seguia de perto o suficiente para lhe passar a rasteira, estimulando-o sempre que havia uma pausa. *Conte outra! Como é que você sabe que tem um elefante na sua cama? Dá para ver o "E" no pijama dele. Por que a água foi presa? Porque matou a sede.* Ele estava com a lata de biscoitos e grudava dois amanteigados com uma camada grossa de mostarda. Daquelas superfortes, com uma cor horrenda, que Clifford gostava de comer com salsichas. Eu estava tentando me lembrar de algo bom sobre ele e me vem isso.

Não pensei em perguntar por quê. Não perguntei aonde estávamos indo. Ele embrulhou os biscoitos num guardanapo e guardou-os no bolso. Eu o segui atravessando o gramado como um macaco domesticado, querendo mais piadas, mais piadas. Fomos para oeste, não para o bosque ao sul, mas para a estradinha que seguia por trás da sebe, até chegarmos ao acampamento de Dinny. Henry pulou no fosso e me puxou junto. Nós afundamos atrás de uma cerca de canabrás. Foi só então que pensei em sussurrar: "Henry, o que você está fazendo? Por que estamos nos escondendo?" Ele me disse para ficar quieta, então eu fiquei. Uma brincadeira de espião, pensei; tentei não fazer barulho, verificando a presença de urtigas, ninhos de formigas, abelhas embaixo de mim. O avô de Dinny estava sentado numa espreguiçadeira do lado de fora de seu velho trailer branco, com o chapéu ensebado sobre os olhos, braços cruzados, as mãos enfiadas nas axilas. Dormindo, acho. Rugas profundas e escuras iam das laterais do nariz até os cantos da boca. Os cachorros estavam deitados, um de cada lado, os focinhos apoiados nas patas. Dois *collies* preto e branco, Dixie e Fiver, que não podíamos tocar até que vovô Flag permitisse. *Eles vão sentir esses dedos, vocês vão dar motivo.*

Henry jogou os biscoitos recheados por cima da sebe. Os cachorros se levantaram de imediato, sentiram o cheiro dos biscoitos e não latiram. Eles os devoraram num instante, com mostarda e tudo. Prendi a respiração e disse mentalmente *Henry!* Dixie fez um ruído de tosse seca, espirrou, baixou o focinho sobre uma das patas e o coçou com a outra. Os olhos se voltaram para cima; ela espirrou de novo e sacudiu a cabeça, ganindo. Henry estava com os dedos dobrados entre os dentes, os olhos iluminados, atentos. Estava se divertindo. Vovô Flag acordara e agora falava com os cachorros. Com as mãos no pescoço de Dixie, ele a examinava enquanto a cachorra tinha ânsias de vômito e fungava. Fiver andou em torno de si mesmo, arfou e vomitou uma gosma amarela nojenta. Um soluço de gargalhada escapou de Henry. Eu estava morrendo de pena dos cachorros, fervilhando de culpa e com vontade de me levantar e gritar: *não fui eu!* Eu queria sumir, correr de volta para casa. Fiquei balançando nas pernas dobradas, o rosto escondido nos joelhos.

Mas o pior foi que, quando finalmente pude ir embora, mal tínhamos dado uns vinte passos, Dinny e Beth apareceram. Estavam com as bainhas dos jeans molhadas de orvalho, e minha irmã tinha uma folhinha no cabelo.

— O que vocês dois andavam fazendo? — perguntou Beth. Henry fez uma cara séria para ela.

— *Nada* — disse ele, capaz de injetar um mundo de deboche numa única palavra.

— Erica? — Ela olhou para mim com uma expressão dura, incrédula de que eu pudesse estar com Henry, que eu parecesse culpada e pudesse traí-los desse modo. Mas aonde *eles* tinha ido sem mim? Foi o que tive vontade de gritar. *Eles* tinham *me* deixado. Henry me lançou um olhar furioso e me deu um cutucão.

— Nada — menti. Passei o restante do dia quieta e taciturna. E quando me encontrei com Dinny, no dia seguinte, sabendo que ele estivera em casa, não pude olhar para ele. Eu sabia que ele sabia. Tudo por causa das piadas de Henry.

— Rick? Podemos ir agora? — A cabeça de Eddie aparece na porta do meu quarto, onde, só dessa vez, eu estava me escondendo. Eu olhava para o mundo branco do outro lado da vidraça embaçada. Pequenos cristais nos cantos da janela, parecendo plumas, perfeitos.

— *O gelo realiza seu sacerdócio secreto, sem a ajuda de nenhum vento* — cito para ele.

— O que é isso?

— Coleridge. Claro, Eddie, podemos ir. Só me dê cinco segundos.

— Um, dois, três, quatro, cinco?

— Ha, ha. Sai. Desço num instante... Não posso sair de camisola. — Eu ainda a vestia, desafiadoramente, ao abrir a porta para Maxwell mais cedo.

— É, hoje não — concorda Eddie, recuando. — Lá fora está tão frio que congela até bumbum de pinguim.

— Engraçadinho! — gritei.

O gelo deixou as árvores brancas. Parece outro mundo lá fora, um mundo quebradiço, albino, em que o branco e os azuis opalescentes substituíram o cinza morto e o marrom monótono. A luminosidade é atordoante. Cada pequeno galho, cada folha caída, cada capim. A casa se renovou; já não parece o lugar fantasmagórico, desalentado de que me lembro. Estou cheia de otimismo hoje. Seria difícil não estar. Após tantos dias escuros, o céu parece estar se abrindo para sempre. Todo esse espaço lá em cima é vertiginoso. E Beth disse que iria conosco, tão vibrante está o dia.

Quando lhe contei que Dinny estava aqui, ela ficou petrificada. Por um instante, tive medo. Ela parecia não respirar. Era tal sua imobilidade que o sangue podia ter parado nas veias, o coração, silenciado. Um momento prolongado, suspenso, em que eu aguardei, observando e tentando imaginar o que viria a seguir. Depois, ela desviou o olhar e lambeu o lábio inferior com a ponta da língua.

— Seríamos estranhos um ao outro agora — disse, e foi andando lentamente para a cozinha. Não me perguntou como eu sabia, como ele estava agora, o que estava fazendo aqui. E eu descobri que não fazia questão de contar a ela. Não me importava de guardar para mim mesma. Guardar as palavras que ele tinha dito só para mim. Possuí-las. Quando a procurei novamente, ela já estava relaxada, e tomamos nossas canecas de chá, onde eu mergulhei biscoitos de aveia. Mas, naquela noite, ela não comeu. Nenhum biscoito de aveia, nem o prato de risoto que eu pus à sua frente, muito menos o sorvete depois.

Hoje é 20 de dezembro. O carro solta fumaça enquanto eu sigo para o leste pela vila e depois viro para o norte na autoestrada.

— Mais um dia, pessoal, e é só ladeira abaixo até a primavera! — anuncio, dobrando os dedos enrijecidos dentro das luvas.

— Você não pode querer se despedir do inverno até depois do Natal — diz Eddie com firmeza.

— É mesmo? Nem quando minhas mãos ficam gélidas segurando o volante? Veja, estou tentando soltar e não consigo! Congeladas... veja!

Eddie ri de mim.

— Ficar grudada na direção ao dirigir não é má ideia — observa Beth no assento do passageiro, fazendo uma careta.

— Bem, então estou fazendo um bom trabalho! Acho que congelei. — Sorrio. Faço a curva para Avebury. Eddie andou estudando pré-história esse semestre. Wiltshire está cheia dela. Estacionamos, recusamos a participação no *National Trust* e nos reunimos à fileira de pessoas que estão indo pelo caminho até as pedras. O solo cintila, o sol está deslumbrante.

Um belo sábado, e há muitas outras pessoas em Avebury, todas bem agasalhadas como nós, sem forma e escuras, indo e vindo entre as pedras ancestrais. Dois círculos concêntricos, não tão altos quanto Stonehenge, com pedras não tão grandiosas e arrumadas, mas os círculos são bem maiores, atravessados por uma estrada, e metade da vila se espalha entre as pedras, embora a pequena igreja fique castamente fora. Eu gosto dessa disposição. Todas essas vidas, todos esses anos, empilhados num só lugar. Fazemos toda a volta no círculo. Beth lê o guia, mas não tenho certeza de que Eddie esteja escutando. Ele tem uma vara nas mãos outra vez e faz uma luta de espadas com alguém em sua cabeça. Eu gostaria de saber quem é. Talvez os bárbaros? Ou alguém da escola?

— Os Círculos de Pedras de Avebury são os maiores da Grã-Bretanha, localizados no terceiro maior monumento neolítico. Ao todo, a encosta, o fosso que os circunda e a área central têm 11,5 hectares...

— Beth! — chamo. Ela está andando quase na beira do fosso. A relva está escorregadia com o gelo derretido.

— Opa! — Ela corrige o curso, dando uma risadinha.

— Eddie, vou fazer um teste com você sobre isso mais tarde! — falo bem alto. Minha voz retumba no ar parado. Um casal de idosos se vira para olhar. Eu só quero que ele escute Beth.

— Os métodos de exploração das pedreiras incluíam chifres e ancinhos, paletas de boi e provavelmente pás e cestos...

— Maneiro — comenta Eddie, zeloso. Passamos por uma árvore que cresceu na beirada do fosso, com as raízes cascateando no solo como uma cachoeira nodosa. Eddie sobe nela, ao estilo militar, se agacha, a agarra e olha para nós, 3 metros abaixo.

— Você é um elfo? — pergunta Beth.

— Não, sou um homem da floresta, esperando para roubar vocês — responde ele.

— Aposto que você não consegue me pegar antes que eu passe por esta árvore e fique em segurança — desafia Beth.

— Perdi o elemento surpresa — reclama Eddie.

— Estou fugindo! — A mãe o incita, indo em frente. Com um berro rebelde, Eddie escala as raízes. Escorrega e desliza, raspando os joelhos. Ele agarra Beth com as duas mãos, fazendo-a soltar um gemido. — Eu me entrego, eu me entrego! — Ela ri.

Seguimos andando, afastando-nos da vila pela avenida larga de pedras que vai para o sul. O sol brilha no rosto de Beth. Faz muito tempo que eu não o vejo iluminado desse jeito. Ela está pálida, envelhecida, mas há vigor em suas faces. Parece serena também. Eddie vai à frente, espada em riste, e caminhamos até nossos pés gelarem.

Na volta, paro no armazém de Barrow Storton para comprar uma cerveja de gengibre para Eddie. Beth espera no carro, novamente quieta. Eu e Eddie fingimos não notar. Há uma sensação horrível de que ela está balançando, como se estivesse à beira de alguma coisa. Eu e Eddie hesitamos, querendo puxá-la para um lado, temendo levá-la para o sentido errado.

— Pode ser uma Coca?

— Claro, o que você quiser.

— Para falar a verdade, não ligo muito para álcool. Eu tomei vodca semestre passado, no dormitório.

— Você anda bebendo *vodca*?

— Bebendo não. Bebi uma vez e passei mal. Boff e Danny vomitaram, e ficou tudo fedendo. Uma nojeira. Não entendo por que os adultos gostam — diz ele aereamente. Está com as faces rosadas por causa do frio, os olhos claros como água.

— Bem, você ainda pode mudar de ideia quando crescer. Mas, pelo amor de Deus, não conte à sua mãe! Ela vai ter um ataque.

— Não sou *burro*, sabia. — Eddie revira os olhos para mim.

— Não, eu sei. — Sorrio, fazendo uma careta com o peso de duas enormes garrafas de Coca que ponho no cesto. Ao nos aproximarmos do caixa, Dinny entra. O sino toca acima da cabeça dele, um pequeno estardalhaço. De imediato, não sei para onde olhar, como me posicionar. Ele passou por Beth, no carro. Imagino se ela o viu, se o reconheceu.

— Oi, Dinny — cumprimento-o, dou um sorriso. Encontro de vizinhos, por acaso, nada mais, mas fico com o coração batendo forte dentro do peito. Ele olha para mim, surpreso.

— Erica!

— Este é o Eddie, quer dizer, Ed... de quem eu tinha falado. Meu sobrinho... o filho da Beth. — Puxo Eddie para o meu lado. Ele sorri, de modo afável, e diz *oi*. Dinny o analisa minuciosamente e depois sorri.

— O filho da Beth? Prazer em conhecê-lo, Ed. — Eles se dão as mãos e, por algum motivo, fico comovida e engasgo. Um gesto simples. Meus dois mundos se reunindo no contato de suas peles.

— Você é o Dinny com quem minha mãe brincava quando era pequena?

— Eu mesmo.

— Erica me contou sobre vocês. Ela disse que vocês eram grandes amigos. — Dinny me lança um olhar penetrante, e eu me sinto culpada, mesmo sabendo que era verdade o que eu tinha dito.

— Bem, acho que éramos, sim. — Sua voz é calma e baixa, sempre moderada.

— Fazendo compras para o Natal? — intrometo-me, insensatamente. Mesmo com os cordões metálicos desbotados grudados com fita na ponta das prateleiras, o armazém pouco oferece de produtos natalinos. Dinny abana a cabeça e revira os olhos de leve.

— Honey quer batata chips — diz ele, e desvia o olhar, acanhado.

— Você viu a mamãe lá fora? Ela está lá, no carro. Vocês se encontraram? — pergunta Eddie. Sinto uma pontada na boca do estômago.

— Não. Não vi. Eu... eu vou lá agora — avisa Dinny, virando-se para a porta, olhando para o meu carro branco, imundo. Seus olhos estão decididos; ele vai direto, ombros encolhidos, como que obrigado a procurá-la.

Consigo vê-lo pelo vidro da porta, entre os montinhos de neve falsa borrifados nos cantos. Ele se curva na janela, a respiração nublando o ar. Beth abre o vidro. Não consigo ver seu rosto com Dinny na frente. Vejo suas mãos indo para a boca e depois caindo de novo, como se não tivessem peso. Estico o pescoço para ver. Apuro os ouvidos, mas a única coisa que consigo ouvir é uma música do Slade no rádio atrás do balcão. Dinny apoia o braço nu no teto do carro, e posso sentir a dor do metal gelado em sua pele.

— Rick... é nossa vez — diz Eddie, me cutucando. Ponho o cesto no balcão, obrigada a interromper a vigilância, e sorrio para o homem de aparência soturna que está no caixa. Pago pela Coca, um Twix, presunto para o jantar, e corro de volta para o carro.

— Então, o que está fazendo agora? Se me lembro bem, você sempre quis ser flautista de orquestra — relembra Dinny. Ele se endireita e cruza os braços. De repente, parece defensivo, e eu noto que Beth não saiu do carro para conversar. Mal olha para ele e não para de mexer na franja do cachecol que tem no colo.

— Ah, isso não deu resultado — responde ela com uma risadinha fina. — Cheguei até o sétimo ano e depois... — Ela para de falar, desviando o olhar outra vez. Beth completou o sétimo ano na primavera antes de Henry desaparecer. — Parei de praticar — encerra categoricamente. — Faço traduções agora. Na maioria, francês e italiano.

— Ah — diz Dinny. Ele a examina, e o momento perdura. Então eu me intrometo.

— Eu já sofro o bastante com o inglês... Tentar ensinar adolescentes é como empurrar água morro acima com um garfo. Mas Beth sempre teve talento para línguas.

— Só é preciso escutar, só isso, Rick — comenta ela, e esta é uma reprovação de algum tipo.

— Nunca foi o meu forte — concordo com um sorriso. — Acabamos de chegar de Avebury. Ed estava querendo ir lá porque andou estudando isso na escola. Mas, acredite, quando chegamos, ele ficou mais interessado em tomar um chocolate quente no pub, não foi, Ed?

— Foi *incrível* — garante Eddie. Dinny me dá um sorriso embaraçado, mas quando Beth não puxa mais assunto, seu semblante murcha um pouco, e ele se afasta do carro.

— Então, quanto tempo vocês vão ficar? — pergunta ele e endereça isso a mim, visto que Beth está olhando para a frente.

— Até o Natal, sem dúvida. Depois disso, não sabemos com certeza. Temos muita coisa para separar — digo. O que é honesto e ambíguo o bastante. — E vocês?

— Por enquanto. — Dinny dá de ombros, ainda mais ambíguo.

— Ah — sorrio.

— Bem, é melhor eu ir. Foi bom revê-la, Beth. Bom conhecer você, Ed — diz ele, acenando com a cabeça e indo embora.

— Ele não comprou as batatas — observa Eddie.

— É. Deve ter se esquecido — observo, sem fôlego. — Vou pegar e levo lá mais tarde.

— Legal — concorda Eddie, abrindo a porta de trás com uma das mãos e, com a outra, atacando o Twix. Tão despreocupado. Não faz ideia do tamanho do que acabou de acontecer, ali na janela do carro. Entro de novo no armazém, compro as batatas chips, volto, ligo o carro e sigo para casa, sem olhar para Beth, pois me sinto constrangida. E as coisas que iria perguntar, não vou perguntar na frente do filho dela.

Eddie está deitado na cama, de pijamas, grudado em seu iPod. Está de bruços, com os calcanhares balançando sobre as costas, lendo um livro chamado *Sasquatch!* E, com a música ligada, não ouve as corujas lá fora, chamando umas às outras entre as árvores. Eu o deixo. Lá embaixo, Beth está fazendo chá de hortelã, segurando o sachê de chá e mergulhando-o na água repetidamente.

— Espero que Dinny não a tenha assustado, aparecendo na janela do carro daquele jeito — digo com a maior leveza possível. Beth olha para mim, comprimindo os lábios.

— Eu o vi entrando no armazém — responde ela, ainda mergulhando o saquinho.

— É mesmo? E o reconheceu? Acho que eu não teria reconhecido... não só de vê-lo passar.

— Não seja ridícula... Ele está exatamente o mesmo — retruca. Eu me sinto inadequada, por ela ter visto algo que eu não vi.

— Bem, é incrível vê-lo depois de todo esse tempo, não é?

— É, acho que sim — murmura ela.

Agora não consigo pensar no que perguntar. Ela não deveria ficar assim, indiferente com isso. Deveria dar mais importância. Examino sua fisionomia à procura de sinais. — Talvez devêssemos convidar eles para vir aqui. Para tomar alguma coisa, algo assim.

— Eles?

— Dinny e Honey. Ela é... bem, não tenho certeza se estão casados. Ela está para ter um filho dele. Você poderia convencê-la a não tê-lo no meio do mato. Acho que ele ficaria agradecido.

— Ter um bebê no mato? Que extraordinário — diz Beth. — Mas que nome bonito... Honey. — Há mais ali do que isso. Deve haver.

— Ei, você tem certeza de que está bem?

— Por que não estaria? — pergunta, com aquele tom distraído que não me convence. Ela olha novamente para mim, e vejo que ela está com os dedos afundados na água. Na água fervente, e não os recolhe.

— Mas você mal falou com ele. Vocês eram tão próximos... Você não tem vontade de falar com ele? De saber o que aconteceu?

— Vinte e três anos é muito tempo, Erica. Somos pessoas totalmente diferentes agora.

— *Totalmente*, não... Você ainda é você. Ele ainda é ele. Ainda somos as mesmas pessoas que brincavam juntas quando crianças...

— As pessoas mudam. Seguem em frente... — insiste ela.

— Beth, o que aconteceu? — pergunto finalmente. — Ao Henry, quero dizer.

— Como assim?

— Bem, o que aconteceu com ele?

— Ele desapareceu — responde ela, categórica, mas sua voz é como gelo fino.

— Sim, mas você se lembra daquele dia no açude? Do dia em que ele sumiu? — pressiono. Acho que não deveria. Em parte, quero saber; em parte, quero mexer com ela. E sei que não deveria. A mão de Beth desliza para o balcão, põe a caneca para o lado, entorna o chá. Ela respira fundo.

— Como é que você pode me perguntar isso? — questiona ela, contraída.

— Como posso? Por que não deveria? — Mas quando ergo o olhar, ela está trêmula, os olhos brilhando de raiva. Ela não responde logo.

— Só porque o Dinny está por aí... não significa que você precisa ficar cavando o passado!

— O que isso tem a ver com Dinny? Só fiz uma simples pergunta.

— Pois então pare! Não fique fazendo perguntas, Erica! — fala rispidamente, saindo da cozinha. Fico sentada, parada por um bom tempo, e relembro aquele dia.

Levantamos cedo porque a noite tinha sido muito quente. Uma noite em que os lençóis pareciam embrulhar minhas pernas, e eu acordei várias vezes com os cabelos grudados na testa e no pescoço. Tomamos o café da manhã e depois ouvimos o rádio no jardim de inverno, que dava para o norte e era um lugar fresco pela manhã. O piso era forrado de terracota, e havia fileiras de orquídeas e samambaias no parapeito da janela. Balançávamos na cadeira de Caroline, que tinha almofadas de lona azul com um cheiro penetrante, quase felino. Ela já estava morta nessa época. Morrera quando eu tinha uns 5 ou 6 anos. Certa vez, quando eu era bem pequena, passei por aquela cadeira de balanço e não a vi até que sua bengala veio à frente e me alcançou. *Laura!* Disse ela, chamando-me pelo nome de minha mãe, *Vá procurar o Corin. Diga-lhe que preciso vê-lo. Preciso vê-lo!* Eu não fazia ideia de quem era Corin. Fiquei apavorada com o amontoado flácido de pano frouxo na cadeira, com a força incongruente por trás daquela bengala. Eu me abaixei e fugi por baixo dela.

Relutantes, nós trocamos de roupa no último minuto possível e fomos à missa com Meredith e nossos pais. Almoçamos à sombra do carvalho no gramado. Uma mesinha especial, posta só para nós três: Beth, Henry e eu. Sanduíches de pepino e de pasta de amendoim, que mamãe tinha feito para nós, pois sabia que estávamos com muito calor e não tomaríamos a sopa de bom grado. A cadeira de vime me dava coceira nas pernas. Um passarinho que estava na árvore fez cocô na mesa. Henry raspou-o com a faca e o jogou em mim. Eu me esquivei com tanta força que caí da cadeira, chutei a perna da mesa e derramei a minha limonada e a de Beth. Henry ria tanto que uma migalha de pão entrou pelo nariz dele, fazendo-o se engasgar até os olhos ficarem lacrimejantes. Beth e eu ficamos olhando com prazer, sem lhe dar um tapa nas costas. Ele foi desprezado pelo restante do dia. Fizemos tudo o que nos foi possível para evitá-lo. O calor o deixava tonto e violento, como um touro com insolação. Por fim, ele foi chamado para dentro, para se deitar, porque foi flagrado amarrando as pernas de um labrador enquanto o animal ofegava, sofrendo e desnorteado. Meredith não toleraria o tormento de seus labradores.

Porém, no meio da tarde, ele saiu de novo e nos encontrou no açude. A essa altura, estávamos nós três, é claro. Eu estava nadando, fingindo ser uma lontra, uma sereia, um golfinho. Henry dava risadas dos meus calções molhados, abaulados com água. *Fez xixi nas calças, Erica?* Então veio uma coisa, *algo*, correndo. Penso na tampa de bueiro no fundo do açude, em Henry sendo sugado por ele. Deve ter sido por isso que eu dizia a eles e repetia: *Olhem no açude. Acho que ele está no açude. Nós estávamos todos no açude.* Embora eles tenham me dito que olharam. Mamãe me disse, o policial também. Tinham procurado, e ele não estava lá. Não havia necessidade de mergulhadores — a água era bem clara, dava para ver. Meredith me segurou pelos ombros, me sacudiu, gritou: *Onde é que ele está, Erica?* Uma bolha minúscula de saliva da sua boca pousou quente e molhada na minha face. *Mãe, pare! Não!* Beth e eu jantamos na cozinha, nossa mãe pondo o feijão nas torradas, com a expressão pálida e preocupada. Ao anoitecer, a penumbra cheirava a relva quente se umedecendo, e o ar ficou tão gostoso que daria para comê-lo. Mas Beth não comeu. Naquela noite foi a primeira vez. A primeira vez que vi sua boca fechada de modo tão resoluto. Nada entrou e nada saiu.

— Para que todas essas batatas? — pergunta Beth, empurrando o saco de chips entre os restos do café da manhã sobre a mesa.

— Ah... eram para Honey, eu me esqueci de levá-los para ela ontem — respondo. Eddie está sentado no banco, de costas para a mesa da cozinha, jogando uma bola de tênis na parede e aparando-a de volta. A bola está meio murcha, gasta, tendo provavelmente pertencido a um labrador no passado. Ele a joga com uma falta de ritmo enlouquecedora. — Eddie, dá para parar um pouco? — peço. Ele suspira, mira e joga a bola na lata de lixo num arco suave.

— Ótima pontaria, querido — diz Beth com um sorriso. Eddie revira os olhos. — Está entediado? — pergunta ela.

— Um pouco. Não, na verdade, não. — Eddie se atrapalha. Um esforço idêntico de honestidade e tato.

— Por que não vai levar essas batatas para Honey? — sugiro, bebendo o resto do meu chá.

— Eu nem sequer conheço a Honey. E só vi aquele cara uma vez, ontem. Não dá para chegar na frente do pátio deles sacudindo um pacote de batata chips, né?

— Eu vou com você — digo, descruzando as pernas e me levantando. — Quer vir, Beth? O acampamento está onde sempre esteve. — Não consigo resistir a esse adendo. Não sei como ela pode não querer voltar lá para ver.

— Não. Não, obrigada. Eu vou... dar uma caminhada até a vila. Pegar o jornal de domingo.

— Pode me comprar um Twix?

— Eddie, você vai virar um Twix.

— Por favor.

— Vamos, Eddie. Vamos indo. Ponha as botas, tem muita lama no caminho — acrescento.

Pego o caminho mais longo para ir ao acampamento, via açude. Está se tornando uma peregrinação diária. Hoje é um simples dia frio e marrom, nada do gelo e brilho de ontem. Dou uma parada na beira, olho para o fundo. Está imutável. Não me dá respostas. Penso se eu simplesmente não estava prestando atenção quando aconteceu o que quer que tenha acontecido. Às vezes, minha mente divaga, esbarra num pensamento em segundo plano, se perde ali. Às vezes, isso acontece quando outros professores falam comigo. Não gosto de pensar em memórias reprimidas, sobre trauma, amnésia. Doença mental.

— Acho que você está meio obcecada com este açude, Rick — diz Eddie com seriedade. Eu sorrio.

— Não estou, não. Mas por que está dizendo isso?

— Toda vez que a gente chega perto, você fica toda Luna Lovegood. Com esse olhar vazio.

— Bem, me *desculpe*. Mas não é nada disso!

— Só estou brincando — exclama ele, me dando um empurrão desajeitado com o ombro. — Mas sempre é mais ou menos a mesma coisa, não é? — Ele se afasta alguns passos, se agacha para pegar uma pedra e a joga na água. A superfície se agita. Eu o observo, e de repente meus joelhos doem, chegando a me dar náusea, como se eu tivesse escorregado o pé numa escada.

— Vamos, então — digo, me virando rapidamente.

— Aconteceu alguma coisa aqui? — pergunta Eddie num ímpeto. Ele parece tenso, preocupado.

— Por que está dizendo isso, Eddie?

— É só que... você está sempre vindo aqui. Fica com aquela expressão nos olhos, como a mamãe fica quando está triste — murmura Eddie. Em silêncio, fico furiosa comigo mesma. — E a mamãe parece... ela parece não gostar daqui. — É fácil esquecer a clareza com que uma criança consegue enxergar as coisas.

— Bem, uma coisa realmente aconteceu aqui, Eddie. Quando nós éramos pequenas, nosso primo Henry desapareceu. Ele tinha 11 anos, a mesma idade que você tem agora. Ninguém nunca descobriu o que aconteceu a ele, então nós nunca nos esquecemos disso.

— Ah. — Ele chuta as folhas mortas. — Isso é bem triste mesmo — diz, por fim.

— Sim, é.

— Talvez ele só tenha fugido e... sei lá, entrou para um bando ou algo assim?

— Pode ser, Eddie — concordo, desesperançada. Eddie faz que sim, aparentemente satisfeito com sua explicação.

Dinny está parado com um homem que não reconheço enquanto os cachorros vêm correndo na nossa direção e nos cercam. Sorrio e aceno, como se fosse ali todos os dias, e Dinny retribui o aceno, de modo mais hesitante. O companheiro dele sorri para mim. É um homem magro, vigoroso, mas não alto. É louro, de cabelos bem curtos e tem uma flor azul tatuada no pescoço. Eddie vem mais para o meu lado, me dando um encontrão. Um pouco nervosos, nós vamos para dentro do círculo de veículos.

— Oi, desculpe interromper — digo. Tento falar com clareza, mas, aos meus próprios ouvidos, minha voz soa estridente.

— Olá, eu sou Patrick. Vocês devem ser nossos vizinhos lá da casa grande, né? — O homem magro me cumprimenta. Seu sorriso é caloroso e autêntico, seu aperto de mão chacoalha meu ombro. Com essa recepção, o frio no estômago começa a aliviar.

— É, isso mesmo. Eu sou a Erica, e este é o meu sobrinho, Eddie.

— Ed! — sibila Eddie de lado para mim, entre os dentes meio tortos.

— Ed, prazer em conhecê-lo. — Patrick chacoalha o ombro de Eddie também. Percebo Harry sentado no degrau de um furgão atrás deles dois. Penso em cumprimentá-lo de longe, mas mudo de ideia. Ele tem algo nas mãos outra vez, algo que concentra toda sua atenção. A maior parte do seu rosto está escondida por trás dos cabelos caídos e de costeletas cheias.

— Bom, isso pode parecer meio estranho, mas notamos que ontem você se esqueceu de pegar as batatas chips para Honey. No armazém. Então, trouxemos um pacote para ela. Isso se ela não estiver com vontade de comer picles hoje. — Abano o pacote. Patrick olha para Dinny, ligeiramente intrigado.

— Eu sei o quanto fico chateado quando a mamãe vai fazer compras e se esquece de trazer o que eu peço. — Eddie me salva. Ao som da voz dele, Harry levanta os olhos. Dinny encolhe um ombro e se vira.

— Honey! — Ele grita para a ambulância.

— Ah! Não precisa incomodá-la... — Sinto as faces corarem. Honey aparece numa das janelinhas, que emoldura seu rosto. Bonito e petulante.

— *Quê?* — grita ela de volta, muito mais alto do que o necessário.

— Erica lhe trouxe uma coisa. — Eu me contorço. Eddie se aproxima de Harry, tentando ver no que ele trabalha. Honey aparece, descendo os degraus com cuidado. Está toda de preto hoje, os cabelos muito claros em contraste. Ela para a certa distância de mim e me olha, desconfiada.

— Bem. É uma bobagem, na verdade. Nós lhe trouxemos isto. Dinny comentou que você queria, então... — Não acabo a frase, mostrando o saco. Lentamente, Honey vem à frente e o pega da minha mão.

— Quanto lhe devo? — pergunta ela, franzindo o cenho.

— Ah, não é nada, não se preocupe. Nem me lembro. — Aceno com a mão. Ela lança um olhar penetrante para Dinny, que põe a mão no bolso.

— Dois paus pagam? — pergunta ele.

— Não é mesmo necessário.

— Tome. Por favor. — Então eu pego.

— Obrigada — murmura Honey e volta para dentro.

— Não ligue para Honey — diz Patrick sorrindo. — Ela nasceu de mau humor, depois piorou na puberdade e agora que está esperando... Bem, deixa pra lá!

— Vá se ferrar, Pat! — grita Honey, fora de vista. O sorriso dele fica ainda mais largo.

Eddie se aproxima ainda mais de Harry. Está olhando para as mãos do sujeito e provavelmente bloqueando a luz.

— Ed, não atrapalhe, sim? — digo, sorrindo com cautela.

— O que é isso? — pergunta Eddie a Harry, que não responde, mas olha para ele e sorri.

— Este é Harry — informa Dinny a Ed. — Ele não gosta muito de falar.

— Ah. Bem, parece ser uma lanterna. Está quebrada? Posso ver? — pressiona Eddie. Harry abre bem a mão, exibindo pecinhas mecânicas.

— Então, você vai vir para nossa festinha de solstício hoje à noite, Erica? — pergunta Patrick.

— Ah, bem, não sei — respondo. Olho para Dinny, que me olha com firmeza, como se estivesse resolvendo um problema.

— É claro que virá! Quanto mais gente, melhor, não é, Nathan? Vamos acender uma fogueira, fazer um churrasquinho. Traga umas bebidas e será muito bem-vinda, vizinha — diz Patrick.

— Bem, talvez eu venha, então — concordo com um sorriso.

— Seus dreadlocks são irados — diz Eddie para Harry. — Você parece um pouco com *O predador*. Viu esse filme? — Ele está com os dedos na confusão de peças da lanterna, selecionando-as, pondo-as em ordem. Harry parece meio atônito.

— Preciso ir. Vejo vocês mais tarde. — Patrick se despede com um aceno de cabeça e sai do acampamento a passos saltitantes e mãos enfiadas nos bolsos de um casacão surrado.

Olho para as pontas enlameadas das minhas botas, depois para Eddie, que está remontando a lanterna diante dos olhos incrédulos de Harry.

— Ed parece ser um bom garoto — comenta Dinny, e eu concordo com um gesto.

— Ele é o máximo, uma grande ajuda. — Há um silêncio prolongado.

— Quando falei com Beth... ela pareceu, sei lá — acrescenta Dinny, hesitante.

— Pareceu o quê?

— Diferente do que era. Quase como se estivesse fora da casinha.

— Ela sofre de depressão — explico, apressadamente. — Continua sendo a mesma Beth. Só que... ficou mais frágil. — Preciso justificar, mesmo me sentindo traidora. Ele assente e então fica sério. — Acho que isso começou aqui. Acho que começou quando Henry desapareceu —

falo sem pensar. — Não é o que Beth me diz, mas eu acho que é. Ela me contou que isso começou num dia de tempestade, quando ela voltava para casa de carro no fim da tarde. As nuvens estavam carregadas, mas, no horizonte, elas se partiam em fendas e listras, com o céu aparecendo por trás. Um daqueles céus encarneirados. Ela contou que, de repente, não conseguia diferenciar o que era horizonte e o que era céu, morros ou nuvens, terra ou ar. Foi tão desconcertante que ela quase bateu com o carro nos que vinham no sentido contrário e passou toda a noite mareada, como se o chão se movesse embaixo dela. Depois disso, já não tinha mais certeza do que era real, do que era seguro. Foi assim que ela acha que começou. Mas eu me lembro dela na noite em que Henry sumiu. De seu silêncio e da comida deixada no prato.

— Eu odiaria pensar que o que aconteceu naquele dia tenha deixado ela doente por todo esse tempo — confessa Dinny baixinho. Ele sabe o que aconteceu. Ele *sabe*.

— Ah!

Se ao menos ele continuasse, se dissesse mais. *Conte-me*. Mas ele não conta.

— Não foi... bem. Sinto muito saber que ela não está feliz.

— Achei que voltar aqui pudesse ajudar, mas... estou preocupada de que isso possa estar deixando ela pior. Sabe, trazendo tudo de volta. Podia ser uma coisa ou outra, acho. Mas é bom que Eddie esteja aqui. Ele a distrai. Sem ele, acho que ela até se esqueceria de que é Natal.

— Você acha que ela virá à festa hoje à noite?

— Na verdade, não. Posso pedir a ela, se você quiser — sugiro.

Dinny faz que sim, a fisionomia murchando.

— Peça. Traga Eddie também. Ele e Harry parecem estar se dando bem. Ele é ótimo com crianças... elas são menos complicadas para ele.

— Se você a convidasse, tenho certeza de que ela viria. Se você fosse até a casa, quer dizer — me arrisco a pedir. Dinny me dá um sorriso breve, irônico.

— Eu e aquela casa não nos damos muito bem. Você pede a ela, e talvez a gente se veja mais tarde.

Concordo e enterro as mãos nos bolsos traseiros do jeans.

— Você vem, Ed? Vou voltar para casa.

Eddie e Harry tiram os olhos do trabalho. Dois conjuntos de olhos azul-claros.

— Posso ficar e terminar isso, Rick?

Olho para Dinny. Ele dá de ombros, concordando.

— Eu fico de olho nele.

Nós levamos Dinny para dentro de casa uma vez, quando Meredith tinha ido ao dentista em Devizes. Henry estava na casa de um garoto na vila, com quem fizera amizade. Um garoto em cuja casa havia uma piscina *de verdade*.

— Vamos! — sibilei para Dinny. — Não seja criança! — Eu estava louca para mostrar a ele os quartos grandes, a vasta escadaria, a adega enorme. Não para impressioná-lo, não para me exibir. Só para ver seus olhos se arregalarem. Para poder lhe mostrar alguma coisa, para variar, para ser eu a liderar. Beth sorria, tensa, atrás de nós. Não havia ninguém em casa, além da empregada, que nunca prestava muita atenção em nós, mas, ainda assim, nós nos agachamos para entrar despercebidos. Atrás do último arbusto protetor, eu estava perto o bastante para sentir o joelho de Dinny no meu quadril, para sentir o cheiro seco de mato da pele dele.

Dinny estava relutante. Seu avô, Flag, e seus pais já tinham lhe prevenido muitas vezes e contado várias histórias; ele até cruzara com Meredith algumas vezes. Sabia que não era bem-vindo ali e que não deveria querer olhar. Mas ele estava curioso, dava para sentir. Quando somos crianças, é natural ficarmos curiosos quando um lugar é proibido. Eu nunca o tinha visto assim incerto, nunca o tinha visto hesitar e então decidir ir em frente. Passamos de um cômodo ao outro, e a cada vez eu fazia um comentário:

— Esta é a sala de estar. Por aqui se vai ao porão. Venha ver! É do tamanho de outra casa! Este é o quarto da Beth. Ela ficou com o quarto maior porque é mais velha, mas do meu quarto dá para ver o bosque, e eu vi uma coruja uma vez. — E assim continuei. Os labradores nos seguiam, animados e abanando as caudas.

Mas quanto mais eu seguia, quanto mais cômodos mostrávamos a Dinny, mais quieto ele ficava. Suas palavras secaram. Os olhos, que estavam arregalados, se tornaram indiferentes de novo. Por fim, até eu notei.

— Você não gostou?

Um dar de ombros, uma erguida de sobrancelhas. Então o barulho do carro na entrada. Ficamos paralisados, em pânico, os corações disparando. Tentamos ouvir: eles estavam entrando pela frente ou pelos fundos? Um risco calculado, e eu fiz a escolha errada. Corremos para o terraço enquanto eles apareciam na lateral da casa. Meredith, meu pai e, pior de tudo, Henry, de volta da visita. Ele sorriu. Após um instante de hesitação, agarrei o braço de Dinny, puxei-o, e disparamos para cruzar o gramado. Acho que foi meu maior ato de insurreição na vida e foi para salvar Dinny. Para salvá-lo do que Meredith iria lhe dizer. Por um segundo, ela ficou em silêncio, chocada. Altiva e magra num tailleur de linho azul-hortênsia, os cabelos bem-penteados, imaculada. Sua boca era uma linha reta de pigmento. Quando saímos de vista, ela começou:

— Erica Calcott, volte aqui *agora* mesmo! Como ousa trazer esse *imundo* para dentro da minha casa? Como *ousa*? *Repito*, volte aqui imediatamente! E você, seu cigano ladrãozinho! Fugindo feito um verme, não é? Como o verme que você é!

Quero pensar que meu pai tenha dito algo. Fico com a esperança de que Dinny não tenha ouvido, mas é claro que lá no fundo eu sei que ele ouviu. Fugindo como um ladrão. Como um invasor. Eu achava que estava sendo corajosa, que estava sendo uma heroína para ele. Mas ele ficou aborrecido comigo por dias. Por fazê-lo entrar na casa e depois por fazê-lo sair correndo.

Estou aqui em cima, no quarto de Meredith. É o quarto maior, lógico, com uma cama feia com dossel, carregada de entalhes. A base é alta, e o colchão, fundo. Como será que os próximos proprietários movimentarão essa cama? É imensa. Acho que só usando um machado. Para ser substituída por algo contemporâneo e provavelmente bege. Eu me jogo atravessada sobre ela, sobre a colcha dura de brocado, e conto quanto tempo levo para parar de quicar. Quem fez a cama? Provavelmente a empregada, suponho. Na manhã em que Meredith caiu a caminho da vila. Aos poucos, fico imóvel e me dou conta de que estou quicando na cama da minha avó morta. Bem em cima dos lençóis onde ela dormiu na noite antes de morrer.

Aqui, mais que em qualquer outro lugar, os restos fantasmagóricos dela parecem permanecer. Como é muito natural, creio. Uma parte de mim gostaria de tê-la visitado quando adulta, de tê-la pressionado, de fazê-la me dizer de onde vinham todos aqueles maus sentimentos. Tarde demais agora. A penteadeira é um negócio enorme — funda, larga, com várias gavetas de cada lado, uma mais larga no meio, que se abre sobre o meu colo; um espelho tríptico fixado a uma caixa com mais gavetas. O topo é sedoso, uma pátina elaborada por séculos de suaves dedos femininos. Acho que, além das fotos, mamãe devia ficar com as joias também. Meredith não fez nenhum mistério para nos dizer que tinha vendido suas melhores peças, como a melhor parte das terras da propriedade, para pagar os consertos do telhado. Ela contou isso aos meus pais de modo acusatório, como se eles devessem ter posto a mão no bolso, dado uma olhada debaixo das almofadas do sofá e trazido 30 mil libras. Mas deve ter sobrado alguma coisa para minhas mãos ladras acharem.

Batons, sombras e blushes na gaveta superior à direita. Montinhos de pó solto cintilam por baixo dos tubos de metal e dos plásticos compactos. Cintos na próxima, enrolados como cobras. Lenços, prendedores de cabelo, echarpes de *chiffon*. Esta gaveta tem o cheiro de Meredith, do seu perfume e de notas levemente caninas dos labradores. Há caixas na última gaveta da direita. Tiro-as e ponho-as em cima, onde posso vê-las. A maioria está cheia de joias — coisas para enfeitar os cabelos. Uma caixa, a maior, escura e brilhante, está cheia de papéis e fotografias.

Com entusiasmo, dou uma vasculhada no conteúdo. Cartas de Clifford e Mary; cartões de Natal de meus pais; extratos bancários, guardados nesta caixa secreta por algum motivo misterioso. Leio fragmentos de alguns ao acaso, sentindo a excitação ilícita de espionar. Algumas fotos também, que deixo de lado, e então encontro os recortes de jornal. Sobre Henry, é claro. Os jornais locais iniciaram a cobertura. *Neto de Lady Calcott desaparecido. Busca pelo menino se intensifica. Roupas encontradas no bosque de Westridge não pertenciam ao menino desaparecido.* Depois, os jornais de circulação nacional entraram na história. Temores de abdução especulações, vagabundo misterioso localizado andando pela autoestrada com uma trouxa que podia ser uma criança. Menino que se encaixa na descrição visto deitado num carro em Devizes. *Polícia muito preocupada.* Não consigo tirar os olhos daquilo. Como se um vagabundo pudesse ter carregado Henry por qualquer distância que fosse. Henry, pesado e de ossos grandes. Beth e eu nunca havíamos visto nada daquilo. Claro que não. Ninguém que tenha 8 anos lê o jornal, nem nos melhores momentos tínhamos permissão de assistir ao noticiário.

Tudo indica que ela tenha comprado vários jornais diferentes todos os dias. Será que recortou tudo isso na hora, ou mais tarde, anos depois, como um modo de manter a esperança, de mantê-lo vivo? Eu não sabia que a cobertura tinha sido tão grande. Até agora, não tinha feito a ligação dos repórteres perambulando pelos portões com nenhum tipo de infâmia nacional. É claro que agora percebo por que os repórteres estavam lá, por que a matéria deu tanto pano para manga, ganhando cada vez menos espaço nas colunas com o passar do tempo, até desaparecer. As crianças simplesmente não podiam sumir sem deixar vestígio. Esse é o pior dos medos, pior até do que o corpo ser encontrado, talvez. Não ter respostas, não saber. Coitada da Meredith. Afinal, ela era a avó dele. Estava encarregada de cuidar dele.

Olho uma foto granulada, ampliada, de Henry. Uma foto escolar, onde ele aparece limpo e arrumado, usando um blazer e uma gravata listrada. Os cabelos penteados; dentuço, sorriso discreto. A foto em cartazes nas vitrines das lojas, nos postes, nas páginas dos jornais, na sala de espera dos consultórios médicos, nos supermercados, oficinas e pubs. Não havia websites naquela época, mas me lembro de ver essa foto em toda a vila. A que ficava na vitrine era colorida e logo desbotou com o sol, mas estava vívida quando a vi pela primeira vez. *Posso ir ao armazém? Não! Tem que ficar em casa!* Eu não conseguia entender por quê. Por fim, mamãe foi comigo, segurando minha mão, e educadamente pediu aos repórteres que nos deixassem passar, sem nos seguir. Mesmo assim, uns dois nos seguiram, tiraram umas fotos sem sentido, nós duas saindo da loja com picolés alaranjados. Um pequeno recorte do fim de agosto de 1987. Um ano depois. A última linha pesarosa. *Apesar da intensa investigação policial, não foi encontrado qualquer vestígio do menino desaparecido.*

Sinto uma dor nas costelas e me dou conta de que estava retendo o fôlego. Como se estivesse na expectativa; como se a história pudesse ter tido qualquer outro final. Percebo a chuva caindo com mais força, fazendo mais barulho. Eddie está lá fora, no bosque. Vai ficar ensopado. Parece tão irreal ler sobre Henry nos jornais, ler sobre aquele verão. Irreal e, ao mesmo tempo, mais real ainda. Mais terrível ainda. Isso tinha acontecido, e eu estava lá. Pus os recortes de volta na caixa, cuidando para não dobrá-los. Acho que vou guardá-los na mesma caixa, tão semelhante a um cofre, onde Meredith os pôs há 23 anos.

Pego a pilha de fotos e dou uma folheada, livrando-me dos recortes de jornal. Em sua maioria, são retratos de família e das festas de fim de ano — o tipo de coisa que mamãe quer. Uma pequena foto em preto e branco de Meredith e Charles no dia do casamento — meu avô Charles, isto é, o que morreu durante a Segunda Guerra. Ele não servia nas forças armadas, mas foi a Londres a negócios, e um míssil V2 caiu justo no clube onde ele estava almoçando. As melhores fotos do casamento deles estão sobre o piano na sala de estar, em pesadas molduras de prata. Mas, nesta pequena foto, Meredith está curvada num ângulo estranho, virando-se para olhar para trás, distante de Charles, como se a bainha do vestido tivesse ficado presa em algo. Eles estão saindo da igreja, saindo do escuro para a luz. De perfil, o rosto de Meredith é jovem, dolorosamente ansioso. Seus cabelos estão bem claros, e os olhos, enormes. Como é que uma moça tão linda, uma jovem noiva tão nervosa, tornou-se Meredith? A Meredith de que me lembro, fria e dura como as prateleiras de mármore da despensa.

Apenas uma outra foto me impressiona. É muito antiga, está danificada nas bordas, e a imagem emerge desbotada de um mar de manchas. Trata-se de uma mulher jovem, talvez em seus 20 e poucos anos, usando um vestido de gola alta, os cabelos presos atrás de modo severo, e em seu colo, com uma roupa de renda, há uma criança, que não tem mais de 6 meses de idade. Um bebê de cabelos escuros, rosto esbranquiçado, espectral, como se tivesse se mexido bem na hora em que a foto foi tirada. A mulher é Caroline. Eu a reconheço de outras fotos expostas pela casa, apesar de que em nenhuma ela aparece tão jovem assim. Viro a foto e leio o carimbo esmaecido no verso: *Gilbert Beaufort & Son, New York City*; e escrito à mão em tinta quase apagada, *1904*.

Caroline, no entanto, só se casou com Henry Calcott, meu bisavô, em 1905. Mary foi fisgada por uma moda genealógica alguns anos atrás — rastreou a linhagem da família Calcott, à qual tanto se orgulhava de pertencer por meio do casamento, e nos mandou uma cópia junto com o cartão de Natal daquele ano. Eles se casaram em 1905 e perderam uma filha antes do nascimento de Meredith, em 1911. De cenho franzido, viro a foto para a luz e tento encontrar mais pistas ali. Calmamente, Caroline olha para mim, a mão protetora segurando seu bebê. Que fim teve essa criança? Como foi cair de nossa árvore genealógica? Ponho a foto no bolso de trás e começo a pegar as joias, que mal enxergo. O fecho de um broche me pinica o dedo, e fico lá sentada por algum tempo, sentindo o gosto do meu sangue.

Depois do jantar, Eddie foge da mesa para assistir à TV. Beth e eu ficamos sentadas em meio aos pratos e travessas sujas. Ela comeu um pouco. Não o bastante, mas um pouco. Ao sentir que Eddie a observa, ela se esforça mais. Pego uma última batata da travessa, me recosto e sinto uma coisa dura no bolso de trás.

— O que é isso? — pergunta Beth, quando eu puxo a foto da nossa bisavó. Ela não falou muito comigo desde que a questionei sobre Henry, e agora sua voz está um pouco dura. Mas eu reconheço um galho de oliveira quando vejo um.

— Encontrei no quarto de Meredith... é Caroline — digo, entregando-lhe a foto.

Beth examina o rosto jovem, os olhos claros.

— Nossa, é mesmo. Eu me lembro bem desses olhos... Mesmo quando ela estava muito velha, eles continuaram prateados, claros. Você se lembra?

— Não, não muito.

— Bem, você era bem pequena.

— Eu tinha muito medo dela! Ela nem parecia muito humana para mim.

— Mesmo? Mas ela nunca nos incomodou. Nunca prestou muita atenção em nós.

— Eu sei. É só que ela era tão... *velha*! — digo, e Beth dá uma risadinha.

— Isso ela era. De outra época, de fato.

— O que mais você se lembra dela? — pergunto. Beth se recosta, empurra o prato. Metade de sua fatia de quiche ainda está intocada.

— Lembro a expressão no rosto de Meredith sempre que tinha que lhe dar comida ou vesti-la. Aquela expressão de neutralidade cuidadosa. Me lembro de achar que ela devia ter pensamentos terríveis para tomar tanto cuidado de ocultá-los.

— Mas, e sobre Caroline? Você se lembra de alguma coisa que ela disse, do que fez?

— Hã, deixe eu ver. Lembro a vez que ela enlouqueceu na festa de verão... Quando foi mesmo? Não sei. Não muito antes de morrer. Você não se lembra? Dos fogos de artifício e de todas aquelas lanternas ao longo da entrada de carros para iluminar o caminho até a casa?

— Nossa! Eu tinha me esquecido totalmente disso... Lembro os fogos, é claro, e a comida. Mas agora que você falou, eu me recordo de Meredith levando Caroline para dentro na cadeira de rodas, porque ela estava gritando alguma coisa sobre corvos... O que era mesmo? Você sabe? — pergunto. Beth abana a cabeça.

— Não eram corvos — diz ela. E quando ela me conta, a cena entra em foco na minha mente, como se sempre tivesse estado lá, esperando para que Beth a apontasse para mim.

A festa de verão de Storton Manor é um evento anual, geralmente realizada no primeiro sábado de julho. Às vezes chegávamos lá a tempo, outras vezes, não, dependendo do calendário escolar. Sempre esperávamos conseguir — era a única ocasião em que queríamos participar de algo relativo a Meredith, por causa das luzes, das pessoas, da música e dos vestidos, que transformavam o solar em outro lugar, em outro mundo. Naquele ano, Beth passou horas me penteando. Eu tinha chorado porque meu vestido de festa tinha ficado muito pequeno, algo que só descobrimos quando eu o vesti mais cedo. Estava muito apertado debaixo dos braços, e os pontos smock da roupa me pinicavam. Mas como não havia alternativa, tive que usá-lo, e, para me animar, Beth trançou fitas turquesa no meu cabelo, num total de quinze ou vinte, que se uniam numa pluma atrás da minha cabeça.

— A última... fique quietinha! Pronto. Você parece um pássaro do paraíso, Erica! — Ela sorriu ao atar a última. Eu virei a cabeça para um lado e para o outro, apreciando as fitas que caíam pelo pescoço.

Tochas flamejantes subiam pela entrada de carros, cheirando a parafina e derretendo no ar da noite. Produziam o som de bandeiras ao vento. Havia um quarteto de cordas no terraço perto de onde montaram uma mesa comprida, guarnecida de toalhas brancas e fileiras de objetos de cristal. Baldes de gelo prateados sobre longos suportes resfriavam garrafas de champanhe, e os garçons ergueram as sobrancelhas para mim quando mergulhei os dedos ali, furtando um cubo de gelo para chupar. É provável que a comida fosse maravilhosa, mas me lembro de pegar um blini de caviar, enfiá-lo todo na boca e em seguida cuspi-lo no canteiro mais próximo. Conversas de adultos que não entendíamos rebatiam no ar acima de nossas cabeças; fofocas e boatos iam e vinham, indiferentes a nós, pequenas espiãs, infiltradas na multidão.

A maior parte dos nossos parentes, pessoas que não vejo mais, comparecia, assim como todos que eram alguém na sociedade do município. Um fotógrafo da *Wiltshire Life* circulava, tirando fotos das mulheres mais bonitas, dos homens mais nobres. Mulheres peitudas, de cabelos lisos e dentes grandes, que usavam vestidos de festa brilhantes e caros em tons de rosa, azul-pavão e esmeralda. Desencavavam seus brilhantes para a ocasião — pedras cintilantes que contrastavam com suas sardentas peles inglesas. O jardim inteiro era inundado com o cheiro de seus perfumes e, mais tarde, quando começavam a dançar, com o de suor fresco. Os homens usavam smoking. Meu pai sempre mexia no colarinho, na faixa da cintura, desacostumado às bordas engomadas, às camadas de tecido. Os insetos giravam em torno das lanternas como faíscas de uma labareda. Os gramados ressoavam com vozes e risos, um bramido estável que aumentava com o número de garrafas esvaziadas. Só os fogos de artifício o silenciavam, e nós, crianças, olhávamos extasiadas para o céu roxo da noite, que explodia iluminado.

Toda uma comitiva de empregados foi contratada para servir a festa. Garçons para o vinho; cozinheiros; garçonetes para passar as bandejas de canapés quentes; mordomos calmos, implacáveis, que ficavam dentro da casa, educadamente indicando os banheiros do térreo e desencorajando os curiosos de ir espiar os quartos da família. Foi uma dessas serviçais anônimas que Caroline atacou, inexplicavelmente. Sua cadeira tinha sido posicionada na varanda, próxima ao terraço, onde dava para ouvir a música, mas ainda sob o abrigo da casa. As pessoas iam até ela para cumprimentá-la, curvando-se para frente desajeitadamente para ela não precisar olhar para cima, mas iam embora logo que a boa educação permitisse. Caroline reconhecia alguns deles com um aceno de cabeça. Outros, ela simplesmente ignorava. E então veio uma garçonete com um sorriso, oferecendo-lhe algo de uma bandeja.

Ela era morena, disso me lembro. Muito jovem, talvez uma adolescente. Beth e eu a tínhamos notado mais cedo porque invejamos seus cabelos escuros. Ela tinha a pele azeitonada e um penteado retinto e brilhante, esplêndido, numa trança sobre o ombro. Seu corpo era curvilíneo, o rosto arredondado com olhos castanho-escuros e as maçãs altas. Talvez fosse espanhola ou grega. Beth e eu estávamos por perto porque a seguíamos. Nós a achamos incrivelmente bonita. Mas quando Caroline olhou para cima e viu a moça, seus olhos se arregalaram e ela ficou boquiaberta — um buraco sem lábios, úmido, em seu rosto. Eu estava bem perto e vi que ela começou a tremer, e a garçonete fez uma cara séria, alarmada.

— Magpie? — sussurrou Caroline, um sopro formando a palavra tão vagamente a ponto de eu achar que tinha ouvido errado. Mas ela disse novamente, com mais firmeza. — Magpie, é você? — A garçonete abanou a cabeça e sorriu, mas Caroline estendeu as mãos com um grito rouco. Meredith olhou para sua mãe, contraindo as sobrancelhas.

— A senhora está bem, mãe? — perguntou ela, mas Caroline a ignorou e continuou a olhar fixamente para a garçonete de cabelos escuros com uma expressão de puro terror.

— Não pode ser você! Você está morta! Eu sei que está... eu *vi*... — gritava.

— Tudo bem — disse a garota, recuando, afastando-se da velha senhora. Beth e eu olhávamos, fascinadas, quando as lágrimas começaram a rolar pelas faces de Caroline.

— Não me machuque... por favor, não — dizia ela com voz estridente.

— O que está acontecendo aqui? — perguntou Meredith, aparecendo ao lado da mãe, lançando um olhar fulminante para a garçonete, que só conseguia abanar a cabeça, perdida. — Mãe, fique quieta. O que há com a senhora?

— Não! Magpie... como pode ser? Eu tinha certeza de que eu não... eu não tinha a intenção... — implorava ela, botando dedos trêmulos sobre a boca. Sua fisionomia estava aterrorizada, assombrada. A garçonete se afastou, desculpando-se, dando um sorriso desconfortável. — Magpie... espere, Magpie!

— Já chega! Não há ninguém aqui chamado Magpie! Pelo amor de Deus, mãe, componha-se — repreendeu-a Meredith, rispidamente. — Temos convidados — acrescentou ela, enfaticamente, curvando-se para falar no ouvido de Caroline, que simplesmente continuou olhando para a moça de cabelos pretos, febrilmente, procurando-a entre as pessoas.

— Magpie! Magpie! — gritava ela, ainda chorando. Agarrando a mão de Meredith, fixou os olhos arregalados, desesperados, na filha. — Ela voltou! Não deixe que ela me machuque!

— Certo. Já chega. Clifford... venha me ajudar. — Meredith chamou o filho com o dedo, e os dois viraram a cadeira e a manobraram para atravessar as longas portas de vidro. Caroline tentou detê-los, esticou o pescoço para ver a moça, dizendo seu nome sem parar. *Magpie, Magpie.* Foi a primeira e única vez que me lembro de ter sentido pena dela, pois ela parecia tão assustada, tão triste.

— Magpie, isso mesmo. Que nome engraçado — comento, quando Beth para de falar, desfaz sua própria trança comprida e passa os dedos pelos cabelos. — Quem será que ela achava que a moça era?

— Quem vai saber? É óbvio que ela já estava muito confusa na época. Já tinha mais de 100 anos, lembra?

— Você acha que Meredith sabia? Ela foi tão brusca com a mãe!

— Não sei. — Beth encolhe os ombros. — Meredith sempre era brusca.

— Ela foi terrível naquela noite.

Levanto-me e ponho a chaleira no fogo para fazer um café.

— Se você está procurando fotos e papéis antigos, devia dar uma olhada no sótão — diz Beth, sem cerimônia.

— Ah!

— Sabe aquele velho baú lá em cima... Quando viemos para o funeral de Caroline, lembro que Meredith pôs todos os pertences dela naquele velho baú de couro vermelho. Era quase como se quisesse tirar de vista tudo que fosse de Caroline.

— Não me lembro disso. Onde é que eu estava?

— Você ficou em Reading com Nick e Sue, nossos vizinhos. Papai disse que você era muito pequena para ir a um enterro.

— Então vou lá em cima dar uma olhada mais tarde — digo. — Você deveria ir também.

— Não, não, nunca dei muita bola para a história da família. Mas talvez você ache alguma coisa interessante. — Ela sorri. Percebo como está interessada em que eu investigue esse passado distante, em vez de ir fundo no mais recente. Percebo como ela quer me distrair.

A ausência

1902-1903

À medida que a primavera dava lugar ao verão, Caroline ia se acostumando à presença de Joe e Magpie, assim como à das outras mulheres Ponca, que eram a mãe de Joe, Nuvem Branca, e sua irmã viúva, Annie. Ela não as visitou novamente, mas Corin avisou-a de que as mulheres indígenas tinham a tradição de visitar umas às outras e trocar presentes, e ela recebeu diversas dessas visitas antes que as Ponca perdessem o interesse. Caroline ficava muito apreensiva ao ver o trio se aproximando da casa, e permanecia incomodada durante a visita, paralisada de nervosismo, sem saber como se dirigir a elas ou o que dar em retribuição ao mel, as luvas e conchas de madeira finamente talhadas que recebia como presente. No fim, ela geralmente lhes dava dinheiro, que Nuvem Branca aceitava de cara fechada. Caroline lhes oferecia chá e ficava ansiosa para que fossem embora, mas, quando elas pararam de fazer as visitas, ela sentiu que havia fracassado de algum modo. Da janela, observava Joe em suas andanças pela estância, com olhos sempre curiosos diante da estranheza de suas feições, de sua cabeleira negra. Ele carregava na cintura um facão, numa bainha de couro, e, a cada vez que ela via aquilo, sentia um estremecimento gelar sua espinha.

Ela não havia se acostumado ao calor, que aumentava a cada dia. Ao meio-dia, sempre que saía de casa, o sol era um disco branco chapado que parecia pressionar sua cabeça como a mão de um gigante, deixando-a prostrada, pesada e meio cega. Quando o vento soprava, era tão quente quanto uma lufada vinda de um forno. Acostumada a levantar às dez da manhã durante toda a vida, agora Caroline despertava com Corin, ao raiar do dia, pois assim teria algum tempo para existir, algum tempo para viver antes que o calor se tornasse insuportável. Nessa hora, o céu a leste tinha tons violáceos e de azul-celeste, salpicado por algumas estrelas esmaecidas que iam piscando para a inexistência conforme o dia se firmava. Corin a levou a Woodward para encomendar tecido para cortinas e tapetes, além de um espelho grande para pendurar acima da lareira, e pagou por essas coisas com uma expressão levemente perplexa. Caroline ficou impaciente e irritada durante as semanas que os artigos levaram para chegar de trem de Kansas City, e, ao chegarem, ela bateu palmas de empolgação. Aos poucos, foi arrastando a mobília da casa, deixando-a mais bem-arrumada. Varria sem parar para manter a areia do lado de fora nos dias de vento, até ficar com bolhas nas mãos e desistir de frustração. Então, fechou com trapos todas as frestas que encontrou em volta das janelas e portas.

Ainda mais difícil para ela era se acostumar ao trabalho cotidiano exigido para manter a casa. Ela sabia que, como mulher de Corin, devia fazer seu café da manhã antes que ele saísse para trabalhar, mas até que ela penteasse os cabelos e os prendesse, lavasse o rosto e atasse o espartilho, ele já tinha providenciado isso e saído.

— Meu amor, por que você leva tanto tempo para arrumar os cabelos? Não tem ninguém aqui que vá pensar mal se você simplesmente os prender para trás de um modo simples — observava Corin gentilmente, tirando seus cabelos do pescoço úmido e correndo o polegar pelas mechas sedosas.

— *Eu* pensaria mal — respondia Caroline. — Uma dama não pode andar por aí com os cabelos soltos. Não é decente, só isso.

Mas ela interpretou o que achava que ele queria dizer e começou a se levantar ainda mais cedo para se fazer apresentável e ainda ter tempo de preparar o desjejum.

Quando a cisterna secava, era preciso tirar água do poço, que ficava no alto de uma elevação do terreno ao norte da casa. Corin apressou-se a observar que o poço era quase um milagre, visto que a maioria das águas subterrâneas do município continha traços de gipsita, que cheirava mal e não fazia bem às tripas.

— Nem mesmo a casa mais fina de Woodward tem um suprimento de água tão próximo e doce desse jeito. Eles ainda a transportam do sul de carroça! — contou ele, orgulhoso.

A água levava muito tempo para ferver no fogão e, como a lenha era escassa, quase sempre usavam como único combustível o esterco de vaca que Caroline tinha visto na fogueira do acampamento de Hutch. Ao descobrir o que era — pedaços de excrementos secos do gado —, Caroline imediatamente se recusou a pegá-los e só pôde ser induzida a usá-los empurrando-os para dentro do fogão com pinças de ferro. Não muito longe da estância, havia um riacho raso, que os estancieiros chamavam de riacho do Sapo. Nas margens, fileiras dispersas de algodoeiros, ameixeiras e nogueiras davam à estância folhagens bem-vindas.

— Por que não pegamos a madeira do regato? — perguntou Caroline, franzindo o nariz para Hutch, que meio a contragosto deixava um cesto de cavacos de vaca na porta.

— Bem, madame, é possível. Mas só por uns dois meses, e depois voltaríamos aos cavacos, ficando sem as árvores para embelezar a paisagem — disse Hutch rispidamente.

E todas as manhãs era preciso trazer a água, varrer e realimentar o fogão, cozinhar o desjejum e depois lavar a louça e a roupa. Caroline estava acostumada com as roupas sujas sendo recolhidas e, dois dias depois, devolvidas, limpas, passadas e bem-dobradas; ela ficou surpresa ao descobrir o trabalho que esses dois dias exigiam. E depois a batalha sem-fim contra a areia dentro de casa e na varanda de entrada. Ela também precisava cuidar de sua horta, que definhava. Orgulhoso, Corin a havia presenteado com as sementes, tendo-as negociado com um vizinho. Melancias e abóboras, ervilhas e vagens. Ele também comprou dois pezinhos de cerejeiras, que ela molhava com grande cuidado e atenção, aborrecendo-se quando o vento as açoitava. As pequenas árvores lutavam para sobreviver na terra vermelha e não floriam, por mais mimadas que fossem. Depois, ela tinha que fazer o almoço, consertar roupas e, por fim, fazer o jantar. Caroline não era boa cozinheira. Deixava os ovos ressecados e se esquecia de salgar a carne. Os vegetais ficavam moles, a carne, dura e fibrosa. O feijão também ficava duro no centro. Seu café era fraco, e o pão recusava-se a crescer e era difícil de mastigar. A cada vez que ela se desculpava, Corin a tranquilizava.

— Você não foi criada para isso, é só. Vai aprender — falou ele sorrindo, enquanto valentemente engolia qualquer coisa que ela botasse à sua frente. Sempre que sujava as mãos, ela as lavava de imediato, detestando a sensação de sujeira na pele, terra e fuligem se acumulando sob as unhas. Ela as esfregava tantas vezes por dia que a pele começou a ficar vermelha, ressecada e com rachaduras, fazendo-a lamentar a maciez perdida, aninhando-as no colo ao fim do dia.

Banhos quentes só eram possíveis enchendo-se laboriosamente um tonel de cobre, que era colocado sobre o fogo, e depois enchendo-se a banheira de latão com um balde, atrás de um biombo de madeira que Caroline encomendou com o propósito de ter privacidade no banho. Corin se irritava com um uso tão caprichoso da água preciosa, mas, no fim de seu dia de trabalho, com os movimentos dificultados pelo espartilho, o corpo de Caroline doía das pontas dos dedos das mãos até as pontas dos dedos dos pés. Ao se curvar, encostada na banheira, ela podia sentir a protuberância de cada vértebra da espinha, cada uma das costelas. Ao torcer a roupa, suas mãos tremiam de cansaço. Sob o brilho amarelado do lampião de querosene, ela examinava as unhas quebradas e o bronzeado dos braços em que ela se acostumara a arregaçar as mangas no calor. Agora ela passava o polegar pelos calos, massageando-os com um creme com fragrância de rosas para amolecê-los, enquanto o canto de um coiote solitário preenchia a escuridão lá fora.

Ela não reclamava do trabalho, nem para si mesma. Sempre que se flagrava murchando, imaginava Bathilda dando um sorriso debochado de triunfo, ou então pensava em Corin, tão cheio de admiração, chamando-a de corajosa e linda, e no quanto ela odiaria decepcioná-lo. Mas nas ocasiões em que ela parecia perder o ânimo, o marido percebia, e escovava a areia dos cabelos dela ao fim do dia, cantando baixinho enquanto corria as cerdas suavemente pelas longas mechas; ou contava histórias exageradas para fazê-la rir: sobre a vaca superesperta que bebia cerveja e aprendera a contar ou sobre o colono impaciente que tinha se pintado todo com o barro vermelho de Woodward para se passar por índio e se assentar nas terras deles. Ou, quando ela estava na banheira esfregando os calos, ele aparecia por trás do biombo e massageava os músculos tensos do seu pescoço e os ombros, até ela quase cochilar em suas mãos; então, ele a pegava e a carregava, molhada, para a cama. Na alegria intensa e ofuscante do sexo, ela se esquecia de todas as dores.

Certa noite, eles estavam deitados lado a lado na cama, recuperando o fôlego após o exercício vigoroso. Corin apoiou-se no cotovelo e enxugou o suor do peito de Caroline, e deslizando a palma da mão até seu abdômen. Ela sorriu e se mexeu sob o peso, sob a pressão quente de sua pele.

— Menino ou menina para começar? — perguntou ele.

— O que você prefere? — replicou ela.

— Perguntei primeiro! — disse ele, sorrindo.

Caroline suspirou de felicidade.

— Para mim, realmente tanto faz. Talvez uma menina... uma menininha com seus olhos castanhos e os cabelos cor de mel.

— E depois um menino? — sugeriu Corin.

— Claro! Você prefere um menino primeiro?

— Não necessariamente... apesar de que seria bom tirá-lo da cama e fazê-lo correr, me dar uma ajuda na estância... — refletiu ele.

— Coitadinho! Nem nasceu ainda, e você já está fazendo ele pular as cercas! — reprimiu Caroline.

Sorrindo, Corin pôs os lábios na pele úmida de seu abdômen.

— *Psiu!* Oi, você aí dentro... venha menino, e eu lhe compro um pônei — sussurrou ele.

Caroline riu, aninhando a cabeça de Corin em suas mãos, sem notar mais a aspereza delas.

Isso ocorreu dois meses antes da visita de uma vizinha. Caroline ouviu um chamado na frente da casa quando examinava, taciturna, o recheio de um bolo de mel murcho que acabara de tirar do forno.

— Olá, Masseys! — chamaram novamente, e, sobressaltada, Caroline se deu conta de que a voz era de uma mulher. Ela ajeitou os cabelos para trás, bateu a farinha do avental, abriu a porta da frente, e saiu pela varanda com graciosidade aristocrática. Então, ficou embasbacada. A mulher, se era isso que era, não apenas estava vestida de homem — de calças, perneiras de couro e uma camisa de flanela enfiada dentro de um cinto de couro largo —, mas também estava montada com uma perna de cada lado de um cavalo baio alto, acomodada confortavelmente na sela como se tivesse nascido ali.

— Ah, você está em casa! Eu estava começando a pensar que estava gritando para uma casa vazia — declarou a mulher, passando a perna por trás do cavalo e saltando abruptamente no chão. — Eu sou Evangeline Fosset. Prazer em conhecê-la, e me chame de Angie como todo mundo — continuou ela, aproximando-se com um sorriso. Um rabo de cavalo comprido e cor de laranja balançava atrás dela, e, embora ela tivesse o rosto tão bronzeado quanto o de Corin, o dela era forte e bonito. Seus olhos azuis brilhavam.

— Eu sou Caroline. Caroline Massey.

— Imaginei que fosse. — Os olhos azuis penetrantes a examinaram de cima a baixo. — Bem, Hutch me contou que você era uma beleza, e Deus sabe que aquele cara nunca mente — disse ela. Incerta, Caroline sorriu e não disse nada. — Sou sua vizinha. Meu marido, Jacob, e eu temos uma fazenda a uns 10 quilômetros daqui. — Angie apontou para o sudeste.

— Ah! Bem... hã... entre, por favor — balbuciou Caroline.

Ela cortou uns quadradinhos da borda externa do bolo de mel, onde ele se parecia mais com um bolo, e os serviu numa travessa grande, com chá e água. Angie tomou um longo gole.

— Ah! Como eu invejo esse poço doce que vocês têm! Tomar água que não tem gosto de gipsita nem de cisterna é maravilhoso, posso lhe garantir — exclamou ela, esvaziando o copo. — O Corin lhe contou como foi que eles acharam? O poço, quero dizer.

— Não, não contou.

— Bem, eles já tinham feito uma centena de buracos e não encontravam nada além de gipsita. Dependiam do riacho, mas aquilo fica seco na metade do ano, como você logo vai ver. E eles estavam tão cuidadosos com o consumo de água que os homens desta estância ficaram sem se lavar por um mês. Vou te contar, não é mentira: eu podia sentir o fedor deles lá de casa! Bem, um dia, um sujeito engraçado veio cavalgando numa mula velha e perguntou a Corin se queria que ele encontrasse água doce nestas terras. Corin deu ao homem uma chance, mesmo sem entender como um velho daqueles podia conseguir o que eles não tinham conseguido em meses. — Angie fez uma pausa para tomar fôlego e pôs um quadrado de bolo na boca. Caroline a observava, hipnotizada. — O sujeito pegou uma vara em forquilha, lisinha pelos anos de uso, e lá se foi, vagando aqui, ali, por todo canto, segurando a vara com as pontas dos dedos. O sol do meio-dia começou a castigar, e mesmo assim ele foi e voltou, para frente e para trás, até chegar ao topo da elevação, e pronto! Aquela vara se mexeu nas mãos dele e apontou bem para o relvado como uma flecha. "Aqui está sua água doce, senhor", anunciou o velho. E quando cavaram, lá estava o poço. Dá para acreditar? — Angie terminou sua história com um gesto de cabeça e um sorriso, observando Caroline na expectativa.

— Bem, eu... — começou Caroline, a voz soando frágil após a narrativa confiante de Angie. — Se você diz, é claro — terminou, dando um leve sorriso. O semblante de Angie murchou um pouco, mas logo ela abriu outro sorriso.

— Então, como é que você está se ajeitando? Está se acostumando com a vida da estância?

— Sim, acho que sim. É bem diferente... de Nova York.

— Aposto que é! Aposto! — Angie deu uma risadinha; um som grave, gutural.

— Eu nunca tinha visto uma mulher montar com uma perna de cada lado — acrescentou Caroline, sentindo-se mal-educada por mencionar isso, mas surpresa demais para evitar.

— Ah, é o único modo de se locomover por aqui, acredite! Depois que você experimentar, nunca mais vai voltar a perder tempo montando de lado. Quando eu soube que Corin estava trazendo uma garota da cidade, pensei: coitadinha! Ela não sabe onde está se metendo! Não que eu não adore este lugar. É o meu lar, embora Deus saiba que por aqui a Mãe Natureza pode ser uma sacana às vezes, me perdoe a linguagem... Mas ela realmente pode. — Novamente, Angie olhou para Caroline, que sorriu nervosa, sem saber o que fazer. Serviu mais chá à visita. A xícara de porcelana, com desenhos de florzinhas cor-de-rosa e laços azuis, que parecera tão encantadora no catálogo, agora parecia tão frágil quanto um brinquedo na mão forte de Angie. — Algumas mulheres se sentem solitárias. Não ver ninguém... bem, nenhuma outra mulher... por semanas a fio. Meses, às vezes. Pode perturbar a pessoa, ficar dentro de casa sozinha o dia inteiro.

— Eu tenho ficado... muito ocupada — disse Caroline, hesitante, assustada com o modo direto de falar da mulher.

— Como todas nós, com certeza. — Angie encolheu os ombros. — As crianças vão ajudar, quando começarem a vir. Nada como uma casa cheia de pequerruchos para nos manter distraídas, posso garantir! — Caroline sorriu, corando um pouco. Ela mal podia esperar para ter seu primeiro filho. O que mais desejava era aninhar um bebezinho nos braços, sentir a maciez da pele, uma nova família completa. A permanência de fincar as raízes.

— Corin quer ter cinco — disse ela, sorrindo timidamente.

— Cinco! Oh, meu Deus, não vai ser fácil, garota! — exclamou Angie com um sorriso largo. — Mas você ainda é jovem. Não tenha um depois do outro, esse é o meu conselho. Assim, os mais velhos poderão ajudar com os menores. Bem, quando isso acontecer, me avise. Vai precisar de mais ajuda e de conselhos de alguém mais experiente. Basta se lembrar de onde estou e me mandar um recado se precisar de alguma coisa.

— Isso é realmente muito gentil da sua parte — agradeceu Caroline, secretamente segura de que não precisaria de tal ajuda. Em seu coração, ela sabia que, ao passo que não conseguia melhorar na cozinha e que seu corpo não endurecia com o trabalho doméstico, seria na maternidade que ela encontraria sua vocação.

Ao sair, cerca de uma hora depois, Angie não foi na direção de casa, mas sim dos currais, onde alguns dos homens trabalhavam. Caroline tendia a não se aventurar por lá, pois se sentia acanhada por causa dos homens e desconhecia a natureza do trabalho que eles faziam, apesar dos incentivos de Corin para que ela aprendesse a dirigir a estância. Tinha achado brutal o que vira. Animais derrubados rudemente, seus chifres cerrados, as cabeças mergulhadas em parasiticida, o emblema da estância, *EM*, sendo marcado a fogo em suas peles. Ela detestava o modo como eles reviravam os olhos, apavorados, com uma aparência tão vulnerável. Mas ao ver Angie conduzir seu cavalo calmamente até Hutch, que supervisionava a marcação de novos bezerros no curral mais próximo, Caroline se sentiu repentinamente excluída e deixada para trás. Apressadamente, tirou o avental, pegou seu chapéu e andou com rapidez na mesma direção.

Hutch tinha vindo até a cerca e se encostado, continuando a observar a marcação enquanto falava com Angie. Pensando em como anunciar sua presença, sentindo-se muito tensa, Caroline escutou seu nome sendo pronunciado e parou, ficando de lado, de modo que a sombra do alojamento a encobriu. O mau cheiro do pelo queimado causou-lhe enjoo, e ela pôs a mão na boca para abafar o som.

— Ela não é muito simpática, não é? — quis saber Angie, cruzando os braços. Hutch encolheu um ombro.

— Está dando o máximo que pode, reconheço. Não deve ser fácil com a criação que teve. Acho que nunca tinha andado mais que 400 metros de uma só vez antes e, pelo Corin, soube que certamente nunca tinha cozinhado.

— É uma pena que ele não tenha se instalado mais próximo à cidade. Ela poderia dar aulas ou algo assim. Faria melhor uso daqueles modos finos do que vai fazer por aqui — disse Angie, sacudindo a cabeça em reprovação. — O que os rapazes acham dela?

— Difícil dizer, na verdade. Ela não sai muito da casa, não monta e, com certeza, não nos traz limonada num dia quente — comentou Hutch com um sorriso. — Acho que se ressente com o calor.

— O que o Corin estava pensando ao se casar com uma jovem tão novata para depois deixá-la aqui sozinha?

— Bem, suponho que ele achou que ela era uma bela garota com uma boa cabeça sobre os ombros.

— Hutchinson, um dia desses vou cair do cavalo quando você falar mal de alguém ou alguma coisa do tipo. Boa cabeça sobre os ombros na cidade, talvez, mas aqui? Ora, ela fica fazendo os trabalhos domésticos com um espartilho tão apertado que mal consegue respirar! Isso lhe parece sensato? — exclamou Angie. Hutch disse alguma coisa que Caroline não conseguiu ouvir por causa dos berros dos bezerros amedrontados e depois ele se virou para Angie. Temendo ser vista, Caroline contornou a lateral do alojamento e voltou rapidamente para casa, com lágrimas de raiva marejando seus olhos.

Mais tarde, durante o jantar, Caroline observava o marido, que comia sem reclamar a comida insossa que ela servira. Ele viera tarde, depois de arrebanhar dois bois extraviados, chegando à mesa faminto e sem ter feito qualquer toalete além de lavar rapidamente as mãos e o rosto com a água da bacia. Sob a luz do lampião, ele parecia bruto, mais velho do que era. Seus cabelos estavam desgrenhados, e havia areia contornando seu rosto. Depois de um dia ao ar livre, parecia ter ficado de molho no sol para depois brilhar a noite inteira, ela pensou. O sol o amava. Mas não a ela. Chamuscava sua pele clara, marcava suas faces com sardas e fazia seu nariz descascar da pior maneira. Observando-o, ela sentiu uma onda de amor que era ao mesmo tempo maravilhosa e um pouco desesperadora. Ele era seu marido, e ainda assim ela tinha a sensação de que poderia perdê-lo. Ela não sabia que estava sendo um fracasso até conhecer Angie Fosset e saber de seu veredito sobre a frágil esposa de Corin. Ela engoliu as lágrimas porque sabia que não poderia explicá-las.

— Evangeline Fosset passou por aqui hoje — disse ela com a voz um pouco sufocada.

— Ah, que ótimo! Ela é uma vizinha muito boa e sempre tão simpática. Você não achou? — perguntou ele. Caroline tomou um gole de água para evitar a resposta. — Se já houve um exemplo de como o Oeste dá às mulheres liberdades que elas nunca tiveram e de como a mulher pode tirar a melhor vantagem disso, Angie é este exemplo — continuou Corin.

— Ela não enviou um cartão anunciando a visita. Eu não estava preparada para recebê-la — disse Caroline, odiando o tom frio em sua voz, mas também odiando ouvir seu marido elogiar outra mulher.

— Não, bem... quando a pessoa precisa cavalgar mais de 11 quilômetros para dizer que vai visitar, parece sensato simplesmente ir em frente e visitar, suponho.

— Eu a ouvi falando de mim com Hutch. Ela me chamou de novata. O que ela quis dizer?

— Novata? — Corin deu um breve sorriso, mas o desfez ao ver a expressão oprimida e os olhos marejados de sua mulher. — Ah, ora, querida... tenho certeza de que ela não teve intenção de dizer nenhuma maldade com isso. Novata só quer dizer que você não está acostumada ao Oeste, apenas isso. Ao tipo de vida ao ar livre.

— Bem, como posso estar acostumada com isso? Será que é culpa minha ter nascido onde nasci? Isso é motivo para falar de uma pessoa e para chamá-la disso ou daquilo? Eu estou *tentando* me adaptar à vida daqui!

— Eu sei que está! Eu sei. — Corin pegou as mãos de Caroline. — Não se importe com isso, você está sendo o máximo...

— Não, não estou! Não sei cozinhar! Não consigo dar conta de todo o trabalho! A horta não prospera... A casa está cheia de pó! — desabafou.

— Você está exagerando...

— Hutch sabe que eu não sei cozinhar, então você deve ter dito a ele! Eu o *ouvi* dizer isso!

Com isso, Corin ficou quieto, e suas faces coraram um pouco.

— Desculpe, querida. Eu não devia ter dito e sinto muito por ter feito isso. Mas, meu amor, se você precisa de ajuda, é só dizer, e nós conseguiremos alguém que ajude! — garantiu ele, afagando seu rosto cheio de lágrimas.

— Eu preciso de ajuda — disse ela, infeliz. E, ao admitir isso, sentiu um peso saindo de seus ombros. Corin sorriu.

— Então você vai ter — disse ele gentilmente, murmurando palavras suaves até ela sorrir e parar de chorar.

Então Magpie foi recrutada para dividir o trabalho doméstico e, embora Caroline não tivesse certeza de querer a companhia da moça Ponca o dia inteiro, Magpie chegou com um sorriso pronto e uma facilidade nata para fazer as coisas. De bom grado, Caroline deixou a cozinha sob seus cuidados e observou como ossos e feijões se transformavam em uma sopa grossa e saborosa; e a massa de pão crescia de boa vontade entre panos úmidos ao ser deixada ao sol no parapeito da janela; e punhados de ervas misteriosas colhidas no campo tornavam os molhos temperados e deliciosos. A lavagem das roupas levava a metade do tempo, e elas ficavam mais limpas. Além disso, Magpie fazia o trabalho mais pesado, como buscar água e levar a roupa molhada e pesada para a corda, de modo que Caroline, pela primeira vez desde sua chegada, encontrou tempo para se sentar e ler ou para iniciar uma costura. Ela nunca tinha pensado que sentiria tanto alívio por ter outra pessoa assumindo essas tarefas, e também invejou a facilidade com que Magpie as realizava. A Ponca trabalhava com disposição e ensinava Caroline com muito tato, nunca deixando implícito que ela devia saber essas coisas e nunca a fazendo se sentir inadequada; portanto, era impossível se ressentir com a moça.

Mas ela realmente achava difícil se concentrar com Magpie dentro de casa. A moça se entretinha e cantava baixinho, para si mesma, enquanto trabalhava — melodias estranhas, diferentes das que Caroline costumava ouvir, tão peculiares e sinistras quanto as vozes dos lobos da pradaria. E ela se mexia sem fazer ruído, de tal modo que Caroline mal a ouvia. Certa manhã, ela estava sentada, bordando uma minúscula guirlanda de flores no canto de uma passadeira, quando sentiu uma presença e, ao se virar, encontrou Magpie bem ao seu lado, admirando o trabalho.

— Muito bom, Sra. Massey — comentou ela sorrindo, assentindo em aprovação. — A senhora borda muito bem.

— Ah... obrigada, Magpie — disse Caroline, sem fôlego, sobressaltada com a súbita aparição da moça. Ao bater na longa trança da moça Ponca, o sol não mostrava sinais de vermelho nem castanho. Era negra como a asa do corvo. Caroline percebeu como os cabelos dela eram encorpados, e seu brilho, retinto, considerando-o grosseiro. Com seu rosto redondo e maçãs altas, Magpie quase lembrava as divindades femininas que Caroline tivera oportunidade de ver em Nova York, embora a pele de Magpie fosse mais escura e avermelhada. Quando seus braços acidentalmente roçavam, Caroline não conseguia reprimir um leve estremecimento. Porém, ela estava fascinada pela moça e se flagrava observando-a em todas as tarefas que ela fazia. No auge do calor, enquanto a testa de Caroline pingava de suor e ela sentia coceira por baixo das roupas, Magpie parecia não ser afetada. O sol não tinha o poder de deixá-la desconfortável, e Caroline a invejava por isso também.

Num dia quente de sufocar, quando Caroline estava a ponto de enlouquecer se não encontrasse alívio, ela foi para o quarto, trancou a porta, tirou a blusa e o espartilho e jogou-os no chão. Ficou imóvel, sentindo o relativo frescor do quarto tocar sua pele grudenta, sufocada e, lentamente, a tontura que a perseguia desde a manhã começou a diminuir. Estava tão úmido, o ar tão denso, o céu ofuscante de tão claro que Caroline parecia sentir o sangue engrossar, chiando em suas veias. Ao se vestir de novo, deixou o espartilho de fora. Ninguém pareceu notar, e, na verdade, havia pouco a ser notado. O calor e sua própria comida haviam reduzido seu apetite, e o trabalho tinha cobrado seu tributo. Por baixo dos rigores de suas roupas íntimas, Caroline emagrecera muito.

Choveu muito no decorrer daquela semana, como se o céu estivesse furioso com a terra e fizesse pontaria para feri-la. Chovia em torrentes, não em gotas, mas em varetas sólidas que se lançavam das nuvens ameaçadoramente, revolvendo o solo, que se transformou numa sopa que corria para o riacho do Sapo. O modesto arroio tornou-se uma cascata enraivecida. Os cavalos se mantinham estoicamente imóveis, os focinhos voltados para a cauda, com água escorrendo de suas crinas. No pasto, as vacas se sentaram, estreitando os olhos. Corin estava em Woodward com Hutch, para onde tinham levado setecentas cabeças de gado, e Caroline estava deitada na cama no fim da tarde, rezando com todas as suas forças para que o North Canadian não inundasse, não ficasse cheio por muito tempo, e não impedisse o retorno de Corin. Ela deixou a persiana aberta e ficou escutando a chuva martelar o telhado acima, aguardando, os braços abertos, sentir o ar mais fresco que entrava pela janela, pois a água estava levando embora o calor.

Uma batida hesitante na porta, e Magpie apareceu.

— O que foi? — perguntou Caroline, abruptamente, sentando-se, sobressaltada.

— Nada não, Sra. Massey. Eu trouxe uma coisa. Algo para aliviá-la — disse a moça. Caroline suspirou, jogando para trás os cabelos suados.

— Nada vai me aliviar — murmurou ela.

— Venha experimentar — pressionou Magpie. — Não é bom ficar muito tempo deitada. Desse modo, a senhora não vai se acostumar com as coisas — insistiu ela, e Caroline se pôs de pé, seguindo a moça Ponca até a cozinha. — Melancia. A primeira do verão! Experimente. — Magpie lhe passou uma grande fatia da fruta: uma lua crescente de cor sanguínea que melou suas mãos.

— Obrigada, Magpie, mas não estou com muita fome...

— Experimente — insistiu Magpie, com mais firmeza. Caroline olhou para ela, encontrou seus olhos negros e viu apenas boa vontade ali. Pegou a fruta e deu uma mordidinha. — É bom, não é?

— É, sim — admitiu Caroline, dando mordidas maiores. A melancia não estava nem muito doce nem insossa. Tinha um sabor suave e natural, aliviando suavemente a sensação ressecada de sua garganta.

— E beba isso. — Magpie lhe passou um copo de água. — É água da chuva. Direto do céu.

— Bem, hoje não estamos com falta disso — brincou Caroline.

— Isso é água da terra, isso é água do céu — explicou Magpie, apontando para a fruta e para o copo. — Comer e beber essas coisas faz... faz a senhora se equilibrar com a terra e com o céu. Entende? Assim, a senhora não vai sentir tanto como se estivesse sendo castigada. Vai sentir que faz parte desta terra e do céu.

— Isso seria bom. Não me sentir castigada.

— Coma mais, beba mais! — incentivou Magpie, sorrindo também. Elas se sentaram juntas à mesa da cozinha, com a chuva caindo lá fora estridentemente e os queixos molhados com o sumo da melancia. Logo, Caroline sentiu um frescor abençoado começando a se espalhar por dentro, aplacando o ardor febril de sua pele.

Havia uma égua de cor parda, chamada Clara, que tinha pernas curtas e delgadas, um corpo compacto, costelas em forma de barril e o pescoço um pouco fino. Ela estava em seus últimos dias e dera cria uma meia dúzia de vezes — potros que tinham se tornado ótimos cavalos de montaria, com uma exceção — um potro que não regulava bem, que ninguém conseguia domar, tendo estalado os ossos de vários domadores antes que seu coração não resistisse ao esforço de sua própria fúria.

— Clara ficou cabisbaixa, toda pesarosa no dia em que isso aconteceu, mesmo que o potro estivesse lá do outro lado de Woodward a essa altura — contou Hutch a Caroline, que afagava de modo hesitante a cara ossuda da égua. O cheiro de cavalo e de couro era forte sob o sol da manhã. À sombra do chapéu, Caroline apertava os olhos para o capataz. Os olhos de Hutch eram fendas brilhantes entre os sulcos de suas sobrancelhas, e pés de galinha marcavam suas têmporas. Essas marcas em seu rosto eram profundas, embora ele fosse pouco mais velho que Corin.

— Você acha que ela sabia que seu filho tinha morrido? Que triste! — lamentou Caroline.

— Suponho que sabia. A gente chamava o potro de Inferno. Ele tinha cor de fogo, e quando íamos em sua direção, ele fixava os olhos de um modo que fazia os homens tremerem.

— Que horror! Como é que um animal tão manso como Clara pode ter tido uma cria tão infernal?

— Tem muito assassino que nasceu de uma mulher decente, temente a Deus, e acho que o mesmo pode se aplicar aos cavalos. — Hutch deu de ombros. — Agora, Clara aqui não machucaria uma mosca. Dá para montar nela, gritar bem alto e lhe dar uma baita surra de relho, que ela nem sequer fica magoada.

— Bem, acho que não vou fazer nenhuma dessas coisas! — disse Caroline com um sorriso.

— Mas claro que vai... A parte de montar nela, quero dizer. — Hutch sorriu.

— Ah, não! Achei que hoje só estava aprendendo a pôr a sela — contestou Caroline, com uma nota de alarme na voz.

— Isso mesmo, o que levou apenas cinco minutos. E que sentido faz um cavalo com sela se ninguém se sentar em cima?

— Hutch, eu... eu não sei se consigo... — balbuciou ela.

— Só há um modo de saber — disse ele, e gentilmente segurou seu cotovelo para aproximá-la da lateral do cavalo. — Vamos lá, Sra. Massey. Não há como a mulher de um estancieiro se movimentar por aí sem saber montar. E não há do que ter medo. É fácil como sentar numa cadeira.

— As cadeiras não correm por aí! Nem dão coices! — argumentou Caroline.

— Não, mas elas também não a levam de um lado para o outro na metade do tempo de uma carroça. — Hutch deu uma risadinha. Seu sorriso era torto e carinhoso, e quando ele estendeu a mão, ela achou impossível não segurá-la.

— Eu realmente estou insegura — avisou ela, os nervos enfraquecendo sua voz.

— Em cerca de dez minutos, a senhora vai estar pensando no motivo para todo este espalhafato — garantiu-lhe Hutch.

Hutch cruzou os dedos em torno da canela dela, impulsionando-a para cima da sela lateral, onde ela se empoleirou, o rosto pálido, esperando ser jogada ao chão a qualquer instante. Ele lhe mostrou como enganchar a perna direita em volta do arção para ficar segura e deixar o peso do corpo sobre o estribo da esquerda para se equilibrar.

— Tudo bem agora. Confortável? — perguntou ele.

— Na verdade, não — respondeu ela, mas encontrou um resquício de sorriso para ele.

— Agora, dê uma cutucadinha nela com o calcanhar, solte as rédeas e diga: "Vamos, Clara!"

— Vamos, Clara! Por favor — disse Caroline, com o máximo de convicção que conseguiu, dando em seguida um gritinho quando a égua se moveu adiante, obediente.

— Muito bem, agora a senhora está andando a cavalo! — exclamou Hutch. — Apenas relaxe, ela não vai a lugar nenhum. Relaxe, Sra. Massey! — falou ele, andando ao lado dela com a mão frouxa na rédea. — Está indo muito bem.

Hutch a acompanhou em volta do curral vazio por cerca de meia hora. Clara andava de modo inabalável, parando e voltando a andar, virando para a direita e a esquerda, sem dar o mínimo sinal de má vontade ou tédio. Caroline escutava o que Hutch lhe dizia e tentava guardar tudo na memória, tentava sentir o movimento do cavalo e torná-lo seu, como ele a instruíra, mas não conseguia se livrar da sensação de que o animal não tinha escolha a não ser se ressentir de sua presença ali e a qualquer momento voltar a ser selvagem e jogá-la o mais longe que conseguisse. Não demorou muito para que ela ficasse com dor nas costas e nas pernas, e ao comentar isso com Hutch, ele deu uma olhada depreciativa para a sela lateral feminina.

— Bem, isso acontece quando se faz uma coisa pela primeira vez. Mas, para ser franco, Sra. Massey, seria muito mais confortável montar com uma perna de cada lado do que ficar sentada de lado desse jeito...

— Os homens montam com uma perna de cada lado. As damas montam nas selas laterais — retrucou Caroline com firmeza.

— A senhora é quem manda. — Hutch deu de ombros.

Naquele instante, Corin vinha vindo do pasto a meio galope com dois dos peões. O calor ondulava acima do pelo negro da Quenga, e o suor escorria pelas pernas dianteiras da égua. Caroline se endireitou na sela, petrificada de constrangimento. Os peões, cujos nomes ela ainda não conseguia lembrar, a cumprimentaram com um toque no chapéu, diminuíram o passo de seus cavalos, e, por um instante horrível, ela pensou que eles iriam parar e ficar observando o final da aula de equitação. Ela acenou de leve para eles, e suas faces se ruborizaram. Eles cavalgavam com a mesma naturalidade com que Magpie cozinhava e trabalhava, bem-acomodados na sela como se seus corpos tivessem sido projetados para esse propósito. Para seu imenso alívio, eles continuaram seguindo para a gamela de água, e apenas Corin parou junto à cerca do curral.

— Ora, vejam só! Você está fantástica aí em cima, minha querida! — sorriu ele, radiante, tirando o chapéu e passando a mão pela cabeça quente.

— Quer ir até lá? — perguntou Hutch, e Caroline fez que sim. — Pois então vá. Já sabe como fazer. — Ele a impulsionou. Cautelosamente, Caroline virou a cabeça da égua, convencendo-a a ir até a cerca.

— Isso é fantástico, Caroline! Estou tão feliz de finalmente vê-la em cima de um cavalo! — disse Corin.

— Nunca vou conseguir encilhá-la sozinha... A sela é tão pesada! — observou Caroline com um sorriso, ansiosa.

— Bem, isso pode ser. Mas você pode pedir a qualquer um dos rapazes, e eles vão ajudar com isso. Sempre tem alguém por perto, e eles fariam qualquer coisa que uma garota bonita como você pedisse! — sorriu Corin.

— Hutch, posso descer agora? — pediu ela.

— Acho que fizemos bastante para um dia — concordou Hutch, puxando as calças para cima pelo cós. — Mais uns dois dias como hoje e mudamos seu nome para Annie Oakley! — sorriu ele.

Sentindo-se um pouco menos bisonha, Caroline escutou Hutch descrevendo a melhor maneira de desmontar, mas seu pé ficou preso no estribo, e as saias se emaranharam em seus joelhos, de modo que ela caiu de frente, estatelando-se na areia do curral com o ar soprando forte de seus pulmões. Atrás dela, surpresa, Clara deu uma leve bufada.

— Droga! Você está bem, Caroline? — praguejou Corin, despencando de sua sela.

— Bem, não era bem assim que devia ter sido — observou Hutch calmamente, segurando o braço dela para ajudá-la a se levantar. — Calma, respire fundo — instruiu ele, mas Caroline não tinha nenhuma intenção de ficar no chão ou tão próxima das patas de Clara por mais tempo do que o necessário. Ela ficou de pé num pulo, tossindo, os olhos escorrendo por causa da areia que tinha entrado. As veias de seu pescoço pulsavam, e um dos punhos tinha se torcido ao aparar o peso da queda. Ela ficou toda empoeirada, desde os cabelos até a bainha do vestido. Olhou para Corin, furiosa consigo mesma e paralisada de vergonha.

— Ora, a senhora parece tão feroz quanto o Inferno, quando se irrita desse jeito! — disse Hutch, admirado.

— E tão vermelha quanto, também — completou Corin, sorrindo.

— Não... *ria* de mim! — explodiu Caroline, fervilhando de raiva e frustração. Dando meia-volta, ela se foi, andando altivamente em direção à casa, trêmula com o choque da queda, as pernas moles por causa da cavalgada. Ela ficou mais decepcionada do que podia suportar por ter fracassado de novo, por ter sido alvo de chacota.

— Ah, droga, Caroline! Volte aqui! Eu não estava rindo de você! — Ela ouviu Corin chamando lá atrás, mas fez o melhor possível para endireitar os ombros e continuou andando.

O início do outono na pradaria veio com uma sequência de tempestades e chuvas de granizo que caíam de céus plúmbeos. Hutch chegou do pasto num fim de tarde e ficou se aquecendo ao lado do fogão enquanto relatava a perda de três cabeças de gado, atingidas naquele dia por um raio que caíra no meio do rebanho, jogando os animais para o ar feito confete. Caroline empalideceu com a história, e Corin lançou um olhar austero ao seu capataz; o coitado do homem, tiritando os dentes e com as mãos parecendo garras vermelhas, nem notou. Essa estação ameaçadora foi curta, e em breve o verdadeiro inverno começou.

Corin chegou para o jantar todo duro, movimentos canhestros, com flocos de neve presos nas sobrancelhas, mas ainda assim encontrou um sorriso para sua mulher, declarando:

— Está soprando um vento norte *dos diabos* lá fora!

Caroline, que no passado teria ficado chocada com tal linguajar, já não ficava escandalizada. Ainda assim, ela franziu levemente as sobrancelhas, por hábito, e puxou o xale, agasalhando-se melhor contra a lufada de ar frio que entrou com seu marido. Ela, que nunca pensou que sentiria saudades do calor do verão, flagrou-se sentindo falta do sol.

Eles viram o ano de 1902 se acabar e deram as boas-vindas a 1903 numa festa na fazenda dos Fosset, para onde todos os estancieiros das proximidades, suas famílias e peões tinham sido convidados. A noite estava silenciosa, e o ar, seco, suspenso como um cobertor frio. Os dedos, o nariz e as pontas das orelhas de Caroline ficaram dormentes durante o trajeto feito de charrete. Não havia lua, e o lampião iluminava uns poucos metros adiante. A escuridão da pradaria em volta parecia uma coisa viva, como um ser animado que vigiava. Caroline estremeceu e se grudou em Corin. Atrás deles, ela ouvia os cascos dos peões da Estância Massey seguindo-os de perto, como se eles também se sentissem perseguidos. Quando a fazenda dos Fosset apareceu, as luzes brilhando na noite, Caroline fez uma breve e silenciosa oração de alívio e respirou melhor.

Havia fogueiras acesas pelo pátio, carne fumegante pingando na grelha e um aglomerado de pessoas reunidas nesse oásis de luz e vida no meio da planície escura, morta. O braço de Corin foi sacudido, o ombro recebeu tapinhas, e logo eles foram tragados pela multidão simpática de vizinhos. Um acordeão, uma rabeca e um tambor começaram a tocar no celeiro, e o calor gerado pelos que dançavam os aqueceu, permeando o lugar com o cheiro animal de hálito e suor. Os filhos de Angie tinham feito uma bandeira com um lençol velho onde se lia *felis ano novo!* e a penduraram acima do portão, onde ela balançava lentamente com o vento. Angie tinha duas meninas, de 12 e 8 anos, e um garotinho de 4, que tinha os cabelos ruivos da mãe e os olhos mais azuis de todos os tempos. Mesmo enquanto dançava, ria e conversava, Angie não tirava o olho desse molequinho perfeito e alegre. Ao ver que Caroline o admirava, ela o chamou.

— Kyle, esta aqui é nossa boa vizinha Caroline Massey. Agora, o que se diz? — sussurrou ela para o menino, puxando-o para cima e apoiando-o no quadril.

— Plazer em conhecê, sinhola Massey — balbuciou Kyle, chupando os dedos, acanhado.

— Ah, prazer em conhecê-lo também, Kyle Fosset — sorriu Caroline, segurando a mão que não estava na boca e apertando-a com suavidade. Angie o colocou no chão, e ele saiu em disparada, desajeitado com suas perninhas gordas. — Ah, Angie! Ele é simplesmente *lindo*! — exclamou ela, e Angie ficou radiante.

— É, ele é mesmo o meu anjinho, e não é que ele sabe?

— E as meninas também... Você deve ficar muito orgulhosa de... — disse Caroline, mas não conseguiu manter a voz firme, tendo que parar de falar.

— Ei, pare com isso! Nós estamos numa celebração de ano-novo e de todas as coisas maravilhosas que ele vai trazer. Está me ouvindo? — perguntou Angie, de modo significativo. — Vai acontecer com você. Só é preciso ter paciência. Ouviu? — Caroline fez que sim e desejou sentir a mesma segurança que Angie parecia sentir.

— Sra. Massey, gostaria de dançar com um peão rude como eu? — perguntou Hutch, aparecendo do lado delas.

— É claro! — respondeu Caroline com um sorriso, enxugando apressadamente os olhos com as pontas dos dedos. A banda emendava uma melodia na outra, sem pausa, e Hutch a levou numa dança que era quase uma valsa, mas não de fato. O salão era um enevoado de rostos sorridentes, alguns deles não muito limpos, e Caroline se lembrou do baile de Montgomery, que ainda não completara um ano, mas parecia pertencer a outra vida. Ela passara por uma grande transformação, pensou consigo mesma. Não era de admirar que ainda não se sentisse em casa.

— Está tudo bem, Sra. Massey? — perguntou Hutch com seriedade.

— Sim, é claro! Por que não estaria? — disse ela, com excessiva clareza, a voz fraquinha.

— Nenhum motivo. — Hutch deu de ombros. Ele estava usando sua melhor camisa, e ela notou que o botão de cima estava pendurado na linha, e fez uma anotação mental para acrescentá-la à pilha de roupas para consertar. — Já está pronta para outra lição de montaria? A senhora foi muito bem naquela nossa primeira tentativa, mas não a vi voltar para outra.

— Não, bem... Não tenho bem certeza de ter um talento natural para cavalgar. Além disso, agora o tempo ficou tão frio que certamente eu iria congelar se tentasse! — disse ela.

— É verdade que algumas pessoas pegam o jeito com mais naturalidade, e outras, não. Mas já vi aqueles que lutaram no início conseguirem chegar lá com a prática. A senhora precisa querer voltar ao cavalo, Sra. Massey. É, precisa voltar ao cavalo — repetiu Hutch com intensidade, e ela já não sabia mais se ele estava se referindo a montar.

— Eu... — começou ela, mas não conseguia pensar no que dizer. Olhou para baixo e viu como seus sapatos estavam empoeirados, além de perceber que tinha os olhos marejados de lágrimas.

— A senhora vai ficar bem — disse Hutch, com a voz tão baixa que ela mal conseguiu ouvir.

— Hutchinson, vou intervir! Esta que você está embalando é a minha mulher e, sem dúvida, é a garota mais linda do salão — anunciou Corin, segurando a mão de Caroline e girando-a para seu abraço. Seus olhos estavam iluminados de felicidade, as faces, rubras do uísque e da dança, e ele estava glorioso, tão glorioso que Caroline deu uma risada e jogou os braços em torno de seu pescoço.

— Feliz ano-novo, meu querido — sussurrou ela em seu ouvido, deixando que os lábios lhe roçassem o pescoço, de modo que ele lhe deu um abraço ainda mais apertado.

Em fevereiro, a neve caiu para valer, formando uma camada grossa e tornando o mundo luminoso demais para ser olhado. Maravilhada, Caroline encarou o cenário sem contornos lá fora e ficou o mais próxima possível do fogão, com os dedos curvados dentro das luvas sem dedos presenteadas pela Ponca, que mantinham o máximo de pele protegida e ainda lhe permitiam fazer os consertos de costura. Seus dedos gelados seguravam a agulha sem jeito e a deixavam cair com frequência.

— Agora a senhora está feliz de tê-las — afirmou Magpie, acenando para as luvas. — Quando Nuvem Branca lhe deu, notei que a senhora achou que nunca precisaria delas! — disse sorrindo.

— Eu devia ter pagado o dobro a ela — concordou Caroline, diante do que Magpie franziu as sobrancelhas de leve.

— A senhora não quer contar uma história enquanto eu faço isto? — pediu Magpie. Ela estava ajoelhada diante da tina, esfregando as manchas da roupa de trabalho de Corin numa tábua de madeira enrugada.

— Que tipo de história?

— Não importa. Uma história do seu povo. — Magpie deu de ombros. Então Caroline, incerta de quem era seu povo, lhe contou a história de Adão e Eva no Jardim do Éden, que envolvia a serpente traiçoeira, a maçã deliciosa e a subsequente queda em desgraça. Ao chegar ao fim, ela largou a costura, descrevendo a súbita vergonha que eles sentiram com a própria nudez e os movimentos desordenados para encontrar algo para se cobrirem. Magpie deu uma risada, que deixou suas faces ainda mais redondas e fez os olhos cintilarem.

— É uma boa história, Sra. Massey. Um missionário contou essa mesma história ao meu pai certa vez, e sabe o que o meu pai disse?

— O quê?

— Ele disse que isso era típico de uma mulher branca! Uma mulher índia teria pegado um pau e matado a serpente, e tudo teria ficado bem no jardim! — disse ela, sorrindo. Por um instante ofendida pela crítica implícita, Caroline se flagrou sendo contagiada pela risada da moça.

— É provável que ele estivesse certo — concedeu ela, e as duas ainda estavam rindo quando Corin entrou, espanando a neve dos ombros. Ele olhou para Caroline, sentada ao lado do fogão com sua costura, e depois para Magpie, ajoelhada diante da tina, e franziu o cenho. — Corin? O que houve? — perguntou Caroline, mas ele sacudiu a cabeça e foi até o fogão para se aquecer.

Mais tarde, quando eles estavam jantando, Corin falou o que pensava.

— Caroline, eu... eu não gostei do que vi quando cheguei em casa hoje — disse ele.

— Como assim? — perguntou ela, com o coração na garganta.

— Você lá sentada, aquecendo-se, enquanto Maggie trabalhava duro...

— Não foi assim! Eu estava fazendo os consertos! Pergunte a Magpie... Só parei para contar a ela a história de Adão e Eva... — Caroline não acabou a frase, chateada.

— Eu sei que você costumava ter criadas, Caroline, mas Maggie não é uma criada. Minha intenção foi que ela ajudasse na casa, é claro, mas ela não tem tempo de fazer *tudo* aqui. Ela tem a própria casa para cuidar e em breve não vai mais poder fazer tudo isso. É preciso ajudá-la mais, meu amor. — Ele terminou gentilmente. Arrancou um pedaço do pão e o esmigalhou distraidamente entre os dedos.

— Mas ela me ajuda! Quero dizer, eu a ajudo também... nós dividimos o trabalho! O que você quis dizer com ela não vai poder fazer tudo isso? Por que não?

— Querida — Corin olhou para ela por baixo das sobrancelhas douradas —, Magpie está grávida. Ela e Joe vão ter um bebê. O primeiro. — Ele desviou o olhar, o semblante sombrio, e naquela expressão Caroline leu uma acusação. As lágrimas lhe vieram aos olhos, e ela ficou engasgada com uma emoção que misturava um pouco de ira, um pouco de lamento e um pouco de culpa. A combinação intolerável das três coisas ardeu em seu âmago e provocou um bramido em seus ouvidos. Ela se levantou da mesa de repente, correu para o quarto e fechou a porta.

Numa charrete leve, atrelada a um cavalo baio com a cabeça elevada e orgulhosa, a viagem a Woodward podia ser feita num dia, iniciando-se ao amanhecer, com uma parada ao meio-dia para descansar e dar água ao cavalo. A maior parte dos empregados e peões os acompanhava montados a cavalo, inclusive Joe e Magpie. Caroline observava a moça indígena, que montava um pônei cinza vigoroso, pensando como podia ter deixado de notar o inchaço revelador em seu abdômen, o ligeiro retraimento em seus movimentos.

— É prudente que Magpie cavalgue nesse estado? — sussurrou Caroline para Corin, mesmo havendo pouca chance de ser ouvida com o ruído produzido pelos cascos, o vento, o rangido e o chiado das rodas da charrete.

— Eu falei exatamente isso ao Joe — concordou Corin. — Ele apenas riu de mim — disse ele balançando a cabeça. — Acho que as mulheres Ponca são um pouco mais duronas que as brancas.

Caíram alguns pingos de chuva. Caroline não retrucou à observação de Corin, mas sentiu seu ferrão. A implicação que ela ouviu, fosse intencional ou não, era de que ela era fraca e que estava fracassando no Oeste, como mulher e como esposa.

Eles chegaram a Woodward ao cair da tarde e pegaram um quarto no Hotel Central. Joe, Magpie e os rapazes da estância se espalharam pela cidade: foram para as tabernas Equity, Shamrock e Cabinet, para o bordel de Dollie Kezer, na estalagem Dew Drop, e para a casa de amigos. Caroline estava cansada e com dor nas costas por causa da longa viagem, mas ainda assim estimulou Corin a se deitar com ela e fechou os olhos enquanto o sentia se acabar dentro dela, rezando para que qualquer que fosse a magia necessária, que gerasse um filho dessa vez... *dessa vez.*

Caroline se animara com a perspectiva de ir à cidade para a festa da primavera e para dançar. Os passeios para fora da estância eram preciosos de tão raros, e eles não se aventuravam a sair havia quatro meses, desde a festa dos Fosset na noite de ano-novo. Woodward, que tinha lhe parecido uma cidadezinha de nada ao chegar de Nova York, agora dava a impressão de ser um eixo vibrante de vida e movimento. Mas havia algo que entristecia Caroline. O dia seguinte amanheceu lindo, e as ruas estavam lotadas de gente, tanto vaqueiros quanto colonos. Eles formavam dois cordões grossos que percorriam várias quadras ao longo da rua principal, ficando ondulados onde havia uma calçada elevada diante de uma loja. O ar foi permeado pelos odores e sons de milhares de corpos e vozes excitadas, pelo fedor de cavalos e esterco, além da madeira crestada e da fragrância de tinta dos prédios. Havia bandeirolas enfileiradas na frente das lojas, que deixavam as portas abertas para receber a oportunidade sem precedentes de novos fregueses naquele dia.

A multidão se entretinha com uma competição de laço e corrida a cavalo, uma simulação de caça ao búfalo e competições de tiro. Houve uma elegante exibição de truques com o laço e outra de agarrar o garrote à unha, que pareceu desmedidamente violenta a Caroline. Ela virou o rosto quando a cabeça do garrote foi puxada, seu lábio contraído enquanto os dois caíam no chão. Numa competição de arremesso de facas, Joe venceu com boa margem todos os outros competidores, lançando sua faca repetidamente no centro de um alvo de papel pregado a fardos de feno para ganhar uma caixa de charutos finos e uma faca Bowie novinha em folha. Os aplausos à sua vitória foram tímidos em comparação aos generosos oferecidos aos brancos vitoriosos de outros eventos, mas ainda assim Joe deu seu meio sorriso irônico e ficou admirando a nova faca. Todos comeram churrasco, pêssegos frescos, sorvete e bolos de mel; as damas tomaram chá gelado e os homens, cerveja. Caroline, que não experimentava nada gelado desde que saíra de Nova York, achou que a bebida fria parecia em sua boca algo próximo ao paraíso. Eles encontraram os vizinhos, e Corin se atualizou com os preços do trigo e da cabeça de gado com os outros estancieiros. Depois, eles cruzaram com Angie e Jacob Fosset; Angie usava um vestido lilás e um excesso de cor no rosto. Quando Corin a elogiou, ela riu e exclamou:

— Ah, eu pareço uma corista, sei disso; mas nós, mulheres, não temos muitas oportunidades de nos vestir para festas! E Deus sabe que preciso de alguma ajuda para parecer festiva... Nem todas podem ser bonitas feito uma pintura como sua esposa aqui, Corin Massey!

— Bem — disse Corin, com um toque generoso no chapéu —, para mim, você parece ótima, Angie Fosset.

Enquanto os homens conversavam, Angie levou Caroline para um lado.

— Alguma novidade, querida? — perguntou ela num tom baixo, e Caroline só conseguiu responder mordendo o lábio inferior e abanando a cabeça. — Bem, eu pensei em algumas coisas que você podia tentar... — disse Angie.

À noite, a banda tocou valsas e polcas, assim como algumas quadrilhas. Pedaços grandes de lona foram colocados no chão de terra da rua principal para facilitar a dança, visto que nenhum salão da cidade poderia acomodar um número tão grande de casais. Caroline dançava com a graça de sua educação, apesar de Corin ter os passos prejudicados pela cerveja, e as rugas da lona apresentarem um empecilho para pés desavisados. Com prédios e gente à sua volta, Caroline se sentiu melhor do que se sentia havia meses ao dançarem uma valsa mexicana entre os ombros dos cidadãos de Woodward que se acotovelavam. Por algum tempo, o sorriso em seu rosto não era de coragem nem dissimulação, mas autêntico.

Mais tarde, porém, enquanto ela conversava num círculo de esposas de Woodward, Caroline viu Corin do outro lado da rua, inclinando-se diante de Magpie e pondo as mãos em seu ventre. Ele parecia aninhar o fardo ali guardado com gentileza, de modo quase reverente. Magpie, ao mesmo tempo que parecia constrangida, também demonstrava satisfação. Caroline prendeu a respiração e ficou ruborizada. Corin estava embriagado, ela sabia, mas seu comportamento era inaceitável. Logo, no entanto, não era por esse motivo que suas faces ardiam. O rosto de Corin estava virado para o lado, o olhar sem foco. Esperando, ela percebeu, esperando que o bebê se mexesse dentro da moça Ponca. E testemunhando esse ato de intimidade, ela de repente pensou ver algo possessivo no toque do marido... algo interessado demais.

4

Está frio quando andamos em direção ao bosque na noite mais longa do ano. Nós três. Eddie insistiu para que Beth viesse, e no fim ela parecia quase curiosa. Uma brisa forte e agressiva se infiltra por nossos casacos, o que nos faz andar mais rápido e com os membros enrijecidos. Nossa lanterna ilumina a clareira escura em zigue-zague, ao acaso. A lua está clara, e as nuvens que passam dão a impressão de que ela navega pelo céu. Uma raposa regouga quando nos aproximamos das árvores.

— O que foi isso? — Eddie se assusta.

— Um lobisomem — respondo, trivialmente.

— Ha, ha. Nem é lua cheia.

— Tudo bem, então, foi uma raposa. Você não tem mais graça, Edderino. — Estou animada. Sinto-me livre, como se tivessem me desacorrentado e eu pudesse flutuar livremente. Noites claras, agitadas, fazem isso comigo. Há algo num vento que sopra no escuro. O modo como ele passa pela gente, sua indiferença. Parece dizer: *eu poderia agarrá-la; poderia levá-la embora se quisesse.* Esta noite promete.

Já conseguimos ouvir música e vozes, risos; e agora o clarão da fogueira chega até nós por entre as árvores. Beth vacila, fica para trás e cruza os braços. A luz da fogueira acompanha cada traço de ansiedade em sua fisionomia. Se Eddie não estivesse conosco, acho que ela ficaria aqui, protegida pelo bosque, escondendo-se de sombra em sombra e observando. Tiro uma garrafa achatada de uísque do bolso do casaco e me esforço para abri-la com as mãos enluvadas. Nós três estamos num círculo, a respiração exalando para o céu.

— Beba, logo. Vai aquecer — digo a Beth, e, pelo menos desta vez, ela não discute e toma um longo gole.

— Posso também? — pergunta Eddie.

— Não nesta vida — responde Beth, enxugando o queixo e depois tossindo. Ela parece tão real, tão presente, tão Beth que eu sorrio e seguro suas mãos.

— Venha. Vou apresentá-la ao Patrick. Ele é muito legal. — Eu também tomo um gole, sentindo o ardor na garganta, e então seguimos em frente.

Há um momento nervoso quando penetramos o perímetro iluminado. O mesmo de antes, sem termos certeza se somos bem-vindos. Mas então Patrick nos encontra, nos apresenta a uma porção de pessoas, e eu me esforço para guardar seus nomes. Sarah e Kip — cabelos compridos brilhando à luz do fogo, chapéus listrados de tricô; Denise — uma mulher minúscula, com o rosto muito enrugado e cabelos pretos, retintos; Smurf — um homem enorme, mãos que lembram pás, um sorriso gentil; Penny e Louise — Penny é a mais masculinizada da dupla, a cabeça raspada, os olhos ferozes. Suas roupas e cabelos estão iluminados. Eles parecem borboletas em contraste com o pano de fundo invernal. Uma das picapes tem um sistema de som instalado atrás, e há veículos estacionados ao longo da estrada. Há crianças também, andando de um lado para o outro entre o aglomerado de gente. Eddie some, e pouco depois eu o vejo com Harry, enfiando chumaços de folhas secas em gravetos e jogando-os na fogueira.

— Quem é aquele com Eddie? — pergunta Beth, preocupada.

— É o Harry. Já o conheço, não se preocupe. Ele é um pouco lento, digamos assim. Dinny disse que ele sempre se deu bem com crianças. Parece totalmente inofensivo — acrescento, falando bem alto em seu ouvido. O fogo plantou umas gotinhas de suor acima dos nossos lábios e na testa.

— Ah — suspira Beth, não muito convencida. Enxergo Honey atravessando a clareira, precedida pelo ventre enorme. Ela tem o semblante animado hoje, está sorrindo e bonita. Sinto uma pontadinha de desespero.

— Aquela lá é Honey. A loura — informo a Beth, desafiando a mim mesma. Assisto à mudança radical de expressão na fisionomia de Honey, tenho certeza, já dei aulas para garotas mais velhas: ela é jovem demais para ter esse bebê. Sinto algo próximo à raiva, mas não sei o que ou quem é o alvo.

Então Dinny aparece ao lado de Beth, dando seu sorriso reservado. Ele tem os cabelos soltos, que caem em torno dos maxilares, despenteados e pretos. Está de lado para a fogueira, de modo que a luz o corta em dois, deixando seu rosto bem nítido. Isso prende a respiração em meu peito, retendo-a até arder.

— Que bom que vocês vieram — diz ele, e, ao sorrir de novo, vejo uma leve névoa de álcool o cercar... Um carinho verdadeiro, pela primeira vez desde que nos reencontramos.

— É, bem, muito obrigada por nos receber — responde Beth, olhando em volta e assentindo, como se estivéssemos numa festa de sociedade.

— De qualquer modo, vocês tiveram sorte com o tempo hoje. Tem sido cruel — comento. Dinny me dá uma olhada divertida.

— Não acredito em tempo cruel... É simplesmente tempo — diz ele.

— Não há tempo ruim, apenas roupas erradas? — questiono.

— Exatamente! Já experimentou meu ponche? Ele dá... uma energia. Mas tome cuidado, não leve nenhuma chama para perto dele — diz sorrindo.

— Costumo evitar ponches — respondo. — Já me disseram que eu tive um incidente com um. Mas acho que devem estar mentindo, porque tenho certeza absoluta de que não me lembro de nada.

— Beth, então? Posso tentá-la?

Beth faz que sim e se deixa levar. Ela ainda parece um pouco aturdida, quase desnorteada por estar aqui. Dinny a guia com a mão em seu cotovelo. Fico sozinha por um instante, e uma emoção passa por mim. Uma emoção antiga e familiar, de ser deixada para trás por Beth e Dinny. Dou uma sacudida em mim mesma, encontro rostos conhecidos e me impinjo a eles.

Sinto o calor do uísque no sangue e sei que deveria ter cuidado. Eddie passa por mim correndo, me agarra pela manga, me fazendo girar.

— Você não me viu! Não diga a eles que me viu! — fala sem fôlego, rindo.

— Dizer a quem? — pergunto, mas ele já se foi, e segundos depois um emaranhado de crianças, além de Harry, passam em disparada no rastro dele. Tomo outro longo gole de uísque e depois passo a garrafa para uma garota com cara de duende e uma argola no nariz, que dá uma risada e me agradece. As estrelas giram acima da minha cabeça, e o solo parece vibrar. Não consigo me lembrar da última vez que fiquei embriagada. Faz muitos meses. Tinha me esquecido do quanto pode ser bom. E vejo Beth parada ao lado de Dinny, em meio a um grupo de pessoas. Mesmo que ela não esteja conversando, parece quase relaxada. Faz parte do grupo, não está trancada dentro de si mesma, e fico feliz com isso. Danço com Smurf, que me faz girar até eu ficar um pouco enjoada.

— Não se apaixone por ela, Smurf. Essas garotas Calcott não se apegam — grita Dinny para ele quando passamos. Estou muito lenta para perguntar o que ele quer dizer com isso. Chego o mais perto do fogo que a ousadia permite e uso uma vara para puxar uma batata assada na beirada das brasas. Depois, queimo a língua comendo-a. Ela está com o travo da terra. Cumprimento Honey e, mesmo que sua resposta seja forçada, não ligo. Observo Dinny. Após algum tempo, nem é consciente. Onde quer que eu esteja, pareço saber onde ele está. Como se o fogo o iluminasse com mais intensidade. A noite rodopia em volta do acampamento, escura e animada; então vejo lampejos azuis vindo pela estrada em nossa direção.

A polícia estaciona e se dirige ao acampamento. Dois carros e quatro policiais. Caminhando com ar de averiguação, eles começam a fazer uma busca por drogas, pedindo às pessoas para mostrar os bolsos. A música silencia, as vozes se calam. Um momento suspenso em que o fogo estala e ruge.

— Tem um Dinsdale aqui? — pergunta um policial jovem. Um lampejo truculento no olhar. Ele é baixo, quadrado, muito arrumado.

— Vários! — diz Patrick.

— Posso conferir sua identidade, senhor? — pergunta o policial com rigor. Dinny acena para Patrick recuar, entra rapidamente em seu furgão e mostra ao policial a carteira de motorista. — Bem, ainda assim devo pedir que se dispersem, pois esta é uma reunião ilegal num local público. Temos recebido várias reclamações, e acredito que isso possa acabar virando uma rave ilegal.

— Isto não é uma reunião ilegal num local público. Temos direito de acampar aqui, como o senhor bem sabe. E temos o mesmo direito que o restante da população de receber alguns amigos para uma festa — ressalta Dinny friamente.

— Houve reclamações sobre o barulho, Sr. Dinsdale...

— Reclamações de quem? São apenas dez horas!

— Das pessoas da vila e do solar...

— Do solar? Agora? — pergunta Dinny, virando o rosto e olhando para mim. Vou lá e fico ao lado dele. — Você andou reclamando, Erica?

— Eu, não. E tenho certeza de que Beth e Eddie também não.

— E quem seria a senhora? — pergunta o policial, de modo meio dúbio.

— Erica Calcott, proprietária de Storton Manor. E esta é minha irmã, Beth, e como somos as únicas pessoas que *moram* lá, creio que posso dizer com toda a certeza que os residentes de Storton Manor concordam plenamente com esta festa. E quem seria o *senhor*? — O uísque me deixa audaz, mas também estou braba.

— Sargento Hoxteth, senhorita... Lady... Calcott, e eu... — Eu o deixei aturdido. Com o canto do olho, vejo os olhos de Dinny se iluminarem.

— É *Srta.* Calcott. O senhor é parente de Peter Hoxteth, o antigo policial? — interrompo.

— Ele é meu tio, embora eu não creia que isso tenha qualquer relevância...

— Sim, bem. Eu me lembro do seu tio. Ele tinha modos melhores.

— Contudo, houve reclamações, e estou autorizado a dispersar esta reunião. Mas não desejo que haja qualquer constrangimento em relação a isso...

— Os Hatford lá da Fazenda Ridge dão seu baile de verão todos os anos, com o dobro de pessoas e uma banda com amplificadores imensos. Se eu ligar e reclamar, o senhor vai arregimentar sua tropa e dispersar as pessoas? Começar a procurar por drogas?

— Não creio...

— E de todo modo, este não é um local público. Esta terra é minha. O que, suponho, faz com que esta seja a minha festa. Minha festa *particular*. Para a qual, vocês não estão convidados. Sinto muito.

— Srta. Calcott, com certeza pode entender...

— Nós diminuiremos o volume da música agora e desligaremos à meia-noite, o que planejávamos fazer de todo modo. As crianças precisam dormir — intervém Dinny. — Mas se o senhor quiser nos mandar embora sem fazer algumas detenções, seria melhor vir com um motivo melhor do que inventar reclamações vindas do solar.

Hoxteth se empertiga, os ombros estão erguidos e tensos.

— Como policiais, é nosso dever investigar reclamações...

— Bem, já investigou. Então, dê o fora! — contribui Honey, acenando a barriga agressivamente para o homem. Dinny a segura pelo braço. Os olhos de Hoxteth piscam diante da juventude e beleza de Honey, da protuberância de seu ventre. Ele fica corado, e nós formam-se nos cantos dos maxilares. O sargento acena com a cabeça para seus subordinados, e eles se viram para ir embora.

— Desliguem a música. E todo mundo indo embora até a meia-noite. Voltaremos para verificar — avisa ele, erguendo um dedo de advertência. Honey ergue o dedo a seu modo, mas Hoxteth já se virou.

— Imbecil — murmura Patrick. Depois que os carros se afastam, Dinny se vira para mim com um sorriso e uma sobrancelha arqueada.

— *Sua* festa, é? — pergunta ele, se divertindo.

— Ah, qual é? Funcionou — retruco.

— Funcionou mesmo. Eu não achava que você fosse do tipo que vai contra o sistema — diz ele ironicamente.

— Isso mostra como você não me conhece. Até já fui presa uma vez... Será que isso tem algum crédito?

— Depende do motivo da prisão.

— Eu... eu joguei um ovo num deputado — admito, relutante. — Nada muito anárquico.

— Não muito — concorda ele, me dando um sorriso. — Mas já é um começo.

— Isso foi cruel — diz Eddie para mim, aparecendo ao meu lado, sem fôlego. Eu ponho o braço em seus ombros e o aperto antes que ele possa escapar.

Beth está cozinhando algo para o almoço, que infesta o andar térreo com o cheiro de alho. As vidraças ficam embaçadas com o vapor, e a chuva encobre o mundo exterior, fazendo a casa parecer uma ilha. Eddie foi para o bosque com Harry, e acordes da Quinta Sinfonia, de Sibelius, sobem pelas escadas com o ar quente. A favorita de Beth. Vejo como um bom sinal que ela tenha vasculhado a discoteca de Meredith e que esteja fazendo uma comida que poderá até comer. Imagino o que Dinny e Honey estão fazendo. Com essa chuva, num dia tão depressivo. Sem cômodos por onde vagar, sem fileiras e mais fileiras de livros e música, nem televisão. O estilo de vida deles é questão de pura especulação para mim. Se fosse eu, é possível que estivesse no pub da vila. Por um segundo, penso em ir procurá-los, mas meu estômago protesta, e eu me lembro da ressaca que estou tentando curar. Então me dirijo às escadas do sótão.

Eu realmente me recordo do tio do sargento Hoxteth. Nós o víamos na vila às vezes, quando íamos comprar balas ou sorvete. Ele sempre tinha um sorriso pronto. Mais de uma vez veio à nossa casa, chamado ou por Meredith ou pelos Dinsdale. Eles têm o direito de acampar aqui, como Dinny afirmou. Existe uma escritura ou autorização, seja lá o que for, do tempo do meu bisavô, antes de ele se casar com Caroline. Ele e o soldado Dinsdale serviram o exército na mesma época, na África, acho. A história completa se perdeu ao longo dos anos, mas quando retornaram, Dinsdale queria um local onde acampar e Sir Henry Calcott lhe deu um. E para todos os membros de sua família, perpetuamente. Eles têm uma cópia desse documento, e nosso advogado, outra. Isso realmente irritava Meredith.

Nós víamos o sargento Hoxteth parado no vestíbulo, desconfortavelmente, aguardando Meredith aparecer com seu monstruoso olhar feroz. O dia em que ela fez um dos fazendeiros estacionar uma enfardadeira imensa no topo da trilha para impedir a entrada dos nômades. Quando ela soube que nem todos no acampamento eram Dinsdale e queria expulsar os *parasitas*. Quando viu alguém tirando água de um dos canais da propriedade e queria processá-lo. Quando houve sumiços constantes de comida da despensa e pequenos objetos da casa, e Meredith insistiu que eram os Dinsdale até descobrirem que a governanta tinha uma mãe idosa de quem precisava cuidar. Quando um dos cachorros dos nômades entrou no jardim, e ela o enxotou com uma espingarda. O pessoal da vila achou que estavam sendo atacados. *Eles vão passar doenças para os meus animais*, foi a breve explicação de Meredith.

Nós costumávamos vir ao sótão às vezes, para vasculhar o entulho. Sempre parecia que devia haver algo empolgante a ser descoberto, mas não levava muito tempo para que nos cansássemos dos caixotes, luminárias quebradas e sobras de carpete. Da caixa de água quente, borbulhando e silvando como um dragão adormecido. Num dia úmido, fica escuro aqui em cima, os cantos totalmente na sombra. As janelinhas da mansarda, além de estarem cobertas por uma crosta de sujeira e limo. É tão silencioso que consigo ouvir os sons suaves da respiração da casa, a chuva dando uma risadinha musical ao se infiltrar pelas calhas engasgadas. Inconscientemente, ando na ponta dos pés.

O couro do velho baú vermelho está tão seco e quebradiço que parece arenoso quando o toco, esfarelando-se entre meus dedos. Semicerro os olhos para enxergar dentro e o arrasto para que fique de frente para a janelinha mais próxima. Ele deixa o próprio fantasma na poeira do chão e cogito qual terá sido a última vez que foi movido. Lá dentro há maços de papel; caixas; uma pequena valise destruída; alguns objetos misteriosos embrulhados em folhas de jornal amareladas; uma pasta de couro para cartas. Não parece muito, se estes são todos os pertences de Caroline. Não muito para uma vida centenária. Mas afinal, casas antigas como esta vêm prontas para o uso, suponho. As vidas vêm e vão, mas a maior parte do conteúdo permanece a mesma.

Investigo avidamente a papelada. Convites para vários eventos; um folheto do governo sobre o que fazer no caso de um ataque aéreo; o telegrama que Caroline recebera da rainha na ocasião de seu centésimo aniversário; algumas receitas escritas com letra de médico tão tipicamente ilegíveis que não consigo decifrar as palavras. Desembrulho alguns pacotes. Há um estojo de pó compacto dourado com um batom combinando; um leque de casco de tartaruga finíssimo, tão frágil que mal ouso tocá-lo; um jogo prateado de penteadeira, marchetado com madrepérola, as escovas macias como seda, o espelho rachado; um curioso aro de osso, acetinado, com um sino de prata pendurado, que tilinta, assustando-me em meio à quietude. Penso no que fez com que esses objetos fossem guardados, o que os fazia serem totalmente de Caroline, o que impediu Meredith de vendê-los como ela fez com tantas outras preciosidades. Depois, percebo. Eles estão todos gravados, marcados como dela. *CC*, desenhado com um floreio no metal. Viro o aro de osso, procurando pela mesma marca. Quando encontro algo escrito na borda do sino de prata embaçada. É bem pequeno e quase gasto, me fazendo parar. *A um bom filho*, leio.

Embrulho estes tesouros novamente e os recoloco no baú. Não sei o que será deles. Tecnicamente, pertencem a mim e a Beth agora, mas é claro que não de fato. Não mais do que pertenceram a Meredith, razão pela qual ela os deixou aqui em cima. A valise, que tem uma grande abertura articulada em cima, está vazia. Já teve um forro de seda rosa, agora em farrapos. Então tiro a pasta de cartas, que está tão cheia que as fitas fazem força para dar a volta ao volume. Dentro, estão suas cartas, muitas ainda dentro dos envelopes. Envelopes compactos, brancos, bem menores que os usados hoje em dia. Eu os folheio, percebo que a maioria deles foi escrita com a mesma letra — pequena, inclinada, em tinta preta. As letras um pouco juntas demais para serem consideradas elegantes. Abro uma com cuidado e vou direto ao fim. A maioria delas é de Meredith e tem o carimbo de Surrey.

Meu coração dá uma estranha e breve acelerada. Volto à primeira página da mensagem que estou segurando e a leio.

28 de abril, 1931

Querida mãe,

Espero que esta carta a encontre bem e menos incomodada pelo seu recente reumatismo. A senhora ficará satisfeita de saber que estou me adaptando bem aqui e, aos poucos, vou me acostumando a dirigir minha própria casa — embora, é claro, eu sinta saudades da senhora e de Storton. Charles é bastante flexível com os arranjos — sua única regra é que o café da manhã seja servido às oito da manhã e o jantar, às nove da noite! Um homem fácil de agradar, e tenho tido liberdade de descobrir meu modo de fazer as coisas. A casa é muito menor que Storton, e sem dúvida a senhora se divertiria com a quantidade e variedade de instruções que precisei dar aos empregados para fazer as coisas funcionarem! Creio que eles se acostumaram demais a ter um cavalheiro sozinho em casa, e um que não presta muita atenção à rotatividade da roupa de cama, à reposição das flores ou ao arejamento dos quartos de hóspedes.

Realmente é um pouco estranho ficar sozinha em casa o dia todo enquanto Charles cuida de seus afazeres. As tardes aqui são singulares em sua quietude — muitas vezes, olho para o lado para fazer algum comentário com a senhora, só para encontrar o cômodo vazio! Creio que devo aproveitar ao máximo a paz e quietude antes que sejam levadas pelos passos de pequenos pés... Encontro-me completamente dividida entre duas emoções: a da expectativa do nascimento de seu primeiro neto e a do pavor provocado pelo mesmo acontecimento! Diariamente lembro a mim mesma que há muitos anos as mulheres têm dado à luz com sucesso e que certamente não pode haver algo que outras mulheres possam fazer que eu não possa. A senhora ficou com medo quando engravidou pela primeira vez? Espero que venha nos visitar, mãe — eu adoraria receber os seus conselhos. Como disse, a casa é menor da que a senhora está acostumada, mas ainda assim é bem confortável. Equipei o maior dos quartos de hóspedes com novas cortinas e roupas de cama — as anteriores estavam bastante gastas —, portanto, tudo está prontinho para a sua chegada. O jardim está lotado de narcisos, que eu sei serem de sua preferência, e as redondezas da zona rural são encantadoras para uma caminhada. Escreva-me avisando se virá e quando gostaria. Antecipando nosso feliz evento, Charles me fez jurar que eu não iria dirigir o automóvel, mas posso combinar com nosso empregado Hepworth que a busque na estação a qualquer hora — é um percurso curto, nada árduo. Venha.

Com grande afeto,
Meredith.

Em 1931, Meredith devia ter apenas 20 anos. Vinte anos, casada e esperando um bebê, que ela deve ter perdido, pois minha mãe não nasceu até se passar algum tempo depois disso. Leio a carta novamente e tento imaginar Caroline como uma mãe que alguém amava, como alguém que claramente provocava saudades em Meredith. A carta me deixa triste, e preciso ler de novo para entender por quê. É uma carta tão *solitária*. Ouço Beth me chamando para almoçar lá de baixo. Coloco a carta de volta na pasta e a enfio embaixo do braço antes de descer.

A chuva não dá uma trégua até terça-feira à tarde, e estou louca para sair. Invejo Eddie, que retorna ao escurecer, os cabelos úmidos e com lama até os joelhos dos jeans. Com que idade será que começamos a nos dar conta do frio, da umidade e da lama? Acho que na mesma idade em que paramos de correr de um lado para o outro. No quarto das crianças, o espaço onde ficava o armário da roupa de cama boceja para mim lá da parede. Uma marca de pó, teias de aranha e tinta não esmaecida. Vou até as pilhas de tecido de que o desapropriei e começo a separá-las, ponho de lado lençóis de berço, sacos de renda, fronhas minúsculas e um vestido de batizado exuberante, assim como uma pilha de quadrados de musselina bem guardados e um pequeno edredom de penas. Não faço ideia se qualquer dessas coisas terá utilidade para Honey e seu bebê, quando ele chegar. Será que ela vai ter um berço? Mas trata-se de um bom linho, pesado, macio ao toque. Luxuoso. Talvez ela goste da ideia: envolver o filho em roupas caras, mesmo que suas acomodações sejam as mais básicas. Aquelas fronhas com as flores amarelas bordadas chamam minha atenção novamente. Faço uma anotação mental de identificar as flores, para o caso de isso me revelar por que elas ficam cutucando meu subconsciente.

— Aonde você vai com essa trouxa? — pergunta Beth, me vendo arrastá-la escada abaixo.

— Estou levando para Honey. Coisas para bebês... Achei que ela poderia usar. — Beth franze o cenho. — O que foi? — pergunto.

— Erica, por que você está tentando...

— O quê?

— Você sabe. Acho que não deveria se esforçar tanto para fazer amizade com eles de novo, só isso.

— Por que não? Além do mais, não estou me esforçando tanto assim. Mas eles são nossos vizinhos. Você parecia bem contente de conversar com Dinny na festa aquele dia.

— Bem, você me fez ir, você e Eddie. Teria sido falta de educação não falar com ele. Mas... acho que já não temos muito em comum. Na verdade, não sei se o conhecíamos tão bem quanto achávamos. E não vejo sentido em tentar fingir que tudo é como era antes.

— É claro que o conhecíamos! O que você quer dizer com isso? E por que as coisas não deveriam estar como eram antes, Beth? — pergunto. Ela fecha os lábios e desvia o olhar. — Se houve alguma coisa entre vocês dois que eu não saiba...

— Não aconteceu nada que você não saiba!

— Bem, eu não tenho muita certeza — retruco. — Além disso, só porque você não quer mais ser amiga dele, não significa que eu não deveria ser — murmuro, arrastando a sacola até a porta e pondo o casaco.

— Erica, espere! — Beth cruza o vestíbulo até mim. Eu me viro, buscando pistas em seu rosto. Olhos azuis atormentados, numa defensiva rigorosa. — As coisas *não podem* voltar a ser como eram. Muitas coisas aconteceram. Muito tempo se passou! É bem melhor simplesmente... seguir em frente. Deixar o passado em paz — argumenta ela, o olhar se desviando do meu. Penso na mão de Dinny, em seu toque gentil e possessivo no cotovelo dela.

— Tenho a impressão — digo firmemente — de que você não o quer mais, mas também não quer que eu o tenha.

— Que o *tenha*? O que significa isso? — questiona ela de modo áspero. Sinto que fico ruborizada e não digo nada. Beth respira profundamente, de forma irregular. — Já é difícil o bastante voltar aqui, Erica, sem você agindo como uma garotinha de 8 anos novamente. Será que não dá para você se afastar, uma vez que seja? Era para nós passarmos este tempo aqui *juntos*. Agora o Eddie fica fora o dia inteiro com aquele Harry, e você prefere ficar correndo atrás do Dinny a... eu não preciso ficar, sabia? Eu poderia pegar o Eddie, voltar para Esher e passar o Natal lá...

— Ora, que grande ideia, Beth. Bem o tipo de comportamento imprevisível que o Maxwell está sempre querendo. — Em seguida me arrependo de dizer isso. Beth se afasta de mim. — Desculpe — falo rapidamente.

— Como é que você pode me dizer esse tipo de coisa? — pergunta ela baixinho, os olhos brilhando, marejados de lágrimas. Ela se vira e sai.

Lá fora eu respiro fundo, escuto os sons abafados das gralhas, o suave gotejar das folhagens encharcadas. Um cheiro vivo no meio do inverno. Eu nunca os tinha realmente notado antes. Solto a sacola com a roupa de cama, subitamente insegura, e me sento num banco de metal enferrujado na beira do gramado; sinto seu frio mortal penetrando minhas calças jeans. Talvez eu leve a sacola mais tarde. Ouço vozes vindo do córrego que fica além do limite leste do jardim. Vou até lá, passando pelo portãozinho ao lado do gramado, e desço o declive com vegetação rala. Depois da chuva, o solo está pesado de água, e eu o esmago com os pés.

Eddie e Harry estão no córrego, a água agitada correndo perigosamente próxima das botas deles. Toda a chuva que caiu ultimamente deixou a corredeira mais rápida, ainda mais no centro, onde está mais funda, pois Eddie e Harry construíram uma barragem de pedras e galhos que vai de uma margem à outra. As calças de Harry estão molhadas até os quadris, e eu sei o quanto a água deve estar fria.

— Rick! Venha ver! Nós quase conseguimos barrar todo o córrego um minuto atrás, mas agora uma parte desmoronou — chama Eddie, animado, enquanto vou até eles. — Mas antes a água ficou bem alta! Foi quando a gente se molhou todo, na verdade...

— Estou vendo. Meninos, vocês devem estar congelando! — constato sorrindo para Harry, que retribui e aponta para uma pedra aos meus pés. Eu me curvo e a passo para ele, cautelosamente, escorregando na margem enlameada, e ele a põe na barragem.

— Obrigado — diz Eddie distraído, inconscientemente falando pelo amigo. — Não é tão frio assim depois que a gente se acostuma. — Ele dá de ombros.

— Mesmo?

— Bem, mais ou menos... meus pés estão congelados paca! — Ele sorri.

— Veja como fala — digo, automaticamente e sem convicção. — É uma boa barragem, devo admitir — continuo, parada na margem e com as mãos nos quadris. — O que vocês vão fazer se conseguirem acabar? Vai formar um lago enorme.

— Essa é a ideia!

— Sei. Meu Deus, Eddie, você está *coberto* de lama! — Há lama pelas mangas do blusão, onde ele as puxou para cima com as mãos sujas, nas pernas das calças de veludo cotelê, onde ele as enxugou. A testa está imunda, os cabelos grudados. — Como foi que você conseguiu se sujar tanto? Olhe... o Harry conseguiu ficar limpo!

— Ele está mais distante do chão que eu — protesta Eddie.

— Isso é verdade — admito.

Agarrando-se no casaco de Harry para se equilibrar, Eddie vem até mim, os pés oscilando sobre o leito de pedras do córrego.

— Já está na hora do almoço? Estou morrendo de fome — afirma ele, se desequilibrando e se inclinando para não cair, com as mãos no barro gelado.

— Sim, quase. Volte para casa e vá se lavar... Você pode acabar isso mais tarde. Aqui. — Estendo a mão, e Eddie a segura, dando um passo enorme para fora do córrego, puxando meu braço. — Não... não puxe, Eddie, vou escorregar! — grito, mas é tarde demais. Minhas pernas falham, e eu me sento abruptamente, com um *chuá* bastante audível.

— Desculpe — diz Eddie, sem fôlego. Atrás dele, Harry produz um som estranho, e percebo que está rindo.

— Ah, você acha que é engraçado, não é? — pergunto, me levantando rapidamente, com a lama molhada se infiltrando pela roupa. Puxo as calças para cima, deixando manchas de barro ao fazer isso. Eddie se desequilibra outra vez e dá um passo para a frente, espirrando uma onda em minhas botas. — *Eddie!*

— Desculpe! — diz ele de novo, mas dessa vez não consegue deixar de sorrir, e Harry ri com mais vontade.

— Vocês, seus danadinhos! Está gelado! Aqui. — Encontro meu dedo mais sujo de lama e o esfrego no nariz de Eddie. — Tome mais um pouco!

— Nossa, obrigado, Rick! — E aqui... vai para você! Feliz Natal! — Eddie faz uma bola de lama e joga-a em mim. Ela pousa no meio do meu blusão, que é cinza-claro. Perco o fôlego e dou uma espiada para baixo. Eddie fica paralisado, temendo ter ido longe demais. Tiro o excesso e peso o barro na mão.

— Você... está... *morto*! — digo, mirando nele. Com uma risada, Eddie passa por mim em disparada, sobe a margem e entra no matagal. Ele fica a uma boa distância, e eu preciso soltar o barro e prometer uma trégua para que ele me deixe chegar perto. Ponho o braço em volta dele, mais para aquecer meus dedos latejantes que por qualquer outro motivo. Atrás de nós, Harry vinha nos seguindo, mas então para, fica olhando para uma árvore onde dois sabiás estão brigando.

— Ele vem? — pergunto. Eddie dá de ombros.

— Ele está sempre parando para observar os pássaros e coisas assim. Tchau, Harry! — grita, acenando.

Devíamos entrar pela cozinha, mas está fechada e não temos escolha a não ser a porta da frente. Tiramos as botas do lado de fora. Um gesto inútil, pois nossas meias estão molhadas e cheias de lama. Beth põe a cabeça no vão da porta da cozinha.

— Nossa! O que você andou fazendo? — pergunta ela apavorada. — As suas roupas! — Eddie parece um pouco arrependido e olha para mim em busca de apoio.

— Hã... andou agindo como um menino de 8 anos? — arrisco a dizer, o retrato da inocência. Beth me lança um olhar duro, mas não consegue mantê-lo. O fantasma de um sorriso retorce sua boca.

— Talvez vocês dois queiram se trocar antes do almoço, não é? — diz ela.

Telefono para minha mãe para ver se está tudo bem e perguntar a hora em que eles planejam chegar.

— Como vão as coisas por aí? Como está a Beth? — pergunta mamãe num tom casual que eu reconheço. O mesmo tom que ela usa para fazer perguntas importantes. Eu faço uma pausa e escuto os sons de minha irmã por perto.

— Está bem, eu acho. Em meio a altos e baixos, suponho.

— Ela falou qualquer coisa? Sobre a casa?

— Não... Que tipo de coisa?

— Ah, nada em particular. Não vejo a hora de ver vocês duas... e Eddie, é claro. Ele está se divertindo aí?

— Nem fale. Está adorando! Mal o vemos... Ele fica brincando no bosque o dia inteiro. Mamãe... será que você podia me fazer um favor?

— Claro, o que é?

— Pode procurar sua cópia da árvore da família que Mary fez? E trazer?

— Sim, acho que sim. Se eu encontrar. Para que você quer?

— Só quero verificar uma coisa. Você ouviu falar de Caroline ter um bebê antes de se casar com lorde Calcott?

— Não, nunca soube. Eu duvidaria muito... Ela era muito jovem quando se casou com ele. Mas por que você está perguntando isso?

— É só uma foto que eu achei... Quando você chegar aqui, eu mostro.

— Certo, tudo bem então. Mas como você sabe, qualquer pergunta a respeito da história da família deve ser feita a Mary. Afinal, foi ela quem fez toda aquela pesquisa naquele ano...

— É, eu sei. Bem, preciso desligar agora. A gente se vê em breve.

Não posso ligar para minha tia Mary, a mãe de Henry. Não posso falar com ela pelo telefone. Tenho a sensação de que não vou suportar, como se o ar em meus pulmões fosse empedrar. No funeral de Meredith, eu me escondi. Que vergonha. Na verdade, me escondi atrás de um vasto buquê de lírios.

Na hora de dormir, acomodo a pasta da correspondência de Caroline nos joelhos e leio mais algumas das cartas de Meredith. Algumas das primeiras datam da época em que ela estava fora, na universidade, e falam de um professor de atitude agressiva, da política dos dormitórios e das idas à cidade para compras. Depois, iniciam-se as cartas solitárias de Surrey novamente. Dou uma olhada em mais algumas dessas e então, enfiado num dos bolsos da pasta, encontro um envelope escrito numa letra totalmente diferente. O papel lá dentro está como folha seca; eu o toco levemente e o abro com o máximo de cuidado. Uma única página, com um parágrafo. Uma letra muito maior que a de Meredith, escrita com uma pressão enfática da caneta, como se houvesse alguma urgência. A data é de 15 de março de 1905.

Caroline,

Recebi sua carta esta manhã e com bastante preocupação. Seu casamento recente e estado delicado são questões a serem muito comemoradas, e ninguém poderia estar mais satisfeita do que eu, de vê-la acomodada e unida a um homem como lorde Calcott, bem posicionado para lhe dar tudo que uma vida feliz requer. Arriscar desnecessariamente sua posição atual seria de extrema imprudência. Seja o que for que você sinta que deva confessar, eu recomendo com veemência a deixar que permaneçam na América todas as questões oriundas de sua prévia existência lá. Revisitar esses assuntos agora não servirá a nenhum propósito. Seja grata pelo recomeço que lhe foi proporcionado, pela feliz circunstância de seu casamento fortuito, e que isso fique apenas entre nós. Caso você traga constrangimento ou infâmia de qualquer tipo para si mesma ou nossa família, eu não teria outra escolha que não romper todos os laços com você, por mais que fosse lamentar isso.

Sua tia,
B.

O sublinhado em *permaneçam na América* deve ter quase rasgado o papel. Um traço forte, violento. Na quietude que se segue à leitura dessas palavras ressonantes, vejo todos os segredos dentro desta casa acumulados tão profundamente quanto a poeira e as sombras que se depositam nos cantos do quarto.

Nossos pais chegam na noite de Natal, e o carro familiar estacionando no caminho da entrada parece um pequeno milagre. Prova de um mundo exterior, prova de que esta casa, Beth e eu somos parte dele. Eu pretendia manter Eddie em casa hoje de manhã — sugeri isso a Beth —, mas ele se levantou antes de nós e saiu. Uma tigela vazia na pia com alguns *cornflakes* ressecados e meio copo de suco na mesa.

— Acho que perdemos o seu neto — conto ao beijar papai e pegar as sacolas no banco traseiro do carro. Talvez não fosse a melhor coisa a dizer. Mamãe hesita.

— O que aconteceu ao Eddie? — pergunta ela.

— Ele fez um amigo... Harry, que acampa aqui, como... Bem. Eles sempre ficam pelo bosque. Nós mal o vemos atualmente — diz Beth, e dá para sentir que isso a incomoda. Só um pouco.

— Acampa? Você não está falando...

— Dinny está aqui. E o primo dele, Patrick, além de alguns outros — digo casualmente. Mas não consigo deixar de sorrir.

— Dinny? Você está brincando — diz mamãe.

— Ora, ora! — acrescenta papai.

— Humm, bem, imagino que agora você sabe como nos sentíamos — afirma mamãe a Beth, dando-lhe um beijo na face ao entrar. Beth e eu nos entreolhamos. Isso nem sequer tinha nos ocorrido.

Beth se parece com nossa mãe. Sempre se pareceu, mas a semelhança está ficando mais pronunciada à medida que ela envelhece. As duas têm a silhueta esbelta de Meredith, os ossos delicados do rosto dela, as mãos longas e artísticas. Nossa avó usava os cabelos curtos e bem penteados, mas mamãe sempre o deixou natural, e o de Beth é comprido e solto. E elas irradiam algo que me falta. Graciosidade, talvez. Eu puxei mais ao meu pai. Mais baixa, mais robusta, mais desajeitada também. Papai e eu estamos sempre dando topadas, prendemos as mangas nas maçanetas, derrubamos nossos copos de vinho, nos machucamos nos cantos das mesinhas de centro, das pernas das cadeiras, dos balcões. Tenho enorme afeto por esse traço, pois vem dele.

Tomamos café e admiramos a árvore de Natal que chegou ontem e agora assoma no vão da escada. Todos os enfeites que compramos não foram suficientes. Ficaram meio perdidos na vastidão de galhos. Mas as luzinhas piscam, e o cheiro resinoso chega a todos os cantos da casa. Um lembrete constante do período de festas.

— Um pouco extravagante, não é, meu amor? — diz papai a Beth, que levanta as sobrancelhas, desdenhando.

— Era preciso alegrar a casa. Para o Eddie — justifica ela.

— Ah, bom, sim. Tem razão — concede papai. Ele está com um blusão vermelho; os cabelos grisalhos espetados, bem como os de Eddie, e tem as faces rosadas por causa do café quente. Ele parece jovial... bem do jeito que ele é realmente.

Uma batida na porta. Encontro Eddie e Harry no degrau, sem fôlego, como sempre, e molhados.

— Oi, Rick. Vim ver o vovô e a vovó. E disse para o Harry que ele podia vir ver a árvore. Tudo bem, não é?

— É claro, mas tirem as botas antes de pisar em casa!

Eddie é abraçado, beijado, interrogado. Papai estende a mão para apertar a de Harry, que só olha para ela, confuso. Em vez de apertá-la, ele vai até a árvore, se agacha para olhar seu interior, como se tentasse vê-la sob seu maior ângulo, o mais imponente. Papai me olha intrigado, e eu articulo silenciosamente, *depois eu explico*. Decidimos reter Eddie, pois está quase na hora do almoço, e mandar Harry para casa com uma caixa das *mince pies* de Beth, que ele abre ainda enquanto vai indo embora, andando de um jeito meio trôpego pelo gramado.

— Que sujeito esquisito — diz mamãe suavemente.

— Ele é irado! Conhece todos os lugares maneiros do bosque, onde encontrar cogumelos e ninhos de texugo. — Eddie defende o amigo.

— Texugos têm tocas, não ninhos, Eddie, e espero que você não tenha brincado com cogumelos... são muito perigosos! — diz mamãe. Vejo que Eddie fica ressentido.

— Harry sabe quais a gente pode comer — murmura ele, na defensiva.

— Tenho certeza disso. Tudo bem, mamãe — digo para acalmá-la. — Os mais velhos não sabem que irado significa algo bom — sussurro para Eddie. Ele revira os olhos e escapa escada acima para se trocar.

— É bom que ele tenha um amigo para ficar ao ar livre. Ele passa tanto tempo enclausurado na escola — argumenta Beth com firmeza.

Mamãe levanta a mão.

— Eu não estava criticando! Deus sabe o tempo que vocês passavam no bosque com Dinny quando vinham para cá.

— Mas você não se importava, não é? — pergunta Beth, ansiosa. Agora ela é muito mais sensível às desfeitas dos filhos. Mamãe e papai se entreolham, e ele lhe dá um sorriso afetuoso.

— Não, acho que não — responde mamãe. — Teria sido bom se vocês quisessem passar mais tempo conosco... — Na pausa do choque depois que ela diz isso, Beth e eu trocamos um olhar de culpa, e mamãe ri. — Tudo bem, queridas! Era o início da minha síndrome do ninho vazio, só isso.

— Não sei o que vou fazer quando Eddie for para a universidade. Já é ruim o bastante que ele fique longe a semana inteira — murmura Beth, cruzando os braços.

— Você vai sentir a maior falta, vai mimá-lo até estragá-lo quando ele vier para casa e vai descobrir um novo passatempo... como todas as mães, querida. — Mamãe põe o braço em torno de seus ombros ossudos.

— Mas ainda falta muito — lembro-a. Afinal, ele só tem 11 anos.

— É, mas cinco segundos atrás ele era um bebezinho! — diz Beth.

— Eles crescem rápido — concorda papai. — E fique feliz por isso, Beth! Depois de seis anos com um adolescente em casa, eu imagino que você vai ficar empolgada ao vê-lo sair para estudar!

— E pense só em todas as etapas divertidas que você terá antes disso... As discussões sobre a hora de dormir, as aulas de direção e as primeiras namoradas dormindo em casa. Encontrar revistas pornôs debaixo da cama dele... Fitar os olhos atordoados dele pela manhã e se perguntar que drogas ele tomou na noite anterior...

— Erica! Sinceramente! — Mamãe me repreende conforme os olhos de Beth se arregalam horrorizados.

— Desculpe — sorrio.

— Rick, acho que você está lecionando há tempo demais — sugere papai com um sorriso. Beth ergue as sobrancelhas para mim.

— Síndrome de tia presunçosa... esse é o seu problema. Você me assiste passar por tudo isso e por dentro fica dando risada enquanto eu entendo tudo errado e arranco os cabelos — acusa ela.

— Qual é, Beth? Estou brincando. Você nunca deu um passo errado como mãe — digo a ela, me adiantando antes que se forme uma pausa, antes que todos nos lembremos do enorme passo errado que ela deu, não faz muito tempo. — Venham comer umas *mince pies*... Beth se superou desta vez.

Mais tarde, mostro à mamãe as fotos que encontrei. Ela identifica as pessoas que eu não reconheço — parentes mais distantes, pessoas já falecidas, sumidas, que deixaram apenas seus rostos no papel e traços de seu sangue em nossas veias. Mostro a de Caroline, tirada em Nova York, segurando o bebê com o braço esquerdo. Mamãe fica séria ao examiná-la.

— Bem, não há dúvida de que esta seja Caroline... Os olhos tão claros. Ela era impressionante, não é?

— Mas o que ela estava fazendo em Nova York? E de quem é este bebê, se ela só se casou com lorde Calcott em 1904? Será que eles tiveram um filho antes de se casarem?

— Como assim, o que ela estava fazendo em Nova York? Ela *era* de Nova York!

— Caroline? Ela era americana? Como é que ninguém nunca me contou isso?

— Ora, como é que você nunca percebeu? Com aquele sotaque dela...

— Mamãe, eu tinha 5 anos. Como poderia ter percebido o sotaque dela? E naquela época ela estava velhíssima. Quase não falava mais.

— É, isso é verdade — concorda mamãe.

— Bem, isso explica por que ela estava em Nova York em 1904. Então, quem é o bebê? — pressiono. Mamãe respira fundo, infla as bochechas.

— Não faço ideia — diz ela. — Não há possibilidade de ela ter tido um filho com Henry antes de se casarem, mesmo que isso não tenha provocado o maior escândalo. Ela só o conheceu no fim de 1904, quando veio para Londres. Eles se casaram em 1905, logo depois de se conhecerem.

— Bem, ela tinha sido casada antes? Será que trouxe o bebê com ela?

— Não, acho que não. Na verdade, seria melhor perguntar a Mary. Pelo que sei, Caroline veio de Nova York aos 21 ou 22 anos, uma herdeira rica, casou-se com um homem da nobreza com certa rapidez, e é isso.

Aceno com a cabeça, estranhamente desapontada.

— Talvez fosse o bebê de uma amiga. Talvez ela fosse a madrinha. Quem sabe? — conclui mamãe.

— Pode ser — concordo. Pego a foto de volta, examino-a com mais cuidado. Procuro o dedo anular da mão esquerda de Caroline, mas ele está oculto pelas roupas do bebê-fantasma. — Você se importa que eu fique com esta? Só por algum tempo? — pergunto.

— Claro que não, querida.

— Eu... andei lendo algumas das cartas dela. As cartas de Caroline — confesso com estranha relutância. É como ler o diário de alguém, mesmo que esteja morto. — Você trouxe aquela árvore genealógica? Tem uma carta de uma Tia B.

— Aqui está. No lado de Caroline, as coisas estão meio esboçadas. Acho que Mary estava mais interessada no lado dos Calcott. Além disso, todos os registros familiares de Caroline estariam na América, é claro. — Na verdade, não há nada no lado de Caroline além do nome de seus pais. Nada de tios e tias, apenas um galhinho para um lado antes que Caroline se unisse à árvore principal, em 1905. Caroline Fitzpatrick, como se chamava então.

Analiso seu nome por algum tempo, esperando, embora não saiba pelo quê.

— Nessa carta, a tia dela, tia B., diz que qualquer coisa que tenha acontecido na América devia permanecer lá e que ela não devia fazer nada que pudesse estragar seu casamento com lorde Calcott. Você não sabe nada sobre isso? — pergunto. Mamãe abana a cabeça.

— Não, sinto muito. Não sei de nada.

— E se ela teve um bebê antes de vir para cá e se casar?

— Ora, a princípio ela não teria conseguido se casar se fosse assim. Naquela época, moças bem-criadas não tinham bebês fora do casamento. Seria impensável.

— Mas e se ela tivesse sido casada com alguém antes de lorde Calcott? Encontrei uma coisa no sótão, no baú onde Meredith guardou todas as coisas de Caroline, que tem inscrita a frase *A um bom filho* — digo.

Mamãe ergue um pouco as sobrancelhas, pensativa.

— Provavelmente era de Clifford. Que tipo de coisa?

— Não sei bem... É um tipo de sino. Mais tarde vou pegar e lhe mostro.

Nós fomos para a sala de estar. Mamãe pega cada foto de cima do piano e as examina com vagar, a fisionomia indecisa entre expressões. Ela passa o polegar no vidro do retrato de casamento de Charles e Meredith. Um pequeno carinho inútil.

— Você sente saudades dela? — pergunto. Normalmente, uma pergunta idiota quando a mãe de alguém morre. Mas Meredith era diferente.

— É claro. Sinto, sim. Seria difícil não sentir falta de alguém que sabia como encher uma casa como ela sabia. — Mamãe sorri, larga a foto, limpa as marcas dos dedos com o punho macio de seu cardigã.

— Por que ela era daquele jeito? Quero dizer, por que ela era tão... *braba*?

— Caroline era cruel com ela. — Mamãe encolhe os ombros. — Não fisicamente, nem sequer verbalmente... Talvez nem fizesse por querer... Mas quem sabe o mal que é feito quando uma criança cresce sem ser amada?

— Nem consigo imaginar. Não consigo imaginar como uma mãe pode não amar seu filho. Mas *de que maneira* ela era cruel com Meredith?

— De mil e uma maneiras — suspira mamãe, pensativa por um instante. — Por exemplo: Caroline jamais lhe comprou um presente. Sequer uma única vez. Nem nos aniversários nem no Natal, mesmo quando Meredith era pequena. Nem no dia do casamento dela nem quando eu nasci. Nada. Você pode imaginar como algo assim pode... minar uma pessoa?

— Mas se ela nunca ganhou um presente, talvez nem soubesse esperar por um.

— Toda criança sabe sobre presentes de aniversário, Erica. Basta ler um livro de histórias para se inteirar do assunto. E os empregados costumavam lhe dar algumas coisinhas quando ela era pequena. Minha mãe me contou o quanto significavam para ela. Eu me lembro de sua menção a um coelho. Uma vez, a governanta lhe deu um coelhinho como animal de estimação.

— Isso é... realmente triste — digo. — Caroline não acreditava em presentes?

— Acho que, na maior parte das vezes, ela não se dava conta da data. Sinceramente, acho que ela não sabia quando era o aniversário de Meredith. Era como se minha mãe não tivesse nascido dela.

— Mas se Caroline era tão horrível, por que Meredith era tão dedicada a ela? Por que ela voltou para cá com você e Clifford quando o pai dela morreu?

— Bem, difícil ou não, Caroline era a mãe dela. Meredith a amava e estava sempre tentando... conseguir sua aprovação. — Mamãe dá de ombros com tristeza, abre a tampa do piano e pressiona a primeira tecla. A nota flutua, preenche a sala, perfeitamente afinada. — Nunca tínhamos permissão de tocar este piano. Só depois que atingíssemos certo nível. Tínhamos aquele velho piano de armário no quarto das crianças para praticar. Clifford nunca evoluiu muito, mas eu, sim. Um pouco antes de ir para a universidade.

— Há uma porção de cartas de Meredith nas coisas de Caroline. Todas parecem meio tristes, como se ela sempre estivesse mais ou menos sozinha... mesmo quando casada.

— Bem — suspira mamãe outra vez —, não me lembro do meu pai, portanto não sei como eram as coisas antes da morte dele. Ela o amava, acho que muito. Talvez até demais. Certa vez, Caroline me disse que perder um amor desse jeito deixava um buraco que nunca se conseguia preencher. Lembro-me disso com clareza porque ela raramente falava comigo. Ou com Clifford. Ela mal parecia tomar conhecimento de nós, crianças. Eu estava observando minha mãe lá fora no jardim e tive um sobressalto quando ela falou, pois nem tinha ouvido sua aproximação por trás de mim.

— Ela ainda andava nessa época?

— É claro. Ela não foi uma anciã a vida toda.

— Mas por que Caroline não amava Meredith? Não entendo.

— Nem eu, querida. Sua bisavó era uma mulher muito estranha. Muito distante. Às vezes eu me sentava ao lado dela e tentava conversar, mas logo percebia que ela não estava escutando uma palavra do que eu dizia. Ela simplesmente ficava com o olhar perdido na gente, com aqueles olhos cinzentos. Não é de admirar que Meredith tenha se casado tão jovem... Ela deve ter ficado empolgada ao encontrar alguém que a escutava!

— É impressionante o quanto você é normal. Que mãe maravilhosa você é.

— Obrigada, Erica. Seu pai ajudou, é claro. Meu cavaleiro e sua armadura cintilante! Se eu tivesse voltado para cá depois de me formar, se tivesse ficado aqui tempo suficiente para me ressentir com as duas... Quem sabe?

— Talvez nem todo mundo seja feito para a maternidade ou paternidade. Imagino que Meredith não fosse a mais carinhosa...

— Não, mas ela era uma boa mãe, na maior parte do tempo. Rígida, é claro, mas não era tão... brusca quando éramos pequenos, como ficou depois de termos voltado a morar aqui por alguns anos. À medida que Caroline foi enfraquecendo, ela precisou cuidar muito dela. Acho que se ressentia com isso. Deu o melhor de si para nós, mas não creio que tenha conseguido superar a perda do meu pai, nem a decepção de ter iniciado e acabado a vida aqui... Caroline e ela, presas a esta casa antiga. Mas nós nos saímos bem, não é? Clifford e eu? — pergunta ela, a fisionomia marcada por uma súbita tristeza. Cruzo a sala e lhe dou um abraço.

— Mais do que bem.

— Vim arrecadar uns beijos! — anuncia papai, nos encontrando e brandindo um ramo de visco natalino com um sorriso.

Depois do jantar, colocamos todos os nossos presentes embaixo da árvore. Eddie parece um cavalheiro em miniatura com seu roupão azul-marinho com monograma, pijamas listados e chinelos vermelhos de feltro. Ele verifica os cartões dos presentes e arruma cada pacote cuidadosamente, segundo algum esquema próprio. Tomamos conhaque, escutamos canções de Natal. Lá fora, ondas de chuva chicoteiam a casa. Parece que estão jogando punhados de cascalho nas vidraças. Isso me dá um calafrio.

Por volta da meia-noite, a chuva para, as nuvens se dispersam, e uma lua clara deslumbra o céu noturno, iluminando as trepadeiras verdes no papel das paredes do meu quarto, o armário e a janela em arco na direção leste sobre a entrada de carros. O castanheiro nu lá fora abriga um viveiro de gralhas, os ninhos parecendo coágulos nos galhos finos. Não consigo pegar no sono. Meu cérebro volta à vida cada vez que começo a derivar, enviando uma explosão de rostos, nomes e lembranças que me confundem. Às vezes, o conhaque faz isso comigo. Preciso desembaraçar cada pensamento da confusão de nós, soltá-lo da mente e deixar que se vá. Mas fico com as lembranças de Dinny; não deixo que partam — lembranças recém-adquiridas, que acrescento às gastas e ensolaradas. Agora eu sei como ele fica com a luz invernal, na chuva, com a luz do fogo. Sei o que o álcool faz com ele; sei como ganha a vida, como vive. Sei como o sorriso largo, preguiçoso da infância cresceu, mudou, tornou-se um rápido vislumbre de dentes na escuridão de seu rosto. Sei que ele se ressente de nós, de Beth e de mim. Em breve, talvez, eu comece a entender o motivo.

A manhã de Natal passa numa bruma apressada e reconfortante de preparação de comida, champanhe e pilhas de papel de presente rasgado. Papai ajuda Eddie a desembrulhar seu novo videogame, e eles o experimentam no inadequado aparelho de TV do gabinete enquanto nós, mulheres, nos ocupamos na cozinha. O peru mal cabe no forno. Precisamos empurrar as coxas para dentro, e as pontas ficarão queimadas onde tocam os lados.

— Não ligue. Todo mundo prefere o peito mesmo — diz mamãe a Beth, que abana com a mão nervosa a fumaça que sobe do forno. Levará horas para assar e, alegando uma leve dor de cabeça, Beth vai descansar um pouco. Antes de sair, ela nos lança um olhar mudo e raivoso. Sabe que vamos falar dela agora. Não sei se ela dorme nessas horas ou se apenas fica lá, deitada, filosofando sobre as rachaduras do teto, observando as aranhas emaranharem o quebra-luz. Espero que ela durma.

Mamãe e eu nos sentamos nos bancos da cozinha, nos damos as mãos sobre a mesa, nossa conversa se desenrolando de mau jeito em torno da urgência de falar sobre Beth. Rompo o silêncio.

— Encontrei uma porção de recortes de jornal com fotos numa das gavetas de Meredith. Sobre Henry — acrescento desnecessariamente. Mamãe suspira, retira a mão da minha.

— Coitado do Henry — lamenta ela, e passa os dedos na testa, levando para trás algum fio de cabelo imaginário.

— É. Ando pensando muito nele. Sobre o que aconteceu...

— Como assim, sobre o que aconteceu? — pergunta mamãe abruptamente. Tiro os olhos do polegar que estava mordiscando.

— Quando ele sumiu. Sobre o desaparecimento dele — digo.

— Ah.

— Por quê? O que você acha que aconteceu com ele?

— Não sei! É claro que eu não sei. Eu pensei, por algum tempo, que... que talvez vocês duas soubessem mais do que estavam dizendo...

— Você acha que tivemos algo a ver com isso?

— Não, claro que não! Achei que, talvez, vocês estivessem protegendo alguém.

— Você quer dizer, o Dinny. — Algo se desencadeia dentro de mim.

— É, tudo bem então, Dinny. Ele tinha um temperamento e tanto, o seu jovem herói. Mas, Erica, Henry sumiu! Tenho certeza de que foi levado. Alguém o pegou, o levou e ponto final. Se alguma coisa tivesse acontecido com ele aqui na propriedade, qualquer coisa que fosse, a polícia teria encontrado alguma prova. Ele foi levado embora, e mais nada — termina ela, novamente calma. — Foi uma coisa terrível, terrível, mas não há a quem culpar, além da pessoa que o levou. Há umas poucas pessoas muito perigosas por aí, e Henry teve o azar de cruzar com uma delas.

— É, acho que sim — concordo. Nada disso me parece verdadeiro. Nada disso me convence. Eddie no açude, jogando uma pedrinha, e aquela aflição dos meus joelhos frouxos.

— Não vamos falar nisso hoje, certo?

— Tudo bem, então.

— Como anda a Beth?

— Não muito bem. Um pouco melhor agora. Fomos a uma festa no acampamento uma noite dessas, e ela conversou um pouco com Dinny. Pareceu se reanimar um pouco. E agora que você e papai estão aqui...

— Vocês foram à *festa* do *Dinny*? — Mamãe parece incrédula.

— Fomos. Por quê?

— Bem... — Ela dá de ombros — Parece tão estranho, depois de todos esses anos. Começar a andar com ele de novo...

— Nós não estamos *andando com ele*. Mas agora somos vizinhos. Por enquanto, pelo menos. Ele está... bem. Não está muito diferente, na verdade, nem eu, portanto... — Por um segundo apavorante, eu acho que vou corar.

— Ele era tão apaixonado pela Beth, lembra? Quando eles tinham 12 anos — diz mamãe, olhando para o passado e sorrindo. — Dizem que a gente nunca esquece o primeiro amor.

Tomo o último gole do meu champanhe e me levanto para buscar a garrafa. O calor do rubor permanece, move-se para o nariz e ameaça se transformar em lágrimas.

— Vamos lá. Essas batatas não vão se descascar sozinhas! — afirmo com um sorriso, oferecendo-lhe uma faca.

— Por quanto tempo a Beth vai descansar?

— Uma hora, talvez. O tempo *suficiente* para escapar de descascar as batatas, isso com certeza.

Comprimo os olhos diante da escuridão que está chegando. Ainda nem são cinco horas, mas não distingo bem meus pés. Eles esbarram em moitas, gravetos e raízes que não consigo enxergar. Vim buscar Eddie. Passo pelo acampamento, mas está tudo silencioso. Ainda não sei direito de quem é cada veículo, e eles parecem tão fechados, tão isolados do mundo que fico com medo de bater nas portas perguntando por Harry. Pego um atalho pelo bosque, mas a escuridão é ainda mais intensa aqui. Eu devia ter trazido uma lanterna. A noite se aproxima rapidamente, a luz se exaure.

— Eddie! — chamo, mas o som é patético. Relembro com nitidez as rigorosas formações das equipes de busca 23 anos atrás. Cinco dias depois do sumiço, eles ainda continuavam tentando. As fisionomias soturnas; os cães puxando suas trelas. Os estalos e cliques dos rádios PX. *Henry!* Os gritos eram altos e claros, mas mesmo assim forçados, meio acanhados, como se soubessem que o nome era proferido em vão, que só chegaria aos ouvidos deles mesmos. O tempo estava terrível naquele fim de semana; afinal, era um feriado. A cauda do Furacão Charley cruzava a Grã-Bretanha com vento e chuva. — *Eddie!* — tento de novo, bem alto. Quando meus pés desajeitados param de se mover, o silêncio é estarrecedor.

Saio do bosque depois do açude. O túmulo é uma vaga saliência no horizonte. Contorno a margem do campo, ao longo da cerca, voltando para casa, e lentamente vejo vultos se materializando perto da água. Dois grandes e um pequeno. Solto o ar retido e sinto um calafrio correr pela espinha. Eu não sabia o quanto estava com medo. Harry, Eddie e Dinny. Poderiam ser os três protagonistas de uma história de menino, e ali estão eles, perto do açude. Quase no escuro, quicando pedrinhas na água no dia de Natal.

— Quem é? — pergunta Eddie quando eles percebem minha presença. Sua voz soa aguda, infantil.

— Sou eu, seu mané! — digo, debochando do meu próprio medo à custa dele.

— Ah, oi, Rick — responde ele. Harry dá um pio estranho, o primeiro som real que o ouço emitir. Ele corre até mim em volta da beira da água com grandes passos desajeitados. Retenho o fôlego com a possibilidade de vê-lo escorregar e dar um passo em falso, mas isso não acontece. Ele me presenteia com um seixo, chato, quase triangular. Posso entrever seu sorriso.

— Ele quer que você jogue — avisa Dinny. Dou a volta com cuidado até eles. Viro o seixo na mão. Está quente e é liso.

— Vim buscar o Eddie. Já era hora de ele estar em casa... Está um breu aqui fora — digo a Dinny. Sinto-me irritadiça, ameaçada. A água não passa de um negrume aos nossos pés.

— Você só precisa dar tempo para os olhos se ajustarem — ensina Dinny, enquanto os outros voltam para seus seixos, para a água plana e negra, para a contagem de flores brancas no lusco-fusco.

— Mesmo assim, precisamos voltar. Meus pais estão aqui...

— Ah, diga que eu mando lembranças.

— Digo, sim. — Estou ao lado dele, próxima o bastante para que nossas mangas se toquem. Não me importo de imprensá-lo. Preciso de algo bem perto em que me segurar, algo que me ancore. Posso ouvir sua respiração, perceber sua forma pelos ecos que vêm do açude.

— Não vai jogar o seixo? — Ele parece achar a ideia ironicamente divertida.

— Mal consigo enxergar a água.

— E daí? Você sabe que está ali. — Ele me olha de lado. Apenas uma silhueta, e eu tenho vontade de pôr as mãos no rosto dele, de sentir se ele está sorrindo.

— Bem, lá vai. — Rastejo até a beira, encontro um apoio firme para os pés, me agacho, giro o braço e, ao largar a pedra, sigo-a rumo à superfície, rumo à escuridão da água. *Uma, duas, três*... conto as pancadas na água e depois dou um passo em falso. Minha visão derrapa vertiginosamente, meus pés deslizam na beira da margem, e eu abafo um grito. Para que lugar eu joguei aquela pedra... para que tamanha treva.

— Três! Que porcaria! Harry conseguiu sete há pouco! — diz Eddie. Sinto as mãos de Dinny por baixo dos meus braços, seu peso tranquilizador me puxando para cima. O pânico se alvoroçando em meu peito.

— Acho que não é uma noite ideal para nadar — murmura Dinny. Abano a cabeça, contente que ele não consiga ver meu rosto, as lágrimas em meus olhos.

— Vamos, Eddie, vamos para casa — chamo com uma nota esganiçada na voz.

— Mas eu acabei de...

— Agora, Eddie!

Ele suspira e solenemente presenteia Harry com o resto de suas pedras. Elas fazem um ruído animado ao serem trocadas de mãos. Eu me afasto da margem, me dirigindo à casa.

— Erica — chama Dinny. Eu me viro, e ele hesita. — Feliz Natal — diz. Posso ver que não era isso que ele pretendia dizer e, mesmo ficando cismada, não me sinto forte o bastante agora para perguntar o que era.

— Feliz Natal, Dinny.

A perda

1903-1904

O verão se dilatava, e o corpo de Magpie acompanhava seu movimento, parecendo se expandir a cada dia, conforme o bebê se formava. Ela se movia com estranha graça, tão decidida como sempre, mas nunca intempestivamente, conduzindo sua nova forma arredondada com cuidado entre os móveis e pela entrada estreita da choupana que dividia com Joe. Caroline a observava. Vigiava e cismava, com o coração cheio de desconfiança, o que a levava a passar o dia inteiro oscilando entre desacreditar e confirmar para si mesma. Mas, além de qualquer outra coisa, ela estava com inveja. Sentia-se enjoada, fraca, cheia de alguma coisa escura e amarga cada vez que via os centímetros aumentando no corpo da moça índia. E se havia algo que a tirava de casa para encarar o sol de verão, era isso.

A casa de madeira simplesmente não conseguia manter o calor lá fora, como faziam as grossas paredes de pedra de Nova York. Além disso, Caroline refletia, quando estava quente na metrópole, nunca era tão quente assim, e ela jamais precisara fazer atividades com essas temperaturas. Mas a compostura de Magpie e a advertência de Hutch no ano-novo consumiam o pensamento de Caroline. Então, um dia, que amanheceu levemente nublado e um pouco mais fresco que o usual, ela decidiu sair de casa. Pegou uma cesta, pôs um melão maduro, uns biscoitos e uma garrafa de água tônica dentro, amarrou a fita de seu chapéu de sol num laço embaixo do queixo e saiu para visitar a fazenda mais próxima, que pertencia a uma família irlandesa, os Moore. Ficava a quase 10 quilômetros a nordeste, e embora Caroline não fizesse ideia do que era andar essa distância, tinha ouvido Corin dizer que um homem podia facilmente fazer a pé 6,5 quilômetros em uma hora. Saindo cedo, ela pensou, chegaria lá a tempo de tomar um café e talvez almoçar. Depois, voltaria com tempo suficiente para ajudar a fazer o jantar. Ela falou a Magpie aonde ia e endireitou os ombros quando a moça Ponca lhe lançou um olhar incrédulo e piscou lentamente, como uma coruja.

Após andar por uma hora, a princípio admirando as flores da monarda e da verbena silvestre e colhendo um ramalhete para oferecer aos Moore, Caroline logo descobriu que a cesta era um peso morto em seu braço e lhe machucava a pele. Apesar das nuvens, ela estava suando e sentiu a transpiração pinicando o couro cabeludo por baixo do chapéu. As saias se sujaram, ficaram grudadas com carrapicho e plumas de dente-de-leão e, pesadas, se enrolavam em suas pernas, fazendo-a tropeçar. O terreno arenoso, levemente ondulado, resistia aos seus pés e tornava a caminhada mais árdua do que ela tinha imaginado. Vagarosamente, subiu uma longa elevação, certa de que, do cume, veria a fazenda vizinha. Não viu. Respirando com dificuldade, observou a paisagem se estender, até onde os olhos alcançavam. Largando a cesta, virou-se num círculo lento, olhando fixamente para o horizonte contínuo. Um vento quente soprou, formando ondas no capim alto, que, a distância, parecia um oceano verde e dourado. O vento carregava o perfume da terra seca e da sálvia, soltando um gemido baixo em seus ouvidos.

— Não há nada aqui — murmurou para si mesma. Então, algo surgiu dentro dela, algo como pânico ou raiva. — Não há *nada aqui*! — gritou, o mais alto que conseguiu. Ela sentiu a garganta ardida e seca. O vento levou embora as palavras, sem lhe dar resposta. Deixando-se cair, deitou-se no campo para descansar. Um céu infinito acima dela, uma terra infinita ao redor. Se não se levantasse de novo, pensou, se ficasse onde estava, apenas os cachorros selvagens e as aves de rapina a encontrariam. Era uma ideia irresistível, terrível.

Finalmente, andando de volta, sem ter encontrado a residência dos Moore, Caroline quase perdeu o caminho da estância. Ela tinha mudado de direção, indo para o norte por quase 2 quilômetros, e foi só por acaso que viu fumaça subindo de uma cabana à sua direita, onde um negro calado da Louisiana, Rook, estava preparando o jantar para os peões. Virando para o sul, as pernas de Caroline tremiam de exaustão. Sua boca estava seca, e o rosto, depois de um dia sob a luz inclemente e o vento quente, repuxado e ardido. Ela podia sentir a vastidão da pradaria se expandindo atrás de si, vigilante, e, além da estância, os campos que se estendiam para todos os pontos da bússola. Os currais, as cercas, os campos de trigo e sorgo que seu marido havia colocado no mapa eram desprezíveis de tão pequenos. A estância era uma ilha, um atol minúsculo de civilização num infinito mar desigual, e quando ela finalmente chegou em casa, ofegante e deixando flores silvestres pelo caminho, fechou a porta e teve um acesso de choro.

Apesar da exaustão, Caroline ficou deitada sem dormir aquela noite. As nuvens se dispersaram ao cair da noite, e a lua subiu luminosamente cheia. Não foi isso que a deixou acordada, mas o conhecimento, o novo entendimento do quanto era vasta e vazia a terra que ela agora habitava. Sentiu-se minúscula, invisível, engolida por ela. Ela queria crescer, expandir, ocupar mais espaço de algum modo. Queria ser significativa. O ar dentro do quarto estava sufocante, denso com a lassidão estival. Ao seu lado, Corin ressonava, a cabeça afundada no travesseiro, os braços caídos para os lados. A lua captou os contornos dos músculos de seus braços e ombros e a linha bem marcada onde o bronzeado do pescoço tornava-se a brancura das costas. Caroline se levantou, pegou uma coberta e saiu.

Ela estendeu a coberta entre as esferas fecundas das melancias e se deitou em cima. Alguma coisa saiu correndo entre as folhagens próximas de seu rosto, fazendo-a estremecer. Não havia nenhum outro som, mas ainda assim ela aguçou os ouvidos para captar qualquer movimentação no alojamento, qualquer sinal de algum peão se aproximando. Então, puxou a camisola para cima, até cobrir apenas os seios, deixando a parte inferior do corpo nua para o céu noturno. Os ossos dos quadris salientavam-se com orgulho, lançando sombras na luz prateada. O coração estava acelerado dentro de seu peito, e ela não fechou os olhos. As estrelas se espalhavam pelo céu. Começou a contá-las, se perdeu e recomeçou, de novo e de novo, perdendo a noção do tempo que estivera ali deitada e até de onde estava. Então, a porta se abriu com uma batida atrás dela, ouviram-se passos irregulares, e Corin a agarrou por baixo dos braços e a levantou.

— O que foi? Qual é o problema? — falou Caroline, sem fôlego. Pintado em tons de cinza e preto, o rosto de Corin estava atormentado de medo, e seus olhos, arregalados. Vendo-a acordada e bem, Corin a soltou, expirando profundamente, e pôs o rosto entre as mãos.

— O que você está fazendo aqui fora? — resmungou ele. — Você está bem?

— Estou... sim, tudo bem. Eu só... é que estava tão quente dentro do quarto... — Apressadamente, Caroline puxou a camisola para baixo.

— Mas aqui fora está tão quente quanto lá dentro! O que você está fazendo... Por que estava nua? — perguntou ele. Alarmada, Caroline percebeu que ele tremia. Ela mordeu o lábio e desviou o olhar.

— Eu estava tomando banho de lua — respondeu.

— Como?

— Eu estava tomando banho de lua... Angie me disse que pode ajudar — disse Caroline, baixinho. Ela tinha rido por dentro dessa superstição quando a vizinha a mencionou, mas agora ela parecia disposta a tentar qualquer coisa.

— Ajudar em quê? Amor, você não está falando coisa com coisa!

— Ajudar a engravidar. Deitar com a lua iluminando seu corpo — disse Caroline, envergonhada.

— E você acreditou nela?

— Não, na verdade, não. É só que... *por que* ainda não engravidei, Corin? Já faz mais de um ano! — falou ela, enfática. — Não entendo.

— Eu também não entendo — suspirou Corin. — Mas acho que essas coisas acontecem quando devem e estão prontas para acontecer, só isso. Um ano não é tanto tempo assim! Você é jovem e... e foi uma grande reviravolta na sua vida mudar-se para cá para ficar comigo. *Vai* acontecer amor, por favor, tente não se preocupar. — Ele levantou o queixo dela com as pontas dos dedos. — Venha para dentro agora.

— Corin, por que você ficou com tanto medo? — perguntou Caroline, levantando-se.

— Como assim? Quando?

— Agora mesmo, quando me encontrou aqui. Você parecia tão assustado. Por quê? O que achou que tinha acontecido?

— Teve uma mulher, do outro lado de Woodward há uns dois anos... Ah, deixe para lá. Apenas achei que algo podia ter acontecido com você. Mas está tudo bem, e não há com o que se preocupar... — Corin a tranquilizou.

— Conte, por favor — pressionou ela, sentindo sua relutância. — O que aconteceu com a mulher?

— Bem, tudo indica que ela estava sentindo muito calor, como você, e também sentia falta de casa, na França, e então passou a dormir no pátio, onde era mais fresco, mas uma noite... uma noite, ela... — Seus dedos agarraram o ar, buscando um modo de contar à esposa sem ter que falar.

— Ela o quê?

— Ela cortou a própria garganta — disse ele, apressado. — Com três crianças esperando por ela dentro de casa.

Caroline engoliu em seco convulsivamente, a garganta se fechando ao pensar em tal violência.

— E você achou que eu... faria isso comigo mesma? — perguntou ela.

— Não! Não, querida, não. Só fiquei preocupado com você, só isso. Ele a conduziu de volta ao quarto e disse que iria esperar até ela adormecer, mas em seguida recomeçou a ressonar, e os olhos de Caroline ainda estavam fixos no teto.

Ela refletia. Especulava aonde Corin ia o dia inteiro. Nunca havia lhe ocorrido pensar sobre isso antes. Ele sempre fazia um relato de seu dia à mesa do jantar, mas como ela podia saber que ele dizia a verdade? Como ela podia saber o tempo que levava para pegar o gado extraviado, para perseguir ladrões de rebanho, para marcar os novos bezerros, para cruzar o garanhão Apache com uma égua reprodutora, para consertar as cercas, arar, semear ou colher os campos de trigo, ou para cortar o feno? E Corin, é claro, podia mandar Joe a qualquer lugar se não o quisesse atrapalhando. E Magpie muitas vezes ia embora uma ou duas horas antes de Corin chegar à noite. Havia muitos momentos em que ela não fazia ideia de onde eles dois poderiam estar. E o modo como ele havia tocado em Magpie aquela vez, o modo como ele pusera as mãos nela na festa de Woodward. Era nisso que Caroline pensava enquanto ficava deitada de olhos abertos e quando ficava sentada no silêncio ressonante ao fim de cada dia, esperando por Corin. Quando via o marido, seus temores desapareciam. Quando estava sozinha, eles floresciam como ervas daninhas. Seu consolo era a simplicidade de Magpie, segundo seu ponto de vista. A rusticidade de seus cabelos, a silhueta cheia, a estranheza de seu rosto. Ela notava essas coisas e relembrava os elogios que Corin fazia à sua própria beleza.

Mas num dia árduo de agosto, quando um sol alto, vingativo, alvejava o pasto, até mesmo esse consolo foi tirado de Caroline. Magpie estava na janela da cozinha, parada de lado para poder encostar o quadril no balcão enquanto descascava cenouras com uma faca de lâmina curta e afiada. Como sempre, ela cantava, a expressão suave e as mãos ocupadas. Da sala, Caroline a observava pelo vão da porta, por trás de um livro que fingia ler, e uma pausa na canção baixinha a fez piscar. Magpie parou de descascar, seu olhar perdeu o foco, e uma das mãos foi para a barriga distendida. Um leve sorriso torceu seus lábios, e em seguida ela continuou a cantar e trabalhar. Caroline se deu conta de que o bebê tinha se mexido. Estava acordado, vivo dentro da moça. Escutava sua mãe cantar. Engolindo em seco, Caroline pôs a mão no ventre, estava mais que plano, estava côncavo; não havia nenhuma dobra ou carne bem-vinda, nenhuma vitalidade excessiva. Ela podia sentir as costelas e os ossos dos quadris, pontudos. O quão árido seu corpo parecia duro e morto em comparação ao de Magpie. Como a casca morta, a palha que os homens tiravam do trigo. Ela olhou novamente para a moça, sua garganta se estreitando, e por um segundo ela não conseguiu respirar. O sol que entrava pela janela captou o brilho dos cabelos grossos e pretos de Magpie; a curva larga, arqueada de seu lábio superior; suas faces altas e os olhos oblíquos; a luminosidade quente de sua pele. Magpie era linda.

Antes do amanhecer do dia seguinte, enquanto Corin se mexia, começando a acordar, Caroline foi até a cozinha com passos inaudíveis. Serviu um copo de chá frio e cortou duas fatias grossas do pão do dia anterior, onde passou mel. Ela lhe ofereceu isso quando ele se sentou, piscando diante da luminosidade ainda fraca do dia.

— Café na cama. Eu sempre tomava café na cama aos sábados — disse-lhe ela, sorrindo.

— Ah, obrigado. Que importante me sinto! — Corin segurou o rosto dela com a palma da mão e deu um longo gole no chá. Caroline ajeitou os travesseiros encostados na parede atrás dele.

— Fique acomodado um instante, amor. Não é preciso sair correndo — insistiu ela.

— Adiar uma tarefa não faz com que se termine mais rápido — suspirou ele, lastimoso.

— Só mais cinco minutos — pediu ela. — Experimente o pão. Passei aquele mel que Joe pegou para nós.

— O sujeito é maravilhoso com as abelhas — concordou Corin. — Nunca vi nada igual. Simplesmente vai até as colmeias e bota a mão lá dentro, e nunca levou uma ferroada.

— Alguma magia indígena, talvez?

— Isso ou ele tem o couro mais duro de todos os homens vivos — brincou Corin. Caroline pensou nisso... em Joe, com seus implacáveis olhos pretos e a pele semelhante à casca de uma árvore. Ela teve um leve arrepio, pensando em como Magpie podia suportar ir para a cama com ele.

— Corin?

— Sim?

— Sabe, faz mais de um ano que estamos casados e, bem... nunca voltamos lá para nadar de novo, como em nossa lua de mel.

— É, eu sei. Eu sei, Caroline. É tão difícil achar tempo — justificou o marido, encostando a cabeça na parede, a fisionomia ainda lânguida de sono.

— Podemos ir? Logo? Eu só... eu quero passar o dia com você. O dia todo... nós quase nunca fazemos isso! Não com todo o trabalho que você tem para fazer.

— Bem, não sei, Caroline. É que tem tanta coisa para fazer nesta época do ano! Estamos com um rebanho dos novilhos mais burros que já tive na estância, e eles ficam saindo pela cerca a qualquer chance, ficam vagando por aí, e atolam no arroio, e ficam presos no arame, e sei lá o que mais. Talvez daqui a uma semana ou duas... Que tal?

— Você prometeu que iríamos — disse ela baixinho.

— E nós vamos. Nós vamos — garantiu ele.

Logo depois, Corin se levantou, se vestiu, deu uma afagada nos cabelos de Caroline e beijou o topo de sua cabeça antes de ir para a cozinha fazer um café. Caroline ficou sentada, escutando o ruído dos grãos de café, o tinido da chaleira aquecendo no fogão e sentiu um enfado peculiar dominá-la. Por um instante, achou que não teria forças para se levantar, para assistir a outro dia chegar ao fim. Cada osso de seu corpo parecia de chumbo, mas ela respirou fundo, levantou-se e começou a se vestir lentamente.

No final de setembro, Joe apareceu na casa numa tarde úmida, o chapéu nas mãos, os olhos semicerrados por causa do aguaceiro constante que caía e um ar de calma impenetrável. Caroline sorriu, mas não conseguiu deixar de recuar, afastando-se dele, e viu o endurecimento em seu olhar ao fazer isso.

— A hora de Magpie chegou. Ela pediu que a senhora vá lá — disse Joe.

— Vá aonde? Por quê? — perguntou Caroline sem entender.

— Ir até ela. Ajudar com o bebê — explicou Joe com seu sotaque gutural. Seu tom era tão neutro quanto sua expressão, mas algo dizia a Caroline que ele não aprovava de fato o pedido da esposa. Hesitante, ela sentiu a pulsação se acelerar. Teria que entrar na choupana. Por mais que estivesse acostumada a ter Magpie em casa, Caroline não podia deixar de pensar naquela moradia baixa, meio submersa, como um tipo de toca de animal.

— Entendo — disse ela baixinho. — Entendo.

— Ela a homenageia com isso — disse-lhe Joe de modo solene. — Esse tipo de tarefa é apenas para os familiares.

Após uma pausa tensa, imobilizada pelo olhar inescrutável de Joe, Caroline voltou para dentro, pôs o chapéu, tirou o avental e sentiu o pânico subir como bolhas em sua garganta. Ela nada sabia sobre partos; não fazia ideia do que poderia fazer para ajudar e tampouco tinha certeza de que queria ajudar.

Lá fora, Joe mostrou o primeiro e único sinal de impaciência que Caroline já vira qualquer Ponca mostrar. Ele remexeu o chapéu nas mãos e olhou para trás, na direção de onde sua mulher estava em trabalho de parto. Vendo isso, Caroline sentiu uma pontada de culpa e se apressou, virando o rosto para o chão enquanto andavam, para não ver a extensão de terra à sua volta. Desde sua caminhada frustrada à fazenda dos Moore, ela sentia um horror atordoante da paisagem aberta do município de Woodward. Aquela amplidão toda parecia confundir suas ideias, formar uma pressão insuportável por trás de seus olhos. Ela sentia uma vontade de correr, de se jogar de volta para dentro de casa antes que se desintegrasse no céu poderoso. Seus pés espirravam água, e logo a bainha de Caroline ficou encharcada, manchada com o vermelho da terra.

Três degraus desciam para a choupana, e eles entraram numa escuridão suave, aconchegante, iluminada apenas por um lampião a querosene que lutava contra a escuridão externa e interna. Havia um cheiro forte, uma combinação de fumaça do fogão, peles de animais e ervas que Caroline não conseguiu identificar. O sangue latejou em suas têmporas quando ela sentiu todos os olhares se voltarem para ela — os de Magpie, Nuvem Branca e o da irmã de Joe, Annie. Joe ficou lá fora e desapareceu na chuva. O rosto de Magpie brilhava de suor, seus olhos estavam bem abertos e amedrontados. A expressão das outras mulheres era cautelosa, não antipática, mas reservada.

— Joe... me disse para vir. Ele disse que você tinha... tinha pedido que eu viesse — gaguejou Caroline. Magpie assentiu e sorriu levemente antes que seu corpo tivesse uma contração, e ela cerrou os dentes numa expressão que lhe dava uma aparência selvagem. — O que devo fazer? Não sei o que fazer! — continuou Caroline, fraquejando. Nuvem Branca disse algo rapidamente na língua Ponca e deu a Caroline um pequeno balde de madeira cheio de água de chuva e um pano limpo. A velha fez o gesto de molhar o pano na água e depois pressionou a mão na testa, gesticulando para Magpie. Caroline assentiu e se ajoelhou ao lado da moça em trabalho de parto, limpando seu rosto empapado com a água fresca, temendo, ao desempenhar essa tarefa íntima, que a moça conseguisse perceber seu coração atormentado.

Na penumbra, Nuvem Branca começou a cantar uma cantiga suave e monótona que embalou a todas; embalou Caroline a tal ponto que ela perdeu a noção do tempo que transcorria, se eram horas, minutos ou dias. As palavras eram indistintas e secas, e, aos ouvidos de Caroline, a canção soava como o movimento longo e contínuo do vento quente da pradaria, solitário e reverente. Com a mesma regularidade das ondas na praia, Magpie arquejava com as dores, contraindo os olhos e rangendo os dentes. Ela parecia feroz como um gato, mas não gritava. As ondas se repetiam, conforme a escuridão aumentava lá fora; e Nuvem Branca continuava cantando, misturando uma bebida estimulante que ia dando para Magpie, uma colher cheia por vez. Então, com um som baixo na garganta, como um rosnado estrangulado, o bebê de Magpie chegou às mãos de Annie, que o aguardavam. Nuvem Branca interrompeu então seu cântico com um grito agudo de alegria, sua fisionomia encarquilhada se abrindo num sorriso largo, e depois deu uma risada. Caroline sorriu de alívio, mas, quando Annie passou o bebê que se contorcia e choramingava para sua mãe, ela sentiu uma farpa cravar em seu coração e se alojar lá. As lágrimas lhe brotaram, e ela desviou o olhar para ocultá-las. Num canto escuro da choupana, viu um par de esporas em tiras de couro. Um par que Corin andava procurando e tinha lhe perguntado se ela havia visto. Caroline olhou fixamente para elas, e a farpa se cravou ainda mais fundo.

Dois meses depois, o menino estava rechonchudo e maravilhoso. Na língua Ponca, ele foi chamado de *primogênito*; mas seus pais e todo os outros o chamavam de William. Ele andava pela estância nas costas de Magpie, dentro de uma espécie de rede, olhando para o mundo com uma expressão de leve atordoamento nos olhos redondos. E ali ele dormia, amontoadinho, a baba escorrendo pelo queixo, sem se alvoroçar quando Magpie voltou a trabalhar na casa principal, seu corpo nada cansado com o bebê. O frio, assim como o calor, parecia ter pouco efeito sobre o ânimo da moça. Ela apareceu na casa envolta em seu cobertor grosso e colorido, as faces vermelho-escuras por causa do vento, e os olhos tão brilhantes quanto contas de azeviche.

E embora Caroline se ressentisse ao segurar William, muitas vezes pedia para fazê-lo. Era como explorar um ferimento ou pressionar um machucado. Ela o aninhava na dobra do braço e o embalava suavemente. Ele era um bebê de natureza boa e não chorava com estranhos. Suas expressões faciais derreteram o coração de Caroline e atenuavam a farpa dentro dele. Um ligeiro franzir das sobrancelhas, intrigado com os sons que ela emitia; o cair dos olhos e da boca quando o sono chegava; os olhos arregalados de assombro quando ela lhe mostrou seu leque de penas de pavão. Mas a dor de devolvê-lo à mãe orgulhosa ficava um pouco mais forte a cada vez, a mágoa, um pouco pior; e a única coisa mais difícil que isso era ver Corin brincar com o bebê quando chegava do trabalho. Suas mãos morenas pareciam impossivelmente grandes em torno do corpo minúsculo da criança, e ele abria um sorriso bobo quando conseguia, com cócegas e caretas, fazer William sorrir. Cada vez que tinha sucesso nessa empreitada, ele olhava para sua mulher para compartilhar, mas Caroline achava difícil encontrar o sorriso que ela sabia que ele queria. Vê-lo amar essa criança, que não era dela, era quase insuportável.

William não seria batizado, o que surpreendeu Caroline, mesmo que fizesse sentido. Ela fez um breve comentário sobre o perigo para a alma da criança, mas Magpie apenas riu quando ela, hesitante, sugeriu que não faria mal para ele passar pela cerimônia, por via das dúvidas.

— Nossos ancestrais o estão vigiando, Sra. Massey. Não precisa se preocupar — respondeu ela com um sorriso.

Sem jeito, Caroline abandonou o assunto. Porém, sugeriu que eles fizessem um almoço de boas-vindas para o bebê, e Magpie concordou. Caroline fez alguns convites, mas apenas Angie se dispôs a celebrar o nascimento de uma criança indígena, aparecendo em seu cavalo alto com os alforjes cheios de macacões de bebê e fraldas já sem uso.

— Parei em três, então isso não tem mais utilidade — disse ela a Magpie.

Caroline havia enviado Hutch a Woodward na semana anterior para buscar os presentes que ela e Corin deram para William. Magpie aceitou cada presente com constrangimento crescente, e a atmosfera da festa foi se tornando um desastre.

— Sra. Massey... isso é demais — disse Magpie, os olhos perturbados. Annie e Nuvem Branca trocaram um olhar que Caroline não soube ler.

— Nossa, que coisas lindas! — exclamou Angie.

— Bem... — Caroline sorriu, sentindo-se subitamente exposta. — Um menininho lindo deve ter coisas lindas — disse ela, mas sentiu que elas conseguiam enxergar seu coração, que esses eram os presentes que ela gostaria de dar para seu próprio filho, não para o de Magpie. Ela se virou para William para ocultar a consternação, passando o dedo em seu rostinho adormecido. Mas isso foi pior. Suas faces ficaram coradas, e a respiração, presa em seu peito. — Quem vai querer bolo? — perguntou, tensa, levantando-se e indo rapidamente para a cozinha.

O segundo inverno de Caroline no campo foi mais difícil que o primeiro. As quatro paredes da casa tornaram-se sua prisão, uma armadilha compartilhada com Magpie e William — dois lembretes constantes de seu fracasso, dia após dia. Pois se o retorno de Magpie ao trabalho, sua conduta animada e a facilidade com que ela dava conta do serviço provavam alguma coisa a Caroline, era que ela nunca se adaptaria ao campo como a moça Ponca. E nunca se daria tão bem, nunca iria prosperar, assentar, criar raízes ali, mas continuaria sendo soprada como uma folha ao vento. Ela achava cada vez mais difícil conversar com a ajudante, cantar e contar histórias como elas costumavam fazer. As palavras ficavam presas em sua garganta, e ela temia até que as expressões autênticas de admiração por Magpie e William saíssem manchadas pelo pesar que ela sentia, e soassem insinceras.

Quando Hutch vinha até a casa para tomar café, gentilmente a pressionava a dizer o que pensava, a sair para cavalgar novamente, a fazer qualquer coisa que não fosse ficar enclausurada. Distraidamente, Caroline lhe garantia que se sentia bem e que tudo estava certo; e o capataz não tinha escolha a não ser desviar do assunto com uma expressão pensativa. Quando o confinamento ficava insuportável e Caroline reunia coragem para se aventurar a sair, o vento atingia sua pele como faca, e o céu desabava sobre ela. Depois de se refrescar, ela levava horas para se aquecer novamente, por mais próxima que ficasse do fogão, encolhida. Ao quebrar o gelo da água da cisterna uma manhã e sentir os borrifos gelados queimando suas mãos, ela se lembrou da água tépida do riacho onde eles haviam nadado na lua de mel e olhou para as profundezas escuras do tanque, imobilizada pela tristeza.

À noite, Caroline e Corin geralmente ficavam deitados, acordados, enquanto o vento uivava em volta da casa, alto demais para ser ignorado. Por baixo dos cobertores numa dessas noites, ele fazia desenhos preguiçosos no ombro dela, tranquilizando-a e excitando-a ao mesmo tempo. O cheiro dele lhe era tão querido, forte, fértil e animal após um dia de trabalho com roupas pesadas. Ela se agarrava ao marido como uma pessoa que está se afogando se agarra a uma boia, com os olhos bem fechados, sentindo como se a casa, a qualquer momento, pudesse ceder ao furioso ataque e se partir com eles dentro. A casa era uma ficção, ela pensou; uma carapaça frágil entre eles e a fúria vazia lá fora; e poderia sumir num segundo. Enquanto Corin estivesse ali, Caroline dizia a si mesma, enquanto ele estivesse ali com ela, ela não se importava. Ele pareceu sentir seus temores e falou para acalmá-la, do modo como ela já o ouvira falar com cavalos nervosos. Sua voz era baixa, e ela se esforçava para ouvi-lo em meio ao alarido — as palavras saindo num ritmo estável, como água pingando, meio despertas, meio adormecidas:

— Acho que devíamos pensar em Nuvem Branca e Annie, embora eu saiba que os Ponca nasceram para esta vida e são mais fortes que nós. Ainda assim, eu não iria querer ter nada além de peles entre mim e o vento numa noite como esta. Hutch me contou sobre a Grande Mortandade, no inverno de 1887, antes de eu vir para cá, quando nós dois, você e eu, ainda morávamos em Nova York, sem sabermos da existência um do outro. Cada inverno ruim que temos, cada vez que comento sobre o frio, ele só abana a cabeça e diz que não é nada, não se comparado à Grande Mortandade. Rebanhos inteiros de gado congelaram. Os peões morreram nas pastagens e não foram encontrados até a primavera, quando a neve derreteu, deixando-os aparecer, sentados e secos, os joelhos dobrados no peito na última posição em que tinham ficado, tentando manter o calor. Os novilhos estavam todos magricelas e fracos, porque o verão anterior fora seco, e havia muito pouco pasto ou alimento. E eles simplesmente morreram nas pastagens. E as vacas perderam seus bezerros antes mesmo de estarem prontos para nascer, pois mal tinham alimento para uma boca, quanto mais duas; e o próprio Hutch perdeu três dedos, dois no pé direito e um no esquerdo. Ele estava cavalgando durante uma tempestade de neve tão forte que precisava apertar os olhos para enxergar as orelhas do cavalo, tentando manter o gado em movimento, para não se aglomerarem e congelarem, formando um monte de carne morta. Quando desmontou do cavalo no fim do dia, não conseguia sentir as pernas, muito menos os pés. Ele me disse que só foi tirar as botas três dias depois, e, a essa altura, os pés dele estavam inchados e pretos, e o sangue tinha congelado nas veias. E isso é verdade; eu já vi as falhas nos lugares onde esses dedos deveriam estar. Houve tempestades de neve nunca vistas antes, nem vistas desde então; do México ao Canadá e em todos os lugares no meio, e eu me lembro... Você não se lembra de ter ficado sem carne por um ano, quando era pequena? Talvez você fosse muito pequena, mas eu me lembro de Nova York ter ficado sem carne. A cozinheira tentava de tudo para conseguir um pouco toda semana, mas não havia nada. Não com quase todos os animais deitados no pasto debaixo de um monte de neve. Portanto, esta tempestade, este vento... Bem, como diz o Hutch, não é nada, minha querida. Isto é a pradaria sendo dócil conosco, Caroline. E estamos aquecidos, não é? Estamos seguros também. Como não poderíamos estar, tendo um ao outro? — Ele ficou falando assim noite adentro, enquanto o granizo batia no telhado como tiros de chumbo; e Caroline cochilava, bebendo suas palavras calmas e sentindo uma dor fria nos pés pelos dedos perdidos de Hutch, uma dor fria no coração pelos vaqueiros que abraçavam os joelhos expostos ao dócil vento da pradaria.

Ao chegar a primavera de 1904, parecia haver bebês em todo lugar. Várias éguas tiveram potros, que corriam atrás delas; as galinhas balouçavam num mar de pintos fofos. Os berros de William às vezes eram ouvidos em todos os cantos da estância, e uma pequena *terrier* com pelo de arame, que pertencia a Rook, o cozinheiro negro, teve uma ninhada de filhotes de nariz rombudo após um encontro fortuito em Woodward com um vira-lata de proveniência incerta. O clima estava aquecendo de novo, os dias ficavam mais longos. Nada de gelo na cisterna, nem tempestades de granizo ou vento norte. Os brotos de trigo e de sorgo estavam verde-claros, e as esguias cerejeiras de Caroline apresentavam algumas bravas florescências. Porém, por mais que tentasse, Caroline não conseguia se livrar do peso de suas expectativas frustradas, nem do medo da vastidão da terra que seu marido tanto amava.

Numa tarde agradável de domingo, eles se sentaram na varanda após a visita de um pregador viajante, que ministrou um culto para todos da estância, e Caroline se sentiu a centenas de quilômetros de Corin por causa do contentamento que vislumbrou em sua fisionomia, balançando-se suavemente na cadeira.

— O que você está lendo? — perguntou ele, sobressaltando-a, pois ela achava que ele cochilava por baixo do *The Woodward Bulletin*. Ela sorriu e levantou o livro para ele ver a capa. — *O virginiano* de novo? Você não se cansa de ler isso?

— Um pouco, mas é um dos meus favoritos, e até que você me leve à cidade para comprar outros... — Ela deu de ombros.

— Tudo bem, tudo bem. Nós vamos semana que vem, que tal? Depois que a Bluebell der cria. Não que você não possa ir sozinha, se não quiser esperar por mim. Não lhe faria mal algum...

— Isso você não sabe! Prefiro esperar por você — interrompeu-o Caroline. Só a ideia de se pôr a caminho de Woodward sozinha era suficiente para revirar seu estômago.

— Tudo bem, então. — Corin voltou a se recolher atrás do jornal. — Nesse caso, leia para mim um pouco desse livro. Vamos ver o que tem de tão especial. — Caroline olhou para a página que estava lendo. Não achou nada de interessante ali. Nada além do fato de que a heroína, uma dama civilizada do leste, tinha arrumado uma vida e tanto para si mesma, encontrando a felicidade na natureza selvagem; tinha conseguido ver a beleza que Caroline não conseguia ver e entender seu homem de um modo que ela não entendia. Caroline percorria as páginas como se o segredo para isso estivesse oculto em algum lugar, como se ela pudesse aprender a se adaptar ao Oeste, a amá-lo, a progredir. Mas a passagem que estava lendo descrevia a decisão de Molly Wood de ir embora, o período obscuro que antecedeu o final feliz e ensolarado daquela moça, e Caroline hesitou antes de lê-la, sentando-se ereta, como havia aprendido, e segurando o livro no alto para que a voz não ficasse obstruída por um pescoço torto.

"Esse foi o resultado decisivo daquela visita que o virginiano lhe fizera. Ele havia dito que em breve voltaria a visitá-la. Daquela visita, ela decidira escapar. Estava fugindo do seu próprio coração. Não ousava confiar em si mesma ao ficar outra vez diante de seu potente e pertinaz amado..."

— Nossa, que drama — murmurou Corin, sonolento, quando ela terminou, e Caroline fechou o livro, passando as mãos pela capa, que já estava com orelhas e amassada pelas repetidas leituras.

— Corin? — perguntou Caroline, hesitante, um pouco depois, quando o sol engordava no céu do Oeste. — Você está acordado?

— Mmm... — foi a resposta sonolenta.

— Vou ficar de posse do meu dinheiro em breve, Corin. Eu sei que já lhe contei isso, mas... eu não lhe disse quanto é. É... muito dinheiro. Nós poderíamos ir para algum lugar que você queira... você não vai mais precisar trabalhar tanto...

— Ir para algum lugar? Por que iríamos para algum lugar? — perguntou ele.

Caroline mordeu o lábio.

— É só que... é tão isolado aqui... tão longe da cidade! Nós poderíamos... comprar uma casa em Woodward, talvez. Eu poderia passar parte da semana lá... Ou poderíamos mudar tudo para mais perto, mudar toda a estância para mais perto! Eu poderia... entrar para o Coterie Club, talvez...

— Do que você está falando, Caroline? É claro que não posso mudar a estância para perto da cidade! O gado precisa de pastagens, e as terras próximas à cidade já foram todas doadas a pequenos proprietários rurais.

— Mas você não vai mais precisar criar gado, entende? Nós teremos dinheiro... muito dinheiro! — declarou ela. Corin se sentou ereto e dobrou o jornal. Ele olhou para a mulher, e ela se encolheu diante da expressão de dor em sua fisionomia.

— Se fosse dinheiro que me interessasse, eu teria ficado em Nova York. Querida, esta vida é tudo que eu sonhei desde que meu pai me levou para Chicago, quando eu era um menino, e vi o show do Buffalo Bill Cody, "*Wild West and Congress of Rough Riders of the World*", na Exposição de Columbia... Foi quando decidi vir até aqui com meu pai, quando ele veio procurar novos fornecedores. Assisti àqueles laçadores e peões e percebi que era *isso* que eu queria fazer da minha vida! Ser fazendeiro não é apenas um trabalho para mim... é nossa vida, e esta é a nossa casa. Não consigo imaginar que um dia eu vá querer me mudar ou morar em qualquer outro lugar. É isso que você quer? Quer morar em outro lugar? Em algum lugar longe de mim, talvez? — A voz dele ficou embargada ao fazer essa pergunta, e ela olhou para cima rapidamente, chocada de ver lágrimas nos cantos dos olhos dele.

— Não! Claro que não! *Nunca* longe de você, Corin, é só que...

— O que é?

— Nada. Eu só pensei... talvez eu ficasse mais feliz tendo um pouco mais de companhia. Uma sociedade mais refinada da que disponho aqui, talvez. E... talvez, se eu ficasse mais feliz, a gente pudesse, finalmente, começar uma família.

Com isso, Corin desviou o olhar para os currais e pareceu ficar pensando sobre o assunto por um longo tempo. Achando que a discussão estava terminada, Caroline se recostou de volta na cadeira e fechou os olhos, muito triste e exausta com a tentativa de dar voz aos seus temores.

— Podemos fazer uma obra. Poderíamos usar parte do dinheiro para duplicar o tamanho da casa, se você quiser, e talvez contratar uma empregada. Uma governanta que alivie Magpie agora que ela precisa cuidar de William... Um gerador de eletricidade, talvez. E encanamento! Um banheiro de verdade para você, com água corrente dentro... Que tal? Isso resolveria? — perguntou Corin. Ele parecia tão magoado, tão desesperado.

— É, talvez. Um banheiro seria ótimo. Vamos ver quando chegar o dinheiro — disse ela.

— E vou levá-la à cidade logo. Podemos pernoitar, talvez ficar duas noites, se você quiser. Comprar para você quantos livros e revistas conseguirmos carregar. Além disso, preciso ir ao Joe Stone comprar esporas novas. Fui um idiota de quebrar meu par reserva e ainda não encontrei as originais...

— Estão na casa de Joe e Magpie. Na choupana — disse Caroline num tom neutro.

— O quê? Como você sabe?

— Eu as vi lá, quando estava ajudando com o parto. — Odiando-se, Caroline o observou atentamente. Em busca de sinais de culpa, constrangimento ou de um rubor denunciante. Em vez disso, Corin bateu na testa com a mão espalmada.

— Deus, é claro! Emprestei para o Joe, meses e meses atrás! Foi no dia que perseguimos aqueles ladrões até a fronteira... As dele racharam, e como a Quenga estava comportada e aquele cavalo castrado dele estava bancando o bruto, eu lhe emprestei minhas esporas. Ao fim da longa cavalgada, nem pensei em pegar de volta... ansioso como estava para cair na cama e dormir! Por que você não disse que tinha visto, amor?

— Bem, eu... — gaguejou Caroline e deu de ombros. — Eu... me esqueci, só isso. O bebê nasceu, e foi uma distração e tanto...

Corin se levantou num salto.

— Minha garota esperta, que bom que lembrou! Vou até lá pegar essas esporas agora mesmo, antes que a gente se esqueça de novo — disse ele, sorrindo, e saiu a passos largos. Caroline o observou indo e depois pôs o rosto entre as mãos por todas as vezes, desde o nascimento de William, que ela visualizava as esporas lá na casa de Magpie, todas as vezes que ela imaginara a pressa e a urgência com que tinham sido largadas lá, jogadas por mãos apaixonadas no desejo de alcançar aquele ninho de cobertas oculto e adúltero.

Após sua sugestão de se mudarem para a cidade, e com a aproximação do segundo aniversário de casamento, Caroline flagrou o marido observando-a com mais atenção — buscando sinais de mal-estar, talvez, ou melancolia. Então ele deve ter notado que ela andava cada vez mais calada e visivelmente deprimida, mas Corin não tinha muito o que fazer a respeito. Ao lhe perguntar como ela estava, Caroline sorria, garantindo que estava bem. Não disse que quando abria a porta ela sentia como se pudesse cair, pudesse tropeçar na fenda vazia da pradaria sem estruturas feitas por humanos para ancorá-la. Não disse que olhar a distância fazia seu coração se sobressaltar e depois bater tão forte que ela tinha certeza de que Magpie conseguia ouvir. Não disse que o céu era atordoantemente grande demais para que ela o olhasse. A única coisa que parecia tranquilizá-la era ficar com William no colo. Sentia-se maravilhada com sua força crescente ao tentar alcançar as coisas, ao agarrar e chupar os dedos dela. O movimento do corpinho dele junto ao seu parecia preencher um vácuo escuro dentro dela, e Magpie sorria ao ver a expressão de ternura em seu rosto. Mas Caroline precisava devolver o bebê à sua mãe e, a cada vez que fazia isso, o vazio interno retornava.

As plantas da horta murchavam e sufocavam sob as ervas daninhas. Vegetais não colhidos se partiam e apodreciam com o sol. Magpie concordou em cuidar da horta, mas ela também observava Caroline com um leve franzir de sobrancelhas, com ar avaliador. Ela forçava Caroline a supervisionar a extração das plantas perdidas de inverno e a reorganização da horta para o plantio de verão.

— Sra. Massey, é preciso me dizer o que plantar, onde plantar — insistia a moça, mesmo que as duas soubessem que Magpie era muito mais entendida nessas questões. Caroline objetava, mas a moça Ponca de cabelos negros, com calma insistência, não aceitava nenhum argumento. Enquanto Magpie cavava e capinava, Caroline sempre ficava na sombra da casa, as mãos para trás, descansando na madeira rústica da parede como se estivesse se apoiando. Ao descobrir uma cascavel em seu abrigo sob as folhas mortas, Magpie levou um susto e deu um salto para trás, mas depois a matou desafiadoramente com o ancinho e jogou a cobra flácida para um lado. — Imagine se a moça branca também tivesse feito assim no Jardim da Eda! — disse ela para Caroline, rindo. Mas a violência fez Caroline ficar enjoada do estômago.

— Éden — sussurrou ela. — Era o Jardim do Éden. — Ela entrou novamente sem dizer mais nada, com os dedos sempre presos à parede da casa.

Uma noite, Caroline viu Corin interceptar Magpie, com William nas costas, quando ela ia para a choupana, onde prepararia outro jantar e arrumaria outra casa. Ela ficou junto à janela e reteve a respiração quando o marido correu até a índia e tocou seu braço de leve para que ela parasse. Caroline aguçou os ouvidos, como se pudesse ouvir o que Corin perguntava, pois, mesmo de dentro da casa, ela podia ver perguntas escritas em seu semblante. Magpie respondeu a seu modo contido de sempre. Sem gestos, sem expressões faciais evidentes — ou, pelo menos, nenhuma que Caroline conseguisse ler. Quando Corin liberou a moça e começou a vir para casa, Caroline se virou e foi se ocupar, servindo a refeição que Magpie tinha feito para eles. Ensopado de milho assado com pedaços de carne e pão quente.

Corin ficara preocupado com o que quer que Magpie tivesse lhe dito, isso ficou claro. Caroline sentiu uma pontada de ressentimento em relação à moça, mas sorriu ao pôr a comida na mesa, querendo tranquilizá-lo, querendo-o despreocupado com ela, pois não sabia o que lhe diria se ele perguntasse se estava feliz. O que disse, ao se sentarem, foi:

— Eu realmente acho, querida, que você deveria aprender a cavalgar e sair comigo alguma hora dessas para ver mais da terra em que vivemos. Não há nada que me dê mais ânimo do que uma galopada pela pradaria, sentindo o vento no rosto e a velocidade de um bom cavalo... — Mas ele parou de falar, porque Caroline sacudia a cabeça.

— Não consigo, Corin! Por favor, não me peça... Eu tentei! Os cavalos me dão medo. E eles sabem disso... Hutch disse que os animais conseguem sentir como as pessoas se sentem, e isso faz com que se comportem mal...

— Mas você tinha medo de Joe e Maggie até eu os apresentar. Você não tem mais medo deles, tem?

— Bem, não... — concordou ela com relutância. Magpie, ela já não temia, é claro, mas nas raras ocasiões em que Joe vinha até a casa para falar com Corin, ou para entregar suprimentos comprados em Woodward, um nó de tensão ainda se formava na boca de seu estômago. Sua fisionomia lhe parecia feroz, não importava o que Corin dissesse. Seus traços falavam de violência e selvageria.

— Bem, seria a mesma coisa com os cavalos. Aquela égua que você montou, Clara. Ora, ela é mansa feito um carneirinho! E aquela sela lateral que comprei para você está simplesmente largada no galpão, acumulando teia de aranha... A estação está mudando agora, o tempo está melhor... Se ao menos você saísse comigo e visse a beleza do campo virgem de Deus aqui...

— Eu simplesmente não consigo! Por favor, não tente me forçar! Eu fico muito mais feliz aqui...

— Fica mesmo? — perguntou ele. Caroline mexeu o ensopado com a colher e não disse nada. — Magpie me disse... — Ele não terminou a frase.

— O quê? O que ela disse sobre mim?

— Que você não quer sair. Que fica dentro de casa e que está muito quieta, e que ela tem muito mais trabalho para fazer. Caroline... eu...

— O quê? — perguntou ela novamente, temendo ouvir o que ele iria dizer.

— Eu só quero ver você feliz — disse ele, com tristeza. Ele olhava para ela com os olhos bem abertos, e ela nada viu dentro deles além de verdade e amor, e mais uma vez se odiou por ter pensado que ele a teria traído, que poderia ter desistido de seu corpo estéril para fazer um filho em outro lugar.

— Eu... — começou ela, mas não conseguia pensar no que dizer. — Eu também quero ser feliz — sussurrou.

— Então me diga, por favor. O que eu posso fazer para deixá-la feliz? — implorou ele.

Caroline não disse nada. O que poderia dizer? Ele tinha feito tudo ao alcance de um homem para lhe dar um filho, mas ela não conseguiu. Ele a amara, se casara com ela, lhe dera uma nova vida, e ela não podia lhe pedir outra vez para abrir mão dessa vida.

— Nós vamos nadar de novo. Teremos outra lua de mel. No domingo que vem... nós vamos deixar a estância, deixar o trabalho... só você e eu, meu amor. E dessa vez faremos um bebê, tenho certeza. Que tal? — perguntou ele, ansioso. Caroline abanou a cabeça e sentiu um tremor sacudir seu âmago. Percebeu que era tarde demais. Tarde demais para aquela segunda lua de mel. Ela não poderia voltar àquele poço, não agora. Era longe demais, o caminho muito aberto, era amedrontador demais para ela agora. Mas o que restava? O que mais ela poderia sugerir?

— Apenas... apenas me prometa que nunca vai me deixar — disse ela, enfim.

Corin a abraçou, apertou-a num desespero silencioso e impotente.

— Eu *nunca* vou deixar você — sussurrou.

Na primeira noite quente de junho, Caroline despertou na escuridão com o suor esfriando entre os seios, empoçando na concavidade de seu ventre e grudando os cabelos em sua testa. Ela estava sonhando que acordava sozinha, na pastagem, como se tivesse adormecido naquele dia em que saiu para ir à fazenda dos Moore e nunca mais tivesse acordado. Nenhuma casa, nenhuma estância, nem gente, nem Corin. Ela ficou deitada imóvel e escutando o sangue correr pelos ouvidos, ouvindo a própria respiração, que ia ficando mais lenta, mais silenciosa. Ficou com os braços arrepiados. Olhando para o lado, viu o contorno reconfortante de Corin, delineado na luz cinzenta que entrava pelas frestas da cortina. A canção do coiote, que sempre assombrava a noite, ecoou lá fora, se estendendo por quilômetros e mais quilômetros sem limites. Caroline fechou os olhos e tentou deixar o som lá fora. Ouvi-lo sacudia sua alma, depois de acordar de tal sonho, de tal pesadelo. Falava-lhe, repetidamente, da natureza selvagem além das paredes; da terra vazia e inclemente.

Subitamente, então, Caroline encarou o que sempre soubera, mas se recusava a reconhecer. Era aqui que ela vivia. Era aqui que estava seu marido, sua vida, era isso. Nenhuma mudança, nenhuma ida para outro lugar; Corin lhe dissera. E nada de filhos. Fazia dois anos estavam casados, e o fracasso de conceber certamente não se originava de uma falta de desejo de tentar. Ela assistiria a Joe e Magpie criando um filho e nunca teria um próprio. Seria insuportável. Se Magpie engravidasse novamente, ela seria incapaz de tê-la em casa o dia inteiro. Então ficaria nesta casa vazia, quando Corin estivesse fora comprando ou vendendo novilhos, entregando um puro-sangue ao novo proprietário ou discutindo o preço do trigo em Woodward. Esta casa vazia nesta terra vazia, pelo resto da vida. *Eu vou enlouquecer*, Caroline percebeu, vendo claramente esse fato, como palavras impressas passando diante de seus olhos. *Eu vou enlouquecer.* Ela se sentou com um grito e levou as mãos aos ouvidos para bloquear os uivos e o silêncio que reverberava por trás deles.

— O que foi? O que está acontecendo? Você está passando mal? — perguntou Corin, com a fala confusa, arrancado do sono. — O que foi, minha querida? Você teve um pesadelo? Por favor, fale! — implorou ele, agarrando as mãos dela para interromper os golpes que ela estava dando neles dois.

— Eu... eu simplesmente não consigo dormir com esses *malditos* coiotes guinchando a noite toda! Será que eles nunca se acalmam? A noite toda! Todas as noites! Eles estão me deixando *furiosa* — gritou ela, os olhos desvairados de raiva e medo. Corin absorveu isso e depois deu um sorriso.

— Sabia que esta foi a primeira vez que ouvi você praguejar? — disse ele, soltando-a e tirando os cabelos despenteados de seu rosto. — E, devo dizer, você fez isso muito bem! — completou, com um sorriso. Caroline parou de chorar, olhou para a sombra do seu sorriso no escuro, e uma estranha calma a dominou... O entorpecimento de sua exaustão a fez cair no sono em segundos.

Na manhã seguinte, Corin deu uma breve saída antes do desjejum e depois voltou, sorrindo para sua mulher com um brilho nos olhos. Os olhos de Caroline estavam inchados e coçando. Em silêncio, ela preparou o café da manhã, mas queimou os grãos de café, e o resultado foi uma bebida amarga e cheia de borra. Ela aqueceu um caldo de feijão da noite anterior e fez uma fornada de biscoitos para acompanhar, e Corin devorou tudo com grande satisfação. Não demorou muito para ouvirem um grito lá fora. Caroline abriu a porta e encontrou Joe e Hutch montados em seus cavalos pardos, com rifles enfiados nas selas e pistolas nos quadris. Joe segurava as rédeas de Quenga, e a égua preta também estava selada e pronta para cavalgar.

— Achei que você não fosse sair hoje. Achei que ia consertar as cercas — disse Caroline para o marido, a voz fraquinha após a fúria noturna.

— Bem — disse Corin, engolindo o resto do café com uma leve careta e saindo da casa. — Este é um passeio que decidi fazer de última hora.

— Aonde vocês vão?

— Nós vamos... — Corin subiu na sela — caçar uns coiotes — respondeu sorrindo. — Você tem toda razão, Caroline... Há muitos morando perto da estância. Já perdemos umas galinhas; você tem perdido o sono. E está um dia lindo para um esporte! — exclamou ele, fazendo Quenga girar. A égua obedeceu e bufou em expectativa.

— Oh, Corin! — exclamou Caroline, emocionada pelos seus esforços por ela. Os homens tocaram no chapéu, cumprimentando-a, e com um brado e um martelar de cascos eles se foram, não deixando nada além de rastros na areia.

Na hora do almoço, o céu tinha se fechado, cheio de nuvens grossas que chegavam do noroeste. Na cozinha, Caroline estava sentada à mesa com Magpie descascando ervilhas enquanto William dormia tranquilamente aos pés de sua mãe. De vez em quando ele se mexia e choramingava como se estivesse sonhando, e isso fazia Magpie sorrir, apertando o coração de Caroline como se ela sentisse frio. Quanto tempo mais, perguntou-se, antes que esse frio se tornasse irrevogável e seu coração se perdesse, assim como Hutch perdera os três dedos? Por fim, a moça Ponca falou:

— Nuvem Branca é uma mulher muito sábia — disse ela. Na quietude da casa, o estalo das vagens verdes e o ruído das ervilhas que caíam no balde de madeira eram altos. Caroline esperou que Magpie falasse mais, incerta de como responder a essa declaração. — Ela sabe fazer muitos remédios — continuou Magpie enfim. Caroline olhou para cima e Magpie encontrou seu olhar com olhos firmes.

— É? — disse Caroline com o máximo de interesse polido que conseguiu reunir.

— No passado, quando ela vivia entre nossa gente, nas terras distantes ao norte daqui, muitos Ponca a procuravam para se aconselhar. Muitas *mulheres* a procuravam — acrescentou Magpie, com bastante ênfase. Caroline sentiu o calor pinicar suas faces e se levantou para acender o lampião contra a tarde fosca. A luminosidade amarelada brilhou nas tranças brilhosas e na pele marrom. Caroline se sentiu como algum tipo de espectro, como se Magpie fosse real, e ela, nem tanto. Não totalmente inteira, não totalmente carne. A luz não a iluminava do mesmo modo.

— Você acha que... Nuvem Branca me ajudaria? — perguntou ela, num tom pouco mais elevado que um sussurro. Magpie a fitou com grande solidariedade, e Caroline olhou para baixo, analisando as ervilhas que se embaçavam diante dela.

— Posso perguntar a ela. Se a senhora quiser que eu pergunte — replicou Magpie suavemente. Caroline não conseguiu falar, mas assentiu.

Mais tarde, Caroline estava junto à janela e observava os primeiros pingos de chuva cair. Não era uma tempestade violenta, apenas uma chuva constante que caía reta do céu. Não havia qualquer vento soprando. Enquanto ouvia a percussão da chuva no telhado, seu gorgolejo na calha conforme ela ficava represada na cisterna, ela levou algum tempo para entender o que a deixava inquieta. A chuva chegara lentamente, vinda do noroeste, da mesma direção para onde os homens tinham ido, e eles a viram se aproximar, desenhando um véu cinza no horizonte. A precipitação os teria encontrado muito antes de ter encontrado a estância e, ainda assim, eles ainda não tinham retornado. Não haveria nenhuma caça com uma chuva dessas, e estava tarde. Magpie tinha posto um ensopado de coelho no fogão e partira há mais de uma hora. A mesa estava posta, o ensopado pronto. Caroline escovara as unhas para limpar as manchas das vagens. Parada diante da janela, sua inquietude aumentava com cada pingo de chuva que caía.

Quando enfim ela achou que enxergava cavaleiros, a luz do fim do dia estava fraca, e era difícil distingui-los. Ela só conseguiu ver dois chapéus. Apenas dois cavaleiros, e não um terceiro. O coração bateu em seu peito, não acelerado, mas forte. Um estreitamento constante, lento, que era quase doloroso. Dois chapéus apenas e, à medida que se aproximavam, sem dúvida, apenas dois cavalos. Ao chegarem ainda mais perto, ela viu dois cavalos de pelagem parda, e nenhum preto.

Pois fui criado
Na cidade grande,
Enclausurado,
E nunca vi nada mais belo
Que o céu e suas estrelas.

Samuel Taylor Coleridge, *Geada à meia-noite*

5

No *Boxing Day*, primeiro dia útil após o Natal, acordo ouvindo vozes na cozinha, o ruído da chaleira no fogão, da torneira correndo, da água passando pelos canos na parede ao lado da cama. Isso se parece tanto com as manhãs da minha infância aqui que por um instante fico deitada, imóvel, com a sensação deslumbrante de ter voltado no tempo. Imagino ser a última a me levantar, como sempre fui. Ainda sentindo o estômago cheio da comida pesada de ontem, ponho o roupão e vou até o sótão, desembrulho o aro de osso do baú de Caroline e o levo para baixo. O cheiro de café e bacon grelhado sobe pelas escadas, e, contra qualquer lógica, meu estômago ronca.

Os quatro já estão à mesa, que está muito bem-posta, com os pratos e talheres, as canecas de café e uma enorme cafeteira, uma travessa de bacon e ovos, as torradas enfiadas ordenadamente num suporte. Sou vidrada nessas sutilezas do hiato entre as gerações. Eu nunca pensaria em pôr a mesa do café da manhã, em pôr as torradas num suporte em vez de no meu prato. As quatro pessoas que eu mais amo no mundo, sentadas juntas diante de uma mesa posta. Eu me encosto ao batente da porta por um segundo e penso que gostaria de que sempre pudesse ser assim. Um vapor quente no ar; a máquina de lavar louça rangendo em seu ciclo ruidoso.

— Ah! Você decidiu nos agraciar com sua presença. — Papai sorri radiante, me servindo um café.

— Fique tranquilo, papai, são apenas nove horas — respondo com um bocejo, indo até a mesa e deslizando no banco.

— Eu já saí para buscar um monte de lenha. — Eddie exibe-se, inundando uma torrada com pasta de chocolate.

— Seu exibido — acuso-o.

— Ed, você quer um pouco de torrada com a sua Nutella? — pergunta Beth ironicamente. Eddie lhe sorri e dá uma enorme mordida que deixa um sorriso de chocolate em suas bochechas.

— Dormiram bem? — pergunto a meus pais. Eles ficaram no mesmo quarto de hóspedes que costumavam ficar. Tantos quartos à disposição e todos nós nos instalamos nos habituais, como crianças bem comportadas.

— Muito bem, obrigado, Erica.

— Olhe, mamãe... Este é o sino de que lhe falei, que eu encontrei entre as coisas de Caroline. — Passo a ela. — O aro parece de osso ou coisa parecida.

Mamãe o vira nas mãos e olha para mim com incredulidade.

— Não é um sino, sua boba, é um mordedor para bebês. Aliás, uma graça de mordedor. E é de marfim, não de osso... E o sininho de prata serve de chocalho. Um interesse a mais.

— Um mordedor? Mesmo?

— É um tipo muito antigo, claro; mas sem dúvida é para isso que serve.

— Eu vi algo parecido num antiquário não faz muito tempo — acrescenta papai.

— Marfim e prata... Deve ter sido para um bebê bem rico — observa Eddie de boca cheia.

— Será que era do Clifford? Você se lembra? — pergunto. Mamãe franze o cenho.

— Não, não lembro. Mas posso ter me esquecido. Ou... — Ela estende o braço para trás e pega a árvore genealógica no balcão. — Veja só o intervalo entre o casamento de Caroline e o nascimento de Meredith... sete anos! Isso é bem incomum. Tem minha tia Evangeline, que morreu antes do primeiro aniversário, a coitadinha. — Ela aponta para o nome que precede o de Meredith, com as datas abaixo em números miúdos entre parênteses. — Dois bebês em sete anos não é muito. Talvez ela tenha tido um filho, que morreu antes de ter Meredith, e este mordedor pertencesse ao pobrezinho.

— Talvez. Mas ele não estaria na árvore da família, mesmo que tivesse morrido?

— Bem, não necessariamente. Não, se nasceu prematuro ou se foi natimorto — reflete mamãe. — Eu sei que Meredith perdeu um bebê antes de eu nascer. Essas coisas podem ser hereditárias.

— Talvez a gente pudesse falar de outras coisas à mesa do café? — diz Beth, baixinho. Mamãe e eu fechamos a boca, culpadas. Beth teve um aborto espontâneo, bem no início, antes de Eddie nascer. Era pouco mais que um filete de vida, mas sua súbita ausência foi como uma luzinha que se apagava.

— Então, o que faremos hoje? — pergunta papai, servindo-se de mais ovos mexidos. — Estou precisando esticar as pernas um pouco... gastar os excessos de ontem numa caminhada.

— Para dar lugar aos excessos de hoje, David? — comenta mamãe, dando uma olhada para o prato dele.

— Exatamente — concorda ele, se divertindo.

Hoje está mais claro, mas nuvens carregadas estão aparecendo no céu, decididas, e o vento está presente, penetrante. Tomamos uma rota pelo vilarejo, indo em direção ao oeste, passando pela igrejinha de pedras, que se aninha numa encosta verde cravada com os túmulos de gerações de mortos de Barrow Storton. Num dos cantos fica o jazigo dos Calcott e, numa unidade silenciosa, nos dirigimos a ele. Tem cerca de 2 metros de largura e 2 de comprimento. Uma cama fria de mármore para nossa família repousar. Henry, o lorde Calcott, está ali, além de Caroline com Evangeline, a filhinha que ela perdeu antes de Meredith. E agora, minha avó se uniu a eles. Foi tão recente que ainda restam as flores do funeral num vasinho de metal, e o entalhe de seu nome na lápide está nítido e fresco. Não consigo deixar de pensar que ela teria preferido ter seu próprio lugar, ou ficar ao lado do marido, Charles, a passar a eternidade enclausurada com Caroline, mas é tarde demais agora. Tenho um calafrio e faço uma promessa silenciosa de que nunca irei ficar neste claustrofóbico jazigo familiar.

— Imagino que se Caroline tivesse tido um filho, ele estaria enterrado aqui, não é? — pergunto, rompendo o silêncio. Beth suspira vigorosamente e sai andando para o local onde Eddie está pulando o portão.

— Acho que sim. Provavelmente. Mas quem sabe? Se ele fosse muito pequeno, talvez lhe tivessem dado um túmulo infantil — retruca mamãe.

— Como seria esse túmulo?

— Um túmulo normal com uma lápide menor, geralmente com um anjo em algum lugar... ou um querubim — diz ela. Papai me olha de lado.

— Nossa, de repente vocês ficaram tão interessadas em tudo isso — observa ele.

— Não, é só que... Nunca suportei um mistério não solucionado. - Dou de ombros.

— Então, lamento, mas acho que nasceu na família errada.

— Ei, Eddie! — chamo. Procure por lápides pequenas com anjos e o nome Calcott! — Eddie bate continência para mim e começa a trotar para baixo e para cima pelas fileiras de lápides. Beth cruza os braços e me lança um olhar furioso.

— Será que podemos parar de procurar por bebês mortos? — grita ela, o vento puxando sua voz.

— Só me dê cinco minutos! — grito de volta.

— Talvez seja melhor a gente ir, Erica! — diz mamãe, timidamente.

— Cinco minutos — repito.

Corro os olhos pelas fileiras de lápides na direção oposta à que Eddie tomou, mas elas parecem ser todas do tamanho normal.

— Às vezes há uma área especial para túmulos de crianças... — Mamãe olha para a outra extremidade do cemitério. — Tente lá... está vendo? Debaixo da faia. — Ando rapidamente até onde o vento sopra entre a faia desnuda, reproduzindo o som do mar. Há cerca de quinze ou vinte túmulos ali. Nos mais antigos, há pequenos querubins, seus traços indistintos, tomados por liquens, os braços rechonchudos envolvendo as lápides com jeito desesperançado. Há também umas poucas lápides novas, entalhadas com ursinhos; guardiões menos celestiais, que parecem deslocados ali. Mas acho que é essa a ideia. Um cemitério não é lugar para uma criança pequena. Vidas que não tiveram a chance de se iniciar, perdas que devem ter dilacerado as almas dos pais. Todos esses corações partidos também estão enterrados aqui, ao lado dos pequenos corpos que os deixaram assim. É uma visão melancólica, eu passo os olhos rapidamente pelos nomes e me afasto do triste agrupamento com um calafrio.

Nunca antes achei os cemitérios lúgubres, nem especialmente deprimentes. Gosto das expressões de amor nas lápides, das declarações silenciosas de que as pessoas que existiram tiveram importância. Quem sabe dos sentimentos secretos por trás das listas entalhadas de filhos irmãos e esposos sobreviventes — ou se as lembranças que tinham eram verdadeiramente amorosas? Porém, sempre há a esperança de que cada vida transitória tenha significado alguma coisa para os que ficaram para trás; que tenham deixado um rastro de influência e emoção que vai sumindo gradualmente ao longo dos anos.

— Alguma coisa? — pergunto a Eddie.

— Não. Tem um anjo lá, mas a senhora tinha 73 e se chamava Iris Bateman.

— Podemos ir agora? — diz Beth, impaciente. — Se você está tão desesperada para saber se ela teve um filho, dê uma olhada nos registros de nascimentos, casamentos e óbitos. Tudo está on-line agora.

— Talvez ela tenha sido casada antes, na América — diz mamãe, segurando meu braço, de modo conciliatório. — Talvez o bebê da foto tenha morrido lá, antes da vinda dela.

Ao norte do vilarejo, há uma série de trilhas de fazendas e caminhos para cavalos se infiltrando pelos monótonos campos invernais. Fazemos uma rota circular, num passo rápido, ficando em duplas para percorrer as trilhas estreitas. Eddie diminui o passo para andar ao meu lado. Ele vai embora hoje, mais tarde. Olho para seu rosto anguloso, os cabelos despenteados, e sinto uma onda de afeto. Isso me deixa com uma sensação estranha, desesperada, e por um segundo paro para considerar como Beth deve estar se sentindo. Como se lesse minha mente, Eddie fala:

— A mamãe vai ficar bem? — Um tom cuidadosamente neutro que ele é jovem demais para ter desenvolvido.

— Sim, é claro — digo a ele, com a maior certeza que consigo encontrar.

— É só que... quando papai veio me pegar da última vez, antes do Natal, ela pareceu... realmente infeliz com isso. Ela está emagrecendo outra vez. E, tipo, hoje, agora mesmo, ela estava bem agressiva com você...

— Irmãs sempre têm uns gestos agressivos uma com a outra, Eddie. Não é nada anormal! — Encontro uma risada falsa, e ele me lança um olhar de acusação. Desisto da bravata. — Desculpe — digo. — Olhe, é simplesmente... difícil para sua mãe estar de volta no solar. Ela lhe contou sobre o testamento da sua bisavó? Que só podemos ficar com a casa se viermos morar aqui? — Ele faz que sim. — Bem, é por isso que viemos para ficar. Para ver se gostamos de morar aqui.

— Por que ela detesta tanto? Porque o primo de vocês foi sequestrado... e ela sente saudades dele?

— É possível... é possível que tenha a ver com Henry. E o fato de que, bem, esse lugar representa nosso passado agora, e às vezes, pode dar a sensação de que é errado tentar viver no passado. Para ser franca, acho que não viremos morar aqui, mas vou tentar fazer sua mãe ficar por um pouco mais de tempo pelo menos, mesmo que ela realmente não queira.

— Mas por quê?

— Bem... — Eu me esforço para encontrar um modo de explicar. — Você se lembra daquela vez que seu dedo inchou e ficou do tamanho de uma linguiça e doía tanto que você não queria deixar a gente examinar? O dedo não curou até que finalmente nós examinamos e você tinha uma farpa de metal cravada nele.

— Ahã, lembro. Parecia que ia explodir. — Ele faz uma careta.

— Depois que tiramos a farpa, ele curou, não foi? — Eddie faz que sim. — Bem, eu acho que sua mãe não... cura porque ela tem uma farpa. Não de metal, não no dedo, mas ela tem um tipo de farpa dentro dela, e é por isso que não melhora. Eu vou arrancar essa farpa. Eu vou... descobrir o que é e livrá-la disso.

Espero soar calma, confiante nesse propósito, quando o que sinto é desespero. Se acreditasse em Deus, eu estaria fazendo todo tipo de barganha agora. *Faça com que Beth melhore. Faça-a feliz.*

— Como? Por que vocês precisam ficar aqui para isso?

— Porque... eu acho que foi aqui que ela arranjou a farpa — digo.

Eddie pensa nisso em silêncio por algum tempo, a fisionomia marcada pelas linhas de preocupação que detesto ver.

— Espero que você consiga. Espero que consiga descobrir o que é — diz ele finalmente. — Você vai descobrir, não vai? E ela vai ficar melhor, não é?

— Eu prometo, Ed. — E agora não posso fracassar. *Não posso* deixar que a gente vá embora daqui sem algum tipo de solução. O peso da minha promessa se instala em mim como correntes.

Nossos pais vão embora logo depois do almoço, e, na hora do chá, o pai de Eddie vem buscá-lo. Maxwell está mal-humorado, com erupções dos excessos no rosto. Ele parece reticente. Eu encho o porta-malas com uma porção de presentes enquanto Beth me observa lugubremente, como se eu estivesse conspirando no roubo de seu filho.

— Até logo, Edderino — digo.

— Então tchau, *titia* Rick — diz ele e embarca atrás. Ele está calmo, resignado. Vai de um lugar onde é bem-vindo para o outro; é pragmático, não se queixa. Finge não perceber a angústia de Beth e se deixa transportar. Há uma minúscula pitada de crueldade nisso, como se ele quisesse dizer: você criou esta situação, você deixou as coisas assim.

— Você disse ao Harry que estava indo embora hoje? — pergunto, me debruçando para dentro do carro.

— Disse, mas talvez você tenha que dizer de novo, se encontrar com ele por aí. Não sei se ele prestou muita atenção.

— Ok. Ligue para sua mãe mais tarde, tá bom? — falo com voz baixa.

— Claro — murmura ele, olhando para as mãos.

As lâmpadas do freio ficam vermelhas quando eles dão uma parada na saída de carros. Está chovendo outra vez. Beth e eu ficamos nos abanando feito umas idiotas até o carro sumir de vista. Nossas mãos caem em quase perfeito uníssono. Nenhuma quer se virar e voltar para dentro de casa agora que esse evento passou. O Natal. A preparação da casa, alimentar e distrair Eddie, nossos pais. E agora? Sem prazos, sem horários. Nada para nos guiar além de nós mesmas. Olho para Beth, vejo gotinhas de água nos cabelos rebeldes em volta de seu rosto. Nem posso perguntar o que ela vai querer para o almoço, nem sequer posso impor esse pequeno futuro para nós. A casa está explodindo com os restos de comida, prontos para serem devorados.

— Eddie é tão querido, Beth. Você fez um trabalho e tanto com ele — afirmo, com a necessidade de quebrar o silêncio. Mas há uma aresta fria e triste nos olhos de Beth.

— Não sei quanto disso vem de mim — responde ela.

— Todas as melhores partes — digo, seguro a mão dela e a aperto. Minha irmã sacode a cabeça. Nós nos viramos e entramos de novo, sozinhas.

Quando ela fica assim quieta, pálida e imóvel, como uma estátua, eu penso nela no hospital. Pelo menos eu não a vi. Tenho apenas as descrições de Eddie, formando imagens mentais. Ela estava no quarto, deitada de lado, com a cintura dobrada como se estivesse sentada antes e tivesse se deixado cair para o lado. Ele não via o rosto dela, segundo me contou. Os cabelos estavam caídos na frente. Também disse que não sabe quanto tempo ficou lá parado antes de ir até ela, pois estava com muito medo de mexer em seu cabelo, de ver o que havia por baixo. Sua mãe ou o cadáver de sua mãe. Ele nem precisava ter mexido nela, é claro. Poderia simplesmente ter chamado uma ambulância. Mas era uma criança, um garotinho. Ele queria fazer o que era certo por conta própria. Queria tocá-la e encontrá-la dormindo, nada mais. Que coragem ele deve ter precisado reunir para fazer isso, para puxar seu cabelo. Tenho tanto orgulho dele que chega a doer.

Beth tomara um monte de comprimidos para dormir e depois tentara cortar os pulsos com a faquinha que eu a vira usar mais de uma vez, fatiando bananas no cereal de Eddie, mas a conclusão foi que ela hesitou. Ela havia hesitado — talvez porque o primeiro corte, fundo o bastante para ficar feio, mas não tanto que provocasse verdadeiro dano, machucara mais do que ela esperava. E enquanto ela hesitava, os comprimidos entraram na corrente sanguínea, e ela desmaiou. Cortou o punho do modo errado, horizontalmente, num corte transversal às veias e tendões, em vez de cortar em paralelo, como qualquer suicida empenhado tem conhecimento hoje em dia. Os médicos chamaram isso de um grito por ajuda em vez de uma tentativa verdadeira, mas eu sabia que não era. Fui correndo para o hospital e esperei enquanto eles faziam uma lavagem estomacal. Na minha frente, no corredor, havia uma janela. Meu reflexo olhava para mim. Sob a luz esverdeada, eu parecia morta. Cabelos escorridos, feições caídas. Alimentei uma máquina com moedas, e ela expeliu um chocolate quente aguado para Eddie. Depois Maxwell chegou e o levou embora.

Quando ela acordou, fui vê-la. Eu não fazia ideia de que estava com *muita* raiva dela. Eu nunca sentira raiva assim.

— O que você estava fazendo? E o Eddie? — Essas foram as minhas primeiras palavras. Estalando como uma armadilha.

Uma enfermeira com os cabelos cor de areia franziu as sobrancelhas para mim e disse: “Elizabeth precisa repousar”, num tom de repreensão, como se a conhecesse melhor que eu. O queixo de Beth estava arranhado, havia círculos roxos em volta dos olhos, nas faces. *E eu?* Tive vontade de acrescentar, magoada por ela querer me deixar. A mesma sensação que eu tinha quando ela escapava com Dinny, aumentando como uma bola de neve ao longo dos anos. Ela não me respondeu. Começou a chorar, e meu coração rachou, deixando a raiva escorrer para fora. Peguei uma mecha dos cabelos emaranhados dela e comecei a desfazer os nós com as pontas dos dedos.

Faz muito tempo que não vejo minha tia Mary, e mais ainda que não lhe telefono. Ainda estou relutante, mas agora que dei o pontapé inicial, que comecei a saber das coisas, a descobrir segredos... Se continuar, mais cedo ou mais tarde vou chegar no que procuro. Eu me mexo, desconfortável, na cadeira enquanto aguardo para ouvir a voz de Mary. Ela sempre foi calada e tímida; tão dócil e humilde que quase nem tomávamos conhecimento de sua presença. Uma mulher de tez rosada, cabelos e olhos claros. Blusas comportadas enfiadas dentro de saias comportadas. Foi um choque ouvi-la gritar, dar berros, chorar e praguejar em consequência do desaparecimento de Henry. Então, quando isso acabou, ela ficou ainda mais quieta que antes, como se tivesse usado todo o ruído que possuía naquela única explosão. Sua voz é fina e baixa, tão precária quanto um lenço de papel molhado.

— Aqui é Mary Calcott — diz ela, receosa, como se não estivesse realmente segura disso.

— Alô, tia Mary, é Erica.

— Erica? Ah, olá, querida. Feliz Natal. Bem, acho que já está um pouco tarde para isso agora. Feliz ano-novo. — Há pouca convicção por trás dessas palavras. Será que ela nos odeia por termos sobrevivido e Henry não? Por estarmos por aqui para lembrá-la disso?

— Para a senhora também. Espero que esteja bem. A senhora não veio com Clifford para pegar aquelas coisinhas da casa que queriam.

— É, não. Bem, tenho certeza de que você entende que Storton Manor é... não é um lugar fácil para mim. Não é um lugar de que gosto de me lembrar nem para o qual gosto de retornar — diz delicadamente. Não consigo me compadecer dela. Coloco a perda de seu filho em termos tão banais, como se tivesse sido um incidente constrangedor, melhor esquecido. Eu sei o quanto estou sendo injusta. Sei que ela não é mais uma pessoa inteira.

— É claro. — Eu me esforço para arranjar mais algum papo furado, sem sucesso. — Bem, o motivo da minha ligação, e espero que não se importe com o interrogatório, é que eu queria saber mais sobre a pesquisa da família que a senhora fez no ano retrasado.

— Ah, sim.

— Eu encontrei uma foto de Caroline, datada de 1904, que foi tirada em Nova York...

— Ah, com certeza isso parece estar certo. Ela veio para Londres no fim de 1904. É difícil ter certeza absoluta da data.

— Entendo. O negócio é que ela está com uma criança na foto. Um bebê que parece ter uns 6 meses. Eu só pensei que talvez a senhora soubesse de quem poderia ser esse bebê.

— Uma criança? Bem, não faço ideia. Isso não pode ser.

— Ela foi casada antes, nos Estados Unidos? É que, do modo como ela está segurando o bebê... Fiquei achando que parece um retrato de família. Ela aparenta estar tão orgulhosa... Achei que o filho parece ser dela, entende?

— Oh, não, Erica. Isso não pode ser de jeito nenhum. Só um minuto, vou pegar a pasta. — Ouço a movimentação, uma porta de armário rangendo. — Não, tenho a cópia da certidão de casamento dela com Sir Henry Calcott aqui, que diz claramente, na coluna de "estado civil", que ela era solteira. Uma solteirona aos 21 anos! Não parece um rótulo apropriado hoje em dia, não é?

— Será que ela não podia ter tido... um divórcio ou coisa parecida? — pergunto, dubiamente.

— Oh, meu Deus, não. Naquela época era muito raro, e, com certeza, o fato seria muito comentado. Ou mencionado na ocasião do casamento seguinte. A criança devia ser de outra pessoa.

— Ah, bem, obrigada...

— Sem dúvida, Caroline sempre foi reticente sobre sua vida na América. A única coisa que se descobriu foi que ela se criou sem os pais e veio para a Inglaterra recomeçar a vida quando recebeu sua herança.

Casou-se com Henry Calcott logo após conhecê-lo, o que, sempre pensei, talvez mostre o quanto era solitária, a coitadinha. — Era a segunda vez que ela dizia o nome dele.

— É, parece ter sido assim. Bem, de todo modo, obrigada por ver isso para mim.

— De nada, Erica. Será que você poderia me enviar a foto? Para acrescentar aos meus arquivos. As primeiras fotos de Caroline e de sua geração são muito escassas.

— Ah, bom, na verdade minha mãe já me pediu para lhe dar as fotos que eu encontrar. Mas tenho certeza de que ela vai ficar feliz de lhe mandar cópias...

— É claro. Bem, eu pedirei a Laura da próxima vez que a vir.

Há uma pausa, e não consigo me despedir, admitir que só queria essa informação e que não quero falar com ela. Há tanto a dizer, tanto a não dizer.

— Então... como foi o Natal? — pergunto. Eu a ouço puxando o ar, revestindo-se de coragem.

— Foi tudo bem, obrigada. — Ela faz outra pausa. — Eu ainda compro um presente para Henry todos os anos, sabe. Clifford acha que é loucura minha, é claro, mas ele nunca entendeu de fato o que significa para uma mãe perder um filho. Eu simplesmente não consigo deixar isso de lado e seguir em frente, como ele conseguiu fazer.

— O que comprou para ele? — digo antes de pensar uma segunda vez.

— Um livro sobre a Força Aérea Real. Um par de chuteiras e uns DVDs — responde ela, a voz se fortalecendo, como se ficasse satisfeita com a escolha desses presentes. Presentes que ela nunca dará. Fico sem saber o que dizer. Eu ficaria estranhamente fascinada em saber se ela comprou chuteiras de tamanho infantil ou se arriscou imaginar o tamanho que ele calçaria como adulto. — Você pensa no seu primo alguma vez, Erica? — pergunta ela, apressando as palavras.

— É claro. É claro que penso. Especialmente agora que estamos... aqui de volta.

— Que bom, que bom. Fico contente — diz ela, e me pergunto o que ela quer dizer. Será que ela sente alguma culpa pairando em torno de Beth e de mim como um mau cheiro pairaria?

— Então não houve notícias? Dele... do Henry? — Que coisa ridícula de perguntar, 23 anos depois de ele ter sumido. Mas que conclusões posso tirar dos presentes que ela ainda compra senão que ainda espera tê-lo de volta algum dia?

— Não — responde ela, categórica. Uma única palavra; ela não faz questão de elaborar.

— Eddie passou o Natal aqui conosco — conto a ela.

— Quem?

— Edward... o filho da Beth.

— Ah, sim, é claro.

— Ele está com 11 anos agora, a mesma idade que... Bem, ele aproveitou como nos velhos tempos, brincando no bosque, ficando imundo.

— Clifford queria ter outro, sabe. Depois que perdemos Henry. Ainda estava em tempo.

— Ah.

— Mas eu disse a ele que não poderia. O que ele pensava? Que simplesmente poderíamos substituí-lo, como um relógio perdido? — Ela emite um som estranho, estrangulado, que acho que pretendia ser uma risada.

— Não. Não, é claro que não — digo. Há outra pausa longa, outra respiração profunda de Mary.

— Eu sei que vocês nunca se deram bem. Vocês, meninas, e o Henry. Eu sei que não gostavam dele — acrescenta ela, subitamente tensa, ofendida.

— Claro que gostávamos dele — minto. — É só que... Bem, nós gostávamos de Dinny também. E era preciso meio que tomar partido...

— Nunca lhe ocorreu que Henry costumava... se comportar mal, às vezes, porque vocês sempre o deixavam de fora das brincadeiras e saíam correndo para brincar com Dinny? — questiona ela.

— Não. Eu... nunca achei que ele queria brincar conosco. Ele nunca demonstrava que queria — murmuro.

— Bem, acho que ele queria, sim. Acho que ficava magoado por vocês ficarem ansiosas para escapar — diz ela, resoluta. Tento visualizar meu primo desse modo, tento perceber o modo como ele nos tratava, como tratava Dinny, nesses termos. Mas não consigo... não se encaixa. As coisas não eram assim, *ele* não era assim. Fico roxa de indignação, mas é claro que não posso dizer nada, e o silêncio zumbe pela linha. — Bem, Erica, preciso ir — diz ela finalmente, numa longa expiração. — Foi... um prazer falar com você. Tchau.

Ela desliga o telefone antes que eu consiga responder. Não faz isso com raiva, nem abruptamente. Mais de um modo distraído, como se outra coisa tivesse chamado sua atenção. Mary se envolveu com uma porção de modismos e projetos desde que Henry morreu. Tapeçarias, aquarelas, astrologia, reprodução de brasões, poesia anglo-saxônica. A genealogia da família foi o que durou mais tempo, o projeto que realmente realizou até o fim. Será que ela fez isso porque podia dizer o nome dele, repetidamente, quando Clifford não permitia que ela falasse no filho? *Henry Calcott, Henry Calcott, Henry Calcott.* Ficar sabendo de tudo que podia sobre seus ancestrais, a fonte de cada um de seus componentes, como se pudesse recuperá-lo.

Ele está morto. Disso eu sei. Ele não foi levado. Não era ele deitado atrás de um carro num estacionamento em Devizes. Não era ele sendo carregado por um vagabundo misterioso pela autoestrada. Sei disso porque posso sentir a lembrança de sua morte. Consigo senti-la no açude, mesmo que não consiga visualizá-la. Do mesmo modo que conseguia *distinguir* a forma de Dinny na escuridão do dia de Natal. Nós estávamos lá, Henry estava lá, e Henry morreu. Tenho o contorno disso, só preciso colori-lo. Porque eu bloqueei. Estou bloqueada. Não consigo ir em nenhuma direção até preencher esse vácuo na minha cabeça, até conseguir livrar Beth de sua farpa. Todos os outros pensamentos precisam se desviar dessas coisas perdidas, e não dá para continuar assim. Não mais. E se for preciso começar em 1904 e avançar lenta e dificilmente, então é o que vou fazer.

Pela janela da cozinha, vejo Harry junto às árvores na outra extremidade do jardim. Ainda está chovendo, mais forte agora. Ele está com as mãos enfiadas nos bolsos do casaco de patchwork e curvado, molhado, com jeito de desamparado. Sem pensar, tiro os restos da geladeira e da despensa e começo a cortar fatias do peru frio com suas coxas queimadas. Passo uma quantidade generosa de maionese em dois pedaços de pão branco e ponho o peru no meio — um recheio com consistência de papelão. Então o levo para ele, embrulhado em papel-alumínio, meu casaco jogado na cabeça. Ele não sorri para mim. Fica mudando o peso do corpo de um pé para o outro, numa aparente agonia de indecisão. A chuva pinga das pontas de seus *dreadlocks*. Sinto o cheiro de seu corpo não lavado. Um suave cheiro animal, estranhamente agradável.

— Tome, Harry. Fiz isso para o seu almoço. Um sanduíche de peru — digo, entregando a ele, que o pega. Não sei por que espero que ele fale, quando sei que não vai. É uma coisa tão fundamentalmente humana, suponho. Comunicar fazendo ruído. — Eddie voltou para a casa do pai dele, Harry. Você entende o que estou dizendo? Ele não está mais aqui — conto, do modo mais gentil que consigo. Se soubesse quando Eddie vai voltar, acrescentaria essa informação. Não sei. Não sei se nós estaremos aqui. Não sei de nada. — O pai dele veio hoje e o levou para casa dele — explico. Harry olha para o sanduíche. Um minúsculo som metálico, quando a chuva atinge o papel-alumínio. — Bem, pelo menos coma isso — ofereço gentilmente, pondo a mão no sanduíche. — Irá alimentá-lo.

Beth me encontra no gabinete. Estou enroscada numa poltrona de couro com espaldar alto. Subi na escrivaninha para tirar este livro de flores silvestres da última prateleira. Ele trouxe uma chuva de moscas mortas junto, um cheiro de vidas passadas. Agora está aberto, pesado, em meus joelhos, uma folha dupla exibindo *marsh flags* amarelas. Pétalas impassíveis pendendo dos caules altos, como bandeiras num dia sem vento. Eu as reconheci assim que as vi. *Marsh flags.*

— A chuva parou. Está a fim de dar uma caminhada rápida? — pergunta Beth. Ela trançou o cabelo, vestiu um jeans limpo e um blusão cor de framboesa.

— Claro — digo, atônita. — Sim, vamos.

— O que está lendo?

— Ah, sobre flores silvestres. Havia três fronhas antigas no armário. Elas tinham flores bordadas, e eu queria saber que flores eram.

— O que eram?

— Aquele lírio, *marsh flags*. Isso faz você lembrar alguma coisa?

— Não. Deveria? Que tipo de coisa?

— Provavelmente algo fora do lugar. Só um instante, vou pôr as galochas.

Não vamos muito longe, pois o céu está plúmbeo no horizonte. Apenas descemos até o vilarejo e subimos até o monte do túmulo. Tenho certeza de ver uma das garotas da festa do solstício pela janela do pub. Sentada junto à lareira, pegando uma caneca de chope da mão de um homem que está virado de costas para mim. Há uma atmosfera acolhedora de fumaça de lenha, cerveja e vozes saindo pelo vão da porta, mas passamos sem parar. Uma porção de moradores está na rua hoje. Queimando a comilança do Natal. Todos nos cumprimentam, apesar de eu ter certeza de que não somos reconhecidas. Algumas fisionomias chamam minha atenção. Encaixam-se em minhas memórias em algum ponto, mas de modo muito solto para que eu consiga localizá-las. Uma mulher robusta passa a cavalo, que tem a cauda trançada com ouropel prateado. Subimos as pastagens amareladas até o monte do túmulo, assustamos duas dúzias de gralhas lustrosas que se pavoneavam decididas. O vento as leva, e a distância elas parecem buracos de tiros irregulares no céu. Beth me dá o braço, andando num passo ritmado.

— Você parece feliz hoje — digo a ela, cautelosa.

— E estou. Tomei uma decisão.

— Ah! Que tipo de decisão? — Chegamos ao monte do túmulo. Beth solta meu braço, sobe o monte com três passadas largas e olha para longe sobre minha cabeça.

— Vou embora. Não vou ficar — conta ela, abrindo os braços, feito uma garota, dramática. Ela respira fundo e expira com ênfase.

— Como assim? Vai para onde?

— Para casa, é claro. Hoje, mais tarde. Já fiz a mala! — diz rindo, como se estivesse descontrolada, afobada. — Vou pegar *aquela* estrada — continua, comprimindo os olhos e apontando para uma fileira de álamos altos que acompanham a alameda que leva para fora do vilarejo.

— Você não pode fazer isso! — A ideia de ficar sozinha na casa me enche de um pavor que não consigo definir. Eu preferiria mergulhar até o fundo do açude, deixar que ele me sugasse. Sinto algo como pânico alvoroçando meu estômago.

— É claro que posso. Por que ficar? Afinal, o que estamos *fazendo* aqui? Nem consigo me lembrar por que viemos. Você consegue?

— Nós viemos para... viemos para resolver as coisas. Para... decidir o que queremos fazer! — Tateio em busca de palavras.

— Qual é, Erica? Nenhuma de nós duas quer morar aqui. — Ela baixa os braços ao dizer isso e olha para mim. — Você não quer, não é? Não quer morar aqui. Não quer ficar.

— Ainda não sei!

— Mas... você não pode querer. É a casa de *Meredith*. Tudo nela diz *Meredith*. Além disso, tem... a outra coisa.

— Henry? — questiono. Ela faz que sim, uma única vez. — Agora é a *nossa* casa, Beth. Minha e sua.

— Ah, meu Deus, você quer ficar. Quer, não é? — Ela está totalmente incrédula.

— Não sei! Não sei. Não para sempre, talvez. Por algum tempo, quem sabe. Não sei. Mas, por favor, não vá, Beth! Ainda não. Eu não... eu não acabei. Não posso ir embora ainda e não posso ficar aqui sozinha. Por favor. Fique um pouco mais. — No alto do monte, Beth sucumbe. Eu a apunhalei, deixei sair todo o ar. Ficamos quietas por algum tempo. O vento sopra no alto do monte, agita o capim. Vejo Beth tiritar de frio. Ela parece incrivelmente só lá em cima. Por fim, ela desce até mim, os olhos baixos.

— Desculpe — digo.

— O que você quer dizer com "não acabei ainda"? — Sua voz está insípida agora, sem vida.

— Eu preciso... descobrir o que aconteceu. Preciso me lembrar. — Uma meia verdade. Não posso lhe falar sobre a farpa. Não posso deixá-la saber para onde me direciono. Ela iria se esquivar, não me deixaria continuar; bem como Eddie fazia com seu dedo inchado.

— Lembrar o quê?

Eu a olho fixamente. Ela deve saber do que estou falando.

— Sobre *Henry*, Beth. Preciso me lembrar do que aconteceu com Henry. — Ela me lança um olhar furioso, os olhos refletindo o cinza do céu. Examina minha fisionomia, e eu espero.

— Você se lembra do que aconteceu. Não minta. Você já tinha idade suficiente.

— Mas não lembro. De verdade — afirmo. — Por favor, me conte. — Beth desvia o olhar, que passa pelos telhados e rastros das chaminés do vilarejo lá embaixo e para o leste, como se estivesse se projetando lá.

— Não, não vou contar — diz ela. — Não vou contar a ninguém. *Nunca.*

— Por favor, Beth! Eu preciso saber!

— Não! E se... se você me ama, vai parar de perguntar.

— Dinny sabe?

— Sim, é *claro* que Dinny sabe. Por que não pergunta a ele? — Ela pisca os olhos para mim. Vejo um toque frio de ressentimento ali. Só por um instante, depois se vai. — Mas você também sabe. E se não se lembra, então... então talvez seja bom.

Ela sai andando ao longo do monte, afastando-se de mim em direção à casa.

No açude, ela para. É a primeira vez que volta ali, que eu saiba, e para tão abruptamente que quase me choco com ela. O vento desliza na superfície, deixando-o pardo e feio. Fico na expectativa de vê-la chorar, mas seus olhos estão secos e duros. Os traços tristes de seu semblante ainda mais marcados. Ela permanece olhando para o fundo do açude.

— Eu fiquei com tanto medo na primeira vez que você nadou aqui — murmura ela, tão baixinho que mal consigo ouvir. — Achei que não conseguiria sair. Como o porco-espinho no laguinho lá de casa aquela vez. Lembra? Ele ficou nadando em círculos até ficar exausto demais para continuar e simplesmente se afogou. Todos aqueles vídeos que mostravam na escola... "Nunca nadem em açudes nem rios." Eu achava que água sem cloro tinha algum poder horrível, que ficava emboscada, esperando, observando, e comia crianças.

— Eu me lembro de você gritando comigo feito um gavião.

— Eu estava com medo por você — diz ela, encolhendo de leve os ombros. — Agora você passa o tempo todo com medo por mim. Menos hoje. *Por que* eu preciso ficar? Você precisa entender que... me faz mal ficar aqui.

— Não, eu... eu acho que poderia ser bom para você — forço-me a dizer.

— Como assim? — pergunta ela, sem ânimo. Meu coração bate mais rápido.

— É o que estou dizendo. Você não pode continuar fugindo disso, Beth! Por favor! Se ao menos você falasse sobre isso...

— Não! Já disse... muitas vezes. Nem com você nem com ninguém!

— Por que não comigo? Eu sou sua *irmã*, Beth, nada que você possa me contar vai fazer com que eu a ame menos! Nada! — digo com firmeza.

— É o que você acha, é? Que tenho algo de desprezível que tento esconder? — sussurra ela.

— Não, Beth, isso é o que eu *não* acho! Você não está me escutando! Mas *está* escondendo alguma coisa... não pode negar. Eu não tenho segredos com você!

— Todo mundo tem segredos, Erica — diz ela agressivamente. É verdade, e eu desvio o olhar.

— A única coisa que eu quero é deixar este lugar para trás...

— Que bom! É o que eu quero também! Então, vamos fazer isso... vamos embora.

— Ir embora não é o mesmo que deixar *para trás*, Beth! Olhe só para você... Desde que viemos para cá, tem sido como dividir a casa com um fantasma! Você está... infeliz e parece decidida a continuar assim! — grito.

— Do que você está falando? — Beth grita também, abrindo as mãos, furiosa. — É você que está decidida a me manter aqui... É você que parece decidida a me deixar infeliz! Eu só vim para cá porque você fez pressão para que eu viesse!

— Eu estou decidida a me livrar de qualquer coisa que esteja deixando você deprimida, Beth. E está aqui... eu sei. Está aqui nesta casa... Não saia andando. — Eu a agarro pelo braço, faço-a parar. A respiração de Beth está tensa, ela não me fita nos olhos. Seu rosto está pálido.

— Se você não me deixar ir, talvez eu nunca a perdoe. Não sei o que vou fazer — ameaça ela, a voz trêmula. Assustada, solto seu braço, mas não acho que é a isso que ela se refere. Fico com medo do que ela vá fazer. Minha resolução vacila, mas luto para mantê-la.

— Por favor, Beth. Por favor, fique aqui comigo. Pelo menos até o ano-novo. Vamos só... decifrar isso. Seja o que for.

— Decifrar? — Ela ecoa o que eu digo, amarga. — Não é um enigma, Erica.

— Eu sei disso. Mas a vida não pode continuar desse jeito. Esta é a nossa *chance*, Beth... nossa chance de corrigir as coisas.

— Certas coisas não podem ser desfeitas, Erica. Quanto antes você aceitar isso, melhor — sussurra ela. As lágrimas brilham em seus olhos, mas quando ela olha para mim, eles estão cheios de raiva. — Não pode ser corrigido! — diz ela e sai andando tempestivamente. Faço uma pausa antes de segui-la e percebo que estou trêmula.

Passamos o restante do dia brincando de esconde-esconde. A casa sempre foi perfeita para isso. A chuva cai de lado, a correnteza entra pelas chaminés. Trago Harry para dentro e lhe sirvo um chá adoçado. Ele se senta à mesa da cozinha, tomando o chá de colherinha, como uma criança, deixando o chão todo respingado e enchendo o cômodo com o cheiro de lã molhada. Mas não consigo encontrar Beth para lhe dar uma xícara de chá, depois para saber o que ela quer jantar, se prefere sair, ir a algum lugar, se quer alugar um filme na loja que fica no caminho para Devizes. Agora, sinto que é minha função preencher o tempo dela. Pelo tempo que a estou forçando a ficar aqui. Mas ela evapora na casa como um gato, e eu vou de um cômodo a outro em vão.

Uma vez, numa brincadeira de esconde-esconde, Henry a deixou presa por horas. Deixou-a sozinha, presa numa armadilha, em pânico. Novamente ele fez com que eu tomasse parte nisso. Eu era pequena. Devia ser, pois Caroline ainda estava viva. Naquele dia, mais cedo, ela fora levada para o terraço. Tinha uma daquelas grandes cadeiras de rodas antigas, feita de vime. Nada de metal cinza e plástico do Serviço Nacional de Saúde para ela. A cadeira rangia ao se movimentar, os raios finos das rodas cintilando, mas Henry dizia que era Caroline quem rangia por ser tão velha e mumificada. Eu sabia que era bobagem, mas cada vez que ouvia isso eu pensava numa pele se rasgando feito papel; em cabelos que se desmanchariam se tocados; numa língua que ficara rija feito madeira numa boca murcha. Nunca nos obrigavam a beijá-la se não quiséssemos. Mamãe cuidava disso. Graças a Deus.

Nessa época, ela ficava quase todo o tempo na cama, mas fazia um dia bonito, e estávamos todos lá — Clifford, Mary e meus pais. Ela foi levada até a mesa; seu almoço, servido numa bandeja que se encaixava nos braços da cadeira. A governanta trouxe a sopa numa sopeira de porcelana branca que tinha a forma de uma couve-flor gigante, e havia batatas, salada e presunto na mesa. Fui repreendida por mergulhar os dedos na manteiga derretida no fundo da travessa de batatas. Meredith ajudou Caroline a comer, às vezes dando-lhe a comida na boca como se faz com um bebê. Ao fazer isso, minha avó franzia o cenho e comprimia os lábios. Os cabelos de Caroline eram bem fininhos. Dava para ver o couro cabeludo, que *realmente* se parecia com papel. A conversa se desenrolou em torno dela, e eu mantive os olhos cuidadosamente no meu prato. Ela só falou uma única vez, e, embora sua voz fosse mais alta do que eu esperava, as palavras saíram de um modo pesado.

— Aquele homem, Dinsdale, ainda está vivo? — Ela largou o garfo ao perguntar, como se segurá-lo e falar fosse muita coisa para fazer ao mesmo tempo. Ele fez um barulho alto ao cair no chão.

— Não, mãe. Não está — respondeu Meredith, e eu fiquei aflita, sabendo que de fato havia muitos Dinsdale vivos e passando bem não muito distantes de onde nos sentávamos. Eu sabia que não devia falar à mesa. Caroline emitiu um som, agudo e vacilante, que podia ter sido qualquer coisa. Satisfação, talvez. — Mas acho que o filho dele está — acrescentou Meredith.

— Você não pode se *livrar* dele, filha? — perguntou Caroline, e eu fiquei tão intrigada em ouvir Meredith sendo chamada de *filha* quanto ultrajada pela pergunta. Do outro lado da mesa, Henry sorriu e me deu um pontapé na canela.

— Não mais do que a senhora — contrapôs Meredith.

— Nômades — resmungou Caroline. — Era para irem embora. Era para seguirem em frente — disse ela.

— Eles vão. E depois retornam — murmurou Meredith. — E infelizmente não há muito o que eu possa fazer a respeito.

Com isso, Caroline ficou imóvel. Uma pausa pouco natural, como se ela fosse dizer algo mais. Todos que estavam à mesa aguardaram, mas ela não falou mais. Meredith dobrou o guardanapo vigorosamente no colo e começou a se servir de salada. Mas o cenho franzido permaneceu, soldado entre as sobrancelhas, e quando olhei para Caroline, ela observava o gramado, os olhos fixos nas árvores distantes, como se pudesse ver através delas. A cabeça oscilava sobre o pescoço, e, de vez em quando, suas mãos tinham um espasmo, mas o olhar distante e pálido nunca vacilava.

Depois daquele almoço, mandaram que nós, as crianças, fizéssemos uma sesta — porque eu era pequena e estava de mau humor, e Henry fora mal-educado na hora do almoço, o que deixou Beth sem ter com quem brincar. Mas então Henry instigou a brincadeira. Foi o primeiro a se esconder, e finalmente o encontramos no sótão, atrás desse mesmo baú antigo de couro bordô que redescobri recentemente. Nós levantamos partículas de pó que cintilaram na luz que vinha dos beirais, rodopiando lentamente. Encontrei uma borboleta marrom com ocelos violeta envolta em teias de aranha e tão mumificada quanto eu temia que Caroline fosse. Eu disse que era a minha vez de me esconder, mas Beth encontrara Henry antes, portanto, era a vez dela. Henry e eu nos ajoelhamos na base das escadas, fechamos os olhos e ficamos contando.

Acho que eu não sabia contar até cem naquela idade. Estava me fiando em Henry, e ele geralmente contava *um, dois, saltava alguns, noventa e nove, cem*; então, depois do que parecia ser muito tempo escutando o ruído que a governanta fazia com a louça na cozinha, eu abri um olho para espiá-lo. Ele não estava mais ali. Levantei a cabeça e o vi descendo as escadas. Ele me lançou um olhar maldoso, e eu olhei em volta. Fazia isso instintivamente, sempre que me achava sozinha com aquela expressão no rosto de Henry. Para o caso de haver ajuda à mão. Meu coração acelerou dentro do peito.

— Já está na hora de procurar Beth? — sussurrei por fim.

— Não. Ainda não. Eu digo quando for — respondeu ele. Venha, então, venha comigo. Ele usava sua falsa voz simpática, um tom agudo que também usava para enganar os labradores. Ele me ofereceu a mão, e eu a segurei de má vontade. Fomos para o gabinete, e ele ligou a TV.

— Já está na hora agora? — perguntei outra vez. Havia alguma coisa errada. Fiz menção de ir até a porta, mas ele levantou a perna, me barrando.

— Ainda não! Já falei... Você não pode ir procurar até eu dizer que está na hora.

Eu esperei. Estava me sentindo infeliz. Nem assisti ao que passava na TV. Olhava para Henry, para a porta, para ele de novo. O que é o tempo quando se tem 5 anos? Não faço ideia de quanto tempo ele me mandou esperar. Deve ter sido mais de uma hora, e pareceu uma eternidade. Quando a porta se abriu, eu corri até ela. Meu pai entrou e perguntou onde Beth estava. Percebeu meu rosto ansioso e perguntou de novo. Henry deu de ombros. Papai e eu percorremos a casa inteira, chamando. No corredor do andar de cima, nós a ouvimos — batendo na porta, evidentemente aflita. O último lance de escadas, que dava para o sótão, tinha um armário embaixo, com uma chave de ferro na fechadura. Papai a girou, levantou o trinco e Beth saiu num tropeço, o rosto pálido e marcado de sujeira e lágrimas.

— Mas como pode? — disse papai, segurando-a. Ela estava tão ofegante que se sufocava com os próprios soluços, e me assustei com a expressão em seus olhos. Era como se ela tivesse se fechado para mim e para o mundo. O medo a fizera se esconder dentro de si própria. O armário era apertado e cheio de teias de aranha, e o interruptor de luz ficava do lado de fora. Henry a apagara e trancara a porta enquanto eu estava de olhos fechados, supondo que ele contava. Ele a deixara sozinha no escuro com as aranhas e sem espaço para se virar. Eu sabia de tudo isso e contei ao papai, que exigiu a verdade de Henry. Beth ficou atrás dele, numa quietude pouco natural. Seus joelhos estavam marcados de pó, e as palmas das mãos estavam esfoladas; alguma coisa tinha puxado uma mecha dos cabelos, fazendo-a pender como um laço para fora da sua tiara.

— *Eu* não tive nada a ver com isso. Fiquei aqui embaixo todo o tempo. Nós nos cansamos de procurar por ela — disse Henry, indiferente, balançando as pernas de empolgação, mas conseguindo manter a expressão impassível. Beth tinha parado de chorar. Olhava para Henry com um ódio chocante.

É o meio da tarde, e estou lá em cima, encaixada no parapeito da janela do meu quarto. Minha respiração embaçou a vidraça, obscurecendo a vista, mas estou lendo e não importa. Mais cartas de Meredith para Caroline.

Fico surpresa de Meredith as ter guardado, de tê-las acondicionado com as coisas de Caroline, como um registro do relacionamento problemático que tinham. Cartas pertencem a seu destinatário, eu sei, mas teria sido fácil, e compreensível, que ela as destruísse após a morte da mãe. Mas talvez as quisesse exatamente por conta das coisas que relembravam, pelo fato de ter tentado construir outra vida, mesmo fracassando.

Querida mãe,

Obrigada pelo cartão. Só posso dizer que estou tão bem quanto se é de esperar. Ando muito ocupada com Laura, que começou a andar recentemente e, em consequência, pegou o hábito de correr à minha volta — é quase impossível impedir suas travessuras. Sua paixão particular esta semana é por lama e minhocas. Estou com uma ótima babá, uma moça daqui chamada Doreen, que exerce uma influência calmante na criança — e em mim, devo dizer. Nada parece perturbá-la, e, nesta época problemática, isso é uma verdadeira virtude. Ando pensando muito no seu convite de voltar a morar com a senhora em Storton Manor, mas, por enquanto, pretendo permanecer em minha própria casa. Tenho o apoio dos vizinhos, que têm se mostrado extremamente solidários neste meu período de necessidade. Muitas das mulheres têm filhos e maridos distantes, lutando, e cada vez que o temido telegrama chega, um contingente é despachado para garantir que haja comida na casa, que as crianças estejam agasalhadas e que a esposa ou mãe ainda esteja respirando. Ouso dizer que a senhora não aprovaria essa mistura entre as classes, mas fiquei muito comovida ao receber uma dessas visitas quando souberam da morte de Charles. Sexta-feira passada fui a Londres recolher os pertences dele que estavam no clube e em seus escritórios. A senhora não acreditaria nas cenas de destruição que testemunhei lá. Foi suficiente para me deixar com o coração gelado.

Portanto, permanecerei aqui pelo máximo de tempo que conseguir, pois, embora muito me doa confiar isso ao papel, ainda não a perdoei, mãe, por não ter vindo ao enterro de Charles. Suas objeções a ele nunca foram tão grandes e sua insatisfação de viajar nunca tão forte que qualquer dessas coisas a pudesse ter impedido de vir, insultando-o desse modo. A desconsideração não passou despercebida entre nossos conhecidos. E quanto a mim? A senhora não percebeu que eu gostaria de tê-la presente, que eu necessitava de seu apoio num dia como aquele? Certamente, há limites para o estoicismo que uma viúva recente deve exibir, não é? Isso é tudo que vou dizer por enquanto. Preciso me acostumar com a vida sem meu marido e preciso cuidar de mim mesma, da pequena Laura e do meu filho ainda não nascido. Pois agora não creio que a senhora, ou qualquer um, possa pedir algo mais de mim.

Meredith.

Ao final da leitura, sou interrompida pelo som da campainha. Desço do parapeito, sobressaltada, o sangue disparando para minhas pernas enrijecidas. Vou até o topo da escadaria, paro quando ouço Beth abrir a porta e a voz de Dinny. Meu primeiro impulso é correr até lá embaixo para vê-lo, para facilitar as coisas entre eles. Mas meus pés não respondem. Fico imóvel, segurando o corrimão. Escutando.

— Como vai, Beth? — pergunta Dinny, e a pergunta carrega mais peso do que o normal. Mais significado.

— Vou muito bem, obrigada — responde Beth, algo estranho em seu tom que não consigo identificar.

— É que... Erica me falou que você...

— Erica falou que eu o quê? — questiona ela bruscamente.

— Que você não estava feliz de estar de volta. Que queria ir embora. — Não consigo ouvir a resposta de Beth a isso. Se é que ela responde. — Posso entrar? — diz ele, quase nervoso.

— Não. Eu... eu acho melhor não. Eu... estou ocupada agora — mente Beth, e eu sinto sua tensão, o que faz meus ombros doerem.

— Ah. Bem, na verdade eu só dei uma passada para agradecer a Erica pelas coisas de bebê que ela levou para Honey. Honey até sorriu quando eu voltei... foi incrível.

Sorrio ao ouvir isso, mas não sei se Beth compreende o quanto os sorrisos de Honey parecem ser raros.

— Ah, bem... eu digo a ela. Ou devo chamá-la para descer? — pergunta Beth, rígida.

— Não. Não é necessário — responde Dinny, e meu sorriso some. Há uma pausa. Sinto uma correnteza entrando pela porta aberta, sussurrando escada acima para mim. — Ouça, Beth, eu gostaria de falar com você sobre... o que aconteceu. Tem algumas coisas que eu acho que você não entendeu...

— Não! — interrompe Beth, a voz mais alta agora, alarmada. — Não quero falar disso. Não há nada a ser dito. É passado.

— É mesmo? — pergunta ele com suavidade, e eu retenho a respiração, aguardando a resposta de Beth

— É! O que você quer dizer? Claro que é.

— Quero dizer que algumas coisas são difíceis de deixar para trás. Difíceis de esquecer. Pelo menos para mim é difícil de esquecer.

— Você só precisa se esforçar mais — retruca ela friamente. — Esforce-se mais.

Ouço o movimento de pés nas lajotas. Consigo visualizar Beth se retorcendo, tentando escapar.

— Não é tão simples assim, é, Beth? — questiona ele, a voz estranha agora. — Nós éramos... capazes de falar de qualquer coisa, você e eu.

— Isso foi muito tempo atrás — responde ela.

— Sabe, você não pode decidir *tudo*, Beth. Não pode simplesmente fingir que nada aconteceu, não pode lavar as mãos disso... de mim.

— *Eu não quero falar sobre isso.* — Ela enfatiza cada palavra, pondo emoção no que diz.

— Talvez você não tenha escolha. É preciso que ouça algumas coisas — declara Dinny, com a mesma firmeza.

— Por favor — pede Beth. Sua voz se encolheu, está dócil e temerosa. — Por favor, não.

Há uma longa pausa. Não ouso respirar.

— É bom revê-la, Beth — prossegue Dinny, por fim, e novamente o comentário não é feito da forma usual. — Eu estava começando a achar que nunca mais iria. Vê-la de novo, quero dizer.

— Não era para estarmos aqui. Eu não estaria, se não fosse por...

— E vocês vão embora de novo em breve?

— Vamos. Em breve. Depois do ano-novo.

— Sem nunca olhar para trás? — pergunta ele, uma aresta amarga nas palavras.

— Não — responde Beth, mas a palavra não soa tão firme quanto deveria. A friagem me dá um calafrio, e sou novamente tomada pelo desespero, para saber o que é que eles sabem, para me lembrar.

— Então, vou indo. — Dinny parece derrotado. — Agradeça a Erica por mim. Espero... espero ver você de novo, Beth. Antes que você suma. — Não ouço a resposta de Beth, apenas a porta se fechando e um súbito suspiro alto, como se milhares de palavras confinadas jorrassem dela de uma só vez e ecoassem pelo vestíbulo.

Fico no topo das escadas por mais algum tempo e escuto Beth indo para o gabinete. Ouço o sopro da poltrona quando ela se senta abruptamente, e mais nada. Seria mais fácil, penso, espremer a verdade dessas paredes do que da minha irmã. Frustrada, retorno ao sótão, abro a tampa do baú bordô sem o cuidado usual e passo os dedos nos pertences de Caroline mais uma vez. Deve haver algo mais, algo que me escapou. Algo que me diga quem é o bebê da foto e o que aconteceu com ele. Algo que me diga por que ela odiava tanto os Dinsdale a ponto de não sobrar espaço para amar a própria filha. Mas, depois de ter tirado tudo de dentro, não fico mais sábia. Paro, sento sobre os calcanhares e noto que minhas mãos estão tremendo. E, ao pegar um pacote de papel e estender os braços para colocá-lo de volta lá dentro, algo me chama atenção. Um rasgo no forro de papel no fundo do baú; um rasgo que deixou uma aba solta. E, meio escondido embaixo do papel, um envelope. Eu o pego, vejo que a letra não é de Meredith e, ao ler a carta que está dentro, minha pulsação se acelera.

Levanto-me rapidamente e corro até o gabinete. O fogo está devorando uma pilha enorme de lenha e exalando calor.

— Beth, achei uma coisa! Nos pertences de Caroline. — Ela olha para mim, a fisionomia contraída. Ainda não me perdoou pelas coisas que eu disse no açude.

— O que é? — pergunta, indiferente.

— É uma carta para Caroline... tinha se perdido. Encontrei no forro do baú, e é muito antiga, de antes da vinda dela para a Inglaterra. Ouça isto! — É outro envelope bem pequeno, o papel dentro dele é tão velho que a tinta virou um marrom-claro. As páginas estão manchadas e amassadas, como se tivessem sido muito manipuladas; lidas e relidas durante muitos anos. Quando eu abro, as folhas se rasgam um pouco nas dobras. Eu as toco com o máximo de delicadeza. Em certos trechos, mal dá para saber o que está escrito, mas há o suficiente aqui para provar uma teoria.

— *22 de abril, 1902* — leio. — *Minha querida Caroline, recebi sua carta e fiquei consternado por saber que você não tinha recebido a minha, nem a anterior, tudo indica! Por favor, acredite que tenho escrito, que escrevo quase todas as noites. Há tanto trabalho a ser feito aqui para aprontar tudo para sua chegada que acabo cada dia bem cansado, mas mesmo assim penso em você todas as noites, eu lhe juro. As tempestades de primavera têm nos incomodado bastante. Anteontem caiu uma chuvarada de granizo, cada pedra do tamanho de um punho, que podia matar um homem! Esta terra selvagem precisa de uma suave mão feminina para domá-la, meu amor. E saiba que não ficarei aflito com nenhuma dessas tempestades quando você estiver aqui ao meu lado.*

"Por favor, não se aflija com a partida de sua tia. Aqui você terá um lar e uma família como sempre quis! Eu sei que separar-se dela em maus termos a incomoda, mas certamente... não consigo decifrar o que diz aqui. Na verdade não dá para entender a maior parte deste parágrafo. — Aperto os olhos. — *Tenho tomado providências para que... Me dói... Seja paciente por mais um tempo, minha querida, e antes do que você espera estaremos juntos. Encontrei um lugar ao lado da casa onde farei um jardim para você. Lembro-me de você ter me dito o quanto gostaria de ter um jardim. Pois bem, você terá um só seu e poderá cultivar nele o que quiser. O solo aqui é meio arenoso, mas permite que muitas coisas floresçam, e eu sei que nós floresceremos. Todos os dias, meu coração me relembra da sua ausência, mas, graças a Deus, em breve estaremos reunidos.*

"Tem um trecho enorme aqui que não consigo decifrar... Parece que foi molhado ou coisa parecida. — Interrompo a leitura, passando os olhos no resto da folha. — Então ele termina: *Estou com muitas saudades, e meu coração se contenta de saber que em breve você estará partindo de viagem para me encontrar aqui. Tranquilize-se, querida, muito em breve daremos início ao resto de nossas vidas. Seu sempre, C.* Então, que tal isso?"

— Então quer dizer que ela era casada! — exclama Beth.

— Tudo indica que sim... Na verdade, nada diz que era, mas não posso pensar em outro motivo, naquela época, para ele escrever uma carta como esta... sobre iniciar a vida juntos, e ela ter uma nova família, e todo o restante.

— Para onde ela iria viajar? O que diz o carimbo do correio?

Eu examino o envelope.

— Não dá para ver. Está totalmente apagado.

— Que pena. Será que ela pretendia viajar para se casar com ele e algo aconteceu antes que ela chegasse lá?

— Mas e o bebê?

— Verdade. Então ela perdeu um marido e um bebê antes mesmo de ter chegado aqui. E que idade ela tinha nessa época?

— Acho que 21. Tinha acabado de receber a herança.

— Incrível que nada disso constasse na certidão de casamento ou que fosse conhecido até agora! Como pode ter sido esquecido? — reflete Beth.

Dou de ombros.

— Quem vai saber? Se ela se divorciou dele, talvez não quisesse que soubessem. Mary disse que Caroline nunca queria falar de sua juventude... Talvez tivesse algo a ocultar. E você se lembra daquela carta da tia B. que lhe mostrei? Que mencionava que as coisas acontecidas na América deviam permanecer lá? Sem dúvida, ela estava preocupada com algum tipo de escândalo. Se o marido tivesse morrido, ela simplesmente constaria como viúva na certidão de casamento com lorde Henry. Ela deve ter abandonado ele. E se o bebê dela morreu, isso poderia explicar o motivo para ter sido sempre tão fria, tão impenetrável. — Com isso, Beth fica quieta.

Ela não mencionou a visita de Dinny. Não me transmitiu o agradecimento dele e não posso saber se isso é proposital ou se foi um lapso sem dizer a ela que eu estava escutando. Mas isso me incomoda. Estou louca para saber o que ele quer dizer a ela.

— O que foi? — pergunto.

— Erica, por que você faz tanta questão de saber de tudo isso? De saber de tudo? — Ela olha para mim da sombra dos cabelos e das longas pestanas. O fogo por trás dela lhe dá um brilho alaranjado.

— Você não acha interessante? Eu quero saber por que... por que nossa família odeia os Dinsdale. Odiava os Dinsdale — corrijo-me. — Quero saber por que Meredith ficou cruel daquele jeito, tão amarga e injusta. E a resposta parece ser que ela herdou isso de Caroline. E apenas quero saber *por quê*...

— E você acha que descobriu?

— Por que elas odiavam os Dinsdale? Não. Nenhuma pista sobre isso. Não podia ser apenas preconceito de classe... Devia ser mais que isso. *Era* mais que isso. Era *pessoal.* E, de qualquer modo, em suas cartas, Meredith não parecia ter se incomodado quando as barreiras de classe começaram a cair durante a guerra. Mas pelo menos eu acho que sei por que Caroline era tão fria. Por que, como mamãe disse, ela nunca amou Meredith.

— Porque ela perdeu um filho?

— Pelo que tudo indica, perdeu toda uma vida. Lembra aquela vez, no baile de verão, quando Caroline achou que tinha reconhecido a garçonete?

— Lembro.

— Quem será que ela achou que fosse? Por que será que ficou tão desconcertada com ela?

Novamente, Beth não responde, cria uma barreira entre nós duas daquele modo que não suporto.

— E não consigo tirar da cabeça aquelas flores, as *marsh flags*! Tenho certeza de que me lembro de alguma coisa a respeito delas... — Beth já não está me escutando.

— Perder um filho... nem posso imaginar qual deve ser a sensação. Uma criança que teve a chance de crescer, de se transformar numa pessoa. Quando o amor da gente por ela teve anos para se aprofundar. Simplesmente não posso imaginar.

— Nem eu.

— É claro que não, Erica, você nem pode começar a imaginar, pois não sabe qual é a sensação... Você não sabe o quanto esse amor é forte — diz ela com intensidade.

— Eu não sei de muitas coisas — afirmo, magoada. O fogo estala no silêncio, a fogueira vai se mexendo enquanto arde.

— Nós nunca sentimos falta de Henry — murmura ela, novamente se afundando na sombra da poltrona, de modo que não consigo ver bem seu rosto. — Nós assistimos às buscas por ele e o modo como aquilo quase destroçou a família. De certo modo, vimos as consequências do... que aconteceu. Mas nunca *sentimos falta* dele. Nós sempre ficamos apenas à margem daquilo... da confusão. A dor que causou...

— Era difícil sentir falta dele, Beth. Ele era detestável.

— Ele era detestável, mas não passava de um menino. Apenas um garotinho, Erica. Ele era tão jovem! Eu não sei... não sei como a Mary conseguiu sobreviver — diz ela, a garganta se estreitando com as palavras. Eu não acho que Mary tenha sobrevivido totalmente. Por um instante terrível, visualizo Beth sendo como Mary. Beth, daqui a vinte anos, tão vazia e amortecida quanto Mary. Pois, com certeza, é assim que vai ser se eu não a curar. Se tiver percebido erroneamente, se tiver piorado as coisas trazendo-a para cá. Não confio em mim mesma para falar. A carta de Caroline em minhas mãos é leve como o ar; tão imaterial, as palavras de seu homem perdido mal tocando as folhas, a voz dele sussurrando ao longo dos anos, sumindo no passado. Toco no *C* com que ele assinou, envio-lhe um pensamento silencioso, de volta no tempo, como se ele pudesse ouvir de alguma maneira e se confortar.

É tarde agora, e faz horas que Beth foi se deitar. Passaram-se apenas dois dias desde o Natal, desde que vi Dinny pela última vez, e sinto uma espécie de desespero silencioso dentro do peito. Se Beth se recusa a me contar o que aconteceu, então Dinny terá que me dizer. Isso significa que preciso pedir a ele, e eu sei, *sei*, que ele não quer ser interrogado. Está um negrume lá fora, mas nem me dei o trabalho de puxar as cortinas. Gosto de ficar sentada com plena vista da noite. Está passando um filme idiota na televisão, mas o som está baixo, e eu olho o fogo morrer e fico pensando, pensando. Ninguém mais para ouvir esse tempo tempestuoso além de mim, mas é reconfortante saber que ela está lá em cima. A casa me dá uma sensação de vazio. Sem ela, seria insuportável. De vez em quando um pingo de chuva cai sobre as brasas, tinindo ao pousar. Um pedaço do que foi papel de presente, agora um fantasma cinza de si mesmo, ficou grudado na grade. Ele balança de um lado para o outro, com a corrente de ar que sobe, o vento que se enrosca chaminé adentro. Fico hipnotizada por ele.

O que teria acontecido se Henry não tivesse sumido? Talvez Meredith não ficasse ainda mais desagradável do que era. Talvez mamãe não se desentendesse com ela, finalmente perdendo a paciência e deixando de perdoá-la. Clifford e Mary continuariam a vir para cá, não teriam sido preteridos em relação à casa quando chegou a hora. Eu sei que Clifford ficou terrivelmente aborrecido de perder a casa. Um rei sem um castelo. Ele continuou a visitá-la, mas não bastou. A recusa de Mary a se aproximar daqui aborreceu Meredith o suficiente. *Ela quer ou não ser uma Calcott, Clifford? Que covardia!* Henry seria o Honorável Henry Calcott, só esperando Clifford morrer para abocanhar o posto de *lorde*. Beth e eu teríamos passado mais verões aqui. Talvez tivéssemos crescido com Dinny. Beth e Dinny, juntos; adolescentes desajeitados, hesitantes, apaixonados. Fecho os olhos, expulso a ideia.

Uma batida atrás de mim e um rosto na vidraça escura me tiram o fôlego. É Dinny, e eu fico olhando feito uma idiota, como se ele tivesse saído direto dos meus pensamentos. A chuva deixou seus cabelos escorridos na testa, e a gola está levantada contra o frio. Eu abro a janela e o vento a agarra, quase arrancando-a da minha mão.

— Desculpe... desculpe, é tão tarde, Erica. Eu vi a luz acesa. Preciso de ajuda. — A boca dele está molhada de chuva, e consigo sentir seu gosto. Ele está ofegante, parece disperso.

— Qual é o problema? O que aconteceu?

— Honey entrou em trabalho de parto e... tem alguma coisa errada, Erica. Algo está dando errado, e todos os furgões estão atolados depois dessa chuva toda... Precisamos ir ao hospital. Você pode nos levar? Por favor? Vai ser mais rápido do que esperar a ambulância encontrar o lugar...

— Claro que vou! Mas se eu for de carro até lá embaixo, vou atolar também...

— Não, não... só vá até o topo da alameda, será que dá? Eu a carrego até lá.

— Certo! Tudo bem. Tem certeza de que vai conseguir carregá-la?

— Vá lá, por favor... Precisamos nos apressar!

Dinny some da janela, volta para o escuro. Pego as chaves do carro, o casaco e paro apenas para pensar que deveria avisar a Beth. Mas é provável que ela esteja dormindo e não tenho tempo de explicar. Enfio o celular no bolso e voo para o carro. A chuva corre pelo para-brisa numa onda ininterrupta. Na corrida curta até o veículo, fico com os ombros molhados. Estou com a respiração acelerada demais e com as mãos trêmulas ao tentar encontrar a ignição e preciso parar, me acalmar. A entrada de carros está cheia de poças, e eu espalho suas águas lamacentas saindo para a estrada, os limpadores de para-brisa se debatendo.

Não há sinal deles quando paro no topo da alameda. Os faróis iluminam a sebe, indo em direção ao acampamento. Desço do carro e corro trilha abaixo, deslizando. O solo está escorregadio. O capim se solta debaixo dos meus pés, dissolvendo-se. Ouço o vento atormentando as árvores no escuro. Elas estalam como um oceano invisível. Paro na extremidade da luz que os faróis alcançam e fico olhando para o breu. A chuva entra pelas costuras dos meus sapatos. Então eu os vejo, vindo devagar, e enquanto cambaleio em sua direção, Dinny escorrega e cai num joelho, lutando para manter o equilíbrio com o peso da garota grávida oscilando em seus braços. Honey se agarra nos ombros dele, o medo transformando suas mãos em garras.

— Você consegue caminhar? — pergunto a Honey ao alcançá-los. Ela faz que sim, com uma careta. — Dinny, solte! Ponha ela de pé!

Ele se inclina para o lado, põe os pés de Honey no chão e então a ajuda a ficar ereta. Ela fica assim por um segundo e depois se acocora, gritando.

— *Porra!* — xinga. Eu seguro a outra mão dela e suas unhas cravam em mim. Os cabelos encharcados cobrem seu rosto. — Isso não pode estar certo... não pode — grita ela.

— A bolsa se rompeu, e a água estava com nódoas — avisa Dinny.

— Eu não sei o que isso significa! — exclamo.

— Significa problema. O bebê está em sofrimento — diz ele. — Significa que precisamos nos mexer! — Mas Honey ainda está curvada e agora está soluçando. De dor ou medo, não sei.

— Vai ficar tudo bem — garanto. — Ouça... realmente, vai ficar tudo bem. Tem certeza de que consegue andar? O carro não está longe. — Honey faz que sim, os olhos bem fechados. Ela respira como um fole. Meu coração está acelerado, mas eu me sinto calma agora. Tenho um propósito.

Chegamos ao carro e colocamos Honey no banco de trás. Estou enlameada até os joelhos. Honey está molhada até os ossos, pálida e trêmula.

— Eu dirijo. Você ajuda Honey — orienta Dinny, indo para a porta do motorista.

— Não! Ela precisa de você, Dinny! E é o meu carro. A direção fica um pouco rebelde quando chove. Vai ser mais seguro se eu dirigir — grito.

— Um de vocês dirige essa porra! — grita Honey. Eu passo por Dinny, assumo a direção, e ele vai para trás. Saímos derrapando, corremos pela alameda e chegamos à estrada principal.

Dirijo até Devizes numa velocidade imprudente, o mais rápido que ouso, os olhos comprimidos diante do túnel de chuva. Mas quando faço curvas, Honey é jogada de um lado para o outro no banco de trás, e eu diminuo a velocidade, sem saber o que é pior. Ela chora baixinho entre as contrações, como se para si mesma, e Dinny parece emudecido pelo choque.

— Não falta muito agora, Honey! Vai dar tudo certo. Por favor, não fique com medo. Eles vão tirar o bebê com mais rapidez do que você consegue dizer *epidural* — grito, olhando-a de relance pelo espelho retrovisor. Espero não estar mentindo.

— Falta muito? — pergunta ela, ofegante, os olhos no meu reflexo, suplicantes.

— Cinco minutos, juro. E eles vão tomar conta de você e do bebê. Vai ficar tudo bem. Não é, Dinny? — Ele dá um salto, como se eu o tivesse assustado. Os nós dos seus dedos, que seguram as mãos de Honey, estão brancos.

— É, sim, é isso mesmo. Você vai ficar bem, querida. Aguente firme.

— Vocês já pensaram em algum nome? — pergunto. Quero distraí-la. Do medo, do frio, da noite úmida, da dor que faz seu rosto brilhar de suor.

— Hã... eu acho, humm, acho que... Callum, se for menino... — responde ela ofegando, e interrompe, o rosto se contorcendo com o início de outra contração.

— E se for uma menina? — pressiono.

— Menina... para uma menina... Haydee... — diz com um gemido, tentando se sentar mais ereta. — Preciso fazer força!

— Ainda não! Ainda não! Estamos quase chegando! — Acelero até o fundo quando a luminosidade laranja da cidade aparece diante de nós.

Levo o carro bem para a porta do hospital, e Dinny já está fora dele antes mesmo de pararmos. Ele volta com ajuda e uma cadeira de rodas.

— Vamos lá, Honey. — Eu me viro para ela, seguro sua mão. — Você vai ficar bem agora. — Ela aperta minha mão, lágrimas correndo pelas faces, sem qualquer traço de seu ar desafiador, do seu ardor, do queixo erguido com desdém. Ela parece pouco mais que uma criança. A chuva bate no teto do carro por um instante de silêncio, e então eles abrem a porta de trás, a tiram, ela grita com eles, pragueja, e nós entramos todos no prédio, piscando com o clarão das luzes. Eu os sigo até onde posso, ao longo de três corredores ruidosos, passando por várias portas até ficar perdida. No último conjunto de portas, alguém nos impede de continuar. Sinto a mão no meu braço, gentil, mas implacável.

— Sinto muito, mas, daqui em diante, apenas o parceiro. Você pode aguardar no fundo do corredor... Há uma sala de espera lá — informa o homem, apontando para o caminho de onde viemos.

— É o parceiro de Honey? — pergunta ele a Dinny.

— Sim... não. Sou o irmão dela. Ela não tem parceiro — diz ele.

— Certo. Venha então. — Eles somem por trás das portas, deixando que balancem, um ruído impetuoso e uma pancada ao se cruzarem, uma, duas, três vezes. Minha respiração se desacelera com elas, que então se imobilizam. Dinny é irmão dela.

O relógio da parede é parecido com o que havia pendurado na minha sala de aula na escola. Redondo, de plástico branco-amarelado, o ponteiro vermelho fininho marcando os segundos com um tremor. Ele mostra dez para a uma quando eu me jogo numa cadeira de plástico verde e o observo se arrastando volta após volta, pensando em como não tinha me ocorrido que Dinny podia ter uma irmã. Como ele não tinha quando éramos pequenos, supus que não tivesse. Eles não se parecem nem um pouco. Retrocedo, percorro a memória, tento me lembrar se os vi se tocarem ou falarem um com o outro como se fossem um casal. Nunca fizeram isso, é claro. Surge um sentimento em mim — saber que ele não é dela, que o filho não é dele. Sinto uma hesitante esperança.

Três e meia, e ainda sou a única pessoa nesta sala de espera quadrada. Pessoas passam pelo corredor ocasionalmente, calçados que rangem nos ladrilhos. Minhas pernas pesam de estar sentada há tanto tempo. Estou caindo numa espécie de estupor. Visualizo o acampamento de Dinny num dia de verão... Início da estação, a florescência madura das árvores caindo com uma brisa leve e a luz do sol refletida nas grades dos furgões estacionados. Vovô Flag cochilando em sua cadeira... O vento soprando as pontas rebeldes de seus cabelos grisalhos, mas de resto ele se sentava tão imóvel. Apesar de nunca falar muito conosco, eu sempre o achei bondoso, me sentia segura. Ele ficava relaxado, como se dormisse profundamente, mas subitamente dava uma risada sobre algo que tivesse sido dito ou feito. Uma gargalhada alta, que vinha do peito. Sempre com um chapéu surrado, puxado para a frente sobre o rosto, e sob sua sombra, brilhavam os olhos escuros. Faces de pele grossa, muito marcadas. Uma vida ao ar livre o deixara da cor de avelã. Da cor dos braços de Dinny no verão. Nos dias que se seguiram ao acontecimento, a polícia o obrigou a tirar o furgão do lugar, e não foi uma só vez. Vovô Flag os fitava com seus olhos calmos e penetrantes. Eles fizeram todos movimentarem os furgões para lá e para cá repetidamente, provocando todo aquele rugido dos motores, as nuvens de fumaça de diesel. Um trailer, de um homem chamado Bernie, precisou de um guincho aquela vez. Mickey e os outros homens fizeram o maior esforço, o deslocaram de um lado para outro, fizeram o que lhes pediam, mesmo que o trailer de Bernie fosse alto o bastante para permitir a visão embaixo. Perguntei à mamãe o que eles estavam procurando. *Terra fresca*, ela me respondeu concisamente, e eu não entendi.

Um vulto passando pela porta me desperta. É Dinny, andando lentamente. Desajeitada, me apresso até o corredor.

— Dinny... o que aconteceu? Está tudo bem?

— Erica? O que você ainda está fazendo aqui? — Ele parece atordoado, exausto e surpreso de me ver ali.

— Ora, eu... eu estava esperando para saber. E achei que você quisesse uma carona de volta.

— Eu achei que você tivesse ido... Não precisava ter esperado todo esse tempo! Eu podia pegar o ônibus de volta...

— São três e meia.

— Ou um táxi então — emenda ele, teimoso.

— Dinny, você vai me dizer como está Honey? E o bebê?

— Bem, ela está bem — responde sorrindo. — O bebê estava virado, mas ela acabou conseguindo. É uma menina e passa bem.

Sua voz está rouca, ele parece exausto.

— Que bárbaro! Parabéns, tio Dinny — digo.

— Obrigado. — Ele sorri, meio retraído.

— Então, quanto tempo elas vão ter que ficar aqui?

— Uns dois dias. Honey perdeu muito sangue, e o bebê está com um pouco de icterícia. As duas estão pregadas no sono agora.

— Você parece acabado. Quer uma carona para casa? — ofereço. Dinny esfrega os olhos com o polegar e o indicador.

— Sim, por favor. — Ele concorda com a cabeça.

O tempo não deu trégua. Dirijo com mais cautela. A zona rural está tão escura, tão vazia. É como se estivéssemos abrindo um túnel, as duas únicas pessoas no mundo. Estou tonta de cansaço, mas a exaustão não me permitiria dormir. Preciso me concentrar para dirigir com segurança. Abro um pouco o vidro; o ar frio me atinge com salpicos de chuva. Seu rugido enche o carro, disfarça o silêncio entre nós.

— Você nunca disse que Honey era sua irmã. Eu não me dei conta — explico, sem muita leveza.

— Quem você achou que ela fosse?

— Ora... achei que ela fosse... sei lá...

— Achou que ela fosse minha namorada? — pergunta ele, incrédulo, e depois solta uma risada. — Erica... ela tem 15 anos!

— Ora, eu não sabia disso! — digo, me defendendo. — O que eu devia pensar? Você não tinha uma irmã a última vez que nos encontramos.

— É, não tinha. Ela nasceu bem depois de vocês irem embora. Um bônus tardio, era como minha mãe a chamava. — Ele abre um leve sorriso. — Agora ela já não tem tanta certeza.

— Como assim?

— Ora, você a conheceu. O temperamento de Honey não é dos mais fáceis.

— Então, o que aconteceu? Como é que ela acabou ficando com você?

— O bebê. Quando ela engravidou, minha mãe queria que ela se livrasse dele. Achou que ter um filho tão jovem acabaria com a vida dela. Honey se recusou. Minha mãe falou que tudo bem, que ela poderia colocá-lo para adoção, e mais uma vez Honey não quis. Elas tiveram a maior briga, e Keith também se meteu. Aí Honey foi agressiva, e eles a mandaram embora. — Ele suspira. — Elas só estão brabas uma com a outra. Só isso.

— Keith é o novo marido da sua mãe?

— Eles não são casados, mas sim, vivem juntos. Ele é legal. Um pouco conservador.

— Não consigo imaginar sua mãe com alguém conservador.

— É, não. Nem a Honey.

— Mas Honey deve estar acostumada a um modo de vida mais... convencional, não é?

— Ela viajou conosco até os 7 anos, quando papai morreu. Acho que ficou no sangue dela. Ela nunca fica realmente acomodada na sociedade convencional.

— Mas agora, com o bebê... com certeza ela não vai poder ficar com você para sempre.

— Não, não vai mesmo — diz ele, com firmeza, e eu o olho. Ele aparenta preocupação, e o silêncio retorna ao carro.

— O que aconteceu com o pai? — pergunto com cautela.

— O que aconteceu com ele? Nada, ainda. Isso pode mudar se eu conseguir pôr as mãos no cara — explica Dinny, inflexível.

— Ah. Ele não agiu como um dos cavaleiros da coroa em relação a isso tudo, então?

— É um idiota de 27 anos que disse a Honey que ela não engravidaria na primeira vez.

— Aquele velho papo — afirmo, sentindo um tremor. — E quase 30 anos? O cara devia saber que estava mentindo...

— É como eu disse, se eu chegar a pôr as mãos nele... Honey se recusa a me dizer o nome completo do sujeito e onde mora — diz Dinny, soturno.

Eu lhe lanço um olhar irônico, abrindo um leve sorriso.

— Por que será? — murmuro. — Ainda assim, deve ser uma maneira incrível de criar uma criança... vivendo como você vive. Viajando por aí, sempre que dá na telha. Nada de hipotecas, nada de trabalhar das nove às cinco, sem malabarismos para cuidar da criança... Ao ar livre, sem precisar manter as aparências... — Eu me aventuro.

— Tudo bem para tipos como eu, mas, para uma garota de 15 anos, com um bebê sem pai? Ela nem acabou a escola ainda — suspira ele. — Não, ela precisa voltar para casa.

Estaciono em frente de casa. A luz do gabinete que deixei acesa ilumina os troncos nus das árvores mais próximas ao local.

— Obrigado, Erica. Obrigado por nos levar. Você foi realmente maravilhosa com Honey... Maravilhosa mesmo — agradece Dinny, levando a mão à maçaneta.

— Por que você não entra? Só para se esquentar. Tem um conhaque, e você podia tomar uma chuveirada quente, se quiser. Está cheio de barro — digo. Ele inclina a cabeça e olha para mim, intrigado.

— Você está me oferecendo uma *chuveirada*? — pergunta, sorrindo.

— Qualquer coisa. Eu posso achar uma camiseta limpa para você. — Eu me atrapalho.

— Acho que não é uma boa ideia, Erica.

— Ah, pelo amor de Deus, Dinny! É apenas uma casa. E agora você é bem-vindo aqui. Não vai ser capturado pelo sistema só por usar o encanamento.

— Não tenho tanta certeza de ser bem-vindo. Eu vim conversar com Beth. Ela não me deixou entrar — diz ele baixinho.

— Eu sei — respondo antes de pensar. Ele me lança um olhar inquiridor. — Eu estava escutando. Do topo da escada — explico, em tom de desculpas.

Dinny revira os olhos.

— A mesma Erica de sempre.

— Então, vai entrar agora? — volto a perguntar, com um sorriso. Dinny me olha por um momento prolongado, até eu começar a me sentir acanhada; então ele desvia o olhar para a noite hostil.

— Tudo bem. Obrigado. — Ele aceita.

Conduzo Dinny ao gabinete. O fogo se apagou, mas ainda está bem quente. Vou fechar as cortinas.

— Nossa, como está escuro aqui! Em Londres a gente tem que se proteger da claridade, e aqui, da escuridão — digo. O vento joga uma folha morta na vidraça, segurando-a lá. — Você ainda acha que mau tempo é papo furado? — pergunto ironicamente.

— Sim, mas vou admitir que, *sem dúvida*, estou usando as roupas erradas para hoje — concede Dinny.

— Sente-se. Vou pegar o conhaque — aviso. Furtivamente, vou até a sala de estar, pego a garrafa e dois copos de cristal, fazendo o mínimo ruído possível. — Beth está dormindo — digo a ele, servindo os copos.

— A casa está bem como eu me lembrava — recorda Dinny, tomando um gole da bebida cor de âmbar, fazendo uma leve careta.

— Meredith não era chegada a mudanças desnecessárias. — Dou de ombros.

— Os Calcott fazem parte da velha guarda. Por que ela iria querer mudar alguma coisa?

— *Eram* da velha guarda. Você não pode dizer isso de Beth e de mim. Sou uma pobre professora, pelo amor de Deus, e Beth é uma mãe divorciada e trabalhadora.

Dinny dá um rápido sorriso irônico.

— Isso deve ter deixado a velha danada da vida.

— Obrigada. Nós gostamos de achar que sim. — Sorrio. — Quer mais? — pergunto enquanto ele bebe o restante que havia na taça. Dinny faz que não com a cabeça, se acomoda na poltrona, estica os braços para cima e arqueia as costas, feito um gato. Eu o observo, sentindo um calor no estômago, o sangue latejando nos meus ouvidos.

— Mas posso aceitar aquele banho. É, faz algum tempo que não tenho acesso a esse tipo de comodidade.

— Claro — concordo, sem alarde. — Por aqui.

O quarto mais distante do de Beth é o de Meredith e é uma suíte, com o melhor dos chuveiros — o grande cubículo envidraçado está opaco pelo depósito de cal, mas tem um daqueles chuveiros enormes que derrama uma cascata de água quente. Providencio um sabonete novo, uma toalha limpa e acendo uma lâmpada de cabeceira, pois a luz de cima é muito clara, e, se Beth estiver acordada, poderá vê-la como uma tira embaixo da porta, e então vir e investigar. Dinny para no meio do quarto e se vira, absorvendo a visão da cama enorme, as cortinas pesadas, a mobília antiga e elegante. O tapete sobre as tábuas irregulares é de um verde gasto. O leve cheiro familiar de pó, naftalina e cachorro.

— Este era o quarto dela, não é? De Lady Calcott? — pergunta Dinny. Sob a luz fraca, seus olhos estão negros, inescrutáveis.

— É o que tem o melhor chuveiro — digo, indiferente.

— Parece meio... errado estar aqui.

— Acho que ela lhe deve um banho, pelo menos — asseguro gentilmente. Dinny não diz nada e começa a desabotoar a camisa enquanto eu saio apressada do quarto.

Andando sem fazer ruído pelo corredor, ouço o chuveiro se abrir, os encanamentos gorgolejando e estalando nas paredes. Fecho os olhos, torcendo para que Beth não acorde. Nesse mesmo instante, ela aparece, olhando para mim ao lado de sua porta no fundo do corredor. Os cabelos estão escorridos ao lado do rosto, os pés descalços, brancos e vulneráveis.

— Erica? É você? — A voz está tensa.

— Sim, está tudo bem — afirmo baixinho. Não quero que Dinny ouça que ela está acordada.

— O que você está fazendo de pé? Que horas são? — Ela boceja.

— É muito cedo. Volte para a cama, querida. — Beth esfrega o rosto. Seus olhos estão arregalados, confusos, recém-acordados.

— Erica? Quem está no chuveiro? — pergunta ela.

— Dinny. — Olho para meus pés com as meias imundas, mexendo-os com culpa.

— Como? O que está acontecendo?

— Nada de mais. Honey teve o bebê agora à noite... Precisei levá-los a Devizes, e ficamos encharcados, nos enchemos de lama e... quando voltamos eu disse que ele podia tomar um banho aqui, se quisesse — explico, tudo num único fôlego.

— Você foi a *Devizes*? Por que não me disse?

— Você estava dormindo! E tive que ir correndo... Houve uma complicação com Honey e... e foi tudo meio apressado, só isso. — Aperto um pé embaixo do outro. Reluto em encará-la. Dou um sorriso. — Imagine como Meredith ficaria furiosa se soubesse que um *Dinsdale* está em seu chuveiro! — sussurro, mas Beth não sorri.

— Dinny está no chuveiro, e você está esperando do lado de fora do quarto como... como sei lá o quê — diz ela.

— Não estou esperando do lado de fora! Só ia pegar uma camiseta limpa para ele...

— Erica, o que você está fazendo? — pergunta ela, séria.

— Nada! Não estou fazendo nada — digo, mas, mesmo que seja verdade, não é o que parece. — Você vai me dizer que eu não deveria tê-lo convidado a entrar?

— Talvez não devesse — rebate ela, sucinta.

— Por que não?

— É que... ele é... praticamente um estranho, Erica! Você não pode simplesmente convidar pessoas ao acaso no meio da noite!

— Não são pessoas ao acaso. É o Dinny! — contesto com firmeza. Mantenho o olhar no dela e vejo que ganhei esse argumento. Ela não consegue explicar sua objeção, não sem explicar outras coisas. Então não diz mais nada, se vira lentamente e fecha a porta.

Vou depressa até o meu quarto, pego uma camiseta grande que uso como pijama e largo do lado de fora da porta de Meredith. O vapor vaza por baixo, assim como o cheiro mineral da água quente. Volto lá para baixo, vou para o gabinete e bebo o resto do meu conhaque.

Saio quando ouço Dinny descendo as escadas. O vestíbulo está mergulhado nas sombras. Ao me ver, ele para.

— Erica, você me assustou — diz ele, com aparência cansada, botando uma das mãos nos cabelos e passando os dedos. Cai água das pontas, molhando os ombros da minha camiseta dos Rolling Stones.

— Ai, está molhando a camiseta seca — protesto.

— Mais seca que as minhas, ela está. — Ele sorri. — Assim que eu sair, vou me molhar de novo, mas obrigado mesmo assim. Devo admitir, aquele é um ótimo chuveiro.

Parece que não consigo responder; parece que não consigo respirar direito. É como se eu tivesse me esquecido de como fazer isso. Como se inspirar já não se seguisse a expirar, como se tivesse me escapado a lógica da coisa. Ele chega à base das escadas, está ao meu lado, e eu sinto como se estivesse perto demais dele. Mas ele não se mexe, nem eu. Dinny vira a cabeça e me olha, perplexo. O mesmo olhar de décadas atrás, quando eu disse a ele que tinha visto *trolls* no vale entre as colinas, e sou assaltada pelas lembranças dele: me ensinando a mergulhar, observando minhas inúmeras tentativas fracassadas; me mostrando como chupar o néctar das flores brancas das urtigas mortas, colhendo uma e me oferecendo. Gradativamente, sua expressão muda, fica mais séria. Eu me desmancho sob seu exame minucioso e não consigo me virar como deveria, nem me afastar. Observo uma gota de água escorrer pelo braço dele; observo o leve arrepio da pele no caminho. Minha mão se move sem minha ordem.

Toco o lugar onde a gota para, meus dedos seguem o rastro ao longo de seu braço, enxugando a trilha fria. A forma dos músculos sobre os ossos. O calor do sangue sob a pele. Minha pele se sente exposta onde o toca, mas deixo a mão em seu braço; estou presa no chão, não consigo me mexer. Por um segundo, ele também fica imóvel, tanto quanto eu, como se eu tivesse paralisado a nós dois com esse toque intruso. O vasto vestíbulo, com os ecos dispersos pelo teto, parece se encolher à minha volta. Então, ele se afasta; bem de leve, mas o suficiente.

— Devo ir — afirma baixinho. — Obrigado por... toda a sua ajuda... mesmo. — Ele parece intrigado.

— Não... de nada. Sempre que você precisar — digo, piscando, sobressaltada.

— A gente se vê. — Ele sorri sem jeito e sai para a fria manhã que se inicia.

O lamento

1904

Caroline viu-se do lado de fora, encharcada e tremendo, sem nem se dar conta de que havia se mexido. A água corria sobre seus olhos, pelos cabelos e pelas costas de seu vestido de algodão e, enquanto os cavalos trotavam para dentro do pátio, ela foi andando até eles, fazendo a água do chão espirrar, as narinas captando o cheiro forte dos animais quentes e molhados. Ela reconheceu Hutch e Joe, os chapéus baixos sobre o rosto. Ao tomar fôlego para perguntar, viu o terceiro cavaleiro, pendurado na frente da sela de Hutch, cabeça descoberta, a chuva escorrendo pelos cabelos cor de bronze que ficaram lustrosos e escuros.

— Corin? — sussurrou ela, estendendo a mão para sacudi-lo de leve. Não dava para ver seu rosto, não dava para fazê-lo olhar para cima, para ela. — Onde está o chapéu dele? Ele vai se resfriar! — gritou para Hutch, sem reconhecer a própria voz; estava muito alta, muito frágil.

— Sra. Massey, por favor, saia da frente. Precisamos levá-lo para dentro. Rápido! — disse Hutch, severo, tentando passar por ela com o cavalo.

— Onde está a Quenga? O que aconteceu com Corin... Qual é o problema com ele? Diga! — gritou ela, descontrolada agora. Agarrando as rédeas do cavalo, Caroline puxou sua cabeça para o lado e impediu-o de continuar andando com sua preciosa carga. Hutch disse alguma coisa, e Joe desceu do cavalo, segurou as mãos de Caroline e liberou o cavalo. Joe gritou alguma coisa, a voz alta e grave. Caroline não deu atenção. Mais homens chegaram para pegar os cavalos, para segurar Corin. Caroline tropeçou atrás deles, caiu sobre o degrau da casa e não conseguiu se levantar. Não conseguia se lembrar de como andar, como fazer as pernas se dobrarem nem os pés subirem ou descerem. Mãos fortes a ergueram e, ainda que a segurassem na direção que pretendia ir, ela lutou de maneira selvagem, como se pudesse resistir ao que estava acontecendo e assim desfazê-lo.

Eles deitaram Corin na cama. Caroline secou cuidadosamente seus cabelos com uma toalha de linho, tirou sua camisa molhada e as botas sujas, respingando água no chão. Pegou cobertores limpos e o cobriu. As mãos dele estavam gélidas, e ela as segurou, tentando lhes transmitir o pouco calor que tinha. Trouxe uma tigela do ensopado de coelho, deixando-o ao lado da cama.

— Não quer um pouco? Vai aquecê-lo — murmurou ela para ele.

— Ele estava correndo atrás de um coiote grande, era o último que a gente ia caçar porque tínhamos visto a chuva chegando. Quenga... ela sempre foi a mais ágil. Veloz também, o que não é a mesma coisa. Ela era lépida, aquela égua. Pensava rápido. Nunca vi um cavalo e um cavaleiro se moverem tão bem quanto Corin e aquela égua... — Hutch falava num tom baixo e monótono; os olhos fixos em Corin, e as mãos se movimentando em círculos, se torcendo e retorcendo. Caroline mal ouvia o que ele dizia. — Mas, então, sem qualquer aviso, ela empinou, bem no alto, os cascos bem acima da cabeça. Seja no que for que ela pisou, e acho que foi numa areia movediça, ela não esperava, caso contrário teria evitado, com certeza. Corin foi jogado no chão e... e depois a Quenga caiu em cima dele. Foi muito rápido! Como se Deus tivesse estendido o braço e dado um piparote no coitado do cavalo. As duas patas dianteiras se quebraram. Joe atirou nela. Tivemos que deixá-la para os malditos coiotes. Aquela égua tão corajosa! — Ele parou de falar, as lágrimas escorrendo pelas faces.

Caroline piscou.

— Bem — disse ela por fim, lentamente, como se estivesse embriagada —, vocês terão que buscá-la de volta. Corin não monta em nenhum outro cavalo. — Hutch olhou para ela, confuso. — O médico já chegou? — perguntou, virando-se de novo para a cama. Uma mancha de água escura estava estragando os quadrados de seda da colcha, vazando em torno de Corin. Manchas de uma cor enraivecida brotaram sob a pele do peito e dos braços, como um rubor de mau gosto. Seu ombro direito estava num ângulo errado, e a cabeça caía para o lado. Caroline deslizou as mãos para baixo das cobertas para ver se ele estava se aquecendo, mas sua pele estava fria e rija, de um modo estranho. Ela deitou a cabeça ao lado da dele, recusando-se a escutar o recanto silencioso e apavorado de sua mente, que sabia que ele estava morto.

Corin foi enterrado em seu próprio terreno, no topo de uma elevação verdejante a cerca de meio quilômetro da casa e a uma boa distância do poço de água doce. O pastor veio de Woodward e tentou convencer Caroline de que seria mais apropriado enterrá-lo no cemitério da cidade, mas, como a viúva estava muito entorpecida para responder, Hutch teve a palavra final e insistiu que Corin gostaria de ser enterrado na pradaria. Angie Fosset e Magpie se responsabilizaram por auxiliar Caroline naquele dia e por vesti-la num vestido preto emprestado que ficou grande demais e pendia em dobras de sua estrutura magra. Elas também lhe conseguiram um chapéu com véu, que tinha penas de avestruz longas demais e que se moviam majestosamente atrás dela.

— Você escreveu aos familiares dele, Caroline? — perguntou Angie, escovando os cabelos emaranhados de Caroline. — Querida, você escreveu para a mãe dele? — Mas Caroline não respondeu. Não lhe sobrara vontade nem para respirar. Angie lançou um olhar soturno para Magpie e levou a moça Ponca para o lado, para uma consulta sussurrada que Caroline não fez questão de ouvir. Ela foi conduzida até a colina para ficar diante do túmulo enquanto o pároco lia o sermão para um aglomerado de estancieiros, vizinhos e uma boa porção da população de Woodward. O céu estava encoberto. Um vento quente sacudiu a coroa de rosas brancas sobre o caixão, derramando um leve chuvisco sobre a congregação.

Depois de feitas as orações, Hutch deu alguns passos e ficou diante da cabeceira do caixão. Todos aguardaram, os olhos respeitosamente virados para baixo e, como Hutch não falou, eles aguardaram um pouco mais, olhando para ele de vez em quando. Até Caroline acabou erguendo os olhos velados para ver o que estava acontecendo. Então, enfim, Hutch respirou fundo e falou com voz grave, suave e firme.

— O pastor aqui fez um belo sermão, e sei que ele pretendia que servisse de conforto. E pode bem ser para alguns, pensar que Corin Massey foi na nossa frente para o reino dos céus. Até me atrevo a dizer que, com o tempo, vou conseguir conforto com essa mesma ideia. Espero que ele goste de lá. Espero que haja bons cavalos e vastos espaços verdejantes para ele cavalgar. Espero que o céu por lá seja da cor de um amanhecer primaveril na pradaria. Mas hoje... — ele pausou, a voz se embargando — ... hoje espero que Deus me perdoe se eu fizer objeção por ele nos ter tirado Corin cedo demais. Só por hoje, acho que podemos sentir que fomos tratados injustamente por terem levado nosso grande amigo. Pois sua falta será dolorosa. Sua falta me causará muita dor. Mais do que posso expressar. Ele era o melhor de nós e o homem mais justo e mais bondoso que se pode conhecer. — Hutch engoliu em seco, duas lágrimas escorrendo pelas faces. Ele as enxugou com as costas da mão, pigarreou e começou a cantar:

Onde cai o orvalho e a borboleta repousa,
A rosa silvestre brota numa colina da pradaria,
Onde os coiotes uivam e o vento brinca livre,
Lá ele jaz na solitária pradaria.

Seu canto foi um lamento semelhante ao vento vazio e soprou direto em Caroline. Ela se sentiu tão imaterial quanto o ar, tão intangível quanto as nuvens acima. Seus olhos retornaram ao caixão de madeira clara. Nada nele lhe falava de Corin, nada nele a relembrava dele. Era como se ele tivesse sido varrido da Terra, ela pensou, e parecia uma coisa impossível de ter acontecido. Ela não tinha nenhuma foto, nenhum retrato dele. Seu cheiro já sumia do travesseiro, de suas roupas. Hutch, Joe, Jacob Fosset e outros três homens ficaram ao lado do caixão e seguraram as cordas nas mãos calejadas. O pastor falou novamente, mas Caroline se virou e desceu a colina aos tropeços, as dobras do vestido emprestado rastejando como um eco escuro de seu vestido de casamento. Ela não aguentaria ver o peso naquelas cordas, a tensão naquelas mãos. Não aguentaria visualizar o que estava descendo naquele caixão, e a escuridão do túmulo aberto aguardando a aterrorizou.

— Não a deixe sozinha nem por um segundo. Nem por um segundo, Magpie. Ela já era bem solitária quando Corin era vivo, que Deus a ajude — sussurrou Angie para Magpie antes de ir embora, depois do funeral. Caroline estava bem ao lado delas, mas Angie imaginou que ela nem se importava. Angie se virou para ela, pondo as mãos em seus ombros. — Voltarei na terça, Caroline — consolou, triste. Mas, ao abrir a porta, Caroline finalmente recuperou a voz.

— Não vá! — coaxou ela, que não podia suportar ser deixada, não podia suportar o vazio. Os espaços dentro de casa eram tão apavorantes quanto os externos agora. — Por favor... não vá, Angie — implorou ela. Angie se virou, o rosto contorcido de pena.

— Oh, Caroline! — suspirou ela, abraçando a vizinha. — Estou com o coração partido por você, de verdade — disse ela, e Caroline chorou, seu corpo cedendo descontroladamente junto ao de Angie.

— Eu... não vou aguentar... *Não vou aguentar!* — gritou ela, e sua angústia parecia pronta para deixá-la em frangalhos. Magpie deixou o rosto cair entre as mãos e curvou a cabeça, cheia de pesar.

Mas Angie teria que ir embora uma hora — ela tinha uma família para cuidar. Magpie ficava com Caroline o máximo de tempo possível. Dormia num cobertor dobrado na sala, com William ao seu lado. O choro dele durante a noite acordava Caroline em pânico, pois era muito alto e pouco familiar. Ela achava que havia coiotes dentro de casa ou que Corin estava de volta e chorava de dor. Mas, depois que despertava totalmente, o entorpecimento retornava. Uma noite, ela ficou espiando Magpie por uma fresta da porta, observando a moça de pele escura amamentar o bebê à luz da vela, cantando tão baixinho que o som poderia ser o da brisa ou do sangue se movendo nos ouvidos de Caroline. Ela sentiu a escuridão por trás como uma ameaça, como um espírito maléfico que devora cadáveres, e ficou com muito medo de se virar. A escuridão do quarto vazio, tão vazio quanto todo o resto. A dor da saudade de Corin, enquanto ela ficava deitada na cama escura, era como uma faca alojada em seu coração, se torcendo lentamente. Então, Caroline ficou ali por muito tempo, presa à luz da vela como uma mariposa; finalmente, Magpie parou de cantar e mudou de posição, o suficiente para mostrar que se sentia vigiada.

Agora, mal valia a pena combater o calor do alto verão. Caroline fazia o que lhe mandavam e só comia quando Magpie se sentava com ela e a forçava. À noite, a índia falava suavemente com Caroline sobre coisas sem importância enquanto lhe trocava a roupa e escovava seu cabelo, assim como sua antiga criada Sara fazia. Caroline fechou os olhos e relembrou aquele tempo, o período obscuro que se seguiu à morte de seus pais e como ela tinha pensado que nunca mais se sentiria perdida e triste como naquela ocasião. Mas isto era pior; muitíssimo pior.

— Você se lembra da vez que meu pai nos levou ao circo, Sara? — murmurou ela com o fantasma de um sorriso.

— Quem é Sara? — perguntou Magpie com firmeza. — Eu sou Magpie, sua amiga, Sra. Massey.

Caroline abriu os olhos e se deparou com o olhar da moça Ponca no espelho.

— Sim, é claro — assentiu ela, num tom neutro, para ocultar o fato de que, por um instante, não sabia quem era e onde estava.

Enquanto cuidava dos afazeres da casa, Magpie desenvolveu o hábito de pôr William no colo de Caroline. Especialmente quando ela ficava várias horas sem falar ou não respondia às perguntas, com a fisionomia absorta e imóvel. A criança, então com 10 meses, logo começava a se mexer e a querer subir, o que a forçava a segurá-lo, firmá-lo e se concentrar nele.

— Cante para ele, Sra. Massey. Conte-lhe a história do Jardim da Eda — instigava Magpie; e, embora Caroline não conseguisse encontrar nenhuma história nem canções no coração, ela conseguia achar traços de um sorriso para o bebê, e suas mãos despertavam o bastante para lhe fazer cócegas, segurá-lo e mudá-lo de posição. Ela não fazia cara feia quando ele lhe puxava o cabelo. William a observava com seus olhos escuros, aveludados e curiosos e abria um sorriso molhado de vez em quando, e às vezes também Caroline o segurava e abraçava apertado, os olhos fechados, como se extraísse forças de seu corpinho. Magpie ficava rondando por perto quando ela fazia isso, pronta para pegar a criança de volta quando o abraço ficava forte demais e o fazia chorar.

Durante todo o verão, Caroline passou horas sentada na varanda, batendo com a ponta do pé na base da cadeira de balanço de Corin, e depois fechando os olhos, escutando o seu rangido, para a frente e para trás. Tentava não pensar. Tentava não cogitar como teriam sido as coisas se ela não tivesse culpado os coiotes por seus temores noturnos. Ela tentava não cogitar como as coisas poderiam ter sido se não tivesse tido aquele pesadelo, se não tivesse tido medo da natureza selvagem, se tivesse sido uma pessoa mais forte; uma pessoa melhor, mais adaptável. Mais corajosa. Qualquer outro tipo de pessoa, diferente do tipo que mandou um marido à caça de cães selvagens. Ela chorava sem se dar conta e circulava com as faces cheias de sal. E não tinha um filho dele com quem ficar, a quem criar e contar, num pesar silencioso, o quanto seu pai tinha sido bronzeado, dourado e glorioso. Nem mesmo esse vestígio dele restara para confortá-la. Ela olhava fixamente para o horizonte vasto e distante e se permitia ter medo. Ficava ali sentada o dia inteiro e com medo. Era o único modo que conhecia de se punir, e sentia que a abjeta infelicidade não era pior do que ela merecia.

Algumas semanas mais tarde, Hutch foi até a casa e deu uma batida respeitosa na porta. Se Caroline não estivesse tão distante, tão voltada para dentro desde a morte de Corin, ela teria percebido o sofrimento do homem e que ele a evitava, assumindo a culpa pelo acidente com Corin. Estava mais magro, pois não conseguia comer muito. O acidente o atingira profundamente. As marcas em seu rosto pareciam mais fundas, embora ele não pudesse ter nem 35 anos ainda. A culpa lhe pesava sobre os ombros, e a amargura o envelhecia, deixando sua marca, assim como fazia com Caroline, mas ela não tinha nenhum consolo para oferecer. Nem para Hutch. Ela lhe fez um café e notou, solenemente e sem satisfação, que finalmente conseguira fazer um bom café forte, não fraco, amargo ou queimado. Visualizou Corin tomando um gole, visualizou o sorriso que teria se aberto em seu rosto, o modo como ele a teria elogiado — deslizando o braço em sua cintura, plantando um beijo em sua face. *Querida, este é o melhor café que já tomei!* Mesmo seus menores triunfos o deixavam orgulhoso. Pensamentos como sse a faziam tremer, deixavam suas pernas frouxas.

— Sra. Massey, detesto importuná-la, mas existem algumas coisas que exigem sua atenção — disse Hutch, pegando a xícara que ela lhe passou. Com um leve gesto, Caroline o convidou a se sentar, mas, apesar de Hutch olhar para a cadeira oferecida, ele permaneceu de pé.

— Que coisas? — perguntou ela.

— Bem, com a... partida do Sr. Massey, a senhora é a dona desta estância agora. Sei que pode parecer alarmante, mas não há motivo para sso. Não quero que a senhora se preocupe com nada. Eu ficarei aqui na administração para a senhora. Eu conheço o funcionamento de tudo muito bem e já estou aqui há tempo suficiente para chamá-la de minha casa. Seu marido confiava em mim com seus negócios, e espero que a senhora também confie. Mas há coisas que não posso fazer, e uma delas é pagar os salários aos empregados e peões.

— Pagá-los? Mas... eu não tenho nenhum dinheiro. — Caroline franziu o cenho.

— Aqui, talvez não. Corin sempre fazia uma retirada a cada dois meses de sua conta no banco em Woodward, e imagino que não haveria nenhum problema para a senhora em fazer o mesmo.

— Você... quer que eu vá a Woodward? Não posso. — Recusou-se de modo tão decidido como se ele tivesse pedido que ela fosse à lua.

— Eu a levo. Podemos ficar uma noite apenas se assim preferir; ou a senhora pode ir visitar algumas das damas enquanto estivermos lá. Eu acho... — Hutch fez uma pausa, virando a xícara nas mãos. — Eu acho que a senhora precisa ir a Woodward. Acho que precisa ver gente. Precisa respirar um ar. E se não pagar esses rapazes, eles irão trabalhar em outro lugar. Eles são bons e leais, mas faz dois meses que estão sem pagamento, e isso não é certo. E sem eles, não posso tocar a estância.

Finalmente, ele deu um gole no café, e sua expressão, surpresa com o sabor, não passou despercebida. Caroline imaginou a viagem a Woodward e foi tomada por um grande cansaço. Ela girou nos calcanhares e se debateu para manter o equilíbrio, agarrando-se no espaldar da cadeira para se apoiar

— Está bem então, se é o único jeito. Corin... Corin iria querer que a estância seguisse em frente.

— Isso ele iria mesmo, Sra. Massey — concordou Hutch. Fazendo outra pausa, ele baixou a cabeça, triste. — Seu marido era um bom homem, sem dúvida nenhuma. O melhor que eu conheci. E este lugar era seu orgulho e alegria, então suponho que nós lhe devemos isso, mantê-la ativa, fazê-la maior e melhor — disse ele, levantando o olhar para ouvir Caroline ecoar o sentimento, mas ela olhava pela janela e mal o ouviu. — Este café está danado de bom, com o perdão da linguagem, Sra. Massey — acrescentou Hutch, terminando o café. Caroline olhou para ele e assentiu com um leve gesto de cabeça.

Ela se esqueceu da sombrinha e sentiu o sol queimando a pele assim que partiram para Woodward. Com os olhos comprimidos contra a luminosidade, pensou nas rugas que se enraizariam em seu rosto e descobriu que não se importava. O vento soprava, quente e seco, e um manto de poeira circundava Woodward. Grãos afiados de areia entraram nos olhos imóveis de Caroline, de modo que, ao chegarem à rua principal, seu rosto estava banhado em lágrimas. Ela o esfregou asperamente, com força, sentindo a estranha solidez de suas órbitas por trás das pálpebras.

— Pare agora. Pare — disse Hutch suavemente. Ele molhou um lenço com a água do cantil e imobilizou as mãos dela enquanto limpava a poeira de seu rosto. — Pronto — disse baixinho. — Assim está melhor. Suponho que seus pobres olhos tenham derramado lágrimas suficientes para o resto da vida. — A mão que segurava as dela afrouxou o aperto, mas não as soltou de todo, e, ternamente, ele tirou um último grão de areia de sua face com o polegar.

— É aqui? — perguntou ela, extenuada. Eles tinham parado diante do Banco Gerlach, um prédio grande com uma placa imponente e bonita.

— Aqui mesmo. Quer que eu a acompanhe?

— Não. — Ela abanou a cabeça. — Tudo bem. Obrigada.

Estava silencioso e fresco dentro do prédio, e as botas de Caroline fizeram um ruído alto no piso de madeira. Ela se aproximou de um funcionário jovem e o viu se horrorizar com a desordem de seu rosto, das roupas e do cabelo. Um relógio numa caixa alongada palpitava pesadamente na parede, um som que Caroline não ouvia desde que deixara Nova York. Ela olhou para o relógio brilhante, muito parecido ao que havia no vestíbulo de Bathilda. Aquilo lhe pareceu um objeto de outro mundo.

— Posso ajudá-la, madame? — perguntou ele.

— Eu gostaria de fazer uma retirada — disse ela, dando-se conta de que não sabia como isso se daria, pois nunca tinha feito tal pedido antes.

— A senhora tem uma conta no Gerlach? — perguntou o funcionário, fazendo essa perspectiva parecer improvável. Caroline olhou para seu bigode aparado com precisão e para seu colarinho e terno imaculados. Achou sua expressão altiva para um bancário. Endireitou-se e o fitou com um olhar firme.

— Creio que meu marido tenha uma conta aqui há muitos anos. Sou a Sra. Corin Massey. — Com isso, um homem mais velho apareceu atrás do jovem funcionário e sorriu gentilmente para ela.

— Sra. Massey, por favor, venha e sente-se. Meu nome é Thomas Berringer. Eu a esperava. Tudo já foi organizado, e, sem dúvida, a senhora pode ter acesso à conta do seu falecido marido. Gostaria de tomar uma água? — O Sr. Berringer a conduziu a uma cadeira e gesticulou para que o funcionário trouxesse água.

Quando chegaram à questão da quantidade de dinheiro a ser retirada, Caroline percebeu que não fazia ideia. Não sabia quanto precisava pagar a um peão ou empregado da estância, quanto devia, nem quantos homens deviam ser pagos. Ela retirou metade dos fundos disponíveis e, embora surpreso, o Sr. Berringer preencheu os formulários necessários e os passou para que ela os assinasse, sem comentários. A data que ele pôs no alto fez Caroline ter um leve sobressalto.

— É o meu aniversário — disse ela, sem vigor. — Faço 21 anos hoje.

— Ora. — O Sr. Berringer sorriu, parecendo ligeiramente desconfortável. — Muitas felicidades, Sra. Massey.

O pacote resultante com as notas era grosso e pesado. Caroline o sentiu na mão, indecisa de onde guardá-lo. Vendo seu apuro, o Sr. Berringer novamente fez sinal com o dedo para o funcionário, e uma sacola de pano foi providenciada para ocultar o dinheiro de olhos curiosos. Lá fora, Caroline ficou parada na calçada elevada, olhando para todas as pessoas, cavalos e charretes. Antes, ela se sentia tão em casa entre as pessoas. Agora, percebia que não se sentia em casa em lugar nenhum. Aquela ocasião era sua chance de ir às lojas da cidade, de comprar livros e alimentos, mas ela não conseguia pensar em nada. Vendo um armarinho, comprou uma coberta branca e macia de crochê para William e um moisés de palha.

— Para este calor, será mais fresco do que aquele carregador de couro que ele tem — explicou a Hutch.

— Isso é muita generosidade sua, Caroline. Tenho certeza de que Maggie vai gostar muito — disse Hutch, escondendo os presentes embaixo do assento da charrete. Bem depois, tarde demais para que comentasse, ela notou que, pela primeira vez, Hutch a tinha chamado pelo primeiro nome.

Eles ficaram uma noite apenas, no mesmo hotel onde haviam se hospedado na noite da festa. Caroline pediu o mesmo quarto, mas estava ocupado. Ela queria ficar num lugar onde Corin tinha estado, como um peregrino visitando um santuário. Como se o lugar fosse relembrá-la dele, como se sua essência ainda pudesse ser sentida ali. Ela ficou olhando pela janela por um longo tempo enquanto o sol se punha, pintando a cidade com tons generosos de rosa e dourado. Observou as pessoas que passavam e escutou fragmentos de suas conversas, a animação das risadas e tentou lembrar como era a sensação de ser uma delas. Ao anoitecer, viu Hutch sair, com os cabelos penteados e uma camisa limpa. Ele foi andando pela rua principal, e Caroline o acompanhou com os olhos até perdê-lo de vista entre o amontoado de gente.

Os homens foram pagos, e o maço de notas ficou resumido a um terço. Caroline retornou o restante à sacola de pano e a colocou em sua valise. Sua mão roçou em algo macio. Era a bolsa de veludo azul com as esmeraldas de sua mãe e algumas outras peças finas. Ela a abriu e olhou para as pedras brilhantes, pensando na última vez que as usara, na noite em que conheceu Corin. Como imaginara que as usaria aqui? Elas pareciam ridículas no quarto simples. Como flores de estufa delicadas num campo de trigo. Ela as segurou sobre a pele e se olhou no espelho. Como estava diferente! Tão magra, tão bronzeada; o nariz era uma faixa de sardas, o cabelo, fosco e desarrumado. Ela parecia a criada de uma dama experimentando as joias da patroa e se deu conta de que talvez nunca voltasse a usá-las. Elas não tinham lugar no campo. Tirou-as e colocou-as de volta na bolsa. Depois, sem pensar, guardou outras coisas também — algumas roupas íntimas e blusas; uma camisola de mangas compridas, quente demais para o verão; uns pentes de cabelo e o pó de arroz. Baixou a tampa e prendeu os fechos, pensando em onde achara que poderia ir.

No final de agosto, a estância ficou mais quieta. Hutch, Joe e vários outros homens tinham ido para as pastagens com quase mil cabeças de gado, para as últimas semanas de engorda antes que os animais fossem embarcados em trens e levados para o norte, para os mercados de carne dos estados do leste. Muitos dos homens que ficaram na estância pegaram uma doença que passou rapidamente de uma pessoa para outra, deixando-os de cama com febre e tremores. Sentada na varanda numa manhã bem cedo, pensando em nada e sentindo nada por dentro, Caroline viu Annie, irmã de Joe, sair da estância no pônei cinza de Magpie. Ela rumava para o leste a meio-galope. Ao passar, a fisionomia da mulher Ponca tinha linhas fundas de inquietude. Caroline observou até ela ficar fora de vista; então pensou um pouco e lembrou que não via Magpie desde a tarde anterior. Levantou-se e atravessou o pátio lentamente.

A casa de taipa estava quente e rançosa. Magpie estava imóvel na cama, e William resmungava e choramingava consigo mesmo no moisés de palha que Caroline lhe trouxera. Havia um cheiro inconfundível de amônia e fezes vindo do bebê. Por trás dele, um fedor metálico que instintivamente atemorizou Caroline. Com o coração acelerado, ela se ajoelhou ao lado de Magpie e a sacudiu de leve. O rosto da moça estava vermelho-escuro e seco. Quando ela abriu os olhos, eles estavam com um brilho estranho e embotado, e Caroline recuou um pouco, assustada.

— Magpie, você está doente? Aonde foi Annie? — perguntou ela apressadamente.

— Estou doente. Nuvem Branca também. Os remédios dela não nos curaram — sussurrou Magpie. Havia uma xícara de madeira ao lado da cama, e Caroline a pegou. Havia um preparado dentro, com cheiro forte e avinagrado. Ela o segurou para Magpie, mas a moça virou a cabeça, fraca. — Chega disso. Chega — sussurrou ela.

— Você está com febre, precisa beber alguma coisa — disse Caroline. — Vou pegar água. Você precisa se levantar, Magpie. William está sujo...

— Não consigo me levantar. Não posso trocar ele — retrucou Magpie, parecendo tão infeliz que fez Caroline hesitar. — A senhora precisa fazer isso. Por favor.

— Mas eu não sei como se faz! — afirmou Caroline. — Magpie, por que você não mandou me avisar que estava doente? — perguntou ela. Magpie olhou para ela, e ali ela leu a resposta. Porque nenhum deles achou que ela poderia ajudar. As lágrimas se empoçaram em seus olhos. — Eu limpo ele. Vou buscar água para você — continuou, enxugando o rosto. O cheiro da moça doente e do bebê sujo era nauseante, e ela ficou tonta, mas se movimentou com decisão, pegando um balde e indo até a cisterna. — Onde está Nuvem Branca? Aonde foi Annie? — perguntou ela outra vez do vão da porta.

— Nuvem Branca também está doente. Está descansando na tenda. Annie foi para o Leste, para as terras do nosso povo no rio Arkansas... Foi buscar remédio...

— O *rio Arkansas*? Fica a mais de 300 quilômetros! Ela vai levar dias! — gritou Caroline.

Magpie só olhou para ela, o rosto sem energia, exausta e desesperada.

— Por favor, limpe o William — pediu ela de novo.

Caroline encheu o balde de água e pegou uma concha. Ela precisou de toda sua força para erguer a cabeça e os ombros de Magpie para que a moça pudesse beber, mas tudo que ela conseguiu foi dar uns golinhos e achou difícil engolir.

— Por favor, beba mais um pouco — implorou Caroline, mas Magpie não respondeu, deitando de volta na cama fétida, fechando os olhos. Procurando, Caroline achou fraldas limpas e uma toalha. Ela tirou William do moisés e saiu com ele. A imundice que ela encontrou ao tirar a roupa do bebê lhe deu náuseas, e ela jogou os trapos nas brasas da fogueira em extinção. A água estava fria, e William começou a chorar quando ela o enfiou no balde para lavar a sujeira endurecida de seu traseiro. Mas seu choro estava fraco, a voz um pouco rouca, e ele parecia se cansar com isso, caindo numa espécie de cochilo enquanto Caroline terminava de lhe dar banho e punha uma fralda limpa entre suas pernas, do melhor modo que conseguiu. Sentada no chão, ela o deitou em suas coxas e afagou seus braços, arrebatada, quando percebeu o quanto ele estava quente e como suas faces estavam coradas. Ela pôs os dedos na própria testa para verificar, e a diferença era inconfundível. Apressadamente, pegou-o no colo e voltou para dentro da choupana.

— Magpie... William está muito quente. Acho que ele também está com febre — disse ela, levando o bebê para a beira da cama para Magpie vê-lo. Os olhos da moça Ponca se encheram de lágrimas.

— Eu não sei como ajudá-lo. Por favor... ele vai ficar doente também. A senhora precisa levá-lo... levá-lo para a sua casa! Limpe-o, dê de comer. Por favor! — pediu ela com voz muito fraca.

— Eu já o limpei, está vendo? Ele vai ficar bem... Vocês dois vão ficar bem, Magpie — afirmou Caroline.

— Nuvem Branca... — murmurou Caroline vagamente. Caroline pôs William de volta no moisés e foi até a tenda. Hesitou do lado de fora, com medo de avançar. Pensou no olhar negro de Nuvem Branca, sua voz estranha se elevando num cântico.

— Nuvem Branca? Posso entrar? — chamou ela, hesitante, mas não veio resposta. Com a respiração acelerada, Caroline levantou a aba da tenda e entrou. Nuvem Branca estava encolhida no chão junto com muitos trapos velhos. Seus cabelos grisalhos estavam lustrosos de suor, grudados no couro cabeludo. De olhos fechados, ela não passava de uma senhora velha, pequena e frágil, e Caroline se envergonhou de ter medo dela. — Nuvem Branca? — sussurrou ela, ajoelhando-se ao seu lado e sacudindo-a como fizera com Magpie. Mas Nuvem Branca não se mexeu. Não acordou. Sua pele irradiava calor, e sua respiração estava rápida e superficial. Caroline não sabia o que fazer. Ela saiu da tenda e então vacilou, ali sozinha com as mãos trêmulas, cercada de gente que subitamente precisava de sua ajuda.

Por insistência de Magpie, levou William para casa consigo. Ele dormia a sono solto, com o punho fechado encaixado na boca. Ela o colocou no lugar mais fresco, com mais sombra que encontrou e começou a explorar os armários da cozinha, procurando por comida que pudesse levar para Magpie. Revestindo-se de coragem, foi até os alojamentos e encontrou três das camas ocupadas. Os peões enfermos murmuraram num constrangimento impotente quando ela entrou, garantindo-lhe que estavam bem, embora fracos demais para se levantar. Caroline pegou baldes de água e fez cada um beber, antes de deixar mais uma xícara cheia ao lado da cama de cada homem. Ela esperava encontrar alguém capaz de ir até a cidade buscar o médico, mas nenhum deles estava em condições. Essa conclusão fez o pânico fechar sua garganta. Voltando para casa, começou a fazer uma sopa com feijão e a carcaça de uma galinha que Magpie havia assado dois dias antes. Também buscou uma moranga na adega e fez um purê para William.

Durante a noite, o menino a acordou com um choro fraco de aflição, e ela se levantou, segurou-o no colo para que ele parasse de chorar, consolando-o com palavras e beijos reconfortantes. Quando ele voltou a dormir, Caroline o deitou novamente, depois se sentou na beira da cama e chorou de mansinho, pois isso era tudo que ela sempre havia desejado, um bebê dormindo ao lado de sua cama, para confortá-lo e amá-lo. Mas esta criança não era dela, e Corin não estava deitado ao seu lado, e esse gosto minúsculo do que deveria ter acontecido, de como as coisas deveriam ter sido, era amargo e doce.

Pela manhã, não havia mais dúvida de que William também contraíra a febre. Dormia demais, estava quente e lânguido ao acordar. Caroline voltou aos alojamentos com a sopa que tinha feito e depois à choupana para ver Magpie, parando na frente da tenda. Ela sabia que devia entrar e tentar acordar Nuvem Branca outra vez, tentar fazê-la tomar água. Mas o medo a impedia, um medo novo e terrível nascido mais do instinto que do pensamento consciente. Ela ficou com a nuca arrepiada ao se forçar a levantar a aba da tenda. Nuvem Branca não tinha se mexido. Não se movia. Nem um pouco. Nem mesmo seu peito, com a subida e descida da respiração. Caroline deixou cair a aba da tenda e recuou apressadamente, o pavor a contraindo por dentro, fazendo-a tremer dos pés à cabeça. Com a respiração acelerada, ela desceu até a choupana.

Magpie estava mais fraca e foi mais difícil acordá-la. O branco de seus olhos pareciam acinzentados, e sua pele estava ainda mais quente. Caroline lavou seu rosto com um pano molhado e, com a concha, derramou água entre seus lábios rachados.

— Como está William? Está doente? — sussurrou Magpie.

— Ele... — Caroline vacilou, sem querer falar a verdade. — Ele está com febre. Estava quietinho agora de manhã — disse, seriamente. O medo acendeu uma luz fosca nos olhos de Magpie.

— E Nuvem Branca? — perguntou ela. Caroline desviou o olhar, ocupando as mãos com o pano, o balde de água, a concha.

— Ela está dormindo — respondeu com concisão. Quando olhou para cima, Magpie a fitava, e ela não conseguiu manter o olhar no da moça.

— Não sei o que fazer. Não sei como me ajudar nem à Nuvem Branca — sussurrou Magpie, desesperada. — Precisamos esperar que Annie volte logo e que traga o remédio.

— Isso vai levar tempo demais! — constatou Caroline, desalentada. — Alguém terá que ir! Você não pode esperar por Annie! — Ela se levantou e ficou andando em volta. — Eu vou — disse ela, por fim. — Estou bem. Eu vou e... levo William junto. O médico poderá vê-lo imediatamente e depois voltar comigo e cuidar de você e de todo o pessoal. É o melhor jeito.

— A senhora vai levar William junto...?

— É o melhor jeito. Você não pode cuidar dele, Magpie! Eu posso. Vou de charrete e assim o médico o verá hoje à noite. Esta noite, Magpie! Ele vai poder ser medicado *ainda hoje*! Por favor. Este é o melhor jeito. — Agora que havia decidido, estava desesperada para começar. Ela pensou em Nuvem Branca, em sua forma exposta, imóvel demais. — Caso contrário, pode ser tarde demais — acrescentou. Os olhos de Magpie se arregalaram de medo, e ela piscou, deixando as lágrimas rolarem.

— Por favor, tome conta dele. Por favor, volte logo — implorou a moça.

— Pode deixar! Enviarei o médico imediatamente. Vai ficar tudo bem, Magpie, não se preocupe — disse Caroline, o coração acelerado fazendo sua voz tremer. Ela pegou a mão de Magpie e a apertou bem.

Carregou a charrete com a valise, o moisés e uma sacola com as coisas de William e foi dirigindo o mais rápido que ousava, desviando o cavalo entre as moitas como tinha observado Hutch e Corin fazer. O North Canadian estava baixo entre as margens, e pingos frios de água respingaram das rodas quando a charrete passou pelo vau, remexendo o cheiro doce, umido e mineral do leito do rio. Parando para o cavalo e ela própria descansarem, Caroline pegou William nos braços. Ele ainda estava quente e chorava sem parar cada vez que acordava, mas agora estava dormindo e sua fisionomia, calma, de um modo que a lembrou tanto de como Corin ficava quando dormia em sua cadeira que ela perdeu o fôlego. Pensar outra vez, por apenas um segundo, que esta criança podia ser de Corin lhe tirou o ar dos pulmões. Ela se sentou na areia com William no colo e o analisou, passando um dedo da linha de seus cabelos até os dedinhos dos pés. Dedos longos, bem separados, bem como os de Corin. Seus cabelos eram pretos, mas sua pele era mais clara que a de Magpie e de Joe. Os olhos, embora castanhos, tinham um anel esverdeado em volta da íris que os iluminava. No sulco entre as sobrancelhas e no beicinho acima de um queixo recuado, Caroline achou que via traços de seu marido. Aninhando a criança junto ao peito, ela chorou. Chorou pela traição de Corin, por tê-lo perdido e pela sensação perfeita, agonizante, de segurar seu filho.

O médico deu uma olhada no semblante descontrolado de Caroline e na criança em seus braços e a conduziu para dentro. Ele pegou William e o examinou, interrogando Caroline sobre os sintomas que os adultos mostravam na estância e a partir de quando a doença havia se instalado. Ele escutou o coração e a respiração do bebê, sentindo o calor na pele macia.

— Acho que ele ficará bom. A febre ainda não está muito alta, e o coração está forte, portanto, tente não se preocupar demais. Vai pernoitar na cidade? Bem, mantenha-o resfriado. O principal é baixar a febre dele o quanto antes. Panos molhados e frios, trocados regularmente. Dê três gotas disso embaixo da língua, com uma colher de chá de água depois, a cada quatro horas. É um antipirético... vai ajudar a baixar a febre. E se ele conseguir comer ou beber, tente lhe dar alguma coisa. Acho que ele vai se recuperar rapidamente. Não fique com tanto medo. Você o trouxe a tempo. Mas eu preciso ir até a estância, pois se deixarmos as coisas assim, essa doença pode ficar mais grave. A senhora irá amanhã, para eu poder ver a criança de novo? — Caroline fez que sim. — Ótimo. Repouso, para vocês dois. E panos frios para seu filho. Há outros na estância tão pequenos como este, ou muito idosos? — perguntou o médico enquanto a conduzia para fora do consultório. *Seu filho.*

— Não há outras crianças. Nuvem Branca... ela tem idade avançada, embora eu não saiba dizer quantos anos tem — sussurrou ela. — Mas acho... acho que ela já morreu — disse, contraindo a garganta. O médico lhe lançou um olhar incrédulo.

— Preciso ir imediatamente e viajar durante a noite... Espero chegar lá ao amanhecer. Um colega meu pode ser encontrado neste endereço... Se William piorar, procure-o.

Ele entregou um cartão a Caroline, curvou a cabeça rapidamente e saiu apressado.

Caroline não dormiu. Ela pegou uma bacia com água fria da cozinha do hotel e ficou colocando panos frios na pele de William, como fora instruída. Relutava em tirar os olhos dele, analisando cada traço de seu rosto, cada fio de cabelo. Verificava o relógio obsessivamente, dando-lhe a dose a cada quatro horas. De vez em quando ele acordava e a analisava também, agarrando o dedo dela com um aperto tranquilizador. Pela manhã, ela estava tonta de cansaço. A cor de William estava melhor, e sua pele, mais fria. Ele comeu um pouco de arroz-doce que a dona do hotel lhe preparara, analisando as mulheres numa calma apreciação que as fez sorrir. Caroline o embrulhou na manta de crochê, deitou-o no carrinho, pôs um mordedor em suas mãos gorduchas e olhou para ele. Podia ser dela — o médico tinha achado que era. Ele podia ser filho de uma respeitável mulher branca — nada em sua pessoa indicava que fosse um Ponca. Realmente, ele podia ter sido dela, pensou. Deveria ter sido dela.

Caroline ficou relutante em voltar para a estância. Ela deveria ter retornado horas antes, com o nascer do sol, mas a ideia de viajar de volta a deixou tão cansada que ela desviou o olhar da charrete preta, estacionada do lado de fora do pátio, e da estrebaria, onde o cavalo passara a noite, comendo feno e coçando a cabeça suada na cerca. O médico cuidaria dos doentes, e, quando voltasse, Caroline teria que devolver William. Ela pensou no corpo de Nuvem Branca, deitado sem assistência dentro da tenda. Pensou em Magpie, desamparada e doente. Pensou na vida se estendendo vazia, ano após ano, e todos sem Corin.

Mas, ao olhar para William, ela sorriu e sentiu algo crescendo dentro dela. Algo que deixava os outros pensamentos de lado e tornava a vida suportável. Ela não podia voltar. Era uma perspectiva tão obscura e apavorante quanto o túmulo que Hutch havia cavado na campina para o caixão de Corin. *Não podia voltar.*

Do outro lado da cidade, nuvens de vapor subiam dos trilhos da ferrovia. Caroline foi naquela direção, a valise na mão, o moisés na outra. O peso a desequilibrava, mas ela continuou decididamente, a mente agora vazia de pensamentos, pois eles eram muito lúgubres. A plataforma estava envolta pelo cheiro de vapor e de metal quente que a acompanhara até Woodward no início. Mas esta imensa locomotiva preta estava virada para o outro lado. Rumo ao Norte, para as cidades de Dodge, Kansas e além. O caminho oposto ao que ela tinha feito, afastando-se da pradaria que lhe partira o coração.

— Olhe, William, veja o trem! — exclamou ela, segurando o bebê, que via tal coisa pela primeira vez. William olhou sem confiança, estendendo a mão para agarrar um filete de vapor que passava. Então, o assobio do guarda os sobressaltou, e o trem exalou uma vasta tossida de fumaça, as rodas entrando em movimento. Um passageiro tardio correu pela plataforma, abriu a porta de um vagão e saltou a bordo, bem quando o trem começava a avançar ao longo da plataforma.

— Venha, madame! Rápido agora, ou vai perder o trem! — disse o homem com um sorriso, estendendo a mão para ela. Caroline hesitou. Depois, pegou a mão do homem.

6

A risada de Meredith era algo incomum. Eu raramente a ouvia, nem mesmo no baile de verão ou nos jantares que ela às vezes oferecia — dos quais as crianças não tinham permissão de participar, o que nos obrigava a sair da cama para escutar às escondidas. Ela apenas sorria e ocasionalmente produzia um único som gutural quando algo a agradava. Como a maioria das meninas, o riso me vinha com a mesma facilidade com que se respira. Lembro-me de pensar que devia se esgotar quando a gente envelhecia, como se a risada fosse um carretel de fitas coloridas dentro da gente que, depois de desenrolado, acabava.

Mas uma vez eu a ouvi, e fiquei atônita. Não apenas pelo som — alto e intenso, como uma aresta enferrujada com uma dobradiça velha —, mas pelo que a provocou. Era um dia nublado, não muito antes do desaparecimento de Henry, e uma brisa soprava. Nós estávamos no trailer de Mickey e Mo, ouvindo rádio e jogando cartas com Dinny, que estava com um pouco de febre e não tinha permissão para sair, para seu grande desgosto. Eu tentei convencê-lo a fazer isso, a ir para a casa da árvore e brincar lá, mas ele fez o que Mo mandou. Era mais obediente do que Beth e eu. O acampamento estava silencioso, a maioria dos adultos estava trabalhando. Do lado de fora, lençóis secavam numa corda estendida entre os veículos, movendo-se num vaivém regular. De onde eu estava, podia vê-los com o canto do olho ao mudar de posição no banco de vinil e silenciosamente fazer Beth descartar um quatro ou um valete. Então eu vi primeiro — a mudança da paisagem na janela. A súbita estranheza nos lençóis, a cor, o modo como o céu acima deles ficou denso.

Os lençóis estavam queimando. Fiquei embasbacada, aturdida por essa coisa inesperada. Chamas amarelas e azuis os destruíam em contornos estranhos, formando garatujas com linhas pretas carbonizadas, fazendo subir nuvens de fumaça, reduzindo o tecido a farrapos escuros que se rasgavam feito teias de aranha. Houve um grito lá fora, e Dinny se levantou e se inclinou na minha frente para olhar pela janela.

— Veja! — falei inutilmente.

— Erica! Por que você não disse? — repreendeu-me Beth, enquanto Dinny corria, e nós o seguíamos. Lá fora, duas mulheres com o mesmo vírus que atacara Dinny puxavam os lençóis da corda e pisavam neles freneticamente. A própria corda de plástico tinha se derretido e caído aos pedaços, espalhando os restos dos lençóis em chamas pelo chão, o que talvez tenha sido melhor. Ao lado do trailer, uma mancha feia, marrom, mostrava o quanto as chamas tinham chegado perto.

— Como foi que essa *droga* aconteceu? — praguejava uma das mulheres, recuperando o fôlego quando as últimas chamas se apagaram. Com as mãos nos quadris, examinando os restos do incêndio.

— Se não estivéssemos aqui... Mo pendurou isso logo antes de sair... Eles ainda nem podiam estar totalmente secos! — exclamou a outra, fixando os olhos sérios em nós, crianças.

— Nós estávamos lá dentro jogando cartas! Juro por Deus! — disse Dinny, enfático. Beth e eu concordamos num apoio frenético. A fumaça entrou pelo meu nariz, me fazendo espirrar. A primeira mulher se agachou, pegou um farrapo do tecido e cheirou.

— Parafina — disse ela, séria.

Então, Beth e eu fomos embora, começando a correr assim que ficamos fora de vista. Contornamos os estábulos, olhamos na garagem e encontramos Henry no depósito de lenha. Ele estava com um frasco de plástico com um bico vermelho. Pensei nos desenhos que o fogo tinha feito quase como se estivesse seguindo linhas. Ele guardou o frasco numa prateleira alta e se virou para nos encarar, sorrindo.

— O que foi? — perguntou, indiferente.

— Você podia ter incendiado os furgões. Podia ter matado alguém — disse Beth baixinho, olhando para ele com um olhar tão sério e ameaçador que eu fiquei ainda mais desconcertada, ainda mais assustada.

— Não sei do que você está falando — respondeu Henry arrogantemente. Ele cheirava a parafina.

— *Foi* você! — declarei.

— Prove. — Ele deu de ombros, sorrindo agora.

— Estou lhe dizendo, você podia ter matado alguém — repetiu Beth, e agora Henry parou de sorrir.

— Não é para vocês frequentarem o acampamento. Não vão falar nada. — Ele deu um sorriso de deboche. Beth se virou e foi andando altivamente para a casa. Eu a segui, depois veio Henry e logo aquilo se tornou uma corrida, e nós irrompemos no saguão, sem fôlego, chamando Meredith aos gritos.

Achamos que era grave demais para não contar. Achamos que, mesmo que Henry fosse seu favorito, ela teria que repreendê-lo por isso. Fazer cachorros vomitarem era uma coisa, mas Beth tinha razão. O incêndio podia ter matado alguém. Mesmo para Henry, era demais.

— Henry pôs fogo na roupa estendida dos Dinsdale! — falou Beth primeiro, ofegante, enquanto Meredith tirava os olhos da carta que estava escrevendo, sentada diante da pequena escrivaninha da sala de estar.

— Que algazarra é essa? — perguntou Meredith.

— Nós estávamos no acampamento, e eu sei que não devíamos ir lá, mas só estávamos jogando cartas, e Henry pôs fogo nos lençóis que estavam estendidos na corda! Ele fez isso com a parafina lá do depósito. O trailer quase pegou fogo, e alguém podia ter morrido! — contou Beth, tudo de uma só vez, mas falando com clareza.

Meredith tirou os óculos, dobrou-os calmamente.

— É verdade? — perguntou ela a Henry.

— Não! Eu *nem* cheguei perto daquele acampamento imundo — disse ele.

— Mentiroso! — gritei.

— Erica! — Meredith me silenciou, a palavra como um estalo de chicote.

— Então como foi que esse incêndio começou, se é que houve um incêndio?

— É claro que houve um incêndio! Por que eu iria dizer... — protestou Beth.

— Bem, Elizabeth, você também disse que não iria se relacionar com os nômades, como já pedi tantas vezes, então como vou saber quando está mentindo ou não? — questionou Meredith, num tom uniforme.

Beth apertou os lábios, os olhos ferozes. — Muito bem, Henry. Você sabe como o fogo pode ter começado?

— Não! Só que... bem... a relação dessas duas com os ciganos é tão acalorada que talvez tenha sido isso que provocou — disse ele, olhando para ela com cuidado, quase sorrindo, aferindo sua reação. Meredith o analisou por um instante e então deu uma risada. Aquele som raro, alto, nos sobressaltou, e até a Henry. Duas bolotas luminosas de satisfação floresceram nas faces dele.

Apesar de Caroline nunca, pelo que tudo indica, ter ido visitá-la em Surrey, e apesar de não ter comparecido ao funeral de Charles, Meredith voltou a morar aqui com ela. Talvez a vida tivesse se tornado muito difícil, sem marido e com duas crianças. Talvez Caroline necessitasse de cuidados, e, apesar de tudo, Meredith a amava. Afinal de contas, ela seria a próxima Lady Calcott; talvez achasse que era seu dever voltar à vivenda da família. Nunca vou saber, é claro, pois as cartas são interrompidas com seu retorno. Penso no cuidado e na atenção que ela demonstrava ter com Caroline na velhice — alimentando-a, vestindo-a, lendo para ela. E se ela fazia tudo isso e não recebia amor de volta? E se ela tivesse esperado por alguma confissão no leito de morte que nunca veio — que sua mãe sempre a amara, que ela fora uma boa filha? E se ela tivesse tido sonhos de se casar outra vez, de recomeçar a vida? Talvez ela imaginasse que Caroline fosse morrer logo após seu retorno e tivesse ideias de trazer a casa de volta à vida, de usá-la para conseguir um novo marido, de ter mais filhos para enchê-la. Mas, como a rainha, Caroline continuou vivendo, e a herdeira envelheceu, esperando a sucessão. Acho que deve ter sido algo assim — algumas esperanças perdidas, uma vasta decepção. Para que Meredith ficasse como ficou. Para que tratasse nossa mãe tão asperamente quando se recusava a fazer os mesmos sacrifícios que ela fizera.

Esses são meus pensamentos no domingo de manhã enquanto me agasalho com uma calça de veludo cotelê e ponho o mordedor no bolso. O sino faz um sonzinho alegre. Vou até o gabinete, procuro por uma caneta e um bloco de papel nas gavetas da escrivaninha e guardo-os na bolsa. Lá fora, o dia está límpido, dolorosamente luminoso. Tento sentir o otimismo que senti da última vez que o céu estava assim azul e fomos a Avebury. Eddie estava aqui e nos alegrava. Deixo Beth ao telefone com Maxwell, negociando o retorno do filho. Ela está sentada ao lado da janela da cozinha, banhada por uma faixa de luz incandescente que descolore sua expressão.

O sol está baixo no céu, inevitável. Ele me apunhala pelo para-brisa, reflete na estrada molhada, portanto, preciso dirigir atravessando um muro ofuscante de luz. Viro cautelosamente, saindo do vilarejo para a estrada principal, e vejo uma figura familiar andando pela margem branca de geada. Roupas leves, como sempre, mãos enfiadas nos bolsos como uma única concessão ao frio cortante. Algo salta dentro de mim. Paro no acostamento, abro a janela e o chamo. Dinny protege o rosto do sol com a mão, ocultando os olhos, deixando apenas os maxilares visíveis — aquela linha reta de sua boca, que pode parecer tão séria.

— Aonde está indo? — pergunto. O frio me apunhala o peito, faz meus olhos lacrimejarem.

— Para o ponto de ônibus — responde Dinny.

— Bem, isso eu imaginei. Depois para onde? Estou indo para Devizes. Quer uma carona? — Dinny vem até o carro, tira a mão do rosto. Com o sol forte desse jeito, posso ver que seus olhos são castanhos, não pretos. Uma cor quente; várias tonalidades em seus cabelos.

— Obrigado. Seria ótimo.

— Vai fazer compras? — pergunto enquanto arranco, o motor lento por causa do gelo.

— Pensei em comprar alguma coisa para o bebê. E preciso de alguns mantimentos. E você?

— Eu vou à biblioteca. Eles devem ter acesso à internet lá, não é?

— Não sei. Nunca fui lá — admite ele, um pouco acanhado.

— Que vergonha — implico.

— Bastam os dramas nos jornais, não é preciso ler os inventados também — responde ele, sorrindo. — Vai ver seus e-mails?

— Bem vou, mas também vou dar uma olhada no registro de nascimentos, casamentos e óbitos. Ando pesquisando um segredo da família Calcott.

— É?

— Encontrei uma foto da minha bisavó, Caroline... Você se lembra dela?

— Não muito. Acho que a vi de longe uma ou duas vezes.

— Ela era americana. Veio no final de 1904 para se casar com lorde Calcott, mas eu encontrei essa foto dela, tirada em 1904, na América, com um bebê. — Tateio cegamente na bolsa e passo-a a ele. — Ninguém parece saber o que aconteceu com ele... Não há registros de que ela tenha sido casada antes, mas eu também encontrei uma carta que sugere o contrário.

— Ora, é provável que o bebê tenha morrido lá, antes de ela vir. — Ele dá uma leve encolhida de ombros.

— É provável — concordo. — Mas eu só quero verificar... se por acaso ele é mencionado nos registros. Se for... se eu puder provar que Caroline perdeu um filho... um outro filho, pois sabemos que ela perdeu uma filha aqui em Barrow Storton... isso talvez ajude a explicar por que ela era daquele jeito.

Dinny não diz nada. Ele analisa a foto, franzindo um pouco o cenho.

— Talvez — murmura ele, um pouco depois.

— Estou tentando descobrir por que os Calcott... os primeiros Calcott... tinham esse pé atrás em relação a vocês, os Dinsdale. Caroline e Meredith, quero dizer. Estou tentando descobrir por que elas se comportavam daquele jeito com a sua família — digo subitamente a fim de ter seu apoio nessa busca.

— Pé atrás? — ecoa ele baixinho. — É um eufemismo gentil.

— Eu sei — concordo em tom de desculpas e mudo de assunto. — Então, como vai indo a Honey? — Conversamos um pouco sobre a irmã dele até eu tentar estacionar em Devizes e me deparar com uma multidão e filas e mais filas de carros estacionados.

— O que é isso? — pergunto.

— Liquidação — suspira Dinny. — Tente a Sheep Street.

Finalmente, enfio o carro numa vaga, batendo no que está ao lado ao abrir a porta. Rolos de fumaça dos canos de descarga sobem para o céu e ouve-se o burburinho de vozes, o ruído de passos determinados. Tudo parece muito barulhento, e sinto que o silêncio de Storton Manor se infiltrou em mim. Deu um golpe furtivo, e agora percebo sua ausência como se algo essencial tivesse se perdido.

— Quer uma carona de volta? — ofereço.

— Quanto tempo você vai levar?

— Não sei bem. Uma hora e meia? Talvez um pouco mais?

— Está bem... obrigado. Eu encontro você aqui?

— Que tal no café da rua principal, aquele com o toldo azul? Vai ser mais quente, caso um de nós tenha que esperar — sugiro. Dinny concorda, gira a mão se despedindo e sai andando entre o aglomerado de carros.

A biblioteca é na Sheep Street, então não preciso andar muito. O exaustor acima das portas expulsa uma onda de ar quente. Quando entro, me debato para tirar o casaco e o cachecol no calor abafado. Está quase vazio ali dentro, com poucas pessoas examinando as prateleiras e uma mulher de aparência severa na recepção, que está ocupada com alguma coisa e não olha para mim. Sentada diante do computador, investigo os óbitos de 1903, 1904 e 1905, para lançar uma rede ampla, e os nomes Calcott e Fitzpatrick em Londres e Wiltshire. Passo os olhos nesses resultados para óbitos de crianças com menos de 2 anos. Meu bloco de notas continua em branco na mesinha ao meu lado. Depois de uma hora, escrevo: *Ele não está aqui.*

Fico olhando para a última lista de nomes na tela até meus olhos deslizarem pelos pixels e se concentrarem num ponto a meia distância. É provável que o bebê tenha morrido nos Estados Unidos. Isso, e o que quer que tenha acontecido para fazer Caroline deixar o homem que assinava como C., deve ter sido o que a fez vir para a Inglaterra e certamente deve ter contribuído com sua distância e frigidez. Então, por que não consigo deixar isso de lado? O que será que fica puxando num cantinho distante da minha cabeça, implorando para que eu agarre? Algo mais — outra coisa — que eu sei e me esqueci. Penso em quantas dessas coisas se escondem em minha mente, esperando que eu as persiga. Puxo o mordedor do bolso, corro os dedos em torno do marfim liso e imaculado. Dentro do sino, na base, está a marca. Um minúsculo leão, uma âncora, uma letra G gótica e algo que me esforço para enxergar. Viro para a luz, seguro perto do rosto. Uma chama? Uma árvore — uma arvorezinha esguia como um cipreste? Um martelo? A luz reflete nele. É a cabeça de um martelo. Vertical, como se fosse visto de lado ao bater em algo.

Volto ao computador e procuro por *Marcas americanas de prata G.* e aparecem diversas enciclopédias virtuais e guias de colecionadores de prata. Procurando pelos verbetes sob a letra G, não levo muito tempo para encontrar o cunho do sino. Gorham. Fundada em Rhode Island, em 1831. Um influente fabricante de artigos de prata — fez várias baixelas de chá para a Casa Branca e para a Taça Davis de tênis, mas seu negócio principal era com colheres de chá, dedais e outros pequenos itens para presente. Encontro a cabeça de martelo vertical na lista das datas de fabricação da Gorham — 1902. Isso então eu consegui provar, seja quem for o bebê da foto e fosse quem fosse seu pai e o que foi feito dele, este mordedor de marfim lhe pertencia. Ele era o bom filho a quem foi oferecido. Não a Clifford, nem a qualquer outro filho que Caroline tenha perdido ao vir para a Inglaterra. Seguro-o na mão, sinto minha pele aquecer o metal; o movimento reprimido do badalo no sino, como um minúsculo e trêmulo batimento cardíaco.

Abrir caminho pela rua principal, passando por aglomerados de consumidores resolutos, é um trabalho lento. As vitrines cintilam com cartazes sensacionais, que prometem barganhas imperdíveis, descontos absurdos; música e calor retumbando; pessoas com quatro, cinco, seis sacolas cheias, brotando das extremidades de seus braços. Sou empurrada de um lado para o outro e, quando chego ao café, ele está lotado. Sinto uma onda de irritação, até que vejo Dinny já sentado a uma das mesinhas junto à janela embaçada. O aroma do café moído é forte e delicioso aqui. Vou me enfiando entre as mesas cheias.

— Oi... desculpe, faz tempo que está esperando? — Sorrio, colocando o casaco nas costas da cadeira vazia à frente dele.

— Não, não faz muito. Tive sorte de pegar esta mesa... Um casal de velhinhos estava se levantando bem quando entrei.

— Você quer tomar outro café? Comer alguma coisa?

— Obrigado. Outro café seria uma boa. — Ele cruza as mãos sobre o tampo pegajoso da mesa e parece tão estranho de repente que eu fico olhando, sem saber bem o que estou vendo. Então me dou conta: esta é uma das pouquíssimas vezes que vi Dinny sob um teto. Na verdade, sentado a uma mesa, sem pressa de sair de novo, fazendo algo tão simplório como tomar um café. — O que foi? — pergunta ele.

— Nada — abano a cabeça. — Já volto.

Compro duas canecas grandes de café com creme e um croissant de amêndoas para mim.

— Você não tomou café da manhã hoje? — pergunta Dinny quando eu me sento.

— Tomei, sim. — Dou de ombros, tirando a ponta do croissant e mergulhando-a no café. — Mas é Natal — acrescento, e Dinny sorri, erguendo uma sobrancelha em concessão. O sol que entra pela janela lhe dá uma aura luminosa; ele está quase deslumbrante demais para se olhar.

— Encontrou o que estava procurando?

— Sim e não. Não há registro do óbito do bebê deste lado do Atlântico, então suponho que ele deve ter morrido do outro lado, como você sugeriu.

— Ou... — Dinny encolhe os ombros.

— Ou o quê?

— Ou o bebê não morreu.

— Então, onde ele está?

— Não sei... o projeto é seu. Só estou imaginando um motivo para não haver registro de sua morte.

— Verdade. Mas, na certidão de casamento dela, consta como solteira. Isso não constaria se ela tivesse vindo com o filho de outro homem — contraponho. Dinny dá de ombros outra vez. Eu lhe mostro o mordedor. — No entanto, eu verifiquei a marca que está aqui. É um...

— Mordedor? — diz Dinny.

— O que todo mundo parece saber, menos eu. — Reviro os olhos. — É de uma marca americana e foi fabricado em 1902.

— Mas você já não sabia que o bebê tinha nascido nos Estados Unidos? O que isso prova?

— Bem, se nada mais, acho que prova que Caroline era mãe dele. Quando mostrei a foto para mamãe, ela sugeriu que Caroline podia ter sido sua madrinha, ou que ele podia ser o bebê de uma amiga, ou coisa assim. Mas, para ela ter guardado este mordedor todo esse tempo... deve ter sido a mãe dele, não acha?

— É, acho que sim — concorda Dinny, me devolvendo o aro de marfim. Dou um gole no café quente, sinto-o trazer o sangue para minhas faces. Dinny volta a olhar para a rua apinhada, parece perdido em pensamentos.

— Então, qual é a sensação de serem as *ladies* do solar? Já se acostumaram? — pergunta ele de repente, ainda olhando pela janela, não para mim.

— Um pouco. Acho que nunca vamos sentir que aquele lugar é nosso. Não de fato. E quanto a ficar para morar... Bem, além de tudo o mais, só os custos de manutenção nos impediriam.

— E os boatos que correm no vilarejo sobre toda a riqueza dos Calcott que vocês herdaram?

— São apenas boatos, uma pena. A fortuna da família entrou em declínio desde a guerra... E eu me refiro à *Primeira* Guerra. Meredith estava sempre reclamando com meus pais que eles não ajudavam o bastante... na manutenção do lugar. Foi por isso que ela teve que vender uma parte tão grande da terra, as melhores pinturas, a prataria... a lista é longa. Ela deixou algum dinheiro ao morrer, mas será gasto quando se pagarem os impostos de transferência do legado.

— E o título?

— Bem, isso foi para Clifford, pai de Henry. — Ao dizer seu nome, levanto os olhos, que encontram os de Dinny por um instante fugaz. — Meu bisavô, que também era Henry, mudou o acordo da patente por decreto parlamentar, pois não teve filhos. Ele estabeleceu que o baronato podia passar para Meredith e depois se reverter a um herdeiro do sexo masculino. Seu herdeiro legítimo, ou seja lá como chamam.

— Então foi por isso que Meredith continuou se chamando Calcott, mesmo tendo se casado? E pela mesma razão sua mãe também é uma Calcott? Mas como é que você e Beth também são Calcott?

— Porque Meredith intimidou meus pais. Coitado do papai, não teve nenhuma chance. Ela disse que o nome Calcott era muito importante para ser deixado de lado. Pelo jeito, Allen não tem o mesmo respaldo.

— Estranho ela ter deixado a casa para vocês duas, se o título iria para o seu tio e se ela queria tanto dar continuidade à linhagem da família e todo o resto — reflete ele, fazendo o café circular no fundo da caneca.

— Meredith *era* estranha. Ela não tinha poder de definir para onde o título iria, mas podia fazer o que quisesse com a casa. Talvez achasse que representávamos a melhor chance de dar continuidade à família.

— Então, depois de Clifford, será...?

— Extinto. Nada mais de título. Teoricamente, Clifford poderia ir à justiça novamente e fazer com que passasse para Eddie, mas não há chance de Beth permitir.

— Não?

— Ela não quer mais nada com isso. Nem com a casa, na verdade. O que meio que decide por mim também... Nós duas teríamos que morar aqui se quiséssemos ficar com ela.

Dinny fica em silêncio por um tempo. Consigo sentir a forma da relutância de Beth, seu motivo, tentando se aglutinar no ar entre nós.

— Não é surpreendente, na verdade — murmura Dinny, por fim.

— Não? — pergunto, inclinando-me para a frente. Mas Dinny dá de ombros e recua da mesa.

— Por que vocês estão aqui então, se sabem que não vão ficar?

— Eu achei que seria bom. Bom para Beth. Para nós duas, na verdade. Voltar para ficar um tempo e... — Gesticulo, procuro por palavras. — Revisitar, entende?

— Por que seria bom para ela? Não me parece que ela queira sequer pensar no assunto, quanto mais revisitá-lo. A infância de vocês aqui, quero dizer.

— Dinny... Quando você foi até a casa para falar com ela, o que quis dizer ao falar que havia coisas que ela precisava saber? Coisas que você queria dizer a ela?

— Você realmente estava escutando, não é? — diz ele num tom ambíguo. Tento mostrar arrependimento.

— Que coisas, Dinny? Algo sobre Henry? — pressiono, meu coração batendo forte.

Dinny me olha com as sobrancelhas abaixadas.

— Acho que devo a ela... Não, não se trata de dever. Não é a palavra certa. Acho que ela deveria saber de algumas coisas sobre quando éramos pequenos. Eu não sei o que ela pensa, mas... algumas coisas podem não ter sido o que parecem — diz ele baixinho.

— Que coisas? — Eu me inclino novamente para a frente, faço com que ele me fite nos olhos. Ele hesita e fica calado. — Beth sempre diz que não se pode fazer o relógio andar para trás, que as coisas não podem voltar a ser como eram, mas eu só queria dizer... que você pode confiar em mim, Dinny.

— Confiar em você para fazer o quê, Erica? — pergunta ele com uma ponta de tristeza na voz.

— Seja lá o que for. Eu estou do seu lado. No que vier a acontecer ou no que aconteceu — respondo. Sei que não estou sendo clara. Não sei como fazer isso. Dinny aperta o alto do nariz, fecha os olhos por um segundo. Quando ele os abre, fico chocada de ver lágrimas, não totalmente prontas para cair.

— Você não sabe o que está dizendo — murmura ele.

— Como assim?

Ele pausa novamente, perdido em pensamentos.

— Então, já acabou o que tinha para fazer na cidade? — pergunta, pronto para ir embora.

Quando verifico o celular, há três ligações perdidas de Annabel, com quem divido o apartamento. O nome parece vir de outra época, de um mundo inteiramente diferente. Distraída, imagino se houve algum problema com o aluguel ou se é a calefação do meu quarto que não para de vazar, manchando o carpete. Mas essas questões parecem tão distantes, tão irrelevantes. Era a vida que eu levava e, em algum momento, sem que eu sequer percebesse, parei de levar. E não tenho muito tempo para calcular onde isso me deixa. Subo para meu quarto, para ler cartas e pensar. Escuto o silêncio, que ressoa depois do burburinho da cidade. O grasnar abafado das gralhas lá fora. Nenhum canto de pássaro para enfeitiçar o ouvido, nenhum repicar de sinos, nenhum riso de crianças. Apenas o silêncio profundo que tanto me aborreceu a princípio. Deixo que ele se assente outra vez dentro de mim. Incrível que um dia isso pudesse me dar a sensação de estar em casa.

Na terça-feira, pego o carro e vou até West Hatch, olhos comprimidos contra o sol preguiçoso. Não é uma vila grande. Dou duas voltas e então vejo o que estou procurando. Diante de um pequeno bangalô de tijolos da década de 1960, há um trailer velho ocupando toda a entrada de carros. Foi novo uma vez, cor de creme com uma listra marrom-café correndo pelas laterais. Agora está verde de musgo, com pneus carecas, mas o reconheço de imediato. Estive dentro dele, sentei num banco estofado de plástico grudento e engoli muitas limonadas feitas de limões silvestres. Quase me engasgo ao vê-lo agora. A casa de Mickey Mouse. Visualizo Mo como ela era, redonda e um pouco torta, encostada no batente da porta, secando as mãos com um pano azul enquanto Dinny, Beth e eu lhe dávamos as costas. Mickey, com seu bigode esmerado, de macacão sempre sujo de óleo de motor, a graxa preta nas pregas das mãos.

Na porta, sinto os nervos palpitando. De excitação, não de medo. A campainha faz um suave *ding... dong* eletrônico. Nunca pensei que Mo atenderia a esse tipo de chamada, mas ali está ela. Parece menor, mais velha, mais vulnerável, mas eu logo a reconheço. Está com o rosto mais enrugado, e seus cabelos são de um castanho uniforme e improvável, mas tem os mesmos olhos astutos. Ela me encara com um olhar firme, avaliador, e fico feliz de não estar tentando lhe vender alguma coisa.

— Sim?

— Humm. Vim ver Honey. E o bebê. Sou Erica, Erica Calcott. — Dou um leve sorriso, vejo-a reconhecer o nome e buscar em meu rosto os traços que ela conhecia.

— Erica! Minha nossa, eu nunca a teria reconhecido! Você está tão diferente!

— Pois é, 23 anos conseguem fazer isso com a gente. — Sorrio.

— Ora, venha, entre, estamos todos nós na sala. — Ela me conduz para dentro, gesticula para a porta à esquerda e de repente fico nervosa de entrar. Quem serão *todos* nós?

— Obrigada — digo, hesitando no vestíbulo, as mãos úmidas segurando o plástico que envolve as flores.

— Vá passando, vá — diz ela, e não tenho escolha. — Eu soube que você quase conheceu a pequena Haydee, a caminho do hospital!

— Quase! — respondo. Eu sou a única de pé numa sala cheia de pessoas sentadas. O calor está sufocante. A vista da janela treme um pouco com a névoa do aquecedor, e sinto o rosto corar. Olho em volta e sorrio feito uma idiota. Dinny olha para cima do canto do sofá e sorri ao me ver. Honey está sentada ao lado dele, um moisés vazio aos seus pés e uma trouxa em seus braços. Há outra garota que não reconheço, de cabelos rosa-shocking e um cristal no lábio. Mo a apresenta como Lidia, uma amiga de Honey, e um homem mais velho, magro e com olhos pequenos e brilhantes, é o companheiro de Mo, Keith. Não há lugar para eu me sentar, então me mexo sem jeito na salinha, e Honey se esforça para sentar ereta.

— Ah, não... não se levante! — digo, oferecendo as flores e os bombons e colocando-os na mesa em meio a canecas de café vazias e um prato de biscoitos amanteigados.

— Eu não ia levantar. Estou passando ela para você — diz Honey, piscando suas pálpebras pintadas de kajal e cuidadosamente estendendo o bebê para mim.

— Ah, não. Não. Você parece tão confortável.

— Não seja medrosa. Pegue ela — insiste Honey, com um meio sorriso. — Como foi que nos encontrou?

— Fui até o acampamento antes, cruzei com Patrick. Ele me disse que você estava em casa.

Dou uma olhada para Dinny, não resisto. Ele está me observando atentamente, mas não consigo decifrar sua expressão. Largo minha bolsa e seguro Haydee. Um rostinho cor-de-rosa, ainda enrugado e zangado, embaixo de um chumaço de cabelos escuros mais finos que teia de aranha. Ela não se agita quando eu me acomodo no braço do sofá nem quando beijo sua testa e sinto o cheiro da pele novinha de bebê e de leite derramado. Fico subitamente curiosa para saber qual seria a sensação se esse bebê fosse meu. De estar por dentro daqueles segredos — a força no olhar de Beth quando ela observa o filho; o modo como ele eleva seu ânimo, a deixa inteira, só de estar por perto. Essas pequenas criaturas que exercem tanto poder sobre nós. O começo de uma necessidade que eu desconhecia e que estava em mim.

— Como ela é *pequenina* — digo, sem fôlego, e Honey revira os olhos.

— É. Todo aquele enjoo e peso por uma miniatura de 2 quilos e meio! — diz ela, mas sem conseguir ocultar o quanto está satisfeita e orgulhosa. Acabada essa introdução, a atmosfera parece relaxar na sala.

— Ela é linda, Honey. Parabéns! É chorona?

— Não. Pelo menos até agora. Ela tem sido bem paparicada. — Honey se inclina para mim, não consegue ficar distante da filha por muito tempo. De perto, vejo as olheiras escuras sob seus olhos, a pele tão clara que deixa aparecer veias azuis serpenteando suas têmporas. Tem a aparência cansada, mas entusiasmada.

— Ela vai acabar pegando o jeito do berreiro, não se preocupe — afirma Mo, lamentando, e Honey lhe lança um olhar ligeiramente rebelde.

— Vou ferver mais água — informa Keith, levantando-se de sua cadeira e recolhendo as canecas numa pequena bandeja. — Toma um chá, Erica?

— Ah, sim, obrigada. — Posso sentir os olhares em cima de mim e olho para minha direita. Dinny me observa, imóvel. Aqueles olhos escuros dele, pretos como carvão; não piscam. Mantenho o olhar no dele por dois segundos, e então ele o desvia e se levanta abruptamente. De repente, me pergunto se ele se importa de eu ir invadindo a casa da família daquele jeito.

— Preciso ir andando — avisa ele.

— Como? Por quê? — pergunta Honey.

— Só... tenho coisas para fazer. — Ele se inclina, beija o alto da cabeça da irmã, depois hesita e se vira para mim. — Nós estamos todos indo ao pub amanhã à noite, se você e Beth quiserem ir — avisa ele.

— Ah, obrigada. Sim... vou ver com Beth — digo.

— Faça um brinde por mim — resmunga Honey. — Noite de ano-novo, e eu em casa e na cama às nove.

— Ah, você vai logo se acostumar a perder todo tipo de ocasião, não se preocupe — diz Mo com vivacidade, e a fisionomia de Honey fica consternada.

— Eu volto mais tarde. Tchau, mãe. — Dinny sorri, passa a mão rapidamente no rosto de Mo e sai da sala.

— Então, o que você fez a ele? — pergunta Honey para mim e sorri, mas está de guarda.

— Como assim? — retruco, surpresa.

— Ele pulou feito um coelho quando você entrou — observa ela; mas já está com a atenção voltada para Haydee, e eu lhe devolvo o bebê.

Keith retorna com uma bandeja de canecas fumegantes, e as luzes da árvore de Natal no canto piscam; lentamente, depois mais rápido, depois lentamente outra vez. Mo me pergunta sobre a casa, sobre Meredith, Beth e Eddie.

— Nathan me contou que o pequeno Eddie andou brincando com nosso Harry quando esteve aqui — diz ela.

— É, eles se deram muito bem. Eddie é um grande garoto. Nunca reclama — digo.

— Bem, Beth sempre foi uma menina tão boa. Não é de se admirar, na verdade. — Mo assente. Ela sopra seu chá, enrugando o lábio superior, bem como vovô Flag fazia. Fico chocada ao perceber essa semelhança, esse sinal de todo o tempo que passou. Mo ficando velha.

— Sim. Ela é... uma mãe maravilhosa — atesto.

— Nossa! Fico me sentido uma anciã vendo todos vocês crescidos, Erica; e Beth também... com um filho! — suspira Mo.

— Bem, afinal, agora você é avó. — Sorrio.

— É. Não que a gente estivesse realmente preparada para isso, mas sou avó agora — diz ela, dando uma olhada irônica para Honey.

— Ah, mãe, *pare* com isso. Já tivemos essa conversa uma *centena* de vezes — responde Honey exasperada. Mo faz um aceno conciliatório para ela, depois passa a mão nos olhos, cansada.

— Deus, e como tivemos — murmura ela, mas depois sorri. Ficamos sentados calados por um instante enquanto Haydee murmura em seu sono.

— Mo, eu gostaria de lhe perguntar uma coisa... se você não se importa.

— Pode falar — diz ela, mas cruza os dedos no colo, como se estivesse se preparando, e há tensão em torno de seus olhos.

— Bem, eu gostaria que você contasse de novo por que o vovô Flag era chamado de Flag? Sei que alguém já me contou antes, quando éramos pequenas... mas não consigo me lembrar direito... — Com isso, ela relaxa, descruza os dedos.

— Ah! Ora, isso é muito fácil de contar. O nome dele era Peter, é claro, mas a história, como me contaram, diz que ele foi encontrado. Você sabia disso? Os avós de Mickey o encontraram no bosque um dia num tufo de *marsh flags*... aquelas flores amarelas, conhece? Foi algo assim. Tinha sido rejeitado por alguma mocinha que devia ter se metido numa encrenca, sem dúvida. — Com isso, ela recebeu um daqueles olhares rebeldes de Honey. — Eles o pegaram e o criaram como filho, dando-lhe o nome de Peter; mas a avó de Mickey costumava chamá-lo de "meu bebê das *flags*", ou algo parecido, e o nome pegou.

— Eu me lembro. Num tufo de *marsh flags*... — digo, lembrando de todo o restante da história ter sido contado antes, menos essa parte. Num vislumbre, percebo que esse detalhe não é exatamente assim. — Você sabe quando foi isso? Que ano?

— Nossa mãe, não! Sinto muito. Deve ter sido nos primeiros anos do século passado; mas eu não saberia precisar. Pobrezinho. Dá para imaginar? Deixar um bebê ao relento desse jeito? Sem saber se alguém iria encontrá-lo ou se ele ficaria lá, sofrendo até o fim? Terrível fazer uma coisa dessas. — Mo beberica seu chá fazendo ruído. — Pois, veja bem, naquela época, depois que a gente tinha um filho, acho que ninguém mais nos tocava. Nem para dar um emprego, para casar, para nada. — Ela sacode a cabeça. — Cretinos.

— Você sabe onde ele foi encontrado? Em que parte do campo, quero dizer?

— Ora, aqui, é claro. Em Barrow Storton. Era um bebê daqui, fosse de quem fosse.

Absorvo isso e quase digo a eles o que acho, mas não. De repente, a ideia que eu tenho parece grande demais, incrível, perturbadora, enjoativa, da mesma forma como ela faz coro com algo que Dinny me disse no café ontem.

— Por que pergunta? — questiona Mo.

— Ah, só curiosidade. Ando me aprofundando na história dos Calcott desde que voltei. Reorganizando o que lembro, tentando preencher as lacunas. — Dou de ombros. Mo consente.

— É sempre assim. Esperamos até que as pessoas que podiam responder às nossas questões morram e só então percebemos que tínhamos perguntas a lhes fazer — diz ela, um tanto triste.

— Ah, não sei se Meredith teria respondido às minhas perguntas, de qualquer modo — digo ironicamente. — Nunca fui a predileta dela.

— Bem, se você estiver atrás da história da casa, deveria ir conversar com o velho George Hathaway, lá no Corner Cottage — sugere Keith, apoiando os cotovelos robustos nos joelhos ossudos

— Ah, quem é George Hathaway? — pergunto.

— Apenas um velho camarada simpático. Ele foi dono da oficina de Devizes a maior parte da vida. Agora está aposentado, é claro. Mas a mãe dele foi empregada na casa-grande, nos velhos tempos.

— Quando exatamente? — pergunto, ansiosa.

— Ah... — Keith agita a mão nodosa para trás do ombro. — Bem antigamente. Sabe como é, as pessoas começavam a trabalhar muito cedo naquela época. Acho que ela devia ser uma menina quando entrou lá. Deve ter sido antes da Primeira Guerra. — Respiro fundo, a empolgação fazendo minhas palmas coçarem. — Sabe qual é o Corner Cottage? É no caminho que sai do vilarejo, na direção de Pewsey, onde a estradinha faz uma curva fechada para a esquerda. É uma casinha com telhado santa-fé que tem um portão verde.

— Sim, sei qual é. Obrigada. — Sorrio. Vou embora pouco depois, quando Honey começa a cochilar no sofá e Mo pega o bebê e o põe no moisés.

— Venha nos visitar de novo. Traga Beth... eu gostaria de rever vocês duas — diz Mo, e eu faço que sim, com o frio lá fora me fazendo sentir dor no nariz.

Vou direto ao Corner Cottage, que fica isolado na periferia de Barrow Storton; os muros, antigamente brancos, agora estão manchados e cinzentos. Algumas paredes estão meio rachadas, o telhado está escuro e vergado. O portão está fechado, mas eu entro e atravesso a entrada de carros lotada de ervas daninhas. Dou três batidas; a pesada aldrava está tão fria que me queima os dedos.

— Sim, meu amor? — Um homem velho, baixo e vivaz, sorri para mim, com a corrente na porta.

— Humm, olá. Desculpe incomodá-lo... O senhor é George Hathaway? — pergunto apressadamente, ordenando as ideias.

— Sou eu mesmo, meu amor. Em que ajudar?

— Meu nome é Erica Calcott, e eu estava pensando se...

— *Calcott*, você disse? Lá do solar? — George me interrompe.

— É, isso mesmo. Eu só...

— Um segundo! — A porta se fecha na minha cara e abre-se um instante depois, sem a corrente. — Com toda a minha idade, nunca esperei que um *Calcott* fosse chegar à minha porta. Que surpresa! Entre, entre; cuidado com o degrau!

— Obrigada. — Eu entro. O interior do chalé é limpo, arrumado, aconchegante. Uma agradável surpresa em comparação ao exterior.

— Me acompanhe. Vou pôr a chaleira para ferver, e você poderá me dizer o que te traz aqui. — George segue na minha frente por um corredor estreito. — Gosta de café? — A cozinha é baixa e abarrotada. A parafernália usual: latas de biscoitos, espátulas, peneiras enferrujadas e cascas de cebola; mas outras coisas além disso. Coisas que falam da ausência de uma mulher na casa. Uma peça de motor cheia de graxa na mesa. Um conjunto de chaves de porca em cima da geladeira. George se movimenta com uma velocidade e destreza que desmentem sua idade. Cachos bem-cuidados de cabelos brancos emolduram o rosto magro; seus olhos são de um verde-claro surpreendente.

— Eu só voltei ontem à noite, você teve sorte de me encontrar em casa. Fui passar o Natal com minha filha, em Yeovil. Foi muito bom estar lá, com meus netos, é claro, mas não tão bom quanto estar em casa novamente, não é mesmo, Jim? — Ele se dirige a um vira-lata pequeno, gordo, com pelo de arame, que sai balançante de sua cesta para investigar minhas pernas. Ele tem o aroma penetrante dos cachorros velhos, mas, mesmo assim, eu lhe dou um afago atrás da orelha. Fico com as unhas gordurosas. — Aqui está. Sente-se, meu amor. — Ele me passa uma caneca de café instantâneo, e eu a seguro com as duas mãos, agradecida, e me sento numa cadeira diante da mesa de topo esmaltado.

— Agora você se mudou para a casa-grande, foi?

— Ah, não de fato, não. Passamos o Natal aqui... minha irmã e eu. Mas não creio que ficaremos permanentemente — explico, e a fisionomia de George se desanima.

— Mas isso é uma pena! Não vai vender, espero? Seria uma pena aquele lugar sair das mãos da família, que vive nela há tantos anos.

— É, eu sei que é. Só que minha avó foi bem específica quanto aos termos do testamento, e... bem, digamos que será bem difícil cumpri-los — digo.

— Ah, bem, não precisa dizer mais nada. Não é da minha conta. Cada família tem suas particularidades, Deus sabe, mesmo as importantes!

— Talvez especialmente as importantes. — Sorrio.

— Minha mãe trabalhou para a sua família, sabia? — conta George, com orgulho na voz.

— Eu sei. Aliás, foi por isso que vim vê-lo. Os Dinsdale me indicaram o senhor...

— Mo Dinsdale?

— Isso mesmo.

— Uma senhora encantadora, Mo. Brilhante, cheia de energia. Geralmente são os homens da família que trazem um carro para consertar... Eu tinha uma oficina, sabe, na estrada para Devizes. Mas, quando era aquele furgão deles que precisava de conserto, era sempre a Mo quem vinha com ele e me observava feito um gavião! Não precisava... eu jamais passaria a perna. Maravilhosa, ela. — George dá uma risadinha.

— Sua mãe costumava comentar sobre a época que trabalhou no solar? — pergunto, dando um gole no café, deixando que escalde minha garganta.

— Se ela falava sobre isso? Ora, ela nunca *parava* de falar sobre isso, meu amor... Não quando eu era um moleque.

— Ah! O senhor sabe se ela trabalhou lá por muito tempo? Sabe quando começou? — Estou entusiasmada, me inclino para George. Por baixo da mesa, Jim se senta sobre os meus pés, roliço e quente. George sorri para mim.

— Foi o tempo que ela trabalhou lá o motivo de toda a questão! — diz ele. — Ela foi despedida, sabe. Apenas oito ou nove meses depois de começar. Isso provocou certa vergonha em nossa família.

— Ah... — Não consigo disfarçar meu desapontamento, pois duvido que ela pudesse ter sabido de muita coisa num tempo tão curto. — Sabe por quê? O que aconteceu?

— Lady Calcott a acusou de roubo. Minha mãe negou com todas as forças, mas você já viu. Os bem-nascidos não precisavam de prova naquela época. Lá se foi ela, sem referências nem coisa alguma. Foi um golpe de sorte que o açougueiro daqui... meu pai... se apaixonou por ela à primeira vista... e ela se casou com ele logo depois, portanto não ficou sem sustento por muito tempo.

— Qual Lady Calcott era? Sabe o ano em que sua mãe trabalhou lá?

— Era Lady Caroline. Foi em 1905, pelo que me lembro de minha mãe contar. — George esfrega o queixo, aperta os olhos para o passado. — Deve ter sido — conclui. — Ela se casou com meu velho no outono de 1905.

— Caroline era minha bisavó. Quer ver uma foto dela? — pergunto, com um sorriso. Eu a tenho comigo na bolsa. Era o retrato tirado em Nova York. Os olhos de George se arregalam de prazer.

— Ora, veja isso! Ela está bem como eu me lembrava! Bom saber que minha velha massa cinzenta ainda não bateu as botas.

— O senhor a conheceu? — Fico surpresa com isso.

— *Conhecer*, não muito... Gente como ela não vinha tomar chá com gente como nós. Mas quando eu era moleque, nós a víamos de vez em quando. Ela abriu a festa da igreja algumas vezes, sabe. Depois houve a grande festa pela coroação em 1953. Eles abriram os jardins do solar, decoraram com bandeirinhas e todo esse tipo de coisa. Acho que foi a única vez que eu me lembro de eles fazerem algo tão voltado para a comunidade. Toda a vila foi lá para dar uma olhada, mesmo que só para ganhar um punhado de balas, e, me perdoe dizer, senhorita, mas os Calcott sempre foram muito mãos-fechadas. Nunca mais nenhum de nós foi convidado por qualquer outro motivo.

— Por favor, pode me chamar de Erica — digo. — Então, sua mãe falou qualquer outra coisa da época que trabalhou para Caroline? Como o motivo para ter sido acusada de roubo, se disse que não fez isso? — Com isso, George parece meio acanhado.

— Essa história é meio maluca. Minha mãe sempre foi muito correta, muito honesta. Mas a maioria das pessoas achou difícil de acreditar no que ela afirmava, então, depois de um longo tempo, ela finalmente parou de falar no assunto. Mas eu me lembro de quando era moleque, que ela admitiu saber de alguma coisa que não devia. Descobriu uma coisa que ela não devia...

— O que era? — O ar se expande em meu peito, dificulta a respiração.

— Vou lhe contar, se você me der uma chance! — George me repreende com um sorriso. — Ela disse que um *bebê* sumiu da casa. Ela não sabia de quem era o bebê... Ele simplesmente apareceu um dia, o que foi uma das coisas que fizeram as pessoas duvidarem dela. Afinal, os bebês não aparecem simplesmente, não é mesmo? Alguma moça devia estar com ele na barriga e dado à luz. Mas minha mãe jurou que havia um bebê na casa e que depois ele sumiu de novo, tão rapidamente quanto apareceu. Na mesma época, um bebê foi encontrado na mata, e os nômades, o pessoal da Mo, o levaram pela vila, perguntando a quem pertencia. Como ninguém se identificou, eles criaram a criança. Mas minha mãe não deixou o assunto morrer... Ela jurava de pés juntos, para quem quisesse escutar, que o bebê estava no solar um dia e que depois Lady Calcott o levou e o abandonou. Então, é lógico que Lady Calcott quis que ela fosse embora. Acusou-a de roubar alguma quinquilharia, e ficou por isso mesmo. Ela saiu de lá tão depressa que nem teve tempo de pegar o casaco. Tire as conclusões que quiser. Algumas pessoas da vila disseram que minha mãe inventou essa história do bebê para se vingar, entende? Para fazer pressão nos Calcott, que tinham largado ela sem trabalho para sobreviver. E talvez possa haver alguma verdade aí. Ela era tão jovem quando tudo isso aconteceu, minha mãe. Não devia ter mais de 15 anos. Talvez fosse jovem demais para um cargo de tanta responsabilidade. Mas não posso acreditar que ela tenha mentido desse jeito. Nem que tenha roubado. Minha velha era muito correta. — George para de falar, olha para o passado, e eu percebo que estou retendo o fôlego. Meu coração bate dolorosamente, faz meus dedos tremerem um pouco. Aponto para o bebê fora de foco na foto de Nova York.

— É este o bebê. Este é o bebê que apareceu no solar. O bebê que Caroline largou na mata. Sua mãe não estava mentindo — confirmo. George arregala os olhos para mim, e eu sinto o alívio abençoado da conclusão, de solucionar um enigma, por mais distante de mim que possa estar.

Eu lhe conto o que sei, o que deduzi das cartas, dessa foto, do mordedor e da fronha com as flores bordadas que está faltando. E da eterna animosidade com os Dinsdale. Falo até minha boca ficar seca e tenho que dar um gole no café frio para umedecê-la. Ao acabar, eu me sinto exausta, mas contente. É a sensação de ter encontrado algo precioso que eu considerava perdido; como preencher um enorme buraco em meu passado... em nosso passado. No meu, de Beth e de Dinny. Ele é meu primo. Não eram duas famílias em guerra, mas uma família. Por fim, George fala:

— Bem, estou desconcertado. A prova, depois de todos esses anos! Minha mãe... se ela pudesse ouvir você de onde estiver, creia, meu amor, ela faria uma pequena dança de vitória agora! E você tem certeza de tudo isso, não tem?

— Tenho, sim. É provável que não se sustentasse num tribunal ou coisa parecida, mas tenho o máximo de certeza possível. Aquele bebê veio com ela da América, e, de algum modo, ela o manteve escondido ao se casar com lorde Calcott. Mas depois ele acabou vindo parar aqui no solar, e ela precisou se livrar dele. Essa é a parte que me deixa mais no escuro... Onde ele ficou nesse ínterim? E se ela tinha sido casada antes e teve um bebê, por que manter segredo? Mas é muita coincidência. O bebê que sumiu e o que foi encontrado *têm* que ser o mesmo.

— É uma pena que todas aquelas pessoas que chamaram minha mae de mentirosa não estejam por aí para saberem da verdade.

— Como se chamava sua mãe? — pergunto por curiosidade.

— Cassandra. Evans, como era seu nome na época. Espere, vou lhe mostrar uma foto. — George vai até a cômoda, abre uma gaveta e dá uma vasculhada. A foto que ele me traz é de Cassandra Evans no dia de seu casamento. Cassandra Hathaway, como acabara de se tornar. Uma garota miúda, de aparência delicada, um brilho decidido no olhar e um sorriso largo. Pele lisa, cabelos escuros, presos em cachos e com uma guirlanda de flores em cima. Seu vestido é simples, de corte reto, com o corpete de renda e toques de filó na gola. Essa garota viu vovô Flag quando ele ainda era o *bom filho* de Caroline. Ela deve ter sabido o que Caroline queria confessar à sua tia B. Olho fixamente para os pontos granulados de seus olhos escuros, tentando enxergar esse conhecimento ali.

Deixo o Corner Cottage pouco depois, prometendo retornar para uma visita.

— Uma nova *entente cordiale* entre os Calcott e os Hathaway! — anuncia George, muito satisfeito, quando eu saio. Não tive coragem de dizer que talvez eu nunca volte; à vila, ao solar, a nada disso. Essa ideia me dá uma sensação inesperada, depois de ter vivido bem satisfeita por mais de vinte anos longe daqui. Sinto-me à beira de uma terrível tristeza, de um poço profundo onde eu poderia cair e de onde nunca mais sairia; como Beth temia que fosse acontecer no açude. E, apesar disso, nem sequer desfiz as malas lá no solar. Minhas roupas ainda estão guardadas. Estão em desordem, como eu. Desviei-me da trajetória estabelecida e agora estou em marcha solta, incerta de onde ir.

Enquanto dirijo de volta para casa, penso no sangue, nesses pequenos traços, pequenas tendências que nossos ancestrais deixam em nós. Minha propensão a fazer palhaçadas em situações constrangedoras; a habilidade da minha mãe para o desenho; a graciosidade de Beth; as sobrancelhas retas de Dinny e seus olhos repuxados. Uma enxurrada de traços minúsculos girando em nosso âmago. Penso no meu sangue e no de Beth. No de Dinny e no de vovô Flag. E no de Henry, é claro. Henry, o último rebento da linhagem Calcott. Certa vez ele tirou sangue de Dinny, lá no monte do túmulo. Creio que o próprio Henry ficou chocado com isso, apenas por um segundo. Chocado e depois contente, é claro. Triunfante. Foi no verão de seu desaparecimento, mas no início das férias. Devia ser a primeira vez que eles se viam naquele ano, mas não tenho certeza.

Eu já tinha presenciado brigas de meninos antes, é claro. Na escola, no fim do pátio, onde a lateral da quadra esportiva ocultava os combatentes dos olhos vigilantes do monitor do recreio. *O canto*, como era chamado. Sussurrado de um ouvido para o outro durante as aulas — o próximo encontro, o próximo embate mortal. *Gary e Neil no canto na hora do almoço!* O escândalo sempre me emocionava, embora as lutas nunca durassem muito. Puxões no casaco; alguém girando, jogado no chão. Uns puxões de cabelo, talvez; um chute na canela, joelhos esfolados. Então, o monitor notava o aglomerado ou um garoto começava a chorar. O vitorioso ganhava o direito de escapar, o perdedor tinha que ficar e protestar que nada havia acontecido.

Mas com Dinny e Henry foi diferente. Nós havíamos subido até o monte do túmulo para testar o modelo de avião que tínhamos passado toda a manhã fazendo com papel pardo e palitos de picolé. Era necessário um bom lugar de lançamento, esse foi o veredito — correntes de ar quente ascendentes, disse Dinny. Meredith estava criando tumulto na vila, como sempre. Tinha proibido os fazendeiros arrendatários de dar serviço a qualquer tipo de trabalhador itinerante — o que deixou os fazendeiros sem a ajuda que necessitavam, e pela qual podiam pagar, e os Dinsdale sem os serviços de verão com os quais contavam aqui. Era esse o objetivo, é claro, embora agora eu já não tenha certeza. Ela devia ter sabido que precisaria recuar na decisão. Acho que só fez isso para lembrá-los. Lembrá-los de que ela estava lá e os odiava. Houve todo tipo de discussão na casa, e nós escutamos todas. Assim como Henry, é claro. Ele nos seguiu até o monte do túmulo com essa munição.

— Você não deveria estar por aí mendigando? Em breve, toda sua família terá que mendigar, espero; ou roubar, é claro. — Debochando de Dinny, sem preâmbulos. — Não vai ter jeito de vocês conseguirem *comprar* comida. Não se ficarem por aqui.

— Cale-se, Henry! Vá embora! — ordenou Beth, mas ele fez um beiço para ela.

— Cale-se *você*! Você não manda em mim! E vou contar para a vovó que vocês estão brincando com os ciganos imundos!

— Conte! Veja se ela vai dar bola! — gritou Beth. Ela foi dura, reta e afiada feito uma lança.

— Vocês *deveriam* ligar, se são amigas deles, podem muito bem acabar ciganas também. Já estão com o cheiro deles. Acho que são burras o suficiente para virarem... — Ele estava ofegante de subir o monte atrás de nós. O despeito tinha deixado seu pescoço vermelho. Dinny olhou para ele com tamanha fúria que eu lancei meu avião de papel numa ansiedade desesperada.

— Veja, veja... veja como está indo longe! — gritei. Pulando. Mas nenhum deles olhou.

— Qual é o problema com você? Ainda não aprendeu a falar? É burro demais? — Henry debochava de Dinny, que olhava para ele, maxilares cerrados, calado. Seu silêncio era um desafio, e Henry não recuou. — Na verdade, acabei de ver sua mãe. Ela estava vasculhando nossa lata de lixo para o seu jantar! — Dinny voou em cima dele. Foi tão rápido que eu nem notei ele se mexer até vê-lo atacar Henry e os dois cambalearem morro abaixo.

— Não! — berrou Beth, mas não sei com qual deles ela falava. Fiquei paralisada de choque. Isso não era uma rixa no pátio do recreio, não havia puxões de casacos. Vi dentes arreganhados, punhos cerrados, jovens músculos se retesando.

Então Henry desferiu um soco. Pura sorte, pois Dinny tapava seu rosto com a mão, e Henry estava de olhos fechados. Ele jogava os braços, dando golpes, e teve sorte. Atingiu o nariz de Dinny, que caiu sentado. Ele ficou ali por um segundo, atordoado, e um fluxo de sangue vivo correu de seu nariz e começou a pingar do queixo. Beth e eu estávamos mudas de horror. Que Henry tivesse vencido. Que Dinny estivesse sangrando tanto. Eu nunca tinha visto sangue assim, tão vermelho, correndo. Não eram como as nódoas foscas na tábua do açougueiro quando ia às compras com minha mãe. Dinny pôs a mão em concha embaixo do queixo, como se quisesse guardá-lo. Deve ter doído. As lágrimas marejaram seus olhos e escorreram pelas faces, se juntando ao sangue. Ao perceber o que havia conseguido, Henry ficou de pé ao lado do outro e sorriu. Eu me lembro de suas narinas se abrindo e fechando em triunfo, o quanto ele parecia insolente. Então, saiu andando com altivez. Dinny o observava e eu observava Dinny.

Seus olhos estavam inflamados, e por um longo instante Beth e eu ficamos com medo de chegar perto dele.

A noite de ano-novo cai numa quarta-feira e realmente parece uma quarta-feira. Nada do antigo entusiasmo. De todo modo, sempre foi um entusiasmo com um toque de pavor, agora posso aceitar. O alvoroço e o tumulto da queima de fogos sobre o Tâmisa, a soturna certeza do tempo que leva para a multidão se dispersar depois. Agora é simplesmente uma quarta-feira, mas com um prazo intruso de outro tipo. Beth disse que ficaria até o ano-novo. Foi o que lhe pedi... apenas até o ano-novo. Só tem uma coisa que pode fazê-la ficar mais tempo, e isso é ter vencido a discussão com Maxwell. Se Eddie vier de novo antes do reinício das aulas, então ela poderá ficar.

É claro que estou entusiasmada com algo. Entusiasmada com o anúncio que planejo fazer esta noite. Está tempestuoso lá fora. Levanto o volume do rádio para abafar o som do vento, que assola todos os cantos da casa. Levei muito tempo para convencer Beth a ir ao pub — tive que mentir, dizer que pode ser a última vez que ela vê Dinny antes de irmos embora. O som violento do vento poderia ser suficiente para dissuadi-la.

— Cabelo preso ou solto? — pergunto a Beth quando ela vem até o banheiro, segurando os cabelos para cima para lhe mostrar, depois soltando-os e sacudindo. Ela me analisa, inclina a cabeça para o lado.

— Solto. Afinal, só estamos indo ao pub — diz ela. Passo os dedos pelos cabelos.

— É, só vou pôr um jeans — concordo. Ela para atrás de mim, se curva para pôr o queixo no meu ombro, olha para o próprio reflexo. Será que ela vê? Que os ossos de seu rosto estão tão rígidos, em comparação aos meus? Que sua pele parece muito fina, muito pálida?

— Eu sei que é noite de ano-novo. Mas eu... estou sem nenhuma vontade de sair. Nós não *conhecemos* essas pessoas... — diz ela, afastando-se de novo.

— Estou começando a conhecer... e você também estaria, se saísse mais. Por favor, Beth. Você não pode ficar sozinha. Não hoje.

— Por que você está tão obcecada em andar com ele? Que bem vai fazer? Nós não o *conhecemos* mais. Levamos vidas completamente diferentes. E, de todo modo, iremos embora em breve, e é provável que nunca mais a gente o veja. — Agitada, ela anda de um lado para outro atrás de mim.

— Não estou obcecada — murmuro, passando sombra prateada nas pálpebras e analisando o efeito no espelho. Eu a sinto olhando para mim. — É o *Dinny*. — Dou de ombros. — Ele deve ser a pessoa *mais* importante da nossa infância. Olhe. — Viro para ela, faço-a olhar para mim. — Esta noite não vamos pensar em nada disso, está bem? Vamos simplesmente sair, beber ao ano-novo e nos divertir. — Eu lhe dou uma leve sacudida. Ela toma fôlego e retém o ar por um instante.

— Está bem! Você tem razão. Desculpe. — Ela abranda. Parece aliviada e dá um leve sorriso.

— Assim é melhor. Agora vá e nos sirva um uísque. *Um monte* de uísque — ordeno.

— Tome — diz ela quando desço para a cozinha.

— Isso vai nos deixar mais no espírito festeiro. — Sorrio ao pegar o copo. Fazemos tim-tim e bebemos. O sorriso de Beth parece um pouco forçado, mas ela está se esforçando. — Como estava o Maxwell? Eddie vai vir?

— O quê, para cá? Não — diz ela. — Quero que ele vá ficar comigo em casa na última semana das férias. Maxwell disse que eles vão para casa dos pais dele... não sei — suspira ela. — Eu sempre sinto que sou eu quem precisa se esforçar para conseguir um horário com ele.

— Bem, nós ficamos com ele no Natal... — A decepção me corta. Agora nada a prenderá aqui. Algo se debate dentro de mim, se retorce, tenta encontrar um modo de se segurar a ela, de se segurar ao nosso tempo aqui. Ainda não acabei. A necessidade me deixa irrequieta.

— Uns poucos dias de umas férias de quatro semanas! Não é muito justo.

— Mas uns poucos dias bem importantes — argumento, a voz estrangulada. Perdi o fio da meada. Eu deveria estar instigando-a a lutar para ter Eddie de volta... para que ele voltasse para cá, para seu amigo Harry. Beth beberica o uísque. Observo o movimento da cartilagem de sua garganta quando ela engole.

— Eu sei. É só que... eu sinto muita falta dele, Rick. Não vejo sentido quando não tenho ele para tomar conta — diz ela, desesperançada.

— O sentido é ser mãe dele, esteja ele na mesma casa ou não. E, mais importante neste momento, seu propósito é beber uísque comigo, pois não pretendo ser a única a começar o ano com dor de cabeça — digo.

— Então, vamos fundo — diz Beth com seriedade, entornando todo o conteúdo do copo e depois rindo e se cuspindo, sentindo o ardor no nariz.

— Assim é bem melhor! — incentivo, com uma risada.

Está gelado lá fora. O ar cortante penetra nossas roupas e atinge o brilho do álcool; faz nossos olhos escorrerem e os lábios racharem. Andamos rapidamente, rangendo os dentes, curvadas e sem elegância. Não há nuvens, e o céu está retinto, cortado pelo vento constante. Toda a vila está iluminada, espantando a noite solitária; o calor e a humanidade do White Horse saem como uma onda quando eu abro a porta. Está apinhado. Inalamos a respiração dos outros, flutuamos pelo cheiro alegre de álcool e corpos. Vozes tão altas, tão próximas. Tenho certeza de que o silêncio do coração de Beth será golpeado até a submissão. Com dificuldade, vou abrindo caminho até o bar, procurando por Patrick, Dinny ou qualquer outro que eu reconheça entre a multidão. Localizo os *dreadlocks* de Harry no reservado do fundo do pub. Compro dois uísques e água, gesticulo com a cabeça para que Beth me siga.

— Oi! — grito, chegando ao lado da mesa. Reconheço fisionomias da festa de solstício, rostos que vi indo e vindo em torno do acampamento. Denise, Sarah e Kip. Dinny e Patrick, é claro. Patrick abre um sorriso para mim, e Dinny sorri mais discretamente, os olhos se arregalando de surpresa ao pousarem em Beth. Um segundo depois, cogito se era para Beth que ele sorria, e não para mim, mas não tenho certeza.

— São as *ladies* do solar! Juntem-se a nós, *ladies*! — chama Patrick, acenando com um braço magnânimo sobre o grupo. Suas faces estão rosadas, e os olhos brilham. Harry dá um tapinha no meu braço, e, no impulso, eu me inclino e lhe dou um beijo na face, sinto o roçar de suas costeletas. Dinny fica olhando. Todos se mexem, ficando mais juntos no banco em forma de ferradura, e abrem espaço para Beth e eu nos sentarmos nas duas extremidades.

— Na verdade, eu nunca vim aqui antes — grito. — Nós não tínhamos idade suficiente da última vez que viemos para ficar!

— Que crime! Bem, este é o seu lugar agora, portanto, vamos deixá-la familiarizada com ele. Saúde! — Patrick toca nossos copos. O líquido frio faz uma gangorra e cai, pegando as costas da mão de Dinny.

— Desculpe — digo, e ele dá de ombros.

— Não foi nada. — Chupa o uísque da pele, fazendo uma careta. — Não sei como você consegue beber esse veneno.

— Depois do quarto ou quinto gole, a gente se acostuma — respondo jovialmente. — Então, está se acostumando a ser tio?

— Não! Ainda não consigo acreditar que ela teve um bebê... Cinco minutos atrás, *ela* era um bebê, sabe? — Dinny inclina a cabeça ironicamente.

— Aproveite bem enquanto ela é pequenina — aconselha Beth, as palavras lutando para se elevar acima do vozerio. — Eles crescem tão rápido! Você não imagina quanto. — Ela tenta de novo, mais alto agora.

— Bem, acho que fico com o melhor dos dois mundos. Posso me divertir com o bebê e devolvê-lo quando começa a feder e berrar. — Dinny sorri.

— Essa sempre foi minha parte favorita de ser tia — comento, sorrindo para Beth. E assim segue o curso da conversa. Ficamos ali sentados, conversando como vizinhos, como quase amigos. Tento não pensar sobre isso, no quanto é miraculoso; não quero quebrar o encanto.

— Como vai indo sua pesquisa sobre a família? — pergunta Dinny um pouco mais tarde, quando meu corpo já está aquecido e o rosto um pouco dormente. Olho para ele.

— Você quer dizer sobre a história da *nossa* família? — pergunto.

— É? Como assim?

— Bem, o que eu descobri, basicamente, é que somos primos — conto, abrindo um sorriso largo. Beth franze o cenho para mim. Dinny me dá aquele olhar inquisidor dele.

— Rick, do que você está falando? — pergunta Beth.

— Bem distantes... Primos de segundo grau ou por aí. Sério! — acrescento, quando todos me olham com ceticismo.

— Então vamos ouvir — diz Patrick, cruzando os braços.

— Certo. Sabemos que Caroline teve um menino antes de se casar com lorde Calcott em 1904. Há uma foto, e ela guardou o mordedor do bebê por toda a vida...

— Um bebê que muito provavelmente nunca atravessou o oceano com ela, ou ela teria dificuldade de se casar como solteira, o que aparentemente não era — interpõe Beth.

— Escute só. Além disso, está faltando uma fronha de um dos conjuntos antigos da casa... uma fronha com *marsh flags* amarelas bordadas. Ora, Dinny, seu avô mesmo me contou a história de como ganhou esse apelido, e a própria Mo me relembrou no outro dia, quando estive lá. Mas creio que os detalhes se perderam ao longo dos anos... Mo disse que Flag foi encontrado num tufo de *marsh flags*, e foi assim que pegou o apelido, aqui, no bosque de Barrow Storton, que tem encostas e é muito bem-drenado, não sendo bom terreno para o desenvolvimento de *marsh flags*. Lembro-me do vovô Flag me contando que ele foi achado numa coberta com flores amarelas bordadas. Tenho *certeza* disso. Só pode ser a fronha... tem que ser! — insisto, enquanto Patrick debocha, e Dinny me olha ainda mais cético. — E também encontrei George Hathaway...

— O cara que tinha a oficina na estrada principal? — pergunta Patrick.

— Ele mesmo. A mãe dele trabalhou no solar quando Caroline chegou aqui. Ela foi despedida... aparentemente por roubo, mas George me contou que ela insistiu argumentando que fora mandada embora porque sabia que um bebê tinha estado na casa... bem na época em que os Dinsdale encontraram Flag. Havia um bebê na casa que, depois, sumiu. Seu avô era filho da minha bisavó. Tenho certeza disso — termino, sacudindo um dedo embriagado para Dinny. Ele me analisa, esfrega o queixo, pensa nisso.

— Isso é... — Beth tateia em busca da palavra. — Ridículo! — termina.

— Por quê? — reclamo. — Isso explicaria a hostilidade de Caroline com os Dinsdale... Ela se desfaz do garoto, quer se ver livre dele, e eles o pegam e o criam bem na porta dela. Toda vez que eles voltavam para cá, traziam aquele bebê junto. Isso deve ter enlouquecido a mulher. É por isso que ela os odiava tanto.

— Então responda a isso — pede Dinny. — Ela traz o bebê com ela. Fica com ele enquanto se casa de novo... Por alguma razão, seu casamento anterior não é registrado, mas não teria jeito de ela acabar se casando com um lorde se o bebê fosse ilegítimo. Então, ela fica com o bebê até chegar aqui, em Barrow Storton, e depois o abandona no bosque. Minha pergunta seria por quê. Por que ela fez isso?

— Porque... — Não acabo de falar, analiso minha bebida. — Não sei — admito. Penso. — Seu avô tinha alguma deficiência?

— Era forte feito um touro, esperto para danar. — Dinny abana a cabeça.

— Talvez lorde Calcott não tenha deixado que ela ficasse com o filho de outro homem.

— Nesse caso, ele simplesmente não teria se casado com ela, é lógico. Caso se importasse tanto.

— Não é possível — começa Patrick. — É mais plausível que o bebê de Caroline tenha morrido nos Estados Unidos, que uma das *criadas* do solar tenha se encrencado... talvez a mãe de Hathaway... pego a fronha da casa num momento de desespero e se livrado do filho ilegítimo? Não seria surpreendente se ela mentisse a respeito, nem que fosse despedida por isso — sugere ele num tom alegre.

— Ele tem razão — diz Beth. Mas eu nego com a cabeça.

— Não. Eu *sei* que é o bebê da foto. Só pode ser — insisto.

— E quanto à atitude dela em relação a mim e aos meus — continua Patrick, dando de ombros. — Ela era um produto de seu tempo. Deus sabe que nós enfrentamos muito preconceito hoje em dia, imagine só cem anos atrás! A vida errante era considerada crime, sabiam?

— Tudo bem, tudo bem! — digo. — Ainda acho que estou certa. O que você acha, Dinny?

— Não tenho certeza. Assim como não tenho certeza de querer ser um Calcott. Eles não foram muito legais com as pessoas que amo ao longo dos anos — assegura ele, e seu olhar é tão direto que eu desvio o meu.

— Bem, vamos brindar, prima — diz Patrick, conciliador, mas não convencido. Mudam de assunto, enterrando o meu.

— Mas é uma boa teoria — reconhece Beth, afagando meu cotovelo.

Em torno da meia-noite, meus ouvidos estão zumbindo. Quando viro a cabeça, o mundo fica embaralhado e leva um tempinho para se reacomodar na ordem certa. Encosto-me em Harry, que está sentado ereto e tomou tanto refrigerante com cola que, a cada vinte minutos, mais ou menos, ele salta sobre mim para ir ao banheiro. Estou rodeada de muita conversa e faço parte dela, estou incluída. Estou feliz, bêbada, entorpecida. À meia-noite, o garçom aumenta o volume do rádio, e escutamos o Big Ben, prendendo a respiração no intervalo para o badalo do ano-novo.

O pub entra em erupção, e eu penso em Londres, ouvindo aquelas badaladas chegando até aqui, na minha antiga existência continuando sem mim. Descubro que não a quero de volta. Patrick, Beth e vários outros me beijam, e então me viro para Dinny, ofereço a face, e ele dá um beijo ali, que eu ainda consigo sentir até muito tempo depois de ter acabado, cogitando se deixará uma marca indelével.

Não muito depois, Beth puxa meu braço e avisa que está indo embora. A multidão está se dispersando, deixando o pessoal embriagado para trás, entre os quais me encontro. Eu quero ficar. Quero continuar com essa festa, manter a falsa impressão de que faço parte desse grupo. Beth abana a cabeça e fala em meu ouvido.

— Estou cansada. Acho que você deveria vir também, é mais seguro voltarmos juntas. Você bebeu muito.

— Estou bem! — protesto, alto demais, provando o que ela diz.

Beth se levanta, sorri se despedindo, começa a pôr o casaco e me estende o meu.

— Estamos indo — diz ela, dando um sorriso geral, mas sem encontrar os olhos de Dinny.

— É, a festa meio que acabou — observa Patrick, bocejando. Seus olhos luminosos tornaram-se rosados.

— Vocês podem vir para a nossa, se quiserem. Muito trago lá — ofereço, expansiva. Beth me lança um olhar apreensivo, mas ninguém aceita, alegando a hora tardia, embriaguez, dores de cabeça iminentes. Visto o casaco. Estou desengonçada, não consigo encontrar os braços. Bato na mesa ao sair de trás dela, provocando uma trepidação de copos. Quando nos viramos para ir, Dinny segura o braço de Beth, puxa-a para si e fala algo em seu ouvido.

— Boa noite, prima Erica! — diz ele enquanto eu saio meio trôpega.

— Tenho certeza! — insisto, saindo do pub num tropeço.

— Erica! Espere por mim! — grita Beth ao vento ao sair do pub atrás de mim. Mas eu não consigo diminuir o passo. Meu sangue está dominado por um fogo que maneja meu corpo, e estou sem controle. — Espere por mim! — Ela quase corre para me alcançar. — Foi mesmo bem divertido — diz ela.

— Eu disse que seria — respondo, falando alto contra o vento que nos açoita. Nem sei dizer direito como me sinto. Uma enorme impaciência, a frustração sem limites de não ter certeza de nada.

— O que você e Dinny estavam cochichando lá atrás? — pergunto.

— Eh, hã... — Ela parece confusa. — Ele só falou... para eu levar você para a cama, só isso.

— Tem certeza?

— Sim, foi só isso! Erica, não comece... você está bêbada.

— Nem tanto assim! Vocês dois sempre tiveram seus segredos, e as coisas não mudaram muito. Por que nenhum de vocês quer me contar o que aconteceu aquela vez?

— Eu... eu já disse... não quero falar sobre isso, nem você deveria querer. Então quer dizer que já perguntou ao Dinny? — Ela parece alarmada, quase amedrontada. Penso em retrospectiva e me dou conta de que não perguntei. Não diretamente.

— O que foi que ele realmente disse agora mesmo?

— Eu acabei de lhe contar o que ele disse! Meu Deus, Erica... Você está com *ciúmes*? Ainda... depois de todo esse tempo? — Eu paro de andar, me viro para olhar para ela sob os últimos vestígios de luz que vêm da vila. Nunca havia me ocorrido que ela sabia. Que eles sabiam, que me notavam gritando por atenção. De algum modo, é pior assim.

— Não tem nada de ciúmes — murmuro, desejando que fosse verdade. Continuamos andando em silêncio, cambaleando pela entrada de carros. Ao chegarmos em casa, percebo que estou inquieta. Algum sininho de aviso está tentando tocar sob meu entorpecimento. Acho que é o silêncio de Beth. Seu jeito, seu fôlego e sua profundidade.

Beth abre a porta da frente, mas eu recuo da escuridão lá dentro. Sob o brilho grafite da lua, ela parece a boca de um túmulo. Beth entra, acende uma luz amarela ofuscante, e eu me viro de costas.

— Venha... você está deixando todo o calor sair — diz ela.

Abano a cabeça.

— Vou dar uma caminhada.

— Não seja ridícula. É uma e meia da manhã, e está gelado. Venha para dentro.

— Não. Eu vou... ficar pelo jardim. Preciso desanuviar a cabeça — digo a ela sem rodeios, recuando. Vejo o contorno no vão da porta, preto e sem rosto.

— Vou esperar que você entre, então. Não demore.

— Não espere. Vá dormir. Não demoro.

— Erica! — Ela chama quando me viro. — Você... você não vai desistir, não é? Não vai deixar isso em paz. — Um medo real em sua voz agora, que soa tão frágil quanto vidro. Eu também estou assustada por essa mudança nela, por sua súbita vulnerabilidade, pelo modo como segura o batente da porta, como se pudesse sair voando. Mas eu me revisto de coragem.

— É, não vou — afirmo, e vou me afastando.

Não vou deixar esta noite acabar até ter algo, até ter resolvido alguma coisa. Até me lembrar de algo. Ando pelo gramado irregular, minhas pernas me acompanham, as articulações oscilando, elásticas. Sob as árvores, a escuridão é palpável. Olho para o céu, estendo as mãos para a frente para tatear o caminho, continuo andando. Eu sei aonde estou indo.

O açude parece mais sombrio aos meus pés. O cheiro de pedra e lama da água se ergue para me cumprimentar. Acima de mim, o céu permanece imóvel, e parece irreal que as estrelas não se movam, que não sejam varridas pelo vento. Essa imobilidade me deixa tonta. Estou aqui sentada, no rigor do inverno, uma mulher com a cabeça cheia de uísque, tentando retornar, tentando ser uma criança cheia de fantasias sob um céu quente de verão. Fico olhando para a água e vou até lá. Minha respiração se acalma, e só agora percebo o frio, a pressão do chão por entre minhas calças jeans. Abraço os joelhos. *Você se mijou, Erica?* Henry rindo, Henry dando aquele seu sorriso asqueroso. Henry se curvando, procurando. O que ele estava fazendo? O que procurava? O que eu estava fazendo? Voltei para a água. Tenho certeza disso. Era uma distração... Eu estava tentando romper a tensão. Virei-me, dei uma corrida e caí com uma pancada forte na água, bracejando sob a superfície, porque meus calções ameaçavam me desertar. E quando emergi... quando tirei a água dos olhos... será que Henry tinha achado o que procurava?

Quando me dou conta do que estou fazendo, já estou dentro do açude. Eu me enfiei lá. Dou uma corridinha, uma pancada na água; e então a realidade se derrama à minha volta, e minha pele pega fogo com o frio do açude. A dor é incrível. Não faço ideia de qual é o caminho para fora, não sei para onde ir, o que fazer. Perco o controle do corpo, que se debate e se contorce. O ar sumiu dos pulmões, que pararam de funcionar, minhas costelas estão comprimidas. Acho que vou morrer. Estou afundando como uma pedra. Finalmente, chegarei ao fundo, como sempre desejei. A água não tem superfície, não há mais céu. E vejo Henry. Meu coração parece parar. Eu o vejo, olhando para mim da margem, olhos arregalados e incrédulos. Eu o vejo tiritando e seu sangue escorrendo sobre os olhos. Muito sangue. Eu o vejo caindo. Então, estou novamente no ar, e é uma bênção... tão quente, tão cheia de vida depois da punhalada da água. Uma arfada enche meus pulmões de ar; eu grito de dor.

Consigo enxergar a margem. Ela se inclina e embaralha enquanto meu corpo ameaça afundar outra vez. Tento movimentar os braços, bater as pernas. Nada se mexe como deveria. Meu coração bate disparado agora, rápido demais, grande demais no meu peito. Está tentando escapar de mim, deste frio sanguessuga. Não consigo fazer o ar ficar nos pulmões. Ele sopra e se esvai enquanto a água me comprime. Estou sendo esfolada viva; estou ardendo. Uma das mãos bate na margem, posso senti-la, só sua resistência. Eu me agarro, forço os dedos na lama, tento estender a outra mão, tento me puxar para fora. Luto. Sou um rato num barril, um porco-espinho num açude. Estou chorando.

Então me agarram por baixo dos braços, me puxando, até que meus joelhos sentem o chão. Mais um puxão, e saio, a água escorrendo das minhas roupas, dos cabelos e da boca. Começo a tossir e a chorar, tão feliz de ter saído, sentindo muita dor.

— Que *porra* você está *fazendo*? — É Dinny. Sua voz ecoa de um modo estranho em meus ouvidos, e ainda não consigo erguer a cabeça pesada em meu pescoço endurecido para olhar para ele. — Você está tentando se matar, droga? — Ele está áspero, furioso.

— Eu... não sei direito — respondo com uma voz sufocada e me concentro em tossir de novo. Atrás dele, as estrelas tremeluzem, girando.

— Levante-se! — Ele manda. Parece tão bravo que o restante da minha vontade me abandona. Desisto. Deitada no chão, viro a cabeça para o outro lado. Não consigo sentir o corpo nem o coração.

— Me deixe em paz — digo. Acho que digo. Não sei se formei palavras ou se apenas exalei. Ele me vira, fica atrás de mim e me levanta pelas axilas.

— Venha. Você precisa se aquecer antes de poder se deitar para descansar.

— Eu estou quente. Estou fervendo — afirmo, mas chegam os tremores, começando nos pés e se espalhando até as pontas dos dedos das mãos, me dando espasmos musculares. Minha cabeça lateja.

— Venha, ande agora. Não é longe.

Pouco tempo depois, fico consciente de mim mesma, da sensação de pele esfolada, da dor nas costelas, nos braços e no crânio. Meus dedos latejam, agonizantes. Estou de roupa íntima molhada, sentada no furgão de Dinny. Enrolada num cobertor. Um chá quente ao meu lado. Dinny põe uma colher cheia de açúcar e me instrui a beber. Dou um gole e queimo a língua. Ainda estou tremendo, mas agora menos. O interior da ambulância é mais quente do que eu imaginava. As brasas do fogão iluminam nossos rostos. Camas estreitas de um lado, armários, prateleiras e um balcão do outro. Um espaço para as panelas de fogo de chão. Uma chaleira sobre o fogão, mais panelas penduradas em ganchos.

— Como é que você estava no açude? — pergunto. Minha voz não soa bem.

— Eu não estava! Estava indo para casa quando ouvi a pancada na água que você deu. Você teve sorte que o vento estava soprando do leste, caso contrário, eu não teria ouvido. Não teria ido lá. Você sabe o que poderia ter acontecido se eu não fosse? Mesmo que você tivesse conseguido sair e depois ficado deitada na margem por meia hora... entende?

— Sim. — Estou pesarosa, constrangida. Sem mais nenhum traço do uísque, que foi lavado pela água.

— Então, o que você estava fazendo? — Ele se senta na minha frente num banco de dobrar, descansa um tornozelo no joelho oposto e cruza os braços. Eu dou de ombros.

— Eu estava tentando me lembrar. Daquele dia. Do dia em que Henry morreu. — *Morreu*, eu disse. Não *desapareceu*. Espero para ver se Dinny vai me corrigir. Ele não o faz.

— Por que quer se lembrar?

— Porque *não lembro*, Dinny. Não me lembro disso. E preciso lembrar. Preciso. — Ele fica um longo tempo sem responder. Fica ali sentado e me analisa com olhos semiencobertos.

— Por quê? Por que precisa? Se realmente não se lembra, então...

— Não me diga que é melhor para mim. É o que Beth diz, e não é verdade! Não é melhor assim. Falta alguma coisa... Não consigo parar de pensar nisso.

— Tente.

— Eu sei que ele está morto. Eu sei que nós o matamos. — Enquanto falo, tenho outro estremecimento, respingando chá nas pernas.

— *Nós* o matamos? — Dinny me lança um olhar feroz, os olhos inflamados. — Não. Não fomos *nós* que o matamos.

— O que significa isso? O que *aconteceu*, Dinny? Onde ele foi parar? A pergunta paira entre nós por um longo instante. Acho que ele vai me contar. Acho que vai, o silêncio se prolonga.

— Esses segredos não são meus para eu contar — diz Dinny, a fisionomia atormentada.

— Só quero que as coisas voltem a ser como eram — lamento baixinho. — Coisas não... as pessoas. Quero que Beth cresça do jeito que teria crescido se isso não tivesse acontecido. Tudo começou aqui, disso eu sei. E quero que nós sejamos amigos, como éramos...

— Podíamos ter sido, talvez. — Sua voz é uniforme. Olho para ele em busca de uma explicação. — Vocês simplesmente pararam de vir — exclama ele, os olhos se arregalando. — Como você acha que me senti, depois de tudo que eu...

— Depois de tudo que você o quê?

— Depois de todo o tempo que passamos juntos, crescendo juntos... Vocês simplesmente pararam de vir.

— Nós éramos crianças! Nossos pais pararam de nos trazer... não podíamos fazer muito a respeito...

— Eles trouxeram vocês no verão seguinte. E no outro Eu vi vocês, mesmo que vocês não tenham me visto. Mas vocês nunca vieram aqui no acampamento. Minha família foi virada *pelo avesso* pela polícia, pro curando por aquele garoto. Todo mundo nos tratou como criminosos! Aposto que não viraram o solar do lado avesso, não é? Aposto que não foram procurar por um corpo na horta. — Olho para ele. Não sei o que dizer. Tento lembrar se a polícia fez buscas na casa, mas não consigo. — A princípio, eu pensei que vocês tinham sido proibidas de vir aqui. Mas sempre tinham sido proibidas antes, e isso nunca impediu que viessem. Depois, achei que estivessem assustadas, que talvez não quisessem falar sobre o que aconteceu. Então acabei entendendo. Vocês simplesmente não se importavam.

— Isso não é verdade! Nós éramos apenas crianças, Dinny! O que aconteceu foi... demais. Não sabíamos o *que* fazer com aquilo...

— *Você* era apenas uma criança, Erica. Beth e eu tínhamos 12 anos. Isso é idade suficiente para saber do lado de quem se vai ficar. Vocês teriam morrido se viessem? Uma vez que fosse? Para deixar o endereço, para eu escrever uma carta?

— Eu não sei. Simplesmente não sei o que aconteceu. Eu... eu ia atrás da Beth. Mesmo agora, não sei dizer se eu sabia o que tínhamos feito, o que tinha acontecido. Não sei quando foi que me escapou da mente. Mal consigo me lembrar de qualquer coisa que eu pensava ou fazia no verões posteriores. Depois paramos de vir.

— Ora, não é de admirar. Se vocês duas estavam agindo de modo tão vago, sua mãe deve ter pensado que estava sendo prejudicial vir para cá.

— *Estava* sendo prejudicial, Dinny.

— Pronto, lá vem você. O que aconteceu, aconteceu. Não dá para mudar agora, mesmo que você queira.

— Eu quero, *sim* — murmuro. — Quero Beth de volta. Quero *você* de volta.

— Você está se sentindo sozinha, Erica. Eu também me senti, por muito tempo. Ninguém com quem conversar sobre tudo isso. Acho que é preciso aceitar o que nos cabe.

— De quem são os segredos, Dinny, se não são seus nem meus?

— Eu nunca disse que não eram seus.

— Meus e de Beth?

Ele olha para mim sem dizer nada. Posso sentir lágrimas nos olhos, sinto que começam a correr, incrivelmente quentes.

— Mas eu *não* sei! — digo baixinho.

— Sabe, sim. — Dinny se inclina para mim. Na luz fraca, posso ver cada pestana escura, contornada pelo fulgor alaranjado do fogão. — Acho que já está na hora de você ir para casa dormir — diz ele.

— Não quero ir. — Mas ele já está de pé. Enxugo o rosto e percebo que minhas mãos estão vermelhas e irritadas, com lama por baixo das unhas.

— Você pode ficar com o cobertor por enquanto. Devolva qualquer hora. — Ele faz uma trouxa com minha roupa molhada e me entrega. — Eu acompanho você.

— Dinny! — Eu me levanto, cambaleio um pouco. No pequeno espaço, estamos a centímetros de distância, mas é longe demais. Ele para, se vira para me encarar. Não consigo pensar em nada para dizer. Envolvo-me bem no cobertor e me inclino na direção dele, curvando a cabeça de modo que minha testa toca a face dele. Dou um passo à frente, fecho os olhos, ponho a mão no ombro dele, dobrando o polegar na saliência dura de sua clavícula. Fico assim por três batimentos cardíacos, até sentir seu braço me envolver. Levanto o queixo, sinto seus lábios roçarem nos meus e me entrego ao seu beijo, desajeitada de desejo. Os braços dele me apertam, afugentam minha respiração. Eu faria o mundo parar, se pudesse; faria com que parasse de girar para poder ficar ali para sempre, nesse espaço escuro com a boca de Dinny na minha.

Ele me acompanha até a pesada porta do solar e, ao fechá-la atrás de mim, ouço um ruído que me faz parar. Água correndo. O som ecoa vagamente escada abaixo; e nas paredes, o movimento correspondente dos canos.

— Beth? — chamo, tiritando os dentes. Eu me debato para sair das botas encharcadas, vou para a cozinha, onde a luz está acesa. Beth não está lá. — Beth! Você ainda está de pé? — grito, comprimindo os olhos contra o clarão das luzes, a cabeça latejante. A água ainda escorre, alagando meus pensamentos com uma inquietude nauseante. Faço um esforço para focar os olhos, pois há algo de errado aqui na cozinha. Algo que faz o sangue pulsar nas têmporas, que me seca a garganta. O bloco de facas caído de lado no balcão e várias delas puxadas para fora, deixadas ao lado. Pela segunda vez nesta noite negra, não consigo respirar. Eu me viro e corro para as escadas sobre pernas que não se movem com a rapidez necessária.

A permanência

1904-1905

Em Dodge City, o agente ferroviário foi muito solidário. Escutou pacientemente a história de Caroline sobre sua passagem perdida e permitiu que pagasse ali, naquele momento, por toda a viagem, de Woodward a Nova York. Ela passou os longos dias da viagem olhando pela janela para céus plúmbeos de tempestade, céus brancos causticantes e céus azuis como porcelana, que faziam sua cabeça doer de tão bonitos. Não pensava em nada, mas, de tempos em tempos, testava a ferida do pesar em seu interior para ver se diminuiria com a distância, uma vez que não diminuía com o tempo. William, ainda se recuperando da febre, dormia muito, chorando de irritação cada vez que acordava. Mas ele conhecia Caroline e deixava que ela o acalmasse. Ela sacrificou o almoço no Hotel Harvey, em Kansas City, para ir comprar fraldas, cobertas e uma mamadeira para o bebê, correndo de volta para o trem com o coração agitado de ansiedade, temendo que partissem sem ela. O veículo era o único lar que ela tinha no momento. Era seu único plano, a única coisa que conhecia.

— Ah! Ele é *lindo*! Como se chama? — exclamou uma mulher num fim de tarde, parando no corredor para se inclinar sobre o moisés, com as mãos juntas no peito.

— William — respondeu Caroline, engolindo em seco; de repente, sentindo a garganta dolorida.

— É um nome bonito também. Que cabelo preto!

— Ah, é, ele puxou ao pai nesse aspecto — disse Caroline, sorrindo. Entretanto, ela não conseguiu afastar a dor de sua voz ao falar, e a mulher lhe deu uma rápida olhada, vendo seus olhos margeados de vermelho e a palidez do rosto.

— Agora é só você e William, é? — perguntou gentilmente. Caroline fez que sim, impressionada com a facilidade com que mentia.

— Vou levá-lo para morar com minha família — contou ela, dando um sorriso abatido. A mulher assentiu em solidariedade.

— Meu nome é Mary Russel. Estou no terceiro vagão. Se você precisar de alguma coisa... nem que seja apenas companhia... venha e me encontre com meu marido Leslie. Tudo bem?

— Tudo bem. Obrigada. — Caroline sorriu novamente quando Mary se afastou, desejando que pudesse aceitar o convite, que pudesse buscar companhia. Mas isso só poderia acontecer em outro mundo, onde Corin não estivesse morto e eles apenas estivessem visitando sua família em Nova York, talvez, e com um bebê que Caroline tivesse carregado no útero, não apenas nos braços. Ela retornou ao seu estudo silencioso da paisagem, e William voltou a dormir.

Nova York era impossivelmente barulhenta e enorme. Os prédios pareciam se curvar de suas alturas gigantescas, lançando sombras profundas e tenebrosas, e o ruído era o de uma vaga provocada pela maré, estourando e espumando em cada esquina de cada rua. Exausta e com a cabeça aturdida, Caroline fez sinal para um carro de aluguel e embarcou. Suas roupas estavam sujas da viagem e cheiravam mal.

— Para onde, madame? — perguntou o cocheiro. Caroline piscou e ficou corada. Ela não fazia ideia de para onde ir. Sabia o endereço de algumas moças, que no passado teria chamado de amigas, mas não podia pensar em visitá-las após mais de dois anos sem uma palavra, com um bebê de olhos pretos e com o rosto sujo de fuligem de trem. Ela pensou brevemente na família de Corin, mas William se contorcia em seus braços, e ela piscou, retendo as lágrimas. Não havia como ela ter engravidado e lhes dado um neto sem que Corin tivesse escrito a respeito. Além disso, ela não queria ficar em nenhum lugar onde pudesse ser encontrada. Essa tomada de consciência veio como uma enxurrada de água fria. Ela não *podia* ir a nenhum lugar onde pudessem encontrá-la.

— Hã... hum, um hotel. O Westchester, por favor — respondeu ela, por fim, dando o nome de um lugar onde uma vez almoçara com Bathilda. O cocheiro bateu as rédeas, e o cavalo começou a andar, quase se chocando com um automóvel que parou de repente para deixá-los passar, buzinando, impaciente.

Bathilda. Caroline não tinha pensado nela; fazia meses que deliberadamente não pensava nela. Ela sabia o que sua tia teria pensado de seus temores e da ruína que sua vida se tornara em Woodward. Agora Caroline fechava os olhos e, num instante, conseguiu visualizar seu olhar sagaz, sua expressão mordaz. Ela podia imaginar Bathilda ouvindo sobre a difícil situação de Caroline e respondendo com um *Ora*... denso, hipócrita. Ela não a procuraria, mesmo que a mulher tivesse permanecido em Nova York, Caroline disse a si mesma, desafiadoramente. Não teria procurado Bathilda nem agora, quando já não conhecia mais ninguém e não fazia ideia de para onde ir ou do que fazer. Ela reprimiu a vontade traiçoeira que sentia de ver um rosto conhecido, mesmo que não fosse um amigável. Que rostos continuariam amigáveis para ela agora? Ela pensou em Magpie, esperando na choupana — mas apenas por um segundo. O pensamento era terrível demais. Pensou em Hutch, nas emoções que sua fisionomia registraria quando voltasse das pastagens e se deparasse com Nuvem Branca morta, talvez outros também, além de sua partida com William sem deixar nenhuma palavra. Ela parecia arder por dentro, seus órgãos pareciam se retorcer, e uma dor a assaltou por trás dos olhos. Com um soluço, enterrou o rosto nas mãos e se concentrou em ficar ereta no assento acolchoado da cabine.

No Westchester, pagou por um quarto respeitável e indagou sobre uma ama-seca para William, explicando que a sua tinha caído gravemente enferma e fora forçada a retornar à família dela. Rapidamente encontraram uma mocinha de nariz achatado e cabelos cor de laranja luminoso, chamada Luella, que pareceu apavorada quando Caroline lhe passou William. O bebê deu uma olhada para os olhos amedrontados e os cabelos berrantes da moça estranha e começou a chorar. Segurando William sem muito jeito, Luella saiu do quarto. Caroline foi para o banheiro e, percebendo de um modo como nunca percebera antes o quanto era miraculoso o encanamento interno, encheu a banheira para tomar um banho quente, se afundou ali dentro e tentou aquietar a mente, que zumbia com perguntas sem respostas e temores, ameaçando fazê-la entrar em pânico a qualquer momento.

No fim, ela não ficou mais que uma semana na cidade onde havia nascido e se criara. Não parecia mais seu lar do que a casa da estância, ou Woodward, ou o vagão que a trouxera de volta. A fumaça oleosa dos automóveis, que haviam se proliferado em sua ausência, grudava em sua garganta, e a multidão de gente a fazia se sentir tão invisível quanto se sentia no campo. Os prédios eram muitos próximos, muito sólidos, como as paredes de um penhasco em algum labirinto de onde era impossível escapar. *Não faço parte de lugar algum*, pensou Caroline, enquanto andava com William em seu novo carrinho por ruas que nunca vira antes, das quais nunca ouvira falar, esperando reduzir assim o risco de ser reconhecida por alguém. Ela parou numa esquina e olhou para cima, bem no alto, onde um guindaste girava uma viga de aço que parecia um palito em direção aos braços ansiosos de um bando de operários. Os homens estavam na beira dessa torre inacabada, com nada que os mantivesse lá além do próprio equilíbrio. Caroline sentiu um aperto solidário no estômago pelo perigo em que eles se encontravam, pela proximidade da queda. Mas logo se pôs a andar novamente, reconhecendo a sensação como aquela que ela mesma tinha, e fazia muito tempo. O conhecimento arrepiante da precariedade da vida, de sua transitoriedade.

Ao passar por um estúdio fotográfico, com um belo cartaz dourado que dizia *Gilbert Beaufort & Son*, Caroline parou. Dentro da loja, entulhada e abafada, ela encolheu o nariz por causa do forte cheiro avinagrado dos produtos químicos de revelação. Sem conseguir encontrar um sorriso para a câmera, ela posou para vários retratos de si mesma com William e pediu que fossem entregues no Westchester quando estivessem prontos.

Seus dedos tremiam quando ela abriu o pacote. Esperava criar algo permanente, para provar a si mesma, de certo modo, que existia; e que, mesmo sendo viúva, tinha o filho de Corin, o filho que era seu por direito, um resultado de seu casamento. Ela fazia parte de uma família. Teria um registro de si mesma e de sua vida, da qual estava tão incerta que às vezes cogitava se não podia estar deitada lá na pradaria em algum lugar, sonhando com tudo isso que estava acontecendo. Mas, em quase todas as fotos, William tinha se mexido, borrando a imagem, de modo que seu rosto ficara indistinto. E, em quase todas as fotos, na sua percepção, Caroline olhava para fora do papel de forma tão fantasmagórica e imaterial quanto se sentia. Uma única foto havia capturado um traço intangível do que ela esperava ver — um retrato em que ela parecia uma mãe, orgulhosa, calma e possessiva. Ela guardou essa foto em sua valise e jogou o resto na lareira.

No quarto dia, Caroline viu Joe. Ela andava com William à procura de um parque ou jardim, de um espaço verde qualquer para sentir uma brisa e, esperava, para acalmar a criança. Totalmente recuperado de sua enfermidade e revigorado, William estava ruidoso e inquieto. Ele chorava à noite e batia com os braços quando Caroline tentava confortá-lo, retorcendo-se em seu abraço enquanto ela o embalava e tentava cantar para ele como Magpie fazia. Mas ela não conseguia captar as melodias estranhas da moça Ponca, não mais do que conseguia uivar como um coiote, e seus esforços eram abafados pelos gritos de William. Pensando que ele sentia falta da vastidão do campo, Caroline passeava com ele durante a maior parte do dia, ficando cada vez mais ciente do quanto os ruídos, os cheiros e as vistas deviam parecer estranhos à criança, além do peso com que o ar impuro devia ser sentido em seus pequenos pulmões. Se este não era o lar dela, muito menos era o dele, percebeu; mas, ao contrário dela, William tinha um lar. Ela devia levá-lo de volta. O pensamento a machucou como um tapa na cara. Mesmo que ele fosse de Corin, mesmo que devesse ter sido seu, ele fazia parte de Woodward. Ela parou, enraizada onde estava, golpeada por essa percepção, enquanto os pedestres fluíam em torno dela como um rio. Mas como poderia voltar? Como iria explicar? Como poderia ser perdoada? Ela podia ver a dor, a acusação nos olhos de Hutch, a raiva e o medo nos de Magpie. Todo o tempo, eles a tinham ajudado, a tinham incentivado. E era assim que ela pagava a confiança que depositaram nela — ela era um ultraje, um fracasso desprezível. Não era possível. Não podia encará-los. Não tinha volta.

Então ela viu Joe, virando a esquina e vindo em sua direção, a fisionomia séria e furiosa, os cabelos pretos esvoaçando atrás dele, a faca em sua mão pronta para matá-la. Caroline enregelou da cabeça aos pés e ficou petrificada enquanto o homem passava por ela, os cabelos pretos sendo de fato um cachecol e a faca, um jornal enrolado, o rosto não pertencendo a Joe, mas a um homem moreno, de origem mexicana, que devia estar atrasado para algo e andava apressado. Tremendo incontrolavelmente, Caroline se deixou cair num banco próximo, o alarido da cidade retrocedendo como um latejar estranho, abafado, invadindo sua cabeça. Pontos pretos rodopiavam como moscas nas margens de sua visão e, quando ela fechou os olhos para se livrar disso, eles ficaram brilhantes e continuaram a dançar sem perder o ânimo. A distância, um barco de passageiros soou seu apito ao deslizar graciosamente para as docas. O som grave ecoou por todas as cercanias e trouxe Caroline de volta a si mesma e aos berros de William. Engolindo em seco, ela afagou sua face, emitiu uns sons entrecortados, tranquilizadores, e depois se levantou, virando-se para olhar para o sul, em direção às docas, ao navio e ao mar. Cinco horas depois, ela estava a bordo do vapor, que rumava para Southampton.

Joe realmente estava em Nova York, mas não naquele dia. Ele e Hutch chegaram dois dias depois da partida do navio de Caroline, quando foram diretamente para a casa da Sra. Massey, a mãe duplamente enlutada de Corin, ignorando os olhares que suas vestimentas campeiras e o sangue indígena de Joe atraíam. Nenhum vestígio de Caroline nem de William tinha sido encontrado desde que ela tomara o café da manhã no hotel, quando deixara Woodward. O gerente do Banco Gerlach confirmou que não houvera nenhuma transação na conta dos Massey desde a recente retirada para o pagamento dos salários. A notícia foi espalhada e cada viajante de passagem e estancieiro remoto foi requisitado a informar qualquer sinal que tivesse dela; e, embora o vendedor de passagens da estação ferroviária jurasse que nenhuma mulher loura com um bebê tinha comprado uma passagem para qualquer trem naquele dia, nem naquela semana, Hutch seguiu sua intuição e levou Joe consigo para Nova York, fazendo interrogatórios infrutíferos sobre a Sra. Massey em cada estação.

A velha Sra. Massey não tinha, é claro, visto nem sabido qualquer coisa de sua nora e ficou extremamente aflita ao ouvir que ela e uma criança pequena tinham sumido. Apenas conseguiu fornecer aos homens o nome de solteira e o antigo endereço de Caroline, mas as indagações sobre ela pela cidade se mostraram infrutíferas. Eles refizeram sua rota, tentando o nome Fitzpatrick em vez de Massey, e depois não tiveram outra escolha senão retornar à estância, onde Magpie caíra num transe, às vezes arrancando os cabelos, às vezes provocando cortes de navalha nos braços que faziam filetes de sangue escorrer e pingar das pontas de seus dedos. Joe deixou que sua mulher se lamentasse desse modo; ele ficou impassível, a ira o tinha esvaído, e seu próprio coração ficou vazio sem o filho. Os homens levantaram o dinheiro para contratar um detetive particular por um mês, mas esse foi o tempo para o detetive seguir o mesmo caminho que Joe e Hutch tinham trilhado. No fim do período, ele não foi capaz de dizer se Caroline e William tinham sido abduzidos ou fugido. Hutch ficou acordado por várias noites, intrigado e desconfiado ao mesmo tempo; temendo por Caroline e pela estância, que, sem dono, já não tinha um futuro também.

Temendo a chegada a cada quilômetro que passava, Caroline pegou o trem de Southampton para Londres e, ao chegar, encontrou um hotel de preço acessível depois que seu encolhido maço de dólares do Banco Gerlach fora convertido em libras esterlinas. William pesava em seus braços, e seus berros faziam seus ouvidos se encolherem, como se entrassem no crânio para se proteger. Durante os longos dias da travessia pelo mar, ela tinha sentido enjoos, distraída por um latejar nas têmporas que lhe dificultava o raciocínio. William chorava por horas a fio, aparentemente sem pausa, e embora Caroline dissesse a si mesma que ele devia estar sentindo o mesmo enjoo que ela, a mesma dor de cabeça, não conseguia se livrar da ideia de que, no fundo, ele sabia que estava sendo levado cada vez para mais longe de casa e que seus berros eram de raiva dela por fazer isso. Cada vez que olhava para ele, ela via uma acusação em seu rosto. Parou de tentar acalmá-lo, de cantar para ele e de segurá-lo, deixando-o chorar no moisés, que rapidamente ficava pequeno, de modo que ela mesma pudesse ficar enroscada na cama, encostada na parede da cabine em pura infelicidade.

Agora, numa cidade desconhecida, tão cansada que mal conseguia pensar, e com o solo ainda balançando sob os pés, Caroline ergueu a criança nos braços e a sentou no mármore liso do balcão do saguão do hotel.

— Preciso de uma ama-seca — anunciou ela, com um tom de pânico na voz. — A minha ficou acamada com febre. O homem atrás do balcão, alto e magro, com cabelos e roupas imaculadas, inclinou a cabeça de modo condescendente para ela, erguendo uma sobrancelha diante de seu sotaque. Ela sabia que estava amarrotada, descuidada, e que William fedia, mas esses fatos só serviam para deixá-la ainda mais exasperada com o hoteleiro.

— Muito bem, madame. Vou indagar a respeito — disse ele tranquilamente. Caroline assentiu e subiu as escadas penosamente até o quarto. Deu banho em William na bacia de porcelana, tentando não arruinar as toalhas com a imundice das partes íntimas e das pernas dele. O menino parou de chorar enquanto ela o lavava e fez alguns ruídos fracos e alegres, batendo os pés na água. Limpando a garganta ardida, Caroline murmurou uma cantiga de ninar até ele começar a cochilar. Seus ouvidos zumbiam com o silêncio deixado pela ausência de seus berros, e ela o abraçou apertado ainda cantando de boca fechada, esquecendo-se de tudo que não fosse seu calor e o peso confiante com que ele dormia. Não havia mais água para ela se lavar, então pôs William na cama e percorreu os corredores do hotel, sem sucesso, à procura de uma camareira que retirasse a água suja, além de indagar sobre a possibilidade de tomar um banho quente.

Mais tarde, uma mulher foi até o quarto e se anunciou com uma leve batida na porta. Ela era gorda e corada, tinha cabelos louros frisados e seu vestido estava manchado, mas os olhos expressavam carinho e inteligência quando ela se apresentou como Sra. Cox e se iluminaram ao se depararem com William.

— É este o pequeno que precisa de uma ama-seca? — perguntou ela. Caroline assentiu e fez sinal para que ela o pegasse da cama.

— Onde a senhora fica no hotel? Caso eu precise lhe falar algo ou sobre a criança? — perguntou Caroline.

— Ah, eu não trabalho para o hotel, madame, apesar de ser chamada com frequência para cuidar das crianças pequenas de hóspedes que se encontram em situações incomuns, como a senhora, madame... Eu moro com meus filhos e marido não muito longe daqui, na rua Roe. O Sr. Strachen lá embaixo sempre vai saber onde me encontrar, se a senhora precisar. Por quanto tempo a senhora precisa que eu tome conta dele, madame?

— Eu... não sei. Ainda não tenho certeza. Uns dois dias, talvez? Um pouco mais... não tenho certeza. — Caroline hesitou. A fisionomia da Sra. Cox esmoreceu, mas, quando Caroline lhe pagou adiantado, ela sorriu outra vez e sacudia um William assustado sobre seu quadril quando foi embora com ele não muito depois. O coração de Caroline oscilou de mal-estar ao vê-lo sair de vista, mas, em seguida, ela foi dominada por um enorme cansaço. Deitou-se na cama com as roupas sujas e, com o estômago roncando, instantaneamente caiu no sono.

No dia seguinte, usando as roupas mais limpas e menos amarrotadas que conseguiu encontrar na valise, Caroline entregou ao cocheiro do carro de aluguel o papel com um endereço em Knightsbridge e deixou que ele a transportasse até lá com toda a coragem silenciosa de uma pessoa que vai dignamente para o cadafalso. Ela chegou a uma casa de pedras cinzentas de quatro andares, inserida numa fileira de casas idênticas, com belas portas vermelhas. Caroline estendeu a mão para a campainha com um braço pesado e rijo, como os gradis de ferro. Ao se aproximar do alvo, seu dedo tremia com o esforço. Mas ela tocou e disse seu nome à governanta idosa, que a fez entrar num vestíbulo sombrio.

— Por favor, aguarde aqui — falou a governanta e saiu pelo corredor, sem muita pressa. Caroline ficou imóvel como uma pedra. Olhou para dentro da própria mente e não achou nenhum pensamento. Nada além de um espaço ecoante, vazio como uma concha aberta e descartada. *Oh, Corin!* O nome dele se precipitou para aquele espaço como um trovão. Com uma leve vertigem, Caroline sacudiu a cabeça, e o vazio retornou.

Bathilda estava mais gorda, e os cabelos em suas têmporas, de um branco mais luminoso, mas, além disso, nos anos que se passaram desde o último encontro, pouco havia mudado nela. A tia ocupava um sofá de brocado, tinha uma xícara de chá na mão e ficou atônita olhando para a sobrinha por vários segundos.

— Meu Deus, Caroline! Eu jamais a reconheceria se você não tivesse sido anunciada! — exclamou, por fim, levantando as sobrancelhas e adotando sua velha e conhecida frieza.

— Tia Bathilda — disse Caroline com voz baixa, sem tom.

— Seu cabelo está bem rebelde. E você está tão bronzeada! Um desastre. Não lhe cai nem um pouco bem.

Caroline aceitou a crítica sem piscar, ficando calada enquanto Bathilda bebericava o chá. Ela estava ciente do modo como seu coração batia, duro e lento, bem como quando tinham trazido Corin da caçada aos coiotes. Este era outro tipo de morte, mas uma morte mesmo assim.

— Bem, a que devo a honra? Onde anda aquele seu marido arrebanhador de vacas? Não veio com você nesta expedição ao estrangeiro?

— Corin morreu. — Era a primeira vez que ela pronunciava as palavras. A primeira vez que fora necessário. As lágrimas escaldaram seus olhos. Bathilda assimilou a notícia por um instante e depois abrandou.

— Venha se sentar, filha. Vou pedir mais chá — disse, num tom de voz mais suave.

Bathilda logo se encarregou de Caroline e pareceu feliz com isso agora que a jovem estava dócil e alquebrada, sem mais nenhuma rebeldia. Caroline voltou ao hotel àquela tarde para buscar suas coisas e se mudou para o quarto de hóspedes na casa cinzenta com a fina porta vermelha. Foi apresentada à dona da casa, prima de Bathilda pelo casamento, a Sra. Dalgleish, que era magra e seca, com um olhar de censura acima de uma boca sem lábios.

— Onde está Sara? — perguntou Caroline, esperançosa.

Bathilda apenas grunhiu.

— A tola se casou com o dono de uma mercearia. Foi embora ano passado — disse ela.

O coração de Caroline afundou um pouco mais.

— Ela o amava? — perguntou, melancolicamente. — Estava feliz?

— Eu realmente não sei. Agora, vamos tratar do que interessa. — A tia seguiu adiante.

Bathilda levou Caroline ao banco e fez os arranjos para que o dinheiro dos pais fosse transferido da conta em Nova York para uma na Inglaterra. Levou Caroline às compras, aceitando a história de que todas as suas roupas tinham se estragado na estância. Elas foram a um cabeleireiro, onde as pontas queimadas e os fios rebeldes dos cabelos de Caroline foram aparados, domados e penteados em anéis junto à cabeça. Encomendou a um farmacêutico a Loção Sulfoline, que foi aplicada, queimando, no rosto e nas mãos de Caroline, para branquear a pele. As unhas foram feitas e polidas, os calos, retirados com pedras-pomes. E, pela primeira vez em mais de um ano, a forma minúscula de Caroline foi mais uma vez atada num espartilho bem apertado.

— Você está magra demais — disse Bathilda, examinando o resultado do embelezamento. — Não tinha comida lá naquele fim de mundo? — Caroline ainda estava pensando na resposta, quando Bathilda continuou: — Bem, você está quase pronta para a sociedade. Será necessário se casar novamente, é claro. Duas viúvas nesta casa já são mais que suficiente. Eu sei de um cavalheiro, e ele está na cidade no momento para conhecer as novas moças. Um barão, se lhe aprouver... Rico em propriedades, mas sem dinheiro, em necessidade de um herdeiro. Ele faria de você uma *lady*... de mulher de estancieiro à nobreza num espaço de poucos meses! Que solução isso seria! — exclamou Bathilda, estendendo os braços e empurrando os ombros de Caroline mais para cima. — Embora ele já não seja tão jovem assim, é conhecido por sua preferência pelo frescor da juventude... não por viúvas de criadores de gado cansadas da vida. Será melhor não comentarmos com ninguém sobre seu primeiro casamento malfadado. É possível fazer isso? Há provas do contrário? Algo que não tenha me contado? — perguntou ela, fixando os olhos azuis severos nos de Caroline.

Caroline respirou fundo. As palavras rogavam para serem faladas, e seu pulso se acelerou. Mas ela sabia que, se confessasse que havia trazido uma criança junto, essa nova vida que Bathilda estava construindo para ela se espatifaria, e ela teria então que permanecer neste presente agonizante, sem chance de um futuro mais suportável. Teria que ficar com Bathilda ou sozinha para sempre. Não podia aguentar nenhuma dessas opções. Caroline sabia a resposta que era esperada, e foi a que ela deu. Mordendo a língua para silenciá-la, abanou a cabeça. Mas, quando levantou a mão e tirou a aliança, restou uma faixa branca perfeita em seu dedo. Ela segurou a aliança na mão fechada e depois a guardou dentro do forro de seda da valise, junto com sua foto com William.

A faixa branca logo sumiu, ficando sempre oculta sob cetins e luvas de pelica até se tornar inteiramente invisível. Caroline conheceu lorde Calcott numa recepção a que Bathilda a levou na semana seguinte e permaneceu obediente, recatada e quase calada enquanto eles conversavam e dançavam, e ele a olhava com um ardor nos olhos que a deixou fria por dentro. Ele tinha uma constituição magra, não era alto, devia ter uns 45 anos e mancava um pouco. Os cabelos e o bigode eram salpicados de branco entre o castanho-escuro, e suas unhas eram cuidadosamente feitas. Suas mãos deixaram manchas úmidas em seu vestido de seda quando ele a segurou pela cintura para dançar a valsa. Eles se encontraram mais duas vezes, num baile e num jantar, em salões abafados, aquecidos contra o frio do fim de outono. Enquanto dançavam, ele lhe perguntou sobre a família e seus passatempos favoritos, se estava gostando de Londres e da cozinha inglesa. Depois, falou com Bathilda, indagou sobre o temperamento de Caroline, sua falta de conversa e sua renda. No fim de uma dessas noites, ela aceitou seu pedido de casamento com um gesto de cabeça e um sorriso, tão passageiro quanto o sol de inverno. Ele a levou de volta a Knightsbridge numa elegante carruagem preta puxada por quatro cavalos, e seu beijo de boa-noite vagou da face para a boca, suas mãos trêmulas com uma lascívia crescente.

— Garota querida — sussurrou ele com voz rouca, levantando as saias de Caroline e se ajoelhando entre suas pernas para se introduzir dentro dela, tão abruptamente que ela ficou sem ar, em choque. *Está vendo?* Ela lançou com angústia o pensamento, silenciosamente, para onde quer que Corin tivesse ido. *Está vendo o que aconteceu por você ter me deixado?*

Caroline passou o Natal de 1904 com Bathilda e a Sra. Dalgleish, e o casamento com Henry Calcott foi marcado para o fim de fevereiro do ano seguinte. Desta vez, seu noivado foi apropriadamente anunciado, e uma foto do feliz casal, tirada num salão de festas, foi publicada no *The Tatler.* Com a aproximação da cerimônia de casamento, Caroline começou a sentir um cansaço extremo. Sentia um gosto de cobre na garganta e um enjoo de manhã que a fazia ter saudades de um café forte, de vaqueiro, que Bathilda e sua prima consideravam muito vulgar para ter em casa. Os olhares da tia foram implacáveis em resposta a essas manifestações.

— Tudo indica que o casamento vai acontecer em cima da hora — comentou ela numa manhã, quando Caroline estava na cama, tonta e fraca demais para se levantar. Ao se dar conta da natureza de seu estado, ficou atônita.

— Mas... mas eu... — Foi tudo que ela conseguiu responder à tia, que ergueu uma sobrancelha e pediu caldo de carne para ela, para o qual ela não conseguia olhar sem ter náusea. Caroline ficou imóvel por várias horas, pensando sem parar, tentando não ver as claras implicações de sua gravidez. Pois ela continuava tão magra quanto em Oklahoma, se não mais, e tão infeliz quanto, realmente mais. A única coisa que havia mudado era o homem com quem se deitou.

Caroline não teve uma boa impressão de Storton Manor. Era imponente, mas sem graça; as janelas, muito sérias para serem bonitas; a pedra, de um cinza muito escuro para ser acolhedora. A entrada de automóveis tinha sido invadida por dente-de-leão graúdo e capim alto, a pintura da porta de entrada estava descascando, e faltavam vários canos na coluna da chaminé. Caroline percebeu o quanto seu dinheiro era necessário. A criadagem se alinhou de modo empertigado para recebê-la, como que decidida a ofuscar o mau estado da casa. Governanta, mordomo, cozinheira, servente de salão, camareira, copeira, cavalariço. Caroline desembarcou da carruagem e engoliu um temporal de lágrimas que a ameaçou ao visualizar os empregados desalinhados que haviam se alinhado para lhe apresentarem sua primeira casa matrimonial. *E você os abandonou*, acusou-se. *Simplesmente os deixou sem uma palavra*. Ela sorriu e curvou a cabeça para cada um, conforme Henry os apresentava, e, em retribuição, eles faziam uma mesura ou se curvaram, murmurando *Lady Calcott* em voz baixa. Ela se agarrou ao seu verdadeiro nome, *Caroline Massey*, e o guardou apertado no coração.

Mais tarde, andando pela grande extensão da propriedade, Caroline começou a se sentir um pouco melhor; os pedaços espalhados pela tormenta de si mesma começavam a se acomodar, de mansinho, em algum tipo de ordem. O ar da zona rural inglesa possuía uma doçura, um tipo de suavidade verdejante, até mesmo no final do inverno. Nada do alarido das ruas da cidade, com seus cavalos, charretes e pessoas; nada do vento de pradarias vazias ou de coiotes uivando, nem quilômetro após quilômetro de horizonte. Ela não sentia frio demais nem muito calor. Podia ver os telhados e nuvens de fumaça da vila através das árvores nuas que cercavam a casa, e a tranquilizava saber que, a poucos passos de caminhada, havia vidas sendo vividas. Uma faixa de narcisos claros iluminava o fundo do gramado, e Caroline andou lentamente entre eles, a bainha de seu vestido fazendo-os se deitar e depois deixando-os saltar novamente livres. Ela meditou sobre o vazio de sua mente, sobre o sentimento oco de que não conseguia se livrar, mas se permitiu pensar, só por um instante, que estava segura e poderia tolerar tudo.

Henry Calcott era um homem lascivo, e Caroline sofreu suas aproximações conjugais todas as noites nas primeiras semanas da vida de casados. Ela ficava passiva e virava o rosto para o lado, impressionada com o quanto o sexo era diferente quando praticado com uma pessoa pela qual nada sentia. Com a mente e os sentidos completamente desprovidos de paixão, Caroline percebia os sons molhados impostos pelo encontro dos corpos; o cheiro carnal, levemente fétido; o modo como seu marido ficava ofegante e como seus olhos envesgavam quando ele se aproximava do clímax. Ela tentava manter a fisionomia neutra e não deixar à mostra seu desprazer.

Apareceram operários em Storton Manor e começaram a arrumar a propriedade, fazendo consertos na casa, por dentro e por fora.

— Você ficará bem se eu for à cidade? Os homens a incomodarão? — perguntou Henry a Caroline no café da manhã, três semanas após sua chegada ao solar.

— É claro que eles não me incomodarão — respondeu ela calmamente.

— Você é mais que bem-vinda para vir comigo...

— Não, não, pode ir. Prefiro ficar aqui e me familiarizar melhor com... com a casa e...

— Muito bem, muito bem. Só levará uma semana, creio. Apenas alguns negócios que preciso ver. — Henry sorriu, retornando aos jornais matutinos. Caroline se virou e olhou para o dia nublado pela janela. *Alguns negócios*, ela repetiu para si mesma. Num dos bailes em Londres, uma moça de rosto fino e cabelos platinados lhe havia sussurrado que

Henry Calcott adorava jogar pôquer, apesar de quase sempre perder. Caroline não se importava, contanto que esse hábito o levasse para Londres periodicamente e a deixasse em paz.

O segundo dia após sua partida foi um dia chuvoso que pendurou uma cortina molhada em torno da casa. A vista da janela era de tons atenuados de cinza, marrom e verde, uma nódoa lamacenta da zona rural embaralhada através do vidro. Caroline estava sentada perto da lareira, na sala de estar, lendo um romance exagerado de uma mulher chamada Elinor Glyn. Seus olhos passavam pelo texto, e os pensamentos estavam na criança dentro dela: por que ela não conseguia saber como se sentia a respeito; quando deveria contar a Henry; e por que ainda não fizera isso. Esta resposta pelo menos ela sabia — porque era insuportavelmente amargo ter que dar a Henry Calcott a notícia que tanto desejara, sem sucesso, dar a Corin. A servente do salão, uma moça tímida chamada Estelle, interrompeu seu devaneio com uma leve batida na porta.

— Desculpe, milady, mas uma mulher está aqui para vê-la — anunciou Estelle com sua voz delicada.

— Uma mulher? Que mulher?

— Ela não informou a que veio, senhora, mas diz se chamar Sra. Cox. Faço-a entrar?

Caroline ficou sentada, hipnotizada pelo choque. Houve uma longa pausa, na qual o som de passos se aproximando puderam ser ouvidos.

— Não! — Caroline conseguiu dizer por fim, levantando-se abruptamente, mas tarde demais, com a Sra. Cox passando por Estelle e parando diante de Caroline com a água da chuva pingando de sua bainha no tapete persa. Ela fixou os olhos coléricos, mostrando um ar decidido, em Caroline. — Isso é tudo, obrigada, Estelle — sussurrou Caroline.

A Sra. Cox parecia imensa, mas, assim que desabotoou a capa de chuva, o motivo ficou claro. William estava adormecido, quente e seco sob a capa, numa tipoia que a mulher fizera com uma tira de lona.

— Não sei o que isso significa — exclamou a Sra. Cox por fim, quando ficou claro que Caroline não sabia o que dizer. — Deixar a criança comigo todas essas semanas... Não sei o que isso pode significar!

— Eu... — Mas Caroline não tinha resposta para dar. Sua cuidadosa neutralidade, a aceitação passiva de seu destino, tinham eliminado

William do enredo. Ela se distanciara de todos os pensamentos em relação a ele, de toda a responsabilidade. Vê-lo de novo, acordando agora com a luz e o ar fresco, lhe deu a sensação de receber um golpe no estômago, como se uma dura lança de amor a trespassasse, cheia de culpa e medo. — Como me encontrou? — Foi a única coisa que conseguiu pensar em perguntar.

— Não foi difícil, não com todas as notícias do seu casamento publicadas nos jornais. Esperei um pouco mais, imaginando que a senhora queria a criança em segurança e tranquilidade enquanto se casava, mas então percebi que não iria buscá-lo! Não iria, não é? E ele é um menino tão bom, tão saudável... Não entendo o que isso significa! — repetiu a Sra. Cox, a voz engrossando. Tirando um lenço do bolso, ela secou os olhos. — E agora tive a despesa de trazê-lo aqui de trem e me dei o trabalho de vir até aqui a pé, embaixo de toda essa chuva, sem permitir que ele morresse...

— Eu vou lhe pagar. Pelo trem e... pelo tempo que ficou com ele. Posso até lhe pagar mais que isso... tome! — Caroline foi até a cômoda, de onde tirou uma carteira de moedas, e a estendeu para a mulher. — Você vai ficar com ele? — perguntou de repente, o medo fazendo sua voz tremer. A Sra. Cox olhou para ela fixamente.

— *Ficar com ele?* Como assim? Eu não tenho uma fazenda de bebês, vou lhe dizer! A senhora é a mãe dele... uma criança precisa de sua mãe. E veja a vida que ele terá aqui! — Ela gesticulou em volta, para a grandiosidade que as cercava. — Eu tenho bocas suficientes para alimentar e corpos suficientes para acomodar, não preciso de mais um! — A mulher parecia perturbada. Caroline só conseguiu ficar de pé, olhando em desespero enquanto a Sra. Cox começou a desatar o nó que segurava a tipoia em seu ombro. — Aqui está. Agora eu lhe trouxe ele de volta. Em plena forma e saúde. Todas as coisas dele estão nesta sacola... menos o moisés, que ficou muito pequeno e que, de qualquer maneira, eu não podia carregar também até aqui. Eu... eu espero que a senhora lhe dê amor, madame. Ele é um bom menino e merece ter o amor de uma mãe. — Ela sentou William na almofada de seda vermelha de uma poltrona. Ele estendeu os braços para ela e sorriu. — Não, amorzinho, você vai ficar com sua verdadeira mãe agora — disse ela, os olhos novamente se enchendo de lágrimas. Agora que devia deixá-lo, a Sra. Cox hesitou. Olhou para William, para Caroline, e para o bebê novamente, contorcendo o rosto de angústia e fechando as mãos nas dobras da saia. — Cuide bem do seu filho, Lady Calcott — finalizou e saiu apressadamente. William ficou sentado quieto por um minuto, os olhos indo de um objeto desconhecido para o outro na sala, e depois começou a chorar.

Num frenesi para escondê-lo, Caroline pegou William e foi rapidamente para seu quarto pela escada dos fundos. Colocou-o na cama e deu um passo atrás, pondo as mãos ao lado da cabeça, tentando acalmar as ideias e o coração, que batia forte demais em seu peito. A respiração lhe vinha em bocados curtos, em pânico. Rapidamente, ela encontrou um mordedor na sacola das coisas de William e lhe deu para se distrair. Ele parou de chorar e agarrou o objeto familiar, com seu tilintar, emitindo sons de conversa consigo mesmo. Aos poucos, Caroline se acalmou. Ele tinha crescido tanto! Mas, afinal, já tinha um ano e meio agora. Sua pele estava mais escura, e os cabelos, mais grossos. Seu rosto começava a mostrar as maçãs altas e oblíquas dos Ponca. Como é que ela podia ter pensado que ele era filho de Corin? William era um índio, inteiramente; isso teria ficado óbvio, mesmo se ela não tivesse se dado conta de que seu fracasso em dar um filho a Corin tinha mais a ver com ele que com ela. O que significava que ela tinha roubado o filho de Joe e Magpie. A enormidade desse crime atroz atingiu Caroline como um machado, e ela caiu no chão, com o punho cerrado na boca para sufocar os soluços incontroláveis que subiam em ondas de seu estômago e quase a estrangulavam. E era impossível desfazer essa coisa terrível. Não havia como compensar Magpie — a boa, gentil Magpie, que só fora leal e amiga, que sentia falta do filho a milhares de quilômetros de onde ele estava agora. Milhares de quilômetros que nem ela nem William atravessariam de novo. Era outro mundo, outra vida. Ao trazê-lo para cá, ela havia cruzado uma fronteira de mão única. Nesse momento, Caroline ficou sem saber como viveria com o que tinha feito. Deitou-se no tapete, desejando morrer.

Meia hora mais tarde, as criadas e a governanta, a Sra. Priddy, viram Lady Calcott atravessando com dificuldade o gramado encharcado, carregando uma coisa pesada no que parecia ser um saco de pano. Elas a chamaram e pensaram em acompanhá-la para garantir seu bem-estar. Mas se Lady Calcott as ouviu, não mostrou sinal de parar. Ela sumiu com seu fardo em meio às árvores do fundo do jardim. Quando apareceu de novo, pálida e trêmula, na porta do vestíbulo, estava sem ele.

— Que dia para uma caminhada, milady! — exclamou a Sra. Priddy, enquanto pegava toalhas limpas para ela e desatava suas botas enlameadas. Na verdade, fazia um dia ameno sob aquelas nuvens carregadas bastante inglesas, e certamente não estava tão frio assim para ter trazido a tempestade de tremedeira que atacou o corpo frágil de sua nova senhora. — Vamos levá-la para o quarto. Cass vai lhe levar um chá quente, não é, Cass? — A Sra. Priddy se dirigiu à camareira, uma moça de 15 anos que olhava para Caroline com os olhos verdes arregalados. Se qualquer dos criados pensasse qualquer coisa da curta visita da Sra. Cox, da caminhada de Caroline na chuva ou da fronha que faltava na cama, eles sabiam que era melhor não falar nada a respeito. Exceto por Cass Evans, que tarde da noite sussurrou coisas para Estelle, lá em cima, no pequeno quarto que dividiam.

Caroline ficou na cama por vários dias. Ficou deitada num estado de pavor e desgosto, que se aprofundou quando ela pôs a mão embaixo do travesseiro e encontrou o mordedor de William ali. O que ela tinha lhe dado para aquietá-lo; o que ela e Corin tinham lhe presenteado ao nascer. Ela passou os dedos no marfim sedoso, segurou o sininho de prata na mão. Sabia que devia se livrar disso. Não devia ficar com nada que a ligasse à criança, a nenhuma criança, mas não conseguiu. Como se algo da essência de William, de Magpie, da vida e do amor permanecesse naquele precioso talismã, ela o apertou na mão fechada, levando-o para junto do coração. E quando lorde Calcott retornou de Londres com a carteira vazia, ela finalmente lhe deu a notícia de sua gravidez com calma e um semblante sem expressão.

A família de funileiros não foi embora, como Caroline havia imaginado; como tinha rezado para que fossem. Ao contrário, alguns dias mais tarde, eles trouxeram William até a porta, para, educadamente, perguntar se ninguém sabia a quem a criança pertencia, visto que suas inquisições na vila tinham se provado infrutíferas. De onde estava, na janela da sala de estar, Caroline os viu chegando pela entrada de carros. Seu coração se contraiu de medo no peito — assim como tinha acontecido quando Corin lhe disse que eles tinham vizinhos índios —, e, num salto, ela ficou de pé antes de dar-se conta de que não havia para onde ir. Esperou que o mordomo os atendesse, ouviu a troca de palavras abafadas, depois a aproximação de passos e uma leve batida na porta.

— Sim? — disse ela, a voz hesitante.

— Desculpe perturbá-la, milady, mas o Sr. Dinsdale e sua esposa estão dizendo que encontraram uma criança no bosque e gostariam de saber se temos alguma ideia de sua procedência ou o que devem fazer com ela. — O mordomo, Sr. March, parecia confuso, como se a etiqueta referente a bebês perdidos fosse nova para ele. Sentindo que estava a ponto de vomitar, Caroline virou-se contra o homem.

— Como é *possível* que isso tenha algo a ver comigo? — perguntou ela, friamente.

— Sim, milady — entoou o Sr. March, com a mesma frieza, curvando levemente a cabeça ao se retirar. Assim, os Dinsdale foram embora, ainda carregando William e olhando para trás, como que intrigados pela rejeição sofrida. Caroline os observou saindo com uma inquietude crescente, e o sangue lhe subiu à cabeça de tal modo que a deixou tonta. Ela ligou essa sensação ao modo como o Sr. March se referiu a eles, *Sr. Dinsdale e sua esposa*. Como se os conhecesse.

— Dinsdale? Ah, você conheceu nossos jovens campistas, foi? — exclamou Henry quando Caroline lhe perguntou sobre os funileiros. Ela largou o garfo e a faca, a garganta apertada demais para conseguir engolir. — Uma gente inofensiva. Bem, eu sei que pode parecer um pouco incomum, mas eu lhes dei permissão para ocuparem aquela faixa de terra...

— Como? Por que você faria isso? — Caroline levou um susto.

— Robbie Dinsdale salvou minha vida na África, minha querida. Em Spion Kop, alguns anos atrás. Não fosse por ele, eu não estaria aqui hoje! — anunciou Henry de modo dramático, abocanhando uma garfada cheia de batatas *dauphinoise*. Uma gota de creme quente correu pelo seu queixo, e Caroline desviou o olhar.

— Mas... eles são *ciganos*. Ladrões e... e provavelmente pior que isso! Não *podemos* tê-los como vizinhos!

— Bem, minha querida, não aceitarei isso, de modo algum. O soldado Dinsdale ficou comigo em nossa deplorável trincheira quando fui baleado e defendeu meu corpo contra uma dúzia de atiradores Boer até tomarmos Twin Peaks e os pervertidos recuarem! — Henry gesticulou com a faca enfaticamente. — Ele mesmo estava ferido e meio morto de sede, mas ficou ao meu lado, quando podia ter corrido. Tudo que restou dos meus homens foi uma massa sangrenta, uma cena infernal. Mas a guerra o modificou... Ele acabou recebendo baixa por motivos de saúde, embora eles nunca tenham definido o que havia de errado com o camarada. Eu diria que ele perdeu alguns de seus parafusos lá. Um dia, simplesmente parou de falar, de comer e não se levantava do beliche, não importava quem mandasse. Eu tive que interferir em favor do companheiro. Ele melhorou muito agora, mas nunca conseguiu se encaixar outra vez na vida civil. Ele foi aprendiz de ferrador de cavalos aqui na vila, mas isso logo acabou. Não conseguiu pagar o aluguel e foi despejado da casa, então pegou a estrada. Eu disse a ele que poderia ficar aqui, contanto que não arrumasse encrenca, e ele nunca arrumou. Portanto, aqui eles ficam. — Henry limpou a batata do bigode com um guardanapo branco e engomado. Caroline analisou o próprio prato, mexendo nervosamente na comida.

— Ele pegou a estrada, você disse? Quer dizer que eles viajam pelo país, não ficam muito por aqui? — Sua voz era pouco mais que um sussurro.

— Eles ficam aqui a maior parte do tempo. Ficam perto da família dos dois, e Dinsdale consegue trabalho aqui e ali onde seu nome é conhecido, consertando objetos de metal e coisas do gênero. Portanto, temo que precise se acostumar a eles, minha querida. Eles não irão aborrecê-la... Na verdade, se você evitar aquela área da propriedade, nem precisará vê-los — concluiu Henry, e Caroline percebeu que o assunto estava encerrado. Ela fechou os olhos, mas podia senti-los, podia sentir que eles estavam lá... ou melhor, que William estava lá, a menos de 200 metros de onde ela estava agora sentada, à mesa do jantar. Se ele ficasse lá todo o tempo para lembrá-la, ela sabia que isso a tornaria uma vítima e lentamente a devoraria. Ela rezou para que eles dessem a criança ou se mudassem, levando consigo o objeto de sua culpa e angústia.

Quando seu bebê nasceu, Caroline chorou. Uma menina tão pequena e perfeita que nem parecia real, mas um produto de magia. O amor imenso, absorvente que ela sentiu pela filha só serviu para lhe mostrar o tamanho do mal que tinha causado a Magpie. A simples *ideia* de ser separada dessa criança já era dolorosa o bastante. Então, Caroline chorou, de amor e ódio de si mesma, e nada que era dito conseguia consolá-la. Henry dava tapinhas em sua cabeça, confuso, e não conseguiu disfarçar muito bem a decepção por ter tido uma filha, não um filho. Estelle e a Sra. Priddy diziam a Caroline repetidamente o quanto a menina era bonita e o quanto ela estava de parabéns, o que trazia novas lágrimas, que elas atribuíam à exaustão. À noite, ela era atormentada por sonhos com Magpie, seu coração em chamas, os olhos febris brilhando, sem expressão, sumindo, morrendo de pesar; e quando acordava, a mancha de seu crime fazia sua cabeça latejar, como se fosse explodir. O bebê foi vestido em renda branca e chamado Evangeline. Por quatro meses, Caroline se distraiu amando-a, e então a pequenina morreu, uma noite, no berço, por nenhuma razão que qualquer dos três médicos conseguiu averiguar. Ela se apagou da existência como uma vela soprada, e Caroline ficou despedaçada. A pouca vontade de seguir vivendo que mantivera desde a perda de Corin agora se esvaía dela como sangue de um ferimento, e não sobrara nada que pudesse estancá-lo.

Meses depois, numa terça-feira, Caroline foi até a cozinha e encontrou a Sra. Priddy e Cass Evans preparando uma cesta de legumes da horta com a qual pagariam Robbie Dinsdale, que estava fora de vista, na copa, afiando as facas com uma roda de pedra a pedal, produzindo faíscas e um gemido agudo de metal. Caroline não teria ido procurar a origem da algazarra se não tivesse visto culpa nos olhos da Sra. Priddy; se a mulher não tivesse interrompido o que estava fazendo de modo tão repentino, com tal sobressalto, quando a milady apareceu na cozinha.

Cass pressionou a boca com dedos ansiosos. Todos eles conheciam os sentimentos de Lady Calcott em relação aos Dinsdale, apesar de não saberem o motivo. Caroline foi até a copa a passos largos e interrompeu Dinsdale, que a olhou com olhos suaves, cor de âmbar. Lentamente, a roda foi parando. Dinsdale usava roupas grosseiras, e seus cabelos estavam compridos e oleosos, amarrados atrás com um cordão. Ele tinha um rosto bonito, tão fresco e inocente quanto o de um menino, mas isso só piorou as coisas. O pesar de Caroline transformara seu coração numa pedra. Ela sabia que estava sendo castigada, forçada pelo destino a sofrer a mesma angústia que havia impingido a Magpie, mas sua dor era tão grande que ela não a aceitou... não *conseguiu*. Ao combatê-la, uma raiva intensa correu por suas veias.

— Saia! — gritou ela, a voz vibrando de raiva. — *Saia* desta casa! — Dinsdale saltou do banco onde estava como um boneco de molas saindo da caixa e se foi. Caroline se virou para a governanta e a camareira. — O que significa isso? Achei que tivesse deixado perfeitamente claro o que sinto sobre esse homem!

— O Sr. Dinsdale sempre afiou as facas para nós, milady... Não achei que pudesse fazer mal... — A Sra. Priddy tentou explicar.

— Não quero saber disso! Não o quero dentro de casa... nem perto! E o que é isso? — reclamou ela, gesticulando para a cesta de legumes. — Vocês estão roubando da horta também?

Com isso, a Sra. Priddy se inflou e franziu as sobrancelhas.

— Eu trabalho aqui há mais de trinta anos, milady, e jamais fui acusada de tal coisa! O excedente da horta sempre foi usado para pagar os homens por seu trabalho...

— Bem, não será mais! Pelo menos, não para esse homem. Fui clara? — falou Caroline asperamente, esforçando-se para controlar a voz, que estava oscilando, vertiginosa, ameaçando se elevar num guincho.

— Eles têm mais uma boca para alimentar! — Cass Evans se intrometeu.

— Quieta, filha! — interrompeu a Sra. Priddy com um silvo.

— Como? — disse Caroline, olhando fixamente para a moça de olhos verdes com um medo incrédulo. — *Como?* — repetiu, mas Cass balançou a cabeça e não falou mais.

Apenas a intervenção de lorde Calcott manteve a Sra. Priddy no emprego em consequência dessa conduta. Ele não entendia a objeção de sua mulher a Dinsdale e não tentou entender. Meramente a aquietou e se foi para Londres, para evitar seu humor rancoroso. A criadagem começou a manter distância de Caroline, temendo sua ira imprevisível, suas súbitas crises de choro. Bem tarde, uma noite, após ter se recolhido, Caroline se levantou e desceu até a cozinha em busca de um antiácido para acalmar o estômago. Ela pisava leve, os chinelos quase não faziam ruído, e, ao chegar à copa, parou do lado de fora e ficou ouvindo as moças, que ainda arrumavam as coisas do jantar e conversavam com o rapaz do estábulo, Davey Hook.

— Ora, por que você acha que ela ficou contra eles desse jeito tão feroz? — O sotaque de Cass, característico da vila, foi logo reconhecido.

— Porque ela é uma aristocrata... são todos assim! Nariz arrebitado — disse Davey.

— Acho que ela meio que perdeu a razão desde que a pequena Evangeline morreu, coitadinha — falou Estelle.

— Estou dizendo, eu ouvi. Não havia como confundir... eu *ouvi*. Aquela mulher que veio da estação tinha algo escondido embaixo do casaco, e depois eu ouvi um bebê chorando no quarto da senhora... ouvi! Então, sem mais nem menos, Robbie Dinsdale encontra um molequinho no mato... e nós *vimos* ela indo para lá, carregando uma trouxa. Nós vimos.

— Mas você não viu o que ela estava carregando, viu?

— Mas o que mais poderia ter sido?

— Ora, qualquer coisa, Cass Evans! — exclamou Estelle. — Por que motivo a milady pegaria uma criança e a deixaria na mata?

— Você mesma disse que ela perdeu a razão! — retrucou Cass.

— Desde que perdeu a pequenina, eu disse.

— Talvez seja dela. Talvez aquele bebê seja dela... filho de outro homem! E ela precisava esconder o bebê do senhor... Que tal isso, hein? — Cass os desafiou.

— Você é que ficou de miolo mole, Cass Evans, não ela lá em cima! Os ricos não saem por aí largando bebês como as filhas dos agricultores! — Davey riu. — Além disso, você viu aquele miúdo que os Dinsdale pegaram, moreno feito um negroide! Não é filho dela, não poderia ser. Não com ela sendo tão branca. Aquele lá é uma criança cigana, totalmente. Algum outro grupo o largou lá, muitas bocas para alimentar, e este é o início e o final da história — disse o rapaz.

— Você não deve dizer essas coisas sobre a milady, Cass — avisou Estelle baixinho. — Vai lhe trazer problemas e nada mais.

— Mas eu sei o que eu ouvi. E sei o que vi, e não está certo! — Cass bateu o pé. Do lado de fora do cômodo, o peito de Caroline ardia. Uma respiração presa lhe escapou de repente, não sem ser ouvida, e a conversa se interrompeu abruptamente.

— *Shhh!* — sibilou Estelle. Passos se aproximaram da porta. Caroline se virou e voltou rapidamente para as escadas, no máximo silêncio possível.

Henry Calcott não estava em casa quando Cass Evans foi despedida. Caroline falou com a Sra. Priddy, tendo mandado Cass arrumar seus poucos pertences no quarto.

— A família da moça é muito conhecida minha, milady. Tenho certeza de que ela não é do tipo que rouba. — O semblante da governanta estava anuviado de preocupação.

— Entretanto, eu a encontrei remexendo na minha caixa de joias, e agora um alfinete de prata está faltando — retrucou Caroline, maravilhada com a neutralidade em sua voz, quando por dentro estava tomada de pânico.

— Que tipo de alfinete, milady? Talvez tenha caído e esteja em algum lugar da casa.

— Não, não caiu. Quero que a moça saia da casa, Sra. Priddy; e é só o que tenho a dizer sobre o assunto — falou Caroline. A Sra. Priddy ficou olhando para ela, impotente, de modo tão penetrante que Caroline não conseguiu manter contato visual por muito tempo. Virou-se para o espelho acima da lareira e não viu qualquer traço de medo, culpa ou nervosismo em seu rosto. Suas feições estavam pálidas, imóveis. Como pedra.

— Posso pelo menos lhe dar boas referências, milady? Para lhe possibilitar um recomeço em outro lugar? É uma boa moça, trabalhadora...

— Ela rouba, Sra. Priddy. Se escrever uma referência, deve incluir essa informação — disse Caroline, baixinho, e viu a expressão da Sra. Priddy às costas dela mudar para a incredulidade. — Isso é tudo, Sra. Priddy.

— Muito bem, milady. — A mulher mais velha falou friamente e saiu empertigada. Quando a porta se fechou atrás dela, Caroline despencou, segurando-se à cornija da lareira em busca de apoio. Seu estômago se agitou, e ela sentiu o gosto de bile, mas engoliu e se endireitou. Cerca de uma hora mais tarde, Cass saiu pela porta da cozinha, com lágrimas nos olhos e vociferando seu ultraje. Caroline ficou observando pela janela do corredor do andar de cima. Quando Cass se virou para seu antigo lar, encontrou o olhar protegido de Caroline tão feroz que teria chamuscado uma pessoa mais sensível.

Lorde Calcott apenas grunhiu quando a nova camareira, que era gorda e sem graça, abriu as cortinas do quarto numa manhã.

— O que aconteceu com aquela outra jovem? A de cabelos castanhos? — perguntou ele, meio indiferente.

— Tive que mandá-la embora — respondeu Caroline, categoricamente. Ele não falou mais nada sobre o assunto, visto que, para ele, não representava grande inconveniência. Na verdade, ele ficava na residência cada vez menos e passava o mínimo de tempo possível com a esposa para conceber um segundo filho, uma gravidez que demorou muito tempo para chegar. Caroline temia que nunca mais fosse sentir algo tão maravilhoso como quando segurou Evangeline nos braços pela primeira vez, mas a mudança em seu corpo trouxe junto uma antecipação de amor irresistível, e ela sucumbiu a isso, voltando-se para si, cantando de boca fechada para o bebê por nascer, sentindo-o encaixado sob suas costelas, uma semente de calor e vida na casca morta de seu ser. Mas o menino, pois era um menino, nasceu com meses de antecedência e não teve chance à vida. O médico era a favor de levá-lo embora com os lençóis ensanguentados, mas Caroline fez questão de ver o filho. Analisou assombrada o rosto minúsculo, ainda não formado — assombrada de que ainda conseguisse sentir a perda, que lhe restassem lágrimas a ser derramadas. Mas foi o último sentimento de amor que ela possuiu, derramado naquele olhar, naquela longa mirada dirigida ao rosto do bebê morto. O último toque de carinho dentro de si ela passou para ele; e então o médico realmente o levou embora com os lençóis ensanguentados, e tudo estava perdido.

A recuperação de Caroline foi lenta e incompleta. Quando ela já estava bem o bastante para receber a visita de amigos e de Bathilda, eles a encontraram amortecida e insensível; a conversa, quase inexistente; os movimentos, lerdos; e a beleza, muito diminuída. Seus olhos e faces estavam encovados, as mãos, ossudas como garras de pássaros, e havia toques grisalhos em suas têmporas, mesmo que ela ainda nem estivesse perto dos 30 anos. Ela dava uma impressão fantasmagórica, como se em parte tivesse fugido para outro plano. As pessoas sacudiam a cabeça com tristeza e pensavam duas vezes antes de adicionar os Calcott em qualquer lista de convites. Deixada a sós, Caroline andava muito, circulando pelo jardim como se procurasse algo. Um dia, ela seguiu pelo bosque até a clareira onde os Dinsdale ainda acampavam. Eles tinham aprendido a ficar distantes da casa e nunca mais foram lá para trocar trabalho por dinheiro. Sendo assim, Caroline não tinha desculpa para pedir sua retirada e, com essa frustração, ficou ainda mais amarga em relação a eles.

Ela ficou atrás das árvores, olhando para o furgão colorido e para o pônei malhado amarrado ali perto. A casa deles parecia tão vistosa, ali fixada na relva verde do verão, tão prática, tão salutar, que a lembrou da tenda de Nuvem Branca, e isso, como qualquer pensamento sobre a estância, fez seus olhos ficarem marejados e sua mente se fechar de infelicidade. Bem naquele momento, os Dinsdale voltavam da vila. A Sra. Dinsdale, cujos cabelos louros caíam em cachos angelicais, tinha um bebê nos braços, e, segurando a mão do Sr. Dinsdale, vinha um menino robusto de uns 3 anos, moreno e arredondado. Seus passos eram firmes, mas prosseguiam com lentidão, e paravam com frequência para o menino se agachar e examinar algo com infinita curiosidade. A respiração de Caroline ficou presa na garganta. William lembrava tanto Magpie que era quase insuportável olhar para ele.

Ela ficou observando por algum tempo. A Sra. Dinsdale levou o bebê para dormir dentro do furgão, depois se sentou nos degraus e chamou William, que veio correndo para ela com os braços estendidos para ser abraçado. Ela não o chamou de William, é claro. Usou algum outro nome, que Caroline não conseguiu ouvir direito, mas que soava como *Flag*. Observando-os, Caroline ficou tão dilacerada pelo desgosto e pela inveja que não sabia como se conter. Mas estava também com muita raiva por essa família de vagabundos conseguir florescer quando a dela lhe tinha sido arrancada, duas vezes. Olhou para William e o odiou. Odiou a todos. *Chega*, ela pensou, *não aguento mais*. O preço que ela pagara era alto demais, e embora uma parte dela achasse que essa injustiça devia, de algum modo, ser reparada, sabia que não havia como. Sentou-se em silêncio nas sombras e chorou baixinho por Corin, que não podia lhe ajudar.

Portanto, todas as estações a ti deverão ser doces,
Seja o verão, vestindo a terra com seu verde,
Ou o pássaro de peito vermelho que canta
Ao pousar no galho nu da macieira coberta de neve
Enquanto os telhados de palha fumegam
Ao degelo do sol; sejam as gotas da noite que caem,
Só ouvidas nos transes do vento,
Ou se o secreto sacerdócio da geada
As transformar em imóveis estalactites,
Brilhando silenciosamente para a lua quieta.

Samuel Taylor Coleridge, *Geada à meia-noite**

---

*A tradução dos versos de Coleridge contou com a colaboração de Ivania de Spezia. (*N. da T.*)

7

As escadas consomem o resto das minhas energias, de modo que, ao chegar à porta do banheiro, estou ofegante, lutando para respirar. A luz está acesa lá dentro, gavinhas de vapor rastejando por baixo da porta. E a torneira ainda correndo. Com a mão na maçaneta, congelo, fecho os olhos por um segundo. Estou com tanto, tanto medo do que posso ver. Penso em Eddie tirando os cabelos do rosto de Beth quando ele chegou em casa depois da escola e a encontrou. Como preciso da coragem dele agora.

— Beth — chamo com voz fraca. Nenhuma resposta. Engolindo em seco, dou duas batidinhas antes de abrir a porta.

Beth está dentro da banheira, os cabelos flutuando à volta, a água perigosamente próxima da borda, escapando pelo ladrão. Ela está de olhos fechados, e, por um instante, acho que a perdi. É Ofélia sendo levada de mim pela maré, flutuando para o sereno esquecimento. Mas então ela abre os olhos, vira-se para mim e me sinto tão aliviada que quase caio. Entro com um tropeção e me sento abruptamente na cadeira onde as roupas dela estão dobradas.

— Rick? O que está havendo? Onde estão suas roupas? — pergunta ela, fechando a torneira com o dedão do pé. Eu as larguei com o cobertor de Dinny no corredor, antes de começar a correr. Estou apenas com a roupa de baixo, molhada e suja.

— Eu achei... achei... — Mas não quero lhe dizer o que achei. Parece traição, pensar que ela faria isso consigo mesma outra vez.

— O quê? — pergunta ela, a voz mais uniforme agora, ficando tensa.

— Nada — murmuro. A luz me apunhala os olhos, faz com que eu me encolha. — O que você está fazendo na banheira a essa hora da madrugada?

— Eu disse que esperaria você voltar — responde ela. — E estava com frio. Por onde você andou? — pergunta ela, sentando-se agora, os cabelos molhados se acomodando sobre os seios. Ela flexiona os joelhos e os envolve com braços brilhantes. Posso ver cada costela, cada saliência de sua coluna se encaminhando para dentro da água.

— Eu estava com Dinny. Eu... caí no açude.

— Você o *quê*? O que Dinny estava fazendo lá?

— Ele me ouviu cair e me ajudou a sair.

— Você simplesmente caiu? — questiona ela, incrédula.

— É. Uísque demais, acho.

— E você simplesmente... deixou as roupas caírem? Ou ele a ajudou com isso também? — continua ela acidamente. Eu olho para ela com firmeza. Estou zangada agora... por ela ter me assustado tanto. Por eu mesma ter me assustado tanto.

— Quem está com ciúmes agora? — pergunto com o mesmo tom ácido.

— Não estou... — começa ela, depois põe o queixo nos joelhos e desvia o olhar de mim. — É *esquisito*, está bem, Erica? Você correndo atrás do Dinny é esquisito.

— Por que é esquisito? Porque ele foi seu primeiro?

— É! — grita ela, e eu fico olhando, surpresa pela confissão. — Só não se envolva com ele, está bem? Parece incestuoso! É simplesmente... errado! — Ela faz esforço para se explicar, abrindo as mãos. — Eu não suporto.

— Não é errado. Você apenas *não gosta* da ideia, só isso. Mas não precisa se preocupar. Acho que ele ainda é apaixonado por você — digo baixinho, sentindo meu próprio coração afundar no peito.

Espero para ver sua expressão mudar, o que não acontece.

— A gente devia ir embora, Erica. Não dá para ver? Devíamos ir embora daqui e nunca mais voltar. Não há dúvidas de que seria a melhor coisa a fazer. Podíamos ir amanhã. — Sua voz ganha convicção, e ela me fita com olhos desesperados. — Não se importe com as coisas de Meredith... Afinal, não foi por isso que viemos para cá... não de fato. Os caras da mudança podem fazer isso! Por favor. Vamos simplesmente ir embora?

— Eu sei por que vim para cá, Beth. — Estou cansada de não falar sobre o assunto, de fazer rodeios. — Eu queria que viéssemos porque achei que isso a ajudaria a melhorar. Porque quero descobrir o que a atormenta tanto. Quero trazer à tona. Quero esclarecer isso e... mostrar a você que não é tão mau assim. Nada é tão mau à luz do dia, Beth! Não é isso que você diz ao Eddie quando ele tem pesadelos?

— Algumas coisas são, Erica! Algumas coisas são tão más! — Ela grita, as palavras saindo dilaceradas, apavoradas. — Eu quero ir embora. E vou, amanhã.

— Não. *Não* vai. Não até confrontarmos isso. Seja o que for. Não até aceitarmos e lidarmos com isso.

— Você não sabe do que está falando! — grita ela, ríspida, e se levanta abruptamente, fazendo a água cair no chão do banheiro. Pega o roupão e o veste com fúria. — Você não pode me impedir se eu quiser.

— Eu não a levo à estação.

— Eu pego um táxi — responde com voz sibilante.

— No dia de ano-novo? Aqui no meio do mato? Boa sorte.

— *Puta merda*, Rick! Por que está fazendo isso? — xinga ela, a raiva se mostrando nos olhos, recortando suas palavras, que ecoam nos azulejos das paredes, me atacando duplamente.

— Eu... eu prometi ao Eddie. Que faria você melhorar.

— O quê? — sussurra ela.

Penso com cuidado antes de falar de novo. Penso no que vi no açude, no que minha mente visualizou.

— Conte o que o Henry estava procurando ao lado do açude — peço baixinho.

— Como? Quando?

— Ao lado do açude naquele dia. No dia em que ele desapareceu e eu estava nadando no açude. Ele estava procurando por alguma coisa no chão. — Ouço Beth tomando fôlego. Ela ficou com os lábios pálidos.

— Achei que você tinha dito que não se lembrava — diz ela.

— Está voltando. Um pouco. Não tudo. Eu me lembro de ter saltado de volta no açude e de olhar para Henry, e ele estava procurando por alguma coisa, alguma coisa no chão. Aí eu lembro... — Engulo em seco. — Eu me lembro de ele sangrando. Sua cabeça estava sangrando.

— Cale a boca! *Chega!* Eu não quero falar sobre isso! — grita Beth de novo, pondo as mãos nos ouvidos e sacudindo a cabeça feito louca.

Eu observo, atônita, até ela parar, se levantar agarrando o ar, o peito arfando. Seguro seu braço com cuidado, e ela se sobressalta.

— Só me diga o que ele estava procurando.

— Pedras, é claro — diz ela baixinho, derrotada. — Estava procurando por pedrinhas para jogar. — Então ela se desvencilha de mim e sai do banheiro para o corredor escuro.

Não consigo dormir. Tento contar a respiração, os batimentos cardíacos, mas, quando faço isso, meu coração se acelera, como que assustado por tal exame. Ele dispara e me dá dor de cabeça. Fecho os olhos com tanta força que formas coloridas florescem no escuro e se agitam pelo teto quando os abro de novo. Há uma lua clara esta noite, e enquanto espio o sono. Enquanto as horas se prolongam, eu a vejo navegar desatenta de um quadrado da vidraça para o outro.

Sinto-me péssima ao levantar: pesada e cansada. Estou com dor de garganta; uma dor por trás dos olhos que não me deixa. A geada foi intensa ontem à noite — Dinny tinha razão sobre o que podia ter acontecido se eu tivesse ficado deitada no chão, bêbada e inerte. Agora há uma neblina, tão branca e luminosa que não dá para dizer onde ela termina e o céu começa. É o seguinte, nós corremos. Naquele dia. Beth e eu corremos. Lembro-me de ter saído do açude apressada, tropeçando, machucando os pés nas pedras. Lembro-me dos dedos de Beth apertando meu braço como garras de passarinho e de nós duas correndo. De volta para casa, para ficarmos despercebidas, para nos esconder e ficar quietas até o problema começar. Ou melhor, até o problema ser percebido. Não voltamos, tenho certeza disso. Na última vez que vi Henry, ele estava ao lado do açude, cambaleante. Será que caiu? Será que foi por isso que eu saí com uma pressa tão desesperada? Será que foi por isso que eu falei a todos que ele estava no açude? Por isso insisti nisso? Mas ele não estava, e só havia outra pessoa lá. Só uma pessoa pode ter tirado Henry de lá e o levado para algum outro lugar, porque eu sei que ele não foi sozinho. Ele foi levado para algum lugar tão secreto e escondido que 23 anos de buscas não conseguiram descobrir. Mas estou perto agora.

Talvez seja essa lembrança que lutei tanto para readquirir que está me dando tamanha dor de cabeça. Não preciso me concentrar para relembrar agora. A lembrança me salta à mente de bom grado, repetidamente. Henry sangrando, Henry caindo. Fico preocupada de não querer tomar o café da manhã. Olhei para a comida, me lembrei de Henry e não havia como comer. Não há como pôr nada na boca, como sentir prazer ou satisfação. Será que é assim que Beth se sente há 23 anos? A ideia me gela por dentro. É como saber que há algo atrás da gente, nos seguindo. Aquele arrepio na nuca, uma distração constante. Algo tão escuro e permanente como nossa sombra.

A campainha me assusta. Dinny está lá, usando um casaco pesado de lona, para variar, as mãos enterradas nos bolsos. Apesar de tudo, fico com as faces coradas e sinto uma onda de algo indefinido. Alívio, ou talvez pavor.

— Dinny! Oi... entre — cumprimento-o.

— Oi, Erica. Eu só queria ver se você estava bem. Depois de ontem à noite — diz ele, dando um passo à frente, mas ficando em cima do capacho.

— Entre... Não posso fechar a porta com você aí parado.

— Estou com as botas cheias de barro.

— Este é o menor dos nossos problemas, acredite.

— Então, como está? Eu fiquei pensando... se você engoliu aquela água do açude, podia ter passado mal — diz. Um constrangimento nele que não estava lá antes, um acanhamento que me toca.

— Estou bem, de verdade. Quer dizer, estou me sentindo como a morte e tenho certeza de que isso transparece, mas fora isso está tudo bem. — Sorrio, nervosa.

— Você podia ter se matado — diz ele, sério.

— Eu sei. Eu sei. Desculpe. Não foi minha intenção, acredite. E obrigada por me resgatar... Realmente fico devendo essa — digo. Com isso, ele me lança um olhar penetrante, sondando minha fisionomia. Mas então sua expressão se suaviza, tira a mão do bolso e roça minha face com nós de dedos frios. Retenho a respiração ao ter um leve estremecimento.

— Idiota — diz ele baixinho.

— Obrigada — respondo.

Há uma batida lá em cima. Visualizo uma mala cheia tirada de cima da cama. Dinny baixa a mão rapidamente e a põe de volta no bolso.

— É a Beth? — pergunta ele.

— Beth ou o fantasma do passado dos Calcott. Imagino que ela esteja fazendo a mala. Não quer ficar nem mais um dia. — Encolho de leve os ombros, mostrando impotência.

— Então, vocês estão indo?

— Eu... eu não sei. Eu não quero. Ainda não. Talvez não queira nunca. — Olho para ele. Na verdade, acho que não conseguiria ficar nesta casa sozinha.

— Nada de Dinsdales nem Calcotts em Storton Manor. É o fim de uma era — afirma Dinny, mas não parece lamentar.

— Você está indo embora? — pergunto. Meu coração dá um pequeno salto em protesto.

— Mais cedo ou mais tarde. É horrível acampar aqui no inverno. Eu só estava mesmo aqui por causa de Honey...

— Achei que você tivesse dito que viu o obituário de Meredith.

— Bem, é, e isso. Achei que haveria uma boa chance de você e Beth estarem por aqui. — Ficamos sem dizer nada por um instante. Ainda estou muito incerta em relação a ele para testar essa maré que está nos separando. Talvez Dinny sinta o mesmo.

— Eu gostaria de me despedir de Beth antes que vocês desapareçam — responde ele baixinho. Faço que sim. É claro que ele gostaria. — Não tive oportunidade da última vez que vocês se foram — acrescenta enfaticamente.

— Ela está lá em cima. Nós tivemos uma briga. Não sei se ela vai querer descer — conto a ele. Analiso suas mãos. Quadradas, encardidas. Crescentes pretos embaixo das unhas. Lembro-me da lama do açude, dele me puxando. Penso no modo como me segurou, só por um segundo, enquanto as brasas desmoronavam e meu corpo tremia. Penso no beijo. Como eu queria que ele ficasse aqui.

— Por que brigaram?

— O que você acha? — pergunto, amarga. — Ela não quer me contar o que aconteceu. Mas ela precisa encarar isso, Dinny... precisa! É o que a deixa doente, eu sei! — Dinny suspira fundo, se apoia nas plantas dos pés, como se fosse correr. Esfrega a testa, exasperado. —

Você nunca chegou a dizer a ela as coisas que queria, Dinny. Mas... pode dizer para mim em vez disso.

— Erica...

— Eu quero saber!

— E se isso mudar tudo? E se, dessa vez, sua irmã e eu estamos certos e você estiver melhor sem se lembrar? — Olhos ardentes olham para os meus.

— Eu *quero* mudar tudo! Mudar o quê, de qualquer modo? Ela é minha irmã. Eu a amo e vou amá-la, não importa o que fizer. Ou fez — declaro, inflexível.

— Não estou apenas falando de Beth — diz ele.

— De quem, então? Do quê? Conte!

— Não grite comigo, Erica, estou ouvindo. Estou falando sobre... você e eu. — Sua voz fica mais suave. Fico em silêncio por dois minutos, que passam rápido, mas parecem levar uma eternidade.

— O que você quer dizer?

— Quero dizer... que seja o que for... seja o que pode ter acontecido, mudaria tudo. — Ele desvia o olhar de mim, cruza os braços. — Entende? — pergunta ele. Eu mordo o lábio inferior, sinto os olhos ardendo. Mas então visualizo Beth na banheira, como estava ontem à noite; inteira de corpo, mas escapulindo. Engulo a pequena chama quente que Dinny acabou de acender dentro de mim.

— É, mas eu preciso saber — sussurro. Meu nariz está escorrendo. Eu o limpo com as costas da mão. Espero que ele fale, mas ele não faz isso. Seu olhar dispara do chão para a porta, dali para as escadas e volta, focando em nada. Nós nos maxilares, tensos. — Simplesmente me conte, Dinny! Beth e eu saímos correndo. Eu não sei o que aconteceu, mas sei que saímos correndo e deixamos você e Henry no açude. E essa foi a última vez que alguém o viu, e eu quero que você *me conte*! — Minha voz soa estranha, muito aguda.

— Beth deveria... — começa ele.

— Beth não vai. Ah, talvez conte, um dia. Ou talvez tente se matar de novo e talvez consiga dessa vez! Eu preciso *tirá-la* disso! — grito. Dinny olha para mim, chocado.

— Ela tentou se *matar*? — exala ele. — Por causa disso?

— Sim! Porque está deprimida. Não apenas *infeliz*... doente, Dinny. E eu quero saber o que provocou isso. Se você não me contar, estará simplesmente ajudando a mantê-la desse jeito... perseguida por uma assombração. Só me conte o que você fez com o corpo dele! Me diga onde ele está! — imploro. Meu sangue está alto como uma onda de maré, rugindo em meus ouvidos.

— Erica! — O grito de Beth ecoa pelo vestíbulo. Dinny e eu nos sobressaltamos como crianças culpadas. — *Não!* — grita ela, descendo as escadas correndo e vindo até nós. Está de olhos arregalados, a fisionomia marcada pelo medo.

— Beth, eu não ia contar... — Dinny começa a dizer, levantando a mão para acalmá-la.

— Como? Por que não? Só porque *Beth* lhe disse para não contar? — falo asperamente.

— Nunca conte para ninguém! *Nunca!* — diz Beth. Eu mal reconheço sua voz. Seguro as mãos dela, tento fazê-la olhar para mim, mas ela tem os olhos fixos em Dinny, e algo passa entre eles que eu não consigo tolerar.

— Beth! Por favor... Beth, olhe para mim! Veja o que a tentativa de guardar esse segredo fez com você! Por favor, Beth! Já é hora de se livrar disso. Seja o que for. Por favor. Por Eddie! Ele precisa de você feliz...

— Não meta Eddie nisso! — rebate, os olhos marejados de lágrimas.

— Por que não? Isso está afetando a vida *dele* também, sabia? Ele é sua responsabilidade. Você tem o dever de ser forte por ele, Beth...

— O que você sabe sobre isso, Erica? O que você sabe sobre responsabilidade? Nem conseguiu ter um trabalho permanente! Muda de apartamento a cada seis meses! Vive que nem uma estudante desde que saiu de casa... Nunca sequer teve um animal de estimação, então não venha me falar sobre as *minhas* responsabilidades! — grita Beth, e eu me encolho, magoada.

— Você é minha responsabilidade — digo baixinho.

— Não sou, não — retruca Beth, mantendo o olhar no meu.

— Beth — diz Dinny. — Estou tentando falar com você desde que vocês voltaram, e eu sei que você não quer ouvir o que tenho para dizer, mas é importante e... eu acho que Erica tem o direito de ouvir também...

— Ela estava *lá*, Dinny! Se ela não se lembra, então não precisa se lembrar. Agora, será que podemos deixar isso em paz? Dinny, eu... eu acho que você devia ir.

— Não, não devia! Por que ele deveria ir? Eu o convidei para entrar. Na verdade — eu vou até a porta e me ponho de costas para ela — ninguém sai até que eu saiba da verdade por um de vocês, ou pelos dois. Estou falando sério. A verdade. Já é mais que tempo — digo. Meu coração tropeça, se joga contra minhas costelas.

— Como se você pudesse me segurar — murmura Dinny.

— Erica, pare de pedir! — implora Beth, alterada. — Simplesmente... *pare de pedir*!

— Beth, talvez fosse melhor contar a ela. Ela não vai contar a ninguém. Fica só entre nós. Eu acho... acho que ela tem o direito de saber — argumenta Dinny, a voz suave. Beth olha fixamente para ele com o rosto muito pálido.

— Não — sussurra ela.

— *Meu Deus!* Nem sei por que você voltou aqui! — grita ele, jogando os braços para cima, exasperado.

— Dinny, me conte. É o único jeito de ajudá-la — peço com firmeza. O olhar de Beth pisca de mim para Dinny e para mim de novo.

— Não! — sibila Beth.

— Por favor, me diga onde está o Henry — suplico a ele.

— Pare com isso! — ordena Beth. Ela está tremendo descontroladamente. Dinny range os dentes, olha para trás, olha de volta para mim com olhos inflamados. Ele parece dividido pela indecisão. Retenho a respiração, e minha cabeça gira, protestando.

— Está bem! — diz ele, me agarrando pelo braço. — Se você acha que este é o único modo de ajudá-la. Mas, se estiver enganada, quando tudo ficar diferente, não venha me dizer que eu não avisei! — Ele fica bravo de repente, furioso conosco. Seus dedos me machucam; ele me arrasta da porta e a abre com força.

— Não! Dinny... *não*! — grita Beth atrás de nós enquanto ele me puxa para fora.

— *Ei*... pare! O que está fazendo? Aonde estamos indo? — Instintivamente, luto contra ele, tento cravar os calcanhares no chão, mas ele é muito mais forte que eu.

— Você quer saber o que aconteceu com Henry? Vou lhe mostrar! — Dinny cospe as palavras. O medo me comprime por dentro. Estou tão perto de achar Henry que fico apavorada. Dinny me assusta. Tamanha força nele, no modo como me segura, uma expressão tão implacável em seu rosto.

— Dinny, *por favor*... — falo ofegante, mas ele me ignora.

— Erica! *Não!* — Ouço o grito enraivecido de Beth reverberando, mas ela não nos segue. Olho para trás, vejo-a emoldurada pelo vão da porta, a boca contorcida, as mãos se agarrando no batente.

Dinny atravessa o gramado comigo, sai do jardim, entra no bosque, e eu acho que ele está indo para o açude. De repente, eu sei, com certeza, que não quero ir lá. O pavor me amolece os joelhos; renovo os esforços para me livrar.

— Vamos! — impõe ele com aspereza, me puxando com mais força. Ele poderia me arrancar o braço. Mas não estamos indo para o açude. Estamos indo para o acampamento. Eu o sigo como uma sombra relutante, tropeçando atrás dele. Meu coração bate forte. Dinny abre a porta do primeiro furgão, sem nem bater. Harry olha para cima, sobressaltado; sorri quando nos reconhece. Dinny me faz subir os degraus para dentro do furgão, que cheira a batata chips, cachorro e roupa úmida.

— Mas o que é isso? — Minha voz está trêmula. Não consigo recuperar o fôlego, estou a ponto de me estilhaçar.

— Você queria saber onde estava Henry. — Dinny ergue o braço e aponta para Harry. — Está aqui, o Henry.

Fico olhando. Minha cabeça se esvazia. A tomada foi puxada. Não sei por quanto tempo fico olhando, mas, quando falo, minha garganta está seca.

— Como? — A palavra é uma coisinha de nada, um fiapo em torno do ar que me sobra no peito. O chão balança sob meus pés; a Terra saiu de seu eixo, está indo embora comigo, tonta e impotente. Dinny abaixa o braço, fecha os olhos e os cobre com a mão, exausto.

— Este é o Henry — repete ele, e novamente eu ouço as palavras.

— Mas... como *pode*? Henry morreu! Como é que este pode ser o Henry? Não é o *Henry*. Não é ele.

— Ele não está morto. Não morreu. — Dinny solta meu braço, e o fogo o abandonou. Ele me observa, mas não consigo me mexer. Não consigo raciocinar. Harry sorri, confuso. — Tente não gritar. Ele não gosta — diz Dinny baixinho. Não consigo gritar. Não consigo fazer nada. Não consigo respirar. Começo a sentir uma pressão na cabeça. Fico com medo de que vá explodir. Ponho as mãos nas têmporas, tento segurar o crânio. — Venha... vamos embora. Vamos conversar lá fora — murmura Dinny, segurando meu braço mais gentilmente agora. Eu me desvencilho dele e me inclino em direção ao Harry. Fico com muito medo enquanto olho para ele. O suficiente para meus joelhos cederem... e eles fazem um ruído oco ao baterem no chão. Tanto medo que fico com náusea. Estou congelada até a raiz dos cabelos e afogueada ao mesmo tempo. Tiro uns dreadlocks do rosto de Harry e fito seus olhos. Tento ver. Tento reconhecê-lo, mas não consigo. Não reconhecerei.

— Você está enganado. Está mentindo!

— Não estou. Venha, não podemos falar sobre isso aqui. — Dinny me põe de pé e me leva de novo para fora.

Pela segunda vez em 12 horas, eu me sento no furgão de Dinny, trêmula, atordoada, amortecida. Ele faz café num velho bule de aço, o líquido borbulhando e com um aroma delicioso. Bebericando a xícara que ele me oferece, escaldo a boca e me sinto reavivar.

— Eu... eu não consigo acreditar. Não entendo — sussurro. Uma porta bate lá fora. Popeye e Blot rosnam um pouco; mais um cumprimento que um aviso. Dinny está com um tornozelo apoiado no outro joelho, sua pose característica. Ele parece duro e nervoso ao mesmo tempo. Suspira.

— O que você não entende? — pergunta ele gravemente, no espírito de um verdadeiro interrogatório.

— Ora, onde é que ele esteve todos esses anos? Como foi que nunca o encontraram? Eles o procuraram em *todos os lugares*!

— Ninguém nunca procura em *todos os lugares*. — Dinny abana a cabeça. — Ele esteve aqui, conosco. Com a minha família ou com amigos da minha família. Há mais de um acampamento nômade no sul da Inglaterra. Meus pais tinham muitos amigos com quem deixá-lo, amigos que cuidaram dele até tudo ser esquecido. Assim que eu tive idade suficiente para cuidar dele, eu mesmo o fiz.

— Mas... eu o vi sangrando. Eu o vi caindo no açude....

— E então vocês duas saíram correndo. Eu tirei o garoto da água e chamei meu pai. Ele não respirava, mas papai conseguiu tirar ele dessa. O corte na cabeça não era tão mau como parecia... É só que ferimentos na cabeça sangram muito. — Ele olha para a bota, gira entre os dedos a ponta gasta do cadarço.

— E depois? Vocês não levaram ele para o hospital? Por que você não foi até o solar procurar alguém? — pergunto. Vinte e três anos da minha vida estão se reescrevendo por trás de meus olhos, desenrolando-se como um novelo de lã. Dinny fica sem responder por um longo tempo. Segura o queixo com os nós dos dedos brancos. Seus olhos se inflamam.

— Eu... não disse o que aconteceu. Eu não contei a eles como ele se machucou... ou quem tinha feito isso. Então papai... pensou que tinha sido eu. Achou que Henry e eu tínhamos brigado. Ele estava tentando me proteger.

— Mas você podia ter dito a eles que tinha sido um acidente...

— Pense bem, Erica. Todo mundo está sempre procurando ter razão a nosso respeito... Durante toda a minha vida, as pessoas têm procurado provar que estão certas. Que roubamos, que somos criminosos... que somos a escória. A assistência social teria logo se mexido com a chance de me afastar dos meus pais. Um tempo no abrigo, depois um lar *apropriado*, com uma família *apropriada*...

— Você não tem certeza...

— Sim, tenho, sim. É você quem não tem, Erica.

— Por que ele... está desse jeito?

— Não foi pela batida na cabeça, isso com certeza. Papai o levou a uma velha amiga, Joanna, que tinha sido enfermeira em Marlborough. Isso foi naquela mesma tarde, antes que sequer percebessem a falta dele. Ela deu uns pontos na cabeça dele, disse que ele podia estar em estado de choque, mas não era nada que devesse preocupar. Nós íamos esperar que ele acordasse, garantir que estava bem, e então o largaríamos perto da vila e sumiríamos. Era o plano. Joanna cuidou dele nos primeiros dias. Ele ficou fora de si por dois dias seguidos e... então acordou.

— Vocês poderiam ter levado ele de volta então. Poderiam ter deixado ele em algum lugar onde pudesse ser encontrado, como você disse. Por que não fizeram isso?

— A essa altura, as buscas estavam intensas. Nós estávamos sendo vigiados. Não se podia mexer um dedo sem que algum policial atento não notasse. Henry diria a eles que nós o prendemos... quando fosse encontrado, é claro. Mas nós achamos que seria melhor sumir. Quando se percebeu que não haveria como trazê-lo de volta sem sermos vistos, era tarde demais. E ele não estava regulando bem quando acordou. Qualquer um podia notar. Papai me levou para vê-lo, pois era eu quem o conhecia melhor. *Só me diga o que você acha*, foi o que papai disse. Eu não sabia do que ele estava falando até ver Henry e falar com ele. Sentado na cama do quarto de hóspedes de Joanna, segurava um copo de laranjada como se não soubesse o que fazer com ele. Eu teria preferido estar em qualquer outro lugar do mundo a estar naquele quarto com ele. — Dinny passa os dedos pelos cabelos, segura o couro cabeludo. — Tentei falar com ele, como papai disse que eu deveria fazer. Mas ele não era mais o mesmo. Estava bem acordado, mas... distante. Atordoado.

— Mas por quê? Você disse que a cabeça não foi atingida com violência.

— É, não foi. Foi o tempo que ele passou sem respirar. O tempo que levou para meu pai chegar e soprar ar nos pulmões dele. — Dinny soa tão cansado agora, melancólico. Há uma chispa de pena no meu âmago, mas ainda não consigo deixar que tome conta. Há muitas outras coisas para sentir.

Antes de falar novamente, termino meu café. Não tinha percebido o silêncio. Dinny olha para mim, batendo no tornozelo com um polegar agitado, aguardando. Aguardando minha reação, acho. Um brilho defensivo nos olhos.

— Não passou, sabia. Não para os pais dele. Não para a nossa família...

— Você acha que passou para mim? Para a *minha* família? Eu tive que vê-lo quase todos os dias desde então, imaginando se teria sido diferente se eu mesmo tivesse tentado reanimá-lo, um pouco antes... Se nós tivéssemos levado ele para o hospital.

— Mas vocês nunca falaram nada. Ficaram com ele...

— "Ficaram com ele", não. Cuidamos dele...

— Ficaram com ele e deixaram a família dele... deixaram os *pais* dele acharem que ele estava morto! Vocês deixaram que Beth e eu achássemos que ele estava morto.

— Não, eu não fazia ideia do que você e Beth estavam pensando! Como eu poderia saber? Vocês *correram*, lembra? Vocês correram e lavaram a mãos! Nem sequer vieram me perguntar sobre isso! Deixaram ele comigo, e eu... nós... fizemos o que achamos que era melhor.

Isso, eu não posso discutir.

— Eu tinha 8 anos!

— Bem, eu tinha 12... Ainda uma criança, e tive que deixar meus pais pensarem que quase tinha matado outro garoto. Que eu tinha provocado um *dano cerebral* a outro garoto. Pelo menos, foi isso que achei que devia fazer. Foi isso que achei que era o certo. Quando percebi que vocês duas nunca iriam voltar, era tarde demais para mudar qualquer coisa. Que graça você acha que isso teve?

Sinto o sangue sumir do meu rosto quando ele diz isso. *Tive que deixar meus pais pensarem...* Uma lembrança irrompe no conflito em minha mente. Henry se inclinando, pesquisando o solo, pegando quatro, cinco pedras. Água nos meus olhos e num ouvido, que retumbava e vacilava, entrecortando as vozes deles; Henry insultando, xingando Dinny; as ordens esganiçadas de Beth: *Pare com isso! Vá embora! Henry, não!* Henry dizia, *Vagabundo! Imundo! Cigano sujo! Ladrão! Vadio!* Com cada palavra, ele jogava uma pedra, lançando-a de cima do ombro, de um modo que só ensinam aos garotos na escola. Não às meninas. Um arremesso que teria mandado uma bola de críquete direto ao alvo. Lembro-me de Dinny dando um grito quando uma o atingiu, agarrando o ombro e fazendo uma careta. *Lembro o que aconteceu.* E visualizo Beth, no vão da porta agora mesmo; seu grito nos seguindo e o terror em seu rosto. *Não!*

— Preciso ir — sussurro, ficando de pé sem firmeza.

— Erica, espere...

— Não! Preciso ir!

Estou me sentindo enjoada. Tem muita coisa dentro de mim, algo tem que vir para fora. Apresso-me de volta a casa, tropeçando em meus próprios pés. No lavabo frio do andar de baixo, onde o assento gélido da privada provoca dor nas coxas, desmorono, vomito. Mesmo com a garganta ardendo e o fedor, me sinto melhor. Sinto-me justamente punida. Sinto como se algum tipo de retribuição estivesse começando. Agora eu sei o que torturou Beth todos esses anos. Agora eu sei por que ela tanto se puniu, por que ela procurou tal retribuição. Lavando o rosto na pia, recobro o ar, tento encontrar força para ficar ereta. Estou gelada de medo... Acho que sei que tipo de retribuição ela pode buscar para si mesma.

— Beth! — chamo, tossindo com a sensação que tenho na garganta. — Beth, onde você está? Preciso lhe contar uma coisa! — Com pernas trêmulas, percorro todos os cômodos do andar de baixo, o coração agitado me deixando tonta. — *Beth!* — Minha voz está subindo de volume, quase um grito. Subo as escadas, corro para o banheiro antes, depois sigo pelo corredor até o quarto de Beth. A porta está fechada, e eu me jogo contra ela. Lá dentro, as cortinas estão fechadas, o quarto está escuro. E o que mais temo, o que me apavorava ver está lá diante de mim. Preenche minha visão, me esvazia por dentro. — *Não!* — Eu entro apressada no quarto sombrio. Minha irmã, enroscada no chão, o rosto virado para o outro lado. Tesouras compridas em sua mão frágil e uma poça escura em volta dela. — Beth, não — sussurro, já sem ar nos pulmões, sem sangue nas veias. Caio de joelhos e a seguro; ela está tão leve, tão imaterial. Por um segundo, fico emudecida de pânico, e então ela vira o rosto para mim e abre os olhos, focando-os nos meus, e eu dou uma risada de alívio.

— Erica? — A voz dela está fraquinha.

— Oh, Beth, o que foi que você fez? — Eu levo seus cabelos para trás, tirando-os do rosto e então percebo. Ela o cortou, todo. A poça escura que vejo no chão são seus cabelos cortados. Sem eles, ela parece uma garota; tão vulnerável. — Seu cabelo! — exclamo, e dou outra risada, e beijo o rosto dela. Ela não se cortou, não está sangrando.

— Não consegui. Queria, mas... Eddie...

— Você *não* queria! *Não* quer fazer isso! Eu sei que não, na verdade — digo. Eu lhe dou um abraço, embalo-a suavemente.

— Queria, sim! — Ela soluça de raiva, e eu acho que se desvencilharia de mim se tivesse força. — *Por que* você fez ele contar? *Por que* não quis me *ouvir*?

— Porque tinha que ser. Mas me ouça... Beth, está me ouvindo? Isto é importante. — Olho para cima, vejo meu reflexo no espelho do toucador. Estou cinzenta, espectral, mas consigo ver em meus próprios olhos a verdade esperando para transbordar. Respiro fundo. — Beth, Henry não está morto. *Harry* é o Henry! Verdade! Dinny me contou toda a história... ele não morreu. Eles o levaram para uma amiga deles, que prestou os primeiros socorros, e depois ele foi levado de um acampamento para outro por muitos anos. Foi por isso que nenhuma das buscas teve resultado.

— *O quê?* — sussurra ela, olhando para mim como olharia para uma cobra, esperando pelo próximo bote.

— Harry... o Harry com quem seu filho passou o Natal todo brincando... Harry é *o nosso primo Henry*! — Ah, como eu quero libertá-la, dar um jeito nela! No silêncio, eu a ouço respirando, a exalação do ar que vem do seu corpo.

— Não é verdade — sussurra ela.

— É, sim, Beth. É verdade. Eu acredito. Dinny não quis contar a ninguém o que tinha acontecido, então Mickey pensou que tivesse sido Dinny o culpado, e eles não queriam que ele fosse levado embora...

— Não, não, *não*! Nada disso está certo! Eu o matei! Eu o *matei*, Rick. — A voz dela se eleva num gemido, e diminui um fiapo. — Eu o matei — diz ela, mais calma agora, como se quase aliviada por desabafar.

— Não matou, não — insisto.

— Mas... eu joguei aquela pedra... grande demais! Eu nunca devia ter feito isso! Nem Henry teria jogado uma pedra daquele tamanho. Mas eu estava tão furiosa! Eu estava *tão* furiosa que só queria fazer com que ele *parasse*! Ela foi muito alto — sussurra ela.

Agora consigo ver. Finalmente. Como se sempre tivesse estado ali. As meninas não são ensinadas a fazer arremessos. Ela jogou todo o peso do corpo no arremesso, soltou-a cedo demais, alto demais. Nós a perdemos de vista contra o céu incandescente de verão. Henry já estava rindo dela, da inaptidão de seu arremesso. Ele ria quando ela desceu, atingindo sua cabeça com um ruído assustador. Alto e assustador. Nós percebemos o que aquele ruído significava, mesmo que nunca o tivéssemos ouvido antes. O som de carne se abrindo, de um golpe no osso. Foi aquele som que me deixou nauseada há pouco. Como se eu o ouvisse de novo pela primeira vez, só agora o rejeitando. E então todo aquele sangue, o olhar vidrado dele, minha saída atrapalhada da água e nossa luta. Está tudo aqui agora. Finalmente.

— Eu não matei o Henry? — sussurra Beth, enfim, os olhos perfurando o meu rosto, querendo arrancar a verdade.

Eu abano a cabeça, sorrio para ela.

— Não, você não matou o Henry.

Vejo o alívio se infiltrar em sua fisionomia, lentamente, bem lentamente; como se ela mal ousasse acreditar. Dou-lhe um abraço apertado, sinto-a começando a chorar.

Mais tarde, retorno ao acampamento. No início da tarde, com o sol brilhando em meio à neblina. Quando os primeiros vislumbres do céu aparecem — como deslumbrantes farrapos de gaze —, sinto algo em mim se derramando, elevando-se. Fico com uma sensação neutra que poderia se transformar em qualquer coisa. Poderia, talvez, se transformar em alegria. Sento-me ao lado de Harry nos degraus de seu furgão. Pergunto-lhe o que ele está fazendo, e embora não fale, ele me mostra, abrindo as mãos. Um canivete minúsculo numa das mãos, meio cilindro de casca de árvore na outra, com riscos traçados, formas geométricas se chocando e se sobrepondo. Agora, ele me parece miraculoso. Tento segurar seu braço, mas ele o puxa, não quer. Não forço. Miraculoso que Henry pudesse se transformar nesta alma gentil. Será que ele foi prejudicado ou, antes, será que algo lhe foi tirado com o golpe de Beth? O despeito? A arrogância, a agressividade infantil? Todas as coisas desprezíveis, todo o legado de Meredith, todo o ódio que ela lhe ensinou? Nitidamente, ele é uma tábula rasa.

Deixo que ele continue trabalhando, mas amarro seus dreadlocks num nó caótico atrás da cabeça. Assim posso ver seu rosto. Fico ali sentada, ele fica trabalhando, e eu observo seu rosto. Lentamente, coisas familiares vêm à tona. Algumas de suas feições se reacomodam nas formas que eu conheci. Apenas aqui e ali, apenas traços. O nariz dos Calcott, que todos temos, estreito no alto. O tom azul-acinzentado de suas íris. Ele não parece se importar que eu fique olhando. Parece nem notar.

— Acho que ele reconheceu você — sussurra Dinny, vindo até nossa frente e parando. Ele está com os braços soltos dos lados, os punhos cerrados, como se estivesse pronto para alguma coisa. Pronto para reagir. — Naquela primeira vez que você o viu no bosque, e ele impediu sua passagem. Acho que ele reconheceu você, sabe. — Olho para cima, para Dinny, mas ainda não consigo falar com ele. Ainda não. Os tendões à vista em seus braços, cristas sob a pele, tensas devido às mãos fechadas. Ele estava certo. Tudo mudou. Do outro lado da clareira, Patrick sai de seu furgão e curva a cabeça para mim, de modo solene.

Subo para buscar Beth quando a luz começa a diminuir. Faz horas que ela está deitada. Assimilando. Digo-lhe quem está lá embaixo, e ela concorda em vê-lo. Toda a solenidade e o medo de quem vai para a forca. Seus cabelos picotados mostram ângulos estranhos, e seu semblante está imóvel, de um modo pouco natural. Deve estar lhe custando grande força de vontade mantê-lo assim. As luzes da cozinha estão acesas. Dinny e Henry estão sentados em lados opostos da mesa, jogando *snap* e tomando chá, como se o mundo não tivesse se tensionado e se desfeito de tudo em que nossas vidas se baseavam, como um cachorro sacudindo água lamacenta. Dinny levanta os olhos quando entramos, mas Beth só olha para Henry. Ela se senta a uma distância segura e fica olhando fixamente. Eu observo e aguardo. Henry embaralha as cartas desajeitadamente, deixando algumas caírem na mesa, e depois as enfia de novo no baralho, uma a uma.

— Ele me conhece? — sussurra Beth, a voz muito fina, muito precária. Algo a ponto de se romper. Eu me sento ao lado dela, estendo a mão para segurá-la.

Dinny encolhe os ombros de leve.

— Não há como saber. Ele parece... se sentir à vontade com vocês. Com vocês duas. Geralmente leva um tempo para ele se dar com estranhos, então...

— Eu achei que o tivesse matado. Todo esse tempo, eu achei que o tivesse matado...

— E matou — afirma Dinny, categórico. Ela abre a boca, chocada. — Você o derrubou e o deixou de cara na água...

— Dinny! Não... — Tento interrompê-lo.

— Se eu não tivesse tirado ele da água, aí sim ele *estaria* morto. Então, se lembre disso antes de começar a julgar o que *eu fiz*, o que minha família fez...

— Ninguém está julgando ninguém! Éramos crianças... Não tínhamos ideia do que fazer. E, sim, foi sorte você ter pensado com tanta rapidez, Dinny — digo.

— Eu não chamaria de sorte.

— Bem, seja do que for que você queira chamar, então.

Dinny toma fôlego, os olhos se estreitando para mim, mas Beth começa a chorar. Não são lágrimas suaves, de autopiedade, mas soluços entrecortados, feios, lançados pelo seu coração. Sua boca é um buraco profundo. Gemidos baixos, subindo de uma escuridão interna que é quase palpável, horrível de ouvir. Eu me recosto, ponho os braços em volta dela como se pudesse segurá-la para não se espatifar. Dinny vai até a janela, encosta a testa na vidraça, como se não quisesse outra coisa senão ir embora daqui. Encosto a face nas costas de Beth, sentindo seus estremecimentos passarem para mim. Henry separa as cartas em seus naipes em pilhas sobre a mesa. Não consigo decifrar o que sinto em relação a Dinny, sobre este segredo que ele guardou. Henry escondido no labirinto inglês de acampamentos e alamedas verdes; em furgões, trailers e caminhões; uma evasiva simples, mas a um mundo de distância da busca de porta em porta feita nas vilas limpas e bem-arrumadas. É grande demais. Não consigo enxergar com nitidez.

Um pouco mais tarde, nos separamos, para entregar nossos respectivos fardos ao leito. Dinny vai noite adentro com Henry; eu subo as escadas com Beth. Ela chorou muito e agora está quieta. Acho que sua mente está se reescrevendo, assim como a minha teve que fazer, e isso requer tempo. Espero que ela só precise disso. Seu rosto parece esfolado. Não apenas vermelho, não apenas esfregado. Esfolado como se recém-feito, como se ainda precisasse ser moldado, ainda precisasse ser marcado pela vida. Uma delicadeza infantil. Espero ver algo removido dali, parte de seu aprisionamento, parte da sombra e do medo. Cedo demais para saber. Puxo as cobertas para cima, até o queixo dela, como uma mãe faria, e ela dá um sorriso meio zombeteiro.

— Erica — diz ela e suspira um pouco. — Há quanto tempo você é apaixonada por Dinny?

— Como? — Encolho um ombro para rejeitar a ideia e, tarde demais, me dou conta de que é um gesto que peguei dele.

— Não negue. Está na sua cara.

— Você precisa dormir. Foi um dia difícil.

— Há quanto tempo? — Ela pressiona, segurando minha mão quando eu me afasto. Olho para ela. Nessa luz, seus olhos são ilegíveis. Não consigo mentir, mas não sei responder.

— Não sei — digo concisamente. — Não sei se estou apaixonada por ele. — Ando para a porta, rija, me sentindo traída por cada traço do corpo, por cada mínimo movimento que faço.

— Erica?

— Quê?

— Eu... fiquei contente quando você disse que não se lembrava do que aconteceu. Eu não queria que lembrasse. Você era tão pequena...

— Nem *tanto*.

— O bastante. Nada disso foi culpa sua, espero que você saiba. É claro que sabe. Eu não queria que você se lembrasse porque sentia vergonha. Não de ter jogado a pedra nele, mas por ter corrido. Por ter deixado ele lá, sem nunca contar para papai e mamãe. Não sei por quê. Não sei por que fiz isso! Nunca soube!

— Não foi...

— Era uma coisa a ser decidida no instante. Foi isso que concluí quando fiquei mais velha. Uma decisão que se toma num instante e depois não se pode voltar atrás. Você encara um erro, mesmo que seja um tão terrível, ou foge dele? Eu fugi. Fracassei.

— Não fracassou, Beth.

— Fracassei, sim. Você simplesmente fazia o que *eu* fazia. Eu era a líder, a mais velha. Se eu tivesse falado imediatamente, ele poderia ter vivido.

— Mas ele viveu!

— Poderia ter vivido *normalmente*! Não ter ficado tão prejudicado...

— Beth, isso não faz sentido. Ele viveu. Não pode ser desfeito agora. Por favor, pare de se torturar. Você era uma criança.

— Quando penso em Mary e Clifford... — As lágrimas embaçam seus olhos outra vez, se derramam. Não consigo pensar em nada a dizer sobre isso. Clifford e Mary. A vida deles se arruinou mais ainda que a nossa. O pensamento neles cai como chumbo em volta do meu coração.

Estou acordada na escuridão que antecede o nascer do sol e vou furtivamente até a cozinha. Esse estado estranho, exausta e eletrizada a um só tempo. Faço um café e o bebo forte e quente demais. O frio do piso penetra pelas meias e deixa meus pés dormentes. O relógio do micro-ondas me diz que são sete e meia. A casa está silenciosa, com exceção do rangido da calefação, que luta sua batalha perdida. Pego o jornal de ontem, dou uma olhada sem interesse e não consigo fazer as palavras cruzadas. A cafeína desperta meu cérebro, mas não me ajuda a pensar. Como é que podemos deixar de contar aos pais de Henry que ele está vivo? Como podemos fazer isso? Como podemos deixar de fazer? Não podemos. Mas eles vão querer saber o que aconteceu. E Clifford vai querer *justiça*. Justiça segundo seus parâmetros. Vai querer processar os Dinsdale por sequestro, por impedir tratamento médico. É provável que fosse nos acusar, a Beth e a mim, mesmo que isso fosse difícil. Por lesão corporal grave, talvez. Deturpar o curso da justiça. Não faço ideia do tipo de acusações que se aplicam a crianças. Mas consigo visualizá-lo nitidamente, agarrando a nós três com os dentes e sacudindo-nos sem parar. Portanto, como podemos contar?

Lá fora, o céu vai clareando devagarzinho. Às dez horas, Beth aparece, toda vestida. Para no vão da porta com a sacola a tiracolo.

— Como você está? — pergunto.

— Estou... bem. Tenho que ir. Maxwell vai deixar Eddie lá em casa amanhã depois do almoço, e não estou com nada pronto... Preciso ir ao cabeleireiro antes que ele chegue. Vou ficar com ele até a volta às aulas na quarta-feira.

— Ah, certo. Eu achei... achei que iríamos conversar sobre o assunto. Sobre Henry — digo.

Ela abana a cabeça.

— Ainda não estou pronta para falar sobre isso Ainda não. Mas me sinto melhor.

— Que bom. Fico contente, Beth. Mesmo. Não há nada que eu queira mais para você do que ser capaz de deixar tudo isso para trás.

— É o que eu quero também. — Ela parece mais leve, quase luminosa; pronta para partir, ela sorri, agarrando a sacola com convicção.

— É só que... não sei o que devemos fazer em relação a Mary e Clifford. Se devemos contar a eles... — digo. O semblante dela se abate. Devia estar seguindo a mesma linha de pensamento que eu, só que estou algumas horas à frente. Ela molha os lábios rapidamente, nervosa.

— Nesse instante, eu tenho que ir. Mas francamente, Rick, acho que eu não tenho nenhum direito de opinar sobre o que vai acontecer a seguir. Não quero ter esse direito. Já lhe fiz mal suficiente. E a eles. Acho que nenhuma das minhas ideias poderia ser boa. — Sua fisionomia fica novamente tomada por algumas sombras.

— Não se preocupe com isso, Beth. Eu vou ver. — Pareço tão certa disso. Ela sorri para mim, diáfana e maravilhosa, como asas novas de borboleta; ela vem e me abraça.

— Obrigada, Erica. Devo muito a você.

— Você não me deve nada. — Abano a cabeça. — Você é minha irmã.

Ela me aperta com toda a força de seu corpo magro.

A neve começa a cair acompanhada de chuva ao entrarmos no carro, e eu acabo de ligar o motor quando Dinny aparece de trás das árvores e bate no vidro.

— Eu esperava alcançar você. Imaginei que estivesse indo embora hoje de manhã — diz ele para Beth. Um levíssimo tom de repreensão, mas suficiente para criar uma ruga entre as sobrancelhas.

— Beth precisa pegar o próximo trem — digo. Ele pisca os olhos para mim e faz que sim.

— Olhe, Beth, eu só queria dizer... eu só... quando eu disse, ontem à noite, que você tinha matado o... Não foi o que quis dizer... que você tinha feito isso por querer nem coisa parecida — diz ele. — Eu costumava perguntar aos meus pais por que Henry era tão cretino. Por que ele era tão tirano, malvado... Eles sempre me diziam que, quando as crianças se comportam desse jeito, é porque não estão felizes. Por alguma razão, estão cheias de medo e raiva, e descontam isso nos outros. É claro que na época não acreditei. Achava que era só porque o cara era do mal, mas agora acredito. Claro que é verdade. Henry não era feliz naquela época e, veja só, ele é feliz agora. É a alma mais feliz e pacífica que eu conheço. Eu só... só achei que você devia pensar sobre isso. — Dinny engole em seco, inclina o queixo para nós e recua.

— Obrigada — diz Beth. Ela não consegue encará-lo, mas está tentando. — Obrigada pelo que você fez. Por nunca ter contado a ninguém.

— Eu nunca teria feito algo que a magoasse, Beth — responde ele baixinho. Os nós dos meus dedos no volante estão brancos. Beth anui, os olhos baixos. — Você vai voltar por aqui algum dia? — pergunta ele.

— Talvez. Acho que sim. Alguma vez no futuro — responde ela.

— Então a gente se vê, Beth — diz Dinny com um sorriso triste.

— Tchau, Dinny — despede-se ela baixinho. Ele dá um tapinha no teto do carro, e eu arranco, obediente. Pelo espelho retrovisor, vejo-o lá parado, mãos nos bolsos, os olhos escuros no rosto moreno. Ele fica até sairmos de vista.

Hoje é sábado, 3 de janeiro. A maioria das pessoas volta ao trabalho na segunda. Vou ligar para o advogado da família Calcott, um tal Sr. Dawlish, de Marlborough, e lhe dizer que pode colocar Storton Manor à venda. Agora que posso seguir em frente, tenho decisões a tomar. Já não falta nada, não há rachaduras nem desculpas a me ocupar. Estou em silêncio enquanto me movimento pela casa. Não quero o rádio ligado nem a TV como companhia. Não cantarolo, tento não fazer barulho. Piso suavemente. Quero ouvir o tom nítido do sino das verdades que eu sei que está tocando em minha cabeça. Eu poderia abandonar tudo — deixar o pinheiro enorme e todo o azevinho que pintei de dourado. Poderiam ficar juntando pó e teias de aranha até o leiloeiro vir e ir embora com todas as coisas boas e até os homens da mudança chegarem para levar o resto. Relíquias desse nosso estranho Natal no limbo. Mas não tolero a ideia de deixar farrapos de nossas vidas para trás, como o miolo comido da maçã deixado por Meredith na cesta de lixo da sala de estar. Descartado e repugnante.

O trabalho faz bem. Impede que os pensamentos me sufoquem. Vou guardar apenas três coisas: a pasta com as cartas de Caroline, o retrato de Nova York e o mordedor de Flag. O resto pode ir. Tiro as bugigangas e bolas da árvore e as últimas sobras de Natal da geladeira e da despensa, espalhando pelo gramado qualquer coisa que os pássaros e as raposas possam querer. Encontro um alicate numa gaveta da copa, subo as escadas até onde a árvore de Natal está presa ao corrimão e corto o arame.

— Madeira! — grito para o vestíbulo vazio. A árvore cede para o lado e cai no chão como um cachorro velho. O som delicado de algo esmigalhado me diz que não encontrei todas as bolas. As agulhas secas caem dos galhos, formando um tapete sobre as lajotas. Com um suspiro, pego uma pá e uma vassoura e me ponho a recolhê-las do piso. Não consigo deixar de evocar uma vida com Dinny, visualizando ficar com ele. Dormindo numa cama estreita nos fundos da ambulância, fazendo o café da manhã no pequeno fogão, talvez trabalhando em cada nova cidade. Contratos curtos, sair de licença médica. Dar aulas particulares. Como se alguém fosse contratar uma professora substituta sem endereço fixo. Deitar juntos todas as noites, ouvir as batidas de seu coração, acordar ao toque dele.

Ouço uma batida, e a voz de Dinny me tira do devaneio.

— É uma má hora? — A cabeça dele aparece ao lado da porta.

— Não. Na verdade, é uma hora perfeita. Você pode me ajudar a arrastar esta árvore para fora. — Sorri, levanta e faz uma careta. — Fiquei ajoelhada por tempo demais. E não foi pela melhor das razões — digo.

— Ah? E qual seria a melhor razão? — pergunta Dinny com um sorriso que me aquece.

— Ora, rezar, é claro — digo, com pura sinceridade, e ele dá uma risada. Depois me entrega um envelope.

— Tome. Um cartão de Honey. Por sua ajuda naquela noite e pelas flores. — Ele tira um elástico do bolso, segura-o com os dentes enquanto puxa os cabelos para trás, removendo-os do rosto.

— Ah, imagina, não foi nada.

— Bem, depois que você saiu da casa da mamãe no outro dia, ela se deu conta de que não tinha realmente agradecido. E agora que os hormônios estão se reacomodando, acho que ela percebeu o quanto foi desprezível nas últimas semanas.

— Acho que ela tinha bons motivos. Passou por uma fase difícil.

— Ela não facilitou. Mas tudo parece estar entrando nos eixos agora.

— Aqui... segure um galho. — Abro as duas partes da porta e arrastamos a árvore para fora, segurando-a pelos galhos de baixo. Ela deixa um rastro verde no piso.

— Talvez você não devesse ter varrido até depois de termos tirado a árvore — observa Dinny.

— É — concordo. Deixamos a árvore na entrada de carros e limpamos as mãos. Tudo está molhado ali fora, pesado de água. As árvores têm faixas escuras, como um suor de febre. As gralhas berram do outro lado do jardim. Suas vozes fantasmagóricas chegam à casa e retornam como ecos metálicos; tenho a impressão de estarmos sendo vigiados por seus olhinhos duros como contas de metal. Não há nada mais veloz num perímetro de muitos quilômetros do que meu coração. Meus pensamentos são os menos silenciosos. Olho para Dinny, subitamente acanhada. Não consigo nomear o que há entre nós, não consigo sentir bem sua forma. — Venha jantar hoje à noite — convido.

— Sim. Obrigado — responde ele.

Fiz uma refeição com tudo que restou de comestível da despensa, da geladeira e do congelador. É a última vez. Vou jogar o resto fora. Latas velhas de pó para pudim, biscoitos para cachorro; vidros de melado com tampas enferrujadas; sachês de mistura para molho bechamel. A casa passará de habitada a vazia, de lar a propriedade. A qualquer momento. Eu disse que ele poderia trazer Harry se quisesse. Parecia justo. Sinto que devo fazer alguma coisa para cuidar dele, para sustentá-lo. Mas Dinny percebe isso, franze o cenho e, ao chegar às sete horas, está sozinho. Uma coruja castanha chilreia nas árvores atrás dele, anunciando-o. Uma noite tranquila, fria e úmida, como um seixo de beira de rio.

— Beth parecia um pouco melhor agora que foi embora — digo, abrindo uma garrafa de vinho e servindo duas taças grandes. — Obrigada por dizer... o que você disse. Sobre Henry estar feliz.

— É verdade — assegura Dinny, tomando um gole que molha seu lábio inferior, deixando um vestígio carmim.

Ele sempre soube. Todo esse tempo, todos esses anos. Então não pode saber como eu me sinto agora — olhando para baixo e vendo que, afinal, eu não estava andando em solo firme.

— Mas o que é isso? — pergunta ele, mexendo a comida com o garfo.

— Frango provençal. E esses são bolinhos de queijo. Salada de vagem e espinafre enlatado. Por quê? Algum problema?

— Não, nenhum. — Ele sorri e começa a comer entusiasmado. Como um bolinho. Está com textura de plástico.

— Está horrível. Desculpe. Nunca fui muito boa cozinheira — digo.

— O frango não está nada mau — diz, diplomaticamente. Somos tão desacostumados a isso. A sentar e comer juntos. Falamos abobrinhas. A ideia de nós dois juntos, nessa nova ordem do mundo. O silêncio paira.

— Minha mãe disse que você era apaixonado por Beth naquele tempo. Foi por isso que não contou o que realmente aconteceu? Para proteger Beth?

Dinny mastiga com vagar. Engole.

— Nós tínhamos *12* anos, Erica. Mas eu não quis denunciá-la, é verdade.

— Você ainda a ama? — Eu não quero saber, mas preciso.

— Ela não é mais a mesma pessoa. — Ele olha para baixo, fica sério.

— E eu? Continuo a mesma?

— Bastante. — Dinny sorri. — Tão teimosa como sempre.

— Não é a minha intenção — digo. — Só quero fazer o que é certo. Só quero... que tudo fique bem.

— Você sempre quis. Mas a vida não é tão simples.

— Não.

— Você vai voltar para Londres?

— Acho que não. Não, não vou. Não sei bem para onde vou. — Olho para ele ao dizer isso e não consigo evitar a pergunta em meus olhos. Ele olha para mim com firmeza, mas sem uma resposta.

— Clifford vai criar problema — garanto, por fim. — Se contarmos para ele. Sei que ele vai. Mas não sei se vou conseguir conviver comigo mesma sabendo o que eu sei e deixando ele e Mary acharem que Henry está morto — falo.

— Eles não o reconheceriam agora, Erica — responde Dinny, sério. — Ele não é mais o filho deles.

— É claro que é o filho deles! Quem mais seria?

— Ele já está comigo há tanto tempo. Eu cresci com ele. Eu me vi mudar... mas Harry ficou o mesmo. Como se tivesse ficado congelado no tempo desde aquele dia em que a pedra o atingiu. Na verdade, ele é meu irmão. Faz parte da *minha* família agora.

— Somos todos uma família, lembra? Em mais de uma maneira, pelo que tudo indica. Eles poderiam ajudá-lo a cuidar dele... ou eu poderia. Ajudar a sustentá-lo... financeiramente ou... Ele é *filho* deles, Dinny. E não morreu!

— Morreu. O filho deles morreu. Harry não é o Henry. Eles o afastariam de tudo que ele conhece.

— Eles têm o direito de saber sobre Henry. — Abano a cabeça, sem conseguir deixar isso de lado.

— Então, o que... você está visualizando Harry morando com eles, encerrado numa vida convencional, ou em algum tipo de instituição, onde eles possam visitá-lo sempre que quiserem, e ele ficaria sentado em frente a uma televisão pelo restante do tempo?

— Não seria assim!

— Como é que você sabe?

— Eu só... eu nem sequer consigo imaginar como tem sido para eles, todo esse tempo. — Ficamos calados por um longo tempo. — Não vou decidir nada sem você — digo.

— Eu já lhe disse o que eu acho — conclui Dinny. — Não faria bem a eles vê-lo agora. E não precisamos de nenhuma ajuda.

Ele sacode a cabeça e parece triste. Não tolero a ideia de que estou deixando Dinny triste. Estendo a mão sobre a mesa, enredo meus dedos nos dele.

— O que você fez por nós... por Beth... assumindo a culpa desse jeito... foi incrível, Dinny. Foi uma coisa incrível, o que você fez — sussurro baixinho. — Obrigada.

— Você fica? — pergunto a ele, tarde da noite. Ele não responde, mas se levanta, espera que eu o conduza. Não vou levá-lo para o quarto de Meredith. Escolho um dos quartos de hóspede do andar de cima, onde os lençóis estão frios com a longa ausência de corpos quentes, e as tábuas rangem quando andamos por elas. O silêncio nos aquieta, e a noite fora da janela nua traça nossos contornos em cinzas prateados ao tirarmos a roupa. Minha pele se eriça onde ele me toca, os pelinhos se arrepiando. Ele está tão moreno nessa luz monocromática, seu rosto é uma profundeza de sombra que não consigo sondar. Beijo sua boca, roço os lábios nos dele, o absorvo. Quero me enroscar nele como uma hera, como uma corda, que nos atasse juntos. Ele não tem tatuagens, piercings nem cicatrizes. Ele é inteiro, perfeito. Sinto suas mãos ásperas nas minhas costas. Ele enfia uma delas nos meus cabelos, puxa minha cabeça para trás.

Fecho os olhos e observo com o corpo — cada movimento seguro de suas mãos, o roçar quente de sua respiração, seu peso sobre mim. Puxo os cotovelos dele, quero que me cubra, que me esmague. Não há nada o detendo agora, nenhuma hesitação, nenhum pensamento. Uma seriedade de outro tipo quando ele põe as mãos embaixo dos meus quadris, me ergue, me encaixa em seu corpo, se introduz com força. Tenho vontade de marcar minha mente com isso, de mantê-lo neste quarto comigo para sempre; de reter o gosto dele na minha língua, fazer com que as batidas entre cada segundo durem, intermináveis. Suor salgado em seu lábio superior, palavras entrecortadas, murmuradas em meus cabelos. Não quero mais nada.

— Eu poderia ficar com você — declaro depois. Estou com os olhos fechados, confiantes. — Eu poderia ajudar você com Harry. Posso conseguir um trabalho em qualquer lugar. Você não precisaria sustentá-lo sozinho. Eu poderia ajudar. Poderia ficar com você.

— E viajar todo o tempo, como nós fazemos?

— Ora, por que não? Afinal, agora sou uma sem-teto.

— Você está longe de ser uma sem-teto. Não sabe o que diz. — Os dedos dele estão em meus ombros e com o meu cheiro. Eu me encosto nele. Sua pele está quente e seca sob minha face.

— Sei, sim. Não posso voltar para Londres e não posso ficar aqui. Estou à sua disposição — digo, e o absurdo dessa declaração me faz dar uma risada. Mas Dinny não ri. Percebo uma tensão crescente nele que me inquieta. — Não quero dizer... Não estou tentando me impor a você nem nada assim — acrescento apressadamente. Se ele quisesse ir, não seria eu quem conseguiria detê-lo. Ele suspira, vira a cabeça e me dá um beijo na cabeça.

— Não seria tão mau assim que você se impusesse a mim, meu bem. — Ele sorri. — Vamos pensar nisso. Amanhã veremos — diz, com tanta suavidade, tão baixinho que eu decifro as palavras no ruído de seu peito sob meu ouvido. Profundo e resoluto. Fico acordada por tempo suficiente para ouvir a respiração dele se aprofundar, diminuir o ritmo, ficar uniforme. Então eu durmo.

Ao acordar, estou sozinha. O céu está baixo, esbranquiçado, e um chuvisco fino cai entre as árvores. Uma gralha está empoleirada num galho nu do lado de fora da janela, as penas eriçadas contra o tempo. De repente, me dá saudades do verão. Sinto necessidade de calor, de chão seco e céu limpo. Passo a mão pelo lado da cama onde Dinny estava quando eu adormeci. Os lençóis não estão mornos. Não há reentrância no travesseiro, nenhum eco de sua cabeça. Eu poderia ter imaginado ele aqui comigo, mas não foi imaginação. Não vou correr lá embaixo. Não vou me alarmar. Eu me visto e como um cereal com o que sobrou de leite. Hoje vou ter que fazer compras ou ir embora. Pergunto-me o que será.

Ando pelo gramado encharcado, as galochas brilham molhadas, com folhas secas grudadas. Minha cabeça está desanuviada hoje, resoluta. Talvez seja inapropriado, quando ainda não tomei as decisões que precisam ser tomadas, mas talvez eu finalmente esteja pronta para tomá-las, talvez seja essa a sensação. Estou com uma caixa de coisas para Harry. Encontrei-as em gavetas do porão, estavam marcadas para o lixo, mas então pensei que ele poderia gostar disso. Um rádio quebrado Sony, umas lanternas velhas, pilhas, lâmpadas e pequenos objetos de metal de origem desconhecida. Elas fazem ruído, chocando-se contra o papelão da caixa embaixo do meu braço. Estou com dor nas costas por causa do peso de Dinny sobre meu ventre. Estremeço, aninhando bem junto de mim essa lembrança física.

Fico por um bom tempo parada no meio da clareira do acampamento, enquanto a chuva começa a amolecer a caixa que carrego. Não há nenhum furgão aqui agora, nem cachorros, nem colunas de fumaça. Está deserta, e fui deixada para trás — sozinha numa clareira deserta, remexida e transformada em lama por pés e rodas; e eu, transformada em lama por ele. Por tê-lo e agora perdê-lo. Meu primo há tanto perdido, meu herói da infância. Meu Dinny. Perfeita calma e imobilidade. Nenhum sopro de brisa hoje. Ouço um carro vindo da vila, correndo pela alameda, os pneus chafurdando nas águas da chuva empoçada. Não tenho um número de telefone dele, nem um e-mail, nem uma pista do destino que ele tomou. Giro lentamente para ver se por acaso há alguma coisa atrás de mim, alguma coisa que esperou por mim, ou alguém.

O legado

1911-

O último bebê de Caroline nasceu em 1911, muito depois de os ocupantes de Storton Manor terem abandonado as esperanças de haver um herdeiro Calcott. Já houvera duas outras gestações, concebidas com distância uma da outra, mas o corpo de Caroline rejeitara os bebês, que foram perdidos antes mesmo de terem se formado. A menininha nasceu em agosto. Foi um verão longo e muito quente, sem precedentes, e Caroline sufocava, arrastando-se para o jardim para se deitar de bruços na sombra, onde ficava cochilando. O calor era tamanho que às vezes, ao pairar nas bordas no sono, ela se imaginava de volta a Woodward, sentada na varanda e olhando para o pátio, esperando por Corin chegar em casa cavalgando; de modo que, quando algum criado ou seu marido se aproximava, ela olhava para eles meio confusa por um instante, até se lembrar de quem eram e de onde estava.

Os jardins estavam chamuscados e marrom. Um menino da vila, Tommy Westenfell, afogou-se no açude. Ficou com os pés presos numas plantas do fundo e foi encontrado horas depois pelo pai enlouquecido, pálido, imóvel e com olhos de sono. A Sra. Priddy passou mal ao voltar do açougueiro carregando um pernil de carneiro, tendo que ficar de cama por três dias, com uma estranha cor de pele. Estelle e Liz, a substituta robusta de Cass, deram duro para cobrir sua ausência, a transpiração empapando seus uniformes. O cheiro de terra ressequida, suor e ar quente e seco se espalhava por tudo. As lajotas do terraço queimavam os pés de Caroline, atravessando suas sapatilhas. Henry Calcott, que a essa altura ficava desconfortável perto de sua mulher, ficou em casa o tempo suficiente para ver a criança nascer em segurança e depois partiu de Wiltshire para ficar com amigos na costa, em Bournemouth.

O parto foi longo e árduo. No fim, Caroline delirava. O médico forçou a ingestão de líquidos por meio de uma sonda enfiada em sua garganta, e ela o fitava da cama com um terror de incompreensão. Liz e Estelle ficaram com o bebê durante os primeiros dias, e se revezavam para refrescar sua patroa com panos frios na pele. Caroline acabou se recuperando. Quando lhe trouxeram a criança, porém, seu olhar passou por ela impassivelmente, e depois ela virou o rosto e não se dispôs a amamentá-la. Uma ama de leite foi encontrada na vila, e Caroline, que queria ter certeza de que a menina iria sobreviver antes de ousar amá-la, descobriu, conforme os meses e os anos se passaram, que ela tinha esperado tempo demais. A menininha não parecia lhe pertencer, e ela não conseguiu amá-la. Foi só quando tinha 2 anos que ela recebeu um nome. Estelle, Liz e a ama de leite sempre a chamavam de Augusta, mas um dia Caroline olhou sem paixão para o berço e anunciou que ela se chamaria Meredith, o nome de sua avó.

Meredith era uma criança solitária. Não tinha irmãos com quem brincar e era proibida de brincar com as crianças da vila que ela via percorrendo os campos e alamedas em torno do solar. A essa altura, a criadagem tinha diminuído, e a vila de Barrow Storton era um lugar triste e silencioso, com a maioria dos homens jovens fora, lutando e morrendo no continente. Henry Calcott ficava quase todo o tempo na cidade, onde a jogatina consumia tanto dinheiro que vários criados, inclusive Liz e a copeira, foram dispensados, deixando a Sra. Priddy para manter a casa do melhor modo que podia, apenas com Estelle para lhe ajudar. A Sra. Priddy era boa com Meredith, deixando que ela comesse os retalhos das tortas e confeitos e que tivesse um coelho como animal de estimação num cercado do lado de fora da porta da cozinha, onde ela lhe dava as pontas das cenouras e as folhas externas das alfaces. Cinco manhãs por semana, vinha um tutor para ensinar a Meredith letras, música, bordado, costura e boas maneiras. Meredith detestava as aulas e fugia para o jardim assim que podia.

Mas Meredith sentia falta da mãe. Nessa época, Caroline era uma criatura de outro mundo. Usava um vestido longo e branco e ficava horas sentada à janela ou no gramado, olhando a distância, ninguém sabe o quê. Quando Meredith tentava abraçá-la, ela tolerava por um instante e depois se desembaraçava dos braços da criança com um leve sorriso, dizendo-lhe vagamente para ir brincar. A Sra. Priddy avisou-a para não importunar a mãe, e Meredith levou essa instrução a sério, temendo que pudesse ser responsável, de algum modo, por sua persistente letargia. Então ela ficava afastada, achando que assim a mãe não ficaria tão cansada, se levantaria, sorriria e a amaria mais. Ela brincava sozinha, observando os pombos nos telhados cortejarem e fazerem mesuras uns para os outros. Observava a desova do sapo no laguinho ornamental, lentamente criando caudas e virando girinos. Observava os gatos da cozinha perseguindo camundongos desafortunados e depois devorando-os com um triturar rápido e mecânico. E observava os Dinsdale na clareira entre as árvores. Ela os observava sempre que podia, mas era tímida demais para deixar que eles a vissem.

Os Dinsdale tinham três filhos: um bebezinho que estava sempre nas costas da mãe numa espécie de tipoia, uma menininha loura como a mãe, que era um pouco mais velha que a própria Meredith, e um menino moreno, de aparência estranha, cuja idade Meredith não conseguia calcular e que estava sempre com o pai e brincava com a irmãzinha, sorrindo enquanto implicava com ela. A mãe deles era bonita e sorria o tempo todo, dando risadas de suas travessuras e os abraçando. O pai era mais sério, como Meredith entendia que os pais deviam ser, mas ele sorria com frequência e punha o braço em volta do menino ou erguia a menininha bem alto para sentá-la em seus ombros. Meredith nem conseguia imaginar seu pai fazendo isso com ela — só de pensar, ela ficava inquieta. Assim, Meredith observava essa família, fascinada. E, mesmo que eles fossem felizes e luminosos, ela voltava de suas visitas clandestinas sentindo-se chorosa e triste, sem saber que os observava porque os invejava e ansiava para que sua mãe a abraçasse daquele jeito.

Um dia, ela cometeu um erro. Caroline estava no gramado em sua poltrona de vime, com uma jarra de limonada intocada na mesa ao lado, com moscas sedentas se acomodando sem medo na toalha de renda. Meredith saiu do bosque e se sobressaltou ao vê-la ali; imediatamente limpou as saias e pôs os cabelos atrás das orelhas. Sua mãe não olhou para cima quando ela se aproximou, mas conseguiu dar um sorriso abatido quando a filha parou bem na frente dela.

— Bem, filha, por onde você andou hoje? — perguntou a mãe numa voz suave e seca que parecia vir de muito longe. Meredith foi até ela e, hesitante, pegou sua mão.

— Eu estava no bosque. Explorando — disse ela. — Quer que eu lhe sirva limonada?

— E o que encontrou no bosque? — perguntou sua mãe, ignorando a oferta da limonada.

— Eu vi os Dinsdale — contou Meredith, em seguida pondo a mão na boca. A Sra. Priddy havia lhe avisado para nunca mencionar os Dinsdale para sua mãe, embora ela não fizesse a mínima ideia do motivo.

— Você fez o quê? — perguntou sua mãe asperamente. — Você sabe que isso não é permitido! Espero que não tenha falado com essa gente.

— Não, mamãe — respondeu Meredith baixinho. Caroline se reacomodou na poltrona, comprimindo a boca numa linha exangue. Meredith se revestiu de coragem. — Mas, mamãe, *por que* eu não posso brincar com eles? — Seu coração bateu mais rápido diante da própria temeridade.

— Porque eles são sujos! Ciganos, uns funileiros imundos! São ladrões e mentirosos! Eles não são bem-vindos aqui... e você *não* pode chegar perto deles! *Nunca!* Entendeu? — Sua mãe se inclinou para a frente como um chicote estalando e agarrou o punho de Meredith, machucando-a. Meredith assentiu, cheia de medo.

— Sim, mamãe — sussurrou.

Eles não são bem-vindos aqui. Meredith levou essas palavras a sério. Na vez seguinte que ela os viu, sua inveja se transformou em ciúmes e, em vez de querer brincar com eles e compartilhar de sua feliz existência, ela começou a desejar que eles não *tivessem* sua feliz existência. Ela os observava sempre e a cada dia ficava com mais raiva deles, e mais triste por dentro, de modo que começou a parecer que eram os Dinsdale que a *deixavam* triste. A ela e à sua mãe. Se conseguisse fazê-los ir embora, pensou, sua mãe ficaria satisfeita. Sem dúvida, ela *teria que* ficar satisfeita.

Num dia quente do verão de 1918, Meredith ouviu as crianças Dinsdale brincando no açude. Aproximou-se, protegida pelas sombras das árvores, parou atrás do tronco liso de uma faia e ficou olhando as crianças pulando na água e saindo. Parecia uma tremenda diversão, embora Meredith nunca tivesse nadado e não pudesse saber com certeza. Mas ela queria poder experimentar. Sua pele coçava de calor, e a ideia de toda aquela água límpida e fria foi tão tentadora que ela enfraqueceu. Os Dinsdale lançavam arcos de água cristalina, e Meredith percebeu o quanto estava com sede. A pele do menino era muito mais escura que a da irmã. Era um tipo de cor acastanhada, e seus cabelos lisos eram retintos. Ele brincava com a menina e a afundava na água, mas Meredith viu que, secretamente, ele a observava e garantia que ela ainda estivesse rindo antes de afundá-la de novo.

Ela se inclinou para fora do tronco para ver melhor e então ficou paralisada. Os Dinsdale a viram. Primeiro, o menino, que tinha saído da água e estava parado na margem, a água escorrendo da bainha do seu short; depois, a menina, que nadou cachorrinho em círculo para ver o que o seu irmão estava olhando.

— Olá — disse-lhe o menino, de modo tão casual e simpático que Meredith sentiu o coração se afundar dentro do peito. — Quem é você?

Meredith ficou impressionada por ele não saber, quando ela própria sentia que os conhecia tão bem. Ela se sentiu ultrajada por aquilo. Ficou parada, absolutamente imóvel, sem saber se ficava ou saía correndo.

— Meredith — sussurrou ela, após um logo e inquieto silêncio.

— Eu sou a Maria! — falou a menina da água, os braços submersos girando loucamente.

— E eu sou o Flag. Você quer vir nadar? É bem seguro — disse o menino. Ele pôs as mãos nos quadris e a examinou com a cabeça inclinada para um lado. Sua pele molhada brilhava nas curvas dos braços e das pernas, com água dançando em seus olhos. Meredith ficou quase acanhada demais para responder. Ela o achou lindo e não sabia bem o que dizer.

— Que tipo de nome é esse, *Flag*? — perguntou ela, insolente, mesmo sem querer.

— Meu nome. — Ele deu de ombros. — Então é você que mora na casa-grande?

— Sim — respondeu ela, as palavras ainda relutando em sair.

— Bom — continuou Flag, após uma pausa —, você quer ou não vir nadar com a gente?

Meredith sentiu o rosto arder e baixou o queixo para escondê-lo. Ela não tinha permissão para entrar na água. Nunca tinha tido, mas a tentação era tão grande, e, ela raciocinou, quem iria descobrir?

— Eu... eu não sei nadar. — Ela foi forçada a admitir.

— Chapinhe, então. Eu pego você, se cair. — Flag encolheu os ombros. Meredith nunca tinha ouvido a expressão *chapinhar*, mas achou que tinha entendido. Com dedos trêmulos pela emoção ilícita da desobediência, ela se sentou na terra ressequida e tirou os sapatos, depois entrou devagarzinho na beira da água. Não era *realmente* desobedecer, ela disse a si mesma. Ninguém nunca tinha lhe dito nada sobre não chapinhar.

Ela escorregou nos últimos centímetros da margem íngreme e deu um gritinho nervoso quando seus pés deram um passo em falso e caíram na água.

— Que fria! — gemeu, recuando apressada. Maria deu uma risadinha.

— Só é frio quando a gente entra, depois fica perfeito! — disse ela.

Meredith foi adiante outra vez e deixou a água subir até os tornozelos. O choque da água fria fez seus ossos doerem e lhe causou um estremecimento. Com um grito, Flag deu uma corrida curta e saltou no meio do açude, dobrando os joelhos envoltos nos braços. A pancada fez uma onda engolir Maria e molhar metade do vestido de Meredith.

— Veja o que você fez! — gritou ela, temendo que a Sra. Priddy ou sua mãe vissem e que ela fosse descoberta.

— Flag, não! — disse Maria alegremente quando ele veio à tona.

— Logo seca — disse Flag, despreocupadamente. Ele tinha os cabelos grudados no pescoço, tão lisos quanto pelo de lontra. Meredith saiu da água, contrariada, sentou-se na margem e ficou analisando os pés, que de rosados tinham passado a ser brancos depois de molhados.

— Flag... peça desculpas! — ordenou Maria.

— Desculpe por ter molhado seu vestido, Meredith — obedeceu Flag, revirando os olhos para a irmã. Mas Meredith não respondeu. Ficou ali sentada, olhando-os nadar por mais algum tempo, mas sua presença soturna parecia estragar a brincadeira deles, que logo saíram e puseram o restante das roupas.

— Quer vir e tomar chá? — convidou Maria, o sorriso já não tão pronto como antes. Flag estava meio virado para ir embora. A água corria de seus cabelos, molhando a camisa, grudando-a na pele. Meredith queria olhar para ele, mas seus olhos se desviavam enfurecidamente quando ela tentava.

Ela sacudiu a cabeça.

— Não tenho permissão — disse.

— Venha então, Maria — chamou Flag, com um toque de impaciência.

— Então tchau. — Maria deu de ombros e acenou para Meredith.

Levou quase duas horas para que o algodão grosso de seu vestido secasse completamente, e durante esse tempo, Meredith ficou nos limites do jardim, onde apenas o jardineiro poderia vê-la. Ele era um ancião e não prestava muita atenção a nada além dos próprios miolos. Ela pensou no que tinha feito, nos pés na água, sobre Maria a convidá-la para um chá, sobre os cabelos molhados e brilhantes de Flag, e cada uma dessas coisas lhe deu uma sensação efervescente bem contrária ao ressentimento que ela sentia antes. Fez com que saltitasse um pouco e sorrisse de entusiasmo. Ela imaginou como seria ir tomar chá com eles, ver por dentro a camionete convertida que ela observara tantas vezes de trás das árvores, conhecer a mãe loura e afetuosa deles, que os abraçava e sorria todo o tempo. *Prazer em conhecê-la, Sra. Dinsdale!* Ela praticou a frase baixinho nos confins seguros da estufa. Mas era impossível negar que isso seria uma enorme desobediência. E que falar com Flag e Maria também tinha sido, mesmo que ela tivesse arranjado uma desculpa em relação a chapinhar. Só de pensar o que aconteceria se a mãe descobrisse isso a deixava desanimada novamente, e quando a chamaram para o chá, ela fez questão de ficar quieta e apática, sem entregar nada.

Meredith passou dias absorta, pensando nos Dinsdale. Ela raramente tinha estado com outras crianças — apenas primos em visita ou os filhos de outros convidados que só estavam de passagem, nunca realmente tendo a oportunidade de conhecê-los. Sabia que devia desprezar os funileiros e sabia de todas as coisas que sua mãe lhe dissera a respeito deles — e ainda fazia questão, mais que qualquer outra coisa, de agradar sua mãe e fazê-la feliz —, mas a ideia de ter amigos era irresistível. Uma semana depois, ela estava brincando na sombra das grades dos altos portões de ferro quando viu Flag e Maria andando pela estradinha que ia para a vila. Eles não a veriam, a menos que ela os chamasse, e por um segundo ela ficou paralisada, dividida entre a vontade de falar novamente com eles e a certeza de que não devia — ainda menos do portão, que era visível da casa, se acontecesse de alguém estar numa das janelas que davam para o leste. Desesperada, ela arrumou uma solução e começou a cantar em voz alta — a primeira coisa que lhe veio à mente, uma canção que ela tinha ouvido Estelle cantar enquanto pendurava a roupa no varal.

— *Eu queria ver o kaiser, com um lírio em sua mão!* — berrou ela, desafinada, pulando da sombra de uma grade para a outra. Flag e Maria se viraram e, vendo-a, vieram até o portão.

— Olá de novo — cumprimentou Maria. — O que está fazendo?

— Nada — respondeu Meredith, o coração batendo aceleradamente. — O que vocês vão fazer?

— Vamos à vila comprar pão e caldo de carne para o chá. Quer vir também? Se conseguirmos um pão quebrado, vai sobrar meio centavo para comprar balas. — Maria sorriu.

— Não necessariamente — corrigiu Flag. — Se sobrar o suficiente, é para a gente comprar manteiga, lembra?

— Ah, mas nunca sobra o bastante para manteiga também! — Maria fez pouco caso do irmão.

— Vocês mesmos que têm que fazer as compras? — perguntou Meredith, intrigada.

— É claro, boba! Quem mais iria? — perguntou Maria com um sorriso.

— Imagino que *vocês* tenham criados para sair por aí para comprar as coisas para o *seu* chá, não é? — perguntou Flag com um toque de sarcasmo.

Meredith mordeu o lábio, um rubor estranho tomando conta de seu rosto. Ela raramente ia à vila. Um punhado de vezes acompanhara a Sra. Priddy ou Estelle em algum afazer, mas apenas quando seu pai não estava e sua mãe estava prostrada, o que garantia que ela não saberia.

— Quer vir, então?

— Não tenho permissão — respondeu Meredith, infeliz. Suas faces ficaram ainda mais coradas, e Flag virou a cabeça de lado, com um lampejo malicioso no olhar.

— Parece que você não pode fazer uma porção de coisas — observou ele.

— Psiu! Não é culpa *dela*! — repreendeu-o Maria.

— Vamos... eu a desafio. Ou será que você só está com medo? — questionou ele, levantando uma sobrancelha.

Meredith lhe lançou um olhar desafiador.

— Não estou, não! É só que... — Ela hesitou. Estava com medo, era verdade. Com medo de ser descoberta, com medo do temperamento explosivo de sua mãe. Mas seria tão fácil escapulir e voltar de novo sem ser notada. Só o pior dos azares faria com que ela fosse descoberta nesse comportamento ultrajante.

— Sua covarde! — cantou Flag baixinho.

— Não dê bola para ele — aconselhou Maria. — Os meninos são *bobos*. — Mas Meredith estava dando bola, e queria impressionar esse menino de olhos pretos, e queria ser amiga da irmã dele, assim como queria ser tão livre quanto eles eram, ir e vir, e comprar balas na vila e pão para o chá. Os portões de Storton Manor pareceram se erguer ainda mais alto acima de sua cabeça, ainda mais inflexíveis. Com os nervos à flor da pele, ela estendeu o braço até o fecho do portão, abriu uma fresta e escapuliu para a alameda.

Flag foi andando na frente, deixando Maria e Meredith caminharem lado a lado, colhendo flores silvestres nas sebes e disparando perguntas de um lado para o outro — como era morar num trailer, como era morar num solar, quantos criados havia e como se chamavam, e por que Meredith não ia à escola, e como era a escola, e o que eles faziam lá? Na vila, eles pararam na porta de um ferreiro para vê-lo ferrar um cavalo, cujos cascos eram do tamanho de um prato. Nuvens de fumaça corrosiva subiram, passando por eles, mas o cavalo sequer piscou.

— Isso não machuca o cavalo? — perguntou Meredith.

— Claro que não. Não mais do que cortar o cabelo machuca você. — Flag deu de ombros.

— Vão andando. Nada de ficar espiando o trabalho dos outros — disse o ferreiro, que era velho e grisalho, de olhar sério, então eles seguiram para o armazém. Compraram um pão quebrado e um vidro de caldo de carne, e embora só tivesse sobrado troco para duas balas de goma, a senhora do armazém sorriu para Meredith e lhes deu três.

— Não a vemos muito na vila, senhorita Meredith — falou a senhora, e Meredith reteve a respiração. Como é que a mulher sabia quem ela era? E será que ela contaria à Sra. Priddy? Ela ficou pálida, e lágrimas quentes lhe marejaram os olhos. — Ora, ora. Não fique tão apavorada! Seu segredo está a salvo comigo — disse a mulher.

— Obrigada, Sra. Carter! — disse Maria, animada, e eles saíram para devorar suas balas.

— Por que você não pode vir à vila? Que mal pode acontecer? — perguntou Flag quando eles pararam no laguinho para ver os patos circulando preguiçosamente. Sentaram-se na grama, e Meredith mordiscou sua bala, decidida a fazer com que durasse. Era muito raro ela comer balas.

— Mamãe diz que não é decoroso — respondeu Meredith.

— O que é decoroso? — perguntou Maria, lambendo os dedos com satisfação. Meredith deu de ombros.

— Significa que ela é boa demais para se misturar com o povão. Gente como nós — disse Flag, parecendo se divertir. As meninas pensaram sobre isso por um tempo, em silêncio meditativo.

— Então... o que ia acontecer se sua mãe descobrisse que você estava aqui com a gente? — perguntou Maria enfim.

— Eu... levaria uma bronca — disse Meredith sem muita certeza. Na verdade, ela nem fazia ideia. Ela já fora repreendida por apenas observar os Dinsdale. Agora ela tinha escapulido dos jardins e vindo até a vila com eles, além de ter conversado bastante e sido vista no armazém por uma mulher que sabia seu nome, e tudo tinha sido maravilhoso. Dolorosamente, ela engoliu o último pedaço de sua bala de goma, que já havia perdido a doçura. — Preciso voltar — avisou, nervosa, pondo-se de pé. Como se sentissem a mudança de humor, os Dinsdale se levantaram sem discutir, e os três começaram a andar de volta pela alameda.

No portão, Meredith entrou pela fresta aberta com o máximo de rapidez possível e o fechou, sem se atrever a olhar para a casa, no caso de alguém estar vigiando. Seu sangue corria veloz, e só quando o portão se fechou foi que ela se sentiu um pouco mais segura. Apoiou-se nas grades até que a respiração voltasse.

— Puxa, como você é estranha — disse Flag, com um sorriso divertido.

— Venha tomar chá conosco amanhã — convidou-a Maria. — Minha mãe disse que você pode... Eu já pedi a ela.

— Obrigada, mas... não sei — respondeu Meredith. Ela estava exausta da aventura e mal conseguia pensar em qualquer coisa que não fosse sair dos portões sem ser vista falando com eles. Os Dinsdale seguiram andando, e Meredith pôs o rosto entre as grades para vê-los indo, pressionando a pele contra o metal frio. Flag colheu um caule comprido de uma erva pegajosa da sebe e o grudou nas costas da blusa de Maria, que se retorceu, esticando o pescoço, tentando pegá-la. Quando eles saíram de vista, Meredith se virou e viu sua mãe parada na janela do corredor de cima, olhando para ela. Atrás do vidro, seu rosto estava terrivelmente pálido, e os olhos, arregalados. Ela parecia um espectro, paralisada para sempre num tormento.

Meredith teve impressão de que seu coração iria parar e pensou imediatamente em sair correndo para a parte mais distante do jardim, mas isso só iria piorar as coisas, ela logo percebeu num instante de fria clareza. De repente, ficou com muita vontade de fazer xixi e, por um segundo de pavor, achou que fosse se molhar. Com pernas trêmulas, ela se encaminhou devagar para a casa, subiu as escadas e foi até o corredor onde sua mãe a aguardava.

— Como ousa? — sussurrou Caroline. Meredith olhou para os próprios pés. Seu silêncio pareceu enfurecer ainda mais sua mãe.

— *Como ousa?* — gritou ela, tão alto, de um modo tão áspero que Meredith deu um pulo e começou a chorar. — Responda... onde você esteve com eles? O que estavam fazendo? — A Sra. Priddy apareceu de um cômodo no fundo do corredor e se apressou em ficar atrás de Meredith, de forma protetora.

— Milady? Qual é o problema? — perguntou a governanta timidamente.

Caroline não lhe deu atenção. Inclinou-se para a frente, segurou Meredith pelos ombros e a sacudiu duramente.

— *Responda!* Como *ousa* me desobedecer, menina? — bufou ela, o semblante desolado tornando-se brutal pela raiva. Meredith soluçou mais alto, lágrimas de puro medo correram por suas faces. Endireitando-se, Caroline tomou um fôlego curto que alargou suas narinas. Ela analisou a filha por um instante e depois lhe deu um tapa no rosto.

— Milady! Já chega! — falou a Sra. Priddy quase sem voz. Chocada, Meredith silenciou, os olhos fixos nas saias da mãe, sem ousar se mexer. Caroline agarrou seu braço novamente e a arrastou violentamente para o quarto, empurrando-a para dentro de modo tão abrupto que Meredith tropeçou.

— Você vai ficar aí sem sair até aprender a lição — disse a mãe friamente. Meredith enxugou o nariz e sentiu a face latejando onde a mãe tinha batido. — Você é uma criança má. Nenhuma mãe poderia amar você — continuou Caroline; e a última coisa que Meredith viu antes de a porta se fechar foi a expressão atônita da Sra. Priddy.

A menina ficou trancada no quarto por uma semana. As criadas receberam ordens de não lhe dar nada além de pão e água, mas, depois que Caroline se recolhia, Estelle e a Sra. Priddy lhe levavam biscoitos, pães doces e sanduíches de presunto. Elas escovavam seu cabelo, contavam histórias cômicas e punham pomada de arnica no lábio que o tapa deixara inchado, mas Meredith continuava quieta e fechada, de modo que elas trocavam olhares preocupados acima de sua cabeça. *Nenhuma mãe poderia amar você.* Meredith conviveu com essa afirmação por um longo tempo e se recusou a acreditar. Ela *faria* sua mãe amá-la, estava decidida. Provaria que não era má, se esforçaria para ser boa, obediente e decorosa em todas as coisas e assim conquistaria o coração de sua mãe. E evitaria os funileiros. Era por causa deles que sua mãe não conseguia amá-la. *Eles não são bem-vindos aqui.* Ela ficou deitada na cama, apática, e sentiu aumentar sua antiga raiva pelos Dinsdale, seu antigo ressentimento, que se desenvolveu como uma atmosfera sufocante, lançando uma sombra escura em seu coração.

Epílogo

Finalmente parece que a primavera irá vingar. Estamos passando pelo estágio dos narcisos enlameados, pela semana em que os botões frágeis das árvores foram arrancados pelo vento e pela chuva e deixados às margens da estrada para apodrecer em amontoados em tons de rosa e marrom. Agora há pequenas rachaduras no solo do meu pequeno gramado e pardais recém-emplumados se enfileiram na cerca, com grandes papos amarelos e penas fofas. Eu adotaria um gato se não fosse por esses passarinhos absurdamente pequenos, empoleirados lado a lado como contas num fio. Verifico sua evolução todos os dias. O último inquilino estacionava suas motocicletas no gramado, além de também deixar ali os restos de seus trabalhos de carpintaria, portanto, não tem muita grama, mas agora ela vai crescer, acho. Finalmente, o sol traz algum calor. Sento-me do lado de fora, viro o rosto para ele como uma margarida e consigo sentir o verão chegando.

Enfim, foi um alívio que tivessem tomado por mim todas as decisões. Foram tomadas por Dinny. O que eu poderia dizer a Clifford e Mary? Que Henry estava vivo, mas avariado, e que apesar de tê-lo visto várias vezes durante a época de Natal, e não ter contado a eles, agora eu não fazia ideia de onde ele estava? E por que eu iria sequer tentar ficar no solar com todos tendo partido? Beth, Dinny, Harry. Henry. Mas não fui longe. Acho que essa decisão eu já tinha tomado. Voltar para Londres era inquestionável — seria como andar para trás. E, nos arredores de Barrow Storton, havia esse chalé para alugar. Não é bonito, não é gracioso, mas é bom. Uma construção da década de 1950 de dois andares, no fim de uma pequena fileira de chalés idênticos. Dois quartos, pois assim Beth e Eddie podem vir se hospedar aqui. E do meu quarto, na frente, tenho uma grande vista. Fica do lado oposto do solar. Consigo enxergar todo o vale, com a vila no centro, e um canto do solar fica visível em meio a árvores distantes. Cada vez menos, agora que as árvores estão se enchendo de folhas. Depois as colinas se estendem até o monte do túmulo no horizonte.

Morar aqui me dá grande serenidade. Tenho a sensação de fazer parte. Não sinto que eu deveria estar fazendo outra coisa, esforçando-me para que algo acontecesse, ou mudando alguma coisa. Nem sequer espero, na verdade. Dou primazia ao intuito de não esperar. Estou lecionando em Devizes, caminho muito. Visito George Hathaway, com quem tomo chá com biscoitos. Às vezes sinto falta das pessoas com quem convivia em Londres — não de pessoas específicas, mas de ter muitos rostos à volta. A ilusão de ter companhia. Mas aqui tenho a tendência de perceber melhor os rostos que vejo. Fiz amizade com meus vizinhos, Susan e Paul, e às vezes cuido das filhinhas deles gratuitamente, pois elas usam calças remendadas pequenas demais e não vão a aulas de balé, judô ou equitação. Não há uma cama elástica no quintal deles. Quando me ofereci, a expressão de Susan foi da desconfiança à alegre incredulidade. As meninas são de boa natureza e obedientes na maior parte do tempo. Eu as levo para caminhadas pela natureza, subindo as colinas ou passeando pela margem do rio; fazemos bolinhos de *cornflakes* e chocolate quente enquanto Susan e Paul vão ao pub, ao cinema, às compras ou para a cama.

Honey sabe que estou aqui, assim como Mo. Voltei lá para ver Haydee e lhes falei onde estava morando, e as duas já vieram me visitar. Poli o sininho de prata do mordedor de Flag, dando-lhe um brilho, e o prendi ao berço de Haydee, que imediatamente o agarrou com a mãozinha gorda e o levou à boca. *Foi de seu bisavô*, sussurrei para ela. Anotei meu endereço e pedi que Honey o guardasse, caso alguém pedisse. Ela me deu uma olhada firme, solene, depois arqueou uma sobrancelha, mas não disse nada. Agora ela está de volta à escola, e Mo vem me visitar com Haydee no seu carrinho. Ela vem andando de West Hatch, diz que ar fresco e movimento são as únicas coisas que fazem o bebê dormir. Ao chegar aqui, o ponto mais distante de seu passeio, eu a reanimo com um chá. Mo anda inclinando-se de um lado para o outro, sente dor nas costas e, ao chegar, geralmente está com calor, puxando a camiseta para desgrudá-la dos seios. Mas ela adora Haydee. Enquanto preparo o chá, ela arruma o cobertor sobre a criança e não consegue parar de sorrir.

A foto de Caroline com seu bebê está numa moldura no parapeito da janela. Acabou que nunca a entreguei para minha mãe. Ainda estou orgulhosa de ter descoberto a identidade da criança, de ter descoberto a origem da desavença entre minha família e a de Dinny. Minha mãe ficou espantada quando lhe contei a história. Sem dúvida, não posso comprovar tudo, mas sei que é verdade. Decidi apreciar o fato de não conseguir descobrir tudo, de não conseguir preencher todas as lacunas — por que Caroline ocultou seu primeiro casamento, por que escondeu o filho. Onde Flag estava antes de aparecer no solar e depois cair nos braços amorosos dos Dinsdale. Algumas coisas ficam perdidas no passado e certamente é isso que o torna tão misterioso e fascinante para nós. Nada mais se perderá muito — há um excesso de coisas registradas, anotadas, guardadas num arquivo de computador em algum lugar. Seria fácil não se fascinar hoje em dia. É mais difícil guardar um segredo, mas eles podem ser guardados. Harry é a evidência viva disso. Descubro que não me importo tanto com os segredos quando eles estão guardados comigo, quando não sou excluída.

O solar foi vendido em leilão por uma soma que me deixou deprimida, mas só por meia hora, imaginando aonde eu poderia ter ido e o que poderia ter feito com tal fortuna. Clifford foi ao leilão, mas eu me escondi dele, no fundo do salão de conferências num hotel de Marlborough, enquanto os números variavam, cada vez mais elevados. Pude sentir sua angústia só de olhar para sua nuca, rígida sobre ombros tensos. Senti pena dele. Acho que ele pensou que ninguém compareceria, que ninguém iria querer comprá-lo; que ele poderia resgatá-lo pelo preço de um sobrado em Herfordshire e dizer a todos, eternamente, que foi seu direito de nascença. Mas muita gente compareceu, e um construtor o comprou. Está sendo convertido em apartamentos de luxo, bem como Maxwell sugeriu, pois a localidade já é considerada habitável para quem trabalha em Londres, podendo pegar o trem em Pewsey, indo e vindo todos os dias. Nem posso imaginar como vai ficar por dentro quando estiver pronto. O que o meu quartinho dos fundos será? Uma cozinha com balcões de granito preto? Uma área de serviço toda azulejada? Não consigo imaginar e estou um pouco tentada a ir ver o apartamento modelo quando estiver pronto. Mas apenas um pouco tentada. Acho que não irei. Não quero que minhas lembranças da casa sejam enlameadas.

Penso muito em Caroline e Meredith. Penso no que Dinny disse — que as pessoas que abusam e odeiam, que são frias e agressivas não são pessoas felizes. Comportam-se desse modo porque estão infelizes. É difícil encontrar simpatia por Meredith com as lembranças que tenho dela, mas, agora que ela está morta, eu consigo, quando tento. Ela teve uma vida de decepções — sua única chance de se libertar de um lar sem amor acabou logo depois de ter se iniciado. Poderia ter sido ainda mais difícil ter simpatia por Caroline quando eu realmente não a conheci, quando ela decidiu abandonar um filho e depois criar outra sem amor. Seria fácil concluir que ela simplesmente não sabia amar. Não era capaz. Que era fria demais para ser verdadeiramente humana, que nasceu com algum defeito. Mas então eu encontro a última carta que ela escreveu antes de morrer e fico mais inteirada do assunto.

Esta carta ficou velada na pasta por semanas depois de eu ter deixado o solar. Porque ela nunca a enviou, é claro, nem sequer a destacou do bloco. Estava lá todo o tempo, por baixo da capa, o marcador de linhas ainda em seu lugar por baixo da folha. Sua letra alongada e fina rolando pela folha como um fio se desembaraçando. A data é 1983. Nenhum dia ou mês especificado, talvez isso fosse o melhor que ela pudesse fazer. Já estava com mais de 100 anos então, e enfraquecendo. Sabia que estava morrendo. Talvez tenha sido por isso que escreveu estas palavras. Talvez tenha sido por isso que se esqueceu, por um tempo, que nunca poderia enviá-la, que não seria lida por ninguém até chegar a mim, mais de 25 anos depois.

Meu amado Corin,

Faz tanto tempo que o perdi que nem consigo contar os anos. Estou velha agora, o bastante para estar aguardando a morte também. Mas, afinal, estou esperando para morrer desde que você partiu, meu amor. É estranho que os longos anos que passei aqui na Inglaterra pareçam, às vezes, enevoados. Não consigo relembrar o que posso ter feito para preencher tanto tempo — realmente não me lembro. Mas lembro de cada segundo que passei com você, meu amor. Cada segundo precioso em que fui sua esposa e em que estivemos juntos. Ah, por que você morreu? Por que saiu a cavalo naquele dia? Já pensei tantas vezes nisso. Vejo-o montando e tento mudar a lembrança. Convenço-me de que corro atrás de você, de que lhe peço para não ir, para não me deixar. Assim, você não teria caído, não teria morrido, e eu não teria tido que passar esses longos anos obscuros sem você. Às vezes me convenço de tal modo que corri atrás de você, que o impedi de ir, que ao perceber que você de fato se foi, levo um choque. Fico terrivelmente magoada, mas continuo repetindo isso.

Fiz uma coisa terrível, Corin. Uma coisa imperdoável. Fugi disso, mas sem poder desfazer o erro, que me perseguiu durante todos esses anos. Meu único consolo é que nunca me perdoei e que, com certeza, essa vida que suportei foi castigo suficiente. Mas não, não poderia haver castigo suficiente para o que fiz. Rezo para que você não tenha ficado sabendo, pois, se ficou, não me amaria mais, e eu simplesmente não suportaria isso. Rezo para que não haja Deus, nem céu ou inferno, pois assim você não pôde olhar para baixo, não pôde ver os crimes que cometi. E eu nunca poderia me reunir a você no céu, se for lá que você está. Sem dúvida, é para o inferno que vai minha alma quando eu morrer. Mas como você poderia não ir para o céu, meu amor? Você já era um anjo, ainda na Terra. Em toda a minha vida, apenas fui feliz uma vez, quando estava com você, quando estava contente de estar viva, e tudo desde então tem sido dor e pó para mim. Há quanto tempo você jaz sob aquela pradaria vazia? Faz eras que não o vejo. O mundo inteiro poderia ter nascido e morrido no vasto tempo desde que nos tocamos.

Eu queria poder vê-lo uma vez mais antes de morrer. Parte de mim crê que haveria alguma justiça nisso, que, se o mundo fosse um lugar justo, eu teria permissão de sentir seu abraço por um instante que fosse, para compensar sua perda. Não importa o que eu tenha feito na loucura da dor, não importa que eu não tenha denunciado meu erro ou o quanto o tenha feito pior — feito a mim mesma pior — desde então. Eu ficaria contente de me entregar a uma eternidade de tormentos só para vê-lo mais uma vez. Mas não é possível. Morrerei e serei esquecida, assim como você morreu. Mas eu nunca o esqueci, meu Corin, meu marido. O que quer que tenha feito depois, nunca o esqueci e sempre o amei.

Caroline

Leio e releio essa carta nas semanas depois que a encontro, até sabê-la de cor e cada palavra partir um pouco meu coração. Uma tal profundidade de lamento e dor que poderia nublar um dia ensolarado. Quando eu sinto que ela tomou conta de mim, quando sinto que a absorvi demais, lembro-me de Beth. Seu crime não a perseguirá mais. Ela não irá carregá-lo nem permitirá que o arrependimento a dilacere para sempre. A corrente foi rompida, e eu ajudei nisso. Lembro-me disso e deixo que me alegre, que me encha de esperança. Nunca vou saber o que Caroline fez. Por que ela pegou seu bebê e veio correndo para a Inglaterra, por que depois o abandonou. Mas nas muitas leituras dessa carta, percebo uma coisa: ela não menciona o filho. Se a criança era dela, e Corin, o pai, por que ela não o menciona? Por que não conta ao seu Corin sobre seu filho? Não tenta explicar por que o abandonou? Esse pode muito bem ser o crime que ela espera que ele nunca tenha visto, mas com certeza isso deve ter acontecido antes de sua fuga da América. E esse abandono parece inexplicável, realmente inacreditável quando combinado com o amor que ela professa ao pai da criança. Lembro-me da jovem morena na festa de verão — aquela a quem Caroline chamou de Magpie. Seus cabelos tão pretos quanto o de Dinny. Nunca terei certeza, mas essa omissão na carta indica um crime, de fato, e me faz duvidar da alegação de parentesco que fiz a Dinny.

Há umas duas semanas, Beth veio para cá. Acho que ela preferia que eu me instalasse numa outra vila, mas está se acostumando com a ideia. Já não se afasta assustada aqui.

— Você não se incomoda de ficar vendo a casa lá adiante? — perguntou ela. Atualmente, as expressões passeiam pelo seu rosto. Surgem e se esbarram como balões. Algo acorrentava suas feições antes, e agora isso sumiu. É possível que eu vá morar em algum outro lugar um dia; em breve ou mais tarde. Não estou esperando, mas preciso estar onde ele possa me encontrar. Só até a próxima vez que ele vier. Afinal, ele tem bons motivos para voltar aqui. Tem mais para atraí-lo até aqui do que eu. Uma mãe, uma irmã, uma sobrinha. Acho que Honey me contaria se ele estivesse de volta.

Minha felicidade de ver Beth melhorar borbulha sempre que ponho os olhos nela. Nenhuma cura milagrosa, é claro, mas ela está melhor.

Agora pode dividir com Dinny a culpa do que aconteceu; não precisa mais pensar que definiu sozinha o destino de Henry Calcott. A verdade disso, o certo e o errado, está mais difusa agora. Ela não tirou uma vida, apenas mudou-a. Há inclusive uma margem de manobra, uma zona cinzenta que questiona se a mudança foi para pior ou melhor. Portanto, não foi uma cura miraculosa, mas agora ela fala comigo a respeito, conversamos sobre o que aconteceu, e, como ela se virou e olhou para isso, já não é uma coisa que atormenta seus passos como antes. Posso ver a melhora, assim como Eddie, embora ele não tenha me falado nada. Não creio que ele se importe com o que mudou, está simplesmente satisfeito que tenha mudado.

Leva algum tempo para se ver alguém de modo diferente do que foi visto durante anos, ou não visto de modo algum. Eu ainda vi Harry quando Dinny me disse para ver Henry. E ainda via Dinny como sempre o vira, sempre o amara. Digo a mim mesma que ele precisa de tempo para me enxergar de outro modo, para me enxergar como sou agora, e não como a criança, o estorvo, como a irmã menor de Beth, ou seja o que for que ele enxerga. Talvez a hora não seja agora; mas virá, eu acredito. Houve uma pequena disputa sobre o pedaço de terra onde os Dinsdales tinham permissão de acampar. O construtor não queria um bando de nômade estacionados nos jardins comunitários de seus novos apartamentos. Por fim, aquela área, juntamente com o restante do bosque e do pasto, foi vendida a um fazendeiro cujas terras fazem limite com ela, e ele conhece os Dinsdale há anos. Portanto, a terra ainda está lá, esperando por eles. Esperando por ele. Um belo lugar para acampar no verão, verde, protegido e agora sem perseguição.

Estou esperando por um verão quente. Um clima que torre os ossos e sirva de desculpa para essa vida lânguida que adotei. Um clima que deixe Honey com sardas, para fazer picolés de limão com as meninas de Susan e Paul e para bronzear a pele de Dinny. Um clima para ir até o açude sorrateiramente, para chapinhar na água, nadar, afugentar os fantasmas. E hoje chegou um pacotinho para mim pelos correios. Lá dentro, se esfarelando, havia um pedaço de casca de árvore com algo riscado. Nada que eu consiga distinguir nos desenhos, exceto pelo nome embaixo — *HARRY* — em letras tortas, angulares, quase ilegíveis.

Tomo como uma declaração de quem ele é agora, ou de quem deseja ser. E é uma mensagem silenciosa de Dinny, que a embrulhou e pôs no correio para mim. De que ele sabe onde estou e de que pensa em mim. Por enquanto, descubro-me bem feliz com isso.

Agradecimentos

Meu amor e agradecimento a Alison e Charlotte Webb, por suas leituras, críticas e infinito entusiasmo ao longo dos anos; e a John Webb, por nunca sugerir que eu conseguisse um emprego decente!

Obrigada aos membros do WordWatchers, de Newbury, por todo o apoio, comentários e bolos.

Finalmente, meu agradecimento também a Edward Smith e aos membros de youwriteon.com, por lerem, revisarem e fazerem a resenha do livro; e a Sara e Natalie, da Orion, por conduzi-lo pelo restante do caminho.

Este livro foi composto na tipologia Minion Pro
Regular, em corpo 11,5/15, e impresso em
papel off-white no Sistema Cameron da
Divisão Gráfica da Distribuidora Record.